陆萍　1988 年　（陈新彪　摄）

吃时间大虫·偶一出神

陆萍 著

文汇出版社

读陆萍

王新民

《吃时间大虫》是继陆萍 2022 年出版《床上有棵树》后的第二本散文集。

书中短则几百，长达数万，深植篇章中的那些风烈现场、焦点遗迹、要目提示包括密匙雪藏等等，无不散发出一股内在的能量。

师长亲朋的怀念、天涯海角的见闻，国内外的游历、大墙铁窗的采访以及无所不包的生活琐碎和庸常等等，在描述种种场域物事的外表之下，所涉灵魂世界，或深或浅地触及终极之问的人性。

书中文采与哲理兼备，不乏隽永篇章。如《秘事四十年》《立过誓的人》《忽然就抱成了一团》《我的情感档案库》《坠在监狱的谜底》《神秘印度行》《一瞬与永恒》等。

陆萍面向内心的精神审视，是文学艺术修为的结果。

她随意率性的文字中，你会发现谋篇布局已经达到了一种形式的自觉。它不是线性的单向度的诗意指引，而是一种主体心灵在场的，与想象中的现场形成交流的双向复调的对话；诗人不满足于充当历史见证的记录者，也是对此在的倾听。

谁能否认潜意识在生命中的价值与作用？这是我们生命中最深层的真相。生存不自由与被规训早已抵达我们的潜意识层面，而且在陆萍的作品中抵达得这么深邃、真实。诗情与那些空灵芳洁的美丽一起敞开，一起在澄明之境中交相辉映。

这样的一种审美方式、一种文学参悟境界，是深得汉语文化的精髓。读这些文字时，我们却感觉不到诗人的哀怨与悲情，读不到悲观厌世的消沉与懦弱。因为诗人只是真实、客观、诗意地记叙而已，诗文背后的隐义则是强大无穷的。

陆萍的诗文中，总是潜伏着一种锐意又朦胧的悬念，有时语言犀利奇峭，有时意象纷呈，从句式来说，是典型的流水句；没有固定的焦点，没有静止的、机械的主客体，是一切都在流动中打开的大写意。

可以说，在其文学作品中，找不到因受当代西方思潮影响而生吞活剥、刻意追求的"解构""物化"以及设置什么"踪迹"与"缺项"，来取得阅读快感的机心造作的痕迹。你能充分体会到诗人书写时所特有的自由流畅的快感，进而能尽情品味文句的弹性与韵律之美。那一个个由单字自由组成的词句，或长或短，摇曳生姿；一个个既灵活多变又和谐悦耳的音节组合，让你体会到汉语独有的荡气回肠、余音缭绕的声气之趣。

陆萍笔下的作品，情感和寓意呈现的往往是多层次多意象。个体生命的沧桑与厚重，历史和现实的重叠与交叉，都得到恰如其分的表现。宏观视野、底层经验、走向、迹痕、官场、民间……这些都是叙事的重要元素，但与当下流行的叙事铺张相反，陆萍追求的恰恰是节制。

另外，陆萍的诗文作品，有种信手拈来一气呵成的洒脱与自在，精炼而富有韵味。她生命的体验、觉悟，和文字的凝聚、精炼，几乎是相拥起舞，也是同步着陆的。

有种魔性在陆萍的书写中不时矗然崛起，文中所有的意象都是活的。因为那些意象的选用和修饰，都是一种激发你想象的活性元素。阅读这样的作品，我们会在她所堆砌的方块字句中折服，并忘却自己。

陆萍的文学作品"阅读陌生化"效果，既不是靠摧残肢解语言来实现，也不是靠隔断审美交流来达成；她用看似平淡无奇的语言，通过她独特的审美视角，抵达了存在的无限真实、饱满与丰盈；同时，也一次次使创作主体的心灵得以去蔽而敞亮。两者的结合，使她的作品既明白如话，又闪烁着文学艺术特有的魅力之光。

陆萍有许多从哲学层面抒写对生命及其本质理解的篇什，颇具思辨气息，且比较厚重，有深度、有历史感。诗人能够在普通意象上广泛联想，进入悠远的哲思空间。这种看透生命本质后更加坚定、义无反顾的态度，让人感受到作者追求超越一切的纯粹的精神和心理体验，我们能读到她的精神上一个明净豁达开阔的层次，读到她切入人性密室、生命本身的深刻。

陆萍鲜明的文本特征，是大气、浑厚而篇什精短、凝练。常常就这么一个回合或者这么一两句，语言自身所营造的情趣张力和想象空间便显得饱满深远而辽阔。

陆萍的诗文魅力在于一种人类所共有的感情体验。她的文字，包容着作者和人类中最丰富和最细微的感觉和体悟。一直以来，陆萍拥有国内外众多粉丝，就是一个例证。

凡此种种，我们都能从中感受到诗的基因。

四十多年前陆萍因一首诗《冰》，获得泰戈尔故土的盛情邀请而赴印度博帕尔出席亚洲诗歌盛会，并获"亚洲诗坛明星"荣誉。半世纪后，陆萍仍才思泉涌，初心不忘。笔耕不辍，功不唐捐。

陆萍广受国内外赞誉的诗歌、散文随笔和散文诗等，包括她在全国有着广泛影响的法治文学作品，在当今文坛，仍是一道永恒的灿烂风景线。

自序

近月来，连日翻着几十年前日记本。不想遥远的昨天，在糙乱文字中，居然会悬念重重，仿佛是在看外人故事一样。如果不是那匆促零乱字迹，活生生吞吐着我的气息，我怎么能够相信曾经发生在我们生命中的这些事件？如果不是有文记叙，我到哪儿去寻找在我身上流逝的岁月？

那些个鸡零狗碎的琐事，怎么会弄得自己惊心动魄？那些庸常凡俗的礼节，怎么会让自己煞费苦心？曾经的天真可笑，曾经的浅薄无知，让我不禁莞尔。

人，到底就是这个样子哈，走过来了。漫漫时光，累累日月，而今就像鼠标一点，将我一头青丝"秒"到今天两鬓斑白。生命如流，不尽感慨！

不啻也是一种残酷啊，天天的辛辛苦苦，更是盛情青春、岁月婀娜，到今天就莫名其妙"清零"！在孙儿清澈的眼眸中，我们模样，就是从"清零"开始的。

生命马车的运行，自有它自己的站点。

好在有字落笔，字行里"味含土膏，气饱风露"。好记性不如烂笔头。感谢娘亲教诲，终究疾奋至今，让我可以咀嚼风干的昨天。

昨天当然也有让我高吟感怀的宏盛。

感叹生命中很多日子是白白浪费了。转念想起老祖宗的"无用之用"。难道不正由这些"白白浪费"的日子，如泥土簇拥烘托，才能让土里的种子长芽、吐蕾和结果的吗？

往事来找我时，我并没准备。是史无前例的漫漫疫情，给了这个可能。

法国作家普鲁斯特认为，人的真正的生命是回忆中形成的生活，回忆中的生活比当时当地的现实生活更为现实。百年前一个法国作家对于生命的感悟，我很有同感。

打开昨天，其实也是快事一件。

来找我的往事，是将远去岁月中的一些关键词和大纲在脑屏显现。这便成了我寻觅回忆的路牌。按图索骥，一路激活青壮岁月，大有两肋生风的飞翔，不期而至。

深植回忆中的那些风烈现场、焦点遗迹、要目提示包括密匙雪藏等等，基本能勾勒我生命内在的一些关隘。而生活里万千日常琐碎中的偶然出神或是省醒，往往更是我笔下文字的游走之地。

这些出神游走的文学，常常会引人共情同振。一如防疫时段在小区里的"三例遇见"。

下楼做核酸，忽有人迎面拉着我说："您的《床上有棵树》，我网上读到几篇，还想读……"并报出一串文章题目。只是已轮到我"张嘴被捅"当口，硬是与她辞别。没想到"捅完"后，见她还在原地等我。她说，看书太累，特嘱我要全本发她电子档。她是上海资深园林专家。我任小区首届业委会主任时，她给过许多专业指点。

年前有一天，小区里有个人雅雅地冲我微笑，并走近问，您是不是叫陆萍。我笑着点头。她说我认得您，您不认识我。一直想告诉您，我有您书，在福州路书店排队买的，书名是《寂寞红豆》，您还签字。我说有这回事。在书店里与赵丽宏、陈村、孙泽敏一起签名售书。与她相握时她又说，"在当当网，刚网购了您的书《生活过成诗》《陆萍诗歌赏析》。一些深处隐秘被你写来……读了很爽。"我感谢她，遂知她住我楼前那幢，在公安岗位上退休。我们住这儿都20多年了，却还是第一次互相认识。

文学作品，会沟通人心。通的不是凡常俗念，而是人内心深处那个自己尚未发现的自己。灵性被激活的快意，能让人愉悦。本凡常邻居，至多问安点头而已。不想被文字浸润后，再见面时就"灵魂对视"了。

再是那位没有见面的。疫情宅家某天我整理微信时，发现有个叫"醒"的朋友，我十分陌生。但在删之前遂觉好奇，于是打开……

"陆老师您好。我在微博上读到您诗，很喜欢，冒昧加您好友。"

我回复："同意。"

"昨晚我搜索剑桥大学'吃时间的虫子'，结果搜索到了陆老师的一篇游记，得知陆老师博客的。""于是拜读了陆老师博客里诗分类下的前几篇。果断到当当网上购书两本。还冒昧加了陆老师微信。""其实我只是个小白，只是喜欢而已。"

我回复："书到了您手里，是书的幸运。"

"啊（表情）受宠若惊！……我之前没有认真读过诗，是一个忙工作和生活的咸鱼青年。"

"以前对于我，诗与远方是一件事，那就是跑得远远的出去，嗨！""但是偶然认识您和您的诗后，诗和远方，对于我，变成了两件事。""生活中有诗，也有远方。"

"谢谢您，给一个年轻人以光亮。"

录完他（她）给我的微信，尤其是最后一句，我觉得特别愉悦和欣慰。这位陌生的年轻人，一定是在生活中经历到什么。否则不至于半夜里在我诗行前驻足凝神并阅读。我想，如果我的诗句能帮到了他的什么，那我倍感荣幸。

生命中有些非常锐利的瞬间，就这样通过文字的运输，让灵魂互相抵达。

本书约 28 万字，分四辑。书中文章长短悬殊。有话则长，无话则短。内容庞杂无序，随笔水流花开。篇章随机编排。只是长文大都编在各辑尾章。

书里有我念兹在兹给一代大家徐迟的长信《一瞬与永恒——追忆徐迟老》，个中有他一生中最后寄我的一首诗，以及首次披露与我的往来书信。有幸与徐迟老一瞬同框，并享灵性交互共振、神思浸润渗透；完稿后，我竟有如释重负之感。此前我已写有五六万字，后又定稿成一万四千字左右。鼠标一点发出后，我在阳台花园来来回回不知走了多少圈，心里一遍遍滚动着文中的句子。一身轻松啊，甚至觉得，即使文章不发表、不出版，就永远躺在抽屉中，我也心头安实，而且心甘情愿。其实，书写更是自身心魂里的一种需求。书写本身就是有种"回家感"，让我平宁。

书里有与大骗子斗智斗勇的《坠在监狱的谜底》。此诈骗累犯以"隐身"方式执意撞我枪口，十年来一撞再撞，直至其跌入监狱，我才在采访中睹其真容并完成续篇。此为我记者生涯中难以忘怀的经历。

书里有三言两语说不清的《神秘印度行》，多少年来我一直回避叙述。赴印途中的经历，可谓"惊险、神奇、绝望而又意外"，这些事情已经在我心头埋了三四十年。今偶然一个契机打开了，便不妨以我亲历作此简写。权当一个小人物，在中国时代变革、中外交往、发生在上海文坛的一份真实记录。亦是对自己的一份交待。

书里有横跨年代在历史纵深处的诗坛趣闻轶事《我的情感档案库》，文中王辛老、谢老、李老乡等已作古留芳，而林子，那个在葡萄架下认女的佳话仍在继续……

特别想说《秘事四十年》一文。一俟写完，我顿感浑身舒畅。有种卸却的快意，由内而外一波波从心海荡漾开来。我感恩"我狂风暴雨般的情感，仿佛找到了一片天空"。

方信生命中有许多事，其实是为自己做的。自己欠自己的，会经年累月地缠绵，陈年老事已与人的血肉相连，记叙时仿佛"丝丝拉拉"在撕扯滴血。弟知后叹道"了却君王天下事……"我虽没辛弃疾词意，但弟那份大感慨，打到点上。

习惯于落笔率性写开。实质是当人的内在放松之时，更接近生命全然打开中的实相本真。所以我常常上线博客，信手拈来，天马行空，哪儿都可以开写、也可以收尾。

本书与2022年出版的《床上有棵树》相隔一年多。此书在编辑过程中，没想到后面精短散文集《满地阳光碎片》、诗集《张罗生命节日》和《采访手记精选》三本又已基本成形。

到了这年岁，自己也不知道会有那么多感慨喷涌而出。不叙不记，似乎不足以平我心魂。五年前在中国作协北戴河创作基地见到我们心目中的大作家王蒙，我们去游泳，他不去。他说"他有太多的东西等着要写"。今天我读到88岁的他的新著中篇小说《霞满天》。我读了再读，行文中只觉一股热烈的气息蒸腾着我，正是我内心的节奏。字里行间诸多同感如遇知音。

一段时期以来，我将我内在刻骨铭心的东西，用文字装运出来。觉得确是普罗斯特认为的"回忆中的生活比当时当地的现实生活更为现实"。

与本书同时出版的还有一本散文诗集《偶一出神》。200章中或几十字或几百字，均是我50年来魂魄所系和灵思所寄。私下里也特别看重。

值此两书定稿之际，我感恩家亲、感恩一路遇到的贵人；感恩在我人生低谷，授我道家玄理、佛门禅机式的开导和加持，并给足我力量、信心和勇气。

我感谢远年众多给我来信的读者朋友、近年微信群里关注我的好友同道，长年来对我的关爱和鼓励，让我受益无穷。

我感恩命运的赏赐。

2022-10-27 凌晨 0:45　梦乡小站　2023-4-17 夜 11:58 清晨
收到西式精美蛋糕及贺词"且逢良辰 顺颂时宜"

目录

读陆萍 / 王新民
自序

辑一

辑四

辑一

凡神奇之事
都是自然而然发生的
一切的人为
都无法触及奥秘

秘事四十年

隐在岁月深处的秘密，横跨我四十度春秋

散文集《床上有棵树》的封面，确如不少朋友发现："暗沉色调中掠过线条，线条里有邮票、信鸽，肯定藏着故事。"

是的。只是这故事纯属我私人，岁月深处的秘密，横跨我四十度春秋，深深地藏在这本及另本诗集《玫瑰兀自绽放》的封面之中。先说由上海文化发展基金会资助，刚由文汇出版社出版的这本《床上有棵树》吧。

书封中央有枚邮票，邮齿清晰。邮票上是一幅水彩画《垂柳少女》，这画出自我先生之手。我先生在一家研究所工作，从事航天事业。

画面上雨过天晴。辽阔云天下，左侧是一挂刚爆芽的绿柳枝条，轻风拂地；右下处站着个红裙少女，脚边堆放着行李。正驻足凝神思考着什么。整个画面清新简约，而浓浓的人生况味，却霎时弥漫在你我心头。

这幅水彩，是突然呈现在我眼前的。我不知道其诞生的过程。先

生极其秘密地构思动笔，就是想给我一个惊喜。

记得是个闷热难耐的夏夜，在20世纪80年代初期，我刚下班到家。朝北窄小的蜗居里，床席之上铺着一层濡湿的床单，先我半小时下班的先生以此来吸热降温。当下普罗大众"标配"的冰箱和空调，那时还属于奢侈品。但是可以在街上买到比常温低几度的"冷饮水"。

先生他笑吟吟地递我冷饮水时，神秘兮兮对我说："阿萍，给你的！"说着，他嘴里夸张地滚出几个乐符，挥手闪出一份书壳样的东西，上面有一幅画。我顿时被什么击中，眼目放光，喜出望外。忽然他又将画翻个面，啊，又是一幅！两幅画各在一张纸的正反面。

我心有默契，大喜过望。知道此画，与我将出版的第一本诗集有关，接过他手中的"书壳"我迫不及待看起来。当我一边欣赏封画，一边在床席上开心得滚来滚去时，先生从我身子底下，将那降温的湿布一点点抽走。并说，祝贺你，给你的大作先做封面，两种风格任你选……

我们在闷热的朝北小屋，拿着画翻来翻去细看细品细说，直到汗珠滴上画面，仍不觉正酷热袭人……直到今天，我还记得那夜的美妙。

先生给我的"贺礼"，我太喜欢，两幅画都爱。两种风格都有一种"深刻的抵达"。他那种对我精神灵魂的切入、对我骨子里的理解，深深藏在画面里，我能感觉得到。

先生为什么送我这份贺礼呢？起因是1983年那个夏天，我接到上海一代大编谢泉铭老师从《解放日报》发出的信。他告诉我，我的处女诗集《梦乡的小站》书稿，福建人民出版社已经终审通过，采用出版。

先生知道后欣喜不已，作画为我私下庆贺。那个时代，禁锢刚除，百废待兴，但全国的出版社，还处在活字印刷阶段。就在我的这本《梦乡的小站》诗集里，常有某汉字作"歪斜之态"，留下了人工植字的痕迹。1996年我应邀去日本前桥参加第16届世界诗人大会时，有日本、中国台湾及韩国诗人就十分羡慕地对我说，难得你诗集是活字印刷，有收藏价值。

先生在繁忙工作之余挥笔一画，根本没存非分之想做我封面。此事我俩也只悄悄乐着，没有出声。在互相欣赏谈论一段时间后，也就将其束之高阁。随着工作日复一日的忙碌奔波，女儿长大，岁月流逝，风尘覆盖，往事就渐行渐远。远到记忆的天涯海角，以至湮没，无踪无影。

何以当年的画，在34年后成了我新著的封面

先生的另一幅，不同于前者的水彩画，而是一幅单线平涂《绿玫瑰少女》。此画早在2017年，已被文汇出版社的大编看中，作了我诗集《玫瑰兀自绽放》出版时的封面。为什么当年的画，会在34年后成了我新著的封面呢？听我说来：

2017年我新诗集《玫瑰兀自绽放》出版时，设计师先后创作的三帧封面，都不够满意。一次次折腾后，时间有点紧张了。情急之下，大编来电请我到外面书店看看，希望我能提供自己心仪的画面，供他们参考后再创作。

接电后，我就在自家书房里先翻起来。爬上爬下，满头大汗寻觅半天后，却一本也看不中。正心灰意懒时，不意间发现书柜深处还有一摞东西。那天我没有像往日那样，忽略这些不重要的纸堆，而是破天荒地伸手触及，并且拖了出来。原来是早被我遗忘的杂乱文件夹。

揩灰后我随手打开，却顿时灵光一闪，风神尽见！

嚙，先生当年的"贺礼"赫然在目！

应该说是湮没在茫茫记忆的天涯海角，却原来就在书房暗角34年待命，就等这一天！真个是"出走半世，归来仍是少年"。

我捧着画，内心澎湃。先生的《绿玫瑰少女》画、我的诗集名《玫瑰兀自绽放》，简直就是天下"绝配"！我将画作拍了照即刻发大编，大编惊叹，发三句话：天下竟有这等奇事！好个绿玫瑰！封面现成！

都欣赏这幅画面的构图：通篇墨绿的左上方是一个线条柔美的变形倒鸡心，个中半多处是个粉色美少女的单线侧影，鸡心一侧的线条，恰好构成了少女妩媚的脸庞，而脸庞外的墨绿底色中，两根黑色线条由细渐粗，从上向下曼妙地散将开来，顺鸡心优美的曲线亦步亦趋，贯穿了画面的南、西两个方向，抽象成少女的秀发，抑或是盛开的绿玫瑰。而绿玫瑰花瓣簇拥着的美少女，更成了玫瑰中的玫瑰了。虽说是单线平涂，然而画面多重意境复合叠加，诗意淋漓尽致，可谓是上应天心，下合人望。

不过，在其成为封面前，也有番小折腾。眼前这画是画在一张铅画纸上：墨绿底色中手工涂抹笔触的浓淡枯涩，难能可贵，有着作者气血行通的质感。此说有凭：大编因为也是喜欢这画，想让我先生的业余画作更臻完美，特地请专人用技术手段消除画面上"浓淡枯涩"的痕迹。结果辛苦完成后，却发现"这幅画死了！"有专家说：用科技手段处理，相当于漏气放血，失去原画的气脉神息，成了一纸廉价印刷。于是，大编速速将原图满血复活，一笔不动直接上了封面。

要说明的是《玫瑰兀自绽放》面世后，包括再次印刷的版权页上原画作者并未署名；一来是我不谐实务，没有坚持署上他名"陈新彪"，二来想先生一世淡泊，他获全国科技大奖之类的证书，还是我在他单位抽屉整理遗物时才发现。他在天之灵一定无意于人间红尘，他若在世会对我讲，不必去认真。

今天，当我再次凝视这重见天日的宝贝贺礼时，被冥冥中一份神奇的力量惊愕到了。

这偶然中的必然，必然中的偶然，似乎更是天意。

39年前先生画的画。20年后他不幸离世。我曾说过从此封笔，可我也不知道文学竟有如此魅力让我痴心不已，一直写到今天还一本本出版；先生他更不知道，在他离开我19年后的今天，我又写了本诗集，而且名字会取《玫瑰兀自绽放》。对这书名，大编曾不甚赞同，还是我力争才保留了下来。难不成我就是为了配合先生早年给我画的封面？答案当然是否定的。

天衣无缝的巧合，就这样自然而然地发生了。个中没有衔接、没有刻意、没有预料、没有互动，甚至连丁点儿的思想准备都没有。一切在应该发生的时候，就恰到好处地发生了。

想起当代哲学大师奥修说过：凡神奇之事，都是自然而然发生的。一切的人为，都无法触及奥秘。

我内里暴风骤雨般的情感，仿佛找到了一片天空

世事莫测，命运乖舛。先生的两幅画之一《垂柳少女》，20年后成了他的遗作。只是在34年后的2017年在她神奇现身之后，我就再也无法忘怀。一幅已做成了封面，另一幅呢？

2021年散文集《床上有棵树》在封面设计时段，我向出版社提供了《垂柳少女》图，希望设计师在创作时能作为一个元素考虑。而我的这个陈年往事，或许是感动了封面设计师董红红。她灵感灼灼，机心精妙，信手拈来，巧植其中。

她将这幅《垂柳少女》图，用设计语言，"写真"成一枚邮票，在全图的显要位置上让一羽线绘信鸽衔着飞翔。在一派暗深的蓝之上，那枚白白的邮票就分外抢眼而成为亮点。当设计稿，通过神奇的互联网，在我屏幕上倏一闪现，霎时电光石火，我即刻认定，封面"就是她了"！

先生不经意间的两幅大作，经过漫长的岁月沉淀，世事纷飞，在五年前和2021年，真的成了我两本著作的封面，我有一种说不出来的震动与感怀。

我内里暴风骤雨般的情感，仿佛找到了一片天空。

"梦乡小站"，此乃我们肉身与灵魂的栖息地

行笔至此，想起一事我不得不写。先生走完人间最后一步。他的单人病房里就剩我一人。我被麻木主宰。忽闻人间声响，是护工催我整理床头柜。我应声弯腰，忽然在床头柜的最里面，发现了一厚摞书。心中好甚奇怪。他病得那么重，哪有精力看书呢？待我取出一看，发现全是我出版的书，点一下是 13 本：《梦乡的小站》《细雨打湿的花伞》《有只鸟飞过天空》《陆萍短诗集》《走近女死囚》《黑色蜜月》《一个政法女记者的手记》……

我一时愣住。悲情万里。泪血如雨。

先生病情来势凶猛，全程仅五个月。自病起，就弱不禁风。往返求医，均小车出入，他不携一物。即使他空身行走也显不支。我更是

24 小时陪护，日夜连轴，寸步不离。可是我真不知道他是什么时候、又是如何在我眼皮底下，将这么重的书一本本从家里弄到医院的？

直至今天，都是一个谜。

先生的病与其从事的化学研究有关。听说换在国外，是一身厚重的防护，他们却每月得五元营养补助，等同赤手空拳的肉搏。他一生研究航天器的化学涂层。离世那天，兜里还有为神舟五号待飞的机票。病房里他挂的长裤皮带上有一大串沉甸甸的钥匙。只是他从来不允许别人为其取下。其时单位里还有两个同样的病患，也先后谢世，其中一个博士后才 33 岁。我拒绝向他单位申请"善后款项"，但希望一条生命的代价，能唤醒研究所和后人对人体安全的防护意识。

在上海的一级公墓滨海古园，我为他建的艺术墓碑断面刻着：

"人类向宇宙索取，宇宙就要人类付出代价。"

他墓地主碑，我选了一块硕大的上好河石，正中用青莲色勒七大字："有只鸟飞过天空"，那是我第三本诗集的题目。是当代大师钱君匋的手迹。右下落款为"梦乡小站"，此乃我们肉身与灵魂的栖息地。墓碑的四周，刻满了我给他的诗行。

心海余澜

2022 年开春，《床上有棵树》付梓前，全书末页，一片空白之上，设计师画有祥云一朵，上有我语"谨以此书献给我的先生陈新彪"。一俟事毕，心里觉得有种完美与圆满。

只是有一小小插曲，不妨也和盘一托。祥云之上一语，当时出版社大编认为出现在公众读物上，尚显不宜。要删。我诺诺。不想 16 岁外孙子澄得知后，却执念追问："为什么要删？为什么不可以坚持……"其实外公与外孙子，差488天，没能"时空同框"。可没想到冥冥中血脉深处的元力，会是这样神奇强烈。孙辈此一问，激起我拳拳初心。情急之下我再与大编长时协商沟通，终是文字变通后，在开机前得以通过。再次事毕，觉得圆满感、完美感更上一级。欣欣然，由内而来。

今天记叙这篇小文时，我的心头满是感恩。冥冥中精神力量的加持，让我执念的灵魂书写，得大自大在。

跳出故事，回眸《床上有棵树》封面百变

此书封面上五字细线仿宋体，一侧竖排，底色是沉沉一色的海蓝。设计师韵情深致，简笔勾勒的羽鸽单线，以行话"出血"的手法，舒展地飞满全画。鸽喙轻含一枚邮票。邮票是一幅精美水彩，大小与实体相当，占据封中要位。鸽画与书题的字体线条，均为"玫瑰金"烫制工艺。

最初，出版社在重点书目推介公众号上发布书封的照片时，或许是样书未出还没烫金，封面整体看，有起不来身的那种感觉。

而今一俟成书到手，烫金立马让封面精神百倍。那似是铁艺般的柔韧强劲，彰显不容置疑的张力与内涵。单线构图的设计线条，一经烫金，就会响应着周遭的色声，立马叮当作响。书稍作移动，即二字呈红，三字变黄；再一动，烫金线条和书题却都成了深黑色；又一下，则成上红下黄，动态显色。"精致""典雅""高洁"之赞词，凡见者每有说及。

总之，如"天下无尽藏"那样，大有潜力作无穷变也。有"金"在闪耀，这书封画，就不再是单一、孤漠、呆滞的零度静默，而不时

会让读者生出惊喜隽异及意外的画面效果。

"金"与色彩不在一个平面上。"金"会突然出离本色，以"光芒"这种带有力量的照耀，让封面上的图线与文字立起身来，四处闪动。让暗沉的底色，兀自横生诸多情趣。

更是那封面一色的蓝，却会在不同光线之下，作无穷变。深邃的蓝、淡泊的灰、绝望的墨，不时又呈华贵的紫抑或空泛的白……

我不明白这本《床上有棵树》的封面会变幻色彩缘自何因，但我愿意她的变、变、变……

变幻、变化、变迁、变动、变异、变换、变形、变故、变革……只有在"变"之中，才能显示上苍的力量，呈现人的灵魂在生命行进过程中火花迸溅的真相。

2022-8-22 凌晨 1:57　恬漠冲酥　逸乐

罪魂与诗神

这是提篮桥监狱的囚犯们写下的四大沓诗稿。监区长严峻的神色里，我读懂了他的意思。怀着非同寻常的心情读完了全部。万千感慨之中，灵光一闪显现出五个字"罪魂与诗神"。我即为这五字加了书名号，想应该可以成为这本诗集的题目。当然我也遵嘱将书润色。在监狱法颁布十周年的 2004 年，诗集《罪魂与诗神》在上海正式出版发行。

当一个人的自由被剥夺，繁华的世界就像壳一样被退下，活生生露出实质性的"内核"。而生活也退至生存线——吃饱穿暖。"吃饱穿暖"后，"灵魂"才工作，才开始思考自由的真正含义。那时的思考纯粹，质量就高。

诗，是一个比较纯粹的东西，任何凡俗杂念掺杂其间，就要了诗的命。用通俗一点的话来说，就不是诗；或者只是一篇文字作分行状。近些年流行的"状"字，"状"起来就入木三分。你看大凡"状"着的东西只有外表而没有实质。如"他靠在墙上，作痛苦状"。痛苦吗？一点也没有，真是微妙极了。诗就在这种自身的苛求中纯粹起来，而统率"纯粹"生出来的"这些纯粹"，西方称缪斯，中国谓诗神。

撇开罪魂与诗神的定语，就是一个"魂"、一个"神"。我想当这两者在一起时，应该是一对极致。真善美与假恶丑对碰，又把性质强化至正负两极。而罪魂与诗神之所以可合在一起，我觉得这个"魂"与这个"神"都是世上最净的东西，它俩是以"净"的资质，被我想到了一起。确切地说，是时任上海监狱管理局局长及后任市委副书记的刘云耕同志提出的监区文化，在实践十多年后成就的一种精神文化的结晶。

一个人处在生存临界，思考会一下子升华。这也就是为什么服刑中的罪犯，说写诗就果真有好诗出来的缘故。

一个"魂"，一个"神"，都不是人之具体，而是个中抽象。

因为读着这些囚诗时，觉得是撕裂的灵魂，在生命极地发出锐利的呐喊。震颤。疯狂。绝望。在粗陋而精微中，让人震悚、惊骇、恐怖、诧异、发愣……

人到了这番田地，如倒挂于悬崖的生死之界，生命才会这样子发出悲鸣。这声音是尖锐刺耳的，如钢针尖利地划过玻璃……

法律惩罚，对于罪犯，是个特殊的时空。时间是长短的刑期，空间是窄小的囚室。而驻足肉身之内的神魂，却是可以超越此时此空。

神魂是什么？老祖宗留给我们的词有：神魂颠倒、魂飞魄散、神不守舍、色授魂与、神思恍惚……凡神魂所涉，尽是肉体之外的"非常"。"非常"这儿作名词。其所涉所及，或许就是人生命的时空？它不指血肉之躯，而涉及一个人的精气神。

想到这儿，《罪魂与诗神》作囚犯诗集之总题，我想应该可以。

即席匆记 / 2021-11-18 修订

只要你成为光，就可对黑暗下手

博帕尔亚洲诗会记略

我看到鲜艳五星红旗，飘在一长排各国的国旗首列

突然降临的一切，我感到非常陌生。异域气息，炽烈阳光，灰蓝眼睛，曼妙纱丽，长腿骆驼，更那语言、色彩、声音甚至那些微笑。

印度博帕尔艺术宫中心是亚洲诗会主会场。会场外建筑物门墙处，飘拂着亚洲诗会25个国家的国旗。进门第一眼，我就看到我国鲜艳的五星红旗，飘在一长排国旗的首列。不禁心潮澎湃。我看见五色缤纷纸条，挂在大捆粗细不一的树枝上，而树枝则是刚刚被采来的，正流溢着树木芳香汁液。各国诗人肖像被成倍放大，艺术地交粘在一起，挂满整面大墙。

一位新加坡诗人、一位阿富汗诗人拉着我，在我与他们的肖像下合影留念。

晶光闪亮的大理石地面上，突兀摆放着三块巨大鹅卵石。地面光滑与卵石粗糙的机理，在对抗中效果强烈。使人想起陆地海洋，历史未来，想起现代文明与远古洪荒。

亚洲诗会的会场呈盆地形。中央铺着地毯，一侧放着丝绒垫，参

加诗会的人都脱鞋坐在四周的阶垫上，矗立一侧的会标是一轮古老迷蒙的太阳，发言席是两尺见方的倾斜平面。诗会宣布开幕之际，四名身披纱丽的印度姑娘用圣火点燃了铜制的烛灯。火，在印度是神圣而崇高的象征，他们有世代相沿的灯节和许多关于灯的传说，巨大的烛灯底座边，堆满了刚采来的洁白鲜花。

各国诗人都要在迷幻烛光下接受献上的玫瑰

大会开始之前，各国与会诗人都要被一一点名上场，在乐池畔那迷幻的烛光下，接受一朵印度少女献上的玫瑰。那神圣而充满艺术的氛围，使我一次次地想起这块国土的泰戈尔，想起他那些闪着智光的诗句。诗会学术气氛浓烈，会风古朴而庄重。

特别要写一句的是：我在第一眼见了会场外中国五星红旗后，瞅着会议小小间隙，特地奔到那面五星红旗之下，想摄影留念。恰巧那刻，日本一男诗人走过，我就将相机交他手中，有劳他一下。他欣然应允，为我瞬间定格。我心满意足回到会场。当我回到中国上海，迫不及待去冲印胶片。特别看重的是这一张。

可是，非常令人失望——照片上只见我与中华人民共和国那挺拔的旗杆下截，合了影。为此，我不知对多少看我这张照片的人说："那鲜艳的五星红旗，在我这张照片的上空飘扬。"

八簇闪耀的火苗，给诗会笼罩着一层神秘的光

主席台上，大家盘腿席地而坐。亚洲诗会主席、印度诗人阿肖克·瓦特佩伊先生正用浑厚动听的英语致开幕词。

会场被圣火点亮的印度铜灯，在鲜花簇拥下庄严燃烧。那八簇闪

耀的火苗，给诗会笼罩着一层神秘的光。

曾经是怎样憧憬向往泰戈尔故乡，眼下我已是置身现场。

入乡随俗，脱鞋。光脚步入会场，并坐在印度著名诗人阿拉维特旁边。会场正中，置一个花瓶。据说是会议隆重，佛国表示虔诚的一种仪式，也是对来宾的敬意。不知这种古风始于何年？

盆地下沉式的会场上面没有横空标语，只有一尊立于会场右侧的木柱体，上刻一轮古朴太阳。它是亚洲诗会会标。在我接到的众多信函文件上频频出现过。据说寓意阳光之乡的亚洲诗人向往光明。

从我诗行走进了他们认同的情感世界是多么令人欣慰

在主场仪式上，我被安排上台并被一束高光照耀。我用中国话朗诵了我的诗《冰》等。英语与印地语同声翻译后，会场里响起热烈掌声。我颇感意外。下得台来，好多异国诗人，真诚友好地冲我微笑点头。见我不懂英语，就伸出大拇指向我表示祝贺赞赏，眼里含着敬重和真诚。他们用斟满奶茶或咖啡的杯子走过来与我碰杯。在他们深情注视中，仿佛我真是我的那首诗中不幸与痛苦化身。印度、日本、斯里兰卡等国的诗人和甘地大学副校长他们纷纷对我说："我爱您！""给您许多我的爱！""我爱你纯情专一！"并在我手册上留言。当天晚上，我和同行的杨小姐还被他们盛情邀去，长谈至深夜。其间印度著名诗人阿拉维特还深情朗诵我那句："我不愿让它／轻轻溶化／只因在痛苦中／冰着我最初的纯真。"诵后他黯然伤神泪水盈眶模样，一时震撼到我。从我诗行走进了他们认同的情感世界，是多么令人欣慰。

手携金属光泽的诗稿长卷登台

日本著名女诗人白石嘉寿子，见了面，不由分说她便断定我来自中国。未待我掏出名片，她就在自己小巧芬芳名片上，用中文写上"白石嘉寿子"，递我手中。这位出过 27 本诗集，并有着广泛读者的日本女诗人，乍看还这么年轻。

她描得如中国瓷娃般浓黑眼角，红红的嘴唇，天然色泽的及肩长发，更有那右肩坚硬隆起，左肩松软下垂富有日本味的现代服饰，让人无法猜测她实际年龄。白石诗人同样认为我从台湾来的。遗憾的是这次诗会没有台湾人参加。我告诉她我来自大陆。她欣喜一笑，眼角弯弯地将皱纹显现了。白石诗人告诉我，她今年已 57 岁了，不久将来大陆，改定她汉语出版的第二本诗集。

她登台朗诵情景别致。当会议主席阿肖克先生介绍着她的履历之际，白石诗人就手托一只如热水瓶大小的木制啄木鸟，从一侧出场。在她手动啄木鸟发出的"笃笃"声中，先在主席台四周绕了一圈。然后手携闪有金属光泽的诗稿长卷登台。诗稿是特制不粘两层纸，外层是锡纸。开诵时她用日语边吟边展，长卷落至发言席前的地面，并发出锡纸特有的清脆窸窸窣窣声。随着诗情起伏，窸窣声时强时弱，时轻时重，及至高潮时，她手捏长卷锡纸作忘情挥舞，一时那特制诗稿如"兵戎相见"发出窸窣声质强烈的"效果"，全场神情专注、屏息敛声……

这种别出心裁、着意渲染的朗诵形式，总算让我领略了异国诗人的一大风采。

我提起长裙上前接过炭笔，挥写上墙

博帕尔艺术中心，曾出版过世界各国诗人的一万多本诗集，以博藏各国著名诗人手迹而荣耀世界诗坛。

还记得那一刻，我们大家捧着咖啡杯在一条长廊前浏览。一侧巨大布幅墙上有英文、日文、阿拉伯文等不同国家语言的诗句。我移步上前细看，忽听得有人唤我名字。回头见是大会主席阿肖克先生，他笑着疾走二步，向我递来一支硕大炭笔，足有小手腕粗，要我也在那上面题诗。我心中陡然升起一种热热情感，提起长裙上前接过炭笔，挥写上墙：

我不知丢失了什么
突然在一个瞬间获得
只有在我满足的时候
才知道我丢失了什么
　　　　　中国　　陆萍

我听得四下响起掌声。阿肖克先生却一把拉着我，让我跳下台阶。接着他紧紧拉着我右手，喜形于色在他胸前将我转了180度。我放怀尽笑。我个子小可能是原因之一。他这种狂放浪漫，在我已是再度领略。首见那会，他还将我如舞场转我几个360度呢。显然，他对我这次能赶及亚洲诗歌节博帕尔开幕式，感奋不已。知我语言无法交流，就用夸张动作表达心中快意。后又拉我去炭笔诗墙前请记者为我们合影。

依样画葫芦的汉字

这时，后面又响起一阵喝彩。回头见五六个印度青年诗人正"Lu Ping China！""Lu Ping China！"欢着呼着向我们走近。我敢断言，他们不全是赞赏我，也不是出于对这几行诗的理解，但可以肯定是对中国文化的敬重。我心生感动。

"Lu Ping China！""Lu Ping China！"（陆萍中国！）我在他们诚挚热烈中忽发奇想，又在四句诗后添加了一面迎风招展的五星红旗。于是欢声又起，他们跳跃着一下子拥着我……有人拿着一本心形簿子，示意我题上这几句诗，我立即应允，掏笔题写，在交还他前还笑着取回，也在后面添了五星红旗。其中一位旁遮普邦青年诗人，打着手语，向我索要昨天我曾赠过别人的"友谊卡"。开始我不解其意，比画半天也不知其所以然。见他匆匆从口袋里掏出一张纸，再向我要过笔在上面依样画葫芦地画汉字，我一看就知道是"思念"二字。

我立时明白过来："思念"是"友谊卡"之一。上海人民美术出版社当年出版印制一种小巧精美的贺卡。一面文字，一面图片。编辑曾对我说，海外这种"二指宽大小芝麻卡"很行俏，出版社也想尝试，请我写文字。印制时改名叫"友谊卡"。卡片到手后，恰逢我出访印度，我就当出国小礼品。只是请人将我每张卡上的中文，翻成英文也写在卡上。

我即在挎包中找出这一张"思念"，递到他的手中。他高兴得真有"言之不足，歌之；歌之不足，舞之蹈之"。

"思念"的画面上是两叶相偎的风帆，在朦朦月色中驰逐。我的中文是："那曾相逢的一天，已深埋进我记忆的大海，变成一颗红豆似的珍珠。"

他们眼眸闪动着友好圣洁的光。我欣慰不已，没想到印度远方的陌生朋友们，居然能描绘"思念"两汉字大概轮廓。这让我真心感动。

呵。这突然降临的一切，我感到非常好奇、欣喜和亲切。

1988-3 匆记　2022-10-29 修定

母亲岁月

前几天，去了小弟陆廷的画室。

小弟说，老妈好好地吃了最后一顿晚餐，半小时后"立地成佛"走了。永远走了。她选择立起身来"走"路，不连累子女、不再受子女一粥一饭，哪怕是一点点辛劳。老人家走得豪壮利落，走得风爽雷动，就是要子女们继续做手上该做的事业。如果我们居然就此垮塌，老娘选这个样子走，不是白白了吗？

小弟一番话，说得在理。我看着画，不由和廷弟在他的这幅新作前留影。

新作是一幅尚未杀青的油画。乍一见，有种"冲击"让人猝不及防。

其实也只是日常中最普通的青菜萝卜而已，然而画家陆廷将之搁进一只毛刺刺的竹簧篮里，而且是那样"毫不讲理"地往一只红木茶几上一放！

看那只画上的白萝卜。白萝卜的平常普通，是普天下人都熟悉的那模样。然而当其就这样堂而皇之出现在画布上时，那种深刻到骨子里的"平常普通"，还是那样令人惊愕，甚至有种"敬畏"感油然而生。顿悟这敬畏，原本就从寻常平凡中植的根啊。画面中的这只萝卜，已经不仅仅是只萝卜了。其浑身上下散发着的神圣光彩，正诉说着至关紧要的话题，感染着在场的每位观众。这非同寻常的萝卜已经越过"青出于蓝而胜于蓝"的意境，直达艺术之堂奥。

有天丁部长（上海市委宣传部长丁锡满）到访陆廷画室，一进门，见眼前是只茶几和一篮子青菜。他不由自主地将手往"茶几"一搁时，竟冷不防被吓了一跳。

收神。看画。半天说不出话。所谓"艺术的魅力"，此可一喻吧。后来我在报业集团的大堂见到丁部长时，他对我如是说。末了又竖起大拇指补一句：你的阿弟噢，勿得了啊……

红木茶几和竹篮青菜不合情理地"混搭"，不是空穴来风。那是在老妈走后的两三个月中，是家弟悲痛的内心世界天翻地覆的情绪投射。他画笔下饱含情感的色彩，喷溅着无声的泪雨，以一种"不讲道理"的混搭、一种颇显唐突的象征，用一种矛盾纠结的画面，倾泼哀情，撞人眼球，击人思想。

世界上有种痛苦，浓重到可以让人的心，沉到一个叫做"底"的地方。什么叫"底"？我无法形容，但可以拿家弟陆廷的这幅画来解说。底，或许是个有底气的所在，是阴阳转化的临界点。那悲痛化成力量，在这儿就能自圆其说了。

一个人的精神，经受住"烈火洪水"的考验，还能站住脚跟，这个底气也可以叫定力了。陆廷的原创油画所蕴含的那个叫艺术的力度，不是靠眼泪、靠叹息所能完成的。他要脚跟稳稳地站在画布前，随着思绪放飞、想象凝聚、色彩神秘变幻之中挥动着手中画笔……沉默而坚定、无声而有色……这与悲痛有时一点关系也没有，有时却全部靠它产生。

已有人欲出高价，收购这幅画。廷弟心不在焉。我知道创作，有时与金钱也可以是一点关系也没有的。

老妈的大名叫李蓉贞。她的出身，用当年乡亲们的话讲就是"李家大小姐"。她自小在常熟章基村那"出了常熟南门第一家"之称的祖屋里长大。那儿当下正在响应习总书记"美丽乡村"的建设。家乡在现场还挖掘保留着母亲娘家原址"耕徐堂"的实物遗存。

老妈"走"前二月，外孙女们安排她游山时，入住了灵山精舍一家五星宾馆。她看到农家喂猪的石槽、硕大的水缸等等，居然成了大堂显赫的摆设时，对我感叹道："世道真的变了啊，怎么我小时家灶膛、场上的寻常之物，现在倒过来，摆上了前厅后堂……"老娘一向品性清高。听她一句"我手臂上骑得马"便见一副刚烈。她只是不幸遭遇那贫困年代及养育着我们一大群孩子。为了一家子的生存，她付出再付出、透支了自己。

所以看那一幅画。在沉痛悼念娘亲时，廷弟画笔下、脑海里，横竖觉得"非此表述"不可。

一种高贵与卑下，一种寻常与稀罕；一种沉重稳实和一种"低值易耗"，就在家弟的思绪里画面上，如此激烈温和地成立，并且活生生地抽象了老妈的一生。本是"大人家"的出身，却要为维持最基本的生存而忍辱受屈且含辛茹苦。

生活的本质，终究和萝卜青菜一样平实。平实到让人心安，这或许涉及一个词——底线。老娘是"底线控"。她控得很好。上面的青菜萝卜和下面的红木茶几，其实都象征着一条底线，只不过，一个代表下限，一个代表上限而已。老娘在那特殊的年代，以她自己的方式一线对接两限，这要多大的定力啊。

七个孩子从呱呱坠地，到一个个立业成家，"底线"的天地又是如此狭窄，纵然心高气傲，但生活窘迫；一时无法变现的家居硬件，与汤粥度日的生活现实，抽象成"青菜萝卜搁在红木茶几"上了。这既是当年家中寻常一景，更是想生存下去的不二选择。

陆廷的大智慧，在于"无为而为"。他或许没有耗精费力地去构思，只是在悲情痛怀中，画笔下"一不小心"就调兵遣将地来了这么个组合。最高境界的艺术作品，都是不经意间流出来的，是神助。青菜萝卜与红木茶几，这时竟成了绝配。

所以，我觉得陆廷画笔下，那个红木茶几上的青菜萝卜，便是老妈的人生缩写。老妈养育着我们七兄妹，正好碰上了那个艰苦的年代。吃不饱，也要让我们不很挨饿；穿不暖，也要让我们不很挨冻。家弟画笔下的那个粗篮、青菜和隐在下面的红木茶几，就是我们艰苦生存的符号。

我对廷弟说，这幅画的题目能否命名——母亲岁月。因为隐在画面里这个主题，几近贯穿了老妈一生。家弟朗声说：好！

2012-2 凭栏投一问 四顾空古今

23

我满怀欣喜轻轻抽出

在整理书房及书柜里的书稿。如果没有这些文字记录，以及承载文字的纸稿书本，我很多年岁就不知飘散到哪里去了。

空留在肉身上沧桑，只说明人曾经从漫长岁月穿过时烙上的痕印。曾经活龙活现的内容早已风干蒸发，灵魂虽然不死，但也被年轮压扁，蜷缩在字里行间进入隐身模式。

一次登梯书柜高处，边理边翻时，觉得手中这本与我似不再有关，也不想让它再占我有限的书柜空间，于是随手扔入弃物堆。书刚离手，却鬼使神差，那手僵在半空……因为我在凝神寻思……似乎刚才翻时，书中夹有信封，封口已开。自己也曾用手指轻轻扒开信口，发现仅是一个空信壳而已，随念遂弃。但我脑电图上又在回放——信封一侧内壁，明明有方格稿印痕，而信封却是白纸做的啊？难道有信……想着便立马猫腰下梯，去捡拾回来再细细察看。

果然！信封里面确有一片方格稿纸信笺，长年处在重压之下，已经极其纤薄而几可忽略。我轻轻抽出，满怀欣喜。且不管它是什么内容，那种失而复得，足以让我神秘得如获至宝。我小心翼翼地展开，读上面的字：

陆萍同志：

　　读到您的《冰》，我的心为之颤动。你的诗我只读过这一首，但我已从心灵的深处喜欢你的诗。我久久地注视着你的面影。我相信总有一天，我会读到你的《梦乡的小站》的。这本诗集哪儿能买到呢？祝您幸福！

　　程洪明　1987-12-1　信封上地址：江苏干于计委宿舍一楼6—15

　　我掐指一算，时间已经过去了33年，要不要给写个回信呢？如果一封信一个来回要33年，那么一辈子充其量也就二通信吧。

　　岁月深层泛出的感慨，尽是梦幻般的光影。不坚实不可靠。甚至是事情到底发生过还是没有发生过，这一刻，都呈不真实的状态。

　　33年可以天翻地覆。可以物是人非。可以今非昔比。也可以不忘初心、牢记使命。一切的一切，都是可能而且都会发生的。

　　总觉得是对读者的一份亏待、亏欠、亏心。虽然在我，是无意也是无奈。至少这种愧歉感，难道不正是我一辈子坚持写作的理由吗？哪怕不得分文，哪怕损失惨重。哪怕颗粒无收。

　　不。作为一个作者来说，我已经丰收满仓。

　　不想我上面所写文字在博客发出后，有天在"天涯诗会"忽然看到程洪明的"致诗人陆萍"。打开一看，居然是上文有了回复，原来是我热心的粉丝，网名"七月流火"将我博文转发了出去。那一刻我有点激动。而他的回复更让我有种获得的欣喜。照录如下：

晚间，在"天涯诗会"专栏，看到陆萍贴出，我 1987 年 12 月 1 日给她的信。——影印件清晰，清晰的影印件，让我心头一热，泪水夺眶而出……

33 年过去，我已由 30 多岁"大小伙子"，步入 70 余岁老人行列！——感谢诗歌，诗歌让我的心，依然有阳光，依然有雨露，依然有人牵挂，依然有我含泪凝视的背影……我想告诉陆萍的是，她的诗，曾像一缕晨风，吹动过我诗海泛舟的风帆。她的诗集《梦乡的小站》，我托挚友诗人王辽生，1989 年在苏州购到。我还想告诉她，她的诗，曾伴我到过惠特曼的故乡，普希金的故乡，夸西莫多的故乡，安徒生的故乡……

遥祝陆大姐长寿安康！ 2020 年 3 月 3 日夜于空心巷顽石斋

有种释怀的快意充溢心头。有种错失久远的美好，终究呼应了我。

初时的冲动很快平静下来。我们都没有急切地寻找对方，漫长岁月历练了我，想同样也历练了他，或许我们都从中已获有了最可宝贵的财富。

您好！程洪明。

2021-2-1 凌晨 0:22　心有钟响

草原精魂

草原上数不清的野花，满目星星点点。在茂密的草丛里低头细看，红的黄的绿的紫的白的，每一个花骨朵，都娇都艳都活力四射。

我们的越野车在大草原上驰骋。方向全仗天上的太阳。

何谓草原？我到了草原才知道。草原是平展展的一望无际的土地上，长着清一色的草，都是草本植物，连一丛灌木都没有。土地平整得像操场，没有起伏的土坡，更谈不上山岭，甚至连稍大一点的砾石都没有。草原上也没有路，车子可以在上面东南西北任意走。

马在这样的环境里，当然可以悠哉悠哉不为坎坷折腾。所以草原上的马很温顺。它不像新疆的马，因为它蹄下的路，通常都是崎岖不平的，所以性子粗野。

草原上的牧民把缰绳递给我说，别怕，你骑着走就是了。果然，这马很听话，它瘦瘦的，慢悠悠地在草原上"的笃的笃"地走着，偶然也低头啃点儿草。人坐在马背上真是可以走马看花。"走马看花"这一句，也许就来自此番情景。但有种惧怕，仿佛在心底悄然抬头，曾经的那次历险，在脑海又飞奔而来……

二十多年前，我在新疆的天山上骑过马。付了钱后，牧民就将手中缰绳递给了我，扬扬手，让我兜一圈的意思。那是我第一次骑马，跨上马背，只觉得马背上热烘烘的，这个感觉在我很是意外。以往在视听中接受的骑马画面，传递给我的信息只是一种冷冷的刚烈。这烘烘的热，于不安中便让我觉得自己这回是"真的骑马"了。

骑上真实的马背，放眼蓝天的一瞬，莫名其妙就有种自傲感，电影中扬鞭策马的镜头一一在眼前掠过。好想自己也这么货真价实地潇洒上那么一回啊，是的，眼下机会已经降临。

牧民辟出的路，平缓地依着山腰展开，马儿驮着我左闪右耸地走着。正当我的感觉合上它的节奏时，马却突然一个趔趄，撇开那好端端的路不走，竟直冲冲地往无路的山脚下狂奔而去。山坡很陡，我一时坐不稳，身子向后仰倒着，手中的缰绳早就脱我而去，感觉完全失控，我吓得大声惊叫。但是那瘦马全然不顾，且越跑越快，近乎腾空而起，我魂飞魄散，意识中一片空白……

我清醒过来后，发现我靠在一堆干草上。有人告诉我说，当时是旁道上一个骑在马背上的牧民，见状即一抽马鞭，猛扑上前揪住了那扬在空中的缰绳，这才实打实地制服了我的那匹野兽那匹瘦马……

自从有了那次经历，我见到或听到任何有关马的话题，总会情不自禁地想起那一次历险。很快，租马的时间到点，扬鞭策马的样子也做过了，照片也拍过瘾了。大家又成群出发，欣赏草原夏季景色。

走着欣赏着，在一望无际的草原上，没想到人也很快会审美疲劳，哪怕地上的花儿再美丽；正当大家枯燥着觉得百无聊赖之时，广袤的大草原上，忽然出现一湾清清的水塘，真是奇迹！只见水面上倒映着远处的牛群，倒映着蓝天和蓝天里的朵朵白云。这种景色是我们在小说、影视中见过。但蓦地置身其中时，我们有种被"接通"的上电般的兴奋感。大家一扫懒散，个个精神焕发。

我们向那大水塘走近再走近，越近水塘，草地的花儿就越特别。我随手采着心仪的花朵，与大家一起兴致勃勃地向深处进发，企图挖掘人生在世的宝藏。

草原里水塘胜景还没欣赏结束，没料意想不到的新奇迹又降临了！

在草原与云天的尽头，忽然涌动着一长条的跳动的黑点点，径直朝我们而来。

"哦！野马群！野马群！"陪我们同行的蒙古族人挥舞双手，惊喜地叫了起来。说你们今天真是幸运啊。

啊？真的吗？野马群！传说中的野马群，真的让我们碰上了！是真的啊。我们大家欢跳起来。陪同人员立即叫住了我们，让我们保持安静，静待野马群慢慢走近。

我们目不转睛，心驰神往。惊喜、期待、紧张、兴奋啊。

只见奔腾的野马群，跃动着慢慢前进，一股股青草的气息，随烟尘扬起。一阵阵，一阵阵亦步亦趋向我们逼近。我们敛神屏息，几近是倒退着愣在那里。野马群呈一横列踏踏踏地扫来，在风风烈烈的烟尘躁动中，渐渐由小变大。我拼命让自己全神贯注，睁大眼睛目击这幸运，是如何在我们面前真实地发生。让那种感觉丝丝缕缕地走过我的身体，梳理过我每根神经每个细胞，享受这份荣耀。

看清楚了，都是黑不溜秋的，油亮的臀部，肌肉鼓鼓的，匹匹精壮强健。目测中，估计不会少于四五十匹吧。

好个草原大自然的精魂。那份躁动、活力、敏捷，天地间灵性的美啊，留在我脑海中的都是夸张的强健的线条。

热情的主人见我们为马群如此雀跃，就破例悄悄开出三辆大巴，远远地绕到后面去包抄，企图让马群没有退路而更跃向我们。当马群被迫接近我们时，我们兴奋得马上摆好了架势，打开了镜头，一时"嚓嚓嚓"声不断，我们多想在大草原中，领略真正的骏马，亲密接触大自然中的雄壮与激越。

当我们的梦想即将踏进现实，真正"和烈马面对面"时，蓦然，领头的一匹马，前蹄腾空仰颈长啸，于是马群中瞬时腾起圈圈儿的尘烟，那大约是马群接到情报，正紧急收步改变着方向，一时浓尘就如当今城市中的重度雾霾一样，眼前景象都虚虚实实成了个大概。隐约中但见一匹匹马举起前蹄，在愤怒的嘶鸣声中都勒步转向，跃蹄扬鬃绝尘远去！那阵势正是壮怀激烈撼天动地。

当一切安静下来时，只见那野马群已成了前方地平线上一排跃动不安的黑粒粒了。随即便消失在天地深处没了行踪。

我们一个个站在原地发呆。

知道是我们人做错了！大草原那桀骜不驯的生灵，岂能受得人来指挥的耻辱？何况是在它们的地盘上！

马，终究是马，哪怕再温顺的马也烈性不改。

1998-11-2　虚静忘世　物化忘我

跳三跳

我家窗外是一个小学操场。沙坑、跳高架、竹竿等，孩子们的天真、纯洁和淘气，让我被岁月模糊了的回忆，常常会在这里复活。

一个炎热的晌午，成排成排的树上，知了们正奏响着一部红火火的大曲。可是，我的心头窝着火，正抑着一种无名的烦恼。站在窗前，漫无目的地凝视着窗外……

忽然出现了六七个男孩女孩，仿佛刚出笼的小鸟，挥拳伸腿，乱蹦活跳，这会儿没有班主任，没有体育老师，他们尽情沐浴在汗渍渍的阳光与热辣辣的自由之中。

竹竿被晃动了一下。矮个儿男孩初试身手后，就地蹲下，兴许觉得脚头不得劲吧，猫腰去系鞋带了。后面一个高个儿男孩咕哝着，不耐烦了吧，推他一下。他不让，还在系着。忽然，他出人不意地从背后撩起一条腿，在蹲着的矮个儿男孩头顶上，悄悄跨绕了三圈，随即溜走。边上的男女孩儿们都悄悄捂着嘴笑，没出声。

矮个男孩正专注手上的鞋带活儿，丝毫不曾察觉。

这使我想起儿时的情景来了：胯下之辱啊。谁要是头顶被人跨一

31

下，谁就得一年不长高；现在被跨了三下，这对于矮个儿男孩来讲，意味着什么？不与高个男孩有一场厮拼是过不了门的啊！我想矮个儿他幸好什么都不知道。

他突然起身了。想他鞋带也该系紧了，可要一显身手，咻溜一下爬到竹竿顶了吧。然而，不！

我看见了什么？当他刚站直的那瞬，仿佛早有准备似的在原地"咚咚咚"跳了三跳……我惊诧不已，儿童世界里，这种奇妙的信息反馈是何等的神奇！

这三跳，又跳醒了我的另一个记忆——凡"胯下受辱"者，只要立时在原地跳上三跳，就可对抗被人跨过头顶所带来的厄运，双下扯平。而特别要紧的是这三年里，人，照旧能长高。

我笑了。童心复活。这童心里，也深藏着学问。

矮个男没有兴师问罪，更没大打出手，而是心灵感应后，不假思索地用自己的力量"平息"了事态。

这种自拔、自勉、自救的力量多么神！！它能荡涤别人给你蒙上的羞辱，抗衡外界的流言蜚语，让人的尊严闪耀出光辉，并堂而皇之地站立起来！

热烘烘的蝉鸣又让我回到生活应停靠的站口。那里，刚才临时卸下的无名的烦恼还在等待着我。

但我觉得已经一身轻松。我的灵魂仿佛也在原地"跳了三跳"。

别人或许委屈了我，误解了我；然而，我却可以用自己的持守、奋斗和执着，抖落原本不属于我的尘灰污垢呵。

1984《文学》杂志发表　一默如雷

补记：2021-1-17，"作品人物网"偶然跳到我电脑屏幕上。一篇发表在 37 年前的小文《跳三跳》，在 2020 年 10 月 17 日，由此网责编"千面之神"发表此文千字赏析，行论精当，走笔厚实。真是小文获大评，拙文获高赞。此文我早已忘却，恰逢手头正编散文集，于是略作改动收入本书。

那片云雾

　　正是金秋九月，山野间弥漫着芳香的气息。我们几人从天台山国清宾馆出来，驱车去"石梁飞瀑"。

　　车子在陡峭的盘山道上慢慢前进。山谷洼地陡落千丈，空茫处蒙着一层半透明的云岚。我不敢从侧窗往下看，两眼只是直直地看着前方。有时眼看前面没有路了，却蓦地峰回路转，又是柳暗花明了。

　　"你看你看……"突然，朋友惊叫着搡了我一下，嘴巴张得老大。

　　果然，远处白云间浮着一个山顶。也可以说，大山在蒙蒙云雾中露出着一个头。那山头如轻纱缭绕，在雾海里时隐时现，飘逸迷幻。这风光曾在画中见过，现在忽然真真切切来到眼前，反而觉得有点不真实了。

　　于是，我们决定与她亲密接触，享受一下"零距离"。

　　下得车来，一路走去。我不时仰望，不时抬头仰望，不时头抬得高高地仰望。

　　望着那耸入云霄的山峰，使人想起种种神话和传说，也想起先哲圣人，还有藏身梦中的高不可攀的殿堂。美妙的大自然，总使人远离尘世。

那时，是我初次采风出游，还真是第一次如此真切看见托浮峰峦的云雾。

"我们上去！摸摸那片云雾。""是呀，天摸不到，碰碰那白乎乎的雾总成吧！"朋友说。

"那当然！"我们在心头憧憬着，脚下加快了步子。山路蜿蜒曲折，我们却始终目不转睛地瞄准那片山头的云雾，艰难地前进。

但见那淡青微紫的云雾，虚虚实实，将个山头搞得真真假假，这让我们心头充满着悬念。

山路陡峭不平，让人累得气喘，带刺的草叶弄得我手上出了血，满是紫浆的野果子，将沿途的山石染得斑斑驳驳。山间石缝时有水珠滴滴答答。我们一步一级山石，不达目的，誓不罢休。

山路湿乎乎的，大山的背阴处生满绒毯一般的绿苔。经历了好长时间的跋涉，但见目标已非常接近。我认准了隐在云雾里的那蓬树梢，一口气拼足，噔噔噔地扑上前去。

到了那儿，树梢连同她整棵树，已完全裸露在我们面前。这是一株我们说不出名儿的大树，三人来高，青青碧叶如水洗过，指甲般大小的叶片纤尘不染。奇怪的是，曾经裹其一身的云雾，不知何时竟消失得无影无踪。

云是什么呢？雾是什么呢？我当然知道云雾是热空气碰到冷空气凝结成的微小的水颗粒。但是物理现象的解释，这一刻似乎满足不了我的好奇。这儿的云雾不见了，那么再找个目标，一定让我用手亲自摸到它。我有点神魂颠倒的执着，眼望前方，瞄准一片更浓密的云雾中的目标，"噔噔噔"再一次去体验。

山路越来越陡，每上一阶，高而且滑。我小心翼翼，大汗淋漓气喘吁吁。几次想停下步来，不想再上了。但隐在云中的目标诱惑着我，仿佛对我说，你上来呀，我让你摸到……我一鼓作气冲刺上去了。

　　然而，当那目标再次实实在在呈现在我眼前时，我又一次发现——轻盈飘忽纱绸般的云雾又消失了。

　　直到我一程程登上峰顶，站在那曾被白云银雾诗一般缠绕的令人遐想不已的"崇高的山峰"上时，偶一低头，却又看见了山脚下的云层。我发现自己原来已经确确实实地穿越了云雾，然而又是确确实实地没有感觉到过云雾。

　　迷迷惑惑中我恍然大悟：美丽的云雾总在你可以看见而没能到达的远处、可以仰望却没能踩在你脚下的高顶，无论高处或远处，凡你所到之处，云雾便隐去了。

　　由此，我想到了那耸入云天的事业的峰峦。

　　被"云雾虚掉的一片"是什么呢？不是神幻的迷蒙，而是实实在在的攀登；不是天外的灵感，而是跋涉者的汗水；不是成功的辉煌，而是辉煌前的过程。

　　　　　　1978 年秋　32 岁生日　2022-9-2 整理　忽有疏宕拔俗之感

生命的顶层

去了孙泽敏的家。上海边缘地带，独幢乡间别墅。几近环河。也就是说，他家优美的河岸线很长。够您沿岸踱步、遐思且观赏。河中有鱼有虾有螺。微波轻轻，岁月遥遥，冷不丁的往事会潜波而来，偶然对您会心一笑……

静静的院落。花式砖地的缝隙里也诗意洋溢，忍不住也苔藓附光，作迎词。古朴粗旧陶皿，从乡野老家移师魔都乡野，虽然一时它搞不太懂，但仍以本色守岗，举一把水竹迎宾。

外面院门是直直的铁艺线条。里面入室的台阶是圆弧造型。一眼望去，曲直互补，富有韵律。

刚进门，眼前有"感觉"拔地而起。渐抬头，细看才知是家用电梯。锃亮玻璃面，一时让人想起曼哈顿。不过这比那舒服得多，舒服在于玻璃的光滑质地与相邻墙粗糙层砖形成悬殊对比，相互烘托、相得益彰、相处和谐。相看两不厌。

这是一个热爱电视新闻事业的主人家。我曾去得他三处住地，屋子的大地上都有这个"黑白块相间"的电视屏幕符号。这是他献身事业的基调，永远无法摆脱。

我曾经的建议与劝说，可能是反而加强了他灵魂中的信号。要不，这已经是第四个居所，还是设计成这样。

是的，为什么要摆脱？我承认我的建议与劝说，真的莫名其妙。删除！只不过删时我想最后抓紧机会一说：高强度的工作已够紧张，回家得放松，应抛开有关行当的一切。腾出身心安享生活。即便是喝口茶，也要喝出深处的滋味。

出得大厅。这几枚南瓜充盈着泽敏无限辛劳的成就感。是虔诚供奉？还是居家摆设？主人将其摆放在大客厅外的室内庭园。光锃的玻璃台面反射着南瓜优雅的姿容。最是那南瓜独特色彩自带流量，让人敬畏大自然的造化。无可复制的美，启迪着创新意识。

这是泽敏家的整体外观。铁栅门前是两辆小车的空畅车位。但是车位上空披挂着各式绿植的棚盖，还仅仅停留在泽敏的设想中。期待。

小径弯弯向深处。那是泽敏家的后花园。

做地主。历史很好玩的。无端想起几句诗来：江海九曲到天涯，淘尽黄金洗尽沙；春秋大义何所述，历史从来一团麻。

园中一只白鹅走步，雄赳赳。伸长头颈左右顾盼，寻寻觅觅。

这是主人交给它的任务。一直这样寻寻觅觅。寻觅无止境，寻觅已达某种境界。诸位能猜中白鹅的品种吗？（私语：假的）

在沿河一隅的短墙角，垂挂一枚黄熟得似乎很有资格的南瓜。据说这是镇宅之瓜。它守在恰当的地方，以恰当的模样，长恰当的颜色，成恰当的大小，恰当地向宾客展示它的魅力。其一侧临河有主人家从童年老家请过来的一只糙石狗狗，与之相伴或是看护。

此情景，不啻将时间拉至历史纵深……让这里的生活，有了醇厚悠远的气场。

至于这枚丝瓜，也是有点资质的了。发现时就长那么大。你懂的。它也想多看看这世界。

这只苦瓜呢，还是有点艺术细胞的。它找个有层次感的墙作背景，身价就"噌"地上去。它学会慢慢长大，最好长不大，一直这样。

它懂这块土地上的老庄哲学。"无用乃大用"。以"长不大"的奢望，成就心中梦想。永远摆着"pose"。从食物链上的一节，升级成为观赏品。哈哈。

这是主人家的花园小后门外景，下雨时，一没留神，竟然就汹涌成了"一叠瀑"。说这话时，正阳光万里。但我能想象到"山野的感受"。家门口胜景，怂恿主人家最好大雨天请客。

泽敏对我说：你把"生活过成诗"，我就把"自然搬回家"。好联。不经意间成趣，乃乡间别墅"思雨轩"佳话也。

只不过泽敏是实干家，我在拙作封题"虚拟意境"之时，他却已钓鱼种菜一饱口腹。

佳话的证据：请放眼看他家前河岸水景。浪波涟漪轻幽，小河白鹭悠然，岸边院门深浅，屋宇雨檐参差。远云近烟，鸟鸣草香。

住在这样的家门里，"诗与远方"就待一边去吧。惑了多少人的这句话，其实连白鹅和苦瓜都知道真相。但它们从来不说。哈哈。

泽敏家附近的会所，也是证据之一。看着勉强也算是个"诗与远方"吧。"勉强"是因为"人为"制作。哪怕制作再地道，却从来都无法与"天然"匹敌！它不过是将木料、石块、人造板、塑钢、水泥等等等等，不惜"阿谀奉承"，不惜"跪拜讨好"，着力想挨近"诗与远方"。

当一轮真正的太阳（在主人家淀山湖西边），它哪怕是行将收摊，也是夕阳辉煌啊。辉煌您懂的。那种自然力的震撼！那种宏大舒展的叙事力度。风情。格局。真实。不可抗拒。

它根本不在乎什么网红地、打卡地这类即兴时髦。它千千万万年如一日。它没有开始也没有结尾。

这就是真正把"生活过成诗"了。这就是泽敏您把"自然搬回家"了。更是"诗与远方"最可靠的模样。要知道，这一切，一切的一切，就在泽敏你的家门口。

拥有这一切的，就是孙泽敏和他的太太王老师。可以这样说，天空是他俩的，河流是他俩的，土地是他俩的，更是那万物生长靠的太阳，也是他俩的。

至于土地上长出来的青菜、萝卜、花朵、果实等等等等，那是他们游戏着玩的小生小活。生命的行程到点下车，泽敏就进他的"思雨轩"了。轩里果蔬豆瓜，鱼蚌螺虾，情热智光，朋友天下……

泽敏家归来，昨天匆匆草章。今觉意犹未尽，不禁感慨：

一个人，不管曾经如何成功、辉煌，抑或平庸、无为甚至落魄，都是各自一生中独特的宝贵财富。没有可比，也不怕一比及不必一比。成功人生的背后，少不了高强度的痛苦碾压，而平庸人生的内里，也有道不尽的轻松愉快。老天暗里给人的份额，其实是一样的，喜怒哀乐都匀在每人生命的章节之中。

生命马车自有它自己的站点。下车的站台，或在都市或在乡野，或在豪宅或在陋室，健康着快乐着，就是已经在生命的顶层，把"生活过成诗"了。

2022-9-19 群发本人微信公众号"生活过成诗"，号名乃本人拙著名 2016 出版　2022-9-20 凌晨 2:35

黑脉金斑蝶

　　看探索频道的"黑脉金斑蝶",不禁让人浮想联翩。它们成群结队从北美每年要飞往墨西哥森林中过冬。雌蝶将卵产在乳草上,这是一种牛羊吃了都会生病的毒草,但黑脉金斑蝶没有此草却不行,也许是它吃了毒草,自身带毒,反倒能在大自然中生存吧。这是自然界自定的严酷法条,顺其者昌。

　　黑脉金斑蝶是地球上的指标生物,表明着地球上的生存状态。如果毁了黑脉金斑蝶,无疑是将四千年最优秀的艺术品毁掉一样愚蠢。这种生物与生俱来的长途迁徙是它的本能。也是大自然神奇的呼唤。

　　但科学家至今还弄不懂它们何以知道并且认识那遥远的墨西哥森林呢,它那柔弱的翅膀何以能飞越风雨雷电,在千难万险之路途中,又为何只朝一个方向飞去呢?几百万只黑脉金斑蝶在空中飞舞,如彩色雪片儿一样让人狂迷不已。一派极其独特的生态旅游景观的画面,成了当下的"打卡之地",总会让全世界来的游人如潮。

　　它喜爱人类有轻微骚动的森林,也就是人类轻度对森林的砍伐。我喜爱这档节目,是因为人在这个节目当中,世界就变得非常真实。

虽然时有弱肉强食的场面，但是更多的时候，却是一种人类社会无法企及的简单和公正。

它们喜欢成群结队地栖在一挂树枝上。颤颤巍巍的枝条常因沉重而折断，这时空中便飞扬起一蓬蓬黄黑混色的蝴蝶风尘。这道风景也着实迷人。

这只小小的昆虫真让人感动不已。尤其是那羽化的一瞬精致绝伦，煞是神奇。虽然电视是实拍写真，但荧屏上的镜头，却会让人觉得它的羽化是运用了现代科技的结晶。

自从那附在乳草上透明的小颗粒卵，过几天后就开始不停地吃乳草叶，几近是一只"吃的机器"，直到长成一条胖胖的小花虫。虫再不停地在叶上吐丝，吐成一个丝盘。再在丝盘上吐成一个小丝垫，虫子便将尾巴粘在丝垫上，让整个虫子倒挂在空中，头部再不断地往上翘动，翘动，再翘，企图与身子合成圆圆的一团；忽然就蜕皮，将黑黄相间的外皮掉落，忽然就将整个外部变成翠绿翠绿的蛹了。在蛹形成前，它里面所有的器官全部消化而变成一种非常神奇的液体。上端只露出那小小的黑点点头部。

大约十天后，最神奇一瞬将要到来：神奇的"液体"，正在悄悄地进行重新组合而华丽变身，待钻出蛹皮时竟即刻"羽化"了，成了有翅膀的黑脉金斑蝶。只是它的翅膀片儿很小，而身子却很大。但是很快，它的胖鼓鼓的身子开始瘪下去，原因是将营养全部输送到翅膀中去了。翅膀再如气球般慢慢大起来大起来。真是神极奇极，个中之妙，非我笔力所能描绘。

津津有味地看完了这个节目后，节目中的情景，居然整天缠我绕我；一会儿小丝垫，一会儿蠕动的小虫，一会儿这一会儿那什么的，我知道如果不将其付诸文字，我将无法搁置它于我心脑之外。

整理这篇文章时，微信时代已经来临。有个"师说"平台上的施一公先生的文章《宇宙中还有95%未知物质，神也可能存在！》刚刚发到我的手机上。

好像是专门来回应我的感慨似的，我觉得如果没有"神"，谁，能创造出这样美好的世界呢？

1994-5-26 匆记 2018-7 整理　灵魂是自己开放的

冬青永远

大年初二，正走出宾馆大门。手机有动静。一看是小航发的……顿时惊愕不已！转念一想，大约是弄错，立即在手机上回复："怎么可能呢？！"

刚发出，意识到"否认"有矫情之嫌，反正两分钟没到。撤回。

一时心头那些个乱绪，在寒风里狂飞。

正逢节日里结伴在外。有事情直接插进来。我一边应付一边心慌意乱。悲痛没有马上跟进，我还在信息的麻木中挣扎着，阴阳是天地遥隔，这可不是开玩笑的事啊。

"冬青"这两个字，这时像阳光温暖又像利剑刺心，怎么可能会与"悼念"联结上了呢？

马上又与最先发朋友圈的小航联信："怎么回事？冬青？！"

期待着小航反悔，说："发错了。"

可是我没有等到回复。心忽然就颤抖起来，很剧烈。让自己始料未及。听得旁人说："您怎么啦？脸色介难看……"

我回头看了他半天。也不知道为什么看他。仿佛他要再说，事情的糟糕，我想就要怪罪到他的头上了。

我收回目光，长时看脚下走着的路。可是，他又过来问我人舒服吗？

我驻足停神。不说。正新年头里。再讲所有解释又有什么用！我朝他摇了摇头。这时我正与一拨人走在乡野阳光明媚的大路上。

忽然觉得这阳光，这明媚，真是多余！

想必心比脑袋敏感，脑袋还是处在麻木之中。不知情的朋友一路上与我说着开心的话。我的回答，却文不对题。

内心的往事飞沙走石：温和的笑脸，动听的声音，优雅的风姿。这辈子里，其实我们统共才四次见面。一次是去南京采风，一次是上海作协大厅开国际诗会。另二次在会议正式开幕前，她出乎我意料地赶到我活动的场所。其一在青浦野马滨，是我两本新诗集的再版赏读会；其二在离市中心很远的傅雷图书馆举办的"陆萍诗歌赏析会"。

她风急火燎的神情。她刚刚下的飞机。她热烈深情的拥抱。她内敛谦和的气度。她的《大海到底有多老》。她的《父亲》。她的……她……

读过她的诗。有震撼到我的句子。我这人记住人家的名字，往往首先是因为诗句，因为文章。不由自主的心理倾向，最初都缘自文字。

她对生命的透彻理解，构筑了她笔下诗行的高地。甚至，她几乎将自己的性命，交付到冶炼诗句的熔炉。

其实，仔细想想，这世界上的好东西，都是用命换来的。

倒过来也可以说，将命都给了诗的人，笔下的诗能不震撼世人吗？

冬青啊，您的诗进入存在的中心。你的诗到过生命的边缘。你的诗攀至人性的巅峰了，是不是就觉得可以一走了之了？到大海、到天空去藏身了？亲爱的冬青，得知消息，我一口气仿佛被噎着，有洪流般的东西在向我倒灌，很久说不出话来……

当这个噩耗袭来的第二天，我从外地回到上海的家。

念兹在兹的是您的笑容您的诗句。《大海到底有多老》，您这本诗集的题目真是好。别出心裁，您有天荒地老的格局，出题也就是山穷水尽的把式了。世人要学也难。

日后的我们，在不多的微信往返中，我常常就以"大海到底有多老"起头，与您打趣……银行工作的您，得知我不理财时，就教我用手机上的"理财通"。我遵嘱，果然很好。意外的是，当那理财产品，忽然被银行告知提前中止时，却突然收到您走的消息……冥冥中的巧合，难道也是您留世的气场所致？

无法回避。残酷的现实，终究又搁上我的心尖。

现在不是回忆的时候，我该"火急急"去做点什么才对。忽然，一个激灵让我提了神。阳台显要处一盆"肉肉"正怒放。知道它的名字还是前几天的事。邻居来家串门看到，很眼热，手机一扫，告知我它的名字叫"天使"。

我想，那我何不让这些"天使"，护送冬青您上云天呢？有"天使"护着，再是天涯海角也不怕了……行笔至此，泪目。

这盆肉肉"天使"时下正值青春盛期。那无数暗粉色的小花骨朵，张扬着精神，带着从大自然深处那神秘的妆容，参差组成了十一个花朵群。为了能有今天的盛景，我曾费了多年的心血陪着它成长。当然，培土施肥除虫自不在话下。过年前，看它日胜一日地娇艳，十一簇群花蕾几乎是同时绽放的十一位天使……

世俗得以传留下来，是有道理的。要不这时，我心中为何就出现了一大捧洁白的玫瑰花呢。

即刻，我打车直奔花市。不想正是情人节，各摊位盛开的玫瑰，竟是一色艳红。但我执着于白，洁白是我强烈的情绪表达。眼目睃巡着，不惜东拼西凑，又让等待的出租车司机再奔另一花市，也总算收罗像样。看老板边扎边夸自己的手艺，我却抑不住的泪水暗自汹涌。

冬青啊，我在做什么呢？

直至按响你家的门铃，我止不住的泪水，还是打在"天使"身上，怕咸水让它受损，我手忙脚乱收拾伤悲乱绪。整肃。捧着白玫瑰和天使老泥盆我站着等待开门。

这短暂的几秒。

冬青啊，我是第一次到你家来。我为什么要来？！

我在做什么事呢？

冬青冬青啊……

2021-2-14 匆匆　2022-9-14 修订

窗外"梅花"正咆哮在线

47

铁艺台·王总

两个阳台上的铁艺台，清理颇有难度。尽管那铁杆支棱的架势，总端得那么棱角分明，即使蒙灰无数，却更显生动立体，上眼得很。若定睛细看，就惨不忍睹了。

想象着它们当初来家时的光鲜，我决定还它本色。于是身体力行，立马开工！

包括书房与客厅的，家中一共有四张啊，要去除岁月尘污的累积，是无法靠"一哄而起"就能完事的。全是靠手指的着力细活。一点点抠一点点擦，钢刷子、安利清洁剂、细砂皮、蜡液等全部冲前线去了，却也只搞个半光锃的样子。不甘，再上蜡，擦了再擦，估计我日后发作腱鞘炎的伏笔，也同时埋下了。

不管不顾，日连日，照旧干！直到浑身瘫软，跌进沙发里半天，无法动弹。身子是废墟了，脑子却活灵旋转。想象中，待一切就绪后的那惬意：温软的下午时光，阳台鲜花盛开。在声色不动却功架十足的铁艺儿台上，搁一本书，两杯咖啡，对面坐一人儿。慢谈细说中思绪灵动，滔滔不绝里构想激活。

这场景，看似夕照下的淡定，知道要后台如何的冲锋陷阵，才换得的这份从容哦。

而且，上述之情景其实还未真正切入主题。只仅仅是主角生活的一个可有可无的背景而已。滔滔不绝中的"十字架""老虎凳"之类，根本还未有涉及！

我的意思是指，在明窗净几的环境中，与人喝喝咖啡、谈谈说说中，仅仅只是某种大事的"青萍之末"，后期创作推进中的殚精竭虑，昼夜连轴的投入，有时比精神"十字架"更甚！

眼下心心念念要做的，却就是清擦、细刷、上蜡打光，一遍又一遍，发誓一定要弄个油光锃亮的面貌，才配得背景前的我之灵魂。

不写了。实在太累。今天已将四把老藤椅、红木沙发、写字台以及台下深层的厚灰污迹，统统打扫干净了。为手指能力的错峰使用，我是几路任务同时开展。

只是手，都好像不再是我自己的手了。木木的辣辣的，隐痛，且还感觉迟钝。

想到请的钟点工王总。现在是：我工作，她休息。因为她病了。她来家工作时，来电多得来不及接，我家不叫她小王，叫她王总。

我自己做得动，而且得劲，这真相实质，岂不比王总来帮忙更好？而且，这些"啃骨头"活，十几年来从不上王总法眼，更不指望能排到她之操作日程。我越干越欢。后来王总病愈，进门一惊诧……问，谁干的活？

哈，生活。

2020-4-22　文理自然　姿态横生

蝉·蟋蟀

　　身子骨不知如何是好的时候，我们去了对面小公园里一坐。我要坐在草地上，老陈就带了一块大的双层塑料布。坐着时觉得身子里所有的积压，在泥土上寻到了出口。心境平和下来。面对狂奔乱跳的一群小朋友，老陈忽然说起往事，觉得有趣，随手一记：

　　"三年困难时期"，听隔壁有一个老人说，蝉的头部下面一块肉挺好吃的。于是，就整天价想"那块肉"啊，肚里饿得厉害时，更想。但是，那块肉在蝉的头部下边，怎么能先让自己拥有蝉呢？只要有了蝉，那"肉"就离自己近了一大步。当时我听阿娘讲过，知道面筋的黏性是非常大的，我要自己做块面筋，才能捕到猎物。

　　阿娘在厨房里做面筋时的一些经验，我悄悄回想了一下过程，觉得自己也能做。于是偷偷从阿爷的铅皮箱罐里，打出一勺面粉，放上一点点水，用手捏、捏、捏，再捏，捏出的清水倒掉，再捏再倒掉，再捏，这是经验之最。最后就成了黏性非常好的面筋。将这点儿面筋，粘上一根长竹竿顶端后，我再悄悄溜出去，对着在大树枝干上停着的蝉，轻轻上去一粘，蝉就是我的了。如此这番几次下来，笨笨的蝉就聚集了一小堆。

几个小伙伴兴奋地围着我，饥渴的眼睛里写满一块小肉的鲜美。他们没有面粉，也没有搞面筋的经验，对我真是佩服之极。我揣着一堆儿笨蝉，和伙伴们喜孜孜地回家。避开大人的耳目之后，将蝉串在铁丝上，放火上稍稍一烤，香味就开始溢出。我们垂涎欲滴，拿蝉的手也抖颤起来。稍等肉香弥漫之时，就将蝉之首掐去，当时也不怕烫了，一边呵气甩手，一边早就将那下面的一块肉，塞进了嘴里。

果然好吃极了。肉在嘴里被慢慢地嚼，香啊，味道好啊。小伙伴全神贯注看着我嚼，嘴巴不由也跟着动起来。他们实在有点等不及。在我进嘴两块肉之后，后面的就是他们大家的份了。每吃一回，我们总要回味好久好久。只是几次以后，已经被家人发现了。老地方的面粉不见了。我们再搞面粉已经不行。

再是，小时候我非常喜欢抓蟋蟀养蟋蟀。有一次，我幸运地捉到了一只非常大的蟋蟀，它既帅又勇猛，回回将人家斗败。在它的面前，从来就不存在敌手。

它没有敌手，就等于我没有敌手。于是我在弄堂里，整天威风凛凛的样子。当时我的世界里全是它这只大蟋蟀，或者讲，大蟋蟀就是我！关于读书的事，就排在它后面了。每天晚上睡觉时，我总要小心翼翼地把它放在小铁皮罐头里，盖严但要让它透气，否则要闷死的。然后再在我的枕头一侧，在靠近墙和床之间的小角落里搁着。只有这样，我才能安心睡去。

后来过了几天，隔壁有个比较大的人，当时在我们眼里，他好像已经和大人差不多了。只是听得出来，大人们并不把他当成大人，因为大人对他说话的口气与我们是一样的。其实他也和我们差不多，整天在玩。不过他是专门玩蟋蟀的，据说在外面还很有名。

有一天，这个大人来了，找到了我。他说让我快把那个蟋蟀王给他看看。

我很兴奋。我的这个帅家伙，居然已被人家称作蟋蟀王了。哈哈，真是兴奋。我忙不迭地从床底下掏出铁皮罐头，那罐头靠近上面的边壁上，有我用钉子敲的几个小洞眼，为的是让蟋蟀罐里有新鲜空气进来。

当我把铁皮罐头的盖子掀开时，那个大人睁大了眼睛。看了好长时间不出声，不时还用丝草做的须子触触它。每当那人一触，我那蟋蟀王马上威风凛凛地展开身手，在它的场子里很有腔调地转动身子，摆开大干一场的架势。可惜只是空想敌，根本就没有对手。它转了几步，大约明白了事态的真伪，只好把那两只像板斧一样的翅膀，收了起来。

我很得意我的小宠物给客人作的精彩表演，同时也急着把蟋蟀王收起来，因为我要防止家里的大人在这时突然出现。他们反对我玩这个，要我用心思在功课上。

当时，我只觉得那个来的大人在发呆，好久无话。我也无话，表演结束就收摊。

可是过了没几分钟，那个隔壁的大人又一次来到我家门口，在门缝里暗暗打着手势让我出去。我警惕地向四周扫视一下，发现家人对我的关注并无异常之后，我若无其事地踱步出门。我一出家人的视线，他即郑重地对我说，他愿意把他的全部家产，就是七个蟋蟀盆，有大、有小、有扁、有圆，有紫砂做的盆，也有红泥烧的盆，还有住在里面的所有的蟋蟀，反正是他的全部家当，他的家当，我太熟悉了也太羡慕了，现在，他要将这他的全部财产，统统给我？天下有这样好的事吗？我一时还不能完全相信。接着他又对我说："但是，你的这只大蟋蟀要给我。怎么样？我就这样与你交换？"

当时我听得一愣一愣的。他的蟋蟀盆，在我们弄堂里凡养着蟋蟀的人眼里，简直就是最高级的代表。现在他肯全部给我，包括里面养着的很多只蟋蟀统统给我，与我换一只蟋蟀，一只比平常大一点的蟋蟀，就一只！这个好事怎么会临到我的头上？！我几乎是不加思索地答应了。说好！好！好！

后来，我才知道，他是拿这个蟋蟀王出去与人家斗的，结果都斗赢了，家里又有了比以前多得多的蟋蟀和蟋蟀盆。听说十七八只或者三十八九只的蟋蟀盆他又都有了。当然里面全部住满了高贵的主人。

闻听，我没有悔言。男子汉说话一言九鼎。我再去原来的地方，抓一个"王"回来就是，同时暗暗为"我的王"骄傲。只可惜，从此以后我再怎么努力奋斗，也没有抓到过"王"。

那个时候不讲钱，赢了就得盆得蟋蟀什么的。再后来，我参军了，在部队里服兵役。部队里生活很艰辛也很简单，但是也很开心。吃冷水，野营时用雪擦脸，浑身大汗时回营房总要擦身体。袜子几乎不用洗，脏得有点分量了，就太阳晒干，用手一搓，臭泥巴就自动掉下来，我们大家管这叫干洗。更重要一件事，就是每月要给家里写一封信。这是铁打的规律。

再后来，我像平常一样，我写信后收到了爸爸的一封信。他要求我好好在部队锻炼，特别是要战胜三年严重困难，要争取入党。没想到爸爸在来信的最后，轻描淡写地加了一句话："家里养了鸡，你的几只蟋蟀盆，现在都做了鸡食盆。"

……

说到这儿，我与老陈互看一眼，扑哧一声笑了。

哈，往事如烟。

当如烟的往事穿越半个多世纪，忽然迸一粒火星落到眼前时，还是宝贝一样觉得可爱可贵，揣怀里乐了几天。现在忽然又想到这件事，于是索性变成文字吧。

2013-1　当行于所当行　止于不可不止

立过誓的人

——记华东电焊机厂工程师容国鎏

生活中立过誓的人有多少？而事实上又有多少人在忠诚地履行自己当初的誓言？他，华东电焊机厂工程师容国鎏，经历了坎坷不平，饱受了千难万险。但是，当你为此去追根溯源时，发现他的不幸与灾难，却是因为他忠于了自己的誓言。

而他今天的幸福和欢乐，也是因为这一点。

这是行走于天地之间的一个个体生命的尊严与饱满，他超越了肉身，用的是精神世界里的另种度衡。

1941年，17岁的容国鎏立下了科学报国的誓言。五年后，他以出色的成绩毕业于交通大学机械系，在当时的京沪区铁路管理局实习。他学业优良，风度翩翩，英语流利，被局长看中，留在身边当上了"秘书"。几个月的"上层"生活，使他感到国民党当局的腐败而日益苦闷。他的胞兄容国材是空军上尉、李宗仁总统座机的驾驶员，表姐夫是国民党中央委员。他们都劝他到台湾去。他觉得那里不是实现自己宏伟志向的地方，他要用科学知识报效祖国。于是，他毅然打了辞职报告，来到基层一个机务段去搞技术了。在基层，他心里感到踏实。不久，他便与老技工陈阿毛师傅一起研制了"路签捕捉器"，解决了在调整运行中司炉工难以抓住路签的难题。这是他的第一项技术发明。

1949 年上海解放后，他被借调到铁道部华东分段清点沿线物资。在萧山仓库工作时，正逢敌机狂轰滥炸，在这紧要关头，小容舍命工作，被铁道部授予"人民铁道三等功臣"。25 岁的他暗自庆幸，中学时代的誓言正在变成现实。1950 年的夏天，在一次政治报告结束之后，他为了向组织表示忠诚，主动汇报了曾任局长秘书的经历。殊不知这一"主动"非同小可。从此，一个恶浪当头劈下：收容！逮捕！在一间关押六个大汉的两平方米斗室里，他伤心地哭了。但是，他并非为日后变幻莫测的险运，而是为纵有一腔热血却报国无门！

历史在他身上过早地打下了错误的死结。法庭宣判他为"历史反革命"，管制五年。

悲剧使一个人的思想圣洁化

"是的，正当我飞黄腾达之际，不去台湾享受高官厚禄，却忽然下去当个基层工作人员，人家当然要怀疑。"

历史酿制的悲剧所产生的两极反差，就这样，在容国鎏这个忠实而可爱的知识分子心中，自行平衡了。失去了公职的他，当然要自谋生路。摆小摊有违自己的意愿，于是便与妻子响应政府的号召，毅然从事又脏又累的牙刷复制业，以糊口谋生。

低矮的废品回收站。拾荒人的草棚。他与出身名门的大学生妻子，穿街走巷，匆匆来回，收购着穷苦人家用废了的旧牙刷。容国鎏的窝棚里，也异味刺鼻，尘灰飞扬。但见一架拆下的电风扇主轴上，被装上了什么零件之后，正在一支又一支的旧牙刷柄上穿刺着，一下一个洞……

正当容国鎏夫妻俩在小屋里前前后后忙碌时，房门突然被一下打开，一个恶狠狠的老妇人声音针一样，刺破了空气："容国鎏，这周的思想汇报要提前交，后天国庆节不准外出！不准乱说乱动！听见了吗？！"

在这荒唐的岁月中，容国鎏只能以沉默来对付。因为无言就省了口舌，节约了精力，他的沉默本身，已超越了岁月的荒唐。在沉默中诞生的发明创造，正以小小的系列出现着：手摇植毛机、电动剪毛机等。甚至在五六十年代一度风靡的旅行牙刷，也是在容国鎏这个小屋棚里诞生的。虽然他当时的小窝棚作坊，都是自负盈亏，但他根本没有想到私利，也不想发家。他向生产"长命牌"牙刷的华义厂，公开他发明的模具，无偿提供技术……

终于有一天，他被提前撤销管制。他的小作坊也走到了尽头，1957年公私合营。当他被上海塑料毛刷工业公司提任为工程师时，他青春热血又一次沸腾起来，一回家，便与患难与共的妻子，规划起明天的打算……

是的，明天永远是那么美好。很快，他在岗位上，呕心沥血设计了扁漆刷双面自动平刨机，功效一提就是十倍。接着他又别具匠心地设计了刷铁壳自动收口机，使成品质量超过了美国当时的名牌。接着后面，还有很多接着的发明创造，记者就不一一述说了。

他宽宏坦诚的心怀里永远是美好的期待。

1958年6月30日，雨后初晴的天空格外美丽。容国鎏正兴致勃勃地在展览会上布置着自己发明创造的展品，并用钢笔单线画着简图。突然，工会组长在他背后站停："容国鎏，你不要画了！现在上级决定送你去劳动教养!"

没过几天,一辆装得满满的囚车在路上急驰。不多会,就在同心路收容所的门口停了下来。从此,他就在里面暗无天日地生活着、改造着。

"妈妈……妈妈……"两个幼小孩子的呼唤,在旷野里弱弱地打颤。国鋆的妻子前前后后照应着孩子,在一辆装着家什铺盖锅碗的破车边奔波张罗。

她没有流泪,这个贤惠坚强的中国女性,在遭受丈夫被残酷的现实所累,举家被遣送回乡的途中,她想的是如何来宽慰被莫须有罪名送去劳动教养的丈夫,她不能在丈夫滴血的伤口,再去撒上一把盐。

苦海茫茫,何处是岸?容国鋆的灵魂在煎熬中度日如年。

他无视命运的挑战,毫不犹豫地挥起克令棒

火!火火!

临时用毛竹和油毛毡搭建的热水处理工段,突然蹿起高高的火苗。一时火焰滚滚,浓烟弥漫……所有的人,都奔向了出事地点。这个刚改办建设中的电焊机劳改厂正面临着一场灾难。这时头戴"历史反革命"帽子的劳改分子容国鋆,一到火灾现场,心不禁一沉。不好!这工段上电线纵横,里面还有供淬火用的两只大油缸,万一火势蔓延开来,这大批救火者的生命,这大宗国家财产……说时迟那时快,他返身飞奔,一口气冲到配电房。知识给他清醒,给他理智。他知道必须立即切断电源,立即!

但是配电房的大门上严严实实地挂着一把大锁。糟了!值班员锁上大门,也去现场救火了!再看配电房里的电源屏上,红绿灯闪烁,

电源还在流通。怎么办？他猛推大门，却见大门上有八个大字："配电重地闲人莫入。"

他的心顿时猛地一抽！但是人命关天！救火要紧！几乎又是说时迟那时快，他伸出手臂，斗胆在一个窗户的暗处，摸到了钥匙，开锁冲进了配电房，挥起一根克令棒，套在最上面的第一个总电闸，狠命往下一拉！

为什么他是这样轻车熟路呢？因为配电房相关的一切设计，均出自他手。

在指示灯倏然熄灭的一秒钟里，他一腔沸腾的热血似乎也一下子冷了下来。说真的，他心里着实有点后怕，假如慌忙中出错，电闸拉错了呢？万一短路，引起爆炸，岂不是一个趁火打劫的罪名？一个反革命分子擅自闯入配电房重地，该当何罪！？想着这一切的时候，现场的火势，倒确实是在一点点弱了下来。他忐忑不安地放下了克令棒，并且再没有离开这里。他要一人做事一人当。一直等到值班员回来交待清楚之后，他才悄悄离开。

历史对他开的玩笑，太可怕了。

他在劳动教养的三年多时间里，尽管完成了十三种二十四台设备的设计与安装，使世界上互不相关的铁轴与钢轮，按他自由而敏捷的思路交接、啮合、转动，产出利润，流出财富；但是他在现实世界中的肉身，却仍然没有获得自由。在"四清"时，他又被划成"戴帽考察的反革命分子"，历史对他开的这个马拉松玩笑，简直太荒唐了！

然而过重过深的灾难，已经锻打出他精神世界中的钢筋铁骨，并让容国鎏的精气神息，大大地超越了他所处的时代，以及超越了在这个时代中赖以寄存的他的肉身。

"队长，把设计直流弧焊机的军工任务交给我吧！"容国鎏说出这请求时，把脊梁骨挺得直直的，这让在座的人，大吃一惊。谁不知道，前两年留德工程师老曹，在承接军工任务的设计上出差错被判徒刑的事吗！尽管容国鎏也许心中有把握，但这对他有什么好处呢？前不久他与人设计成功的我国第一台振动堆焊机，获得了全国新产品奖的二等奖，但等电影厂来拍新闻片时，却让容国鎏离开焊机，不准他出镜。

好事轮不上，坏事要加罚，他何苦来着？

然而，他容国鎏就是为苦而来的。苦，算什么？但话未出口，他容国鎏就不往下想了。事到如今，谁相信他的忠诚了？谁承认过他的誓言了？

但是，他内心深处一直相信着：历史与人民会还他以清白。即使在他有生之年尚不及偿还，那也无关紧要，他还是要报效祖国，他的心十分平静。设计终于又获得了成功。但是没有掌声，更没有荣誉。有的只是无穷无尽的被批斗或者在陪斗。他已习惯了。他在这种习以为常的"情景"中，仍然在思考着钻研着。

"容国鎏！低下你的狗头！"他常常被这种声嘶力竭的断喝，从创造设计的喜悦中惊醒，回到残酷的现实生活里。

现实社会中，他是反革命分子！他正站立在台上，在众目睽睽之下被批斗着。他身材挺拔，低头时老是到不了九十度，自然也就少不了皮肉的痛苦。难能可贵的是他在"被批斗着"时，竟然可以超越现场，继续着他超现实的思考："对了，已经完成的那张图纸上的角度……得再修改一下，才能签上自己的名字。"

他，一个优秀的工程师，被污名成一个低贱的坏分子。这个现实是残酷的。他的精神肉体里的每根骨头，都在被现实残酷地吊打。他残酷地接受着这不公不平。他说:"这,又有什么?!"他用对功利名誉的超脱再超脱,抗衡着这不公正的命运。他平静地迷糊着,几乎是睡着了……尽管这时,他头颈下正挂着大牌子,在批斗会的现场。

有三人是精神疾患

"小儿忽患精神病,整天胡言……我,怎么办……"

容国鎏感到眼前一黑。什么? 再看妻子的来信,是的,是这几个字。

如果说他政治上的肉身,自己已超脱了的话,那么,在生活中的他永远无法超脱。因为他是妻子的丈夫,儿子的父亲。

容国鎏从轮船码头上下来,就揪心揪肺地慌了手脚……眼前心爱的小儿子完全变了样。他手脚迟缓,跌跌撞撞,惊恐的眼神老是惧怕着别人抓他。妻子木然地看着小儿子,语无伦次地说不清个头绪。大儿子在十二年前患脑炎,落下个后天性痴呆,此刻正傻呵呵看着大船在笑……这下可怎么了得,一家五口人有三个神志不清。

小儿子原本聪慧过人,因父亲是反革命分子,他被剥夺了升学的权利。后来,他考上了南京艺术学院,但政审时被刷掉了。同年被当地推荐上大学,又因"家庭出身"问题而再次泡汤。接二连三的打击,使他的精神崩溃了。妻子的精神防线也近乎折裂……

后来在妻儿病愈后,容国鎏在追忆这件事的日记里有这样一段话:"儿子是我生命的延续,妻子更是我精神上的支柱,只有她为我日夜操劳,才使我能够专心致志地工作。现在反过来,要我去照顾他们,我……还能做什么事呢?"由此可见,老容当时的心境也到了崩溃的边缘。所幸的是,妻儿患病的时日不是很长,一切又缓过气来。

创造的喜悦使一切苦难与险恶都悄然消失

已经很多天了，他几乎不吃不喝，在思考在设想……忽然，他眼里放光，激动不已，为什么不可以在导电阻上打个斜孔呢，斜孔圆圆的，深深的，咕噜噜的水从孔里出来。于是，一个震撼人心的奇迹突然出现了。上海打捞局和交通大学煞费苦心要解决的难题，竟然被容国鎏的一个斜孔，轻而易举地解决了！打捞"阿波丸"沉船的深水切割，有了关键性的突破。几昼夜熬红眼睛的设计人员为此欢呼雀跃。52 岁的老容太兴奋了，这种创造性的喜悦，使他像孩子般地洋溢着活力。又多少个不眠之夜的辛劳后，当他在调试的水箱里，将成功切割下的厚钢板高高举起时，人生的一切苦难与险恶都悄然消失。

高兴啊！高兴啊！他撒开修长的五指，搂着老爱人，向她保证马上去洗澡刮胡子。这个时候，我国历史上一个重大的转折，正在这改名为华东电焊机厂的上空，强烈地放射着光彩。

被遣送回乡的她，户口被迁回来了。

历史委派法律，郑重地纠正了自己的过失。

他平静地接过了祖国给他的一套司法干部庄严的制服。

铁锤镰刀交辉的党旗下，他平静地举起了右手。

平反后的同伴们纷纷出国，或回原单位。他没有。他留恋洒下他心血汗水也包括让他遭受过屈辱灾祸的华东电焊机厂。他是毫无条件义无反顾地留下的。

他说："人生的价值不在于向社会索取多少，而在于付出多少。"他信奉爱因斯坦的这句名言，从 17 岁到今天。

今天他又设计成功了第二代汽车钢圈合成焊机等多种设备，填补了国内空白，为航空、锅炉、电站、汽车及船舶业提供了优质设备，并取代了进口焊机。他已经用他的生命、信念、热血和才干，干了整整四十年！

可是命运之神继续与他开着玩笑。1979 年试验深水切割时跌伤而诱发的肿瘤，又在折磨着他。而今当记者采访他时，他正住进了长海医院。在医院的日子里，他仍然沉浸在厂里的设计工作中，常常忍着疼痛画图纸，带着学生为工厂的新产品提设想，解疑难，甚至还辅导护士学英语。医生在他的褥疮内刮着骨头上的坏死组织，没上麻药，他痛得直冒汗，却安慰人说："熬一熬就过去了。"

有人问他："这四十年，你是怎么走过来的啊？难道就是这样熬过来的吗……" 62 岁的容国鎏淡淡地笑着说：

"因为我 17 岁那年，立过誓。"

采访后记

他不奢求生活的公正。是的，正因为不公正的存在，大千世界才如此缤纷。

1985 年秋《上海法制报》发表

补：此文发表，惊动时任上海司法局局长李庸夫。他当夜找到我，并同去医院看望容国鎏。在他恳求医生挽救他时，掏出这张报：我见上沿李局长用粗黑笔写着："医生，请无论如何救救他！" 两年后，容国鎏不幸逝世。我在出版诗集《有只鸟飞过天空》的第 87 页，以他的祭日 "1987 年 11 月 20 日" 为题，写诗悼念。

梦的飞翔

——序张晓宇诗集《七个梦》

《七个梦》有种神秘的色彩，甚至我都没有问张晓宇是哪七个梦。

有种骨子里的灵性，大约三十多年前就与张晓宇相伴相随了。那种似乎是绝望尖利的呼唤，让我立即给她回了信。其时她青春芬芳却磨难压身，而我恰是一本 80 年代里畅销诗集《梦乡的小站》的作者。世界上有种对接，似乎具体的地址并不重要，沟通两者的是灵魂的响应。她就是读着我诗集里的句行，精准而必然地选择了我。

寻找的本身只是技术问题，通过什么什么的链接，总能寻见。前几年，在上海罕见的高温天里，晓宇和她先生大汗淋漓辗转多处，最后终在上海作协通联处，获得了我手机号码的一串数字。为此我写有博文《往事开出的一朵花》及《我把珍珠捧在手里细看》。其实，见与不见，在我也是技术问题，甚至都可以一笔掠过。要紧的是灵魂的接通。我觉得至今仍与晓宇的相联便是后者。这也是我无法推脱她邀我作序的原因。

翻读着她寄来的《七个梦》，诗页如羽翼在我面前掠起微风时，我的内心是欣喜的。三十多年来的风风雨雨，噼噼啪啪击打着她的心魂，一路上的甜酸苦辣，只有品尝后方能得知。

多少年来，她仰望着星空，努力进取，一门心思心无旁骛。几年前，她曾有过出版诗集的机会，不想忽然病倒。再次与她联上时，她说历练苦难之后已经明白了许多。从语气听来，写作出版似乎已是奢望。我想她已经有理由放弃了。不想几年后，却还是一个电话我，言谈间终究仍在原地寻寻觅觅，非但没有放弃，而且更上一层楼了。可见一个真正的诗人，是不会因为周遭环境的善恶与生存际遇的顺逆而改变内在质量的。她诗集里第一辑的辑引是："无所渴求，只为关不住的情愫，倾吐"就是明证。

这种倾吐，日复一日，也日甚一日。在生命的过程中，享受惊喜和奥秘。于是，丰富多彩的人生为她降临。

"在我春耕的季节／你不应该来／狂风肆虐／玫瑰不会开／／在凄苦的日子／你不应该来／／月光柳荫都会成为我的一笔债……"这些写于二三十年前的诗行中，可以看出，年轻的女诗人正认真地阅读着岁月给她的考题。"何必说／歧路难分手／如果／你我／已在路口"，短短十六个字里，她有自己的见解和答案，更有哲理的思索。

她在《浅浅深深》中写："呵，河水不再是往昔的河水／冰川也非来日的冰川……不要问你我有多长久／哦，一个谜／无边无际""我惊服上帝的安排／残缺，也是一种美丽"。也许晓宇自己不曾意识到，这种对内心的审视和自我的找寻，一种难能可贵的生命觉悟，已经开始萌动。

看，"瞬间我注意到／一首曲子中的一个音符／它格噔的样子／显出疲惫的惆怅／忽然领悟，内容……标题／与曲调严重不符"。读着这诗行，同样也会击中读者自己灵魂中的某一段故事，给人带来的震动与顿悟。

"没有繁花簇拥 / 没有掌声相赠 / 你用一缕清风给我解围 / 送我一把小扇子，降温 // 呐喊没有声音 / 张望也相当迷人 / 你用眼神瞟了瞟 / 懒懒地像似 / 天幕上的星星。"此地无声胜有声，有种无意间的感动，在情感起伏的瞬间，诗人捕获了灵脉的颤动。

在《冰凌》一诗中她如是写："小小的冰凌浸着目光的尖刀 / 她是水的作品 / 凝视着海的浪潮 / 几万根伤心的发丝 / 纠结了一幅迤逦的山水画啊 / 哦，那是稚嫩的倾诉 / 却也是 / 真情的捷报。"她从眼前的场景"冰凌""海浪"入手，不意就将背后的意识升华为"目光的尖刀"及"几万根伤心的发丝"，从客观外物由表及里，触及了事物内在的隐秘，内心深处的感觉便呼之即出，形成了对生活表象的超越。她写《钟摆》："仿佛你最明智 / 数着分秒 / 仿佛你最忙碌 / 时时不闲 / 日复一日 / 来回摇 // 敢问你 / 滴滴嗒嗒 / 到底走了多远？"借现实的物象表达某种隐喻，她在具物与抽象之间寻得插足之地，并以一个问号收尾，给了读者无限的想象空间。

也有生活中别样的滋味会不期而至，"一个字 / 不曾说出口 / 说出了 / 就是永久"，被她慢慢品尝出来的感觉，随年岁的增长，都会变成财富。诗人还有这样的诗句："感情是件奢侈的心衣 / ……那天要别离 / 你会发现它已长在你的血肉里 / 拔出来嘶啦嘶啦地疼 / 昏天暗地。"我认为凡生过活过，就一定会爱过"死"过。这是人生必将要经受的煎熬，谁也无法逃避。她的诗歌中还隐藏着许多耐人寻味的东西，"我苦笑着想 / 许是我痴了 / 不过也许 / 是你"。蓦然一个转身，她将一个棘手的"问题"扔进了人在寻常日子中不常进入的感受与反思的空间，让读者立即产生共情。多年的历练，晓宇已能将瞬间的感受，速写成诗："云和雨盼了很久 / 不曾闪电 /……也许是时钟加快了步伐 / 不，鲜红的玫瑰在彼此的心中 / 盛了酒……"；当然她的生活中也会有绝望："你的小舟已滑入滔天的海啸中 / 葬在海底"，"思想像一列失控的列车 / 在夜海中呼啸向前 / 我扒着车窗的边缘 / 想跳下 / 却有万丈深渊……"但也正是这些诗行，通过自己与自己的挣扎，当终于能落在纸面之时，却也是拯救了晓宇她自己。因为心中的块垒一旦松动垮塌，抑郁随诗行流出，人的精神也会得到涅槃。

"仰望太阳 / 忽然感到距离是一种美 / 距离是一种痛 / 也像一个梦……距离是一种无形的融合和圆满 // 无论您在哪里 / 思想光芒 / 却可以纵横千里万里。"晓宇的这类惊醒与省悟，让这本诗集有了分量，这种富有想象力的发现，"诗眼"，如火星立即让思想燃烧，并由此及彼地蔓延开来，会让平淡无奇的生活中忽然亮点耀眼。一种主客观意愿的不经意会合，让诗产生了魅力。

"今生没有知音 / 但我还是为你祝福，饯行 / 我的泪里有笑 / 笑里有泪 / 你是路人 // 路人 / 哦，伴了我一程 / 南来北往的邂逅中 / 就是这样开怀过 / 摇诗纳韵 / 叹古论今 // 然后挥挥手 / 匆匆，不知姓名。"只因心中洋溢着深情，才会有这样的情感激流；诗人于日常的平凡中，感受着生命尖锐的痛感。

在星夜归途到家门时，终于发现一路亮灯送她的"那抹挺拔的身影 / 向我摆了摆手 / 我忽然醒悟 / 是人善良的担心呢 / 于是，我莫名其妙地在心里 / 一阵歉疚"。生活中的万千世相与她心灵中的繁简思绪不期撞击，发生了同频共情，在夜深人静时悄悄倾泻成诗行；

她看到不幸婚姻中受苦的女子，忽然会对其夫愤慨："你扛着一面爱的旗帜／将她引向这片荆棘／哪怕孤独／她也要自由呼吸"；

当她有了孩子后，是母性的力量，让她发出《抓紧我的手》，"我的名字叫沧桑""我依然柔弱，但学会了坚强""我爬起来／抖擞岁月"，品尝着人生走到深处的滋味了；

知道"对面的门开了，合了，没有问询；车的人上了，下了，没有道别的声音；你冒着九死一生，回来了，却发现人人忙着，没有看你一眼"；在一种平静、日常的气息中，诗人没有激越高亢，却在字句浅浅的流动中，把人带进她心灵的深邃。

有些是随手记录下的那份美好，"我在飘飞的流弹中／少许多问候／唯独那份祝福／月光下／洁白无瑕"；经历是一笔财富，"是的，我做梦了／走脑洞大开的生死边缘／趁着黑暗的游丝上……忽然无所畏惧／张开翅膀／向太阳飞去"。经历生死考验后，能复盘情境回忆，是一种题材可以入诗，更是人生可贵的经历，让生命产生终极性指问。

以上林林总总，是她人生丰富的经历，是她诗艺同步长进的记录，更是映在张晓宇七彩谜面上的种种人间烟火与社会景象。

印度一个最著名的哲学家曾经这样说过，生命不是一个要待解决的问题，而是一种进入；生命是个奥秘，是一个无法解开的谜。我对这个"谜"，非常着迷。晓宇的这些诗，正是生命的进入，也是这些"谜"精彩的"谜面"。它们各个处在不同的层面，以异常丰满的表象，盛载着世间的巨细万物，让人以各自经历、心态与素养，去品尝、去掂量、去猜度。当然一千个人会有一千个谜底。

然而诗歌是一个人的事业，是面向生命的奥秘与天地的永恒。诗人只有经过书写折腾，才能更尽致更强烈地进入生命，品味人生的意义。从这一点上说，或许诗人比常人多了一种"武器"。然而抵达诗与远方，并没有想象中的那么美好，许多生活中的不公不平包括也丑也恶的遭遇也会降临到诗人身上。这时武器就有了用武之地。晓宇的这几十年来的"倾吐"，其实就是一种日复日的战胜，以及自我在日复日中的提升。

当然在这本诗集中，张晓宇还有很多不足，如《家乡情》等不少诗中，通篇罗列的都是碎片杂乱，没有聚焦燃烧；更有一些诗是满怀感觉却找不到切入点，致使感觉凌乱，搭不成她心想的模样；不少生造生硬的词，也让诗意断缺损害；而缺少的思想深度和提炼能力，更是晓宇再进步时面临的瓶颈，需加强哲学等方面的修养学习和提高。

行笔至此，我觉得晓宇的《七个梦》是什么，其实已经并不重要；重要的是她"梦的飞翔"、是她柔弱而强劲的翅膀，一直在云天中穿行。我欣赏她说的："无所渴求，只为关不住的情愫，倾吐"，其实，这种让心魂在诗行中的安顿，是一种生命的神奇与饱满；这种低至尘埃的写作姿态，恰恰也是所有梦想成功的秘诀。

期待张晓宇给我们更多的梦幻，更多的灿烂。

2020 年 4 月 23 日凌晨 3:20 于梦乡小站　高光时刻

坠在监狱的谜底

这是我亲身经历的真实事件。这一事件，也曾让上海文坛一时传说纷纭。近来因编书的需要，我复又打开了尘封的记忆。上海一些出生在四五六十年代的诗人作家，特别是一些女诗人和女作家，也许都知道一个人的大名——孙亢利（真名李康生）以及他的"行迹"。记得当时作协同志来我处调查核实一些情况时曾感叹："他已经将上海女诗人一网打尽了！""一网打尽"意思，就是他几乎都去尝试着骗过了。我作此文盖因骗子撞到我枪口，且历时多年……出于责任，我不得不写。其实我更在乎探究这类骗子的犯罪心理。

——摘自陆萍手记

给我来电话的男子，有时是一口清亮正宗的京腔，那是著名诗人江河；有时是一口标准的普通话，那是复旦大学教授胡守钧；有时音色优美，那是某使馆工作人员；有时声音嘶哑，那是门卫老头；带点粤腔的是香港的出版商；绝对上海话的，是记者的朋友……然而有一天，当我确认这所有的角色均出自一个人时，这个骗局中的男子便消失了。

他是谁？为什么要冒充著名诗人江河来找我？他想达到什么目的？

七八年后今天，我在一次监狱采访中，偶然在罪犯的名单中发现了他——沈亢利！于是，他肥硕的头，才不得不在灰色囚衣的领口上露了出来。

上篇

那是十年前的一个冬天的早晨，我刚从皖南监狱采访归来，在报社忙着拆看一大堆来信来稿时，忽然看到一封字迹陌生、落款为"江河"的来信。

信上寥寥几行，说，他与我神交已久，读过我很多诗作，尤其是那首让我在 80 年代就走出国门的诗《冰》，一直让他梦牵魂绕。这次来沪想见见面。他说他怕人打扰，正躲在复旦大学研究生楼里。如来信请寄：上海天林路某号沈亢利收，信会转给他的。

我知道江河是住在北京的著名朦胧派诗人。他那首《星星变奏曲》曾风靡一时，誉满全国。我想既然有"神交"在先，见见面自在情理之中。于是第二天就给他回了信。

次日一早，我刚踏进办公室，就有电话进来。话筒里传来一口清亮的京腔，说，我是北京来的江河，请问陆萍在吗？（当时我愣了一下，心中闪过一个问号：怎么那么快？复旦与天林路相距甚远，莫非江河正好在转信人家中？）

可我只是对着话筒说，我就是，江河你好！真对不起，回信让你等了十几天。

他说，哪里哪里，因为特别喜欢你写的诗，这次来上海，就一定想见一见，其他人就不想惊动了。

我说可以呀！约个时间吧，我们一起谈谈酒，喝喝诗。

他朗声大笑。附和着说，对，谈谈酒，喝喝诗。后天下午两点，在美国大使馆的马路对面，怎么样？我穿着米黄色的长风衣……

我说没问题……江河，你来上海是办什么大事呀？

他说你们上海出我的两本书，来看清样的。我问什么内容，他说有关诗理论方面的，前两年出版社就约了。（我心中又有疑问：江河的思想比较新潮，当时形势下，出他的理论书似乎不大可能；当然，也不排除出版学术上的高新理论。）

我说江河你真行，我们就等着你理论的灯塔，来照亮我们诗歌的原野吧！

电话里他谦谦然，大有这类文字不过是"随便弄弄"的样子，是一种经常有书出版、有大作问世的名人气度。

我说江河，你总不见得整天就一个人忙乎？还与上海的哪些朋友有联系……（我生了个心眼，想左右了解一下。）

他说我不与任何人联系，整天深居简出，埋头于书稿。

我说你真是用功，身体也要紧的哦，在上海真一个朋友也没有？（我步步紧逼。）

他说一定要讲，那也只有出版社的编辑，再就是我的老朋友，复旦的教授胡守钧了，我们经常在一起聊天吃饭。（他说得坦然随意，让人觉得自己有点多虑了。）

说到胡守钧，我有了话题。知道他曾是全国闻名的风云人物。

我说江河，我与胡守钧至今从未谋面，但"文革"期间，却因他而受了八年牵连。那时全国人民就看八个样板戏，唱十首"战地新歌"，本人写的一首《纺织工人学大庆》也忝列其中。因"受他牵连"，除我诗作不准发表之外，这首歌也差点遭受厄运……（我有意将话题抖松，伸出"触须"；当然最好不要真触摸到一点什么；但是为了生活中少一些骗局，我必须先去求证——没有骗局。）

电话里他唏嘘不已，说他一定要告诉胡守钧，他让你受委屈了。说其实胡守钧更遭殃，那时他蹲过大狱，在提篮桥监狱关在重刑犯一大队，后来又怎么怎么的……（说得没错。如果他没有与胡守钧交往，这些细节就无从得知。）但是搁下电话，不知为什么，对于这个——江河，我总有一种不真实的感觉。再是，我深心里藏着自知之明，觉得我似乎还不至于让江河写慕名信吧；倒过来，如果我是江河，一般也不大会如此主动。

其实，江河得体的措词和大方稳重的谈吐，似乎没有什么可以值得怀疑的。作为一个爱诗的人，对生活我一直是怀着真诚、美好与善良；然而作为一个多年来奔走在虚假、丑陋及罪恶案情中采访的记者，我理所当然地多了一分警觉与敏感。用现在的话来说，就是说作为道德人，首先是把别人看成一个好人；而作为现代法律人，却首先把别人看成是一个坏人。

读者朋友请原谅我，面对出现在我面前的这个江河——我还是选择了后者。

那天我立马找到上海著名诗人宁宇和姜金城打听，但他们只知道江河出国了，没听到江河回国，更不知道江河在上海。接着我又通过前说两位，找了上海各个出版社的理论室。但一圈打听下来，并没有出版江河理论书一说。

我奇怪，这个名诗人江河为何要对我编造出书的情节？是虚荣？似乎没必要；那么这江河是假的？但冒充著名诗人来找我，又想达到什么目的呢？

我百思不得其解。他曾说过与上海的胡守钧关系密切，但此说是真是假？

于是当天夜里，我便用极委婉的措词，投石问路，速速给复旦大学的胡守钧教授写了一封信。

眼看与江河赴约日子在即，对于一个有"疑点"名诗人，我要不要"失约"？但我又怕我感觉万一有偏，岂不太对不起京城的客人？

赴约的这天上午，我决定约请一个当警察的文友一同前往。

不想这天中饭前，电话响了。我拿起一听，是个喘着粗气、声音哑壳壳的老人。他问陆萍同志在吗？我说我就是。他咳嗽着，嗓音很破，说，有个叫江河的先生，临出门时，让我给传个话，他今天有事，要你改日再见。

我问你是谁，他说是门卫。我问哪儿的门卫，他说是什么部队的招待所，江河昨夜住他们这儿。我问江河去了哪儿，他说不知道，只见刚才来了两个外国人，开车将他接走了。他来不及通知你，请我帮忙打个电话给你。

当我再想问什么时，老头就一直咳着，缓不过气来。我挂了电话。

我刚与警察朋友打完电话，搁下的电话又响了。拿起时只听得一个声音陌生的先生很有礼貌地说，陆萍女士，打扰了，我是某使馆的工作人员，请你下午不要赴约了，江河临时有外事活动，两天后才回来。江河与你的见面，顺延一周，实在对不起。

我问江河去了哪，他说陪外宾去了杭州。我问你怎么知道我的电话？他说是使馆领导给的，吩咐我与你联系。我再问其他时，他表示不清楚，很遗憾的样子……

约会临时被取消了，我和警察朋友反倒都有点失望。

他果真有外事活动？以我的经验看，不太像；但也不排除与外国友人的私人交往，老外一时兴起突然相邀，都存在着可能……

算了，我想我已经礼数周全，事情到此结束也可以了。

我寄信复旦的第三天，胡守钧突然来了电话。他一迭声地向我道歉着，说："陆萍，昨夜喝酒时，江河告诉我了，你受委屈了，真是对不起。唉，'文革'那段历史呀……要不是江河这次来上海谈起你，还真不知道你为我遭的罪哩，什么时候我一定请你吃饭，赔罪……"胡守钧还是当年豪气，热力四射。

我庆幸我信中委婉的措词，要不岂非得罪了我们所敬重的胡教授了。我说胡守钧，正如我在信中说的那样，我们这一代人的青春记忆中，都会有你的名字。

他说哪里哪里，当年全凭年轻气盛，其实是太浅薄了……

胡守钧一口标准的普通话，听来十分悦耳。他还告诉我，后来他倒霉得很，被判了刑，关在提篮桥监狱的重刑犯一大队……又说了监狱设施的一些细节和感慨。

胡守钧说得头头是道。因着我对监狱的熟悉，所以我们交谈了很多。

我对江河有疑，但不能不相信这个胡守钧；但当天下午发生的事，还是让我大大地吃了一惊！

就在这天傍晚四点钟时，电话铃响了。来电人自称是胡守钧，一口上海话。我一下有点懵，怎么又出了个胡守钧？电话中他说他刚收到了我的信，吃惊不小；他说他根本不认识江河，这几天他更没和人喝过酒。至于我在信中提及的——江河说他"有两个孩子、妻子在美国"，更是一派胡言！

......

我立时明白上午我上当了！我发现假胡守钧来电时自己疏忽了一个至关重要细节：想当然地认为那就是胡守钧收到我信之后的回复。

对着话筒我连连说，胡守钧，真对不起您。胡教授说"对不起"的应该是我，二十几年前让你倒了好几年的霉。我说胡教授，我真没想到，我是通过这样的方式，才认识了你。他说那我们应该感谢这个骗子才是呀……可骗子为什么要冒充我胡守钧打电话给你呢？

我说他也许是想倒过来证明他就是江河吧；为了圆他自己的谎言，为了给他骗局的破木桶，再加一道箍。

不想这道"箍"，由于真胡守钧的出场，而一下被砸断！骗局的破桶因此而败漏，这个纸糊的江河，也溃不成军，水落石出了。

由于江河不是真的，那两个给江河"圆场、撬边"的人物，自然也是假的了……我想，一个气喘吁吁的老头，一个彬彬有礼的使馆人员；因为电话的局限，电波里发生的人物和情节，完全可以由着骗子来框架来设局……

我其实很想看到这个躲在幕后的"操作工"，告诉他：你遇上对手了！你的对手斩钉截铁地断定：前前后后出场的五个人："江河""天林路某号的收信人沈亢利""操普通话的胡守钧""声音嘶哑的老头""使馆工作人员"，都是一人所"演"！并且，这个神秘的人，应该就是有名有姓有地址的天林路某号的——沈亢利！

作出如上判断时，连我自己也大吃一惊。凭着十多年来在监狱系统的采访历练，我有这份自信。当夜我铺开信纸，笔下声色俱厉：

沈亢利：

你是什么人？你想干什么？请你在下周一中午十二点半，到我报社，把江河的事情讲讲清楚；否则，麻烦会找上你的。陆萍

到了星期一这天，我因为在郊区采访没有赶回来。不想第二天到报社，在我桌子上发现了沈亢利写在日记本内芯页上的留条，字迹是稍显刻意的仿宋体：

陆萍老师：

因我还要上中班，只好提前来了。江河曾对我说，你是他的朋友，让我代转一封信。我原不认识他，他出差来上海时，与我同车。他现在京地址是：北京东城区永定门西五条三号。

陆萍老师，我很想知道发生了什么？沈亢利即日

在写本文时，这封字迹发黄的信页，正摊开在我的面前。它当时就被我粘在采访本上作资料了。留条中的最后一句话，还对我幽了一个大默。这本该是我问他的话，却被他用来问了我：

"我很想知道发生了什么？"

"发生了什么"，他其实已经明白：他在我疏忽的细节中，知道我给真胡守钧写了信。这致命的一环被我击破，已彻底砸了他"著名的身份"。他的骗局早已不捅自破。

事情至此，我认为骗局理该落幕，我自然也将此事忘了。

一年多后一个清晨，电话铃声大作。一个男人用正宗的上海话说，是陆萍吗？我说，对。听着声音我又说，你是张敏华吧。

电话那头说，对呀，我是张敏华，昨夜的雨打在身上冷飕飕的。

我说，张敏华，你的声音怎么变调了。

他说昨夜淋着雨了，有点感冒。

我说张敏华，昨天我们谈的这题目……"嘟、嘟、嘟……"突然电话断了。

一会儿电话铃声又响了起来："你早，陆萍，我是张敏华。"

我说张敏华，你刚刚电话怎么断了？你的声音怎么也不一样了？我快乐地对着话筒大声说。

陆萍，你说啥？我没给你打过电话呀，这是我给你的第一个电话。

真的？那就奇怪了，你刚才还在电话里说你感冒了呢，你是不是上海文艺出版社的张敏华呀？

是啊，陆萍，我给你搞糊涂了，昨晚江（江曾培）社长请你来，我们还一起吃了晚饭……"嘟、嘟、嘟"……电话竟然又断线了。

是的，昨夜我是和出版社社长江曾培和编辑张敏华等，在国际饭店吃的晚饭，谈了些稿约的事。饭后路上又碰着下雨。

但前后两个张敏华，我一时搞不清怎么一回事……正疑惑时，电话又响了起来。那头说，喂，陆萍，你的电话怎么断线啊。

嗬，这个"感冒张敏华"又回来了！我马上警觉起来，难道又是"他"？是那个"江河"又出洞了！突然间，我有种找着对手可以拔剑交锋的兴奋，怕他再突然消失，我就赔着小心地说，张敏华，刚才是断线了，可能是我的电话出了问题吧，对不起啊……

他说，"我还以为你不想理我了呢！""感冒张敏华"边说边不断清着嗓子……

我说哪里的事，你真感冒了……此时此刻，我能断定他——就是那个"江河"的化身。

他肯定不知道我的朋友张敏华。只是在第一个来电中，我误把他当成张敏华，他就顺水推舟，当起了张敏华。但他万万没有想到，电话会在这个时候突然断线；更神的是，真张敏华又偏偏不早不晚，就在这个节骨眼上，把电话打了进来。

就在几分钟之内，他的骗局被我活活揭穿了。

这种巧之又巧的情节恐怕比电影、小说更精彩。可是它现在就真实地发生在我的这天早晨。

现在，我是否要撕破他的真面目？不，我要引蛇出洞，最好如我的警察朋友所说，能有机会"一睹真容"，然而"揪"他出来。

我缓下声调说："张敏华，你什么时候有空，我很想与你再谈一谈……""嘟、嘟、嘟……"电话又断了线。或许，这次是他自己挂断的。如何能不露馅与我续谈下去，他没准了，只好溜之大吉。

再度打进的电话，是真张敏华。狡猾的他又"缩"回去了。真张敏华与我说了他们社长的意思以及一些关于稿约的后续事情。后来我又把这"两个张敏华"的前前后后，都告诉了真张敏华。真张敏华无限感慨地说，也真是太巧呵！商量好也不定凑那么准。

然而此后的二三年里，他还没死心，变化着各种身份时不时会出现在我的电话里，我不知道什么时候、下一次他又会变成谁。这个骗子，最大的能耐就是浑身都长满"触须"，探摸着你言语间偶然露出的信息，然而再"把玩"这些信息与你周旋。

记得有次是冒香港出版商叶先生来上海组我的稿，末了，我请他留下联系电话，他慨然应允。但事后我打过去时却是一个空号。几个月后，这个"出版商"又来电话了，我说叶先生，你上次留下的电话不对啊，他却不慌不忙地说：

"啊呀，陆小姐啦，我记错了啦，最后一个号码不是五啦，是六啦……"后来，我也曾试过"六啦"，当然又是骗局一个。

我想他在"六啦"这一刻，肯定非常得意地在偷笑，因为他早已经想好了怎么来对付我这个问题。不管怎么样，在电话中，在和我面对面的交锋中，他是无懈可击的。后来我还知道，他又去骗过本地一家有名的文学刊物《萌芽》的诗歌编辑女诗人孙悦，以及外地一些有名的女作家。

最后一次，他竟冒充中国作协的领导，请我出访什么的……我识破后再也不耐烦了，厉声说，你把手从你鼻子上移开！你不要再演戏了！你就是沈亢利！

话筒里突然变得一片寂静……"嘟、嘟、嘟"，那边挂断了。

虽然这一切都在我的意料之中，可总是觉得蹊跷、遗憾。我知道是"他"打的电话，可又不知道他如此煞费苦心想干什么。我知道他是骗子，但是我却无法出手把他给生生擒了。

只是自此之后，也许在我这儿已"无戏可唱"，他不再出现；几年过去了，这个没有结尾的故事，就成了故事的结尾。

只是一次偶然中的偶然，让这个没有结尾的故事，又多了一个"色彩斑斓"的大尾巴……

中篇

在一次社会活动中，我与一名街道妇女干部同室居住。长谈时感慨人生百态,她偶然说了一个人的名字——沈亢利!

我大惊,连连追问。其实她也没有见过此人,但她为投诉的受害女子奔波过调查过。在她感慨万千的一夜叙述中,真不相信这个沈亢利竟然还玩过这样的故事:

那是1993年12月,也就是在我"遭遇'江河'有外事活动"的前后,四川僻远城镇中学的女教师顾小芳,自征婚信息发出后的第49天,突然收到一封来自上海名叫沈亢利的男子的应征信。

信上他这样说:我生于1948年,身高1米73,体健貌端,无不良癖好,1984年毕业于复旦大学中文系,现在上海一家全民企业当干部。人说我正直善良,能体贴人。市内有独居婚房,经济条件优,有能力办调动,爱文学艺术,有著作出版和发表。崇尚真挚率直的感情方式和质朴无华的生命体验,愿和你结为知己。

顾小芳捧读来信,触电般脸红心跳。

其实征婚信息是她小姨瞒着她发出去的,家人看她心气高傲,年过43岁的冷美人,小城镇里已无人问津了。

现在顾小芳觉得命运待她不薄,原来天外有天,喜讯自天而降,这一天她竟兴奋得抱着小姨哭了。她思量斟酌了一夜,最终给沈亢利写了一封短信。天亮后,还羞羞答答地费了好大的心思,选了一张玉照夹进香水信笺中寄出。

在应该收到回信的日子里,顾小芳却失望了。她期期盼盼寻寻觅觅,七天九天三周五周甚至春节也都已过去了,信箱却一直空空如也!就在她几近绝望中,却意外地收到沈亢利的一封电报:

"今自京归,迟复请谅,信随电出。"

随后,"幸福的小芳"就收到了"白马王子"的照片及第二封信。

沈亢利在信中说：

　　小芳同志，我去北京和辽宁开了两个会，其间还留在辽宁出版社改了我的一部书稿。春节也在冰雪的北方，回来方知奉复已迟。只发过给您的一封信，总觉得希望寥寥，差点失之交臂……

　　虽在企业当干部，但报刊稿约多多，不及应付。我是中国作协会员，更是一个理想主义者，对工作、文学和爱情有种宗教情感。我讨厌庸俗市井，那将使我羞愧地转过身去。我出过国但不洋气，没学过跳舞但喜欢钢琴，是不错的男中音，曾是复旦球队的前锋……

　　上海商场的激烈竞争，使我疲惫；我渴望家庭生活，能给我一片纯净的土地，因此择偶毫无地域概念，在诸多条件中，我唯注重人本身。

　　影中丽人端庄清秀，来信行文不俗。离休的父母素来对"川妹子"有好感，家中弟妹均已成家，唯我老大难是也……收信后，请别回信，我即日着手去办休假手续，将为妹子作巴蜀行。

　　这封信，顾小芳揣在怀里，不知偷偷读了多少遍。甚至连标点符号都快背得出了。信中的每一个字，像灿烂的"立邦漆"一样，里里外外将顾小芳粉刷一新。她告别了人生中阴暗的日子，来到明亮的阳光下，等待爱神幸运的一箭，向她射来。

　　3月8日这天，沈亢利如约而至。尽管朝思暮想的白马王子，比顾小芳想象中要差很大一截，但她还是很快用白马王子信中的每一句话，说服了自己。

　　让小芳颇感意外的，是他一见面就出示了自己的身份证和某电线厂的工作证，还有他一脸的焦急和尴尬。他说，我的行李在火车上被人窃了！里面有 8000 元现金和给你的礼物……

这一招，着实把个纯朴善良的川妹子小芳，给结结实实地征服了。

她非但完完全全地相信了他，而且还觉得他老实、有趣、可爱。钱和礼物算得了什么？她顾小芳如为钱财，也不会等到现在这把年纪，自己看重的还不是一个人的品位和修养？

她喜滋滋地将他安顿下来，顿顿好菜好酒自不在话下。

在接下来一星期交往中，沈亢利温文尔雅的谈吐与体贴温柔的性格，将顾小芳幸福得不知身在何处了，两人 24 小时形影不离……她觉得这是上天对自己的恩赐，自然，两人进进出出的一应开销，连同置表购物，她也将"单""埋"得心甘情愿。沈亢利也言相见恨晚，若能早几年与小芳相识，早就双双比翼齐飞了。几天过去，在家人外人的眼里，已俨然是"纯心一对，世上绝配"了。

转眼到了第七天，两人一番卿卿我我之后，沈亢利激动得要让顾小芳立刻跟他回上海见见未来的公婆，着手商量结婚的事情……顾小芳一时惊喜不已，这样爽直、这样雷厉风行的汉子，正是自己日日夜夜的期待；曾远在天边的爱情，这一刻就这样落在身上变成现实；她还犹豫什么呢？于是她决定马上去找校长请假。但是，毕竟教师工作的移交，不能立时三刻就能办好。

不想沈亢利对此很能理解。小芳觉得沈亢利这个人，真是太善解人意、通情达理了。沈亢利冷静下来，"妹子"看得出心上人是经过冷静这一程序的。沈亢利反而对她说，我们不能光为自己的一小家子着想，我们还有事业呢！学生的确不能说扔就可以扔下的。要不我先到成都看看，为我的工作调动去活动一下，然后再回上海，等到 5 月 5

日我再来接你。

小芳觉得沈亢利竟愿意为她放弃大上海优越的生活和工作，到四川来陪她，心里真是说不出的感激和欢喜。

沈亢利告诉她说，他丢的钱前天已经叫母亲寄出，正在路上；现在要提前走等不到了，他想乘长途车去附近地方的朋友处先借一借。小芳听了，心疼他出去奔波，再说与他两情相悦，也决意将自己的终身托付给他，钱就应该不分家了。

当沈亢利嚷着急着要出门借钱时，她便提出自己去银行取钱。取回后又如数将钱给了他，并且还特地花大价钱费了心思送了"心上人"最好的礼品。

沈亢利那个"乐"呀，情切切意绵绵地向"白雪公主"要了十张大照片，说是要带回去给父母看看。

不久，"在成都"的沈亢利给小芳来电，说自己已找到了接收单位，过几天就回来找她商量一下，又告诉她父母将汇款的地址写错了，已退回重寄，让她别着急。在小芳看来，这个上海男人办事真是太认真了；但认真是好事，是锦上添花。她将内心的幸福让朋友们分享了，羡慕得朋友们都一一前来祝福她，说她等到今天是值得的。

日子在甜美的思念中，一天天过去了。顾小芳始终不见沈亢利的汇款和身影，她担心他一个人在路上出了意外。于是她快快按照他留下的电话号码，打到他上海的家。谁知两个电话一个是传呼亭的，一个是加油站的，人家从来就没有听到过沈亢利这个名字。

难道是电话号码记错了……深陷情海的顾小芳又按地址，给他发了封电报，后来又写了快信，再后来又发了加急电报……

但一切的一切都石沉大海，杳无音信。沈亢利从此在顾小芳的世界中消失了。

　　传统观念极强的顾小芳经受不了这个残酷的打击，她终日以泪洗面，不相信活生生的大男人竟会是个骗子……她曾发疯般地要去上海找沈亢利，无奈羞辱交加、悲愤袭心，未离家就晕倒在地……几个月来，她躺在医院的病床上，痛不欲生，拒绝见任何亲人朋友；一任心灵伤口的鲜血，一滴滴一滴滴地流……

　　心如刀绞的她小姨，内疚自责，曾愤怒地不断写信给上海各有关部门，请求帮助查找沈亢利，他到底是何许人？……后来又几经辗转，这事情好不容易落到骗子住地的街道，街道居委干部的出场，寻死觅活的小芳，才知道自己是上当受骗了。

　　后来从谈话中，我还知道有一个知识女性，对沈亢利这个名字，也是吐血喷血刻骨铭心。她叫姚馨儿，是个48岁的离异单身。因在报上登了征婚启事，从而认识了沈亢利。因为他应征信上写下的条件最好，说复旦毕业，丧偶无孩，母亲在加州大学洛杉矶分校任教。

　　两人通信后，沈亢利突然在一天下午，到姚馨儿的单位找她。说是他在路上一不小心撞了人，口袋里所有的钱都赔上，还缺79元，只得就近到她厂里来找她借一借。见过世面的上海人姚馨儿当时就感到不太对劲，但是钱不太多，条件那么好的男人总不见得只为了骗这百来元的钱吧，想着也就释然了。

　　晚上，沈亢利又打来电话，说是今天没钱不能去剧场看戏了，改天听音乐剧吧。后来又打了好几次电话，这事那事的，反正情节都很合理，让你为他付了钱还觉得他人诚恳。

　　一次，姚馨儿突然又接到他的电话，说就站在她的窗下。姚匆匆出去，果然。他说自己被调到浦东杨高路青年突击队，负责电器照明设备维修，还摸出张发黄的图纸给她看。说去工地的车子在半路上抛锚修理，念着她便抽空过来看看她。

这不花钱的感情投资，还真让姚馨儿领略了他的温柔体贴，从此她对他倾慕有加。

他得知她在科室有点矛盾想换个环境，一天他说他已经找过她的副厂长了，并请他在希尔顿酒店吃了饭，还送了些礼。这使姚馨儿感到很暖心，事成不成是另外一回事，难得的是他有这份心；同时也让她很不好意思，硬是塞了好些钱给他。

沈亢利还说自己亲生父母在美国，养父家的人际关系很是复杂，叫姚馨儿不要打电话去他家，他惦着她会给她电话的。后来来电说养父突然病危，住华东医院的高干病房。但是几个亲生儿子光顾着争遗产，没人管老人。这几天就他一人陪夜，心里很伤感，没空出来。一天，他突然跑到姚家门口，哭丧着脸告诉她养父去世了，自己已经代她订了一只鲜花花圈。姚馨儿想，这份心意应该尽的，忙给他钱。

最搞笑的是他生日一事。他在电话里告诉姚馨儿上海作家协会将在华亭宾馆为他举办生日宴会，亲生父母也从美国赶来，说好13日那天来接姚馨儿一起过去。

那天，姚馨儿特地请了假，做头发，又精心化了妆，换了最漂亮的衣服，订了生日蛋糕，买了玫瑰花，满心欢喜地等着他的车来接（幸好没有事先备了大红包给送去）。岂料下午4点他打来电话说堵车，让她在家里等。

姚馨儿一直等到晚上9点，沈亢利才脚步匆匆赶到她面前，（怕是来收钱收礼的吧，但大城市女人不是闭塞小镇的老姑娘，她忽然明白了什么）说是订桌的朋友将日子搞错了，要等到明天……

姚馨儿这才将以前发生的一些事情串起来想，什么请自己给他在五星宾馆订房间（当然后来自己赔了大笔订费），约自己到豪华场所欣赏音乐剧（后来他中途有要事），凡此种种自己已花费了不少，细究起来，他从来都是"一毛不拔"的呀，现在醒过来了，一场骗局而已。

其实文化程度不低的她，是被他的情书俘虏的。她常常会情不自禁地想起他信上的那些句子：

我信奉基督教，认为它是哲学体系和伦理学的基础，我是在研究中西文化冲突时，从人本主义走向神本主义的。我把《圣经》中爱的教义和戒律，作自己的行为规范，这在今天也许并不流行，但我只能这样，别无选择……

带雨的郁金香果然清纯，浓烈的法国葡萄酒也不乏深沉；但我认为这都不是人生的最高境界。最高境界是简练到一枝菊花加一把剑那种类似禅的意境……

我以为理性并不与美学原则相悖，先秦的理性精神和楚汉的浪漫情调同样是建立中国诗歌框架的基石……

南加州气候不错，洛杉矶分校中的上海人亦不少，只是害着一样的思乡病——毫无办法，我毕竟属于这块土地和文化……

看看，这些是什么修养、什么品位、什么身价的男人呀。但事实让姚馨儿明白——自己上当了！要强的姚馨儿怕丢脸，苦水往肚里咽下后，悄悄去他家周围打听了。真是不去不知道，一去吓一跳！

原来这个沈亢利是个无业人员，高中文化。居住条件非常艰苦，父母是年过七十的退休工人，家中住房颇紧，条件很差，他的"市内独居婚房"原是个抬不起头的小阁楼……再到居委会去打听，不料门关着。门口有个人听说是找沈亢利的，不禁感叹着打量着她说：啊呀，你肯定又是一个上当的人！这几年来，我听说受了骗上门来找他的人多啦，他的"花头"透着哩！对你说他是复旦毕业的、中国作家、报社记者、出国访问学者、政治精英、爹娘是离休干部、家里汽车洋房等等，对不对？唉，都是他骗吃骗用的鬼把戏呀！

当姚馨儿愤恨交加找他"算账"时，沈亢利就此没了踪影……

听了上面街道干部前前后后的述说，后来又去看了她留存的一些资料，我真庆幸自己当初没给哪怕是条可以容他下针的孔缝。我算了算，这段时间，正是这个沈亢利在我这儿屡屡碰壁之后又不时用电话来"蒙"我的年月。

街道干部告诉我说，虽然他们也为这种在她属下范围内的案事劳神费心，但是沈亢利这人一直游荡在外，不是在家住的，想要找到他是件难事。再说沈家俩老人从来不知他在哪里混。何况来找他的女同志，在得知真相后，羞辱交加，再是受他坑骗，都不愿多言也不想把事情"搞大"，打落牙齿往肚里咽。肯真名真姓据实告发他的，也是在我们做工作后，才挤牙膏似的一点点讲出来……

我没想到的是，他的这条"色彩斑斓"的大尾巴，并没有成为这个故事真正的尾巴。在七八年后的一个夏日深夜，我在写完文章后，习惯地拆着当天的一摞来信，我在其中一封来自监狱局的《大墙内外》报上浏览时，不经意间在一篇文章的作者落款上，发现了这三个字——沈亢利！

脑海中一时电闪火击，难道是那个骗子？会是他?！我马上拨通了监狱狱政处的电话，抬眼看钟已经是凌晨一点多了，但我与他们已经很熟，也知道他们的工作是全天候的。我如此这番说明了来意，请他们帮我查一下这个人的底细。果真不出半小时，我很快便得到了证实：多行不义必自毙，此沈亢利，即当年的那个骗子沈亢利也！

真是众里寻他千百度，蓦然回首，那厮关在高墙铁门处。

下篇

十年多来心里的那个谜、那个悬念，现今落地有声，竟在咣当作响的铁门里破解，似乎是在情理之中却又是意料之外。

机会来得有点儿突然。去年秋天，监狱举办科技文化艺术节，其中"新荷诗会"是监区文化的重要内容，也是刘云耕同志在主持监狱工作时十分关注重视的。当时我和《萌芽》诗歌编辑女诗人孙悦被盛情邀请，走进大墙担任这届诗会的评委。

读者已从沈亢利写给"意中人"的信中，领略了他的"才华"。在监狱众犯中，他写的一首诗确实不错，但我因知其底细，再激情万丈的诗行，也显得虚假。于是给他评了个末等奖。诗会主持人请我为沈亢利颁奖，我也很想趁此机会一睹其"尊容"。

当主持人在六七个获奖名单中读到沈亢利时，没人前来领奖。我悄悄问一色囚服的"诗人"们，哪个叫沈亢利？囚犯们一时左顾右盼，在人群中遍寻无果，碍于时间关系，当时奖品便由他人代领了。

没想到当我走出监门时，有个犯人用食指点点一个人肥肥的光头，高声对我说："陆老师，他就是沈亢利。"

我立马回头看。只见沈亢利和所有与会的犯人一样，正背对我坐着，坐在只有20厘米高的矮小凳上（监狱规定开会时囚犯一律坐此小凳）。乍一看就如一大布包水泥堆在那里。他尽量将身子前倾着压缩，脑袋低垂得几乎着地。毫无疑问，他一定知道我看见他了！

我从背后看去不见他脑袋。我犹豫了一会，还是抬脚离开了监区的会场。

那天，监狱请我们用晚餐。席间我对孙悦说，多年前骗我们的那个沈亢利，已经"进来"了，犯诈骗罪判十年。孙悦很吃惊，说，真的？但她已经忘了骗子的名字。

我说刚才那个获三等奖的就是他。他坐在下面，没有上台。

孙悦说，八九年前他冒充江河来骗我时，我还请他吃过一顿饭哩……我讲我现在没心思吃饭，我想直面去问他几个问题。孙悦说她也想去。我讲我们两人都去，恐不太好吧，我一人去，你先坐在这里挡着，我与他接上话头后，一会就回来。

晚饭的酒菜已经摆上了桌面。有酒有大闸蟹。但我"放心不下"他。猜度沈亢利他肯定茶饭不思，今夜睡不安稳。想着他心中的不安，事实上我的怜惜有点多余。我没动什么筷，不多时，我先说了骗子骗我的大概。几个警官十分惊讶，不相信会有这样的事。我表示马上想再下监房去采访他，先与他"接上头"，剩下的慢慢来，反正时间足够。狱方破例同意后，再次越过重重铁门，监区两名警官陪着我进了监房。

作为采访监狱的记者，我这回去"找"他，易如瓮中捉鳖，不再是当年的扑朔迷离。当一切安排停当，沈亢利在监房那头被叫了进来。只见他体态臃肿，肥胖的身子将个宽大的囚服塞得鼓鼓，看上去木头木脑的样子。

刹那间，我想我没搞错吧？当年在电话中一个个像模像样的使馆人员、名诗人、港商之类的，难道都会是他？……我肯定地回答了自己：是他！当年的骗子一定是他！只不过躲在电话里时，他是演员；而现在他是真身。

我用上海话问，你是沈亢利吗？

他站着，说是的。他不看我而看着桌面，动了动厚厚的嘴唇。

我又说，你认识我吗？他欲点点头，但马上又改用嘴说，认识，刚才开诗会时认识了你。

我说您请坐。他随即在我台子左侧坐了下来。不料警官走过来请他换个座位，要他坐在台子对面去，说这样更合适。他只得挪动着身躯，灰头土脸地坐了过去。我知道此举，是警方为我夜间采访的安全着想。让我与罪犯之间，有足够的空间。

我看了看他后，平心静气地说，沈亢利，你今天获奖了，我是特地来祝贺你的。

他看着我，大有"你葫芦里不知卖什么药"的感觉，说，哪里，谢谢。

我说沈亢利……我着意停顿了好长一会儿，看着他，没往下说。我想一副牌曾经被你打得眼花缭乱昏天暗地，现在，是到了你自己翻底牌的时候了。

然而，他顾左右而言他，说了好长时间，避来绕去，根本就不接你的话题。直觉告诉我，他绝不是一盏省油的灯；以他在案卷里那老辣的骗术，他会轻易承认自己曾骗过一个叫陆萍的人吗？事实是，自从他案发直至判罪入狱，发生在"我这儿的事"，是小小菜一碟，根本进不了他的刑事档案。

我还是平心静气地说，沈亢利，现在，我已经坐在你的对面了……你想与我说点什么吗？

十多年来，几乎不用什么密码，我曾点开过不少罪犯心灵的密室。在监狱这特定的时空，他们大都会打开自己密室的门窗。这是他们认罪服罪的一种方式。

他清了清声音，若无其事地说，你能来看我，真是太意外了。我本来想在另外的场合、另外的时间认识你，和你谈谈的。他从容着，什么事也没发生过一样；而且还将"球"一脚踢远了！

我接过他的话头，说既然不幸的见面在这里发生了，你无奈，我也是无奈。其实，一些发生过的事情，今天我很想知道是为了什么。再说我们都写诗，诗友和诗友之间应该坦诚，是不是？

他表示感动。手脚、肩膀和脑袋开始灵活，但并不是我期待中那类。他说，陆老师，你今天这么一来，我就完全改变了对你们诗人的看法。记得在新疆当知青时与艾青……

我说沈亢利，你别说下去了。我立时打断了他的话头。我知道他又要滔滔不绝地"大谈"大诗人艾青了。早些时候，我已经看过几篇他胡吹与艾青如何如何熟识的文稿了，其实完全是瞎说不着边的。正好前不久我在世界华人诗会期间，与艾老夫人高瑛住一个房间，我有很多第一手的材料。艾老"文革"时确实在新疆待过，但不是他说的这些。看来，他至今还不愿正视自己，更谈不上老实。

我拽回话题说，你还记得那个女诗人孙悦吗？我没把"骗"字说出口。一个人到了这个地方，有些字眼，只能由他自己说。

他说我不认识，我只知道你。你所有的诗和其他作品，我全部读过。本来我对你们诗人是有看法的，现在是你改变了我……

他一副深受诗人欺骗的架势，眼神中透着试探。要知道他这一脚，是将我的"球"踢得更远了。我想这是他潜意识中的"防范"呢，还是其他什么原因，反正这样的采访不会成功。我把采访本打开又关上，对他说，我不做笔记了，好吗？我想用我的友好，强化我的真诚。

他肯定地点了点头。

我说孙悦现在就在监狱的饭厅里，我请她一声，她就会过来……但我认为这样不好。你明白我意思吗？

他抬眼看了看我，口齿不清地说，不大明白。他和我一样，都用了上海话。

我将视线从他脸上移开，略作沉思，忽然"文不对题"地说，沈亢利，你的一口京腔不错，很有韵味。

这时，我感觉到他速速地瞥了我一眼。其实我只要他接住我这个"球"，不再踢东踢西就好。如果他愣是"不认账"，咬定从来就没有与一个叫陆萍的人打过交道，那我今天凭什么与他再谈下去呢？要知道"当场让你无懈可击"是他的强项。

我说沈亢利，此时此刻，除了我俩之外，谁也不知道我和你之间，曾经发生了什么……（守在一边的警官，向我投来了惊奇的目光，我知道他们在掂量这句话的分量。）还记得你在我报社的那张留条吗？要不要现在我翻开来拿了来给你看看……

他看着我，那感觉有点无法收场。

我说沈亢利，今天我来，只是看看你而已，没有别的意思，你的案子在进来之前就已经画上了句号；因为刚才你没上台领奖，而又有人点着你的脊梁，告诉我你是谁。我想你肯定会由此想到很多过去的事情，其实我早就知道你到了这里，我一直没有来找你谈，我是怕伤了你的自尊心；今天一不小心，将我逼到了极点，所以我只好特地来看看你；以我对失去自由的人的了解，你会吃不好，睡不好，东想西想什么的，这样的日子太痛苦了；所以我饭没赶得上吃就来了，只是来看看你，祝贺你，沈亢利，你明白我的意思吗？

说这些话时，他一直惶惶地看着我，一身肥肉那副大堆堆的模样，我想它是否该变得小一些再小一些……害臊，在一个肥头胖耳的老男人身上，应该如何体现呢？似乎没有哪个小品演员好好演示过。

只见他重重地点着头，明明白白地说，陆老师，我听懂了。

我高兴地说，那好，明白了就好。你那张十年前的留条，我就让它关在我的采访本里不拿出来了。他终于承认"我与他之间发生的关系与事件"了。

沈亢利点着头说，其实那天我差一步就可以见到你了。

我说"差一步"是什么意思，难道那张留条不是你亲自放到我办公室桌子上的？

沈亢利点点头，说，那天我收到你声色俱厉的信之后，到了你报社门口，还是没敢上楼见你。

我说为什么？他说我有点怕。我说，是怕我逮住你不放了？他说有这个意思。

我笑了起来。说那天我有事原本就没在报社。冷不丁我看着他，说，那你为什么去骗女诗人孙悦？他移下视线，嘟哝着说，虽然她请我吃饭，但是她对我说的事（骗局）没有一点点兴趣，我也就只好一次作罢。

……

我说沈亢利，我今天来只不过想和你接个头，有些谜，可以破一下！你其实也就这么回事，不要老搁在心中七上八下……

他说是的。其实，我今天不知道你会来。在警官叫我见你之前，我的思绪还未从刚才"散会前后"时的一幕中拔出来，我在想，你陆萍是否还记得这个叫沈亢利的人，或许早忘记了？……

他将头低着，似沉浸在羞愧之中。

我说我或许是不会忘的，在这个领域里工作，我始终真诚而警惕。沈亢利，过去的事情就让它过去吧，我们现在真正认识了，可以重新开始。他们还在等我吃晚饭呢，以后再找时间长谈。

不料他的声音响起来，说，陆老师，如果有时间，我可以告诉许多关于你的事情，你许多自己不知道的事情。他声音里有点激动，好像抓到了一个立功的机会。

我立马沉下脸平静地对他说，沈亢利，关于我的事情并不重要，或者这样，或者那样，但是那又怎样呢？何况，这儿是什么地方？你又是什么身份？说这些话有意思吗？

其实我已从案外得知，他行骗一些省市的女作家、女诗人时，经常在她们之间以无中生有、恶意造谣生非为手段。（或许，他知道女人的弱点就是喜欢听这一类事。）但是我爽爽地给他删除了这种机会，没让他"反转"为主动。

他显得极其沮丧，委屈说，那——只能谈——我的事情？

我点点头说，没错。都到了这一步了，坦诚是唯一的途径。我知道你"进来"的事由，肯定不包括还有的另外的一些事，是吗？我将"还有的另外"这几字，拉长了声调。

他惶然无言。

我讲我再说一次，在你躲避上台直至现在，我们周围有很多人，很多警官和你的同犯，当然也包括现在守在我们身边的两位警官，他们谁也不知道我们之间到底发生了什么。发生了什么？我想在下次再来时，听你谈，好吗？

他点头。他除了点头，已经无甚可说。

我拍拍十年前的那个采访本，说，再有……十年前你给我的这张留条，最后一句话，还记得吗？

他的眼珠惑惑地转动着，不知该回哪一招。

我笑着说，你居然会写："陆萍老师，我很想知道发生了什么？"很诗意的。

他肥厚的眼皮子垂了下来。因为他密室的钥匙已经"坏"了，他已无力把守。

我说，下次我来时，你就自问自答吧。咱们"一场"下来也该有个了结呀，是不是？虽然有些事太小，法院的判决书中没写上，但是在这高墙铁窗之内，在这漫长的刑期之中，自己做过的事，总会一幕幕想起，你说是不是……我终不明白你为何要冒名来找我，你想干什么呢？

他抬眼看着我……

我说现在人家正等着我吃饭呢，下次我们再谈。想说点什么，可以来信，好吗？不过，沈亢利，我还是有句话想说，十年前我给你信中说过的"请你把江河的事情讲讲清楚，否则麻烦会找上你的"。现在，果不其然，对吗？另外，你"骗局"中的胡守钧，我们却因此成了好朋友，也是当年由你牵的线。

他哑然。

采访归来第五天，我就收到了沈亢利的来信。他的字迹清秀，文笔也不错。

陆萍老师：

　　那天你走后，我才感到自己受了惩罚，一种心受到的惩罚。对于这迟来的会面，我感到羞耻，在这样一种场合，这样一种时候。在电梯门口（在举办诗会的监区），直觉告诉我那穿天蓝色毛衣的是您。我有意从楼梯步行上楼，做起了"隐身人"，躲开您的视线坐在最后一排座位上。

　　虽然未曾谋面，但我深信诗人的直觉能洞若观火。你还是来了。没有吃饭，语调诚挚坦率，和想象中的一样。

　　没想到诗会得奖，更没想到颁奖的评委是您，穿着天蓝色的毛衣——天空的颜色真好，我很久没有看到这颜色了。晴朗是弥足珍贵的，以前怎么没感到，人无法违拗命运，这是上帝的旨意！在敬爱的诗面前，我忏悔。

　　特别喜欢您那首把热情凝成冰的诗句，流动的诗情里有理性的光在闪烁。为了您的诗，曾和一个女诗人争吵一路……于是，我下了想亲自听您诠释作品的念头。后来由于我们都知道的原因，这机会擦肩而过。

　　最后读您，是那本《细雨打湿的花伞》。再以后，很少读您的诗了。对于诗的文体语感，都有过一些思考，但由于忙于谋生，也都匆匆扔下了。

　　穿上囚服，人生也算走到了负面价值的极致，其身也卑，其言也微。但有一句话到了嘴边又甚觉惴惴，人实苦于为己辩解——在以往编织的滟云里，其实并非全然虚假。那诗，那刻骨铭心的使命历程，那展现的自我，却是真。

　　下决心改变自己，到了这步田地的人，是不愿见人的。谢谢您能来。我现在天天读《圣经》。隔世后孤陋寡闻，视野甚小，倘能，还望来信常常。

沈亢利

2002.11.10 于监狱

读罢来信，心里有种淋漓的快感。这个沈亢利终于以白纸黑字的形式，表达了他的忏悔。但正当我在他的字里行间，以一颗平常人之心细细品咂着一个囚子内心的痛悔之际，一个不经意间的发现，把我猛击一掌……

在再次采访前的阅卷时，他材料中有一行字让我吃惊不小："沈亢利1980年7月犯诈骗罪被判处有期徒刑15年，在青海劳动改造。"也就是说，这次已是他第二次进监狱了。记得我在上次采访时，他曾明明白白告诉我，这是他第一次犯罪。我理所当然地相信了他。连这些永远停格在他档案中的事实，他也要来一个花招，那他的这封信，你能当真吗？记得一位监狱资深警官告诉过我：在所有的罪种中，诈骗和卖淫是最难改好的。

大约又过了七八个月的一个下午，再次办完手续，踏进了监区。

他一出场，我就从他的眼睛里看出了他内心中的恨意。他似乎比上次更胖，白色的囚衣被他挺出来的肚子撑得溜圆。

我说沈亢利，就从与我有关的说起吧，当初你为啥要来骗我呢？你被逮的那个大案子就别去说它了。

他似乎觉得很轻松，说，当初我确实很想见你，怕你不见，就用了这种方式了。

我缓下口气说，能用这种方式来求见吗？

他说，我没想到你竟会一眼识破，至今我还没弄明白，这对我来说是太意外了。见你声色俱厉的样子，我只好边走边退了。

我说，你先是冒充名诗人江河，再冒充复旦教授胡守钧，再是电话亭传呼老头，还有使馆人员，人物情节环环相扣，你倒是很缜密的呀！

他显得有点冤枉，说，不！只因你将个本来是"好好的东西"，硬是"掰"出了一个"缺口"，我刚补了一个，你却又"掰"住不放，而且还将这"缺口"越"掰"越大……他说这话的时候，还用手做了个向外"掰"的姿势。那神情仿佛是我害了他。

骗子的这个奇怪思路，真让我开眼界了。他又说，我真没想到你会这样子对待一个想求助于你的人。

我说，你就用这种方式求助？求助前先用欺骗手段？当一个人识破了真相，受了欺骗，对你声色俱厉，也该是一种平衡吧。请问你，你千方百计见我的目的是什么？

他说，我只是有事求助于你，因为我受到了深深的伤害。他将他硕大的头低下，一副很委屈的样子。他喃喃地诉说，大意是他为了说我这个女诗人的诗好，与一个说我诗不好的诗人"争吵一路"，后来他受到了这个女诗人的"伤害"……

真是滑天下之大稽！我说沈亢利！那个女诗人与我是好姐妹，人好诗好，我俩与你风马牛不相及，你何苦在里面自作多情瞎折腾呢！这挑拨离间的手段太老旧了吧！外面用，到了这儿还用？谁会相信呢！这不是笑话吗！

他失望地说，诗人在我眼里，一直是异乎寻常的。我没有想到你也会这样子理解我。我不相信她说的话，才想来见你……

我说沈亢利，现在大家都在长进，你也该学着点，监狱也是学校嘛！你就那么点老套套，案发前，翻来覆去在多少女人身上用过啦，现在还用？也该有点新花样了吧。沈亢利，不要用什么别出心裁的方式，待人接物就讲究点真诚。

真诚？他说我没想到诗人也是这个样子，这样与平常一样的人。

我说，为什么对自己这样没信心呢，你可以真诚地实事求是地来找我。对于任何一个有求于我的人，总会竭尽全力地帮助。更何况，你是一个爱写作的人，就这一点，我们也可以平等地交流。

他说，其实，我将江河仅仅视作一个符号而已，想通过这个特殊的符号来接近你，认识你；没想到你一点面子也不给……他为我不欣赏他那种用"异乎寻常"的方式来接近我、认识我，感到不解、失望以至愤然。

我说，江河是一个著名的诗人，他不是没有感情的一座桥或者一只冷冰冰的电话筒，仅仅只是用来派用场的东西，不。你用他来召唤我，用他来联络我，试想一下，如果成了，你将如何继续下面的戏呢。

不想他胸有成竹地说，陆老师，这一点我对你是有歉意的；除非由我本人来清除才能消去误会。他说得很有把握，就好像在操纵一台他早已编好程序的机器一般，只可惜由于我的不领情，破坏了他所设计好的一切。

我说，除了要我为你"伸张正义"，你找我还为了什么？

他说，等到我出去之后再对你说。那时你不要听，我也要讲给你听。

我说，出去是出去的事，现在是现在的事，今后谈什么到今后再说。

他说，我不想在现在这样的环境谈这种事情。再说你要我复原当初寻你的动机，现在时过境迁了……他看看天花板，又看看水泥地，说我现在无法将当初的情景复原、完整地提供给你……

在骗局的终端，他呈现的是一种精神无赖状。

我已经有点领教诈骗犯的手段了，他完全在和你"瞎捣"。你根本没有必要与他当真。因为可能是谎话说得太多，最后连他自己也无法自圆了，都不知道自己到底想怎么样。纵观他的犯罪史，其实他更在乎骗术本身。他行骗对象一般都是知识女性，本质上所骗钱财也不是很大数目，他更在乎——行骗的过程。当一个女人掉进他感情的陷阱而痛不欲生泣血泪泪时，他躲在暗角里满足得发狂。

我觉得在"行骗"这一行当中，他更属于"技术"型的骗子。因为他的"高超"在于随时能进入角色状态：如他给我写的那封信中，写着写着，他"囚犯"的角色便凸显出来，看："……穿着天蓝色的毛衣——天空的颜色真好，我很久没有看到这颜色了。晴朗是弥足珍贵的，以前怎么没感到，人无法违拗命运，这是上帝的旨意！在敬爱的诗面前，我忏悔。"

这，或许是他的真情实感。但是"瞬间真情的流露"缘于他角色状态的到位；真情的流露——却不是真的、不是发自他灵魂深处的东西；他说着一个囚犯该说的话，但却并不是他内心深处的话。他的角色时时在游移，见风使舵，鉴貌辨色，他在自己长久编织的骗局中，渐渐地迷失了他的本真，他只是他骗局中一个随时待命出发的角色，角色而已。

记得多年前，我与一个心理医生探讨他这个奇怪的人时，他对我说，此人当初为什么一而再、再而三，是因为骗不成你而心存不甘；

老觉得自己这处"生活没做好"，所以时不时要来"捣"一下；郁积的情结，因没找到机会释放而日趋焦虑，这时只要有条小缝，他都会钻进去弄得天花乱坠云里雾里的；在骗局的对话中，他释放着内心荒诞的欲望，享受着他自己在幻想中的角色而获得快感。

但与你初次较量下来，你太咄咄逼人了，这对他有危险，所以他不见你。他太知道他如果处在真实的情境中，谎言周旋的余地要小得多。智商不低的他，知道自己与你见面并没有好下场，他就把"下场"在事先给抹去了。

然而命运神奇的鼠标轻轻一点，就毫不留情地将他从茫茫世界中"搜索"出来，放在一个叫"监狱"的地方。于是，我还是明明白白地看到了他的"下场"。

我说沈亢利，很对不起，只因你当初用"异乎寻常"的方式来"找"我，而今我也用"异乎寻常"的方式找了你。这是公平的。

他嘟哝着，又文不对题地谈起圣经来，如一个饱学之士感悟起人生……

采访归来，我发现我错了。因为我按常规的思维，将与其的对话，框定在一个常态的人的身上了。而他已经诈骗成性，深入骨髓；在谎话与真说之中、在骗局与现实之内，他一边造假一边也真情，一边施展骗术一边也被自己设计的角色所感动，最后他已分不清真伪的边界，而深坠于自己的骗局之中了。

监狱资深警官告诉我：不能说真话，是一个人长期在不讲真话的环境中生存已久，诚实的机制已经退化，诚实会与他整个世界观相对立。例如像诈骗屡犯沈亢利这样的人，即使在监狱这特定的场合中，还是都说不出一两句真话，就是证明。

其实诚实的人，是把真话，像石头一样，卸倒了别人的怀里，自己反得轻松。虽然沈亢利现在还没有真正洗心革面，但我相信他在这块特殊的土壤里，会逐渐回归正常。为此，文中我特地用了化名。当然这是我良好的愿望，我没有忘记资深警官还有一句话：通观监狱对犯人的改造史，诈骗犯的重犯率一直是最高的。

写完全文，我没有如写完其他文章那样——心头一松。

2003-7-9 星期三 18:30　完稿 2022-9-5 夜

重读　无以不能，各臻其妙

辑二

文到深处
就会穿越社会政治的表层
触碰人性这根弦
而人活到核心本质时
就是透过社会生活中的零杂
去品咂生命的本身

大自然之神

明明歌舞升平，欢歌笑语，忽然就大难临头，惊慌失措，几天就阴阳两隔，鬼哭狼嚎。

大自然之神，来人间巡视，洗刷调整。扔掉一些修整一些。它眼里有自己世界的逻辑，自有另外一套系统，与人类风马牛不相及。人在它手下，瞬间命如蝼蚁就废了，就直接进了垃圾箱，甚至不及让人离开世界前，体面换件衣服，穿好鞋袜。黑车一发动，刷新！任留下在世间的另一人，哀鸣打滚，寻死觅活。

大自然不管。不，是它听不懂，看不懂。它只是知道，曾有这样一个画面，黑车离去时，画面上有人的某种仰天弯腰的行动轨迹，关于人类在世时的万千情感，统统被纳入它的一个文件，大自然根本就不想打开，它的纳入相当于删除。而且是挂着密码的删除。

大自然就如我们平时杀鸡斩鹅在快乐中一样，它随便取舍，随机屠宰，听不见人类的呻吟哀号。大自然快不快乐，我们不知道。反正大自然自有自己的律条，毫无商量余地，它在自己的性情中行走，一步一个脚印。一个脚印里有一窝人命，它不懂的。就如我们日常生活中，一杯烫水浇死一堆蚂蚁时同一个心态。其实蚂蚁群里也有蚂蚁父母儿女，但大自然不理会，至多认为那是几只蚂蚁间的一个链接。至于人间的"割不断，理还乱"，算什么？简直就是画蛇添足，实属程序设计不当，不得未来世界之要害！

这四五十天来，大自然威风凛凛，正本清源，朝它自己的目标顾自前去。知道人间正在获取着许多大自然殿堂里重要的密码，自己的领地常有不速之客贸然触界，它一直容忍着，这次它大驾光临，新账老账一起算。颠覆人类的认知，来个流氓手段，破而不坏，攻而不败，以一种隐身的方式，与人类玩着绝命游戏。

时代已经行进到二十一世纪了，其实越行进，人类似乎越无奈。这个 2020 年，看上去温文尔雅，听上去悦耳可心，谁知道是大自然的杀诫令呢？它不贴通知，不下战书，更不贴公告。说来就来，网雨满天，八方埋伏。

风声鹤唳这四个字，在我们只是课本里历史中的用词。不想就是今天，成为置身其中人间写照。

大自然以"回归"为主题，向全人类提了个醒。其实不提醒，我们也知道了，第二年的春天，光上海就有 2500 万人接到了严厉的禁足令"窝家"。回归是什么意思？回归是二维码，扫下就知道大自然的意思了。让吃饭回归饱腹，不要为了签合同；让礼品回归祝贺，不是为了"上位过关"；让写文章回归个人的内在需要，而非获奖夺冠等等等等，诸如此类。或许原始的，就是最好的。一如眼下 2500 万人口的上海，有多多少少人的梦想，就是能在泥土里种菜啊。

血的教训，命的代价让人类悔过自新：对大自然之神，必须敬畏。

2020-2-25 匆字　2022-4-26 修订　多事始知田舍好　凶年偏觉野蔬香

有一瞬涉及生死大题

人的潜意识里，大约都有一种待宣泄的疯狂。

那是多年前9月的一天，我有机会随上海律师们的组团，到了嵊泗。听说那儿是一群风光秀美的小岛，蔚蓝色的大海。蔚蓝，是那里永恒的主题。

大南涂海滩，号称海上乐园，现在称"乐园"的地方太多了，我们不能把导游的话太当回事。更何况那日天气阴沉，厚厚的云层里密密地储满了雨珠子，沉甸甸地压在头顶。被海潮濡湿的沙滩上，尽是些大男人零乱的脚印。海岸一侧，竖着一块制作粗糙的牌子，"海上乐园"。这个乐园名，果然就这样被蹩脚地书写在没一点品质感的地方。旁边还有几幢没做根基的小小木屋，门口一个人转悠着售票。显然，开发的浪花儿已开始溅到这里了。

我一向对"乐园""公园"之类没什么好感，人工痕迹太重。

海边游人不多但相对集中。在一阵欢叫声中，我只见地上一大片瘫软的彩布，正凭借着人工与风力，慢慢地鼓胀开来，再斜斜地竖向空中，然后倏地离开地面，腾空而起，立马变成了一顶巨大的降落伞，低缓地掠过人群上空。

看得清"伞手"那自得的神情，以及身上五花大绑的安全绳索。不多会，风力渐弱，鼓鼓的伞面又软了下来。于是第二个游客接着付钞票再上。

我们大家平平淡淡地欣赏着海边风景，对这项充满游戏性质的大伞没有更多的兴趣。

或许见识过生活中太多的游戏？或许长年奔走于案情中的律师们，更渴望大自然纯情的拥抱？

"去乘海上摩托快艇！"有人提议。

摩托？快艇？还在海上？我一听，顿时激情澎湃。大家也纷纷响应着欢呼起来，恨不得一步上艇冲进大海。

是呀，平日里在陆地坐摩托车的后座，恐怕也只有几次，现在竟然要去海上"摩托"一番，那有多新奇多刺激呀。

天阴沉得快压着人的脸了。真是风雨欲来，海天苍茫。但是心情的热烈正好与天气成反比。很快，有人给我们12个人各发了一件橘红色的救生衣。我们在沙滩上兴致勃勃地将这东西抖落散开，笨手笨脚地开始穿戴系紧，准备作真正意义上的下海了。都知道，如果想全身心地享受大海的拥抱，总要以某些非常贵重的东西作代价的。看，当救生衣穿戴完毕，大家的脸色不由自主地显现了严肃。

我们身上的这一抹抹闪着荧辉的橘红色，顿时给乌云下灰沉沉的石礁海滩，增加了鲜丽的激情和活力。当我们准备停当，一脚踹上颤悠悠的快艇时，天色已阴沉到了极点。海风兜起雨珠子，噼噼啪啪地打了下来。打在海面，一颗一蓬水花。

说不清是激动还是害怕，反正登艇时大家情绪亢奋，还动作麻利速战速决的那种争先恐后。但如果要说句什么的话，那一定是：接受大海的召唤！

驾驶这快艇的是个瘦长精悍皮肤黑亮的年轻人，用句土一点的话说，他浑身上下只有肌肉加骨头。他光着上身，穿着一条小裤头，黑白分明的眼眸里，显然藏着一股生命中非常原始的蛮劲，上得艇来那敏捷的一招一式，至少在一瞬间，便激活了我灵魂深处某种蛰伏已久的与风险对垒的欲望。

"从这里开过去，一直到后面露出的大礁石处，绕一圈再开回来要20分钟。"年轻人指着白茫茫的海面，用一种"乐园生意人"的口吻对我们说。这不禁让人感到有点失望。

我们尚未坐稳，快艇便发动了。随一阵"突突突"的声响，快艇箭一般向前蹿去，直劈海天深处。

顿时，海风呼啸，浪水飞溅，成片成堆的浪潮，噼噼啪啪没头没脑地向我打来，强大的气流霎时堵住了我的口鼻，噎得我说不出一个字来。情急之中，我本能地把头埋进胸口换了口气，这才没有把我噎得背过气去。

不是亲身经历这一"劫"，是无法想象下海的真切感受的。巨大的海浪打进小艇，整个透湿了我的全身，那富有力量的浪头，打得我脸蛋发麻，更是那直面的风，呼呼响着，像一面巨大的"软屏"，死死地摁着了我的嘴巴和鼻子，一时都无法呼吸。当时我真猝不及防，更是始料未及，在那最险的一刻，觉得自己整个人都已被抛离了小艇，失身在茫茫大海里一样，可以说是一种求生欲，"求生欲"用在这里似乎有点过分，但却是真实。让我毫不犹豫猛地一下抓住前面一个人的腰带，另一只手又攥紧我边上的人死死不放。我不管我抓住的是谁谁谁，我只知道他们是我在滔滔大海里的救命稻草。

抓住了"救命稻草",心里就踏实得多。扑进嘴巴里的东西,已分不清是淡的雨水还是咸的海浪。摩托快艇还是在大海里毫无顾忌地"横冲直撞",因为这一片是还未开发的处女海域,没有来得及建起什么精细安全的条条框框。都是私人在经营。重修此文的现在,回想中真有点怕怕,真有什么意外发生时,还会照常发生的啊。

摩托快艇还在狂风暴雨的海面上,劈风斩浪(我想如换了整理文章的现在,主办商与游人都不会轻易冒这样的大风险)。耳边风涛啸天,浪剑抽打,强硬的气流还是夹头夹脑地袭击着我们,甚至让人感到窒息。当时我身上的每根神经都绷紧了,似乎有一瞬脑海里还涉及生死大题……

这样过了好长一段时间后(20分钟的时间真长啊),我才突然意识到自己一直在声嘶力竭地吼叫着:"啊——啊——啊——"

"啊——啊——啊——"这歇斯底里的发自生命最底层的吼叫,是那样赤裸、疯狂,那样身不由己、放纵痛快。

短暂的适应之后,接着,我便听见整艘摩托快艇上,几乎所有的人都一起在"啊——啊——啊——"地吼叫……

这人类最原始最粗犷的呼叫声,混响成片,仿佛向茫茫大海倾倒生命之罐中的全部污秽!向大海倾倒着人性中最沉重的压抑!向大海倾倒搁在灵魂深处的重负!

我们浑身上下透湿透湿,咸水淡水一股脑儿涌进嘴里,被飞浪击打的脸面与臂膀,火辣辣地生痛,湿猛的海风浪珠在耳边疯狂呼啸,整个世界仿佛在我们头顶疯狂地旋转舞蹈。

是的,我们正投入大海的怀抱,与大自然深深地合归为一体。如临人生极致境界的生存顶峰体验，使这艇上不管男女老少，一时都忘了自己。在忘情的呼叫声中，来自城市深处的我们，成了一排砰然轰响的海涛，成了一片疾卷涌动的雨云。

抬眼看那背对我们的驾艇年轻人，他不时转动着胸前的方向盘，右脚一挺左脚一弯，细长结实的躯干，犹如待发的弓箭充满了力度。也许是受了我们疯狂情绪的感染，更是把个摩托快艇，玩得叫人分不清天上人间！

我第一次领受这风雨大海，和风雨大海中灵魂所受到的这番淋漓尽致的冲击和洗礼。第一次尝到真正意义上的刺激和刺激中的快感。这种没有节奏又充满节奏，没有具体内容又充满具体内容的疯狂情绪的表达，也许只有在那时那刻，用你的整个生命去承载，用你身体中的每个细胞去享用。想必大海也同时享用了我们，承载了一小次人与大海的非常交流。

尽管写下了这篇文字，却仍然没能表达出心灵的深层感觉。想起庄子"与天地精神往来"的话，竟有一种要害抵达，不觉有豁然开朗之感。

1993 夏匆草　2023-2-21 再读　得一麦秸摇扇　气饱风露

在日本当了一回农民

在日本前桥的第 16 届世界诗人大会结束后，没有想到在日本这块土地上，我还当了一回农民。

诗会后，日本朋友今辻和典先生邀我去他在横滨若叶台家里做客。

今辻先生是日本著名的翻译家，曾译过我国许多诗人的作品，也译过我的诗和纪实文学。那首曾在浦江两岸流传的《上海横滨友好歌》的歌词就出自他手。十多年前今辻先生作为日本诗人代表团的副团长率团来上海访问时，我们就认识了。这些年里，他对中国情有独钟，前前后后来过 20 多次；还在上海和北京的名牌大学进修中文。在上海的梧桐树下，还与我一起讨论过诸如"井井有条"和"有条不紊"的些微差别。他的夫人瑞子太太，我们前几年在上海见过一面。

这次一进他家门，我就感受到他家的盛情，鲜花水果绿茶饮料一应俱全不说，就连卫生间地上，都换上了又松又软的新毯子。

那天下午，今辻先生说我们一起出去准备点菜。

我一听正中下怀。感受日本人生活的小细节，这对我来说是非常有诱惑的。几次跨出国门，所到之处，与国内的星级场合近乎一律。

我总不能向诗会秘书处提出，我想去小菜场看看吧。

当时我爽爽地称好，心里还盘算挑些蔬菜原料，回来我烧个地道的中国菜，搬上"榻榻米"上的小矮桌，一定非常有趣。

瑞子太太换上了长袖衣服，还在外面套了粗线花纹的背带裤，这使我好生奇怪，难道去菜场还得换上这身行头？我正疑惑着，她笑着递给我一双高帮套鞋、一副粉色连臂橡皮手套，还有条宽松大裤。那刻今让先生已下楼去发动小车了。我不懂日文，瑞子太太不懂中文，她比画着对我说，我不懂装懂地老点头，并将她给我的东西收进放一边的纸袋放在门边。

今让先生的车技十分高超，左转右拐大约二三十分钟后，出现在我面前的不是小菜场，而是一片黑油油的田野。一个男人和小孩正提着装满蔬菜的网兜出来，热情地和今让夫妇打着招呼。显然他们常在这里会面。

我好生奇怪，不知这里是什么地方。

今让先生笑吟吟告诉我说，他们在这里和另外一个地方各租了一亩地，自己种菜自己吃。

乍一听，我简直不敢相信这是真的。在上海，我一直梦想自己有块土地，种种鸡毛菜啦扁豆啦，至少在炒菜打蛋时可随手拔把葱什么的；可是事实上我最多只能在家中小花盆里，偶然种上点大蒜头而已。

待出得小车门，回头我见那个大纸袋瑞子太太也给捎来了。这会儿她正从里面将东西——取出来。其时不懂装懂的我，立时明白了这些东西的用意，歉疚地接过来，给自己也上下"全副武装"。

我跟在他们身后，踩着松软的黑土，欣喜不迭。感到现在自己正置身在如诗如画的田园风情之中。吃自己种出来的鲜灵灵的活蔬菜，

115

这在我们上海人的心目中，是一种怎样的奢望呵。

今让先生说他们租田种，一是怕菜场里的菜有农药污染；二是太太休闲在家，又酷爱农艺；三是他经常能从天南地北带回些种子来，埋进泥土后便有了期待，期待它发芽，长叶，开花结果。这过程有一份艺术的乐趣。

听得此说，这真是集消遣、锻炼、创造与收获于一体的绝妙主意，一时心里该有多少羡慕啊。今天重读此文时，光阴已经过去了二十多年。这个奢望目前正在无数中国人的生活中变成了现实。先按下不说。

今让先生的田有将近一半是荒芜着的。种的一垅西红柿、黄瓜、南瓜等和一小排辣椒相互都隔开很远。今让先生说，种这些就绰绰有余，一年四季的蔬菜吃不完了。也是哦。他的两个儿子都已成家立业，偶然回家一次。家中就他两人，能吃多少呢。

我抓抓叶片踩踩泥土，一切都觉得好奇。至少在异国他乡，我曾有的梦想踏进了现实，着实在过一把田园瘾。我蹲下身子，双手扒在泥土上，努力寻找悬挂在藤叶底下的最大西红柿；猫着腰轻轻地将手伸进去采摘那躲在浓叶当中的大茄子；撒腿在田头跑来跑去，把收获到的劳动果实，一次次放进田边的竹篮里……

今让先生和他的太太，认真地在查看虫害和黄叶，这儿掐掐那儿摇摇，又是填土又是除根，俨然一对行家里手。

脚下那松松的黑酥酥的泥土，和我们上海花鸟市场里买的山泥差不多，沾在身上轻轻一拍就掉了。一点儿都不显脏。知道瑞子太太还准备挖点儿山芋回家，我赶紧在山芋藤根的附近，用手慢慢插进泥土里找。手插进去的时候，泥土里发出些微叽叽咕咕的声音，因为土很松，大约都是草木灰什么吧，我的手在土中能感知果实的大小。忽然摸到了硬硬的长圆圆的一个，但个儿只比鸭蛋大一点，想想等它大一点再吃吧，今辻先生也是这个意思。后来我又摸到一只大的，直径有碗口粗，就赶紧扭断藤，将它们挖出来见了天日。

这种过程的体验，真是美妙极了。

瑞子太太又招呼我来到一蓬大绿叶前，足有半人高。我问这是什么菜，今辻先生说这是白萝卜，太太就种了这一棵。我兴奋地说："让我来拔！让我来拔！"记得当时的心情就像小时候在舞台上演"拔萝卜"的节目一样。要知道直到如今，我还从来没有在泥土里拔过真正的萝卜呢！

将泥土之上的绿叶大把拢紧，摆好架势用力一拔！可是感觉告诉我这还不是一只小萝卜……当时，我喜悦心情真是有点按捺不住，一种简单的面对土地的欢乐，突然，就这样充分而具体地让我享受到了。

这一瞬，我忽然想起150多年前的美国作家梭罗。他毅然出走城市，隐居在瓦尔登湖畔审视自己的灵魂……简单地面对土地。而土地是不会欺侮人的。

我们满载而归。当然满载的不仅仅是果蔬。

1996-10-26　人前一杯酒，独自喝完

人后一片海，各自上船

台湾义工

潘长发是台湾的义工。他告诉我们他的这个身份时，微微弓着腰，有一种准备随时为我们去端汤端水的样子。我有点不自在，觉得自己比他年轻，道义上是过不去的。他长得高高瘦瘦，淡淡的眉毛，白白的脸色，一边招呼着我们，一边还照应着其他桌子上的人。

那时我们在台湾高雄。中国作协组织的两岸女诗人交流的活动到了这个站点。开完交流会后到了一家小巷深处的面食馆用餐。馆主很为馆里的小灶火不安，因为它不可能同时给我们每人面前端上一盆水饺来。其实，主人的担忧大可不必，初到台湾的我们，对这块土地上的一切都新鲜好奇。我们硬是拉着潘长发先生坐下来聊天。他坐不下来，说他要代我们去找面馆的老板，一定要想法子以最快的速度上餐。

过了一会儿，潘长发抹着满头热汗又来到我们桌边，满怀歉意地说，你们这桌就最后上吧，我们边聊边等。哈，感动于他的神机妙算，将我们聊天的时间差也用进去了。

他说我是在你们散会时接到任务，说大陆诗友们想在台湾街头吃一顿风味面食。于是我马上用跑步的速度，在附近的街道巡睨，觉得此家面馆比较符合要求，再与老板商量，请他退出其他客人。老板听说你们来自大陆，二话不说，立即退客，客人得知情况后，也积极配合。才几分钟时间，就腾出了整个店堂。

这时我才四下环顾，果然全是我们与会诗人。想不到我们在坐进这家店堂之前，还有这么个颇有难度的快节奏插曲。

他说他是这次两岸诗会在高雄的义工，随叫随到。电话一响，叫干什么就干什么。

"义工"这两个字，我已不止一次地从台湾朋友的口中听到。就是义务劳动的意思，不取分文报酬，心甘情愿地为别人付出。前几年我在世界华文诗会上遇到台湾著名女诗人蓉子，在谈到一些岗位上优秀的女人时，她脱口而出："等以后退休下来就做做义工。"那口气那神态，做义工仿佛是人生某阶段的必然。

家住台北的蓉子诗姐，这次有幸与我们全程同行。我与她已经不止一次相见相遇了。她也知道我这次来台湾后，有点私事，想在台湾上一次指定的邮局。但一路上行程匆匆，我都无法如愿。所以这个时候，蓉子诗姐觉得机会正好来了，她看着潘先生对我说，你可以请义工帮忙，他对高雄熟悉。

于是我果真如此这番地对潘先生说了。他听得极认真，看着我时，眼睛四周堆满着皱纹，显得格外专注。他说明天上午不能陪你去，因为有约，事关人命，下午两点钟吧。

我说可以。反正明天下午也没安排。又问，你要处理那么严重的事件呀，性命攸关啊，怎么回事？

他说这也是挣扎在"生命线"上要命的事情。昨天半夜接到一个人的电话，说他已万念俱灰绝望了。对世界说完这最后几句话，他立即去"一了百了"。我说这是自杀呀！你深更半夜，又不知他在哪里，你怎么办呢？

潘先生说，我当然先在电话中稳住他。我一边听他诉说，一边也长吁短叹，不时插进自己比他更惨更不幸的"故事"。而且还哀哀地说，我也不活了，想想活着是没有意思……这样吧，你等等我，我想与你一起"走"！怎么样？你千万得等着我。于是与他约好了时间、地点，还手里拿着什么之类的标识物……

我说，噢，你这样"负负得正""以毒攻毒"呀。因为我是法治报记者，有类似事件相遇，也是我问他"怎么回事"的缘由。

潘先生说这类事他碰到多啦，已经救了好几个人了。

我想潘先生这样行善积德，一定延年益寿。忽然我问潘先生几岁，他说你猜。我端详了他一下，说实在的，倒真猜不透，那神清气朗身手轻健的模样，五十出点头最多了；但是以他做义工的经历，就肯定不止。

小面馆的水饺确实上得很慢。潘先生不时用眼角余光瞟一下店堂内的厨房，仿佛他责任重大。他对我们说，家里的子女统统都反对我做义工，说我有神经病，退休了不好好享福，还半夜三更闹得一家人睡不成觉。他想睡不好的事小，人命的事大呀，对不对？唉，现在的青年人啊……

他一边说一边看着我们，那神态我很熟悉，不正与我们上海一些老人的感叹差不多吗。我说，潘先生您真看不出今年有几岁了。他说明天告诉你，反正我们明天下午两点钟还要见面呢。

可是我不知道第二天会议的安排突然有变。当时下午两点钟，我们还远在海滩边赶不回来，我们是集体活动，由当地主人安排。虽然我心中惦着，却无法联系上他。今天修订本文时，全世界已电子通信大普及了，一个微信能搞定天下。那时连电话还不很方便哩，我们都还没手机。所以那时我一边侥幸地想，也许事涉生死大事，他上午忙不过来，下午两点不及赶来吧；一边还得听任主人们热情的安排，在碧碧蓝的大海前，衬着一顶五彩缤纷的大伞照相。我没有心思照，但也不好意思向主人说出自己的心事。

大约三点钟时，会议主人笑盈盈地走来，她把她的那只大手机悄悄递给我说：您的电话。

我一时愕然。在台湾，我哪来的电话？接过一听，真叫人羞愧不已！原来是潘先生打来的，他知道我未能赴约的原因，说这不是失约。他还平心静气地告诉我，他已找到了那个邮局，在什么路，几号，营业时间及回宾馆后，如何交通去到那里。待我说完感谢，他又说："请告诉我，您还需要什么帮助。我是专为你们服务的义工。"道德之余，还有种专业精神的注入，让我对台湾的义工又高看一眼。

然而，我只是惭愧，深深的惭愧。在义工潘长发的面前，在源远流长的中华民族的传统美德面前。我至今不知道潘先生的年龄，它"草木蒙笼其上，若云兴霞蔚"。写着这篇文字时，仍然觉着有种美丽的光彩，笼罩在他身上，此刻正穿越时空，透夜向我而来。

1999-8-30　无意于佳，乃佳

"这种地方"

  这是 1997 年第一个周末的早晨，天空中正飘着清冷的雨丝。出租车司机狐疑地看我一眼说，我只晓得上海监狱在提篮桥，不知道青浦还有一个监狱。我一边上车，一边对他说，你先朝青浦方向开，到那里再问就是了。我不由将身骨坐正，以抵御司机眼神中出现的鄙夷。

  我是去参加"青浦监狱干警执法执纪监督员"的聘任仪式，上海各界人士十人受聘，我是被聘之一。当然，我没必要向司机道明。社会上对到这种地方去的人的心态，自在情理之中。

  已运转两年的青浦监狱，所有新闻媒体均未作报道。我也认为再小的宣传，都没必要。作为国家机器，她坚实的存在就是全部意义。

  记得好几年前一个偶然的机会，我看到过青浦监狱立体设计的模型。当时有一种说不清道不明的矛盾复杂的心情，令我在模型前久久驻足。我知道监狱是埋葬罪与恶的坟墓，也是失足者灵魂的再生之地，但它毕竟不是学校也不是医院。我望着模型里的每处每角，深深明白不论是明亮的小铁窗还是绿色的大草坪，不论是园林式的监区还是现代化的设施，都将是上演人间未来悲剧的舞台……尽管谁都希望惨案悲剧人间不再，但是良好的愿望，并不能替代社会生活中的某种必然。

冬日灰蒙蒙的天色下，我们到了青浦。经人指点，我们的车拐进了一条两边是田野的道路。蓦抬头，只见路边一处挂有"青东农场"的牌子，不认路的我虽辨不清方向，但我还是对司机说，青浦监狱肯定不是这里。于是开窗问路。路人说你们开过头了，回头过桥就是。我们立即将车调头。一路上我们左右顾盼，哪见有监狱的影子呢！

说时迟那时快，空旷的左前方忽有一群错落有致的建筑物，正悄悄进入我们视野。近了一看果然有"青浦监狱"四个大字。没有拔地而起威严逼人的高墙，而是让低矮可人红白相间的小墙垛替代了。所以，我们没有惊骇，也没有在它面前戛然而止；而是路过，还浑然不知。

短暂的聘任仪式，很快结束。为创建现代化文明监狱，监管局提出要外塑形象内强素质，将执法执纪渗透到日常工作中去。监狱长在举例中说，规定管教干警在监管工作中包括与犯人谈话一律要用普通话；规定在检查罪犯来信时，不能将信唇撕得歪歪斜斜而一律要用剪刀剪，信页一定要按原来的折缝叠好放入信封内等等。这都是干警对罪犯人格的尊重。事情虽小，却也是体现监狱的现代文明。

监督员的基本职责是听取罪犯、罪犯家属对干警执法的反映，多层次开展帮教活动。下午，我们进入内部参观了当今现代化设施一流的青浦监狱。宽敞的空间，一扫老式监狱的逼仄感，迎门一排单株列阵的榕树，强化了别具意味的一种空间；四个监区大楼明亮安静，餐桌与圆凳以最简线条彰显一种规范；灰白色的铁网与高墙，灰白色的囚房与哨岗。有种"最简"也"最铁"的场域感，让人印象深刻。

偶有一只鸟拍拍翅膀从湿湿的枝头一掠而过。蓦地让人心惊肉跳，终极之问跳到眼前来：这是什么地方？你从哪里来？要到哪里去？

步上囚房楼层，见楼梯转弯处挂有"心理咨询信箱""监狱长信箱"。忽然窗外传来金属框架的微微震响。一看原来是两名穿囚衣的人，正推着一只四四方方的不锈钢箱子朝监房走来。据说这是由囚犯食堂装运到各大队的电瓶车保暖餐车。原来开饭时间到了。

监所的整洁是外人无法想象的。明净的长长狱廊里，吸引我们的是囚室门边墙上一个个小木栏里写的字。它将狱墙内外亲人的对话之最——"我的座右铭""殷切希望"定格在这里。一名罪犯写：

"只有从心底里服从管教，才能改去恶习。"

他的父亲写："在改造中你每前进一步，做父母的打心眼里高兴。"

失足浪子写："我用行动报答亲人的期望。"

他在外边的女朋友写："每时每刻克服你身上的弱点……"

有罪的灵魂，就这样进行着回炉、熔炼与锻打。

接见室是一群全透明的房子。深褐色的铝合金框和玻璃间隔着一个个全封闭的小空间。监狱森严的高墙，在接见时被抽象为一块透明玻璃。囚犯和家属说话交流，可以相互用配置在台上的对讲机。

科学帮助法律，精致而冷酷地隔绝了罪人的自由，这无疑会迫使有罪的灵魂，去逼近人生的悬崖峭壁，去解答生命中最严酷的题目。

同样的意思，贯穿于整个监狱建设的文明之中。设施的先进与外在的完美，越发强化了国家机器的职能。

"再好，这种地方就永远是这种地方"，不管它的色彩、线条、空间和布局如何变化。本文开首，出租汽车司机眼里无意间流露的神态，其实就是人们透过表层看到的本质。

1994-12-24　多一座学校就少一座监狱

寒夜里鲜为人知一幕

在闵行看守所采访时，偶然听说了一件事。警官不经意地说及时，记者的心却无法平静……

事情发生在年前的 1 月 22 日，也就是春节前五天。那阵有暖冬之说，而这天深夜却是风雨肆虐严寒袭人，约摸十一点左右，在远离市区的闵行莘庄西环路上，走着一个十二三岁小女孩。她纤弱的肩膀上吃力地背着一个大包，细瘦的手腕上还挂着一个兜，一个人顶风冒雨歪歪斜斜地朝这条路上的闵行看守所门口走来。走来后又走回去，犹犹豫豫着放慢了脚步。

值班警官发现后，马上走出来将她请进门岗室内，室内温热的空气很快暖和了她。

警官帮她卸下肩头的大包，温和地问她，这么夜的天，你一个人出来做什么？

她颤着声音怕怕地说，我来给我的爸爸送被子，天很冷。

警官又走上一步轻声问，那你的妈妈呢？

小姑娘低下了头，不语。过了一会儿她含着眼泪喃喃地说，妈妈也被抓进去了，在劳动教养。她感到好丢人，也好委屈呀，眼泪哗地流了下来。

警官问，你妈妈什么时候进去的？

小姑娘说在几个月前。

为了什么事情，你知道吗？

知道一点，好像是为了卖坏的不好的 VCD。

警官蹲下身子问，那你的爸爸呢？你怎么知道他在这里？

小姑娘觉得警察叔叔好和气，不是原先想象中那样可怕，就哭着告诉他说，昨天晚上，爸爸本来说好给我做晚饭的，谁知道我放学后回家一直等一直等，等到天很黑很黑，爸爸仍然没有回来……等到今天天亮了，还是没见爸爸回家来。我很害怕，今天白天我在家收到了一张通知，才知道爸爸他……他也出事了，要家里送东西去……我不知道那个地方在哪里，也不知该怎么办。

警察关切地问，那你现在是怎么来的？

小姑娘说，有个人陪我来的。

警察问，那个人是谁？现在在哪里？

小姑娘说我也不知道他是谁，他把我带到这里后就走了。

警察说，那他怎么会送你来的呢？

小姑娘讲今天我一个人在家，心里很难受。因为马上要过年了，楼上楼下的人家，都在高高兴兴买鱼买肉，小朋友也在买鞭炮春联……可是我的家里……连饭也没有人做……我还担心爸爸没有被头盖，怎么睡觉？可是我又没有办法……今天晚上已经很夜了，忽然有人来敲门找我爸爸，我就央求人家送送我来……

警察说，那你怎么回去呢？

小姑娘两眼茫然，说我也不知道……

这是发生在寒冬深夜鲜为人知的一幕，甚至连小姑娘的父母都不曾知道。一个本该还得由父母呵护着的小小女孩，这会儿正默默地负着超过她年龄的责任；本不是她犯下的罪错，却要由她来承担这罪错而引发的不幸与痛苦。

孩子虽然"心里很难受"，但是看得出她在干这些事时并不怨，因为她是父母的女儿；但是这位女儿的父母呢？记者想，当你们知道女儿的这一切时而受到心灵上的惩罚，不会亚于法律于你们的制裁！

闵行看守所的干警，这一夜便忙开了。他们好言安慰了女孩后，打电话去这名犯罪嫌疑人父亲当地的警署，并取得了联系。然后他们立即派车，由三名警察护送她回家。女孩的家在枫林路，到了家里后，警察见小姑娘一人在家，想想又不放心。后又经一番奔波，具体查到她外婆外公家的确切地址后，又将小姑娘送到老人那里。老人被夜半的敲门声惊吓不小，两名警察又宽慰了老人，并细细说明了原委。老人自是谢声不迭。

警察看见眼前两个颤颤巍巍的老人，一个眼睛已失明，一个每天靠"打滴液"过日子，说实话，警察的心头也不好过。但这又是无可奈何的事。他们只能将事情在法定的范围内，尽可能做到最好。这一刻，他们心里总觉得小人在老人家要比她一个人在家放心得多。尽管这一夜他们回到所里时，已是深夜二三点钟了。

记者得知女孩母亲是因传播淫秽录像而被处劳教一年，她父亲也因此案涉嫌，据说近日已结案，被处治安拘留 15 天，将到 3 月 5 日期满方可出来。

经看守所同意，记者在森严的高墙内，见到了女孩的父亲郁某某。

127

还看到了一小张薄薄的"收物清单",上写:"被子一条、洗脸盆一只、羊毛衫一件、牙刷一把、牙膏一根。"在"送物人签名"字样后的空处,有这个女孩用稚嫩的圆珠笔,写下的她的名字。

当记者将了解到的一幕告诉郁某某时,只见他顿时热泪盈眶,一连声地说,啊!是这样……是我害了女儿……请告诉我,是哪几位警察?我出去了,一定要来谢谢他们,谢谢他们……我……我保证再也不做这种"事情"了,害人害己,我保证……记者相信他受到心灵惩罚后的觉悟,总要比其他类的惩罚来得更深。

1998年3月2日,闵行看守所的领导根据郁的表现及他家的实际情况,依法提前三天释放出了郁某某。

重新回到家中的郁某某对记者说,我太感谢政府了,我一定会以我的实际行动来回答政府警官对我家的关怀。而他家女儿则对记者说,"警察叔叔真好!"

1998-3-22 要言不繁 微言大义

补记:此文在报上发表后,看守所所长来电对记者说,他们收到落款为"市民存如"送来的一捧鲜花和一张纸条,意思是看到记者在报上发表《那天深夜》的文章,感动,特送鲜花表示一个公民的感谢。记者又在监狱等处,闻知"市民存如"类似的善举不少,苦于"市民存如"隐身匿名,记者遍寻不着,遗憾中深受感动。

沿着漓江堤岸

沿着漓江堤岸，在灵川县附近，我们到了至今未曾开放过的"光岩"溶洞。

洞含漓江，洞额顶上有"李宗仁先生民国二十六年题"的字样。洞内下半全浸在水里。远远望去，水波漾漾，微微动荡的江水倒映着溶洞顶，及顶上五彩斑斓的溶岩石层。洞壁可见历年青苔绿藓刻进岩层的重重印迹。我们是乘了木船又换了竹筏之后，由水途才进得这"光岩"的洞口。令人惊绝的是这洞口内竟含着盆景般的一组群山、碧水、绿洲、岛屿、沙滩及丛林！

竹筏划进洞口后，我待靠近山坡的一瞬，兴奋得一个纵身，光着脚跳上了山。在漓江的水程中，我们几乎都不穿鞋，尽情用体肤享受大自然的恩宠。穿鞋，那就可惜了。

洞内有重重小山峦，顶部都一律光圆腻滑，上面密密布着干干湿湿的鸟粪。古藤绿枝，悠然错落悬垂，勃动着永恒的生机。鸟瞰山下，可谓"方寸万千"。缓缓迂回的水流边，有一大片柔软洁白的细沙滩。我想这时若有一对情侣在上面翻滚缠绵，可写一页"人生之最"了。

沙滩外不远处，还有一处小小岛，岛上林木繁茂，新竹青青。

站在洞中山顶，眼前是倒挂的累累钟乳石，一个个情意撩人，含羞不语。不意间，钟乳石尖凝聚而滴落的水珠，打在脸颊动人性情，叫人唏嘘年岁远古。由洞里望出去，尤见外面世界的灿烂，氤氲江岚，灿丽日光，这番感受是如此烈烈地留在心扉……或许是我们的到来，惊动了这里的什么，一群燕雀扑棱棱不知从何处飞出，在石隙藤叶间旋舞鸣叫。我定睛细瞧，在小钟乳石深处，竟密密匝匝筑着一排溜燕巢，一只小鸟忽地一下子飞了出来，将我遥远的思绪立马拉回到现实。洞底清幽静澈的流水里，不着一星青苔的白卵石间，有十来条小鱼往返穿梭，只可惜它们并不为世人知晓。我望着鱼们，说我代表人间来看望你们。至今我的脑壁上深深镌刻着这些生灵鲜活的印象。

我又将目光投向暗漆漆的岩洞深处。如果看得粗糙一点，全洞的观赏就到此结束。因为石洞深处的再深处，只有一个极小的倒三角形洞孔，里面黑乎乎什么也没有。四周有几斧新凿的石痕，显然要向洞里索取点什么。

有清凉宜人的风，从洞口内徐徐进来。可叹这源源不断的"恩惠"，不通往盛夏大都市开张的黄金贵族大酒家，而是经年累月白白给了江云、天空、绿树和流水，给了小小岛上的野兔，给了在这里呢喃的燕雀。也终于，给成了眼前一派原始的风光。

我想努力提醒自己，我不正代表人间来接收这份奢侈的享受的吗？突然眼前奇迹发生。那黑乎乎的洞口里钻出一束耀眼的光焰，顿时洞壁生辉。幽波闪闪，如临仙境。没等我发问，一只狭长的小木船，晃晃悠悠，满打满算地从洞口里颤游出来。小船上有线缆卷工具，一只大汽油灯。两个精悍的男子热情地招呼着我们。

原来，当地乡镇的回族朋友，知道我们是来自全国各地的诗人，以"诗画中人"的豪兴，为我们开了特例，早早派人入洞，临时发电架线装灯。因岩洞与漓江水相连，涨潮时全洞就成了地道的水晶宫，电源电线必须解除切断，这里尚未开发，无法固定照明。这耀眼的火焰原是为我们这刻一游的先遣部队。

我们乘坐的小小舟晃悠悠划了过来，大家纷纷从山上、沙滩上、绿洲上连奔带爬地上了小舟。一路前行，触景生情，大家居然不约而同唱起了小冬子的歌来："小小竹筏向东流，巍巍青山两岸走……"

我们个个猫着腰，也是满打满算地进了这个"倒三角形洞孔"之内神秘的水洞。原以为这洞就是我在前面叙述的万千景色，岂料这时洞中出现在我面前的奇景妙观，将我愣住。那番新奇感受我无法诉诸笔墨，只是傻傻地记得，在这个小小黑黑的洞里，有五个大大的世界。

一个洞就是一个世界，一个世界中待上万把人也不会挤的，带路的当地人用手里提着的汽灯，向远处划了一圈，对我们这样说。

我想洞生在他们村口，洞是他们的。开发大潮也曾涌到过这里，洞口山岩上的新凿痕就是证明。这里面的宝藏，他们也一处处找过、筹划过、设想过，我庆幸在开发之前，让我捷足先登了。

第一个洞中世界，给我印象最深。开阔高远的洞顶岩石竟然如彩绘一般五色缤纷，倒挂的石乳，柔美潇洒，如百余"琵琶女"翩然天上。最是那处高高的洞壁上，一挂几千米的流沙河瀑布气势磅礴，涌动着的波涛上，还发出金黄色的天然光泽，让人如入阿里巴巴山洞。

第二个洞是个大厅，当中有根硕大粗壮的擎天柱。整柱形如几十只大圆盘齐叠而成，手往柱身一击，会发出奇妙而动听的音乐，且经久不息，余音悠远。基调如印度乐曲中的那般宁馨祥和。

第三个洞中，有条润润的犹如绸缎的洞中河。凉凉的河水悄无声息幽然流淌，一如平静的岁月不起一点波纹。水中有鱼，用灯光一照，这些神秘的鱼儿便不见了踪影。我们在洞中行走，不时有水珠子重重地坠落下来，让幽暗的河面叮咚有声。

第四个洞中，有一处鼓鼓突出的洁白石壁，那上面的纹路如大瀑布奔泻。神奇在于这瀑布整体与它后面依附的山石母体，无论在颜色上或是形状上都截然不同，而且在那"瀑布"着底处，竟还有一个方圆二十几米开阔十来米深的"沙滩"。

沙滩上有被水浪打出的形状，起伏有致平整如阶。如果有时间，我真想走过去，一踩为快，在这方人迹未至的神话世界里，捣下人间第一声音响。时间关系，我只得随大家一边离去，一边回头望着那沙滩，想来那些洁洁白的细沙组成的沙滩，一定是那"石瀑"经岁月剥蚀之后的风化物了。

最后一个石洞中，显赫的是正中有一个顶"天"立地的大石柱，有如镂工精细的印度新旧德里的那扇凯旋门。奇怪的是门的上面石窟窿处，还有一扇透光的"窗"，蓝莹莹的光线神秘秘地射进洞来，置身其中，那种感觉如临世界十大胜景之一的泰姬陵。那陵里的日光不是直射，而是几经折射后柔柔地进入陵中，为的是让皇妃长眠后的安宁。那好光色是通过巧石匠对层层叠叠的石门石窗的透雕，阳界日光通过折射再折射，几经转道，最后才修成这个"冥冥中的世界"了。身临其境，犹如梦中。梦中常常会身不由己。

这一刻，我腿脚灵活精力充沛。我想爬将上去直抵"天窗"，看看天窗到底是何模样？我想再拍一张"凯旋门"的照片。

我沿着滑腻腻的未经雕凿过的溶岩石梯，小心翼翼地往上走。走着走着，快到大半途时，我还不忘回头看看这大自然的神工巧斧……突然，我脚底一滑，整个人失去控制，连滚带翻地跌了下来。在跌下来的过程中，我知道已滚过好几处我曾着力注目过的地方了，但当时比梦中更身不由己，心里再明白，身子已不属于我，它受着物理界外力的支配，该去哪就去哪。感觉身下一切都很滑，我从几十万年前就开始生长的黑黝黝的苔绒上——滑过。滑得我的感觉很不一样……

最后，我知道自己跌停在一处污滩上了。

黑暗中这一跌，吓得诗友们大声惊呼着我的名字。因为洞中地形不熟，他们无法施援，直问陆萍陆萍，你现在，在哪里？我应答不出，我更不知道我此刻，已跌到何处地角哪处天涯。

我哼哧着，自知跌得不算轻，在泥浆污水中滚了好几圈。脏污覆盖的皮肤上，正热辣辣地生痛，或许正密密匝匝地流着血水。但是我同时又觉得，我的体肤能在漓江山水的深处，留下点伤痕，供日后生命长途中回味，这也是我的一份造化了吧！

文章写至这里，才想起我曾经的伤痛。事情已经过去一个多月了。遂撩衣察看，哪料一切已复原如初，伤痕已无从寻觅。

这份"享受"，已深深融进了我的身体，与我愉悦的经历合二为一了。

1993 冬记　2022-3-20 修改　灵感之作留者永存，去者不返

放　生

一只非常大甲鱼，沉甸甸的，有四斤上下吧。一袭细丝网囚着它，装在一只盒箱内，放东阳台有几天了。此本非我家的货。是某毛脚女婿的上门礼。没想毛脚丈人家横竖坚不收礼，无奈原道返回。

恰是大家庭欢聚，席间毛脚阿公问，谁会杀？老陈说，我会啊，先这样，再那样，然后……毛脚阿公忙不迭地阻止，说，这样，请你带回，没有余地。就这样这伙到了我家。

因为新冠病毒肆虐，春节欢聚成了空话，好多准备的菜也搁置起来。老陈说，客人都不来，叫我如何吃得了？还是等哪天我一半红烧，一半放冰箱吧。我说即使一半，你也恐怕半个月还不定吃完呢。这类东西如黄鳝一样，我是从前今后永远都不会碰的，也不知为什么。

初三早上醒来，我想所有动物都是大自然的过客，我们人类却独占食物链顶端，"顶"也就算了，那为什么还要主宰世界上的动物呢？为什么要按人的意志，用工业化流程，来决定动物出生与死亡呢？

当下疯狂的新冠病毒就是大自然的警告。

听说屠宰场里一只待宰的羊，面对屠刀，前腿双跪在地，流着眼泪，叩地双膝已经磨出了血。屠宰员见状动了恻隐之心，先将它搁一边了。不一会，那只羊生下了三只小羊……我说羊只是羊而已，但是它泪水与我们人类泪水是一样的，它们也有母爱，也爱儿女。我说今天我们就将那只大甲鱼放了生吧。不想老陈一口答应，而且话头里的那个轻松劲，前所未有。像一道久拖不决的大难题，忽然有了最正确的答案，说兴奋也不为过。他说，我马上就去，就到桥上放生到活河里。

我们都觉得放出去，真比吃下去要幸福得多。

现在已是晚上，我想到了它。它该在水里如何的自在自由啊。有种踏实愉悦，从很深的地方荡漾出来，双指也在键盘上弹跳如飞。

早上决定之后，我到东阳台上，蹲下。对盒箱内的大甲鱼说，你今天回去，要深深地躲藏好，好好休养几天，这次让您受惊了。只是从今往后，千万别给人再抓住啊。你已经来这个人间生活了很多的年头了，也许就因为你的大，才被人家当贵重东西来回赠送。这次回家可要自己当心啊，遇到太好吃的东西千万不要吃，那叫钓饵！河边有人在钓鱼时，那长线放下的就是引诱你类上钩的钓饵。可要好生保护好自己呵！估计你也儿孙满堂了。不要让小辈担心。

它肯定是听了我之说的。而我想到这事甚至有如释重负之感。只是光想着放生，心切切意匆匆，现在想发个照留个念也落空了。因为老陈已经屁颠颠地提着，出门走很远了。

当时就只是很纯粹的"放"。想来"放"之本身的宽善轻松，也是这枚老鳖给我家的精神享受吧。反过来也可以说，在病毒猖獗的反思期间，也是人类个体的一种自我赎罪。

2021-1-6　满地阳光碎片

激情燃烧的一生

偶翻文艺报，突然三个字如针扎心。目光赶紧疾扫，触目惊心的事情还是发生了。章世添走了——章世添！啊……

早在二三十年前创办全国第一家《中篇小说选刊》的老编辑章世添先生，去年底就悄然离世，文坛一点响动都没有，报尾报缝也没见点滴文字透露。还是中国作协副主席张抗抗在今年三月到福州开会偶闻此噩耗，心情难平。文艺报在她的竭力提议下，发了一整版的怀念文章。由张抗抗、蒋子龙、梁晓声、关仁山撰文。

激情燃烧的一生，已成为他的历史。

曾经我们是那样熟悉，他给了我很大的帮助和支持。没有他，或许我也不会成为今天的我。早在 1983 年，我的恩师、《解放日报》文艺部副刊编辑谢泉铭，将我的处女诗集手稿《梦乡的小站》寄给了他。不久，他们福建人民出版社副社长高农写信告诉谢泉铭决定出版这本诗集的消息。从此，编辑章世添就为了我这本诗集出版的具体编务，频繁与我书信往来。为错别字、书题、题图及封面设计等，也为后记的往复修改。甚至他还寄了我大包的方格子稿笺，让我投稿用。七八个月之后，我就收到油墨芬芳的处女集样书。诗集印数7780册，全国新华书店发行。从此，我的手稿变成了铅字，我的生活成了流金岁月。

记得一个事。有天，他火速来电。电话亭阿姨在楼下大声叫唤着我的名字。那时还没有家庭电话，我到了公用电话亭，等了40分钟，他来电了，说你的诗集《梦乡小站》应该比《梦乡的小站》更好，可惜现在来不及改了，封面已经设计好了。就为了这个事，为别人作嫁衣，他风风火火、殚精竭虑。那些岁月洋溢着芳香，充满着希望，散发着青春活力。我现在翻看，这本诗集的版权页上找不到编辑名字。纯情年月中的纯洁友情，现在想着就肃然起敬。

然而面对面的接触，却并不是一回事。他壮实，个头不高，语速极快，思路敏捷，尤其是他整个身心鼓胀着永不消解的激情，像一枚充满火药的爆竹。他从来是对的，且还强加于人。

听大编谢泉铭老师告诉我，当时文坛流行一句话："天不怕，地不怕，就怕章世添来电话。"半夜或者清晨，他都可能有电话来"袭击"。接听他电话，就必须进入战斗状态，一是什么二是什么，你都要用笔记下，比如订宾馆、某作家电话、查机票航班等，都要火速去办理。不然他就会发火。

我觉得他很累。因为随时要"强加于人"，他身上必须要背着很多的东西，人家如不受，他还得唇枪舌剑，连拖带拉非要搁上人肩。他太强势了。当然，所有这一切，都是与他的编辑工作有关。他一心为刊物办事，与私人半毛关系都没有。

首期《中篇小说选刊》出来后，当时他的单位并不看好。但他觉得就是好！于是他一个人还拉着黄鱼车搁上成捆刊物，到火车站、船码头、大学门口等人多的地方去推销。激情万里。声嘶力竭。百般呦喝。精疲力尽。

为啥？就为了今天。现在有啥人在《中篇小说选刊》发表了作品，就是国家级的荣耀。今天在重读本文的当口，见我王小龙兄弟，在《上海文学》的作品《河水黄了，河水黑了》，上了《中篇小说选刊》，我就兴奋得大发朋友圈。刊物还是沿用当年他创办的格局，每个作品后有作者感言。他当年的创意，我感觉十分新奇，一篇小说读完了，是很想再听听作者写作意图的。三四十年过去了，这样做的刊物已越来越多。而《中篇小说选刊》却是首创。

有次，他来上海要我陪他去办事，比如临时买卧铺火车票、机票之类，那时不比现在，改革开放刚刚揭开篇章，万事错叠不展，哪像现在啥都梳理得顺当惠和。他外出办事，兜里必装上他的《中篇小说选刊》，说着说着就会冷不丁抽出来送人，大有当礼品的意思，也让事情好办"顺滑"。

如遇事要别人帮忙，他也会递上此本刊物，深信别人一定会心花怒放，会成全他的请求。

他的自信，像打不穿的铁桶。

其实更多的时候，人家根本没放在眼里，还不是一本书吗，又不能当钱花。只是在那个90年代的岁月，社会上还没有严重商品化，有时确实还起到一点作用。当人知道这本杂志又是他编的，人家总是声气软下来，瞟过来的眼神也常常是钦佩的。

被他骨子里的精神感动。我感恩于他。他为我和为很多作家做了很多事情，为此他改变了很多人的命运。一个几十年来在文坛东奔西走大呼小吁的著名老编辑，为什么走后竟没有一点响动，甚至连一条消息也没有出来？我非常感激著名作家张抗抗。没有她，我或许到今天也不知道他已去世。章世添是一个大编辑，他走了，意味着一个时代已经告一段落。

他这样激情的人，也会消失，让我再次感受到一种严酷。

岁月锋利的齿轮，隆隆。残酷无情地碾过天地。

愿天堂的章老师安息！

2018-1-16　搬运往事　抵抗岁月

茶·诗·夜

——在韩国的一次夜聚

对台湾诗人，我总怀有一种天然的亲切与信任。我们之间的友好热络，不想引来韩国汉城诗人的一番大感慨。那是亚洲诗会第二天的晚上，韩国汉城的诗人们特地约请我们中国两岸的诗人，去一处名叫"姨妈的家"的艺术沙龙里聚餐。

酒过三巡，韩国诗人协会事务局长权先生深有感触地说，这次诗会我们能请到中国大陆的诗人，真不容易，也是本次诗会的荣幸。我们看到大陆和台湾的诗人们亲密无间的样子，十分羡慕。这次诗会我们也向"对方"发出了邀请，却石沉大海……权先生说这话时，情绪有点伤感。

在开幕式欢迎晚宴结束之后，台湾的陈千武、庄柏林、李魁贤、陈明台、海莹、赵天仪、李敏勇和郑炯明等，差不多参加这次大会的台湾诗人都聚集到我的房间里，大家天南海北聊得十分欢畅。

我们聚在一屋的最先起因，竟是为了一个微不足道的小目标——喝茶。

欢迎晚宴上有酒、有牛奶、有咖啡，有形形色色的饮料，却独独没有茶叶和热开水。这次亚洲诗歌研究会（1993 韩国），东道国请我下榻的是五星宾馆。但是房间里同样也没有茶叶和热水瓶，与我在1988 年去印度的情境一样。

大会的中文翻译、资深学者金尚浩先生，自在机场接到我后，一直陪伴着我。他精通中文，正在台湾读硕，读徐志摩研究中国文学。他说大会已托付了他，在韩期间，由他全程陪我。又告诉我，他是金光林的儿子。我惊讶地说就是大会主席金光林？他说是的。说前两月里，您与大会秘书处往来的所有信件，都是经他翻译的，又说其实您用中文就可以啦。我恍然大悟，说原来是这样啊，您知道我将信函译成英文，还费了很大劲呢。大家哈哈笑了好一阵。

从机场到宾馆这一路，我们的交流像零距离的老朋友。

金先生是个刚到三十的小伙子，一口流利的汉语，办事动作干脆利落。知道我想喝热水，他就请人在我的房间里添加了一个小型热水瓶。那天欢迎晚宴后，我回房立即想泡杯热茶，却意外发现那个茶叶罐出国前忘收进包。正悻悻然，视线扫过大床，突然眼前一亮！在日本诗人梁赖重雄先生席间刚送我的一大堆礼物中，发现一个盒面上写着"铭茶"的字样。我忙不迭地拆开，贪婪地放鼻下一闻，哦，清香好茶！顿时心中感激万分。梁赖先生您真是雪里送炭哦。我马上打开取出一小撮放杯里，提着那热水瓶，美滋滋地给自己斟了个满。一口热茶慢慢下肚，浑身的筋络都知道了。

梁赖先生总是为我雪里送炭。当我和来自天涯海角的诗友们再次重逢互相拥抱时，梁赖先生总会突然出现，抓拍了好多珍贵的镜头。在中国上海、在日本前桥都发生过。而且回国后，我还会收到他给印好的大叠照片。

　　碧绿的茶叶，在水杯里悠然上下。一口口的热茶下肚，已觉那骚动不安的五脏六腑，都顺和得如风中杨柳池里游鱼。

　　我下榻的这家韩国五星宾馆，套房内外，目之所及，无一不精致讲究。我感激亚洲诗会的东道国，为我出资来回机票、食宿，吃、住、行还处处这样那样高规格的款待，总让我有点惶惶。惶然中，我忽又想起台湾来的诗友们。他们是自己订的房间，不知可有热水？

　　刚推门出去，不想台湾诗人海莹、赵天仪正好从我门口走过。招呼时却见他俩一脸愁容。没等我问，他们便犯嘀咕："房里没有热水泡茶，晚上还真是坐立不安哦！"

　　我马上说，我房里有热水啊，快进我屋吧。

　　他俩感到奇怪，说你怎么会有呢，房间里都千篇一律的，都去问过总台了。

　　我笑着说，请进来吧。他们听说我有茶叶，而且还有开水，高兴得很。他们没想到在中国家乡这份日常的享用，此刻居然可以在我的房间里奢侈地变成现实。他们告诉我说，前一夜他们就是这样"硬挺"着过去的。其实时间是过去了，但"缺席的感觉"还留在心中。没有热茶打点的身子，浑身不踏实。

　　也正是循着这份"线索"，我房间里的台湾朋友越来越多……连宴会结束后又去上面喝咖啡的陈先生、郑先生回来后，也寻到我的房里加入"喝茶队伍"中，将近十人都来了吧。

　　其实，那时一小瓶热水早已空空如也。我最先泡的四小杯茶水，早已被大家轮着像"咪"茅台酒般一小口一小口地呷干喝尽，再冲进去的开水也喝干了。大家也不讲究谁谁谁的杯子了。四个小杯里残茶，还是被人传来传去，被传到手的人，一吮再吮。甚至，杯里被吸得只剩骨碌碌会动的干茶叶了。

即便如此，这残茶剩杯，还是有人忍不住再拿起搁在嘴边，用力"*丝丝*"地吮。真是"宁可一日不食，不可一日无茶"啊，在异域他乡，中国人的这种集体感觉，可谓整齐划一。

夜已经很深。大家天上地下、山南海北地聊着，谁也没有道声晚安出局的意思；相反谈兴越谈越浓，想必异国诗会上两岸诗人的交流，也委实难得。所以谁也没有松动坐姿，靠床背的就一直靠着，坐屋角的就趁势缩着身子坐那，没点儿动弹。说到台湾有座大厦叫"爱人同志"，说到台北地下车位紧张的程度，靠近路口的收价贵得吓人，又说到台湾的凤梨，博物院的那块红烧肉，越说越不想分手回房。恨不能就这样，大家一直坐下去谈下去……

庄柏林先生一直将我送他的诗集《细雨打湿的花伞》带在身边，还在上面做了很多的圈圈点点，一有机会就与我聊上几句。现在他正斜靠在床架上，又一次翻开了我那诗集，向在座的介绍，甚至，将他圈着的句子，对着大家诵读出声：

"孤寂中我只是默默期待 / 期待有一颗心与我对话"；"许是生命在两极永恒的黑暗里 / 一次美丽而庄严的燃烧"；"当一部小说读完之后 / 我总喜欢翻翻前面的序言"；"一句不该出口的话 / 堵塞了一条路上的交通"……

听着他台腔浓浓的诵读声，赵天仪回过头来向我索要这本诗集，幸好我带着几本，随手翻出就签赠了好几位。他们有的打开来细看并赞许地点着头对我说，陆萍，你写的这些诗行中，没有一点点政治的色彩，是纯诗啊；有的说，你的诗就好像是在 30 年代里写的一样，有徐志摩、戴望舒的意思；有的张开五指来回作了个梳理动作对我说，诗里你看重对生命的感悟，自然天性的成分很高等等。大家议论纷纷，述说着对拙作的即兴感受，个个打到点上的评赞，让我深受感动。其情其境，就像是在开真正的诗歌研讨会一样。这，却是我万万没有想到的。

我说其实文到深处，就会穿越社会政治的表层，触碰人性这根弦，而人活到核心本质时，就是透过社会生活中的零杂，去品咂生命的本身。

我说现在我们大陆开放了，不再是你们以往想象中的模样了，政治空气的自由带来了创作的活力，我觉得人最本质的感受，全世界的人都是相通的，凡出自人性最幽闭处的文字，是可以通走古今、贯穿时空的。

当台湾诗人知道我过去曾是红卫兵，现在是共产党员且又是"政法记者"时，不免又大大吃了一惊，那感觉无疑是天上地下，简直难以置信。但面对眼前活生生的事实，台湾诗人还是选择了尊重。

他们说：一切都在变啊，不得不相信了。现在大陆来的陆萍，人是真的，大陆人陆萍写的诗，大家也拿在手里，也是真的；这本《细雨打湿的花伞》更是由大陆官方出版的诗集，那我们就知道大陆现在的真实情况了，不能全听我们那的宣传……

时间已是凌晨一点多了。听说有人还没住在这个宾馆，要走路去另外一家宾馆住宿。

不得不说要分手、要告辞了。大家慢慢起身，捶背伸臂，意犹未尽，更是依依不舍啊。

"如果是这样，我们台湾人的想法就落后了……"有人握着我手，真心对我这样说。甚至赖先生临出门时，还上上下下把我打量了一番，笑着说，"共产党如果是像你这样的人，那我们台湾与大陆就是一样的了，好啊……"

台湾诗人们一声声颇有触动的感慨，我已记不清是谁谁说的了，我只觉得久违之后的沟通是件好事情，理解是宝贵的。

这一夜，我只睡了三个小时，而且又全是梦。梦很奇特，尽是台湾的《西北雨》《黄昏的意象》《林间的水乡》《敲窗雨》……这些堆满我枕边的台湾诗人们的诗集中，飞出的五光十彩，亲亲切切地在海峡上空忽隐忽现。

宝石蓝的夜空美丽极了。

1994-8 追写 2022-4-25 疫情封控中修整

侄孙陆铄满月　且将新火试新茶

心中的伟人

——怀念共产党人李庸夫同志

那么多的鲜花。从来也没有见过您会有那么多的鲜花。客厅里、阳台上、餐房里，层层叠叠里里外外前前后后上上下下。

你在花海的后面就显得小了。不！您小小的镜框上为什么要围上一圈儿黑纱呢！写至这里，我不禁泪如泉涌……

年末岁初，我将今年 1997 年的月份表夹进玻璃板底下时，万万没有料到会有一个凶险无情的日子，正偷偷躲在 6 月 23 日这一天。这是一个普普通通的星期一，我的电话像任何一次一样，普普通通地响了。是时任上海市司法局局长薛明仁同志来的电话。他说，告诉你一个不幸的消息。我紧张起来，在这一瞬间，我大胆设想过许多坏事，可没有比电话里传来的内容更突然更绝望的了。

他说李局长走了。

我问去了哪里？我以为哪处出了事情要他到场，再一想，不对……那端沉痛起来说，李庸夫局长逝世了……"走"之前的个把小时还在谈工作，"走"前的分把钟里还自己擦了脸，接着就坐在上大法学院一间屋子的椅子上，猝然而去！

那些日子正是举国上下喜迎香港回归雪洗百年国耻的最后一周。触景生情，一种很特别的沧桑感是这样地让我刻骨铭心。许多许多往事奔我而来。

清楚地记得十多年前的那天傍晚，您的秘书来电让我立即去您那里。我说我吃了晚饭马上赶到。您接过秘书话筒对我笑呵呵地说，你现在就来，我家里有饺子可作晚餐。

我当时的心情非常松软，只觉得您这个做局长的人很亲切。我想起不久前您召集会议时的情景：您发言时从主席台上走下来，一边说话一边就在我们身前身后走来走去，有时还很随意地将两手撑在谁的椅背上说着什么。你当时说的话我记不清了，但是你的那份超乎常例的仪态，却深深烙在我的心底。

那天到了您家才知道，原来当天《上海法制报》上有我写的一整版文章《立过誓的人》。是上海电焊机厂一个饱经冤假错案迫害的知识分子容国鎏的采访记。他二十多年前在交通大学毕业时坚决拥护共产党，没随亲人去台湾。后来就因这情节在"文革"中横遭灾祸。容国鎏在逆境中仍有许多发明创造，但在成果展览时却只能隐身在机器下面的暗处操作，对外露面的是个一窍不通的"红五类"，在展品前装装样子。有次工厂失火，所有的人都向火场冲去。当时"不得乱说乱动的容国鎏"发现后，斗胆"违规"奔到完全由他设计的配电房，砸开"配电重地闲人莫入"的门，拉下了电闸。火势由此突然减弱。很久后，人们才发现了个中缘由……

我采访他时，他刚获平反，但已绝症在身，住在长海医院。

李局长在自家餐桌上，向我详细询问了容国鎏的情况，包括他家庭的困难。后来李局长就说，陆萍，我们一起去看看他。于是立马上路，赶到医院已是夜里十点了。病床上的容国鎏抬眼看见深夜站在床头的竟然是李局长，以为是自己做梦了，愣了好长时间。后来发现是真的！是李局长来到了他的病床前，他激动得声颤泪热。

后来李局长又在病房的长廊里跑来跑去找人。后来终于找到了床位主任医生。后来他主动向医生递上名片，医生不接，说这人的病没治了。医生忙着自己手里的活，这儿那儿地去病房里走，李局长就在后面，这儿那儿地跟着她。医生不理他。不理他，李局长也跟着她。但等医生甫一忙定，李局长就拉着医生硬是坐了下来。

医生没好气地看着他。他就从口袋里掏出一张报纸，慢慢展将开来，推到医生眼前……我一看，正是我整版采写容国鎏报道的那张法制报。就在这张报纸大题目的上沿，看到李局长用粗重墨笔写着的一行字：

"医生，请无论如何救救他！"我抬眼看李局长，他正眼含哀求之意，等着医生回话。我一时鼻子发酸，热流忽地冲上心头……

而今，李局长没容时间让别人救他，他就头也不回地走了！没有一点点商量的余地啊。说走就走，一如他平时的性格。记得有一次随李局长到安徽农场，谈完事情已是晚上六点了。不知怎么对方就谈到了南京。李局长回头对司机说：走，现在我们就去南京……

李局长，这次您又是去哪里呢，走得这般匆忙这般迅疾这般让人无法招架呀。

记得与您聊天时，您说的那些往事。

"文革"时您被隔离批斗。您在床头墙上写了"武潮"等一些字。您说这是自己的亲密战友的名字，为了新中国的诞生，他们连命都豁出去了，今天自己受这点委屈算什么。您说有次被抓去游街。从徐汇分局出发，经东湖路、华山路，到了康平路时，您从街面橱窗玻璃中，看到自己高帽子上写的字。你马上将自己的高帽子脱下来看，看清楚了上面写的是"反革命"。您说这不对呀，再转过来一看，见反面写着"修正主义"。您说，这个，还有一点点沾边。于是，你就将高帽子转了个身，重新给自己戴上，继续走……

您家的墙上挂着一幅字："骨气遗忧无欲则刚。"您告诉我说，这是北京博物馆的书法大家为你写的；还有那条"人到无求品自高"你特别欣赏，曾对我说，一个人要做到无求，那目的肯定就纯了。

人们对于理想的热爱，必然使人们崇拜那些接近理想的存在。

我曾经想，等我有时间闲下来了，我一定上青浦待上几天。在上大法学院美丽宽敞的校园里，好好听您说说您的那些往事。无论是昨天的还是今天的。

不想"晴空霹雳"却突如其来！啊，青山一倒再难扶！

眼下这刻，已是您逝世的第四个七天的凌晨3点20分了，千头万绪还不知从何着笔。你是我心目中的伟人，就让这零乱的小文，表达我和我的许许多多同志们对您的哀思吧。

那么多那么多美丽纯洁的鲜花簇拥着您。

李局长，您的身上覆盖着一面鲜红的党旗。

2021-7-1 大党百年。缅怀李局长

一不小心上了钩

一不小心上了钩。等发现时已经深深陷入，以至到无能自拔的境地。

"拼多多"是个多么俗气的名字，那个 LOGO 也是俗不可耐，打死我也不会去那的，我说以前。

然而，神不知鬼不觉啊！竟然就是上了它的贼船。

打开电脑写此文时，是已经让我一个星期失却自我了。我在"拼多多"的迷宫里迷失着。

看看一侧的物品照片，都是在它平台上买的。直至昨天忽然发觉如果没有了快递小哥来敲门，是不是今天生活中缺了点什么？

于是又去了那个看上去俗不可耐事实上十分可爱的拼多多里去逛了。界面上跳出一只神气活现的蝈蝈，居然活体有卖。这可是我神往的灵性尤物，于是急不可耐点进去下单。又去找店铺选了精致的红木小笼，一晃半天就过。

小心翼翼撕开包装，从纸圆筒内倒出来的蝈蝈却不动。我拍照找店铺，老板让我将它平放，我照做。可它还是那样。老板叹气说，路

150

上折腾死了。很快，我就收到退款。

看着那个心仪小笼，我不甘心让其寂寞，还是将"不动的主人"置进"豪宅"挂叶丛里。不想深夜，这宝贝动了动！第二天还喝了水。三天后居然还弱弱地叫了一声。我费神耗思精心伺候。五六天后，它神态焕发，叫声愈来愈响。

我喜出望外。不时从书房到阳台欣赏。时提小笼，又想挂书房又想放阳台。蝈蝈的叫声，简直不亚于一支规模乐队。只是它声音越亮，我心中就越不安。觉得老板受了我欺骗，或者是受了此尤物的骗。不过蝈蝈昏晕着也不能怪它。对网店我还很生疏，终于费劲好不容易才找回蝈蝈那家老店。我如此这番对老板说了这事。老板也觉得有点意外。我说我要退回你退我的钱。老板感慨着发我一个"支付差价"的东西，我点进去付了，也终是一事的了却。

这一弄又费了我不少时间。类似的琐碎事不时发生。更有网店发货不对版的老板还不讲理。反正随快递进门、开包、收拾，大大小小的事情几成饱和，觉得人真有点累了。

粗略算了一下，近十天来的快递有一百多个，简直是不可思议。

在一个毫无征兆的当口，让我去领红包的界面，霸占着我手机不让我动。我电玩道行太浅，一时贪图方便，想，我就点了吧，最多点了再删，不是可以更快翻页吗？

点了就让我去一个 App 上领。不去也得去，否则界面不动。我就去了吧（事后女儿得知说，曾经说破嘴皮让你进，人家还可得现金十元！你誓死不进。现在倒好，自己义务送上门）。当时心里很烦，觉得想方便的，不想反倒去了遥远的陌生地。于是马上就点返回原处。结果，有句话跳了出来说："五元现金你就不要了？"大意。我想这事就简单了，要了不就完了。于是点了进去，却是出现了一系列五元以下的商品。我立即就看上了其中那副冰丝袖套，3.8 元。

这么便宜的东西，如同送我。平时这玩艺儿都是自己动手做的，现在凭空就给我，为什么不要？要了后再"退回"原处时，又来了许多更诱惑我的话，我死死顶住。面对"剩余的钱 1.2 元不要了？"的问话，我想：对！我就是不要了！我坚定退回。关机。

第二天一查，发现五元钱的事子虚乌有。倒是我的零钱中被扣了 3.8 元。

想着进去看个明白，于是又点那个俗气横生的图案。

进了之后里面全是奇花异草，是我平日去花鸟市场见不到的东西。它怎么就这样善解人意呢？第一夜，光小陶盆花器就买了四五十个！当我下完单时，发现更好看的还在后面排着长队呢！有点上自己当的感觉。

看我小阳台上那个种着花的"徽派山居"，就是在上当后又买的。不过，花器能做成这样，这个花器就是活的了。活的东西就是有生命的啊，"诱人"自然不在话下。

后面就自己每天不知要几次去那个可爱的俗图 LOGO，三番五次投怀送抱。

不想越送越要人家抱。人家"拼多多"哪有不抱之理呢！

直到刚才，发现误了不少正事。于是脑子清醒过来。决心撇开一切，打开电脑开始热身写字。

不过，我心里知道，此刻，又有三十几只快递，在瞄准我的地址，正从天南地北的角落里启动，向我发将过来……

2021 年夏匆　2022-4-5 凌晨　疫情封控快递"断绝"。

忽遭冰箱不制冷，漏水，关机重启……

修订中，期待冰箱复活声。收笔时，终究失望了

周良沛、冰夫小记

2019 年又到了年底。今天上午，周良沛先生从昆明打来电话，说好不容易从冰夫那儿，得到我家的电话号码，因为有三件事情：一是感谢我那日的款待，二是要给我快递一本他写的书《写给自己的悼歌》，三是他这次写上海的诗三首，想听听上海人意见。

我连说不敢当。他说冰夫因为马上要回国了，没时间。我当时一听以为他说错了。转而一想没错。冰夫是回国，因为他在国外已定居了。又说田永昌马上要去东欧了，所以也没有空；而宁宇也将与妻子一起离开中国去加拿大，不得闲。所以他要把写上海的诗稿寄我，还寄宫玺和未央。说要听意见修改后再寄给赵丽宏的《上海文学》。周良沛是诗坛大前辈，谦虚谨慎的态度，真让人感动。

我说，评你的诗，我勿够格啊。他说你行的，你一定要当回事看。过几天他会打电话听意见。我只能恭敬从命。后来，他果真接二连三来电，听我说意见。他诗有他的风格，我觉得很有上海味道，诗写得蛮好。他口气里有点不相信，以为我不如实真说。其实没有，我这人向来对诗作要求苛刻。当他再三确认我说的是真话后，声音又温和起来。

还是在 40 年前的 1983 年，新疆石河子杨牧等人筹备发起举办了全国性的"绿风诗会"。我有幸被邀。会上我认识了这个大诗人。诗会结束后，我和北京周良沛、南京贺东久等五六个人还结伴去游了吐鲁番。曾在路边维吾尔族人开的小摊上一起用早餐。一次我不小心，将一块狠劲掰不碎的大馕饼，掉进自己奶茶大碗中，顿时汤水飞迸，溅得良沛他一脸一身……

至今我还好好保存着一张黑白小照片。那是我们一行人坐在小山坡上拍的。良沛还戴着新疆小花帽。

时间一晃，就到 2012 年 10 月 11 日。上海作协为冰夫九卷文集出版举办座谈会。周良沛那天也从北京赶来了，坐在主席台上。大家庆贺冰夫一辈子的心血结晶，变成了沉甸甸的果实，九卷大书捧在手里，感慨万千。也就在那晚，我们十来个人一起在作协对面的饭馆聚餐喝酒庆贺。前面周良沛说的"谢谢我的款待"就指这个聚会。

其实这天晚上，我已有安排。开会前冰夫约请我晚上一起进餐时，我一激动就答应了。为什么激动，是因为这天开会前，我先到宾馆与冰夫见面。握手时，他镜片后混浊的眼睛饱含深情地看着我说："陆萍啊，咱见一回就少一回了啊！"一时让人心头澎湃，酸酸的。我立时就打电话把前面聚会推了。不想当我进饭馆椅子还没坐热，一个电话就又追来，说大家早早约好的，说届时还有一件要事……我解释着，但我自知理亏不该失约，无奈中只得向冰夫等一桌人致歉退场。

刚走出饭馆没几步，我心里却无论如何放不下这儿的冰夫和冰夫说的那句感伤的话。（今天重读此文，冰夫果然一语成谶）踌躇一时，终于，我还是打电话去前面那个聚会，十分坚持说，今天有突发要事，明天我做东重新再聚，在某处某厅……就这样我匆匆返回。一桌人见我"迷途知返"，个个笑逐颜开。我进门不久佯装洗手，先把单埋了。我可不能白白"迷途知返"啊。这一搞，就成良沛记忆深刻的"款待"了。

再一晃七年又过。2019 年 10 月 28 日，第 19 届国际华文诗人笔会在河北唐山举行。在我进餐厅的当口，心惦着千里之外的上海某个大饭店。那里一桌人马正和我们这儿一样，行将开席……为什么惦着？因为如不是我下午离沪上了飞机，那桌上也有我的一席。在这早一天，我接到未央来电，冰夫请他向我发出邀请，也定在今天聚一聚……时间发生冲突，机票捏在手里，无法两全，我只能割爱，上飞机到了河北唐山。

刚落座，我就看见了敬爱的周良沛先生，他一人从北京飞来，挂着拐杖进了门。见了他，我心头总是涌动一种亲切的感情。或许就因遥远岁月中那碗汤水飞溅的奶茶吧。离座赶紧过去搀扶着他落座，并坐在他旁边。

席间，见良沛老师不太会用手机。遂想起远从澳大利亚回上海的冰夫。算算年龄，两位老前辈都向 90 进军了吧。我用手机马上联了正在上海请客的冰夫。电话接通后，冰夫惊喜之余好不激动，仿佛天降喜讯一样。我立即将手机给了良沛老师。他一时不知其意，我说冰夫电话，他正在上海，要与你通电话呢！良沛不相信，得知详情后，更是惊喜不迭。外人看来，他是面无表情，但我感受得到他心头波澜。

互联网时代，不会手机，如身陷孤岛，断了所有联系。见他有起身之意，老先生一定怕影响别人吧。我立马起身扶他离席，感觉到他支着拐杖的身子，在汗热中微微颤抖。他一定觉得近在心里远在天边的老友，怎么说联就联上了呢，毕竟是多年的深交啊。多少年来，我一直在冰夫嘴里听到他的说辞"良沛他怎么说，良沛他怎样怎样……"甚至让我也呼老前辈为"良沛，良沛"了，似乎非如此唤，有生分感。

清楚记得早在20世纪80年代，冰夫为我诗《冰》等写的长篇评论中，用过周良沛的话。原句我都背得出："我记得友人周良沛，在谈起他写希望一诗时曾说，从反义上说，我不再需要希望，正是对希望不曾绝望。"此长评当时是由方舟朗诵，上海人民广播电台文艺频道播出。

眼下，良沛老师在酒店餐厅门外的过道上，将我的手机紧紧贴着耳朵，正大声说着话。随分分秒秒过去，见他身子越发佝偻着靠着墙壁。或许年迈听觉已差，或许能与同辈好友在空中声气相通，实在是金贵一刻，机遇难得。我站在远处，看着良沛老师与冰夫互动的场景，打心眼里为他俩高兴（现在想来就是他俩最后一次声息互动，尚有一慰）。

当年在新疆石河子，他是挂着一根精致的金属拐杖出席会议的；三十年后在上海巨鹿路作协看到他，人似乎微微小了一圈，挂杖是根讲究木料的制作；而在今天的唐山，良沛老的拐杖变成了一辆迷你型坐椅了。

但是拐杖也好，轮椅也罢，关键时刻，我想好像都与其主人无关。在新疆时，我亲眼看见他在下坡时一不小心行将滑倒，良沛是飞快几步，立时站稳。之后，才见他回头寻找自己的拐杖。现在也是，由我搀着，他也索性弃杖起身，慢慢行走到门外。真希望良沛老师永远能这样。他在特殊年代受过苦，或许这枚拐杖，更是一份精神抚慰吧。

我在上海起飞前，正是冰夫老师最后一次回上海发起宴请的时刻。我因无法分身，曾与冰夫通了电话。表示要飞唐山无法赴宴。他很遗憾，又问唐山开会有哪些人去，还说到我那些天刚出版的《陆萍诗歌赏析》一书。他关注我鼓励我，临别还特意告诉我他衡山宾馆房间号，让我离沪前即将此书快递他。

今天，重读此博文时，冰夫老师已作古 15 天。前二天也读了丽宏微信发我的《轮回在天地之间》的悼文。万千情思排山倒海，以致无语凝噎。逝去的岁月中，我们有着漫长的故事。冰夫似乎永远是我故事中的一个重要角色。

在很早的那个"特殊年代"，莫须有的罪名说来就来。我忽然就"政治有问题"了，诗作不准发表。苦难之中，冰夫他特意到我家来看我。那时我住在电视台后面新大沽路。他厚实的身躯，让我窄小的蜗居更小。但他那深情软和的目光和朗亮的笑声，却给了我巨大的鼓励、温暖和力量。

他创办俳刊《杜鹃声声》时，邀约我交"汉俳"作业。我说我不会写，他说，五字、七字、再五字，三行就成。我听他的话，当夜就着他给我的规则，写了十首给他。

我还记得俳句内容：《爱》来信夜夜读 万千恩爱心上过 有你不寂寞 //《艳遇》正愁无新趣 梦里一阵桃花雨 翻枕觅香句"等等。他看后大加赞赏，说新意迭出，并寄到日本俳坛。他后来告诉我说，我的俳句，在日本俳坛引起了轰动，反响强烈。"轰动""强烈"，是他原话里的大词。果不其然，第二年我到日本参加 16 届世界诗人大会时，真有不少粉丝围着我。其中两位五十开外的粉丝先生，一个叫吁关冬男另个叫伊藤凉志，时时陪我左右。在休会空隙，还请我去昂贵专业相馆拍和服写真、去沙龙聚餐、去郊野活动等。在世界诗人大会结束后，更有东京俳协会会长、在《朝日新闻》俳坛开专栏的坊城中子和专栏编辑稻田汀子请我从日本前桥，到东京的银座酒家宴请我吃中国餐……我大有无功受禄之不安。那天在座的还有冰夫老友、一生从事日语翻译且成果丰茂的瞿麦老先生和日本著名译家、诗人今辻和典。修订此文的前几年，瞿老还打电话来邀我参加俳句活动。他清晰说起那次坊城中子为什么宴请我。并告诉我说，她们认为汉俳来自中国，现在我去日本，等于是汉俳老祖宗来了……一语惊得我不知如何回答是好。

几十年来，我和冰夫每次见面，他总满脸笑容地说到我俳句在日本的那个快事，或者就诵我那句"有你不寂寞"。他总是要表扬我。他那频率不小又略显嘶哑的声音，让我感到亲切无比。

最早是在 70 年代末期，我们诗歌组统共才十来个人，去了南浔小莲庄住了十几天。听他的教诲，让我们受益匪浅。从那时起我和女诗人董景黎（董景黎很早就出了国，再无联络）就开始叫他冰大哥，如金的岁月啊，而今回忆也带着香甜。及至 80 年代我从印度亚洲诗会出访回来，他更是为我写了诗评，对一个刚起步的小人物，不吝高评盛赞。在电台听到后，我非常意外更是感动。冰夫是学者型诗人，评论相当有功力。诗歌组开会时他又赞扬我，他小小的发光的眼睛，闪着关爱和慈祥，总是给我很多惊喜、鼓舞。

上海出版社出冰夫文集。为此他从澳大利亚赶回上海。在外滩附近他又次宴请我们。这次结束后，是我送他回上海梅陇的家。辛苦爬上他家五楼，他有点喘。进门后，我看见床上全是大叠文稿。

现在整理这篇博文时，得知也是他最后一次在中国住那老房子了。

窄小的靠窗写字台，一叠校样就占了个满桌，一柄放大镜在桌上也显得巨大无比……我翻看着他的清样，忽然感谢起那年他为我写的诗歌美评。不料冰夫一听，一时惊得眼睛溜圆，说，哎呀，漏了！漏了！声音里不无遗憾。又感叹道：可惜现在已经来不及了！怎么会将这篇好文漏了呢……但他没忘从澳大利亚给我带回一盒绵羊油。分手时硬是塞进我手里。

还是在很早的 21 世纪之初，网上盛行博客，他人在澳大利亚，也在新浪开了个博客，还多次来我博客访问。一次还在我《诗虫》一文下，热情洋溢留言："您就是一只美丽勤奋的诗虫。"记忆中还有一对红色小豆耳环，是冰夫他在国外地摊上买来送我。那时我耳洞堵了，没用，现在更不知丢哪儿了。但小豆耳环却一直艳艳地晃荡在我心中。

那是一份兄长般的友情，货真价实，在我人生坎坷里照亮过我，有着光芒。

2019-12-23 匆匆　2023-3-12 修订
再次捧读赵丽宏作序的冰夫大作《海·阳光与梦》

寂寞的事业

——序《烟雨望江》海上诗社诗合集

那天，一本诗合集《千歌万曲献给党》，由孔夫子旧书店网购到家。这是上海人民出版社在 1971 年出版的旧书，里面有我的处女作。还有好多我熟悉的名字，让人想起激情澎湃的青春岁月。见第 25 页上的作者是钱国梁，我老朋友，正翻着，电话响了。电话里传来的却正是钱国梁的声音。他说，我们海上诗社成立 14 周年了，编了一本集子叫《烟雨望江》，诗社里众口一词，请你写个序。你无论如何要帮这个忙。

从旧书到电话，像鼠标一点，五十年一掠而过。那头电话里还在说说，这头电话里我只能应应。我能不答应吗？不行。没有余地。钱国梁是这个诗社的创办人，社长。半世纪友情的人，能有几个？何况，巧合本身就是某种天意。

我经年累月收到他们寄赠的《海上诗刊》，至今已有 64 期，彩色，双月刊，新闻纸。灯下翻读，见编辑心思缜密，精致用功且时有佳作。十四年来，不紧不慢，不追不赶，不喧不躁，大家都静静地用自己的诗作文本，表达着对生命的感受和思考，整个诗社散发着一种清明平和的精神气质。正如他们诗社的宗旨："扎根传统，融入现代，以诗为乐，以诗会友"。

这本诗集收录了诗社十五位诗人的作品。现不作宏观综述，就诗人的作品，说些我零星感觉。

钱国梁的《从小巷缓缓走过》，沉郁的意境中有着平静的沧桑感，"没有绿地的小巷／是老上海一页漫长的标签""夜色中／一切似乎凝滞不动／唯有动的／是夜色中的梦""让曙色去弥漫宝石般的生动"，没有波澜壮阔，叙述中渗透着诗人诗意描绘的冷静和准确；而《母亲跨过家门》，"用爱擦亮黄昏""擦亮我晚归的灯""那是我整个世界的光明"，又从生活深处抵达生命的根源。他在满怀深情生活着的同时，却又有"不要问此时往哪儿去""我只是一个匆匆过客"；有种生命里的警觉，又直追终极之问：我从哪里来？我到哪里去？我是什么人？

诗歌，从来就是寂寞的事业。国梁兄的诗歌创作已达半世纪之久，他在创办诗报、书写诗行中那躬身前行的漫长过程，就是对诗挚爱的坚持，更是对缪斯的真情守望。

朱珊珊的《上海速写》，"高架，响起车轮的掌声／地铁，吞吐泉涌的盛景"；月光下的淮海路，那巴黎春天百货的巨幅广告模特，仿佛"那腰身一扭连道路都会喘息"；写浦东，"陆家嘴越夜越多姿的含蓄醉人""住宅一动不动地与花坛拥抱"，写苏州河"如果我是一条鱼，清清的水正好做了我的跑道"等诗行，接近零度书写的饱满，排除了杂质，显得精准生动，不遮掩，不粉饰，直接道出内心的真相。

沈中海笔下的《杨树浦石库门》《灵隐寺畅想》，一气呵成，内在情感贯通、流畅与奔放，让每个字都内涵丰沛。"飞来峰不是隔阂／灵

隐寺才是景仰 / 与佛之密语 / 我需跨过黄墙……记住释迦如来初心 / 心房就很透亮 / 与佛祖沟通获取智慧 / 永在胸中燃香……"在兵马俑前却又读到"从那注视前方的眼神里 / 从那铠甲和长矛里 / 我读懂了 / 中国统一真理"等诗行，他将外部景观内化为主观意象，而不是一些零碎、浮表片花的自然风光的观感扫描，诗人的敏感和追问，就具有一种撼人的光彩。

王耐《站在岸边》，看到生活中的"游戏"："乌龙辗转暂收下 / 心中且喜复怨煞 / 进室犹似宿宾馆 / 出阁仿佛又改嫁……伺机陪送新婆家。"借着一罐乌龙茶"送礼接龙"的进进出出，以小见大，揭示了社会深层的世态真相。生活中的普通小细节："口腔大夫善拔牙 / 攻破壁垒拆篱笆"，诗句也生动、形象，诗人心态的乐观豁达，也让退休后的日常生活充满情趣。

费碟的古体诗与现代诗都有不俗表现。他在"故乡秋光"辑中，"人生欲大怕无轨 / 岂是青春可作陪……成真草木能覆地 / 有道身躯自朝晖"等诗句，叩问内在，发人深思，富含哲理；与"光"有关的三首现代诗，写了发展中的世界愈趋亮丽的光焰："我渴望 / 导电的光带给我隐形的翅膀 / 导电的波带给我庞大的气场"，这光上天入地，"把海量的数据变为人类的朝阳 / 既享受太阳又享受月亮……"在创造的美好中，其简洁的文字，蕴含着不简单的力量；其内心的激情和沉思，将个体生命的体验植入鲜活的深邃的想象之中。费碟的笔下常有揭示生命的深层含义、探索创造真谛的诗句。

在读赵靓的诗时，让我眼睛一亮："或者漫无目的地寻找一个人 / 他在广大的空间中 / 无名无姓 / 却是我可以抱头痛哭的人。""像草一样 / 接受风霜雨露 / 接受河流与高山 / 也挺好。""十五的月亮十六还是圆的 /

外婆却不知被种在了哪里。"这里仅是摘句,她的诗宜一口全文读完。读完就会让人静静回味。会发现她的诗意表达,竟然在字与字之间,她的歌在行与行之中。每个字都在诗人定制的位置上,散发着独特的芬芳。她在平淡乏味中发现新意和美感,精准丰富的生命细节与情感体验,人文抒情品质已逼近生存的本真,让人能安顿心魂。

读钱元瑜的诗,有种生命内在的真切感受:"给过的暗示/于眼中模糊且依稀……在最精彩之处/编得糊涂,但也清晰/如果拖泥带水是种状态/那感受与品评/正是统摄一盏茶的细腻",有一种生活深层的抵达,只有心领神会。"再见,有时/不是为了再见/还有多少值得去回忆/心无旁骛的唯一/有时偶然的一瞥/很美/其实,生命也不过如此而已。"生命里有种深刻,就在浮表,诗人不意间的捕获,让人豁然开朗。这就是诗人的修炼,或说是生命的觉悟。

金月明的《与石库门一起变老》,写得情趣盎然:"穿开裆裤跌倒天井/背小书包溜出后门/亭子间写过情书/前客堂办酒水结婚……乒乒乓乓又要搭建/三层阁爷爷让出一半/噢/明朝孙子又要结婚。"五六十字,几乎就写尽人的一生。这首诗看似轻轻勾抹,却情致深婉、自然随意,如清澈见底的潺潺流水,不尽之意够让读者去体会、咀嚼、回味。

蒋铃的《古韵今风》中,那些诗行"芊芊枝叶案头斜/一抹青云出紫砂/谈雅无须依富足/素心本色不浮华"中的文字,灵动雅致,精准优美,沉静大气;在悼丁锡满一诗中"走笔大千行万里/讴歌盛世遍寰中/文人气度难言忍/壮士实情唱大公"及"鸟飞鱼跃处/罗网慎提防"等诗句,都是了悟生命之作,有真情实感,一咏三叹,也显功底厚实。

洪敏写的《魔都掠影》,都是宏观切入直抒胸臆,"豫园文庙/与

地铁摩天楼 / 和谐相处相安无事 / 古朴宁静和现代繁华 / 水乳交融相得益彰",平铺直叙中也有其心中的宏伟图景,其切入的方式,也就决定了书写的难度,但老诗人知难而进,也属雅谈。斑斓绚丽的文学梦,为他提供了永不枯竭的创作灵感。

李必新写的《寂寞也是风景》中的一些诗句"回味着刚刚谢幕的悲喜剧 / 心中犹如打翻了五味瓶 / 人生经历常有诸多意外 / 其中苦辣酸甜当慢慢细品",看似平常,却也是领悟了生命的无常之后,所得的人生真谛。文学其实就是人学,此话当真。

李永年擅长旧体诗创作,老瓶装新酒,扎根传统,又融入现代。一路山水,礼乐有情,人文情怀可贵,成果颇丰;谢伊敏沉浸在春色秋意中,在大自然中汲取灵性,在律句中挥洒才华。

李俊伟的诗,有自己独特的视角和方式,文字中对读者有种强冷的灌注,也可谓别开生面;而刘淮海的诗,另有一功,近似口语的诗行间,率真与机灵并在。

拜读海上诗社新作品集《烟雨望江》全稿,感慨万千中也是一次突击学习。随手写下的读后感,虽则是用了心,但未必精准。好在我和诗社中的钱国梁、朱珊珊、费碟、金月明等是老朋友了,不当处权作参考,也可以互动修整。诗社的宗旨是以诗为乐,以诗会友,就彰显了书写的本质:平和、宁静。而平和宁静,真是我之所爱。

"诗歌是奢侈,是自作多情",这是我曾经的诗句;但也可以说,诗歌是一个人的灵魂事业。她面向远方,也面向终极,因而意义也就超越字表之上。一如我今天的完稿发送,意义仅在书写的本身。

2020-1-23 凌晨 1:42 于"梦乡小站"

忽然就抱成了一团

2015 年。爱尔兰都柏林的街头。深秋落叶清冷。我们一群人起早在街上赶着。因为要去一个世界上最著名的景点——宝尔势格庄园。

黄肤黑发的一个中年女子，与我擦肩而过。

不意间，我俩目光相遇对上了眼。略一迟疑，大家却凝神驻足。

"您，从哪儿来的？"她先开口问了我，标准的中国普通话，声音有点嘶哑。

"从上海来，我从上海过来。"我迫不及待地热情回答。

"哦，我的老家在河南，我是来这儿打工……你们……是来旅游的吧？"

"是的，是的。"我笑着向她点点头说，回眸看了眼我们后面的那一拨人。

这时，有六七个行人正脚步匆匆，从我们身旁一掠而过。地上被碰着翻飞起来的几枚黄叶，在路面上打起了旋。

我说："您，这是去上早班吗？"我看着她的眼睛，轻声问。她约莫四十多岁，虽然着了淡妆，但看得出眼皮还是有点浮肿，虽然人很壮实，但眉眼间还是憔悴。

她朝我微微一笑，肯定地点一点头。这一刹那，她的眼神中忽然有很多内容在诉说。

这时我的心眼里，满溢偶遇祖国同胞的亲切感。我看着她说："您出来也真不容易……"

不想她立即泪水汪汪。仿佛是积累多年的情绪，突然涨潮，猛地向我涌来。我鼻子一酸，心里发热，不由得对她脱口而出，说：

"我刚从中国过来。让我给你一个祖国的拥抱！"说着，我向她展开双臂。

她即刻展怀拥抱了我。

她人长得比我高大，几乎是要把我抱在她的怀里了。她抱着我，仿佛抱着了一个小祖国。

我也抱紧她。只见她微闭双眸，不知是在使劲点头还是摇头。他乡遇故人，满怀辛酸她几近溢于言表。她将我抱得紧了再紧。只感到她滴在我手臂上的泪，滚烫火热。

大清早，素不相识的我们，忽然就在异国街头抱成了一团。

这萍水相逢的一刻，我们都感觉到对方心里的大潮，正在汹涌澎湃。

我们在拥抱中默默无语。此情此景，言语似乎多余。

同行的一拨旅友，在后面惊得目瞪口呆。他们不知道这几分钟里发生了什么。我身边的阿东先生将一切都看在了眼里。待我们依依分手，又看着她疾疾离去的背影时，阿东对我说：

"阿萍，刚刚这一刻，肯定是我们今天游程中的高潮……"

2015-10-29 匆记　2022-6-26 重读此文时

惊悉冰夫尊兄逝世噩耗　深处的悲凉如闪电

我的情感档案库

沙发上、书桌上和地板上，我前后左右全是我抖落开来的信。这一二十年来，差不多每天都有我熟识或陌生的朋友想起我，这些白纸黑字就是他们思念留下的痕迹。

三天前的晚上。我为寻找一本书打开书橱大门时，一眼瞥见捆扎书信的蓝丝结。信手一扯，那被岁月压得严严实实的信页，顿时便膨胀着倒了下来。我随手翻读，却欲罢不能了，一封接着一封读。尽管等我稿子的编辑，又来电催，但我还是任性地坐在信堆里，敌不过往事的疑惑。那一页页与我血汗心灵交融着的情感档案仓库里，我一坐就是三日三夜。

被岁月风尘埋得很深的往事，一件件在眼前灵现起来。奇怪的是有很多事情，自己居然忘得一干二净！所以读着读着，竟然还会悬念重重，急切地想知道这事"后来怎么了"。

其实都是自己一步步走过来的生活，现在仿佛在看别人的故事一样。我惊喜、诧异，甚至还激动不已。

我了解你带着悲剧色彩的固执

记得那些年里，有一阵我心里好累好苦，"常常会走在十字路口，不知何去何从？""冷泪冰凉而沉重，洒在长夜的诗笺上。""希望与失望更替，失败与痛苦不断。"我问我自己，到底为什么？

这时一位驰名文坛的诗家，在 1983 年 6 月 10 日的信中对我如是说："当我写'整个社会都不太重视诗'的时候，对我是一种痛苦，所以在好几篇文章中不断呼吁，但是改变现状是不可能的，很多有才华的人去写小说，而且很快得到更大的反响。我觉得写诗的人可以写小说，如普希金、莱蒙托夫，他们的小说超过了小说家的小说。但是……我了解你，了解你带着悲剧色彩的固执。不要丢弃诗，也不要因世俗的偏见而改换门庭，你坚持写诗吧？坚持！既然你身上的每个细胞都在分裂出美妙的诗……"

诗家的来信，委婉地切中了我的要害。在他的话里，我看到了自己一颗苦苦挣扎的心。这个时候，任何一星偏颇，都将会成为我放下笔的强大理由。但是我深心里又知道，即使这"理由"如大山在面前耸立，也难以让我改弦更张。朋友点破我的"带着悲剧色彩"的固执，真是一矢中的！

于是，能拯救我的诺亚方舟便是他的那两个字："坚持。"

我很感动，读着信，孤寂的夜突然变得充实起来，当即提笔以诗《坚持》作复："该怎样感谢你呢？／同志／你在很远很远的灯下／给我寄出了二个字／坚持／／我仿佛到了一个终点／但又必须马上开始／／纵然我想降下风帆／甚至不再出航了／但是……／／……这是一根柔韧的丝／在追求的断层里／在希望的脱页中／还怀着红豆般／浓郁的情思／／并且不管深山有虎／玫瑰有刺／为我四处寻找／／寻找赤橙黄绿青蓝紫／／直

到在一个噩梦背后 / 合成一个灿烂的日子 // 呵，坚持 / 二个平平常常的字 / 却让苍白的生活 / 有了五光十色的诗……"

再次重读，不禁让人感慨万千。不知这位多产而出色的诗人，今夜灯下，又在何方天涯写着同样优美洒脱的文章："直到一个噩梦背后 / 合成一个灿烂的日子"，与其说这只是我的自信，倒不如说是他对我强有力的鼓励，在关键时刻的这两个字，却支撑起了我梦幻中的一座大厦。

我感受着诗友予我的温暖和慰藉。这种由思想深层浮游上来的情思，使我沉着冷静而充满力量，收进诗集中那首写于二周年后即 1983 年 6 月 24 日的诗《我不抱怨》可以作证："我不抱怨 / 不恨 / 种子落地 / 我就向阳光交付一片绿荫 / 或者一蓬淡蓝色的小花 / 甚至两叶绿芽一脉青藤 // 我奉献 / 向大地深处提取的色彩 / 纵然是单薄的 / 甚而透明 / 我吐着 / 属于自己的清芬 / 纵然是淡淡的 / 甚而没有芳馨 // 不要去奢求 / 生活的公正 / 正因为不公正的存在 / 大千世界才如此缤纷 // 所以我平静执着 / 而且自信 / 在等待与等待之间 / 我没有乞讨 / 只有抗争。"

有书信深刻的交流与理解真是幸运。

诗家信手拈来的《答友人》便别具一份魅力："会有那一片浓荫 / 带着忧郁的湿润 / 覆盖你的情思 / 溶溶的光影柔和着夏天的美丽 / 只听自己的脚音 / 什么话也不说 / 会有那一片浓荫 / 像蔚蓝色的湖面 / 波动着你的白帆 / 在生命的静寂中 / 云彩反射汩汩的桨声 / 什么话也不说 / 只看那一双眼睛。"

读罢，陡增一份信心。当我在生活长途中遭遇风险浪恶，需要顽强的努力与付出时，心头总响起那句"会有那一片浓荫"的，心里一松便愁绪顿消。

沿着这条路走来，不时还收到诗家的片言只语："像你如此爱诗的人确不多见，我相信你会成功的；即使没有世间想象得那般成功，诗，也会使你美丽。"

我灯下的长夜就这样亮堂起来，仗着诗心间的那份圣洁与友善、深沉与真挚，一步步走到今天。尽管我与这位诗家至今尚未见面。但这并不重要，重要的是在我人生之旅的一段沼泽地里，有了这根并不十分坚实，但也不脆弱的友谊的扶索，我毕竟颤颤巍巍却也平平实实地走了过来。感谢你！你的书信，曾给了我鼓励和力量，直至我今日重读，还是感到欣慰。今天整理这本散文集时，想起他后来的岁月中，在社会上起了很多风波。尽管在风波前的很多年，我们已经书信失联。只是在1996年夏天，在日本前桥召开的第十六届世界诗人大会上，我们见面了。握手时您就对我说，我早就知道您走出了困境。

书写至此，现在已是2019年12月18日凌晨1:55，我还是要对着窗外的夜天说，谢谢您，刘老师。刘老师的名字叫刘湛秋。

校核本书清样时，值2023年2月20日，忽闻刘湛秋老师离世的噩耗。一次次重读本章，权当是心香一支，沉痛悼念。

谢老为我的担忧和高兴，粗略勾勒生活曾予我的险恶与磨难

按日期排列的信件已被打乱，我眼前的"书信档案"也意识流起来。看到印有"上海文艺出版社"字样的信笺上，这沉稳的蓝黑色的笔迹，我的眼前便出现了他体态稳健的形象。落款为"老谢"的他（上海著名文艺编辑），在1984年8月23日写给我的信中如是说：

"陆萍：接福建人民出版社高农19日的来信，告诉你的诗集已付印了。他是你这本诗集的责任编辑。信中他还夸赞了你一番，并表示

有机会来上海，定要认识认识你这位青年女诗人！……"

以同样熟悉稳健的笔迹，写于 1973 年 10 月 19 日、也落款为"老谢"的信上，又这样写着："陆萍：昨天老居（上海著名工人诗人居有松）到我这里来，我问他是否到你厂里去打过交道？他说没有。据他说市里有人督促过他了，要他抓紧为你事去一次工厂；市里有人本周三去东宫，召集了一些创作组的头头开了一个会，据说会上点了两个人的名，其中一个就是你，说为什么这两个人的诗稿不发？他是一方面为你消毒；一方面暗示报上登你的稿子。听到这些消息，我也为你高兴。特写封短信给你通通风，你只要自己心中有底就行了，切勿露声色。"

这封信的信封是一般新闻纸做的，落款印有"解放日报"的红色字样。封边四周已泛成深褐色，脆弱的纸质经受 18 年春秋的侵蚀，边角已经破损；里面三张信笺是红条子的底纹。那个时代"一片红"的感觉仍遥遥地弥漫而来。两封时隔 11 年的来信，令人心潮起伏。

捧读远去岁月中的这两封信，我闭上眼睛，陷入了沉思。

我至今还保留着发表在 22 年前，解放日报副刊"看今朝"上的处女作《纺织厂速写》的底稿。上面留有老谢的修改笔迹和定稿诗句前波形的红墨线……因为那是谢老的心血脉息。

我想起第一次见到谢泉铭老师时的情景。

还是在"文化大革命"前期，我刚出校门不久。有一个傍晚，我斗胆决定去解放日报社投稿。在窄窄的汉口路上，当我惴惴不安走过报社门口那带着坡面的木门坎，在一间不见天日的散发着油墨味的小黑屋里，第一次见到了谢泉铭老师。老师话语不多，我永远记得并且可以说对我日后有深重影响的一句话是："你要记住，发表的不一定是好诗，而不发表的诗不一定就不好"，老师的表情严肃，口吻沉稳，有着艺术殿堂的某种氛围。

也许是初始"谈话"，对我造成的一种心理定势，后来凡我在与作者或者求到我门下的文学青年谈稿时，我也是用了这种口吻与音调，好像不这样便失却了文学的严肃与圣洁。我曾力图改观，但常常会情不自禁地"老样子"。

谢老惜才，常常在我们几个常去报社找他求教的诗歌爱好者之间，赞扬某人的构思精巧，某人的用词漂亮，惹得我心馋眼红，暗中使力追赶。就连谢老对待来稿的态度"退稿不退人"，也成了我今天当编辑对待来稿的准则。

十八年前，谢老为我担忧为我高兴的阴影，粗略地勾勒了生活曾予我的险恶与磨难，其时我才二十来岁。莫须有的罪名，让我头上笼罩着乌云，其真实其残酷，我都亲身经历。但老师对待无以计数学生之一的我，以如此的关爱与呵护，却让我从此有了奋斗的目标与心理定力。

而今，当我重读此文时，已是 2017 年的严冬。时代的列车已翻山越岭，再一个二十年也过去了。但谢老予我的恩德，我永铭在心。

"绿风"诗会上的李老乡等人

书信引发的"意识流"思绪，令我应接不暇。

读这用毛笔写于 1983 年 12 月 30 日，落款为"干杯"者的来信，首先映在我脑海中的形象是：他两个裤管永远卷得一高一低。嗜酒。干瘦微驼，十足老乡模样的甘肃著名诗人李老乡。（李老乡原名李学艺。现今整理这篇文章时，他已于今年（2017 年）的 7 月 11 日凌晨 6 时 10 分谢世。）

他在"绿风"诗会二十多天里，那嗜酒的景况实在叫人难忘。"尖嘴猴腮"这四个字，老乡并不忌讳，他自嘲格言就是："尖嘴猴腮，以丑为美；话里找话，人中寻人。"这几句白话不白。朝细里去品咂，每每不同人生阶段就会有不同的体悟。我领受过个中哲思，难忘。

再说那一次在石河子绿风诗会的宴桌上。其时香气四溢，新疆烤羊肉串上来了，刚离炉火，还在滋滋作响。那些大块的羊肉是串在长剑般的钢钎上，近二尺长，当一人一柄在手，大家就欢笑着互相敲击，咣当声中情绪达至高潮⋯⋯忽然李老乡清清嗓子，站了起来。他提议："在座的男女老少诗友们，请加入以我为团长的酒会委员会⋯⋯"

老乡为人处事，一向低调。他总是选择"低下"姿态，就像他的笔名一样。没想到他这次站起来隆重幽了一默，一时把大家乐得哈哈不停了。众人立即响应，都说愿意。老乡听得大家赞同，更是得劲，胸有成竹地说，这得有个标志！他拿过酒瓶的小铁皮封盖，把盖子与盖内一片软皮取了出来，再撩开左胸衣衫，在衬衣内外相互揿紧后说，好！这就是我们成立的酒会会员的标志。老乡话刚出口，我们一桌诗友嘻嘻哈哈地纷纷效仿。

诗人兴会的那些天，一个个无风起浪的故事，高潮迭起。会议间隙，我们在新疆这块土地上尽情尽性。在葡萄园，与维吾尔族姑娘、大叔跳舞唱歌，不会的人也胡乱踩着狂风暴雨般的节奏，混进歌里舞里，由着性子尽情一番。这样的花絮不胜枚举。是日，我和南京诗人贺东久、北京诗人周良沛等，兴致勃勃地在北温紫汲泉的漠野里，寻找芨芨草与骆驼刺。这两种植物我心仪已久，现在到了新疆，这个心愿一定要完成。

我好不容易挖得一棵骆驼刺时，忽然发现李老乡佩着那枚使衣衫大缀的"会徽"，拨拉着细脚杆，反剪着双手向我们走来。正想问他有什么事时，他却一脸严肃，兴师问罪：

"酒会标志呢？看看！你们都背叛了我！"一时乐得我们个个笑弯了腰。他对酒的那份嗜好，内植在他所有的音容笑貌里。对他的昵称"干杯"，也就由此而来。

与千年前的木乃伊"零距离"

诗会的余兴节目，不计其数。热瓦甫、冬不拉、手鼓协奏，那古老的旋律与节奏是笔会的大背景。新疆中午休息时间很长，待到傍晚6点，人们才开始下午的活动。我们曾驱车去大漠深处的阿斯坦那公墓，从高昌古城出发。高昌古城在火焰山下，2000年前是一座繁荣的城市，而今只剩下浑黄一色的泥质断墙残壁。脚尖踢到的任一砾石，都有着千年以上的历史。

想获取点什么，但当地当时，并没有任何文字记录和资料。于是我与周良沛及南京诗人贺东久，爬上最高的断墙顶，合了个影。周良沛斜撑在断壁上的那支拐杖，给我留下了深刻的印象。

寂寂寥寥的广漠一望无际。视野中有无数个坡，一个坡下面就是一个墓。

当地人领我们去看1400年前的一个。我们在漠野里走着走着。空旷沉寂是这儿的永恒主题。

目的地前，一切都无遮无覆盖。平地上忽然就一个大大的斜斜的洞。夕照余晖幽幽地透射进去，直至黑暗的深处。

我们忐忑不安地踩着草率糊就的泥阶木梯，一级级深入地下百米深处。

但见土坯垒的土室中，一盏小油灯幽幽映照。一个裸躺在板床上的木乃伊，赫然与你照面了！虽然心有准备，但还是瞬间时空穿越，与千年前的木乃伊"零距离"！那种惊心动魄的感觉，直至现在还是无法忘怀。

归来的歌与林子的干女儿

还有以《给他》一诗而名扬诗坛的林子，在葡萄架下当即解下金项链，相赠当地一个维吾尔族小女孩，并结为母女，从此一段佳话流传诗坛。

而今我整理当年的笔记时，时间已经三十多年过去了。前几年我在世界华文诗会上遇见林子，她告诉我，还与那"女儿"保持着联系。

人在舒心时，就会放松，会浪漫夸张。要知道那是在 1983 年，"四人帮"粉碎没几年，有着噩梦结束标杆意义的《白色花》诗集，刚刚出版了两年。当年被打倒的大诗人绿原、曾卓等重新唱起归来的歌，一切都在复苏之中。

《绿风》诗刊的杨牧等诗坛精英，凭着卓识勇气和胆略、凭着一种大汉子的血性与诗的豪情，发起组织了这次盛大的全国"绿风"诗会。

在黑白颠倒、音信断绝的岁月中，多少在屈辱里坚持活下来的老诗人们，能有机会得以一聚畅叙，是一件多么值得庆贺的大喜事啊！

在这个当口，我能被诗会盛邀，置身这场诗歌的盛典，真是荣幸至极。我要感谢素不相识的绿风诗会重要发起人杨牧、文乐然、石河等。

今天再次整理书稿时补句：杨牧后来在国际华文诗人笔会上见过，那次我从峨眉山直接到了成都，是和杨牧一起坐的小车。半路上杨牧又陪我去拜望了流沙河老师。流沙河瘦高，他书法与他本人之气息十分契合。印象最深的是他家阳台上靠外壁搁着几扇旧锈的铁窗，而一株榕树长藤却将之上上下下缠了几圈。藤比大拇指还粗。流沙河老师陪着我们到阳台，他似乎非常保护而且满意这个意外的"奇迹"。地上四周除铁窗与藤之外，收拾得干干净净。

活跃在绿风诗会上的作家文乐然现已在加拿大定居，与家乡湖南的第二任妻子幸福地生活在新屋中。还有诗人石河，我在安徽天柱山下诗会上也见过面。令人惊奇的是，他模样竟一点也没变，似乎与几十年前一模一样。他还是那般清瘦谦和热情。

"帽已买"王辛老（王辛笛）那年 71 岁

"绿风"诗会上，上海与我同行的还有辛笛老和赵丽宏。那是我第一次坐飞机，在白茫茫万米高的云层里穿行，灿烂洁白的云朵，晶莹得让人晕眩。恍如做梦。

著名诗人王辛老那年 71 岁，与我同城。离开上海前，我叫了车去他寓所接他。他的夫人徐老师和他女儿一起下楼来为他送行。因为忘了在行李中塞进一只帽子，辛笛夫人一味自责。并反复叮嘱着先生，路上要当心，风雨别着凉。

我说徐老师您放心，一路上有我呢（当时我才三十出头，而今却也已年同王辛老出游的年龄了），说得两老开怀不已。王辛老亲切地招呼着我，像邻家一位和蔼可亲的老伯伯，一点架子也没有。虽然是第一次见面，才几句话，我就和盛名诗人，无拘无束起来。

王辛老这位蜚声于 20 世纪 30 年代诗坛，对现代诗的形式与语言产生过重大影响的老诗人，我曾在书报的字里行间读过他。但我做梦也没有想到，突然间，我能与他共同远足。

到了乌鲁木齐机场，我帮王辛老取了行李后一起走出了机场。迎面吹来的边疆风确实有点和上海不一样，粗砺硬实。眼前的景况辽阔高远，一派疆域风情。才没走几步路，王辛老就在路上临时小摊前驻足停步。他要了一顶维吾尔族的小花帽，高兴地往自己头上一扣，回头问我：这一顶如何呀？看着大诗人戴上小花帽的特别样子，我觉得太有趣了，就说很好看，这花边别致，很有民族风格。

笔会到机场接待我们的会务同志，热情地帮我们拉着行李，直接就领我们去了邮政局。都知道新疆离上海太远，飞机落地的第一要事就是必得向家人报平安。写信太慢，而电话那时还是稀罕品，唯有发电报。那时通信条件，老牛破车，怎能和现在比。当下，微信在手，人活得如神仙一样。

到了邮局后，我们各自索取了纸质单子在填写。那时发电报是按字数收费的，不会长篇大论，报个平安就是。现在重读此稿，之所以要强调纸质单子，实在是电子技术发展太快，否则年轻人看不懂。

办完事出了邮政局，我对王辛老说："这下徐老师可以放心了。我们四五个小时腾云驾雾迢迢千里，现在总算已经脚踏实地了。"

"是的，我们安全抵达，我还遵嘱买了这只好看的帽子。"说着王辛老将帽子摘下来放在手里满意地看了看，复又戴上，并用手将前后左右盖实在脑袋上。

"您买帽子的事，也发电报告诉徐老师了？"我好奇着，心想电报上还这样洋洋洒洒写，也太长了吧。

"当然要讲哦，你看徐老师在上海那着急的样子！不过，电报上我只写了三个字。"

"啊？您只写了三个字？"

"对的，就三个字。"王辛老看着我，引而不发，有点得意地看着我。

"哪三个字啊？"我又着急又好奇。

"帽已买。"辛笛老师说完朝我晃了下头，一笑。亮亮的眼神里溢着神采。

我瞪大了眼睛。啊，对呀。这三字不就包括了安全到达，包括请家人释怀，也包括新置了抵御边塞风寒的行头。简直比诗还精练了呢。

王辛老的幽默风趣、睿智简练，当时真让我混沌初开。原来电报也可以不千篇一律，也可以独辟蹊径的呀。"帽已买"，是打碎了我观念中那些根深蒂固的老框框，也刷新了我的视野，并给了我日后创作中许多启迪。并且，让我记忆至今。

简录众多粉丝的来信，作为本文的"略过"段落

这是些来自天涯海角的陌生朋友们的来信。趁此展开的机会，我也摘几封一读，作为一篇记叙文的"略过"段落。

1986年12月，武汉大学中文系85级王军先生来信中如是说："我之所以说了一串真心话，就因为读过你《梦乡的小站》，那里面的爱情诗，写得令人不得不赞叹——我从不说违心话。"

一位由上海作家协会转来的名叫李洁静的姑娘书信中字迹潦草："电波里传出你朗诵的诗，我明白了一件事：凡事都得相信自己，必须靠自己的努力去面对残酷与虚伪——"

住在上海密云路的一位秦先生信里说："农历年前，偶翻每周广播电视报，读你的小诗一首，不觉心如鹿撞，怦然心动；内心引发一丝

178

快意，个中韵味，自非性情中人不能意会……"

　　来自江西上饶县营前蕉里 915 地质队的戴明先生向我诉说："在失落中我寻得你的一首《冰》，它深深拨动了我的心弦，让我长鸣不已，知道你出过一本诗集《梦乡的小站》，不知我怎样才能买到它？……"

　　云南昌门县绿汁镇新房村的星夜先生一气八页长信："在我 18 岁时，就读过你的诗。但那时无法得知你的地址，今天从中央电台《青春年华》节目中了解了你的创作与人生，并得知你在上海法制报工作……"

　　一位山西省灵丘县高考落榜的姑娘竟在信中向我呼救："萍姨，救救我，我厌恶生活，厌恶这虚伪的人们，我已失去了拼搏的信心，我无能自拔呀……"

　　……

而对于有挫折的求助读者，我却不能一搁了之

　　而对于有挫折的求助读者们，我却不能一搁了之。就如上面那位，我以最快的速度给那位山西姑娘回了信，告诫她人生的路很多很多，关键的就那么几步。而今，你就踩在"几"步上，千万不能……并且郑重地签赠了我的诗集《梦乡的小站》。做着这些事时，觉得自己的诗集，在他人生命中，如能起到"力挽狂澜"的作用，则是对我最高的奖励。

　　诸如山西姑娘类似的来信远不止一封，其中包括残疾人和走出高墙重返社会的求助者。当然，这些人，我是再忙再累也有信必回！这是我给自己定下的律条。诚如谢泉铭老师当年帮我的一样。一定要尽我最大的力量，去抚慰、帮助他们。在可能的条件之下，我还应以记

者身份出面去协调、联络和力助。

面对这些弱者，我走过路过时，千万不能错过；如果错过，则就是我的罪过！来信中凡有需求于我者，我总要竭尽心力伸出援手，才会心安。

今天重读这几十年中的读者来信，我感到坦然满足，同时又有不轻的歉疚与惭愧。因为很多很多的读者来信，我都没有回复。只是统统被我收存进属于我个人的"档案重地"了。

1997-12

无法略过的历史细节

补记1）1997-12-29 当年文稿的补写照录如下：

就在这篇散记脱稿之际，我又收到了寄自山西灵丘县的来信，那位高考落榜姑娘写道：

"萍姨，您好！您的信鸽是那样美丽，不仅给我带来惊喜，而且给我带来平生难得的幸福。您能猜到我曾看见过什么吗？哦，看到了死神向我微笑着走来。

"是您那洁白的信纸和浓重的小楷，吓破了它——我又蹒跚地走了起来。多谢您！衷心希望和您息息相通，遥相呼应——"

还有什么能比收到并珍藏这样的来信，更让人感到欣慰和满足呢。

补记2）2017-12-25

我2001年1月搬迁新居时，曾将这之前的全部书信悄悄藏匿于老屋秘密夹层中。但当我发觉秘密夹层被租客撤退时有翻动痕迹后，立马打开寻找，发现书信被当成废品四散零落。只有极少一部分书信有幸残存于屋角。

往事开出一朵花

上面提到的那位山西姑娘，在近几年中，借助作协借助互联网，联系上了我。她一连给我一长串的短信。后来我们终于相见。我将之全程复制并取题为：《往事开出一朵花》。

2010 年 8 月 13 日 12:10

陆萍阿姨，我找您找得好苦！您还记得 1986 年到 1992 年我曾给您写了许多信吗？我就是当年那个在山西灵丘一中 88 班后来休学读 99 班的小姑娘张竹啊！您是我灵魂飘飞的偶像，是我没谋面的最崇拜者，读着您的诗，我的心好像有丝缕般的情愫飘出，是那样美，那样沉醉，我的心脉心思感觉是那么崎岖婉约悠幽，您还记得您曾经给我寄过的一本诗集《梦乡的小站》吗？还有一封亲笔信！我是多么激动，当时百感交集，写了一首小诗《窗户》："心，颤抖着展开……"并发表在我们当时灵丘县的电视报上，表达对您的思念敬仰！啊，陆萍阿姨，您给我诗的启迪，诗的心脉、文学梦想的翅膀！我思念您！……

2010 年 8 月 13 日 12:22

多少年了，隔着千山万水，我在求学、恋爱、工作的人生路上经历了许多许多，但对你的崇拜感激从未减弱！这次上海出差，我想我终于来到您居住的城市！可是我这些天查找您的信息，寻觅你的踪迹，却不知您到底具体在大城市的哪个地点！我能拜访您吗？

2010 年 8 月 13 日 13:33

陆萍阿姨，我问人问不到，就在电脑百度上输入了您的名字，从有关"陆萍"的大量信息中，查找着我心里的您，因为只有您是女诗人，又出版过诗集《梦乡的小站》……啊！后来查到了！真没想到您还是上海作协理事，中国作家协会会员，而且还写了那么多的书！太敬仰了，可是电脑那里没有您的联系方式和地址！

我只好从您工作的"上海法制报"打开缺口寻找。后来得知地址在小木桥路，急急忙忙赶到那里，在人生地不熟的城市，好不容易找到地点，却发现是"上海法治报"社！"制""治"一字之差，线索又断了！我非常失望！

今天想想，又打听到了在巨鹿路上的上海作家协会地址。我马上找去，对着有关同志，我好说歹说，作协老师才告知了我您的手机号码。知道了您的电话，我简直像得到了一张通行证，终于得以一诉多年心声。陆萍阿姨，您还记得我吗？希望您给我一个地址和一个拜访的机会，我思念您！

2010 年 8 月 13 日 14:15

陆阿姨，我是张竹，高考落榜后复读二年，改名张晓宇，考进山西农大，农养921班的。

2010 年 8 月 13 日 23:48

陆萍阿姨，我的事安排妥当，我们明天上午九点半到！到时聊，能见到您是我一辈子的幸福！……

我的博客 1

一连收到远方女孩的七个短信：今天我前前后后收到了这位远方女孩的七个短信，末了我打通了她的手机，知道她今天冒着史无前例的气象台预报的40℃酷热，寻到了上海作协，几经周折，终于有了我的手机号码，联系上了我。

知道她这些年来，已花了好多心思，包括让她的丈夫来上海寻找。寻寻觅觅，只为寻找记忆中的那份重要和那份美好。

对于这个女孩子，我似乎有点记忆。好像当年她遇到了点什么麻烦，有点绝望的意思，给我来了信。我当时在"上海法治报"社（先名"上海法制报"，后改"上海法治报"）任副刊部主任，一般情况我都会给来信中有点情况的人，回几句话，鼓励一下，也是举手之劳的事。所以不会记得谁谁谁，因为谁谁谁并不重要，重要的是我当天做了我觉得应该做的事，我会安心。

今天往事的泥土里，开出了一朵花，思念的花，感恩的花。

我接到她短信时，正在普陀法院（被聘。都十几年了）。忙里偷闲，与之往复了几次微信。我仍少不了当记者那会"刨根究底"式的问，岂料第一次听到她柔美的声音时，其中有一句"您可不要小看我啊"。我顿时觉得坏了，自己是不是有点当记者时太"习惯式"的问话了，没想到她柔柔的声音又追来：我们是太平常的人，您可千万不要不见我们啊。

我的心落回原处，呵。我怎么会不见呢。已定好明天上午九点半见。在康健公园茶室。我也有点激动。

她的跟帖：您是我的诗，是我青春不醒的梦

缘是一缕风，让山花烂漫；让冬，变成了春；情感是灵，让天涯变近，冰河开封；

您是我的诗，是我青春不醒的梦，让我走过泥泞，跌倒不痛。啊，有谁能给大地甘霖，让荒野变成风景，你的纤手一拂，万木青春。2010-8-15 20:10

我的博客2：《把珍珠捧在手心细看》

如约和小张见了面，她说的话，我摘录一点如下："……在我最痛苦最无助甚至绝望的时候，是您给了我至关重要的一句话，一纸鼓励，那是我全部的希望和期待。我知道当时的我很沉很重而且全身湿透，没有一处羽毛是干的，可我所有的分量全部都吊在你给我的一句话上，你的话是金钩钩，在我身陷泥沼时，将我轻轻地勾将出来，我觉得眼前明亮，目标明确，我完全可以站在一个可以期待达到的高地，开始我向往的人生。"

女孩说："我甚至有点不太相信正在发生的事实，我见到了您；我握住你的手，我在你所居住的城市，见到了您……

"那个时候，你是我的全部，尽管你在遥远的大都市上海，而我仅仅在僻远的山西小县城灵丘。我觉得你就是我的精神领袖，这个话毫不夸张，一个真实的存在，尽管也可以说摸不到抓不着，但我心里有你，精神的力量有时真可以追附万物，福佑人的性灵。

"得知明天可以见到你，昨夜我真激动得一夜都没有好睡。我推迟了我出差来上海的重要工作，我觉得世上没有比见到你更重要的事情了，我真的很幸运，我太高兴了，我终于美梦成真，那么多年来的一个梦，居然变成了现时的真实。"

小张的声音时而发颤，那种发自内心的感觉，我掂量得出。她的先生马福斌，正在上海攻读博士学位。见面时，他在一边不断为太太证实着这些年来，太太对我的思念和时不时的言及。前天昨天就是他陪着太太张竹，从上海法治报社转而再寻到上海作协。这么热的天，40℃的高温呵，正午时刻，烈日当空，两个心心相印的人，为圆心中一个在常人看来可有可无的梦，汗流满面地奔波着。小张从作协通联处工作人员的口中，终于得我手机号，便在冒着热气的路面，忙不迭地给我发了一连串的短信。

今天小张告诉我，她由于激动，也不知自己当时写了些什么。

小张似乎就是我想象中的那个模样。小巧巧的样子。她穿一件雪青色的连衣裙，样式很别致，配着一个色系的眼镜，轻盈生动，正是成熟出成绩的年纪。

我握着她的手说，你的马老师，我很看得中（哈哈），再讲，我们"地下党今天终于接上了头"！三十多年了，我那些写在纸头上的空洞无声的字，变成了你成功的今天，我除了高兴还很欣慰。你照那些汉字组合起的内容脚踏实地去做了，这是你的毅力你的造化，我当庆贺你们的成功和你俩的幸福。

他俩现都在无锡定居了，且早早买了三室一厅的房子，小马才近四十，便已拥有副高职称；小张在红豆公司工作，一个儿子也上初二了。小日子过得热火朝天。

临别见小张依依不舍，叫人心疼。哪止是一步三回头啊，三步十几个回头都不止！无奈，我回过身子，用镜头对着她扬起的手臂，嚓嚓嚓嚓。且长时连拍。嚓嚓，再拍。

今日偶得滚落在岁月深处的一粒珍珠。当年让我牵挂，而今让我欣慰。命运的赏赐，我当珍视。

尾声

都是信。每一封信都是生活的剖面，人生的一个篇章，弥足珍贵的历史记录。白纸黑字地留下的生命痕迹，也是情感档案。

1997-12 应《上海档案》主编姜龙飞稿约

2022 夏　微调修订　苔藓远年附光

辑三

我思想的小虫

恭敬肃立

我知道"无用"或者"无意义"的本身

其实就是一种光芒

她能照亮我自己

朝拜冰臼

炎炎夏日，我有幸去内蒙古组织的"草原笔会"。

内蒙古赤峰市热水镇宾馆的地下，是天然温泉。水龙头里热水都是千年地火炙热的 83 ℃，掺上冷水，此水浴后浑身滑爽无比。笔会又安排我们去附近克什克腾旗境内的大青山。据说那山顶有三百多万年前地球上第四纪冰川期的遗迹——冰臼。

冰臼不是冰块上被捣出的凹坑，而是冰川期里倒悬的冰凌柱尖滴下的水珠，在悠悠无限岁月中，鬼斧神工地将山岩滴出的深洞。

三百多万年前，那时地球上连人类祖先的祖先，都还未出现呢。

第二天下午赤日炎炎。我们驱车二百多公里，来到了这藏匿着"世界黑匣子"的山脚。谁都想捷足先登，一睹为快，从混沌未开的宇宙初始得灵得气。

山脚下新凿成的石碑上写着四个遒劲大字："冰臼大观"。据说这18个冰臼，是两年前才发现的奇迹。当时各路专家纷纷前来考察过鉴定过，确认这些洞穴是三百万年前第四纪冰川期的遗迹；并测出滴成这样规模的臼穴，冰川覆盖层至少要有 60 米厚度，由此便打破了内蒙古一带区域没有经过冰川期的定论。此消息经中央台播出后，世界为之震惊与轰动。

这群"洞坑"，当地人习以为常见怪不怪，世世代代都不知道它神秘的来头。现在一夜间"行情暴涨"！它在学术上那非同凡响的价值，很快反馈成得天独厚的商机。有人断言：这冰臼群将成为世界级新景观，不久，游人将如潮而至。

山路是新铺的。想到这世界级的景点，自己能成为最初的踏访者，心中不免生出几分满足。太想爬到山顶一睹冰臼的神秘，我特地穿件手绘真丝袍登山，虽然显得有点夸张，但我却深谙其妙。月前在燠热难耐的台湾之旅中，这件丝袍已经让我轻松地登上了山巅。万一有幸得个小破洞回家，那也将是一份纪念。面对这好山好水，难道不该配上你最好的衣衫？

置身山中步步攀登。满眼秀峰含翠，草木吐馨，奇葩醒目，野果飘香；空气清新得让人昏昏欲睡，遂让人想起"醉氧"的妙趣来。

上月的台湾之旅中，来自西藏的诗人就在阿里山醉过氧，如我们有人晕车一样。

我贪婪地呼吸着，欲将大都市留在我细胞深处的污浊，统统都清理出去。我要让塞外的绿野长风，鼓满身上这件现代丝袍；我要让身上每寸肌肤，尽情沐浴大草原醉心的芳芬……

山路遥迢，朝拜冰臼的艰难，远远超出了大家的预想。大汗淋漓的朋友们喘着粗气，陆续有人望而生畏，驻足不前。而我却一有汗出，便轻提两肩薄丝，清风立马向我送怀投抱。有朋友挪着汗黏黏的脚步，见我如此享受"风浴"，恨不能立时也买一件穿上。

为充分享用豪华风光，我每登30级，必驻足小憩。除了休息外，更为回眸重读，用我的目光与心灵再一次占有拥抱这秀峰翠林；犹如夜半读书，遇上让人心动的句行，我总舍不得一下子读完，要闭眼用心揣摩下面的句子，然而再一字字细细读来，抚摸咀嚼，吮吸个中甘露。

静静的山谷里忽然有鸟雀飞过。那声声脆鸣，如拉出一根根金属般的细弧丝，远远落进山坳坳里。天籁、空灵，这些好词儿，想来平日几乎都用错了地方。

大青山的"三线天"，如西餐桌上的刀叉，插进蓝天银云。它使透隙而来的天光日晕变得奇幻无比。我按动快门，恨不能将这一切全部带回上海。

满目奇山怪石不说，让人吃惊的是这座山与那座山的形态风格全然不同，山脉走向迥异，岩层肌理相悖。大青山线条圆润柔滑安稳，像个富足而丰盈的美人；而不远处那座山却峰谷起落，天廓线如股市剧烈震荡的走势图。有行家告诉我，这儿是某若干万年前与某某若干万年前发生的两次地壳运动的边缘地带。

面对这两座山，我不禁肃然，心中充满了对自然力的敬畏；脑海中掠过台湾近日发生的大地震，想象着这儿曾经发生过比台湾9·21更惨烈更狂暴的天崩地裂山呼海啸……是两次不同的呼啸和崩裂，在混沌昏暗的天地中定格，就形成了眼前这样的极致景观。

极致与边缘总是充满着机会充满着可能，极地上的风景便一定是千古绝唱；冰臼发生在这极致的境地中，当然是顺理成章的事。我忽然意识到我这次真的是"玩大了"。我玩到了风景的边缘。我感受了世界的极地。我领略了真正意义上的天涯海角……

30级，30级，在数不清的30级后，我发现空空荡荡的大山里，我成了孤旅。孤旅其实是份享受，目之所及耳之所闻，在这刻整个儿属于我；只是我怕郁郁苍苍的山林里突然窜出一头野狼来……恰在这时，我隐隐听到山谷里回荡着铁锤凿击岩石的声响。这声响此起彼伏，交相呼应，当我肯定这声响是来自人工的劳动时，顿时让我有种安全感的庇护。

我走走停停，停停走走，山上还没开发好，我随小道亦步亦趋。老实说，如果不是这件宽大无形滑爽无比的丝袍帮了我的大忙，而是淋漓的大汗粘裤沾衣，恐怕我也只能半途而废了；一阵风来，整个人翩然如蝶，轻松利落得让我扶摇直上。我还将初进草原时蒙古族姑娘送我的哈达，轻系腰间；它是一缕祥云，护佑我能窥得远古时代冰臼的真容。

终于登上山顶了。那里高低起伏的坡度舒缓有致。唤作冰臼的最大坑洞在一个光滑的坡峰上，砂粒状的坡峰呈发黄的深褐色；冰臼像一只硕大的天生在山体里的瓮，内空十分圆整，大约是出自三百万年的慢工细活吧；它直径有四五米，深两三米；沿口的内壁向里浅浅凹着，底里一半积泥，一半积水；泥上密密地长着盈尺翡翠般的细草，幽幽的水面却飘着两扇翠滴滴的浮萍。一抹金色的夕阳正透过云隙，斜斜地射在草叶上梢……

没想到那么多年前的古洞如此熠熠生辉、气韵盎然，精致得像现代园艺馆中一尊杰作，神奇得如同天堂外搬来的仙景。在几小时崎岖山路的跋涉中，我对冰臼曾想象过无数美妙的画面，却独独不是眼前的这一幅。

在山顶坡面上观察，还真发现这18个高高低低奇奇怪怪的坑洞之间，都必有一条弯弯曲曲的或深或浅的水槽相互贯通着。一个简单的道理便是：冰川期间，稍高处冰臼中被冰凌水注满了，流入稍低处的另个冰臼中；而另个也满了时，必再流入比它更低的冰臼中……如此这番天长日久后，水流便在岩面上留下了槽印。据说这些水槽无声地泄露了万古遗迹的密码。

在这些冰臼中，有的是枯臼，底积败叶灰土；有的臼小，已被经年的尘土填满；也有不少洞中积泥上长着一棵树，白色的枝干只半截露出洞外，上面顶着一大片绿叶伞盖。远远望去，婀婀娜娜一洞一树，景观甚是绝妙奇特。

我小心翼翼地让身子慢慢滑入大冰臼中。将后背紧贴凉凉的臼壁；迎着夕晖展臂向后，拍响冰臼的边壁……只觉一股祥气冉冉于胸中，三百万年来的风风雨雨尽收身后。我一时心驰神往，有种内心深处的冲动，溢满心胸；一如冰臼中的水非溢不可。

我打开手机，接通了上海的电话。告诉几千公里之外的姆妈，你女儿正在一个古老的石洞里大补元气……

下山后才知道，上得山顶的只寥寥几人。就连他们本地包括年高的内蒙古作家冯苓植和编辑部年轻的小姐们，都没能上去一睹冰臼的真容丰采。

同行的毕淑敏，戏言从青藏高原下来后，已踏完了她这辈子要登的山，这次她未上山。但等我下山后，夜黑中我看到她亮亮的眼睛里充满着惊羡，她是那样急切地要我详尽描述大青山顶上所见的冰臼；直至会毕，在赤峰机场握别那刻，还对我再三关照，要我记得一定给她寄张冰臼的照片。

没有亲临现场，是种遗憾；而神秘，毕竟也是一种无法穷尽的诱惑呵。

1999-11-26　岁月失语　唯石能言

老朋友聚一聚

有时会突如其来冒出想法，就是要和老朋友聚一聚了。

没有理由就是最好的理由。曾经一路相伴走来。那时觉得写诗，讨论，采访，开会，真是有过不完的明天，发不完的作品。来日永远美好，如此无穷无尽的往复，永远会往复下去。我没有想过其他，其他是属于小说中的，属于别人故事中的。属于什么与什么都可以，就是不属于我们。这叫什么，这就叫年轻。

现在明白，"年轻"会过去的。日子会有穷期。只是诗文却与生命已连成一体，生进血肉长进骨头里了。没有理由的付出又心甘情愿，这叫什么，叫宗教。说宗教情怀或许更确切些。

与于之通电话。尤记29年前，他患重疾已脑癌后期。在被推进手术间前夜，遂将生死感慨写成最后一诗，并托一护士代寄解放日报副刊季振邦收，大有诀别之意。

不想几天后他从麻醉中醒来，刊发他一诗的《解放日报》已安放他床头了……诗重命贵值几何？一时佳话传为歌。

在他康复后邀我们去他家舞会。当夜我匆匆落笔一诗。不想此诗却从此存进岁月深处，被自己忘得一干二净。直到当下我编诗集时才偶然发现。

我拨通了于之家电话。

但接电话的是于之 77 岁的太太。她回话的主题局限在"于之正在病中"，三月内不能出门。至于我想表达老朋友大家聚一聚的意思，对方愣是一律舍去。至于那首诗，更是轻风一缕，我握着电话筒，都没能插进一说。心有戚戚焉，知道于之不能出来聚会了。

拨通了宫玺电话。

听得那头嗡嗡着毫无生气，一股沉闷气息从电话里直蹿我心。他说他头肩部位患带状疱疹，正被折腾得死去活来。当人遭受剧烈的病痛袭击，世界上所有的东西，就统统下架，也统统都不重要了。肉身这载体，在盛接病痛时，早把灵魂揪进小口瓶里且上了盖。宫玺已卧床十月，坐不动。整个脸庞头部剧痛，只能全天躺倒。当下"躺倒"一词风行，殊不知真正的躺倒，就是现在电话中我听到的这种情形。宫玺他说再也走不下楼了。

我的希望泡汤。曾想联系用小车接他出来，聚会后再送他回家的。但我不说了。只听得他用我熟悉的声音，却是几近绝望在说："我不行了！我在……"面对此情此景，我当然是一通正能量的劝慰。我理直气壮，滔滔不绝，自己也不知道哪来的说词（重编此文时，宫玺老师已经远飞天堂。取出他签送我的《青青河畔草》读了再读）。

这一切，让我坚定着一个想法，马上做。当时就一一打电话，请了王宁宇、田永昌、孙琴安、姜金城、郭在精、张健桐、成雅明、孙悦、季渺海、陈放等半世纪来同道行走的老朋友们，大家聚一聚。好在大家都安好健康，且纷纷呼好。其实，我还请了其他一些"老人马"

们，只是各人手头有事，没能来。

全部停当之后，给丽宏发了短信，说侬有空哦？知道你忙，我们老朋友在小饭店一聚，你随意哦。其实心中是不存希望的。因为他太忙，国外、国内、杂志、作协及天南地北的来宾来客，哪有时间消停？没想到几分钟后，丽宏即复："好的，我会过来一聚。"

一时惊喜，感念丽宏您没忘久远年代里这拨"老人物"。对于还在线的同志，能拨冗前来，就是很难能可贵了。没想到丽宏还会开车，我眼睁睁看着他一辆宝马艰难地停在饭店外狭窄的小地方上。选这"安稳"小饭馆是因这些老诗人，大都住在附近，方便。

我对着丽宏感叹："唉，辛苦你来了这个破地方。"

听得他轻声回我："不，只要人不破就行。"

世间的实诚、真情，原是很多宝物的基础。记得去年也是9月17日。冰夫从澳大利亚回来做东，打了电话把我们一群召了起来，在青松城开宴。席间情况，我以前博客中有记录。只是在最后，我看见丽宏悄悄离座去前台埋了单。然而歉歉然对冰夫说，他要早点离席，因为约好要去看望老母亲。我目睹场景，一时心头热流暗动。

没想到尊兄除了看重老友老情之外，我还漏了他对老妈的这一节。其实，不涉漏与不漏，两者本一脉相通，自己陋闻罢了。

往往，在生活中一些置顶的东西——与金钱无关，与权贵也无关。

一如我们这次聚会。有种感觉无以言说。

只是在深夜，敲着字，体悟着世间暗处的一些至贵至尊。

2017-9-12

吃时间大虫

英国。剑桥大学校门口那棵"著名苹果树"的斜对面,有个"吃时间的大虫"。这个"大虫"面街,在街道转角处的一方大玻璃橱窗内,有一怀抱大小的金齿轮上面,待着个尖刺爪爪如蜻蜓、蝈蝈类的昆虫。我们到时,目击那尖刺爪爪正过金轮一齿。

在不久前正式展出时,听说还是霍金来揭的幕。(而今霍金也已作古)这个大虫每过一秒,便用前面一对细爪拉一齿而让整组轮系也转动一齿。这个精致工艺品依靠自身的设计将永远充满动能,永远不需外力而永远运转。我说的是我的识见。事实上,到底是轴承带动齿,还是反之,不得而知。这儿我仅是客观的描述。

我从伦敦过来,过一条河时,要走过一座"数学"桥。当我下桥进入这片古老的剑桥大学城校区时,不禁心生忐忑。

我觉得自己是不是太奢侈了?就这样毫无准备、两手空空或者说"手无寸铁",居然敢到这个地方来?

我,此刻,居然就这样轻而易举地踏上了这片充满灵性的土地……

一个不"周全"的人，我觉得是没有资格来这儿的。我的意思是说，光怀着崇拜是不够的。既然"不够"的人到了这儿，你能"对抗"得住这圣地对你的冲击吗？所以我忽然觉得同样是人类之一，连朝拜的资格都是欠缺的。正如美国的希拉里曾说：面对特蕾莎修女，自己甚至连给她提鞋的资格都没有。

　　即使我五十年来努力万分，即使每一天都毫不懈怠，我又能带上什么呢？面对这地之神圣，我只是来朝拜。虔诚地来朝拜。朝拜就是心甘情愿地灵魂挨抽，朝拜就是真情实意地脱胎换骨。

　　这儿的一草一木，充满别样意味。特别是那个金色的"吃时间大虫"。每天青春活力的莘莘学子在它前面走过。不经意朝它一瞥时，简直就是在接受神灵的启示。这个场景出现在世界顶级的大学城，其精准、到位、恰好，已呈圆满而饱和。

　　过窄小的马路，就走到剑桥大学门口了。时值深秋，那些美得有些夸张的经霜红叶，就是这样圆转流丽，这样天机入神又似乎是很有资格地熨帖在校门外的墙面上。令所有到此一走的人，都要驻足流连。

　　校门的左侧是一块翡翠般的草坪，当中有一棵苹果树，显得有点突兀。如果没有历史上的前戏，那它也可说是貌不惊人。但是，这个"但是"分量很重。这棵苹果树可是震惊中外雷霆万钧的啊。

　　当年的那棵树上的苹果砸在牛顿头上，引发了人类社会发展史上很多伟大的事件，推动了世界前进的车轮。近年来那棵老苹果树枯寂了，为了给慕名而来的全世界游客一个安慰，我面前这棵娇小的仪态万方的苹果树，正在继承前辈遗志，被剑桥大学从牛顿故乡特地请来移居于此，继续在这儿尽责站岗。相信全世界每个角落的人，只要有机会，都会来此打卡。

我们看完剑桥大学城之后，导游让大家在一处集合。这处环境真是不错，沿路边的厕所外侧，有一长排考究精美的椅子。团友们在这儿闲聊着，等人到齐。

我总是不甘心让时间在等人中过去，就东走西看。偶然发现厕所后面还有一条幽静的小路。看时间还早，我立即飞步从小路进去，眼前豁然开朗，生生展现的画面，就是经常在画报上看到的康河。那条河从我的左右两端远远伸展出去，看不到尽头。我面前的康河里正泊着一枚精巧的小舟，两头尖尖的，正在河里荡荡悠悠。

"轻轻的我走了／正如我轻轻的来／我轻轻的招手／作别西天的云彩……"

想到徐志摩的诗，我随即纵身一跳，上了船头，吓得同行惊叫一声。好在我身手轻捷，别人正惊着，我却在船的那一头，"轻轻的招手"了。我想寻找徐志摩当年那踌躇满志的感觉。"在康河的柔波里，我甘心做一条水草"……

剑桥大学的康河，曾经留下过徐志摩的情感足迹。翻江倒海的恋情，重新打造过他的雄心壮志，在这条康河的边上，留下了他最好岁月里的精气神息。我在康河边复又走了个来回，仿佛昔日的声华过眼，感受到了什么一样。

当我在小路上疾步返回时，我的心头洋溢着满足。尽管我知道"吃时间的大虫"此刻也在吞噬着我的时间。

2018-1-25　人生原本有许多答案

我思想小虫恭敬肃立

有种被神秘洞察的惊喜，长久地让我的心情激荡。是因为读到了一本好书。这本书是印度哲学家奥修写的。其中说到关于"开悟"的句子，着实让我大大吃惊。前后翻看，这个深谙中国老子庄子精髓的奥修，是个与我妈差不多年代的人。

我现在这把年岁，除了老妈，生活中似乎没有谁能说服我了。但是我思想的小虫，在奥修他的叙述中，竟然会列队成行，静静恭听。

一直以来，永远盘踞在我生命中的迷惑，随他诗意的话语渐渐明亮起来。相信奥修，是缘于我相信自己。我曾经的感觉，和感觉中写下的诗句，与他所说的，居然是惊人的一致。

"开悟好像一个意外事件，但请不要误解我！因为当我说开悟就像一个意外事件时，我不是说不要对它做任何事！如果你对它不做任何事，那么意外事件也不会发生，意外的发生是因为那些人为此已经做了很多了，它不发生是因为他们正在做，这便是问题，因为他们正在做它便不会发生，他们不做它将永远不会发生，那做不是使它发生的原因，那种做只是在他们内在制造出易致意外的情景，如此而已！

"你所有的静心都将只是创造一种易致意外的情景——如此而已，那就是为什么即使是佛陀也不能预言你的开悟将会发生在什么时候。人们来访问我，并问我，我告诉他们：'快了。'它不意味着什么，'快了'或许是下一个时刻，或许是过了好几辈子还未到来，因为意外事件不可能被预言……但是不要停止努力！不要以为如果它要发生，它就会发生，那么它将不再发生，你必须为它作准备，为意外事件作准备，为未知作准备——准备、等待、迎接。此外，意外事件或许会来临或许会错过。你或许睡着了；未知或许会敲门，而你或许没有听见，或者你正在与某人谈话，或者你会解释成它是一阵风在敲门……

"为意外做好准备！并且记住：你所做的一切不是作为开悟的原因，你所做的一切只是在你内在创造一个情景，你所做的一切不是一个原因，只是一个邀请，这区别是很大的，因为如果你以为这是一个原因，那你会开始要求，如果你以为它是一个原因，于是你会说：为什么它不发生？为什么到现在它还不在我身上发生？它创造了一种内在的紧张，而紧张在那儿……于是它便不可能发生，你必须被无意地撞见，你应该是等待着，但不要焦虑——放松，你应该邀请它，但不要肯定这个客人将会到来。"

我读到这儿，感到这个客人就是灵感。往往夜深不入睡时，我在看在想在思考，或者更正确地说，我在等待——曾在一首诗中写道：我怕错过灵感驾临宠幸的瞬间。我等待，但他不一定会来，如果我不等待，那灵感绝对不可能来。"不一定"要比"不可能"更接近灵感，所以，每夜我心甘情愿地等待。

当然，如果灵感不来的话，我一点儿错怪的意思都没有。我觉是我还没有进入状态，真正静下心来，那个内在的我，于不经意间会与我说上话。我的思绪在模糊间有了指向，当然也会有词，成了提盖。激灵一下子流成了诗。

但是，如果这个时候，有人进来对我说，你到底要什么时候才能写好呢？或者某编辑来电，说，我们封面已经开印了，你的题目是本刊头条啊，就等你的文章下厂……

这时，我就像遇到致命一击，完了。漏气了。焦虑紧张。什么都写不出来了。如轮胎有了缝眼，已经无法一路奔驰到目的地了。急汗一身，感觉就乱套了。深闺里的灵感怎么肯出场呢？碰到这样的"硬逼"，我总不能坏了人家的大事吧。动员自己投入，拉杂出来的也尽是一些"面上的东西"，虽然刊物很满意，我自己看也不要看。灵感是无上矜贵的，只在清新的心智湍流处，它才偶然轻轻掠过，它从不肯停栖于僵木枯枝上。灵感是最难邀请的。

内在一紧张，灵感会受惊回避，二十多年前我还写过一首有关的诗《怯》。它刊登在我诗集《寂寞红豆》第 125 页，1996 年由上海人民美术出版社出版。全诗如下："太强的感受 / 太深的情怀 / 把我的思绪压成一片空白 // 我在空白里 / 张罗诗韵的马车 / 编织情感的霞帔 // 而灵感却躲在远远的角落 / 怕受不了这隆重的款待。"

这份内在的感受，一直是我生命中未与人言的秘密。而今，却被我无意中遇见的哲学大师奥修，说得明明白白。明白后再来省视自己，来来回回往往返返，让我对一些自己生命中曾经的"茫然和悬搁"，有了清晰的梳理，落了个实在。

那些个思想的小虫呢，只只俯首称臣。

2013-6-29　每个文明都是带枪的猎人

微笑是一座桥

长途大巴车门口。

他瘦瘦的，永远整洁，西装革履，神清气爽。在英国的这位司机，为我们开了八天的车，这次是近距离领教了英国绅士的做派。是的，贵族精神，就是将最美好的一面展示给别人，而其苦痛与糟糕常常是自己独享的。因为往日我们想象中的跑长途司机模样大都是粗俗、疲惫，还有点邋遢。再是胖胖的身躯塞满座位。出口脏话也是常态。

在英伦三岛每天出游时，司机工作的时间，没有北欧管得紧。在北欧司机开车非得二小时停车休息二十分钟，打卡记录。八小时工作不得有丝毫超时。违规要罚款的。眼下，我们通常是一天十二个小时在外奔走游玩，有时还前不着村后不着店的，但是这个司机总是慢条斯理的样子，像机器一样，微笑、有礼、准点，动作麻利地帮我们搬运行李，那个大巴下层中的物件总是摆放得井井有条。你看不出他的倦怠，甚至觉得他似乎不会疲劳一样。

八天结束时行将告别，我再次朝他微微一笑。他彬彬有礼展开一臂相邀，于是我们合影，快乐留念。微笑是一座桥。

在西班牙阿尔罕布拉宫门口。

只见远处走来一个"红黑组合"的娇小女子，她步履匆匆，到门口时朝我微微一笑。我也报以一笑，端详着她精致的衣着，有点出神。不想，她侧着脸朝我再微微一笑。哦，原来是，我该让开半步，让她过去。我赶忙让开着，并细看，得知她的年龄已经不小。

这个景点，如果不是预先约定，无缘进得。得知前一团队，就已错失良机刚刚离开。我们在门口等待时，又见这个衣着亮眼、举止干练的她，一会儿着急地与我们导游在说什么，说完即离去；再过会儿进来又与我们导游说着说着，似乎是有什么紧急需求，让我们导游帮忙似的。

我问导游，是不是她也想跟进我们团队，进去参观啊？导游说，不是！这是我们在西班牙格拉纳达阿尔罕布拉宫的官方导游。我们下午就得离开这儿，上午进不去就是永远错过了！她正在帮我们疏通关卡呢！

哦。原来这样。我顿生敬意。我想着这个官导她的衣着。黑衣、红鞋、黑瘦裤、红短裙、黑袜红围巾加红黑双色包包，全身上下的色彩，都纳入一种深美的组合，难道官导的服饰，也要与阿尔罕布拉宫的神秘，遥相呼应？

导游待她离去，朝我嗔道，怎么会是她求我呢？是我们临时行程有变，求她还来不及呢！她非常热心尽责，你看，她比我还着急呢。看来我们今天是有希望了。听导游这么说，我心怀感激。对这一神秘的宫殿，更心驰神往啊。所以对她，我更是目不转睛。

又见她行色匆匆从那头过来了。这下，大约是她已联系好了，一张单子已在导游手中攥着。或许她已发现我一直在注视着她。当她向我们导游告别时，也朝我颔首微微一笑。我扬起双手表示诚挚感激，那场景几乎不由分说，我们各自紧上一步，挽臂合影。微笑是一座桥。

在爱尔兰的宝尔势格庄园。

我们正在园中园——日式花园参观时，一位黄褐色头发的欧洲女士，时不时回过头来朝我微笑，看我那飞扬起来的有点夸张的真丝围巾。我也不时拢紧那高飞的丝巾，回她以微笑。不想峰回路转，半天后在玫瑰池畔她与我又再次相遇。微笑是肯定的，只是我们顿生激情，她微笑着过来拥抱了我，我将丝巾缠上她的手臂，她的先生，马上用镜头，OK定格。我们语言不通。但她肯定知道我来自中国。微笑是一座桥。

在爱尔兰的首都——都柏林。

那天华灯灿烂。我们在都柏林最热闹的街上来回游荡。都柏林的主干道正中，竖有一杆似放大无数倍的"银针"。如果你想看全景，必要仰头，也必定会使帽子掉下来。掉下来还保不准看见顶。顶端闪着银光。据说爱尔兰为了迎接千禧年做的纪念建筑物，想不出什么更好，就索性竖了一根"针"。好歹也算是纪念了。

当时因为冷，而离集合的时间还很长，我俩就进了一家麦当劳坐下来休息。门后黑暗中看见一双友好的大眼睛正朝我微笑，大眼睛是黑人保安，他竖起大拇指正向我们发着声："中国，中国。"我们被他的热情感染，也微笑着朝他伸出大拇指。他一步走过来展开他那两只长长的手臂，我们一级响应，站起来微笑着合影。微笑是一座桥。

在英国的爱丁堡。

三个西欧男孩和我们两个中国老人，自我的一句"哈啰"开始，很快就在古老城堡下的草地上，打成了一片。中西两地的老人和孩子，人人口中嚷着"哈啰""哈啰",嬉笑着拍打着,所有的"哈啰"里都是微笑。微笑是一座桥。

在葡萄牙辛特拉小镇。

也因为我身上这根质感非常的真丝围巾,引来了西欧三个老头友好的目光。我对他们报以友好的微笑。其中一个可爱的西欧老头,忽然微笑着一步登上了台阶,紧紧地搂着我,在空中做出一个极其夸张的亲吻动作,让同行给我们摄影。因为语言不通,完了后,他们一行三人用手做着丝巾飘飞的动作,渐渐离去。并且再次驻足回眸,微笑着向我们飞吻。

我感受到异国他域人民的友好。微笑是一座桥。

2016秋　拦住流走的生命,放在心里感受

人在高处

走出"涂汉础的摄影个展",心中就冒出一句话——人在高处。

他150多幅作品多是从宏观视野入手,"居高临下""宏大""一览无余""囊括""制高点""涵盖"等等的字眼会浮现在心头。我想到了他的身份。戎马生涯前半生。退伍后在上海监狱管理局任副局长。

宏大全面——是他视野所要囊括的;也与他毕生的追求、共产党人的信仰大有关联。涂局长退休后对摄影着迷。他从位高权重的办公室回家后,立即背上摄影包。就六个字——成功转换角色。

我非常吃惊,毕竟年岁上移,两者根本就是风马牛不相及的事。

为了拍好照片,他爬高爬下,还长途负重。摄影这门要弄出个眉目来,除了心魂到位,更是体力的付出,而今涂老他已八十有一,十多年来的奔波钻研,结出眼前累累硕果,让人肃然。

涂老的镜头里,题材广泛,构图独到,张张精致,页页大气;特别是那些让人感到亲切温暖的画面:比如着喜庆红绣衣的居委书记,正对着一群老人说着什么事;比如摄影志愿者正在为蛰居家中的老人拍特写;比如漕河泾近年变迁的新景等等,尽管我也住附近,却从来也没有发现过；再比如上海南火车站的建设，从开工时的建设者，到建成后的壮观场面，涂老都一一记录在案。

涂老的心头，总是系着一种责任。当年退休时，写到"退休"这两个字时，我总是写成"离休"，且一改再改。原因是我觉得他不享受离休待遇，谁享受？一次我与涂老的太太张锦华说起这个事时，她对我说："其实老涂离休与退休之别，就差几天。我当时也讲太可惜了，老涂却一脸正色道，已经够满足的了，想想当年打仗，我多少战友牺牲在战场上。"

这话虽有点"经典"味道，但却是我生活中目睹的真实。真实——有时比经典更可信。

在我眼里，涂老的爱人老张，几近与涂老一个样。一次我发现她家楼道转弯角落里摆着花草。因我对花草痴迷，就穷根究底。她说，我们正在创文明楼组，是我自己种的花。我们还自己用丝袜做花比赛。说着她就从家里床底下拿出了很多给我看，还让我挑，一定要送我。

她讲这朵鸡冠花，我如何做都不像，昨天我硬是到小区花坛那正开着的真花前面细细观察了，回来一做，像了！

我讲我服了你！居然还拿着袜子去实地"写生"啊。我又问为啥这么鲜艳的花竟藏床底下时，话题扯到了年久失修有点杂乱的老房子。老房子简陋到至今一家三口还在沙发前那张矮茶几上用餐。

耳听为虚，眼见为实。我可以再次作证，这屋里近三十年前的一切装修，都是出自涂老一人之手，清廉至此不是亲眼看到，谁相信呢？！涂老伴说，还真是有不相信的事呢。我问什么事？

她说当年我是随军家属，到了老涂的部队里。正值"自然灾害"期间，南方来的家属都吃不惯当地的粗粮。有一次，我对一个有孕在身的家属说，到我家来拿点吧。于是人家兴冲冲来了，觉得涂老官衔比较大，分到点好的也是情理之中。但当涂老伴热情打开那只最好的粮食布袋时，来人却迟疑着久久不动手。

为什么？老张不解地问。那人说，都是和我家一样的东西。难道涂首长也和我们吃一样的啊……

我和涂老是近邻。1986 年我搬进来时，涂老和我差不多时间搬来。当我家和大多数人家正在屋里请人大兴土木时，涂老他竟然一个人自己弄。每天下班后干到深夜，从贴瓷砖到铺地板，从粉刷墙面到安装洁具。直至今天，涂老还是住在他自己装修的房子里。

要知道，涂老当年正在任上，且是负责全局基建一块。多少年来，他坚守着自己，成为我心中的最美老干部。看看今天倒台的一批人，一贪竟会是几个亿，底线击穿，再击穿！两相对照，一个天堂，一个地狱。真叫人感慨万千！

涂老执着地走自己的路。不管外面发生了什么，都与他无关，他和老伴心甘情愿做街道的志愿者、帮里弄干部通知开会、为居民联欢会前前后后摄影、选举代表时唱票，甚至站马路巡逻值勤。涂老伴的事迹还上过电视新闻。

如果一定要讲本色的话，这就是本色。没有声响，却风雨不退。

如果一定要讲摄影艺术，那么最美镜头来自涂老心魂中的"人在高处"。

2014-1-13 匆笔　2022-7-5 重阅此文时，
得知涂老的老伴与女儿离世的消息，心情哀切。

关于一次采访手记

　　《人民警察》杂志社频频来电，要我再为火吻燕的近况写点什么。火吻燕是我一个纪实中篇的女主角，去年第一期至第三期，曾以《人性苍茫》为题，连载发表在他们刊物上。这个真实的故事是写一起因性虐待酿成命案的前前后后。

　　悲剧女主角火吻燕自 1982 年 11 月 14 日铸成凶案、1983 年 8 月 16 日一审被判死刑、1983 年 10 月 21 日二审改判死缓、1986 年 1 月 30 日被减成无期徒刑、再三年后减成 14 年、再一年之后又获减刑 1 年，直至 1995 年 1 月 5 日她得到一份监外执行书出得大墙。

　　她步出大墙后，积极寻找就业机会，得到了街道综治办的热情帮助和支持。她非常珍惜这"自由的日子"，用自己的汗水得到了领导的信任，主持着一家敬老院的工作。这十六七年来，火吻燕九死一生，终又重返人间，从当年的女死囚到今天的敬老院院长，出世与入世之间，让人感谓无穷。

　　1998 年春节前，火吻燕曾激动不已地告诉我，法院根据她在监外服刑的表现，又为她减去了两年半的刑期。这样算来，她的刑期将在今年 9 月 15 日满。

《人性苍茫》第一期在《人民警察》发表后，火吻燕对我说，要等三期连载结束后她一起看。她说她实在无法断断续续地承受回忆往事所带来的痛苦与折磨。我觉得也好。

可是没想到，我杂志尚未寄出，火吻燕在为敬老院的老人购买物品路过一家书报亭时，看到了这三期《人民警察》，于是她立即花了 15 元钱买下。当她把三本厚厚的杂志卷起塞进挎包时，我想《人民警察》几十万名读者中，肯定没有一个人的心情像她一样。

她看完杂志第二天一早打电话来告诉我说，她是整整一夜趴在床上流着眼泪读完了全部文章。她说她在读的时候不断为自己庆幸，"噩梦已经过去了，已经过去了！"她还说，您把我心灵深处我自己无法言表的东西都写出来了，我该怎样感谢您……她女儿也看了，对她说，"妈妈你是苦尽甘来了。"

我得知她仍然没有勇气，将这部纪实中篇给她的王先生看。王先生是她新交的男朋友。她说陆记者，真的，我还是怕……

她怕什么？不同的人可以为她作出不同的解答，但是我们不能代她作答。

我们唯有在一旁默默地注视。默默地真诚地为她的现在和将来祝福。

这里顺便提一笔，性虐待狂原本是一种生理疾病，可惜直到今天，还是没有引起人们足够的重视。记得《人性苍茫》发表后，我收到天南地北不少正遭性虐待狂折磨的妻子们的求助信。她们所叙情节，大都惊人相似。她们几乎都以恍然大悟的口气，知道了丈夫这"腔势"竟然还是一种病！她们急切地想寻求帮助，想挽回面临崩溃的家庭。

我收信后，往往尽可能马上与我熟悉的心理医生取得联系，做一些力所能及的事。对于这些姐妹同胞难言的痛楚和焦虑，我深深同情和理解，却也常常一筹莫展。一个记者能做的事，不外用手中的笔，对藏匿在生活深处的这些鲜为人知的暗角，以揭示的方式向社会披露和呼吁。真希望能够有拯救这些不幸家庭的社会贤达，来开一点良方。

自上次采访火吻燕以来，这两年中虽然没和她多接触，但是有关她在敬老院优秀的工作，仍时有所闻。知道她一如既往，任劳任怨，干得比以往更出色。有次我在工作中得悉有位生活困难的老人，急需进敬老院，我便为双方牵了线。事后我从老人的家属处得知，火吻燕主动热情周全，里里外外为之奔走，让人好生感动。虽然事后这个老人因病没去成，但是火吻燕竭诚的努力，向社会传递了一种敬老院的人道光芒。

今年劳动节前，我又一次接通了火吻燕的电话。

她爽朗、热切。说敬老院在年前已搬了当初计划中的新址，再也不是你两年前来时那模样了，现在宽敞明亮，添置了许多设备，还配了医生。在敬老院服务的阿姨，不再是以前的大年岁人，而都是新招的四十岁上下的中年人。

我问到她自己的"事"，她说还是老样子，仍然与老王很好地相处着。并说我至今仍没有把那"三本东西"给他看。他人很好，但是根本不可能想到他面前的这个"我"，是个"什么内容"的女人。这两年来，他信了我是从奉贤农场待退休回来的。不几天前他还在嘀咕：怎么还不去办正式退休的手续呢？你现在的年龄到啦！……我说你就别为我烦心了，有空了我自然会去办的呀。陆老师，其实我是在等，等着法院为我再"减掉"些，早一天好一天。我想以自己的清白自由之身，再安排我和老王的新生活。

到时我再将这三本《人性苍茫》给他看。一直到他看完文中女主角吻别死神，走出噩梦后，我再告诉他，这个火吻燕就是您眼前的我。他一定会惊骇得缓不过神来，这时我告诉他说，现在我已经刑满新生，我是个自由人了……我的女儿非常让我宽慰，现在她正一边工作一边在读夜大学。

火吻燕表示不能再与我多唠，因为她急着要去买药盘。上午有个老人的女儿，觉得在敬老院的老母亲身上褥疮已好转，想马上接老人回家。但是火吻燕觉得并未全好，还该去医院就诊一次，配些药来。现在她想这对母女马上要从医院回来了，但敬老院里为老人换药的盘子不齐，她要出去备一些。

我说你有什么话想对《人民警察》的读者说吗？她说我灵魂的再生之地是上海市监狱（原名），我感激曾管教过我的女警官们；感激街道冒着风险为我创造条件就业，我一定会全身心豁出去，把敬老院里的老人，当成我的父母来侍候……我越苦越累，就感到心里越轻松。赎罪的轻松。

人性苍茫。

1997-10　声华过眼

211

渔　家

芳邻戏称我家为渔家。

殊不知这两架"渔网",是我 2015 年 4 月 30 日摔伤后,架起来作行走时空中抓手的。跌伤后的初期,腹部肌肉大约受伤甚重,根本无法坐也无法站,只能躺在床上。唯一能做的就是人像只桶一样,直条条慢慢滚动。那天去急诊时,医生神色严峻,说,可能脊椎骨出了问题。

我想出问题就出问题。自己这些年来的长进,就是知道了自己的任何一天,都是最好的。平躺着进入可怕的全是仪器的房间里,一阵折腾后,取到了摄片。我向来不要看这种黑白片,它是另一个世界的景象,内心从根部拒斥。先生取后颤颤然送到医生面前。医生细里察看,说,还好,现在看骨头没有问题,但是要再来检查的。

我当时的快乐,从内心深处涌出来。我想我"哪能(怎么)摔得介好(太好)啦?"觉得自己像中了头奖一样满足幸福。

出了医院。女儿陪着我,还有先生。紧要关头,女儿和先生就是我的安全港我的保护伞。医院门口全是人,叫不到车子。女儿让她的同事从家里出来,先生出力搬动,私家车弄我回了家。

我起身做非要做的事情时，就是想要拉着空中的什么东西，身子才能借力移动。否则痛不欲生啊，也着实动不了。二十多天后，我去医院做针灸，不想金针一扎，有血立时飙将出来。小医生惊得连说，你里面的软组织都摔成这样了，金针绝对不能打！

吃饭时只能让身子反扑在床，头肩部移出床沿，五官朝下，饭菜放在下面，艰难进行。我说现在我像只狗一样。老先生说，只要你勿痛，像狗又如何呢？这话可谓至理名言啊。

艰难地进行呀进行。一个多月后，人终于可以拉着东西慢慢地支起身来。但是身子就如当中断了没支撑，要停留一会的话，也就需要天空中有个环把让我拉着，否则就无法竖起来。

好在摔得虽猛，但得法，苦难也成了享受。我是在 3 月 31 日受伤的。养伤期间，正值春天。也正是家中阳台鲜花盛开的四月，心情十分好。又想，伤的也正是时候，可以专门享受春天了。"我们没有了青春 / 但还有春天"这句诗，就是在这个时候冒出来的。

当春天的全盛花期行将结束时，我已可以用手抓着上面的东西，让人站立一会儿。但空中没有东西可供我作移步时的全程依仗。一日忽然灵感袭来，想起月前在越南临回国前，看到小贩手里全是一把把翠绿的线状双环，不知何物。后来知道是吊床，于是喜出望外，马上购得一个，想想再喜欢，又在车动之前，抢购一只。现在我就请先生将两只吊床全部出动，在阳台上挂住天花板的铁钩，一左一右呈两把交叉的倒扇形向下散将开来。构图很美妙，色彩也绚丽。

多年前我到井冈山，曾在山区里购过一副吊床。不过是用好的塑料绳索编的，虽然好用但过于粗糙，和外孙子澄儿不知玩过多少次。一个是井冈山，一个是越南，都是当年激烈的战场，行军露营，吊床是标配，他们也最知道什么样的吊床最好使。不想和平时代，却都成了旅游地的热销产品了。

正挂着的两只越南吊床，制作非常精致。一律是翠绿色的丝线，编得精细牢靠，却只卖人民币 10 元。我们一直开玩笑说，在越南，人民币可当美元花。

吊床挂在阳台顶面两端的铁钩里。我曾在房子装修时，着意略去晾衣裳的线状钢杆，而改成点状铁钩，点比线更简洁。而且点可忽略不见，整个阳台天面，就显得开阔干净。

一两个月来，我都在床上与阳台花园里活动。这个渔网式的架设，也让花园平添了一份雅致的情趣。每天，我可以伸手随意抓住空中的"满天网眼"，在阳台上，从西边的水池到东头的鱼缸，自如行走。来者都说，都以为是你家阳台的装饰品呢！下一句就是问你在哪买的。大有也去弄一副的意向。

是的，一小方格一小方格精细的网眼，成片状在空中散将开来，被网格罩着的花簇绿叶，呈现出别样的深致雅调。吊床与花园里的气场很默契。最是那丝质线条的富贵流丽，人人羡爱。真没想到，越南吊床派上了这个用处，让我一直以来的边缘情结，抵达了极致。

心情好，伤势也恢复得快。过了两三个月，已经不需在空中抓物而可以脱手慢慢走了。但这"渔网"，我却没有撤下，任由其继续美化我的生活。

写这篇文字的心理底色，也是我自己与自己达成的坚定共识。

我的每一天都是最好的。

2015-4-30 摔伤后首日上博　轻启栅门　自怀长城

214

生命的另一种支撑

伴着一夜秋雨，这部纪录文学完成了最后一个字。关于这类体裁，有"报告文学"和"纪实文学"之分，但我们觉得，《高贵的脊梁》这本书，叫"纪录文学"更确切一些。在采写的过程中，"纪录"，似乎更"原生态"，更有生活的"原汁原味"。

市委政法委的宣传处陆处长，是个性情中人。那天他一个激情电话，一下子就燃起了我的写作冲动。年轻的女编辑陈序，因为住在我的隔壁，而激情之火，是很容易蔓延的。

写社工胡美蓉，似乎是冥冥中的注定。早在两年之前上海首届"平安英雄"评出之际，市委政法委宣传处和上海电视台，就请我撰写十位平安英雄的颁奖词。我采访过胡美蓉，聊着聊着，灵感就像警灯一样乱闪。拿警灯形容灵感，我自己也很惊奇，想想大约是这个灵感比较严肃的缘故吧。而"乱闪"，则是乱而已，派得上用场的比较少。不想现在要派用场了，洋洋万言却芳踪难觅。好在陈序从隔壁出场，她的一些想法和行文，常常让我眼睛一亮。

记得我在今年年初，又接到党组织要我完成的紧急任务——撰写第二届十位"平安英雄"的颁奖词时，陈序半夜还替我着急，来电问我，现在写到第几个了。我说还有两个。我已答应天亮之前发出，朗诵演员和演播现场的同志们正等着我。说着说着，不想灵感这辆老马车似乎"嚓嚓嚓"来了，于是，十指在键盘上乱敲，读给陈序听，她说蛮好。放松下来，环顾四周，我不禁好生感慨。想想在十几小时前，我们的平安英雄们，每隔两小时，就有一个英雄与我"面对面"。

我这人天生"多事"，看再多材料都没用，尽管颁奖词只能是一两百字，但也要与英雄"零距离"感受才成。上海那么大，英雄们出自八方，其时颁奖大会通知已发，时间紧得真是可以。我哪怕长了翅膀，也飞不过来。无奈之中，陆处长妙计一策：请十位英雄轮流飞到我的采访本前。想想英雄们的耀眼光芒，曾在这儿闪过，不由让我深感荣幸，寒舍正蓬荜生辉呢。

行文至此，天已大亮。宽大的玻璃窗墙外，曾闪烁在湿漉漉的梧桐叶隙的路灯，不知何时已悄然熄灭。对街的"康硕钢铁"已显现恢宏的气度，而"香梦丽雨"大楼，也露出了她精致的线条。真是非常感谢市委政法委和宝山区政府，为我提供了足够的采写环境的硬件。早在上上下下的采访中，我便有感觉：五星级的社工胡美蓉，一个不平凡的英雄的产生，一定与英雄工作的这块热土，以及热土上的指挥官们的思路密切关联。

胡美蓉，真是一个非常了得的女人。她善待别人也善待自己。在紧张的工作之余，她会要上一杯上好的咖啡，或者在生日那天，她会去巴黎春天，为自己买瓶雅诗兰黛香水。当大自然于人类的大限，落到她跟前，她也从容优雅；即使生命大船屡遭灭顶之灾，她也会用融化在她血液中的那个奥斯特洛夫斯基说的话，一字字挑将出来，做成奇异的材料，活生生地重支生命的风帆，一路挺进。

她豁上命地工作，其实是她在生命垮塌之时，寻求的另一种支撑；也是她善待自己的另类作为。

我在胡美蓉家的客厅大墙上，看到她在获奖时分别与很多大领导的合影；但我深深知道，这仅仅是她扬帆出航时，沿途留下的生命的风景，而绝非是她这一生追求的目标。

这就是胡美蓉的不凡。这就是胡美蓉的非常。一个非常不凡的人，成为时代的楷模和生活中的英雄，在她仅仅是偶然，而在千百万人民心中，却是绝对的必然。

行笔至此，想起第一届平安英雄颁奖盛典时，写给胡美蓉的颁奖词："人活着到底为什么？这个与生俱来的两律背反定律，您为我们作了最精彩的诠释。人生原本是个过程，而幸福却是内心的体验。毋庸讳言，您是不幸的，您自身灾难深重；但是您却用您的不幸，去击碎别人的不幸；您用自身的灾难，去瓦解别人的灾难——诚如鲁迅在《野草》中写到的那个人'悲壮地、决绝地、义无反顾地往前走'去追寻人生的意义。体验过这种精神追求的女人，是高贵的也是美丽的。您以这种凄美而悲壮的形式，绽放你生命的光彩，让世界上所有的人都为之震颤，为你疼痛，并且在肃然中为您骄傲。"

2008-10-5 与陈序合作，文汇出版社

《高贵的脊梁》后记 厚天地之美 达万物之理

关于社工的某些思考

纪录文学《高贵的脊梁》这本书写完了最后一个字。思想的齿轮

却没有因此而停下，隆隆运转让我夜不能寐。这本书是写了一个社区帮教的优秀社工，她专门从事对刑释人员的安置关注等事务。

社会在变革，时代在转型。而随命运颠簸，置身于生活板块夹缝的这类人群，有很大的一部分，事实成了生活在社会最底层的人。他们永远会存在，一代又一代。只不过随着当"学校越造越多，监狱越造越少"时，出现数量上的良性变化而已。反之亦然。有关书中主角李老大生存状态的写真，只是生活里这一灰暗层面中的一例个案。

永远反复又反复，折腾再折腾；在反复中有所醒悟，又在折腾中回到起点。他们精力旺盛，时间充沛，要将这两者都打发掉，除了一些能自律、能平衡或只向自身寻找出路者之外，更多的也许只有到他们生命能量渐渐耗尽时，才会平复。换言之，到"搞"不动为止。

在"搞得动"时，他们这些旺盛的精力和太多的时间，总要寻找宣泄口，或扬言"今朝烧某政府"，或"明天卷铺盖睡到某地"，或放风自己"要杀人、要绑架"等，社会任何一处都会成为这些"东西"的出口，而任"出口"一旦形成，就是祸害，就是社会的不稳定。

如何从源头上清除？社工应运而生。社工就是这些"东西"的附生物，把其粘住、粘"死"。如"粘"得好好的，大家开开心心；如"粘"得不很好，那么就陪着一直粘下去，"粘住"就是社工的天职。

有社工应对，社会也就相对稳定。换个角度也可以这样说：整个社会犹如一架部件复杂的庞大机器，在隆隆运转的过程中，难免会引起旋流风尘而产生飞屑碎粒；其中有的溅到阳光下而有幸被回炉，之后重新融入正常生活轨道；有些（大部分）则永远一个来回又一个来回，无可奈何地滞留在生活灰色缝隙中无能自拔，也无法自拔；也有极个别的"硬粒子"，因为社会监管缺位，没有及时将其剔出，则偶有可能嵌入机器运转的齿轮间，将这只轮子活生生轧坏。当下发生的闸北警方被袭案，便是一例。

正是这一灰色的、充满变数的、但又是客观存在的人群，催生了当前"社工"这一崭新职业。英雄胡美蓉，就是当代社工的佼佼者。

社工与他们的工作对象，就性质而言，注定是一对正负极。需要强调的是社工首先发力，两极便相互牢牢吸住，有意无意间，就成了社会安全的"防漏电装置"。也可以这样说：社工就像生活中必不可少的粘胶带，吸附着一时难以清理的垃圾尘屑，以至飞蝇扑蛾等，清理着生活的环境。这样，车轮就会顺当地转动向前。"吸附力超强的粘胶带"挂在错层错位的生活板块之间，不断在吸附那些遭受生存危机，或情绪无法自控或精神萎靡灰暗、情感严重残缺之人的"飘浮物"。

然后，粘上之后，与他们一个回合又一个回合，就其精神状态而言，像国手单打对决时拉开的架势，就其手法而言，如深山伐木工，一下又一下的"拉锯战"：反正，社工得以与对方同等的精力，与之抗衡、对峙或者整个儿就是一种"粘胶"。粘成一团的东西，即使滚来滚去，或上蹿下跳，都不会构成危险；反言之，如果要这类危险不发生，则社工就要存在。

如果社工智慧、竭诚及亲和力强，在来回往复中掌握节奏分寸，社工的对方们就处在相对波幅较小的范围内，至进入社会正常运行的轨道。如果社工的事业心不强，也只是混混之辈，那么两者的"粘附"若即若离，某个区域内的事态发展变数较大。总之，有社工在工作，总比没有要好。

2009-10-9 电脑手机联网成功

一旦你知道，就永远知道了

记得雁翼老谆谆教诲

翻看文学报，不想竟看到雁翼老师走了的消息。他走了。永远走了。心中那份感觉，凉凉地没着没落，停在半空，想了很多很多。我能有今天的觉悟，他教会了我很多。一直记得他对我说的话：人在一天中有无数感触和念头，这个事每人都一样；但你每天记下来，时间长了就与其他的人不一样了。

这真是成功的秘诀。灵感的百分之九十九是汗水，就是书山有路勤为径。就是不懈地劳作再劳作。感谢命运在紧要关头，让我遇见上了他。是他的谆谆教诲，成就了我的今天。进书房去翻那些"老古旧"，也即当年他写给我的那些书信。这些二十多年前的雁老的墨迹，又让我回到当年。在无路可走时寻找着了路。人，就是这样子走过来的。

前些天还在看台湾涂静怡编的诗刊《秋水》，读文字，觉得似是雁老手笔，再看封二，果然。熟悉的笔迹。熟悉的风格。那首诗雁老在上海时，我曾经有幸读过，亦听着雁老读与我听过。那浓重的四川口音，让诗有了另外的一种韵味。但是，我在《秋水》杂志上看到他的明显老态的照片，已经没有了当年闪光的神采。细着查找日期，不想那时他已作古。

在一封他给我的信中有这样一句："我希望我在离开这个世界前的一天，还有作品出来。"果真。顿时心中感慨万千。

感激雁老，曾给了我诗的信心和诗的激情。特别是"天天写，不要停"，话虽简单，要做到却并非易事。我应诺过，由此我曾给自己定下律条：哪怕今天头昏、今天有客人来、今天女儿生病发烧、今天有件事让我生气、今天这个那个的什么事等，即使有100条非常强硬的理由可以不写，但是我一定也要寻出第101条理由，写！

我就像抓叛徒抓敌人一样，绝对不能放它，这个"它"就是我自己。

雁老，我没有停，我写到今天，只是我没有拿出去发表。你说过的，发表不发表并不重要，重要的是文字能打理自己拯救自己。记得徐迟老也曾对我这样说过："你不要怕不出名，要怕出名后没有好作品出来。"说的都是至理名言呐，这几十年来，都已在我心中生根、发芽、开花、结果了。所以，我写着就心安、就踏实。当下世界，都强调让万物回归初始。政治上也提倡"初心不改"。那我觉得，您老说的就是让写作回归写作，此话最本初意思，就是写好了就完事的那种。至于发表与否，那是社会的事。发表很好，不发表也很好。雁老，我现在就是这个样子。得灵魂大自大在啊，仿佛一直在完成自己的路上，不紧不慢地走着。这个状态真好。您在天之灵一定知道。

雁翼老，安息。

2009-10-3 冷空气南下

诗是非实用性的。她的无价值，就是她的光芒

寂寞警魂

用这个题目，似乎更能通达袁则武这个 28 岁的巡警小伙子的内心世界。他的外表太平常了，精瘦细长的个子，毛糙的头发，方方的脸盘，眼睛也不是原先听到他事迹时想象中的那么"火眼金睛"。"江苏来的小伙子"，则是他的领导在向记者介绍时对他的亲切用语。

他的便服短袖衬衫一定没有他的制服宽大，袖口下露出的那一截皮肤上下"色差"极大。可以想见烈日风雨，对于他是多么寻常。

在寻常的烈日风雨中巡查，虽说街头大到杀人放火，小到随地吐痰的事，都是一个巡警执勤的范围，但是乾坤朗朗，胆敢"登峰造极"的作恶者，毕竟不是每一个警察保证都能碰上的。

闸北巡警一中的队长说得好，在公安局，对着歹徒的刀枪敢于冲过去的人有成百上千；但是对于每天街头发生的"毛毛"小事，能天天都做得那么好的，或许就他一个。

事情就这样简简单单起的头：他每天在外来人口高密度的集散地上海新客站一带值勤。每每见有人生事，袁则武总是上去"先敬礼、再说理、后处理"。日子过得井然有序，太平无事。

可是有一天发生的事，让袁则武汗颜了。朝他奔来报案的人，是那样气急败坏却又满怀着希望：警察，我助动车放在那里，为什么才一会儿工夫就不见了……接着又有人哀怨愤慨地向他求助：警察，我的一辆自行车又被偷了！才买的，刚停在这里……

面对求助者焦灼的目光，堂堂巡警能说"不"吗?！他突然感到心里有了重重的责任和沉沉的亏欠；责任是对窃贼的打击，而亏欠则是对失主的歉意。

世界上总是冤家路窄。车贼从此碰上了克星。

袁则武细细巡查之下，发现收、销赃车的黑市场就在附近一带，每日暗下交易多时竟达几十辆。

一次，小袁见一个外地粗汉骑着一辆崭新的捷安特女车，警惕之中他上去一问，车贼心虚得弃车而逃；某日有个穿着破烂的外乡人骑着辆小号山地车，他上前拦下盘问，果然此车来路不明；更有见到巡警神色慌张，车子高度明显与骑车人不合者等等，袁则武一"上去"大多都能"十拿十稳"……日积月累，袁则武便练出了一手"绝活"。

近年，报上有消息说："1996年7月的一天上午，虹口区某机关的张某，接到巡警袁则武的电话，叫他去领被窃的车。张正纳闷，可下楼一看，自行车果真不翼而飞，才恍然大悟"；"1997年9月7日，家住瑞金二路的蒋女士一辆价值一万多元的霸伏被窃，心痛不已。半个月后，袁则武出现在她家门口，通知她去领车，令她感动不已"；"1997年11月5日，为查一名失主下落，袁则武骑自行车到蒙自路某号，但无人居住，他从门缝塞进留言及专为此类事自费购置的ＢＰ机机号。没料归途中的大雨使骑了两个多小时的他大病了一场。病愈后他仍不得信息，于是他再赶到当地派出所查户口资料，硬是从中得悉蛛丝马迹，终于寻到了失主"……这类"车找人"的新闻，经常发生。

袁则武把所有的休息时间都用上去了，最顺当的一个至少也要打五个电话，疑难的就不计其数了。一些一时难以落实的，他便骑车到非机动车所、派出所、失主单位寻找线索。四年来，远在西南角的真建新村、森林公园附近上海金融专科学校、虹桥路等，上海的大街小巷里都留下了他寻找失主的足迹，发还失窃车已达四五百辆。他的上司说他寻到了一人，好比吃着了一块肉那样兴奋，此话不过。从上海东西南北雪片儿飞来的感谢信、感谢电包括烙上滚烫心声的锦旗，都还了小袁从小就想穿军装当警察的心愿。

这些太具体、太麻烦、太琐碎、太不起眼的小事儿，"一星二杠"的巡警袁则武忘我地用了他精力的全部。这一大群绵延不断的小小事儿被他用一个唤作"挑战"的意思贯穿着，成就了一番功业。

挑战，带着一种男儿的血气和对平庸不甘的冲动。它会穿透日常与烦琐，铸成一份高贵的深刻，慰藉平凡岁月中寂寞的警魂。我们的袁则武是一不小心给挑战上了，更是一不小心又铸成了辉煌。其实"一不小心"就是忘我状态，入此境界者就是有了造化。

编辑此文时感慨万千。发达的科技，悄然一笔早就抹去了盛极一时的"窃风"。

当下，遍布全市的"共享单车"满地开花，这一便民举措是文明进程的诗意栖居，更为我们生活过的时代铸就的历史符号。而当年的袁则武们呢，想必早就改弦更张，相信他也会甘于寂寞，在电子数字的海洋里默默冲浪吧。

1997-8 天亮前完稿　2022-8-9 重读微调　雨中荷叶终不湿

枯叶自远方来

友人从遥远的新疆，带回一包"枯叶"送给老妈。她说，这东西只要放一片，就能泡上一杯茶，还能降血脂降血压什么的。挺神奇。

妈妈离开我家时对我说，这个娇贵的东西就留你用吧。我知道老妈对新鲜的东西，向来不感兴趣，但珍视；所以就给了她眼中最珍视的我。我用一片泡过一次，没有什么感觉。那时正值严冬，比起正在享用的功夫茶铁观音来，它前途茫然。

于是搁在一边，收拾东西时老觉得碍事，扔了可惜，但我又动员得了谁喝呢？搁在一个重新启用的铁盒子里。转眼到了今天，铄石流金，天热得让人直冒蒸气。历年来都饮用的盐汽水，今年觉得不对胃，又买回了很流行的"酸梅膏"，兑着冲冰水吃，口味倒还蛮纯的，又因其味甜，弄得我胃酸，受不了。泡功夫茶铁观音也不合时宜。至于外面流行得疯了的可口可乐、雪碧之类，我统统嗤之以鼻。各类绿茶龙井、碧螺春、毛峰、绿剑之类，从明前的新茶，享用到今朝，也已是口味疲劳，轮着泡也让人兴趣寡然。

今天在家做事。案头一派"纸头"。想起当年婆婆在世时，一天，她老人家一定是惑得不成时忍不住地问我：你一天到晚弄来弄去全是纸头，咋不会厌呢。我一时语塞，纸头里的花样经，岂能三言两语对老太太讲清呢。

之后的年代里，我把纸头弄着弄着时，竟也会惑惑。

天翻地覆，沧海桑田，而今别说老人，就连老人的儿子，也已作古了。更是纸头的时代一去不返，早在十多年前，我用"击键"取代了"笔耕"。因为又渴，再续起今天主题——

手头是一杯"清水"。清纯得没有一点杂质。唯一种全透明的褐黄，杯底两片枯叶肆意汪洋地舒展着，把个法国弓箭牌子的普通玻璃杯，渲染得水晶晶地高贵起来。它就是我用淡忘已久的"枯叶"泡的。已是续水第五杯了，仍有股淡淡的木质清香，初泡时那味儿像我在丽江受推销时买回的绞股蓝，但味儿比它好，没有那种似刻意的甜，一口下喉，最是那份发自木质深处的醇厚清香，仿佛让人潜入远古森林，混进了原生态。

不知为什么，盛夏时节，这"枯叶"，让人一改严冬时的口感。

忽然，我心血来潮，将两枚"枯叶"泡入净水置于冰箱之中。我想当我从外面归来，用其解渴消暑，应当是何其好也。

只可惜那包"枯叶"充其量才几十片之多。形状普通之极，颜色一如想象，但它已是前途无量了哟。

我不知道它叫什么名字。我喜欢它没有包装，像当下微信中的裸文。也如我当年去过的新疆，那份纯粹本真，我享用到了。

2007-8-26 匆记 2021-4-13 整理　打扫精神庭园

裘式诗屋

"当时在报栏里，读到您诗歌里写到的痛苦，让我一惊，原来大家都有过痛苦。"

在微信里忽然收到诗友裘新民的这段话。

这是他品读拙作四十多年后，我听到的悠远回响。

读他微信，我为他的"一惊"而一惊。之后心生感动。

我想，在他生活的目录中，看到有人"与自己有相同的题目"时，即使是再深重的痛苦，也会减级消解；认同凡是人生，原本都会有相类似的感受。

诗与他人沟通，通的不是日常庸碎，而是内心深处自己尚未发现的自己。

更是他在微信结尾时说，"我十几岁的时候，在江宁路长寿路西北转角的宣传栏里见到过您大名啦。"

这话，于今，便是一种"情景再造"的欣喜美好；于我，仿佛老屋修葺一新后的惊喜美妙。

看他叙述的细节历历在目，连转角的方向都能详尽道来，只能说明当时印象之深。

那些年里，通讯远不是今天电子时代的模式。形形色色宣传报栏，遍布全国城镇乡村、街道居委乃至楼门。每天的《人民日报》《解放日报》《文汇报》都分正反两面，在宣传栏玻璃橱窗中天天更新张挂。而属于饭后茶余的《新民晚报》，当时"讲政治"，没挂。

那时报刊兴在作者名头下写上作者所在单位名称。我每有拙作发表后，总能收到全国各地的读者来信；不是偶然的一封两封，而是常常好多封。也有如"解放日报""文汇报""上海人民出版社""每周广播电视报"等辗转寄到我手的。有的读者甚至直接打长途电话给我，除了赞赏就是表示取经学习之类。记得当时在纺织厂三丈车弄巡回时，工长总是来叫我去办公室听电话。

电话是读者们从单位打来的。全国人民对"拥有私家电话"只是空中梦想。然而，当时社会良好的文化环境，全民读书写字的气氛是何等浓烈。年前我偶在新浪博客上知一事：大意是某地有群青年人，争论我诗《雨隙》（拙集《梦乡的小站》第 102 页）中一句诗的真实含意。

几番口舌下来，意见不统一。最后大家决定写信问我作者……"正如大家所料，信发出后石沉大海"，他们的这句话，我当时看了，心一沉，颇内疚不安。曾为此做博客，只是眼下博客"散架"进不去。否则我能贴上原文。

所以裘新民式的回忆，那年头还真是不少的。他们也如裘新民会说出当时场景、报栏地址方位什么的。即使记不清诗题，却一定会记得我名字。

而今，这座裘式回忆诗屋，已然成为纸上历史。时代已经轰轰隆隆翻过了这座山坡。然而一代人的阅读历史，却是这样弥足珍贵。

成为历史的诗事，过眼在我，也是一份内在的生命华彩。

感谢诗友裘新民。感谢如裘新民式的众多读者朋友们。

2022-9-25　网住思想小鱼

住苏州岱湖山庄

密友相邀，年前与泽敏、秋韵等在苏州岱湖山庄小住。太湖第一古村落，就在这儿附近，据说那有惠和堂、宝俭堂。只是没有去过，光听堂名，也就局限在纸面文字想象中。一当身临其境，感觉却有惊到之叹。

小小苏州，内在的蕴藏是这样丰茂啊！

去苏州东山的陆巷古村，目标是梦园。南宋左拯、户部尚书、大文学家叶梦得故居，也即后称的宝俭堂。一路上没有波澜。左边小河流水潺潺，右边村宅鳞次栉比。20世纪的今天，我们在江南水乡的小路上走着，如同在上海周边任何古镇上走着一样。

刚穿过现代的流风，忽然就踏上了古意弥漫的门洞，眼前忽然就苔藓远年附光，野藤攀附入墙。目光一时愣住，我要让感觉慢慢转过身来，接受眼前古今横越的场景。

咫尺天涯的意思在此可以倒过来用，叫天涯咫尺。意思是一门内外两重天，内里是千年风雨的小园林，林木的年岁围头已经出离园林本身；古远的气息对接门外的21世纪风情，是不是时空之遥，竟就一门内外呢?

这个小如手掌的"江南园林",如一枚古代"钉子户"。一旦生成,便从此铆钉钻脚千年永恒,不可挪移。说"钉子户",用的是世俗之言,着意指拒绝被后起者更新之意。

沿街明明是寻常的巷弄、是窄小的木门。即使到达目标后,我们对眼前木门及脚下似乎历经年代的青石台阶,也并没存什么奢望。青石台阶窄窄的,至多容一人走,台阶也只小小二级,门楣低调得几乎可以忽略它存在。

不想,当我们踏过台阶步入木门之后,眼前却立马呈现了另番天地气场,太出人意料啊,真是惊心动魄。但见洞天幽深,一树参天,古藤缠梦,湖石斑驳。活脱脱的穿越啊,硬是近十个世纪的日月,一步而过。

而今事过境迁,那场在岱湖时到苏州东山的闲逛溜达,梦园里那亭阁轩庭,山石花木,假山曲桥,却一直留在心中。总觉得"梦园"这名现在太多了,太多就显得稀松。许是以词人叶梦得旧居而得名的吧。刚刚还去翻看了比苏东坡小40岁的叶梦得的词,见到"老去情怀,犹作天涯想"一句,不禁让我有"今月曾经照古人"之感。虽过千年,人的深心里感悟却还是一样的。

我还是喜欢它原来的名字。只是这个梦园,在我早先的想象中,完全没有眼见时的实沉与厚重。那么中规中矩的江南微型小园林以至轩榭廊舫,在方寸之地,竟如此得心应手,舒展自如地展将开来。

千年一刻!难得。亦是我人生见闻之一笔。

2021-9-28　雅人深致另辟一境

腾飞的野马浜

有个地方叫"野马浜",在上海的佘山北麓,但我遍寻地图路牌而不得,却知道了传说中的野马浜,已成了气势恢弘、活力四射、环境优美的高等学府"上海政法学院"。

置身于学院的新楼雅舍,在满目胜景中翻读记录学院 25 年来成长发展的院报,倾听校园里的领导和师生畅谈对学院近年来的改革所发生巨大变化的感受,特别是忆及有关"面对严峻课题,如何第二次创业""改革为什么是学院发展的生命线""如何力争再次实现跨越式发展""擘画学院发展蓝图"等这些话题之时,记者只觉得有股热浪迎面扑来,让人感受到上政腾飞时的那种战旗猎猎、骏马奋蹄的拼搏精神。有熟知上政发展史的资深人士告诉记者,上海政法学院正步入一个全盛的黄金期。

25 年,四分之一的世纪。上海政法学院在野马浜这块热土上创造了奇迹。

"上海已有华政,如果我们没有自己的特色,那么上政有什么理由存在?"

上海政法学院的党委书记、院长在一次全院大会上如是说。这也是在 2004 年学院"申本"成功后，上政人对自己的诘问。

毋庸讳言，学院领导抓住了时代变革之际难得的大好机遇，主动迎战；以与时俱进的先觉，以审时度势的智慧，高瞻远瞩地为学院再度展翅腾飞，寻得了属于自己的广阔深远的蓝天。

院党委书记刘江江在学院大会上讲到师德修养时，曾经说过这么一段话：

"三千年前，有哲人说过，头脑不是被填充的容器，而是需要被点燃的火把；牛津大学有一句话，老师要在学生面前喷焰，直到把学生心头的火把点燃。那么由谁来开发学生的潜能，点燃每一个学生灵魂中的火种呢？不是别人，就是在座的我们每一位老师。作为一名大学教师，只有敬业才能成就事业，只有尽责才能赢得尊严。"

这些掷地有声的话，让工作在野马浜这块土地上的教师们（注意，他们平均年龄 37.7 岁，当属成熟而且还青春），已感觉到把自己的青春和生命，倾注在这份事业中的意义和快乐，同时也领略了野马浜不同凡响的魅力。

为什么上政的人，有如此强烈的使命感、责任感和紧迫感呢？这要说起 25 年前，上政的创始人、第一任院长李庸夫了。

1984 年 1 月。眼下这所占地 1078 亩、颇具气度的现代高等院校，还是一片原野。当时有个统计数据：1984 年，上海司法行政系统，受过系统法律专业培训的人仅占 4.7%。在那改革大潮汹涌澎湃又值百废待兴的年头，干部的业务素质与当时面临的繁重、复杂的任务极不适应。怎么办？

时任市司法局党委书记、局长李庸夫同志，急当务之急，以执政党人时不我待的无畏担当，在青东农场部分用地上几经踏勘，圈出200余亩破土动工，带领创业者们力排众议，勇开先河。没有资金、没有师资，只有一条土路几间陋屋，但是第一代创业者们"没有伸手向上要"，李院长组织班子四处筹措，八方奔波；并求贤若渴绞尽脑汁地从全国各地寻觅招募。为了尽快共克时艰，决定当年动工当年开学，近一甲子高龄的老院长率领班子驻扎工地，风餐露宿，日夜奋战。那段创业往事，谁说起来都是可歌可泣。

1984年11月，"上海市政法管理干部学院"，终于在重重困难中应运而生。学院在最先十年间走过上海法律专科学校、上海法律高等专科学校的发展阶段，到了1993年，成立上海大学法学院。五年前的2004年9月，经上海市人民政府批准，成为独立设置的本科院校。

抚今忆昔，万千感慨。李庸夫院长逝世九年后，上政人将新落成的信息大楼命名为——庸夫楼。2006年9月23日，时任市委副书记刘云耕，来院为敬落在庸夫楼天庭正前的李庸夫院长的塑像揭幕，并亲自为庸夫楼题写楼名。自此，老院长聚神凝眸在眼前来来往往的后生学子，当应笑慰天堂。

学院的发展，承载了太多的老一代创业者的责任和血汗，令后来者丝毫不敢懈怠。

2001年10月31日，是一个值得上政人牢牢铭记的日子，时任市委副书记刘云耕同志亲临学院视察。云耕同志的讲话高屋建瓴，立意深远，催人奋进。恰如春风化雨，尘霾散尽，还在为学院未来发展困惑和苦苦思索的学院人对自身的定位有了明晰的辨认。自此，学院吹响了"第二次创业"的号角，拉开了寻求更高发展目标的创业帷幕。面对新的机遇，全院上下振奋精神，团结奋进，劲往一处使，汗往一处流。在"申本"的日月里，无以计数感人的事例，在学院传颂。终于，"申本"成功了！上政人为之欢呼雀跃，奔走相告；只有历经过付出的艰辛，才会感受到成功的甘美。

上海政法学院实现了历史性的大跨越，一座发展中的奠基石已经牢牢扎下了根！回首走过的二十五度春夏秋冬，上海政法学院在佘山脚下野马浜这片创业的热土上，生根、发芽、开花、结果：学院在适应社会需求之中培育特色，在培育特色的过程中形成优势。经过不懈努力，特色鲜明的法学主干学科体系已经初步形成。在发挥行业优势的同时，其他专业的支撑学科体系不断完善，符合社会需求、内涵交叉的新专业脱颖而出。

"大学者，囊括大典，网罗众家之学府也。"近年来，学院广罗名师，广揽人才，师资队伍人才汇集。

二十五年花开花谢，学院河边那片特别高耸的樟树林，可以作证：当年创业者们用六毛一棵买回的樟树苗，而今已蔚为壮观。有道是"密林多直木"，当年密插的小樟苗只有拼命向上长，才能争得一席生存空间。当不负"花园学府"盛名的学院新一轮建设完成之际，从"密林"中移植过来的"直木"，就光荣地担当了礼仪八方的行道大树，意味深长地成了上政一道独特的风景。

这片樟树林，活脱一个上政寓言。

在一轮轮高等教育激烈竞争的21世纪之初，上政不断提升教育质量，不断加强优良学风建设，并且切中社会需求的要脉——"面向政法战线、面向市场经济、面向社会基层"，人才培养定位在具有创新精神的复合型和应用型上。都说上政毕业的学子，如一句诗曰："岸上作得栋梁，水下胜得橹桨。"

我手头有组数字很能说明问题。上政这些年来的开拓创新，站在历史的高度和战略的高度，再次实现了跨越式的发展，已经如那片百尺竿头更进一步的樟树林，赢得了可持续发展的生存空间。

望着上政这片风姿独特的樟树林，总让人想到一句话："前人栽树，后人乘凉"；然而在"乘凉"中的上政，并没有停下奋勇向前的脚步。

当今的上政，薪火传承，继往开来；几乎是复制了最初创业者的高尚情操理念：在时代变革社会深层的利益板块发生游移、冲撞，以至颠覆而困难重重时，书记、院长、教职员工们都如前辈那样"没有伸手向上要"。而是立足现实，向自己索取；而是开拓创新，向改革索取。艰苦奋斗，自强不息，这是野马浜人的魂魄和胆略，这是野马浜人独有的创业精神！

是的，野马浜的"野"，是一种豪气，"马"，是一种精神，而"浜"，则是一种恰到好处的蓄容，一种正确的把握，一种从容优雅的气度。像上政这些年来的一句口号："服从上海发展大局，建设一流法学院校"——担当、大气、平实、自信。

前进中正在腾飞的上海政法学院，一如从承继远古奔腾之声的野马浜里横空出世的一匹黑马，在华夏法学界高教领域，奋蹄扬鬃！

2009-10《文汇报》发表　收录有删节

受时任上海政法学院党委书记

刘江江代表学院党委来电邀约撰写

电视票

电视有种魔力，只要我家的孙辈小小易打开电视机，就再也无法挪动小屁股，从幼儿园一回家就看，当中除了吃饭，几乎要看到夜里睡觉时，还恋恋不舍。

家中很着急呵。电视一看，几乎"六亲不认"，什么都听不进，什么玩儿都没兴趣。都愁他眼睛看坏怎么办。

大约在两个星期前，易子澄有了"电视票"。从此来了个180度的大逆转。

爸爸对他说，小小易你看看电视吧。他乜斜着对爸说，你想骗我电视票吧。

与计划经济时代一样，这票是限量的。每天一张，且定时半小时。如果做了好事，在特定情况下听话，可以奖励看15分钟电视，也就是两次相当于一天的看电视量。如果做了坏事，就要扣电视票。

规矩是老易定的，小小易想也没想就接受了，并打心眼里欢喜。他小心翼翼收存好，放在一个新的做工讲究的布袋里，再藏在抽斗中，且秘不示人。好几次我想看一看他的电视票长什么样，他就是标志性地不吭声。直到上星期的某个晚上，他才同意让我们一看，且强调不出借的。

我就抓紧时间仔细欣赏了一下。票子制作总监当是他老爸无疑，堪称精到。硬面、有光、彩色，每张还印有小小易不同时代的照片。右下角还有宣传语"少看电视多休息"。这个，小小易就不深究了。他欢喜都欢喜不过来，至于一些票面设计小细节，他觉得越这样就越正规。

想必到了某天，他肯定会知道个中奥妙。就像当年随便发现什么"奇怪的"事情时，我对他都可以扯上"一定是白鹭呀乌龟呀大雁呀什么动物捣的鬼"一样。

他娘心急，前些天，就听见她在客厅里说到电视票时对儿子坦言：这是为了让你少看电视，多休息呀。

急得我心中直嘀咕，小小易妈，你不要讲呀，他若识破原委，再是任谁都拉不回的呢。好在小小易没在意。他是一门心思沉浸在"电视票"的拥有感中。或许这是人生中获得的第一次"拥有"，高于物质的带点精神的拥有。

一天，老易对小小易说，如果你今天早上在8点钟前，喝完牛奶、吃好炖蛋、再拉好大便的话，我奖励你一张电视票。一张啊，相当于做了两件好事才能得到的奖励啊！把个小小易震惊得一脸严肃。继而欣喜不已，接着又满怀着期待。人生第一次面临新局面。

结果7点55分之前，一切搞定。当然搞定之后，小小易马上伸出小手，向爸索要那张重要的票子。老子当然从不食言，即刻兑现。也许是从来说到做到，所以在儿子心目中很有威信。

这就是良好的成长环境。严父慈母。

记得刚执行这项政策后的某一天，下午他不想睡午觉。妈妈就说，那根据规定，要扣一天的电视票的呢。

小小易想了想，便从小布袋里取了一张，交给了妈妈，然后便心安理得地玩了。

这个时候，小小易便再也不是当年的小小易了。他仿佛突然长大，突然觉得自己有权决定并支配一些事情了。再不像以前，下午一定要听命睡觉，不睡是不成的：先是妈妈训话。他妈妈可是个淑女型的人，为了儿子，却常常难为她拔直喉咙直嚷嚷；再是爸爸到场，对儿子严肃地说"我们两个男人到里面去谈谈"。

小小易他最怕的事情就是老爸这着棋。他在前，老爸在后。两人同时进到一间房间后，再关紧门……

曾经有次，也是在小小易遭遇"到里面谈谈"事件之后，他到我房间里对我讲了一件事：

"外婆外婆，爸爸打我，爸爸打我屁股，先打那半，再打这半。外婆你晓得哦，爸爸打好后，又把打过的那两半，再重新打一遍哦!？"在小小易的思路中，两片屁股打完就算这次"谈完"了。很清爽的事情。他没想到打屁股可以重复，这让他十分意外。所以在对我的讲述中，惊讶大于疼痛。

言归正传。他不肯睡时，他的父母大人都不在，临到我出场了，我只能"智取"或者说"智斗"。用孙道临唐诗朗诵作催眠，放苏小明的《军港的夜》，还有葫芦丝演奏的《我是一只小小鸟》等等陪着他入睡，为此，我的桌面上多了一项"囡喜的歌"。此举早时如前年去年的暑期间很见效，听着听着他就睡着了。今年他有点悟穿的样子，有一次居然拼命摇醒我并对我说，外婆，你讲好的，睡得着也睡，睡不着也睡。反正到 4 点钟就可以起床，现在你睡着了，4 点钟到了你也不管……

现在的小小易，从拥有电视票开始，就开始学着思考了。他甘愿豁出"半小时"，换取自由身。

但他很快就后悔了。这不，已十多天过去，他再也没有以电视票为筹码换取什么不睡觉之类的交易了。因为他老爸在电视票后面，还拖着个激励机制。那就是：当电视票积累到一定数量，可以买玩具。一张半小时电视票值人民币五元。

老易每到周六就给儿子发七张。儿子舍不得用，这两周来，几乎一张也没有用过。开头几天，从幼儿园回家后，还交出一张，然后打开电视看半小时，到点后非常自觉地关机，再是出门找活儿干。只是清洁工小王阿姨忙一点，那些经久不用的玩具，整个呼隆隆倾斜而下，满地都是。

现在，他整个就像家中没有电视机一样，正人君子般，对电视机目不斜视。从幼儿园回家后，不是下棋就是玩画，再就是找着两个老同志跟他做体操，不断纠正动作，累得两个老同志前仰后翻。

现在，他觉得自己获有自由。即使是睡觉、即使不看电视，完全都是他自由意志的体现。

及至昨夜，我们回家后，他拉着我们到他的房间看贴在墙上的一张纸头。我们凑近一看："易子澄电视票还款计划"。上面已有近一半打过钩了。后面还有将近一半的格子空着。

原来是……易子澄在网上看中了一款玩具，要 500 多元。易子澄口袋中仅有价值 200 来元的电视票，还欠一大半。

妈妈对他讲，你可以贷款，也就是父母可以先为他买，但是欠下的账，是要他自己还的。还告诉小小易，还的时候，还要多一点，叫利息。小小易同意了。

他只是觉得新鲜、自由，有支配权。

昨天，玩具已经快递到家，只是打开后，发觉竟是二手，且坏，眼下正在途中退货重新换。淑女妈告诉我说，小小易一点也不吵，眼看心爱的东西退出家门，他很有耐心等待着新货。要知道，这500多元的玩具，他要好几个月一天也不看电视后才能攒下的。也是一种劳动所得吧，小小易很珍惜呵。

现在小小易和他的淑女妈、老爸带着帐篷、垫子和小板凳到公园去了。从我家的北阳台，我大约可以看到他们搭的帐篷顶。

世界上的人都说，"成长的烦恼"，而到了小小易身上，发觉他一点也不烦恼，有的只是快乐。而且整个人"吱溜溜"一下子高速成长着，包括社会意志和自己思想。

2011-3-27 *成为自己的光*

普拉多美术馆前的激情

西班牙的一个早晨。2015年11月4日。我们旅行的第十四天。

进普拉多美术博物馆是要提前排队预约的。当我们团队走到美术馆正门前时，遇到一大群十岁出头的小朋友，在门前等候。

我微笑着走向他们。在国外，我看见小孩子，总是如看见大自然中最清澈的溪水一样，未饮先醉心头醺醺然。

不由自主，我微笑着"哈啰"着，却已经站在这群小友的中心了。他们一身校服，暗红兼黑白方格，举止仪态得当。忽然有个小朋友，向我用生硬的中文大声说："你好！"接着其他小朋友也异口同声欢叫："你好！"

我一时有点激动，便也对着小朋友们说："你好！你好！"

我这时发现，小朋友群最右侧站着一位女老师，她正是这场欢乐的指挥者。一股暖意忽上心头。觉得自己祖国现在强大了，人家的眼光也就不一样了！

生硬的"你好"，正是来自老师的即兴授意。我忽然觉得应该让国外的小朋友们，知道中国更多一些，知道"你好"这词，出自何方？

让他们知道中国，让他们知道上海。

于是，我在小人群里又大声说："中国！"三五个小朋友也跟着我道："中国！"

我又说："中国！"这下，成群的小朋友大声跟了上来：一片"中国"！并且有小朋友手舞足蹈起来。

说时迟，那时快。随着欢叫声"中国！中国！""中国！中国！""呼"地一下几十个小朋友围我而来。我见大家跟上了，又说："上海！"大家又跟上，很标准地高喊："上海！"

我豪情领呼："中国！上海！OK！""中国！上海！OK！"普拉多美术馆前立时上演激情一幕。

"中国！上海！OK！""中国！上海！OK！""OK！OK！"

四周的游客"唰"地一下成排过来，被眼前情景所吸引，立时举起相机手机，"嚓嚓嚓"不断。其情其景，成了美术馆前一道气势澎湃的壮观风景。

我们加入外国籍的华人导游，场面一定也让他始料未及。他回神看着自己团队兴起的这热闹景象，惊诧于这两三分钟内爆发的人气高潮。于是他不再如"工作"时前呼后叫地催人"快！快走！快快走！！"了，而是咧着嘴，傻傻地站在那。看得出，有什么东西在他心头一亮。

作为中国人，作为长江黄河的子孙，总是有掩不住的一份乡情在心里。

一时间，普拉多美术馆前，呼声雷动激情万丈。有几个小朋友受场景感染，已拉开了阵仗，忽然就来了大动作，伸腿展臂，竭尽夸张。

那是一种发自内心的愉悦，如断岩前瀑布在哗哗激荡。

同团的朋友们，不由一个个也进入状态，架起手机纷纷照相，对着即兴形成的大场面，或左、或右、或上、或下，横拍、竖拍地拍个没完。

我呼叫着团友们，请他们也进入我们这激情大圈。

于是，有好多中国大朋友和外国小朋友，在仅次于巴黎卢浮宫的西班牙普拉多美术馆前，就这样地纵情尽性，这样地激情欢乐，这样地豪气放怀了。

有团友向我暗暗竖起了大拇指。

有团友说，你怎么像外国小朋友们的老熟人一样？我想说，你我在中国，都是十三亿分之一。出了国门，你我就是十三亿分之十三亿，整一个中国的代表了。大家自我感觉优良！这叫中国强大了，中国人出去脸上有光了呢。

整理此文时，翻看当时拍的照片，几十个西班牙小朋友那热情的笑脸，特别是最前面那个穿白衣的小男孩。大约是热了，脱下的外套挽在臂弯里，他一脚前伸，身子后倾，嘴巴张得老大，那投入夸张的神态，不禁让我今天也情思万里。

2015-10-29　品话梅　思接千载　视通万里

神秘印度行

神秘印度之行。惊险、奇遇、神助、疑窦、绝望、意外……谜一样跟随着我。

三言两语说不清的事，我不说也罢。即使偶然说起，也零星碎落。于是多少年来我一直回避。曾有刊物邀约此稿，我也婉拒。而今编辑此本散文集《吃时间大虫》，为求事件精准，不由翻出"冷宫资料"，由此也是被自己逼进这条迷混胡同出不来了。那就以我亲历简作此写。虽非一惊一乍，也没刻意作为，都是自然进程的自然发生。

那就权当一个小人物，在中国时代变革、改革开放初期，中外交往、发生在上海文坛的一份真实记录。

第一刻见到，不是伸手相握，而是背身拉着我欢快地将我转了个360度

从上海五次转乘飞机，终于到了印度博帕尔。一下飞机就被接机先生直送博帕尔艺术宫亚洲诗会主会场。那刻离开幕式还有半个多小时。在庭园里第一刻见到阿肖克·瓦特佩伊先生时，但闻"陆萍！"他大声呼我名，兴奋得一步飞来，朗笑，不是伸手相握，而是背身拉着我右手，欢快地将我在他胸前转了个360度，跳舞一样。然而又拉着我大步流星去主会场，指我看一面巨大诗人墙上我的照片……尽管这是我们第一次相见。

印度中央邦政府文化部秘书、诗人、大会主席阿肖克·瓦特佩伊先生，见我平安准时抵达，他那股亲切热烈、奔放激越的神态，让我大感意外。后来知道他在这一年中，执意寻找我"中国陆萍"经历很多困难。曾向中国多部门、多处投送给我的邀请信。眼下终于好事成真，他诗人气质风神豪情一展为快。

关于这场亚洲诗会具体内容，我已有《爱，是给予》《博帕尔亚洲诗会纪略》等多文发表，此略。现叙述我这次出访之前与之后，尚未涉及的亲历目击。

亚洲诗会结束，大会却予我特别待遇，又次让我大感意外。

我所到印度各处餐馆用餐，凭我签字居然一律免单。那时还没电子技术。我一直好奇让我享用的美食之地，又是如何确知我信息的。我们从博帕尔飞到新德里后，中国驻印使馆一等秘书及小周等三人，就开着小车陪着我和同行杨榴红。一般用餐我们都在当地上好的中餐馆，他们帮着点菜，桌上是中国名菜佳肴，乡情不禁油然而生。餐毕，我们没有出示任何证件，东道主就笑眯眯递上一纸，我一签就OK。这个待遇，还是驻印大使馆他们告诉我的。由于语言障碍，我不悉详情。只是感激之余，我私下心存不安，觉得自己无功受禄。

我也曾奇怪，怎么会从《解放日报》季振邦手中，收到印度邀请信呢？

亚洲诗会结束后，我和同行小杨从博帕尔飞到新德里。在闹市街头，忽见一侧上空，飘扬一面五星红旗。心中忽地鲜艳澎湃："中国大

246

使馆！"我们忙不迭赶去。

通报姓名后，只听得里面一迭声惊讶——"陆萍来了"。似乎大家对我名字并不陌生。接着有人出来接我们进去，后知他是中国驻印大使馆一等秘书。他兴奋地领着我走进最里面靠窗一间他的办公室，并让我在桌侧坐下。甫一停当，他马上拉开办公桌左边第二只抽屉。拉开时抽屉边角还擦及我挎包，我稍作一让。看到一抽屉凌乱纸页，满满当当。我一时感到奇怪，这与我有什么关系？

正疑惑，他道："你看，这一抽屉东西都与你有关。一年来，双方文件来回往复，印方要我们找你。陆萍你想想，中国这么大，叫我上哪儿去找呢？"后又问我："印度最后是如何联系上你的？"

我如实一一作答。并不明白个中曲幽。出国前我也曾奇怪，怎么会从上海《解放日报》副刊部季振邦手中，收到印度政府的邀请信呢？

"陆萍，这里有你一封英文信"

清楚记得那是春节后上班第一天，2月22日。我去《解放日报》，那时还在汉口路。我上楼找一代大编谢泉铭。

事毕告别下楼，并要到"对面"去。这时与谢老一起办公的编辑季振邦也有事要去，于是一起下楼。"对面"似乎辟有与解放日报有关的部门，具体不记得了。我先下楼出了解放日报大门的木坡门槛，没过马路，等季振邦出来。

季振邦迟一步出门，去门房间看看信件。那时门房间也就是收发室。季振邦出来就递我一封信，说："陆萍，这里有你一封英文信。"我接过一看，信封比我们狭长，纸质粗糙。信封上面有几行英文字，下边蓝色细圆珠笔写着四个汉译："上海　陆平"。"萍"谐音。

段祺华译后惊喜说："陆老师，大好事！印度邀请你出席亚洲诗歌盛会，旅费食宿全包"

我不识英文。当夜即找住我家老大沽路对面弄堂的段祺华，译后他惊喜说："陆老师大好事！印度邀请你出席亚洲诗歌盛会。双程机票食宿等费用由印度出。虽然信上英文写得不是很地道，但肯定是这个意思。"

其时三十出头的段祺华正准备去美国留学。他是我早年粉丝，因慕名信结识而成了十几年的好友。这个段祺华，就是现今海内外声名显赫的"段和段律师事务所"创始人、海归创业第一人、专事涉外案，30 年后今天，他在国内外已计有 36 个分所及办公室。克林顿给他写过贺信。

上海作协外联室说，无法支付你机票食宿。印度签证要 60 天，你肯定来不及

自我得信至亚洲诗会 3 月 19 日召开，就剩 24 天。我揣邀请信去找上海作协。作协外联室处长徐铨说，你编制不在作协，去印度的机票食宿我们无法为你支付。去找你单位领导问问吧。不过印度签证最快也要两个月，你也肯定来不及了。

我说食宿旅费是印度出资啊。徐处长朝我宽厚一笑，说，怎么可能呢。至多那边食宿免费，来回机票肯定自理，这是外事惯例。

我想想也是。那是 1988 年，我连出国先办护照还是先办签证都迷糊的时代。

第二天，我去找了我报社上级机关上海司法局。局长李庸夫次日即通过局外办将我召去。我听到他对局外办处室办事员小张同志关照说："不要再向印度发电报电传，问人家付不付陆萍的差旅费了，我们自己可以。"

李局长见我进门，一脸郑重对我道："印度邀请中国诗人出访，中国的你，应该去。费用我们司法局可以出，手续由局外事处替你办。"

今写及此事，李局长的话中话，蕴含着宏观大局，还是让我深深感动。

接着局外办小张就为我专办此事。领着我，马不停蹄将这个电报、那个电传及资料翻译、整理、填表等具体琐碎事务及手续一一替我办妥，并以最快速度送市外事办公室等批件。知道印度签证至少两个月。时间就剩二十来天。

就将事情做到最后一步吧。成或不成，再说。大家都这样想。

市外办"批件"迟迟不下。问题是："司法局怎么能派一个诗人出国？"

等了多天。市外办公派"批件"迟迟不下来。问题是司法局公派一个法学家很正常，但，"司法局怎么能派一个诗人出国？"

这事任谁，或许都会说："不行！不行的。"

上海司法局局长李庸夫认为："外国邀请我们中国人，我们中国不该再分什么你、什么我"……

此事还是在李局长逝世十年后，他当年司机告诉我的。然而，当时我却浑然不知。

我只知几天后，局外办小张同志兴奋地告诉我说，市里"批件"下来了。随之后面相关手续，他抓紧时间在做。不出几天，他已经全部办好，并将相关材料、护照、证件等一并给我，说你去趟北京吧，直接"面交"，比我们司法局邮寄要快。让我明天飞北京，亲手将材料送印度驻中国大使馆去，签证。小张又将明天出发机票给了我。

我遵嘱。到北京下飞机后，我寻到北京日坛东路 1 号印度驻中国大使馆。使馆美丽的印度小姐看了我材料，立即起身出迎，热情好客地把我请进使馆，并送我到最里面一间办公室门口。

原来我国向外宣传的英文版、法文版《中国文学》译载了我的诗作《冰》等

一个 50 岁模样的印度先生，笑容满面过来与我握手。他是驻中国大使馆一等秘书贾先生，说一口流利中文。交谈间我才知道，原来我国向外译介诗人作家的刊物——《中国文学》季刊（英文版、法文版），那上面曾多次译载了我的诗。这次邀请，是因为 1986 年第四期上又译载了我的诗《冰》。于是印方费了很长时间和精力找我，想邀请我出席在印度博帕尔的亚洲诗歌节。

现在印方总算与我接上头。谈话间一等秘书仿佛有如释重负之感，开怀叙说。当年是印度独立 40 周年，亚洲诗会是政府出资组织、内阁牵头的庆祝大活动之一。贾先生与我一个多小时交谈聊天喝咖啡，说了很多，内容我现在忘了。只记得分手前，他微笑着将文件夹用手轻轻一拍，给了我，并说我们手续已办妥。他又次关照我，出发后一路上要转三次飞机，届时都会有人来接应并护送我上飞机的。

临别前，他又掏笔写了他办公室直线电话号码给我，说有事可以找他。

真有如中国长者一副放心不下小辈远行的情怀。我心中很感激。

但想我一个中国人，怎么也不会有事要去麻烦人家印度大使馆的吧。

印度驻华大使馆一等秘书贾先生的真诚热情，让我有种温暖亲切感觉。

局外办惊喜地对我说："印度大使馆给你做了倒签证！太意外太难得了"

第二天落地上海机场，我随即将印度大使馆给我的所有材料送司法局外办。外办小张看了我带回的文件，又惊又喜说："太好了，印度大使馆给你做了倒签证啊。太意外太难得了，现在时间来得及了。"并立即拉我去见李局长。李局长知道后很欣慰，说："小陆你给我看着点，出去别把自己给弄丢（后来真差一点弄'丢'）了。"

那时我不懂"倒签证"是什么意思。我只知道要两个月签证，现在当天已搞定，我来得及踏上泰戈尔故土，心中高兴。接着几天，外办小张同志从财务处领来美元，和我到"延安西路民航"办理机票。在等候期间，我听得柜内售票小姐瞅一眼单子皱眉咕哝："怎么这个人要到印度去（不想日后启程那刻一语成谶）……"我当时估计是改革开放不多年，国际交流渠道还不通畅吧，要三次转机，衔接上有难度。

好梦成真。司法局为我买好三次转机的往返机票共六张交我手上

当时我在报社工作很忙。除了要我本人到场的手续我去，余下的事，都由小张包了。他到局里、市里办。

又过了几天，小张同志把咖色护照、签证、盖章表格等等和为我买好的双程六次转机、往返机票一厚摞交到我手。行程是：上海—北京—印度新德里—博帕尔。还将出国服装费800元人民币、出国零用

小费 200 美元，一并给我。说出国手续，至此已经全部办妥。3 月 17 日那天局里会派车送你去机场。

拿着机票和美元，我心中感激。心里的有些话，就不说也罢。比如说，段祺华翻译的意思是：印方"食宿旅费全包"。但此刻，再说这话合适吗？

出国前两天，印驻华使馆一等秘书贾先生来电我家：问为何不去领取印方为我订好的机票

离出国还有八天。最难的签证一天解决，较慢"批件"也没成问题，其余，就是办理奔波而已。我先生这些天中准备了很多中英文双面卡片，如"回我宾馆怎么去？"正面中文，反面是英文，如此等等。他担心我"路盲""英文盲"，丢在外面回不来。

转眼三天后就要出发。出国在我是第一次，心情忐忑不安。晚上 6 点多，听得门下有人叫："卢平！"是个男的。声音陌生。那时我住老工房二楼三房一厅。下楼去却不见人影，想自己误听了。上世纪 80 年代城市面貌陈旧，门牌脱落，弄堂昏暗。不能与现在比。

次日晚上 8 点，我家电话铃声大作，一时惊骇到我。因其时电话线路紧张，"电话掉线"是常态。那两天我家电话正值"掉线"。接起一听，熟悉的声音。原来是印度驻华使馆一等秘书贾先生来电。他说，陆小姐，电话一直打不通，您马上要出发，为什么还不去"延安西路民航"确认、领取您的全程来回机票，我们多天前就给您准备好了。

我一时语塞。就如面对中国长者一样，说，我们单位已经给我买了双程往返全部机票了啊。那边停顿了一下说："那请您去退掉，您是

252

我方好不容易请来的贵宾，不要您埋单。"少顷又问：昨天，我们已给你家发过电传了，收到吗？我说没有啊。但是，似乎有人在楼下叫过我名字。后来电传单在电话后一天收到，内容也是问我为何不去领取机票一事。

等放下电话，我庆幸"掉线电话"恢复得太及时了。

但不知什么原因，上海作协外联、北京《中国文学》编辑部、我司法局外办，三个比较专业的部门，都将邀请信内容译成"旅费食宿自理"？

或者另有什么缘由？抑或有其他什么内情？至今我都不得而知，成了无解之谜。

退了司法局为我购的双程机票。最终，还是朋友段祺华的译意准确

最终一个大圈子兜下来，还是朋友——段祺华的译意准确。遂又想起，接邀请信当夜，小段他一展信纸就读了我听。然后，拿着信纸又反复再看，研究之后，对我说，根据语气上下联系，是这意思，不会错。你双程费用印方全包。

那会在我们这儿，费用是最大的事，如果出访要中国付费，事情就会很麻烦。小段又对我说，自此开始，每一件事，哪怕再小，你都要亲力亲为，要抓紧，否则会来不及。

我感激段祺华。他精准的译意如果早日成真，后面会少很多折腾。我钦佩段祺华，否则，哪来 30 年后为我国律界打开国际视野的"段和段律师事务所"已雄踞我国涉外律所大业的巅峰呢。

次日我直奔司法局外办。我说我们买的机票要去退，并如此这番将昨夜事说了。小张愕然。我讲事情是真的。他又和我去局长办公室。李局长知道后，意味深长看着我说："你这个小陆不简单。"

接着局外办小张和我即去"延安西路民航"。小张说，到票务处先办"确认领取"，机票到手才放心。后来确实是拿到了印度给我买的六张双程机票。小张说这下可以放心，我们再去售票处，将局外办为我购的机票一一退了。

"确认"一词现在很流行。那时我是第一次听到，觉得新鲜。明了、精准。往后日子里，我常用。

3月17日启程。这天上海飞到北京着陆时，才上午9点半光景。北京飞孟买要到下午5点20分。我候机要六个多小时。看着大大行李箱，我心有波澜。

等待令人神往。

二十来天风风火火办手续、发电报、译电传、搞复印、签字盖章翻译填表、准备材料来回奔波等等，静下时，种种关于印度美妙想象……诗会盛典、泰戈尔、世界十大奇迹泰姬陵、印度舞、白象、神灯、孔雀……一幕幕在脑海闪过。更有与我多次信函往返的——印度真诚的"阿肖克·瓦杰佩伊"先生，他发我的邀请信，抬头、落款，那艳丽紫色，诗意夸张……

意外发生：机场印航告诉我，你这班飞机已飞走，下一班在三天后

我一次次看机票登机时间。等待那个17:20。梦想开门。

终于开闸检票。排队。轮到我时，机场印航小姐反复看我机票，又去什么地方查验。最后耸耸肩，告诉我说，很遗憾，你这班飞机已经飞走了。我本能反应，直接问，下一班呢？她说下一航班是三天后。

我一时发懵，无所适从……

还有什么话可说呢。梦般人生，大概就是如此。

遂想起，上海"延安西路民航"售票小姐那声"皱眉咕哝"，坏了事。不止上海，怕是全世界此航程的出票，都是"飞走了"的班次。

我一人拖着沉重行李箱，这儿那儿找了机场好几个部门同志，原因他们一时也说不清楚，机票上时间没错，但飞机飞走的时间也是对的。最后他们表示只能退票，而我的出国一事，已无法"挽救"。我绝望地明白：

飞机对接有误也好，航班写错也好，退机票是印度方面的事。这一刻我要乘的飞机已在万米高空。而我却在地上。即使再上飞机也是三天后。那时印度博帕尔亚洲诗会已经结束，我还去干什么？

失神坐在椅子上我让自己平静。查当晚返沪有航班后，便与印使馆贾先生去电感谢道别

失神坐在椅上半小时。我让自己平静。不可逆转的事情已经发生了。我要靠自己解决，何况又不是什么了不得大事。不去就不去。权当是演习，也可说是一场"笑话"。笑话归笑话，其实事情的意义已经成立，出个错仅是技术问题。看着行李箱，我自问自答。

问："那么陆萍，你已经'就这个样子'去过印度了？"

答："是的，陆萍，你'就这个样子'去过了印度。"

问："好的。那我回去就对老局长、对文学同道、对先生家亲们等等，'就这个样子'解释？"

答："是的，'就这个样子'解释。"

不"这个样子"，又能如何？既然飞机已经飞走，就要面对现实。

这时我知道自己应该怎样做才是正确答案。我相信我自己。

想通了就很好。我遂起身去看飞机时刻表，查返沪航班。看到当晚 8 点 15 分正好有一班，不禁心中一喜。不用再找旅馆过夜了。前几天来京"倒签证"时，上海正值甲肝暴发，我携行李走了十小时，京城所有旅馆都拒绝来自上海的我。最后我愤怒地找了当地政府，才让我到"八棵树"那个僻远地方，在地下室过了一夜。这回不用了，我可当夜直接回上海。

我拖着行李箱去排队购票。前面还有四五个人时，我忽然想到印使馆那位长辈般的一等秘书贾先生，此刻与我同在北京。按中国风俗，我应去当面谢一声作别才是。人家给我倒签证、给我机票，请我进大使馆喝咖啡聊天，热情温暖。即使我不去面谢，回沪前至少也得与人家打个招呼吧。中国是礼仪之邦。

于是，我从队伍撤下。先不买票。那时没有微信分分钟搞定的事，一切都是"人工活"。我拖着行李，去找机场公用电话机。

想起印度大使馆贾先生写给我直线电话，还真派上了用场。感谢长者总是料事如神。

接通电话，这刻是星期四下午 4 点 15 分。我没想到这是一个"危险"时刻……

"你在原地千万别动！我们马上赶到！原地别动！"口吻都带惊叹号

与印度大使馆电话接通，正是一等秘书贾先生那亲切熟悉的声音。我感谢在先。又将此地儿发生的事，如此这番一说。

不想电话那头"大惊"。只听得一迭声传来："啊，这样！？你在原地千万别动！在原地别动！我们马上赶到！你别走动！"口吻都带惊叹号。

我跟着紧张，至少我不能再去买回沪机票了。我就在"别动"中，遇到了这次同行杨榴红，来自北京的她与我一样受邀出访。她眼下的难题与我一样。这之前，我们素不相识。

不一会，一等秘书贾先生带着使馆二人（一是中国人一是印度人）心急火燎赶到我们身边。第一句有点严肃："好不容易的事，您怎能回去。"

接着他们三人领着我俩像旋风，在偌大机场，到这、到那，电话、电传、电报、印度话、中国话、退票、买票，再到这、到那、签字、示证、付美元、盖章、签字，再到那、到这……一次我帮着他们拾起掉落的两个"钢镚儿"。

马不停蹄忙到晚上9点多。我们听从安排坐进使馆小车。贾先生舒一口气对我说，好危险！你电话再晚15分钟，麻烦就大了。4点30分使馆关门。我们四天制工作，今天是周末，如果……

我明白：如果"如果"发生，我当天肯定就回到了上海。

我们被带到他们大使馆。他们做晚饭，看着小周他们将菠菜、水果、瓜什么的一律捣成种种泥，放入种种调料，热情地教我们用手把小薄饼包"泥"往嘴送。晚饭后已是11点多。

我知道自己不应该在大使馆里过夜。一等秘书看出我心思，说，也是权宜之计，将就一下吧。明天清早我要亲自将你们送上飞机，赶19日上午10点钟开幕式。再不能出乱。特别要我们记得，每程下了飞机，都会有人接送转机。

今天此文写到这里时，还是心生感动。

印驻华一等秘书贾先生亲自奔波，为我们绕道、改航、四次转机，且还坐瑞航头等舱

方知我们神秘印度之旅，已被严密安排。亦是高规格接待。

我们早先行程已全被取消。为赶时间，绕道对接，四次转机，坐多国航班。航程是：北京—香港—新加坡—孟买—博帕尔。前期费神安排的接机人员、时间、航班，也统统删除刷新。

次日清晨早早起床。醒来感觉甚是新奇。异样氛围气息布满每寸空气。简单收拾后，使馆小周开车，一等秘书贾先生带着我俩直奔首都机场，并告诉我们飞机上有早餐。临别时还向我们频频挥手致意，眼神里充满暖暖期待。

我们飞到香港，再从香港转飞新加坡。第三程从新加坡飞印度孟买。没想到我们是坐瑞士航班。

瑞士国旗是正方形红底，当中一个白十字，标志十分显眼。等我们上得飞机，更意外的是，我们座位是头等舱。可坐可睡，两个笑容可掬的瑞航小姐，专门为我们服务。往往我一个眼神，她都会知道我想要什么。用餐时，又温润地展开一张菜单，请我们点菜。我不识英文乱点点，不想来了大桌佳肴和整瓶酒。

亚洲诗坛为中国的我俩能赶上开幕式，东道国竟然如此不惜大花费，让我对泰戈尔这片神奇土地，充满了敬意。诗神的恩典，让我如此刻骨铭心。

瑞航飞印度孟买下机后已是半夜。我们一时没见接机人，取出行李我们就自己从国际机场寻到国内机场候机。过了约半小时，忽见一位印航先生举牌进场来找到我们，牌子上写着我英文名字。告诉我说外面有人在等你。我惊奇不已，半夜里异国他乡怎会有人来找我？

出去一看，听对方介绍后，没想到是当地文化官员罗博先生一行。他们居然半夜里还是寻将过来。原来他们在国内出口处和我们阴差阳错失之交臂。

这让我们深深感动。他们帮我们推着行李，请我们到机场外"席地而坐"，待机几小时中，在孔雀之国三月湿润夜色中，与我们聊天至天亮。他说，他一定要亲自送我们上飞机。

后来，诗会结束，我们到了新德里。我驻印使馆一等秘书，在陪我们观光聊天中，听说我俩坐了瑞航头等舱，十分感慨，说，印度为这次亚洲诗会找你，真是花了大功夫。又笑说，我工作十多年来，还没机会坐过头等舱呢。

没想到路上最后一程，还是出了"乱子"，因理解有误，我半途下机了……

没想到最后一程，从孟买飞博帕尔，半途还是出了大"乱子"。

孟买罗博先生送我们上机前，告知我们一会儿飞机停了就到。我们就在飞机"停了"时，下机了。不想却是途中小站"印多尔"。原来是我们误会了他。他只是表示路程很短的意思。

写过一文《异国迷途》就是记叙此事。个中有句，好在"不谙世事的三岁小孩"是神一样存在，终为我点津解谜。

原来在飞往博帕尔的飞机上，我与后座印度三岁小女孩对上眼神。她妈让小女孩叫我。

异域万米高空一声"妈妈"，让我心醉。我送一块青田玉挂她颈项。孩妈让小女孩为我额前粘一粒金黄色"吉祥痣"并送我一盒。孩爸却在飞机后背发现当天印度报纸，读到亚洲诗会今天在博帕尔开幕消息与照片。

因为语言障碍，他要过我机票看了，得知我到博帕尔参加亚洲诗会，他笑着向我直"摇头"表示赞赏。印度人"摇头"动作极富韵情，介于"摇"与"点"之间，"摇"时带着些"点"头动作，很有感染力。

误下机后，长时间没见来接我们的人（怎么可能有人来接?！）。取行李处，又没见我们行李出来。时间长了，我们就走到外面去等，并随手拍摄着眼前奇树异木，没听见机场扩音正在唤我俩名字。

在这紧要关头，忽听得一声稚嫩的"妈妈，妈妈"。我回头却见是飞机上那小女孩。她下飞机后居然还认出我。一时我大喜过望与她合影，孩爸却一脸紧张，拉起我就朝停机坪直奔……

这个"乱子"，幸好印驻华使馆一等秘书贾先生不知道。冥冥中，是神一样存在的两国诗意友情，助我抵达目的地。

接着，就是本文开头。

终于到了博帕尔。我们下飞机后，被接机先生直送博帕尔艺术宫亚洲诗会主会场。第一刻见到阿肖克·瓦特佩伊先生时，他兴奋得一步飞来，朗笑，不是伸手相握，而是背身拉着我右手，欢快地将我在他胸前转了个360度……

借助互联网的译器，我重读当年印方联上我后，我收到的邀请信

收到印度文化部中央邦政府秘书阿肖克·瓦特佩伊先生发我家里的邀请信。

亲爱的陆萍女士：

你可能知道印度于1947年获得独立，全国各地都在庆祝独立40

周年。作为庆祝活动的一部分，我们计划举办卡维塔亚洲：1988 年 3 月亚洲诗歌节。Bharat Bhavan 艺术节由 Bharat Bhavan 组织，这是博帕尔的一个多艺术综合体，包括精心设计的艺术画廊、剧院礼堂、诗歌图书馆等，并设有包括民间和部落艺术在内的美术博物馆、民间保留剧目、诗歌中心和音乐图书馆。在短短六年的时间里，这个综合体已经在 1985 年组织了一次世界诗歌节，并在今年早些时候组织了第一次印度诗歌三年展。Bharat Bhavan 还在美国、瑞典和日本的印度节上协调了来自印度的文学活动，包括 1986 年在美国七个城市的印度诗歌朗诵。

我们很高兴邀请您作为贵国重要诗人参加亚洲诗歌节。

诗歌节将于 1988 年 3 月 19 日至 3 月 22 日在博帕尔举行。长期以来，诗歌一直是争取自由的声音和手段。也许比任何其他艺术，诗歌以其更复杂的方式表现了人类为之奋斗和渴望的自由精神。我们认为，自由在亚洲的获得和扩大，给亚洲的诗坛带来了新的挑战、新的希望和新的焦虑。卡维塔亚洲将试图将注意力集中在其中的一些方面，我们认为这将提供一个通过诗歌媒介进行文化互动的机会。除了像您这样来自亚洲大陆的重要诗人的诗歌朗诵之外，还有对"自由与诗歌"主题的反思，以及通过音乐舞蹈和戏剧，来呈现来自印度的诗歌。

我们很荣幸邀请到您参加这一盛典。我们除了将向您颁一个名符其实的荣誉外，还将提供往返机票和在博帕尔四天的全部当地招待。

我们相信，作为一位重要的当代诗人，您的出席和参与将为卡维塔亚洲的成功和声望做出实质性的贡献。我们敦促您接受我们的邀请，并在本月底之前将完整的个人资料、出版物的目录、奖项和英文翻译的诗歌，包括你在艺术节上朗诵及发言的原件，我们还要求您将您最近护照尺寸照片的打印件一式三份寄给我们。

作为一个参与的诗人，我们请您朗诵四到五首您的诗原文和英文翻译。我们也希望你在讨论中至少就两个主题中的一个，即"诗与自由"和"诗歌与亚洲身份"发表个人陈述。我们正在探索在博帕尔艺术节结束后，在新德里组织一个或两个晚上阅读的可能性。如果有任何有价值的事情最终出现，我们将写信给你。

我们预计将有来自亚洲各地的60位诗人参加，我们相信你会喜欢与来自亚洲大陆的诗人们见面，并进行诗歌与主题的交流。我们希望能收到您对我们的邀请的回航信，以便我们开始做一切必要的安排。带着温暖的问候。

您诚挚的阿肖克·瓦特佩伊

我还收到印度方面的来信。

非常感谢您接受我们邀请参加亚洲诗会。我们已收到好几位诗人的接受答复，特别是苏联、中国、日本、印尼、马来西亚、巴基斯坦、孟加拉国及尼泊尔的诗人。

你会记得这次盛会包括两个主题的讨论，即"诗与自由"与"诗歌与亚洲身份"。随函附上主要论文，这是著名诗人贾扬塔·马哈帕特拉写的关于第一个主题的论文。我们急切地等您告知您想就哪个主题发表您个人的见解。

很快你就会收到旅行安排的详情。如果您尚未寄出我们所需的材料，请速寄来您个人的简况，近来照片一张，至少您五首诗的英语译文及其他有关资料。热烈问候

您诚挚的阿肖克·瓦特佩伊

整个亚洲诗会进行过程，处处充满着古国浓郁的艺术气息。就连邀请信也这么华美雅致。想想仅为了我一个人，亚洲诗会的政府官员、作家、主持人阿肖克，就费了多少精力啊。

诗神的眷顾，让我幸运幸福美满富足。我何以为报？

出访印度 24 年后的续篇

24 年后的 2012 年春天，我到富春江旅游。在桐君山叶浅予故居前，忽闻一个熟悉声音传来。回头看，我忍不住问：

"你是徐老师吗？"

"是的，我姓徐。"

"那您就是上海作协外联室处长徐铨么？"

"对!! 不错，我正是。请问你是……"

"我叫陆萍。"

"噢——噢——你就是那个写爱情诗的陆萍……对，对，很早的时候，你就一个人独自去了印度……"

80 岁徐老师显得兴奋，更对我出访印度一事记忆深刻。

他说，我们知道印度邀请到你，他们印度是花了大力的。又说，当年你一人出去，我们都很担心。你英文不行，但你不知道，你这次出访，享受的是部级待遇。按规定，这样的规格，上海作协是可以出一个翻译陪你去的。

富春江回家后当晚即 4 月 12 日，我就此事写了新浪博客，记录了我和徐铨老师合影和他对我说的话。

首都《中国文学》编辑部，收到印度寄我的邀请信

在资料中我发现《中国文学》编辑部徐慎贵航空来信，寄到我

《上海法制报》(原件信封是"中国文学出版社"北京阜成门外百万庄路24号100037)。内容如下：

陆萍同志：

《中国当代女诗人诗选》可能要拖到下半年出版，请耐心等待。

现在有件急事相告。印度人大概读了1986年我刊译载你《冰着的》一诗，今年3月19日—22日，在印度博帕尔开亚洲诗会，特意邀请你去参加，先来电报问你是否愿意，如参加，他们还要函告详情。

他们电报中说"费用由我方支付"含意不清。不知包括不包括旅费。据我了解可能不包括。因此你在和本单位研究此事时，还要把自己本单位出旅费一事包括进去，不过不管去不去，务请回电报。我想如同意去，印方也许包下旅费呢。看了他们下封详情电报也许能知。当然，你还将立足于自己本单位出旅费。

要速回电报给印方，一旦决定，出国手续还挺费时间的呢。弄不好，还可能赶不及，3月19前到达呢。祝出国成功！徐慎贵 2/10草（手书）

此信可见印方发了邀请信及电报给北京的《中国文学》编辑部。

感谢徐慎贵老师。此信我收到时，已是我得知此消息之后。其时正逢中国春节放长假。信又寄到我报社，我在大堆来信中发现时已是两周后。我早从《解放日报》这"侧漏"渠道，收到了印度文化部中央邦政府秘书阿肖克·瓦特佩伊先生发我的纸质邀请信，并已进入实质性操作阶段。

他来信的边角处写有铅笔《冰着的》"字样，《中国文学》徐慎贵先生或许为估摸"印度邀请陆萍"缘由，查阅历年《中国文学》，得1986年第四期上译载过我诗《冰着的》信息，便信手写上。在给我发航空信同时，附上了这张由印方发给《中国文学》编辑部给我的纸质邀请信（或是电报）。

然而，至今我都不明白《解放日报》门房间收到的邀请信，由谁转来。几年前我就此事感谢季振邦时，他都记不起这回事。顺手善事或许是他习惯，但我，却一直感激在心。

34 年后意外发现作协外联室给上海司法局的信

在一大包打入"冷宫"资料中，还意外发现了这封信，全文录下：

司法局领导：

即将于 1988 年 3 月 19 日—22 日在印度博帕尔举行的亚洲诗歌节邀请了亚洲各国著名诗人参加，贵局陆萍同志也在应邀之列。此会很有意义。我国驻印度使馆文化处有文件下达，政治上绝对可靠（在费用上可能还需要贵局大力支持），希望贵局大力支持。

中国作家协会上海分会外联室（公章）

1988.2.12

此信可见印度方面辗转着，联到了上海作协外联室，或找了中国作家协会。上海司法局外办小张同志，在我出访一事结束后，曾将相关资料一股脑儿都给了我。今整理此文时，我却刚刚从中得知。

作协写此信落款 2 月 12 日，至少要比我早知道十多天。在我寻找作协帮助之时，作协其实早知此事。虽没明言于我，但已在我之前十多天，向我上级部门寻求帮助。此刻，作此文时，我对上海作协外联室，还是要深表迟到的感激。

只是此信，仿佛丝毫没起波澜。我从季振邦手中得信后，贸然找了司法局局长李庸夫，事情才有了进展。我感激李局长，也感谢上海司法局外办同志为我出访成功辛苦奔走。让我异想天开的梦，变成现实。

第一批中国诗人出访印度

我感激18年前我已故先生陈新彪。他百忙之余为我印度之行，前前后后粘贴整理了一大本资料。让我今天从中还发现了这页信。

通知

诗人陆萍作为第一批中国诗人出访印度，参加亚洲诗会，日前她已顺利地出访回来。

兹定于四月十二日下午二时在作协西厅举行座谈会，请陆萍同志介绍亚洲诗会情况和她出国感想。内容丰富、精彩。请届时出席。

此致　敬礼！

作协上海分会创作联络室
一九八八年四月二日

感谢上海作家协会对我的鼓励。我的灵魂身心，仿佛只有在巨鹿路这座象征文学的宫殿里，才能得到安顿并落到实处。

写下上面这些字，觉得对自己、对关心我的人，总算是个交代。

然而，时过境迁，物是人非，也许世上谁也没有追问当年的兴趣了。那也无妨，就让此文"静默"在我这本《吃时间大虫》中。

我记录了我这辈子中应该记下的事，心安。

对厚爱我的命运，感恩。

对所有帮助过我的人，感激。

我为什么写本文

1988 年 3 月，我应邀飞赴印度博帕尔出席亚洲诗会，不意间成功。电台报刊进行了大量报道，一时成为文坛佳话。收到司法局领导、作协、文学同道、朋友家亲们的许多祝贺。然而，圈内、圈外朋友们为我高兴之余，禁不住纷纷问我：印度怎么会知道你的？你是国家公派还是民间邀请？印度有没有亲戚朋友？您护照本是什么颜色？出访的来龙去脉是……

当年，我忽然就走出国门，登亚洲诗坛，获"亚洲诗坛明星"荣誉，确实事发突然。其实我自己也不详个中缘由。更没有亲朋在国外。经这次梳理，确认是缘起那首我写于 1981 年的诗《冰》。后来，我投稿四川的《星星诗刊》，获发表。此诗是组诗之一。至于《中国文学》怎么就译载了，也是由不得我的事，我更不详具体传播途径。我只是在事情发生的过程中，被动地接受着发生的一切。

直至今天，许多环节，对我还是一个谜。譬如印方的邀请信中，明明写着："我们很荣幸邀请到您参加这个盛典。我们除了将向您颁一个名符其实的荣誉（即"亚洲诗坛明星"）外，还将提供往返机票和在博帕尔四天的全部当地招待。"

随便如何翻译，这个"经费问题"应该都是这个意思，可还是会被译成他意，平添好番折腾。还有为什么给我的邀请信会出现在《解放日报》收发室？到印度后得知中国受邀的还有白桦老师，但为什么他没有去？等等等等。

35 年后的今天，我校核将由文汇出版社出版的拙著散文集《吃时间大虫》，其中一文《在泰戈尔故土》涉及此事。我加了几句，觉得碎片更碎；补一点，又越补越乱。当年一回国，繁重工作量就以"没顶式"碾压，让我关闭所有"出访一事"的频道。这大堆材料，更是受我绳带一扎永入冷宫的待遇。

眼下为求此文叙述事实准确，我只得翻出尘封三四十年的冷宫资料及大堆记事本。借助当下发明的电子翻译器，读当年"两眼一抹黑"的英文邀请函、电传、电报、邮件、印度文的报纸等，并在这个过程中意外发现一些中文原件。我梳理脉络，再次经历"惊奇、魅惑、意外、神助"体验，让今天的我悬念丛生。

我"眼清目明"知道了以前模模糊糊一些事情问题，复盘当年"三言两语说不清的事"，由此亦步亦趋，自己被自己赶进这条谜一样的"死胡同"，不写也得写了。

终究，将散文集中前文《在泰戈尔故土》撤下，换上此文。

我将所寻得的通知、信件等原始资料摄图，并制入我的微信公众号"生活过成诗"，总算是自己认真回眸整理的一种归宿。更是对曾经三言两语说不清的事情，努力梳理后成文了。

我知道我费神写就的本文，就我今天来说，已经一无用处，而且毫无意义。然而，我就是喜欢做一些毫无意义的事，几乎一贯如此，比如我写诗。

我知道"无用"或者"无意义"的本身，其实就是一种光芒。她能照亮我自己。

2022-10-26 夜

辑四

生命诗性的体验之美

光荣与梦想

　　这是油画家陆廷新鲜出炉的一幅油画，正在上海展览馆展出。

　　在艺术国土上，这几十年来，画家陆廷已成熟、老到、自成一家；且挥洒自如，且上天入地，且炉火纯青，差不多就这个意思了。虽然偏爱是有一点的。

　　《光荣与梦想》这幅油画，我是不经意间从一本正式出版的画册上看到的。

　　当红的奥运题材。

　　回家后，脑海却一再呈现出那画面：年岁久远的一只旧皮箱子打开着，箱皮带点沧桑斑驳。随意铺陈开的五星红旗上，散落着的几枚奖牌。最是皱褶里的光影错落，微妙的色彩给人想象空间。正中立着一只青瓷瓶。旗面与奖牌缎带上，经年的折叠痕迹很新鲜。

　　也许是奥运临近之际，一位奖牌老得主，若有所思地打开了自己履历深处的老皮箱，翻看曾经的辉煌与荣耀；也许是一个年轻的拼搏者，在憧憬美好未来时，梦想有一天，能从他的理想皮箱中，抖落出金闪闪的骄傲；也许梦想，是锁在皮箱中的秘密，而光荣，就是那折叠起来的鲜艳……

而当这些瞬间被画家捕捉，并用画笔，在调色盘里神奇调遣万千色彩后，定格在画面上时，从这幅画前走过的人，是那么真切、那么熟悉、又是那么动情地感受到了奥运的一种伟大、一种精神。我就是其中之一。合上了又把画册打开……

初看，给人视觉冲击一般，但又让人过目不忘。画家布局的内敛与克制，色彩线条的神奇抵达，让画面中的蕴含深远耐读。对奥运这样一个大题材，别具匠心地从这个角度切入，让人意外。

眼下，几乎人人都在参与的百年圆梦的"奥运"，总觉得场面太喧闹太强大也太热烈，在集体表达中要想有你的一席之地，又谈何容易！

不想画家以这种巧思，独辟蹊径，悄无声息地直奔主题，不费吹灰之力，便赢个满贯。

尽管常常与陆廷见面，但从没听他说起过这个心思。

一幅画的构思创作，常常会把人弄得神魂颠倒。但我知道即便如此，在画家陆廷，或许只是头脑风暴而已。

2003-5-18 匆笔　2023-5-31 修订　本明真性

把生活过成诗

多少年下来了，我一直认定：写着就是全部。诗，让我寄托放飞，让我释怀透风，让我宣泄收藏，让我卸却也让我获有。一切喜怒哀乐、所有七情六欲，包括这之间的过渡、映照、渐变，五味杂陈的情怀，只要走过我的身心，都会有诗留下痕迹。诗走生活，或者说把生活过成诗，几乎已成了我的一种生命方式。

人生的悲怆，在于生命一去不返的单程；所以能够在生命行走的过程中，随时有碎章断句留下来，无疑是一份补偿。在许多烙有我生命脉息的诗行间，今天，我可以驻足回望、可以凝眸重温，也可以审视我一路走来的行色步履和精气神息，更有长街短巷里埋伏的遭遇，不乏爱恨情怨，也有生离死别。

曾从热闹里走过。热闹里有许多情切切意盈盈的东西，但是再闪烁再迷离，总会有沉淀下来的一天。我觉得生命中这样的"一天"，才是比较真实的。

今年夏季，酷热中得闲又翻开诗稿在看。十几载春秋汇合而成的诗稿，捏在手里有几年了，但是每回改动增删，心里总生出些许满足。

甚至，我都没有将这些诗寄出去发表过。写在 2010 年之前的诗，我汇成一本名《玫瑰兀自绽放》，2010 年之后写的则名《生活过成诗》。那时我并不知道，这两本诗集在两个多月后，将有诗神眷顾。

年轻时每当一首诗定稿，抄写过程是最享受的。我会雅雅地为自己倒一杯茶，然后打开一张早就备好的大白纸，总觉得没有印格的白纸上，诗里的每一个字都是自由的。

几十度春秋透我身心噌噌而过。不同的是，现今我电脑里储存着成百上千的诗稿，总觉得没交出版社之前随意修改的自由，让我挺享受的。这情境与当年似乎异曲同工。

二三十年前我诗集的一个研讨会上，记得结束时有领导提醒我说说今后打算。我很尴尬，但还是实说了。我说我从来就没有打算，也不打算今后要怎样。如果一定要讲，那么所有的打算，我都放在今天。至于今后，一切顺其自然。

让一切都在过程里自然而然地发生。这就是我的希望也可说是我的追求。在不追不求不希不望中，做好眼下的事情就是全部。永远记得在走向文学殿堂之初时，谢泉铭恩师的话：只求耕耘不问收获。

在这份享受中，面对当今社会上一些喧嚣的景象，就能熟视无睹，以至看透看淡，保持了内心的澄澈，我弄清楚了一个人在浩瀚宇宙中的那个坐标值，就会有一种持守和进退，让我坚定而且执着。在自己认准的路上，自信满满地去做。拿句我常说的话就是"完成自己"。"自己"尽管微不足道，但"完成"却是生命的一种圆满。

自从世界上发明了博客，我真是喜从中来。在那儿我可寄托灵魂置放情感。她像个神盒，不管我在北欧还是南非，世界任何一个角落里都伸手可及，可取可写可读可发。来我博客做推广的人，我一律将其关进黑名单。我不需要来自外力的推广，哪怕我的万千诗情，全然是自生自灭，个中乐趣也足够我享受和快乐了。

台湾有个哲思诗人叫梦蝶。在更早时，有次我在翻寻资料无意间发现一张我和他在台湾开会时的合影。于是有诗："你总一袭长袍一把纸伞一只包裹 / 孤绝沉静地坐着坐也深刻。"进而去翻看他的著作和纪录片《化城再来人》。几天来我沉浸在他脱俗孤寂的世界之中。得知他的第一本诗集《孤独国》是自费出版，顿时觉得自己也该去尝试一下。为文学守夜：坚持写作是一种，靠一己之力出版，也是一种。思想一动，方案即刻出来。我决定出一本完全由自己动手做的诗集。那些天在电脑排版，甚至是怀着兴奋，欣喜遇上了新时代。夜深，家人看我都两三个月了，坐在电脑前那副全神贯注的样子，心有不忍，发话说后天马上要出发了，英爱葡西25天（英国爱尔兰葡萄牙西班牙旅行），累着身子如何是好。

我不得不收摊熄灯。想着自己用专业软件飞腾4.1排好的书稿，有种成就感拥抱着我。不想月后我从英伦三岛飞英吉利海峡，又从伊比利亚半岛越比利牛斯山，回国到家重新坐到书房电脑前时，繁杂的操作于我，竟恍如隔世。我不敢贸然拾起，知道稍有差池，就前功尽弃。曾经有过的闪失让我心生恐惧，暂且只能先搁置再说。

写诗，我习惯一气呵成。甚至那首《冰着的》诗，而今翻见当年涂在纸上的草稿，几乎就没动一字。我常常是感觉簇拥文字同时着陆，置身状态，就是身陷诗中。只要静下心来及时记下便是。只是等再作修改时，常常会走味，走题；也好，另外一首就此开始。

应约写稿，就要花费时间去进入状态，甚至消融自己去感受某人的某时某刻，但每当有稿约，我也会全身心投入。人在生活中的社会

275

属性，意味着必须要有的社会政治担当，比如应邀为上海三届 30 个平安英雄撰写颁奖词。尽管生活有瑕疵社会有弊病，但肯定还有那么多热血激荡赤胆忠心的同志在坚守平安之夜。

颁奖词只能一百来字，要活龙活现写出一个人的职业内心外貌事迹，谈何容易！但我一如几十年前走进文学殿堂之际的选择：摸着人性人道、生死爱恨这些永恒的暗巷子进去，真实的血肉全在里面。这多年来我写诗为文，遵循的就是这个铁律。写英雄当然也不例外，也包括写囚犯，都是血肉之躯。

英雄登台，盛典在即，灯光五色，来自我笔下的一个个字，如铜铸铁打，在音乐背景前跳将上场："您是不幸的，您自身灾难深重；但是您却用您的不幸，去击碎别人的不幸；您用自身的灾难，去瓦解别人的灾难……"那种从英雄人物的人性深处挖掘出的钻石闪闪发光时，我会有卸却重荷般的轻松和荣光。虽然写一个不熟悉的英雄远比我平时即兴挥写辛苦得多，但我愿意。人要懂得感恩。今天我们生活中的和平温暖，来自很多默默无闻的一线同志的付出："为天下的平安祥和埋单 / 你却以你 / 血的无价 / 命的亮色！"

一气写来，忽然发现今天是 2017 年的元旦。

仿佛是种暗示，要我有新的开始。灿烂的阳光以新鲜的角度从东窗低斜着，透过一簇绿叶进到我书案一角。决定以后每天这样子早起，摈弃以往的贪夜。几十年来，总觉得夜，无穷无尽苍茫辽阔，许多向往、进取或者失意失落，都可以在夜海夜山里觅寻找得。

夜像慈爱的老母亲拥我在怀，给我滋养，助我修复，我有一首小诗是这样写的："吮着苦辣 / 吮着酸甜 / 墨黑的世界被吮出一个小洞 / 轰轰烈烈 / 诞生了一个节日。"墨黑的世界就是夜，而那小洞，就是夜尽之时那缕曙光。

要知道这些年里我有多多少少次踯躅案头直至天色微曦哦。而一个"吮"字，则泄漏了我诗的语境之秘。

诗集《生活过成诗》和《玫瑰兀自绽放》得以出版，我要感谢上海文化发展基金会及评审专家们的审认；感谢在我困境里给我精神力量的屠岸老师以及许多鼓励我的文学前辈；感谢著名纪录片导演王小龙、资深大编朱老师的提点；感谢给我力量和温暖的家人陈德弘和我的兄弟姐妹诗友同道。我还要感谢给我意外惊喜，为我写来诗评的著名评论家、武汉作协副主席王新民老师。诗歌评论《生命诗性的体验之美》已作序二；另外，我还要对著名画家朱自谦遥致敬意与感谢，今天用在我诗集前勒口上的速写，来自他1983年在新疆"绿风诗会"上为我的即兴挥洒。

感恩应该是我单向的付出，然而每天，却有那么多的美好等我开门。对这个世界，我除了感恩还是感恩。走文至此，看着阳光渐渐进屋，从案头慢慢移上铁艺花架，眼前一大片灿烂。让一切在过程中发生。只是静静接受着，我。

其实，成功就是一件事情的句号，本身并没有什么意义。而有滋有味的过程体验，才是成功本身的内涵。

2017-1-25　轻松　诗集《生活过成诗》后记

水不断东去　水却依然在此

今辻先生的精神别墅

　　大把岁月一掠而过。得闲翻看，昨天已经离我们太远。但是再远也要抓回来，总算自己也走过活过，且将那段岁月一字字激活，回到我的笔下。

——开写前言

　　我立马拨响了那一串他留给我的电话号码。话筒里，顿时传来了他日式汉语，陌生中的亲切，让我好生激动。我手里还拿着他从复旦大学寄来的一张明信片，看着上面熟悉的字迹，如同见到他人一样。

　　我匆匆赶往我们相约的那个咖啡馆。今辻先生是日本著名诗人和翻译家，今年已经 62 岁了。这次他是自费来上海复旦大学进行为期三月的汉语强化训练。

　　四年前，我和今辻先生曾经在上海作家协会相聚过一次。那次他和十几位日本著名的诗人，从长沙、汉阳、武汉一路访问到了上海。

　　在杯酒论诗之际，我只记得副团长的他活力充沛，清亮的嗓音里洋溢着激情。大半时间在中文、日文相互交流介绍的翻译中过去了。

分手前我们站在上海作协门口那块油漆斑驳的牌子下合了影。后来过了三四个月，我忽然收到了邮自日本的《地球》文学季刊。厚厚的大开面，翻开来发现我那首曾让我去年有机会受邀出访印度的诗《冰着的》，赫然在目。我的视线长久地落在"翻译——今辻和典"几个字上面。说实话，我起先有点惊讶，然后有点小小的激动。一种被理解的满足和快意，涌动在我的心神血脉。

回忆让我对今天的再度相见，产生神往。我的脚步在咖啡馆门外的音乐水池前不由频频加快。

一见面，我比自己预想的情景要平静得多。很多感觉在来路的奔波中自己消化了。但在我们伸手相握的瞬间，我还是感受到一种关于诗的神圣。

今辻先生似乎比当年更精瘦了些，但活力依旧，那富有穿透力的目光，散发着日本人特有的谦和。

我们搅动着勺子，慢慢喝着咖啡，随便扯着话题就谈开了。我说非常感谢先生为我做的翻译。他说这首《冰着的》，当时读了心中一震，永远也忘不了了。也是他读遍我整本诗集后留在脑海中印象最深的一首。我听了有点感动。我说翻译本身就是再度的创作，我非常感谢您读了译了我的这首诗，也更感谢您偏偏选了这首诗。那个时候，他并不知道中国的《中国文学》在前几年，也以英文法文向国外作了推荐介绍。

今辻先生与我的交谈，几近没什么障碍了。他随手带着一个小本本和笔，有时我们会借助于某个方块汉字，让要诉说的内容更加完善精准。知道今辻先生的家，住在日本横滨市若叶台。当时中国上海与日本横滨正结为友好城市，我告诉他，我在报纸上看到了那首流行歌曲《上海横滨友好歌》的歌词作者是今辻您，他非常高兴于我知道的这件事，脸上洋溢着满足的神情。

出了咖啡馆，我陪他在淮海路上走走看看。他对街道两旁的梧桐树，格外钟情。有时甚至会驻足不前，欣喜地仰头欣赏梧桐叶。这一刻他又在街角站定了，架起相机，要为我拍照。上海的梧桐树司空见惯，在我眼里，几乎等于不存在。但今辻他不，他说，你站这儿，背后那枝衬着蓝天斜出的梧桐树干太漂亮了，你快进入镜头。

我说，我们国家在南京那儿的梧桐树啊，好过这里十倍！今辻定神看着我，仿佛又有了新的出发目标。我说这树可以引来高贵的凤凰。今辻先生连连点着头说，嘿，我知道这个故事。

我说，这不，把您也引来了？他耸肩摇头，说，我不高贵！

我说它也可以做琴。今辻先生似乎对这个说法兴趣很大。我说1800多年前，中国历史上有个文化名人叫蔡邕，一次在乡野看见农夫将梧桐塞进灶膛烧时，传出一种特别清越的爆破声，于是立马将焦树干取出，后来做成了中国第一把梧桐琴……今辻先生听得入迷，说中国文化太丰富太伟大了，实在让他迷恋不过来。

我说蔡邕的女儿蔡文姬也是大名人，写过中国文学史上有名的《胡笳十八拍》……今辻马上掏出个小本本，一定要我将这蔡家父女的姓名，写在小本本上。小本本已很见破损。

他问我为什么上海有这么多的梧桐树？我说这树的根系，是成团状生长的，不是那种四散开扎的根系会破坏路面，上海的马路狭窄，哪能容忍？想来用梧桐做行道树是特别合适的。应该是这样吧。

今辻和典显得很兴奋，告诉我横滨多的是银杏，春天满眼翠绿，秋天黄叶满地。更有那初春的樱花，是何其凄美壮观……说着，他说借贵国一方宝地，随他去领略一下日本的风味。

于是，我们到了锦江饭店的日本料理银座。他又告诉我，他"入乡随俗"多时，不禁也萌发思乡之情，想吃家乡菜了。

高颈酒壶中，无色透明的米酒，是滚烫的。喝一口，热辣辣地直抵肺腑。日本的名菜寿司上桌时，只见一个小矩形的原木平面架上，堆着两小垛米饭，米饭四周用平展如纸的紫菜精致地包着，上面放着一片生鱼肉，旁边堆着用梅花染红的被切成极薄极小的生姜片，另一角放着用紫菜作包围材料的"一小桶"大马哈鱼卵。一颗颗晶莹剔透，像我们通常吃的鱼肝油那般大小。将之往嘴里一送，那黏黏的淡淡的，一种非常陌生的感觉，立时弥漫整个舌面。虽然我们没有吞食生鱼肉的习惯，但我这一刻，为了表示对国外友人的尊重与感谢，还是爽爽一口进去了。说不上好吃难吃，因这一刻的味道，不在具物上。

具物是指所有的菜。日本料理所有的菜几乎都不放盐，淡得甚至分不清是鱼是肉。想起美国汉学家金介甫来我家时说过的一句话："淡，是日本菜的微妙。"现下能进入这份微妙中去体验，真是美好。

今辻先生今天兴致很高，微醺中高高举着酒壶，给我又斟满了一小杯。我不怕酒，何况是米酒。只是我不喜饮而已。我知道他今天也许是百感交集。在这把年岁头里，总有许多情怀，会在醉意朦胧中悄然释放。

今辻先生就着家乡的一大堆美食，不时换碟移盏得心应手，他说他在这一刻得到了"回归"。

是的，六十开外的岁数。自费出国学习。只有对生活对诗神倾注全部身心的人，才会在这样的地点与时间作一次短暂的"回归"。今辻先生被中国文化强烈地吸引，已经第七次心甘情愿地被自己"流放"

到中国来了。我钦佩他为中日文化的交流，竭尽一己之力的精神。

今辻先生是日本现代诗人会会员，横滨诗人会理事，还是日本诗人评奖委员会成员。他的作品介于现代派与现实主义之间，但更偏向现代派与象征主义，在三四十年的文学生涯中，主要作品有诗集《鸟葬的孩子们》《长城独白》《品词考》等等。

他最近出版的一部《今辻和典诗集》里分上下两部分，上半部是写了如《石笛》这种在日本 2000 年前的古乐器，在它吹出的朴实音韵中，展开了丰富的联想，在《鸡啄米》那单一有序的动作中，写了诗人独特感受到的世界的秩序和另一种孤独得难以言表的感觉；下半部则是先生的译作。他翻译了我国诗人罗洛的诗集《雨后》中的部分作品。另外，在日本一些杂志上，经常可以读到他翻译的中国诗人辛笛、赵丽宏、冰夫等的诗作。我出版的诗集《有只鸟飞过天空》有幸还得他的评文，发表在日本著名诗刊《地球》上。

三个月转眼即逝，今辻先生行将回国。我们再次相约。在临近圣诞的一个下午，我叩响了他在复旦大学留学生楼 204 的房门。

说实在的，一进屋我有点吃惊。宿舍的简陋，简直使人无法想象。一个上了年纪的日本诗人，整个和青年学生一样起居，没有软垫的硬椅子，简单的开水杯……

然而，言谈间他神采飞扬。他告诉我，他家在日本属于中等生活水平，住房有一个层面。常自驾买菜、访友、去农庄。两个孩子早已成家立业，他太太是贤内助，他自是衣来伸手，饭来张口。

"今辻先生，你在这儿的生活，太辛苦了！"我在他那张兼作写字台的书橱翻板上，写下"苦行僧"三个字。

今辻先生顿时心领神会，连连说："NO！NO！"继而神秘又满足地告诉我说，这儿是他的别墅，他生活中真正的精神别墅！

我肃然起敬。

从今辻先生处回来的第三天上午，我正全神贯注沉浸在监狱采访稿的写作中，忽然电话铃响，那头传来了日本味极浓的国语。

我兴奋地欢呼起来："今辻先生，您好！您机票定在哪一天啊？"

"不！陆先生，"他不称我为女士而惯称我为先生。他兴高采烈地告诉我，他刚刚在上海人民广播电台里听完了我的诗朗诵，美妙的声音，美丽的诗句，太美了……"人生中有多少美妙的时刻／而漫长又漫长的等待里／却仅是平平常常的太阳／却仅是平平常常的月亮／平平常常又普普通通……"他用并不标准的汉语，顾自诵读着刚才电波中传出的诗行。他告诉我说，他研究过、读过我的这首诗，很熟悉。我被再一次感动。

我们欢快的对话，像一条翻腾着浪花的小河，我们在诗的王国里尽情尽性地交流着。是的，作为一个作者，再也没有什么比听到这样的反馈，更令人欢喜和欣慰。尽管外国诗人的中国词语还不够丰富，读音还不甚正确，但我从他充满感情的声音里，感受到了一种真诚的友情和神圣的诗意，这种美妙的感觉可以飞越时空。让人一辈子难忘。

哦，今辻先生，您好！

补记：重修本文已是 2018 年 8 月 4 日。十多年来我电话书信一直联系不上他。心中时有不祥预感。近年来我曾拜托多年在日本大学任教的（今辻和我共同的朋友）九十高龄（中国籍）瞿麦老帮着打听一下。近日瞿老师打听后告诉我，今辻先生已经作古。伤感之余，谨将此文，权作心香一瓣哀悼怀念。

283

一念惊魂

　　他就从一个时代的骄子沦为一个因犯了，仅仅只是一念之差。上海市新收监狱的成警官，在提供他案情时，声调里充满了惋惜。

　　见他从铁窗深处走来，高高的个头端正的五官结实的身架，只是削了个光头，一切曾经有过的辉煌，便削作了历史。他坐在一只小小的矮凳子上，仰着脸一动一动地点着头。他承认那只躺在展览会上的价格好几万元的笔记本电脑，就在他贪恋的目光注视之下，从台上的展品成为他抽斗中的赃物。

　　四年的大好光阴是他这次失足的代价。

　　可能事实上还不止这一些，他在今年5月16日案发中断学业时，正是一名在上海某大学环科系读书的三年级学生。一切就如一场噩梦那样可怕，案页上的记录，就是他必须面对的事实。

　　案发时，他还是班上的团支部书记，系里的学生会主席，春天还被系党支部批准为预备党员。采访他时他说，就是因为太迷恋电脑……一接触就觉得这个东西是这样魅力无穷，已将他整个心魂都吸进去了。他说出事那天没有一点征兆。要说征兆，只是案发前半天，突然接到父亲打来长途电话说他做梦，公安局把他唯一的儿子抓进去了。当时他忍不住笑出声来。父亲听到儿子的笑声，呵呵笑得更开心。

接着他就去市中心的展览馆，沉浸在电脑博览会里了。在一台精美绝顶的笔记本电脑前，他为这完美到极致的配置而惊羡不已。从他心魂深处聚拢来的兴奋与渴望，简直无法言说。

这时，他碰上了一个人……这是一个曾请他为他配置一台电脑的"客人"。他常在课余帮人配置电脑，赚点小钱贴补生活。他说当农民的父母亲，培养自己上大学真是不容易……生活的艰苦程度，他说出来，在上海长大的女朋友根本听不懂。上小学时，为了中午回家吃饭，他每天来来回回用四个多小时翻四次山头，所以从小学到中学，运动会他一直是长跑冠军。还年年评上三好生。考高中时，是考区第一名，三年前从山沟里考到了大上海，他知道自己经济条件怎么也无法与城市人比，他决心靠自己的发奋，去站稳脚下这地方。事实上他确实努力做到了，在天之骄子云集的校园中，他又成了一个佼佼者。

采访他时，他正收到女友今天寄来的一本学校的文学社团刊物。他无限感慨地说，这东西还是我当初发起组织，用电脑技术印制成的……唉，这些都是过去的事了，说起来心中就非常难受……

回头再说那时那刻在展柜前的事。当他与那个人不期而遇时，他对他说，我要台电脑，你替我把把关。

他点点头，心想那还用说，去店配置硬盘主机他都会细细检查的。他以为那人在说要他配置的事了。后来那人悄悄对他说，你就站在这里。他当时有点摸不着头脑，脑子里还没有"盗窃"这两个字出现。当他转过脸来时，居然看见他在他的身背后拔掉笔记本电脑的插头，正往包里放……

这一瞬他才恍然大悟！心情复杂极了，如果换成别的展品，他一定会立即制止或报警……可眼下是他梦寐以求的电脑呀，甚至连"窃书不算偷"也没想过。这一瞬，他默然。并鬼使神差，随那人出了门。

他说要到某某地方的专卖店里才能配上插头。两人就一起乘车赶去。不料还是因笔记本的型号过于独特而没有配上。这时，那人对他说，我给你3000元钱替我配个插头，说着就要将那笔记本带走。

当时他没有接钱，只是很贪婪地盯着那笔记本，心中实在舍不得。后来他就说，你拿回去也没用，还是等配上了插头再给你？他心里太想试试它了。于是这台电脑，便由他心满意足地带回了学校。

第二天他给有特殊型号的专卖店里打电话，一问说有的，就高兴得不得了。他与女友约定见面地点后，就直扑那店。他想只要一通电源，就可美美地过一把瘾了。当他推开那扇玻璃大门时，他不知道他命运中一个重大转折点，正等待着他……

在审讯室里，他才知道了事情的严重性。"把把关"，不就是"望望风"吗？况且后面的情节，说到天边也无法抹去合伙盗窃的犯罪"几要素"。他欲哭无泪。任何解释恐怕连本文的读者都无法原谅的。

他BP机响了整整一夜。他知道是女朋友疯狂在呼他。但他失去了自由。在这一个夜里，他不时想起长途电话中父亲那苍老的声音。

一切都已悔之不及。

他愿他迷恋电脑的悲情故事，在记者的笔下展将开来，给如他之流的"物质迷恋"者，竖一块黄牌警示。

1998-6-14　02:22　齐生死　了物我

梯子通到半空戛然而止

号称是世界十字路口，纽约的时代广场，也太让人失望了。没一点范儿，天空中乱七八糟地耸立着广告牌，红颜绿色，争先恐后，迫不及待，感觉中似乎就是一派名利场上的喧嚣。

所谓广场，也只不过是一个狭小的街心而已。当中最显眼处建有一架高达数十米的露天阔长的阶梯。梯子通到半空，戛然而止，没有下文。阶梯没有来由，像一截巨大的玩具部件，弃在闹市中心。或许只是让人坐在上面时，使一排排的人群，生出参差而已。

参差为什么？就是让人看广告。大热天的，头上又无棚无遮。大家憋憋地坐着，看看广告，看看人群，再是你看看我，我看看他什么的，莫名其妙的荒唐。当今最傻帽的事，我觉得时代广场在干。

凡在这儿做过广告的商品，便是世界名牌了，便享誉全球。凭什么啊？这不是文化侵略是什么？所以本人坚决拒绝名牌！越有名越不屑。过分了吧，我才不上当呢。

去时我国的"格力电器""新华传媒"榜上有名。据说广告费是天价，我等凡人是看不懂的。但是人的心理很奇怪，既想看到有中国的

287

产品广告，但又觉得，我们不该来这儿"轧闹猛"，一个世界上人数最多的国家，来助推这个"项目"和"知名度"，让其侵略性更甚？

其实不来，也是该罢的。

人到了这儿，前前后后总是乱哄哄一堆。空气中充满着难闻的汗酸臭味。全世界来这儿的人太多，避也避不开。大家挤挤挨挨，身体裸露的部位还不时互相擦碰，沾染到别人的体液，是免不了的尴尬事。

不断有人从台阶走上去，也不断有人从台阶走下来。全部目的，就是走上走下看广告。

我们不远万里来此干什么呢？也是来看广告。所以，就怨不得别人了。人类的通病，就是往人多的地方挤。

或许来此休息？也好这么说。毕竟这儿有可以坐的地方。

弄某某功的人，长着中国人面孔，两三人。在阶梯下方的平台上，占着一排不小的位置，死缠烂打地逮住经过此地的中国人不放，为什么？宣传哎！可是没有市场。而每每来缠上我，更是被我一顿痛骂。缠别人时，我看也大都这个结局。我对他们说，为什么你们不去做点别的什么事情赚点钱，而非要做这个行当呢？不要再和自己过不去，回头吧！

但是我从训练有素的"展板展示"，到昂贵的场地，明显看出是得到有关方面支持的。

整理此文时，得知赤道仿佛已经上移纬度了。北极热到 32 ℃。将大自然搞到今天这样的"规模"，当代人类，生存遭受危机。也如时代广场一样，处在十字路口。

何去何从？后有"追兵"，紧迫。

2014 夏秋之交　天容海色本澄清

288

我将信贴在胸前

纸质的信封，不是电子邮件。有种珍贵感，让我先将信贴在胸前。这是今年已84岁的老诗人谢其规的来信。对于他，我一直心存敬意。曾经，在他出版的一本诗集中，我无意间翻到了一首诗《诗神召唤坚强——写给陆萍》，不禁热泪盈眶。

这首诗我最早在《上海诗人》上读到的。我的眼神久久停留在那首诗上。诗行上叠加着老诗人谢其规亲切的面容，意识流。片花如水。那时我的心神是凝重。但我不想留字也不想说话。心神中那些凝重的东西，沉甸甸地沉下心海，被有种说不出的东西覆盖再覆盖。没声没息。

及至日后，有次老诗友相聚，是冰夫回国请客吃饭，在离家很远的地方。聚会结束，是我陪冰夫回的家。

我挽着冰夫，临分手与大家告别时，我看见站在人群中的谢其规。他和善亲切地向我微笑着，这是他的招牌表情。但自始至终，我都没有向他表示过感谢。更没有将读他诗的感觉说出口。甚至更让自己奇怪的是——我竟然没有向他表达过哪怕是一丝的谢意，他那首

《诗神召唤坚强——写给陆萍》，指名道姓。而我仿佛什么事都没有发生过一样，用我语速很快的习惯，一如往常地与大家打招呼，说东道西地开心。甚至当我与谢其规眼神的几次对视中，我送出去的也是一片空白。

也许是一种纯粹、一种干净，也许是兄长照例的关切，一切不需要语言也没有语言。

今年 9 月 26 日。上政、市朗诵协会、文汇出版社和作协诗歌组在为我策划的两本诗集新著再版朗诵会时，欲请些诗人与会。我就第一个想到了他。打通他家电话，家人说他出去了。我说出去做什么？那头说，办事情呗！我说几个人出去的？那头似乎对我的问话有点奇怪，但还是回答了，说，他一人。

我听后一阵窃喜。因为他能"一人出去办事"，不正是身体很好吗！他好着我就开心。就这么简单的开心，让我三脚二步地进到阳台，让盛开着的鲜花代我释放好心情。这是我的习惯，情绪有波动时，阳台花草中有我的定海神针。

不想过了才一会儿，电话响了。出阳台一听，居然是他谢其规打来的，听气息声音，永远的五十来岁模样。问清我的意图后，一口答应，说，我来。你的新著朗诵会，我肯定来。我心头淌过一阵暖流。说，我一直没有谢过你。我看到你曾经写给我的诗了，发表在《上海诗人》上的那首。

当今互联网时代，这句话过了几年，才从受诗者传到写诗者的耳朵里，我自己也觉得有点过分。但当时他老大哥的口气，一句话就轻轻略过了。

我本是家中老大，我没有哥哥。但是这时我体会到了有兄长的感觉。是那种似乎后背有靠的踏实。

不想到了活动前几天，我去电，照例他在外奔波，而且再度回电时告诉我，26日他上午有事，下午设法赶来。再具体估算时间细节后，他表示："来不及！不能来了。"

其实这一切都在我的预料之中。甚至不来，更让我安心。人与人之间，只要有感觉就是了。其余的都是"技术"问题。他答应我的本身，就是他"来"了。我感谢。

不想随着话题的展开，他开始责怪我，有点声色俱厉的样子："我到现在还没有收到你的两本新诗集！"

"嗯……我忙……"

"再忙，你寄书给我的时间还是应该有的啊！"

我开始诺诺。

"你不寄我书，叫我到时如何发言？"

我无语。我马上说，哦，事情是这样的，只是搞个朗诵，都没有发言的……"生命诗性的体验之美——陆萍新著《玫瑰兀自绽放》《生活过成诗》再版赏读会"，是大会题目，当时学院向我表达这个意图时，我力避"研讨会"，我不想惊动更多的人而耽误人家时间精力。我说就开个朗诵会吧。反正有著名朗诵艺术家、上海朗诵协会会长陆澄挂帅的强大团队，一切都OK，过个仪式就是了。

"啊？不让发言啊？我有话要说呀……"

"……"

然而活动策划的议程，是由不得我的呀。会议主旨他们都已经定了。但是这些话我没出口。我默默然诺诺然。

后来无意间，我将这个情况，在仅有的第三次活动筹备会上说了。

我说有老诗人已经 84 岁了，但他表示有话要说。我们程序中又没有安排，我都不知如何回答是好呢。不想他们一听，十分感动，立即提出：那我们上门去搞个视频采录如何？请你负责联系一下吧？我们马上去组织准备采录的机器和人马。

我本来是想事情到此结束的。但这时，我却无法将之"吞没"，只得又去电联系谢其规。一番诉说后，他勉强同意第二天上门去他家采录视频。

可是到了第二天一早，电话铃声大作。传来了谢其规洪亮声音：陆萍，今天这事我觉得还是免了好，如这样出头露面，是违背我这辈子初衷的。晚年了，我不想毁了我的信条。

我唯有"诺诺"。

于是今天我收到了他的这封信，还有他的墨宝"诗咏心志"丙申秋八四诗翁谢其规书。完全是带着他体温的手工操作的书信，且是赶在大会的前一天，寄到了我的手中。

这是一种怎样的深情？这深情深深地濡润着我的今天，也暖暖地蔓延到过去了的悠远岁月。我想起我们曾经一次又一次的交往，开会、采风、讨论，还有一次没有成功的他约我写电视剧本的事。

这些平凡又寻常的片段，今天都成了我生命中的华章。

附录：谢其规手书来信

陆萍诗友：

你好！惠赠大作诗集二种已收到。虽姗姗来迟，但也不必如签帖所说怀有"罪"感，更不必惶恐地存有"将功折罪"之念，毕竟你我是忘年之交，诗谊久长，我怎会因此责怪呢。一笑！

二本！一下子就推出二本！气魄够大的！再次祝贺你！这是你开掘生活之美的硕果，也是你累年心血的结晶，着实不易。初读两书，感怀良多。总的感觉是，你的写作已臻佳境。已稀见你早期创作浅尝辄止、表象浮掠之作，多的是从多方面生活感受出发，较为深切而又有思辨抒述，且融入了真诚、强烈的感情。更值得一提的是，不少诗篇张扬了自己的个性，具有浓郁的思辨色彩，故而能打动人心，引起共鸣，如《痛断肝肠……》《沉静是一张……》《行至深处》等篇，都称得上乘之作。

上海的女诗人中，目前算你的诗龄最长的了，此前作品虽多，未能引起上海诗坛足够重视。二本诗集出版后，其闪耀的思绪光芒，洋溢的人性色彩，震撼了诗坛。你的创作成绩较前有了大的飞跃，已因此步入了方队前列，可贵可赞！

记得那年你……难以摆脱巨大悲痛时，我在给你的那首《诗神召唤坚强——写给陆萍》诗中，鼓励你从人生的阴影中走出，并相信要不了多久，你定能用薪新的诗作"让我心头一喜／眼睛一亮"，一语中的。如今，你果然没让我失望，我岂能不悦。最后，祝你未来的创作取得更大丰收。

顺颂秋安　谢其规　2017-9-25

转眼一甲子

五十八年时空倒转，我们回到了童年的小学时代。

咫尺天涯是什么意思？眼下就是。明明在遥远的记忆中确切存在，眼下却怎么也不敢相认。有的简直面目全非，连当初的一点儿影也不复存在了。有的长"大"了。记得小时才细细瘦瘦的个儿，现在却挺有"来头"的样子。有的长得蛮长大的，现在却小下去不少。

无法想象每个人，是如何地走过这六十年的迢遥之路，如果有可能写出来，都是一部精彩的大书。

大卫在学校名气很响。每天早上，他都在台上领大家做广播早操。而今举手投足间，似乎还保存了当年当大队长的气质，很不愧这个名字，想来定有一番大业成就。只是相聚时间实在太短，生活的章节甚至来不及展开目录，就闭幕了。

最是我的密友惠英，竟变得特别温柔美丽。小时平平常常的一个，老来却明眸皓齿，且风情万千。倪洁花是我们的生活委员，到如今还是这样地清清爽爽，让人可亲。

杏妹，还是当年大大咧咧的样子，古道热肠，快人快言，爱心满天。想来她的生活相当滋润。慈心的大眼睛，60年后依然不变。留在记忆中的这双明眸，到今天我都能一眼认出来。他是个情义深重的人，第一次拉起这支相聚的队伍，全仗他费心费力，花费的那份心思，让人感激。

还有宝鑫、荣生等等，我看着一大帮是我小学同学的老头老太，万千感慨涌上心头。想当年我们什么都不懂，懵里懵懂六年后，就走出校门各奔东西，六十年来，在社会生活各个弯弯曲曲的管道里奔走奋斗，每个人都以自己的方式完成了自己的大业。

不管当年最调皮的，还是最听老师话的，也不管长矮胖瘦，都一个个结了婚生了子，大体都按几千年来最通俗最正规的人生提纲在生活。当今闲了下来，一年年回想，溯源而上，一直追到我们曾经最初的启蒙岁月。聚合一说虽已过了一甲子，尤是这甲子，才显得难能可贵。

其实，我们当初读书时年少无知，感情没有开花，五六年里，更是男女同学间几乎没有说过话，更没一点点故事发生。现在，几近是陌生人对着陌生人。四目相视，微笑中似乎闪现着许多内容。但是缺少线索，无法串联；缺少火把，无法燃烧。六十年时空的穿越，从当年到今天，来不及改头换面，来不及渐变铺垫，甚至来不及读一次当年的名字，就一眼六十一甲子。双手相握，一步到位。

有的人，就被我记忆的齿轮卡住了。风雨霜雪地转不过弯来。有的真没有在记忆中留存，哪怕是一闪半影。

但是却都在想着聚，聚在一起，一起与当时最少时的同学，见见面说说话。

说什么不重要，重要的是我们在人生成长之初的"根部土壤"相遇。有点叶落归根的味道。

有句话这样说：少时向前看。中年前后看。老了回头看。

我们已到了回头看的年份，自然想着与最早的小学同学聚一聚。为什么聚了一次不够，还再次聚？就因为我们是在寻找自己的最初。尽管最初是什么样一点框架都没有了，但还是要寻，要找，要对自己天命之身有个交代，要对自己活过的岁月有个交代。

等于是当一部小说读完掩卷，意犹未尽之时，再翻翻序言，看看封面。

难道不是？

2006 秋草　2022-5　疫情封控期重读　经淬炼而凛然脱逸

细细碎碎的日子

　　小人的长大，简直能听得他拔节的声音。今早起来，就发觉子澄似乎比昨天大了一点。

　　现在他父母带他去六院看病了，有点发热。出门前我叫他喝了一大杯水，他也听话，照我做了。因为昨天我们相处了一天，关系很好。他有点咳嗽，我叫他服了小青龙、百蕊片以及肺力咳，反正都是中药。

　　午时我让他洗了澡，开了空调在我房间玩。中午后，他很苦恼，因为不想睡。我说老师在你的成长手册上写着呢，要睡的。他立即出去找了来，递于我手中。我将老师在暑假间的要求读给他听了。他说，怎么午睡的话讲了两次？我说老师要求午睡的事很重要，才说两次呢。在成长手册上，午睡的人才能粘两张粘胶小红花。他想了想说，我睡不着怎么办？我说那就少睡一点时间，你先闭着眼躺在床上，但心里想着在玩就可以了。

　　不出所料，才一会儿他就睡着了。一个半小时后，醒了，大概是没睡醒或者说身体有点不舒服，就哭。哭得很厉害的样子，我上去是"老规矩"，吵得更不可收拾。所以我没有马上上去，而是等他哭了一会儿，我才上去抱着他，说囡是不是不舒服了，是不是让大王阿姨给吵醒了。我必须找个他哭的台阶让他下来。我说让我来宝贝宝贝吧。他很温顺地躺在我怀里。

我发现我的怀抱已显小了。但他很听话，将个小脸侧向我怀中。我很幸福。很少这样零距离。前几天在946路公交站头等车时，我想再过些日子，也许我永远也抱不动他了，就悄悄试着将他抱起来看946站牌上的字。才几下子，腰间突感不适，整夜都用那根绑带缠紧腰杆。回家还不敢对女儿说。

到了晚上，我试着让他做大人的感觉。什么事都与他商量。

说能不能在里面吃？好呀。那你去拿骨盆，他踏踏去了，很情愿的样子。

我们又在屋里床席子上架起小台子，他马上利索地拿来了两张小凳子，又去什么什么的，对我言听计从。本来他吃饭也不大想吃的，此刻忽然对这顿饭大感兴趣。

我炒了韭芽鸡心。没想到大王将个鸡心切成肉丝那样，让人大倒胃口。还有鸽子烧汤。澄子坐在高出台面的凳子上，两只小膝头高高突出，与一台子菜碟在一个平面。他拿起饭碗，将个身子冲向台面吃将起来，而且还大口大口，由于扒饭过于猛烈，手里一滑，饭碗"卟"的一声落在台子上。我说不要紧，碗落下来说明你已经会捧着吃了。

看他吃不顺溜，我忽然想起还有"六月黄"没烧。本来我想面拖蟹多烧点卤的，让他拌饭吃。我急急出去，在厨房弄起来，不想他一会儿出来一次，一会儿出来一次，将个小台子上的菜盆之类，悉数全部搬到厨房了。我烧好后，又想到他在咳嗽，吃蟹容易发；而他对蟹也没什么兴趣，剩饭干粘得很。我说，囡，是不是胃口不好，吃不下。

他正好，顺水推舟，说，阿婆我吃不下。我说你想吃点啥，我给你去弄。他想了下说，吃馄饨，干的，里面很油的那种。我说，噢，是煎馄饨。他说，对，是的。

我说那好。现在我们马上出去，晚了要收摊的。他马上行动。问，我穿这身衣服可以出去吗？我说可以。他小小人儿，生来对衣着十分在意。哪怕到房门外的电梯口，他都要换出门衣服才成。

这几天正值黄梅，细雨，很闷。我说你带把小伞。他高兴得像中了彩一样，马上出去找了出来。我们一起出了门。我说有可能都买不到了，怎么办？家里只有汤团。他说好的，如果没有就吃汤圆好了。那你吃几只？我吃六只。介多？那吃五只，少吃一只。吃四只，不，吃三只吧。我说三只太少了……

本想去菜场买点现成肉糜，再弄点馄饨皮，包几只煎一煎的。又一想天太热，这肉糜是放了嫩肉粉的，不好。于是马上到了"你我他"。一问，只有冷馄饨。我拉着囡看了看实物，他说，好的，我要吃的。我就买了一客。样子蛮好的，里面菜很多。囡吃了两只，说不想吃了。我吃了一只。让他数了数，他说还有七只。我问那我们吃了几只？他说三只。看来学习是要结合实际，10-7 的算术，他一下子就弄清楚了。

回来路上到了超市。进得里面，他选的东西不要了，我说那你得放回原处。他说好的，便飞也似的直穿缝道而去。我看着他在货架间隙隐没。他回来时，我躲在柱子后，想看他找不到外婆时如何状态。不想他哇哇叫了几声"外婆"。我佯装不闻。他又叫了几声，但声音里没有焦急。

我现身后问他，如果找不到外婆的话，你又没有电话，又没有号码，怎么办？

我有两个办法。一个是用声音叫，再一个是等在原地。

太好了。我抱起他亲了又亲。我讲还有个办法，是走到收银员阿姨边不离开，对阿姨说，外婆找不到了，这样可以避免你被坏人发现，将你偷走。他若有所思。

在门口，他对我很文雅地表示，想要一只棒棒糖玩具。两元八。又买了果冻。

回到家，他说洗澡。我说太好了。但他看到那只玩具时，又坚持要马上拆，再洗澡。我无奈地说，好吧。因为棒头糖怕化，缠得十分紧，拆开是有难度的呵。当我帮他拆开的第一时间，他兴奋异常地说："是蛇！是蛇！"并且载歌载舞欢唱起来。他说上次买回的是只蜻蜓，现在就想要条蛇。好梦成真。两元八系列棒棒糖小玩具，是盲盒。

只见一个小小塑料袋中一小堆乱七八糟的杂碎，我想，囡凭什么讲是条蛇呢？

他看出了我的疑惑，说："外婆，我可以拼起来的。"那模样，胸有成竹。还说，"勒勒我呒没力道辰光（在我无力时），侬帮我弄。"

囡是约三个月前，突然有一天，他妈妈说，现在易子澄好像不会讲上海话了。我马上回忆一下他平日里所有的话，恍然发现了这样的事实。我很惊讶，对呀，好像是不会讲了。于是，三个月来，我们竭尽全力想"恢复"。现在总算有点小效果了。他偶然也会硬邦邦地说上一句半句上海话。

我将他刚才拆下来的半张香烟壳子大小的包装纸，清理到了垃圾桶里。

刚才的东西呢？我讲在废纸篓。他马上从篓里翻出那小纸片，对着上面的小小示意图，一个个找全，然后拼出个蛇头来，再找出个小尾巴来弄进两半开的身体，拼装的蛇身两片塑料零件，铆牢的"暗合拢"全是内镶式，要弄紧，我也蛮吃力。不过我是听他的指点才弄清楚的。

我打量着这个五周岁还少三个月的小人精。他是如何识得立体示意图的呢？前几天有个小"美人鱼"玩艺也是，由于我弄不清乱拼一气，他急得反复示意我看，最后才恍悟，装成。他说我只是没有这么大的力气揿进去呀。

果然，一条蛇拼装成功了！还会摇晃脑袋和尾巴呢！

囡坦言，今天和外婆一起很快乐。

细细碎碎的日子里，其实蕴涵了多少见证成长的快乐。

2010-6-7 长成大旗 长成瀑布 长成当代风景图

释放内心隐秘的欲望

自己做书。这几天，我在做这件自己非常想做的事情。

曾经出过十八九本书。但今非昔比。以前出版社非但要出我的书，而且还要支付我一笔稿酬，最多一本近十万。二十年过去，时代变了。

这些年里，随手写下的东西很多。无欲无求之中，内心世界清澈澄明，文思泉涌。一次看到台湾的梦蝶出版《孤独国》，是自费，忽然就激荡起来，觉得为文学守夜，这也是一种方式。说服了自己后，我想，既自己出钱，何不就自己亲手做。以前出的种种书，在很大程度上并不尽我意。我是一个凡事特别"穷尽边缘"的人，不到极致就不甘心。只是别人不知道我自己对自己的苛刻程度，其实已经至"癖"，四五十年来，因为诗的操练。

言归正传。书编完后，我自己排版。我要设计版式，翻阅很多图书，寻觅包括字体、辑封、版心等内在的规则。想象中合我心意的那款书，首先应该全部用彩色。诗页整版，采用淡雅的渐变色。配图至少也是来自我一路过来的生命风景。甚至即便是花草美图，这花草也得自栽自摄。我去买回扫描仪，学会如何连上电脑使用。并花了月把时间，将几十年来堆积如山的照片分类取舍，扫描进电脑。年轻时代时，数码相机还没发明，成千照片都是朋友们的相机为我拍摄并由照相馆洗出后寄我的。

照片涉及几个年代，我牵一发而动全身，抖落开人生旅程。几乎时有照片让我分神，走进我曾经的峥嵘岁月；我又艰难地将自己拖出来，狠狠纳入自己初衷的轨道。总算强行结束照片的分类选择。

我不怕困难。也会努力钻研。知道得用最专业的飞腾4.1软件来完成排版工作。我联系熟悉的专业朋友，给我遥控指导。我要让我的书里，图文并茂。居然也让我很快成功。当电脑屏幕上呈现出我内心的图景时，甚至我自己还有点不相信。

我要充分享受制作过程，释放内心隐秘的需求。

真下了决心，所谓最难的事情，其实一点也不难。很多小细节，我上网查，我打电话请教，我自己琢磨研究。不像写诗，灵感没有地址。它其实就是工业性的劳作，有规律，每项操作，都有定则，有出处，它与诗甚远，不是天马行空，凭空结果。而是如会了第一次，后面哪怕再多，都一个模式。很快，230页内芯排完。专业同志说，可以啊，陆老师，但您是抢了我们的饭碗啊。我们哈哈笑开。那一刻我的内心表情是很夸张的。

曾研究图片如何上去的问题……"反白"是个技术话，却也只是轻轻一点，立马色彩纷呈，要啥有啥！再是编页，这个后来也解决了。嘿，就是鼠标一点，立马序列齐整，丝毫不差。机器就是机器，那个讲究规则恪守设置的律条，让翻云覆雨，易如反掌。于是很快，成绩与时间成正比。觉得能自己做书，是一份极大的乐趣。看我发在博客上的电脑截图，那份成就感的洋溢，淋漓啊。可是这一切被一个意外，很快翻过成了历史。

时间到了今天，2018年6月11日。为编散文查资料，我偶然看到了自己上面的这篇博文，一时感慨万千。就在这之后两个月中，我两本新诗集《玫瑰兀自绽放》《生活过成诗》，在偶然机缘中，送到了上海文化发展基金会，没想到很快通过相关审核，获得出版资助！接着发生的事，就由不得我了。

文汇出版社朱大编，做我两本诗集的编辑。他是有名的金牌编辑。我自己做的东西，不入他眼！我想在书上做花呀草呀的想法，也被他一枪毙了！那我早先的梦想，就只好"歇菜"。

大编对我说，你的书，是凭你的文字立起来的！又不是当下电子软文，胡里花哨的附加，要它做甚！陆萍你不需要。他的音调斩钉截铁，我明白解释是多余的。虽然不太同意大编所说，只是凭他业务的一流精湛及对工作的精神，觉得听从他的建议，应该是明智的。

我没有坚持自己，也无法坚持。这样，之前我的全部劳苦与自得，至此结束。而我的这套"武功"，也全部报废！因为我是"现买现卖"的啊。没有根基。

好在我已经拥有了过程。尝试过了快乐过了也得到过了。得到不定就是牢牢拥在怀里。我不看重终端。罢。

　　　　　　　　　　2016年夏秋之交　这是色彩斑斓的季节

在埃及红海

　　红海啊，红海原来不是红色的，而是彩色的。海底那如珍奇宝贝的彩色珊瑚，如神奇的花地毯，分分秒秒在动，阳光下呈现着绮丽绚烂的光色，我们望着清澈见底的海水，简直是入了神界仙境。当然，我说的是此时此景。红海叫红海还是有来头的。有说是海边珊瑚礁长着暗红的海藻所致，有说是气温原因，更有说是海边周遭峭壁之色所染，反正众说纷纭不一而足。

　　我在意的是红海的味道，想亲口一尝。据说她是世界上最咸的海，有的地方甚至达到饱和，盐放进去也溶化不了。海面也世界第一热，最深处的 2200 多米那儿达 60 摄氏度。能想象吗？她是印度洋的陆间海，狭长形，像一只长长的蜗牛，自西北至东南，横在阿拉伯半岛和非洲大陆之间。

　　想起有位世界著名的潜水摄影师描述说："在红海海底，日日夜夜都非常热闹，珊瑚礁默默而有节奏地跳着魔术般的舞蹈。"现在，我总算是眼见为实了。

　　海水之清澈幽艳，美得令人绝望。之所以绝望，是觉得自己已抵天之涯海之角，美之穷尽处，这世界上一切的一切，似乎都被享用完了的那种贫困和无望。

红海猛烈的海风，使劲将我复杂的帽沿曲线，吹成"一刀平"。只有几根它奈何不得的短发，悄悄溜出制裁线，出来看好奇。

我们小小的游艇洁洁白。在湛蓝的海水中显得格外"鲜衣怒马"。两个健壮黝黑的非洲小哥驾驶着带我们出海。大约一个多小时，到了一个海底满是彩色珊瑚的礁石附近，就将缆绳系上礁石固定。据说这儿是世上最佳潜水处。

这时一个浪头打上艇来，我立即掬水朝嘴里送，先生见了说，当心啊，你的宝贝耳环，经不了咸水的。我满足地笑着，立即擦干。不过总算也尝到红海的味道了，仿佛咸得有点鲜哦。

我们兴奋地走上游艇甲板，去放眼世界。

这时先生阿东已经系紧橘色救生衣，正一个猛子扎向红海深处。他一边仰游，一边向着我们招呼。

蓝天高远，大海碧清，美得都让人想一个猛子也深扎下去与它消融。可惜我们不会游水，哪敢轻易下去，只是贪婪想象着水下珊瑚礁的胜景。身边一个旅友刚在甲板上放下钓饵，忽然就"秒杀"拉杆，一条色彩艳丽的鱼儿正在空中蹦跶……

我站的地方，是游艇驾驶舱的前方，艇尖那处铺着精致的木板。海鸥不时飞来过去，让海有了姿势和灵感。这个时候，心会飞扬起来，想从前想将来。在从前和将来的中心，将自己定在幸福的段位上。

及至玩水结束，先生上得艇来，说这海非常特别，浮力很大，我稍一蹬水，就一窜老远……到底比别处要咸八倍呢，就不一样啊。

我们又随小艇在红海兜兜转转，风光无限，尽收眼底了。到目的地后，我们下了小艇，赤脚涉水，上了一个礁山小岛。岛上一片荒芜，没有点滴人工痕迹，地上一片银白，尽是粗糙的砂砾，想来常常被海水打理，洁净如洗。只是那个海风啊，吹得让人前晃后摇，甚至将我围在脖颈的丝巾，硬生生在空中拉成一条直线，好在我一端攥紧，才没出离我身。

盛大的海风，不让我们迎风唱出声来，它温柔又坚定地堵住了我们口鼻，我们只能背风说话……

已经是狂风了，狂风却还在狂舞。为稳定重心，我们只能就地坐下！坐下的我，却突然发现自己左耳那只耳环不见了！焦急中，我第一感觉就是"完了"，肯定是风动丝巾惹的祸。

大家纷纷帮忙猫腰四搜。然而满地砂砾形同珠贝，阳光下一地银白，又耀眼又恍心。好长一时，耳环连影子的影子都没现身。

这不，堪比大海捞针啊！偌大礁岛地，怎么可能找得到一只小小耳环呢？心一横，我就恳谢大家不要再找了。说权当自己献给埃及红海的一枚珍宝吧。出此想时，心空却雷惊雨猛……

这时，只见我先生阿东远远走来。他东看看西望望，那副样子，一定也在为我难过。因他比谁都知这对耳环的个中幽隐。当然远门外出保平安只是其一。

我转过身去看着红海波浪。他也跟着我转过身去看波浪红海。待到得我面前时，他却忽然朝我摊开了手掌。

啊！奇迹发生……我顿时惊喜不迭，那枚耳环赫然在目！颤颤然，我托在手心时，竟喜极而泣。多么心心念念的"祖传"宝贝，终于回来了！多么熟悉亲切的宝贝啊！

大家喜不自禁为我庆幸。可是忽又惊怕不已，继而异口同声问我先生：您到底是在什么地方找到的呀？

不想先生不紧不慢：哈，在"心上"的地方找到的呢。

神奇、神秘的红海啊，您将来自太平洋东岸的一枚珍宝，拥怀细赏后，又完璧归赵；归还给了来自东方中国的我。感恩。

2017-10-30　埃及匆记　2022-8-25　凌晨定稿

追求真理往往要低至尘埃

在美国发生的一件事

　　飞机落地后，地接导游没有出现。我们从美国盐湖城飞到赌城拉斯维加斯这儿正是半夜。后来当他出现在大巴上时，已经过了一个多小时。他是从中国移民到美国当导游的一个东北汉。他在拉斯维加斯机场看到我们这帮从中国来的老头老太时，态度极其不屑，漫不经心，不冷不热，甚至在言语间几多讥嘲。他上车后，径直坐在大巴的前座，目视前方，打着卷儿音向我们发话。没有把后面这群来自他故乡长江黄河的前辈们放在眼里。

　　他说什么，我们不很听清，我们人群中有人表示意见时，他置若罔闻。已是夜深，我们将就着。忽然他又下车，想来又去补什么手续了，没有为我们的到来，提前做好准备工作。领队也不知道。我们在黑咕隆咚的夜里，又等了近个把小时后，他才上车，也没解释，人朝前排一坐，对着前方的窗玻璃说开了话。听清的零碎言语中似乎说，大家都要好自为之，这儿不是在中国，不讲什么情义、义务，这儿一切都用金钱说话，不要多事云云。

　　听得出，我们的到来，仿佛让他不得安生。当他背对着我们说完了话，还是没有转过身来的意思。我们这群老头老太们，对这号的导游倒还不曾见识过。早在我们等候他的这前后两段时间里，大家都憋闷得慌，一人提议，众声应和，大家也已经有了互动交流。

我们旅行团中的一个人站了起来，手里拿着一张纸，大声对导游与领队说，我代表全团旅客，要求调换这个导游。从现在开始！理由是美国导游态度不佳，言语不恭，有伤中国人的尊严。并请导游在这张纸上签个字。

汉子条一听，背对着我们大声说："可以！"那个爽啊，大有求之不得的心情。尽管他爽笑时，感到有点意外。在此之前，我们已经将全团人的意愿落笔纸上。

我写"汉子条"是因为这汉子不够"条"之格。有点酸他。

我们话说完了，表示要求继续在车里等。请他下车立马去办手续。没有余地。

他爽话已说，其时也只得下车了。我们静等。半个小时后，他如梦初醒。后来得知他极其后怕，这样将会让他无法再在这个行业上待下去，影响一家老小的生存。他上得车来勉强道歉。并一再让中国领队打招呼，说美国地接公司的老总，要求中国游客无论如何再给他一个机会；更是夜深，一时无法再找到新导游云云。我们言词不激烈，只是用温和的态度坚持着强硬的观点。

"汉子条"上上下下地忙，一会上车，一会下车，意思是他在与公司老总汇报。几番"拉锯战"之后，最后在"汉子条"再三再四的赔礼之后，我们这群阅人无数的老头老太，决定给他出路——"留团观察"。

我们说，导游，你先起说对了，这儿是美国不是中国。这儿不讲什么奉献、情义，这儿就是只讲赤裸裸的金钱。现在我们付了钱，也付了小费，我们就是要买到相对应的服务，不合格就调换！很正常。我们不讲情义，尽管你也出生在中国东北，谁让我们现在都站在美国的土地上呢？

只是我们对"汉子条"讲，给你公司老总面子，但"今天太晚，没法换新导游"之说，只限用在今夜。如果往后六天服务不好，全团同志可以随时解雇"汉子条"，届时我们可不再接受公司老总的"找不到新导游"之说。

我们在车上立即草拟了一份意见书。全团成员在上面又签了字，当然也让他签了；如果他不签，可以，那就要换了导游再让车子开动。不是我们这群老同志要为难他，实在是他自己做的"蔑视"再三再四，所以只得由他自己再三再四去消化。这里不再展开细说。

接着，此汉态度大变。知道说话应该是转身面朝大家了，且腰儿软软地弯，也难为他的胖肚皮了。后来的几天中，他巴颠颠地看我们脸色。汉子活成这个样，真叫一个窝囊！早知今日，又何必当初呢！……

中国现在强大了。包括我们这群老头老太，即使远走他乡，也内心坚实。

2014-6-30　真名士　自风流

四只大饼

怎么会老在心里呢？人有时真的很奇怪，直到今天去打了招呼，仿佛才"尘埃落定"。

那是前天晚上七点。在我家养伤的女儿想吃淡淡的"咸烤虾"。本来闹市街头，不时会看到乡人挑着担子叫卖的咸烤虾，现在绝迹了。前天我自己做过一次，就是太咸了。女儿说如果淡点当零嘴将不失为上。那是在晚饭桌子上说的，饭后看看七点还不到，我立马到对过菜场去一下。就一条马路的距离，非常方便。女儿住娘家休养，机会难得。她是下楼梯看手机跌断的脚骨，教训惨痛。

路过菜场门口通常都有的一长溜杂店时，看见一个乡人模样的大小伙，无聊地趴在玻璃柜上，望着四个大饼发呆。我猜想他在发呆。

我一时驻足。想到家里还有一大堆馒头、点心。但我还是开口，问，小伙子，卖完了就可以关门？他点点头。我说那我买了吧。但一摸口袋，加上碎钱才26元钱。于是打住。说，等我买完东西再来。我生怕这点小钱不够。

进得菜场，在第一个摊位前站定，问价。不想正忙着收摊的摊主说，这些籽虾本来要 70 元一斤的，给你 45 元吧！我觉得太便宜了，只只鲜蹦乱跳。心想买 20 元吃着玩玩也够了。剩下的 6 元钱正好将那四个饼买下。其实后来才知道，里面的虾摊上尽是每斤 40 元、38 元。那是后话，不说。

提着一小袋虾就往家里走。想着如何弄成女儿想吃的那种零食。步履匆匆，一直走到小区尽头家门洞前。

掏钥匙时摸到硬币，心想糟了！回来路上竟忘了自己的承诺。再折回吧，回家急着要做咸烤虾，怕迟了不新鲜；再是，一天下来有点腰酸了。犹豫着还是进了门洞上了电梯。

女儿边蘸着醋边吃，说做得真好吃。脆脆的酸酸的。我心里乐意，女儿腿骨伤了，这虾皮倒还是长骨头呢。不想小澄子也来凑外快，一捞一个，而且吃得比妈妈还快。

看他们吃着，心里踏实。我便把心里那不踏实的事说开了。小澄子开言，外婆，你这是欺骗了人家。我想是的，万一他小伙子眼巴巴地等着，可不好哦。但是我的身子骨还没有挪动的意思。

睡前想着这事。醒来也想着这事。其实并不是什么大事，值得我如此牵肠挂肚么？一觉睡后，身子骨轻了许多，立马出门到那个店。

里面一个姑娘一个小伙正忙乎。我觉得昨天那个应该还要胖点的，今天这小伙瘦。问你们干活的男孩一个还是两个。答，一个啊。

我说，哦，小伙子，那昨天就是你了，对不起哦！昨天我回家时忘记了！让你等了哦。

"不要紧的，我是看见你从门前走过了，以为你不要了呢。"

"那你为什么不叫住我呢？我口袋里特地剩着钱呢！"

"你剩着钱？"

"是的，只是我回家时忘了！"

店里的小姑娘和小伙子都笑了起来。那种纯朴的憨厚的笑意，让店里店外的空气松软芬芳。我说今天我来补买，也来四个。

"不买不要紧的呀。"

"要紧的！"买了我才放心。但我后一句话没有出口。

才明白——有时候，很多事情是自己和自己纠结。

文章在博客中发了后，有个在普陀法院工作的网友叫张敏娴的同志跟帖："买者虽然当天错过，却耿耿于怀，第二天补救，不失于信；卖者持摊守望，看到买者路过，却默然无语，不失于礼。这不是与自己的纠结，而是买卖关系中诚信的羁绊，如果把这些小羁绊结成网，连成片，社会风气大善！"

我觉得她说准关键词了，精神提升了一级，心存感激。

2015-5-5　一根刺必须被另一根刺挑出来

波斯菊

秋风秋雨阵阵紧。家里窗门乒乓乱响。我正收拾着退税回来后的新房产证、房型图、购房发票等。

窗外花坛上在乱哄哄的绿叶丛中，居然有三四支长茎玫红色的花在秋风中劲舞。每天一早我看到它时，心头总有一分抑制不住的欣喜。这花的种子来自去年到的内蒙古。我在路途中与毕淑敏一起从大片大片红得让人心醉的花丛中收采下来的。同行的毕淑敏妈妈对我说，回去就放在盆泥中，加水，但不要满，否则你看不见的花籽儿就随水流走了。哦，真是经验之谈。

当我一下飞机踏进家门，心里就惦着此事，立即照做。从此天天在看、在盼，结果理想的奇迹没有出现。随着冬天的来临，我的希望也灭绝了。

不想在今年的深春时节，我忽然发现在远远的花坛东角，那种山草的盆中长出了一株修长的草蔓，不是自己个儿矮够不着，我早就伸手清理干净了。没想某天早上，我起床去阳台时，竟然发现那细细的茎儿顶端有一朵娇艳的玫红小花！

这一发现让我一个人站在阳台默默激动了好一阵，脑海里尽是"那片红得让人心醉的画面"。想起，这花儿不就是去年种下去的那内蒙古带回的花种吗！

本来以为此花谢了，好事也结束了。不想它此谢彼开，艳丽的花苞儿竟然层出不穷。

这些天来我晨起的第一件事，就是去阳台数那花苞儿。两月来，它不知给了我多少快活。

今天在飒飒秋风中，它达到鼎盛，开了五朵！它的芳名，早在我1983年去新疆石河子开诗会时就知道的——波斯菊。怪不得越秋越美艳！

美丽多情的波斯菊，告诉你的儿孙们，明年在我家落定新居后，请一定跟着我盆里温软的黑泥土，一块儿到我的康沁苑去定居。

2000-9-9　德不近佛者，不可为医

316

真理常常在不经意间悄然降临

一字一行一页一章读下来，常常会引起心头共振同鸣。宇宙的终极密码：释迦牟尼和爱因斯坦只是在不同的时空，走不同的路径，从不同的方位角度，最后共同抵达了天地间之万物、之神之灵们的同一个制高点。

爱因斯坦的老师、量子理论之父——普朗克博士，1918 年获诺奖。他曾感叹道：我以为原子研究的结果是——世界上根本没有物质这个东西，物质是由快速振动的量子组成。而能量是看不见的，也可以说，当物质看不见而成了空时，这不就是佛家的关键字——"空"吗？

有形无形，是不断振动的能量而表现出的两极状态。

用"顶天立地"来形容人类的处境，是最恰当不过了。人同时存在于两种不同的世界——头上顶着高能量也即高层次的灵性世界，脚下却踏着物质化的实体世界；人既有肉体也有灵体。

乍听之下，灵与肉似乎是两个截然不同的观念，但灵体与肉体并非毫不相干，因为物质即能量，有形无形皆是不断振动的能量。

两者的区别，是在于振动频率不同，因而产生不同意识或形式不同的物质。振动频率高的成为无形的物质，振动频率低的，成为有形物质。前者如思想、感觉、意识；后者如看得到的桌子椅子、人体等。

　　关于物质即能量也就是"一切都在动，一切都在振动"。

　　而东方圣贤，如佛陀早在 2600 年前就指出，宇宙间的所有事物，都是由振动组成。近代的科学家也印证了能量和物质的关系，最有名的就是爱因斯坦。

　　然而，由于人类受限于感官所能触及的三维空间及线性的时间观念，误把实体的、有边界的物质，与连续的有波动的能量场视为两种不同的东西。前者以牛顿的古典动力学为代表，后者则以麦克斯韦的古典电动力学为代表，两者成为 19 世纪末古典物理学达到巅峰的两大支柱。

　　可是当人类科学家再往最微细的次原子领域探索，或向最广阔的宇宙苍穹深究时，却发现在人类感官经验所不及的境地，物质与能量的本质其实是合而为一的。20 世纪的量子力学及相对论，也彻底颠覆了古典物理机械式的时空观——当一个事物常数不变的情况下，振动频率越高，它的能量越强。

　　我们之所以认为"物质和能量"与"肉体与灵体"截然不同，是因为我们人类有着二元或者两极化的思考模式。我们所知道的事物，几乎都是来自知识和逻辑，而知识和逻辑形成了思想，思想就成为语言的基础，这种模式使得人类变成二元化的产物。因此，在人的世界里有善就有恶，有好当然就有坏，有快乐就会有痛苦，一切皆有对立面。

　　再个比方，物质和能量像是处于一渐层连续体的两极，一极为黑，一极为白，介于两极之间是灰色，而这具有黑白两极特色的灰色，包含着从偏白的灰色，渐次发展到偏黑的灰色，这现象正如"秘传哲理"中两极原理所说的：一切成双，一切皆有两极，一切皆有对立面，相似和相异是一样，相反的东西其本质也是一样的，只是程度上有所不同，极端的状况彼此相遇，所有的真理不过是半真理，所有的矛盾也许互相调和。

因此，人的灵体和肉体是同一件事，同属一渐层连续体的两端，正如是与非、善与恶、快乐与痛苦的本质并无不同；不同的，只在于能量振动有所差异而已。

以自己过往的人生经验，足以判定这一切是对的，更是真理。

夜来读书思考。真理一如灵感，常常不经意间，便在我心头悄然降临。

2015-12-23　拾之如珠玉

在丁锡满老师灵前鞠躬

　　丁锡满老师，安息。此刻我隆重地站在您的灵前。燃点清香。跪地。三鞠躬。您于 2015 年 12 月 24 日 19 时 20 分在华东医院启程，去了天国。

　　9 月 29 日傍晚，"我的祖国·人文江桥油画作品展"开幕式结束，我们来华东医院看望您。刚踏进您的病房，只见您如平时一样，热气腾腾的样子，声音亮亮地说，早上跟医院请假去家乡了。看，刚回来，已经办好了自己的后事，把我所有的藏书、作品、名画、名字、收藏等等，统统、全部捐给了家乡的学堂。更有家乡政府和一些老板们慷慨解囊，立马筹足钱款为我成立了一个基金会……

　　其时医院正开晚饭，丁部长一边吃饭，一边又起身，在病房里对着我们指这说那来回走动。他声音洪亮，步态稳健，那模样，哪有一点点病态？

　　现在您已经离去。但我坚信：你正以另一种形态，在我们身边。爱因斯坦的老师普朗克在研究穷尽宇宙奥秘时曾说过，物质就是能量，两者区别在于振动频率的高低。丁老师您已经转换成我们看不见的能量。想到您还在，我们似乎就开怀得多……

也不知是从什么时候开始，就与您很熟悉了。也许是您的文章。也许是您的口碑。也许是您那浓重的宁波乡音。

记得20世纪90年代初的一个夏天，我陪着上海爱心工程基金会的同志一起到您解放日报总编办公室。您刚上班，穿着一件老头衫，正提着水壶，里里外外在给一盆盆花浇水，地上还有多处水迹。

您对我们说："你们这个爱心工程基金会，是周总理唯一批的，你们五周年活动的宣传，可以上公益广告，不需要花钱。到时各家媒体记者都要跟进报道的，届时我们会布置下去……"上海爱心基金会初创阶段，资金紧张，但是却不知道搞宣传活动可以"公益"，基金会同志听我一说，觉得要将"事情落实到地"才放心，于是便有了我们的这次造访。事后，爱心工程基金会同志和上级劳改局领导，感激非常。

11年前的5月一天，我寂静的家门响起了铃声。打开一看，竟然是您……您和我报老总编沈沉一起踏进我的家门。看到您俩慈祥的目光，心中立时明白您心里想要和我说的话。其时我先生远走天国没几天。悲痛的大海正淹没着我。您亲切的话音在客厅里回荡。只觉得您的话如船，载我浮出水面呼吸着新鲜空气。您声音里那种温暖关爱，让我客厅里变换了往日的气场。我笑了，当你和我在电梯门口握手分别的时候。

您宽慰着也笑了，我却从中感受到了一种力量。我从高楼窗口望着您俩远去的身影，心中充满了感激。

再是一次，就是上个年头的初春吧，我在解放集团的大厅里遇见了您。我大步流星，一下子就激情握住了您的手。您看着我，却朝我竖起了大拇指，说，您弟弟陆廷厉害了，画得介好，少有啊。我说我已经在解放日报上读到您的大作了。

是的。那份 2014 年 1 月 4 日解放日报的副刊，一直搁桌上。重读您的情思您的气息，您的这字里行间，我们感受着您满满的对后辈的关爱，现在不妨摘录一读：

画室恰是艺术殿堂

长宁路上陆廷的画室，建筑材料似乎不是砖头和木材，那挂满墙、靠满壁的油画，驱使我隔三差五前去欣赏。

闲来打开前人画册，会一寸一寸地细读，乐在其中。但是自从去过卢浮宫和凡尔赛宫以后，我又感受到油画的表现力和真实感，便喜欢起油画来。陆廷的画室便是我可望可及的艺术殿堂。

记得小时读过一篇课外读物，说的是某地举办画展，画家们都向观众介绍自己的得意之作，只有一个画家站在帐篷前沉默不言。人家问他的画在哪里，他说在帐篷里面。于是有人就去撩帐篷，原来这帐篷就是一幅画，因为十分逼真，竟能骗过人的眼睛。有这种效果的，估计是一幅油画。

陆廷的画也能骗人！他善画静物。那一盆一盆、一篮一篮的葡萄，深深浅浅、紫紫红红，实在诱人。葡萄上那细细的粉霜，就像深秋的早晨刚刚摘下来似的，让人明知是画，也禁不住伸手触摸。水蜜桃也如此，毛茸茸的，熟透了，恨不得取而啖之。一般人画静物多以果蔬、花卉、器皿为题材，陆廷却别出心裁地去画宋版古书，画文房四宝。那书有点黄了，纸有点脆了，书上的宋体字就像木版印刷。袍画的书斋，墙上挂着张大千的画。陆廷是油画，张大千是国画，画中之画一西一中，却惟妙惟肖，皆因他本习国画。有些物体本身并无美感，可是在陆廷的笔下也会生动起来……

丁老师，您写得真好。是的，我还记得一次，陆廷弟弟画了一张《红木茶几上的青菜萝卜》。您那天进他画室，关门时，右手就顺势在那张红木茶几上"一搁"，结果吓您一大跳，原来是一张画啊！您还将久时回不过神的感觉，告诉过我。

手头还有您送我的一本大著《笔走大千》，打开一读就无法放下。我有时还真不会相信，如此奔走在风烈大业中的您，说走就永远走了。虽然您已将家中一辈子收存的宝藏，全部捐献给了家乡，但您更是"笔走大千"，将您灵魂中的宝藏，大批大批地用文字搬运进了您的千古文章，能让我们的心库永远收存，并且一代一代传下去。

丁锡满老师，安息。

2015-5 匆稿　2021-04-15　16:15 修订　千秋名无意得之

一条冰冷的蛇

楼下家门一开，就有一股灶火香气扑来。我满怀愉悦。

好点吗？我问。

好点了，这些天轻松多了，至少也能入睡了。谢谢你，陆老师。她答。我们快乐地交谈着。看得出，她是出自真心。

忧郁症是一条冰冷的蛇。内在充满精力，死死守着阴暗的方向目标，执着地朝其忧郁的目标行进！行进！再行进！忧郁症有自己一个默默的小世界，且封闭且执着，只有一条狭窄得只容一人思绪行走的小道，这条小道不接纳任何他人，只是扼守着自己，忧忧郁郁地通向一个永远未知的方向。还有股韧劲，似乎不达目的永不罢休。

她愁苦，她焦虑，她无助。这条冰冷的蛇纠缠着她，已近整整一年了。

虽然世俗生活有喧响，会有人呼唤她的名字，会有人与她对话，但对她来说，那仅仅只是暂时的"灵魂悬搁"。一旦声响停止，那条蛇，又会蹿出来，牵着她的魂，死死地在那条阴暗的缝道里继续前进。她只得亦步亦趋。犹豫没有用，反抗也失败，挣扎着痛苦着，但却只能是顺从着，万般无奈地跟着它。在幽闭中，渐走渐远，通向恐惧的深渊。

"陆老师，我也想摆脱，也想逃避，但却是走投无路，绝望！四面楚歌，已经连续六整夜没合过眼了……"

没有死亡，而她却几近在死亡的边缘挣扎。

是她最后的求助，为她打开了一扇小窗。让陆老师不意间听到她灵魂的呼救。其实，我与她并不很相熟，时间不长的近邻而已。但她对我这份"托付内心"的信任，让我感激。

我对她说：你没事！你能求助，就说明事情还不太糟糕。你要打开再打开，将自己。你要诉说再诉说，当然可以对我。我说这世界上从来就没有无缘无故的事。既然你成了我楼里的邻居，陆老师我将义不容辞！

陆老师进入她的房间。要她打开冰箱。冰箱却干净如新，与刚刚买回来差不多。偶然有硬邦邦一团蹄髈肉或者八九个月前人家送的糕饼之类。虽然搬进来也有几年了，但是开伙仓的次数还是屈指可数。

我说，家里的锅灶要火起来。家里一定要有灶火，"红红火火"的直接意思，就是指的这个灶火，知道吗？要马上让灶火日日旺盛起来，要自己做饭。你每天每天都在外面吃，省下的时间，就全部是你愁闷郁结的时间了。她说，陆老师你怎么知道的，我就是如你说的那样子。

我说，你这样伤害自己，也将一定会伤害到你的先生和你的女儿。你肯定不愿意这样。

她说，陆老师，我不会伤害他们，我不让他们知道我的真实情况。一切我都瞒着他们，我的事只放在自己的心里。

不对！这样下去，你的心理承受终有一天会超过极限而崩溃，那样事情会发展得更糟。现在，陆老师我觉得你内部已经开始裂变了、塌方了。再是你压抑自己的糟糕，并不等于你的病情就没有了！恰恰相反，另一股力在慢慢积累，并且已开始摧毁着你了。

陆老师，我从僻远乡镇读书开始，拼搏着到了今天，这么多年来，我从来没有听到如你这样的话。我真的是这种你说的情况了……

我说，你从现在开始，工作业务上稍作停顿，一个接一个的工作业绩果然喜人，但工作不是人生的全部。你还有家庭、生活、身心健康和父母亲人的期盼。知道上山的阶梯，为什么在若干级后有个平台吗？那就是让人休息喘气的，你现在人生到了那个喘息的平台了……

你就地歇下来，停在空中"滑翔"，一段时间修复……

现在她告诉我说，已经明显一天比一天睡得踏实了。我说还会有反复的，你要有足够的思想准备。她惊骇着，大有觉得眼前这人竟能料事如神。她的眼睛里，分明有被我暴露的秘密，但已经没有绝望了。

昨天我回家时，没见楼下她家灯火亮起。

自打她无意间说及自己这个病态时，我以我掌握的一些心理知识，就风风火火地干预上了。甚至还不时入门检查、教她如何做各种美食佳肴，包括如何用南方的糟卤等，并将灶火旋大，映红她的脸。还把手中的碗碟弄得叮当作响。

这刻我，在她家门口驻足迟疑，正担忧着，忽然就收到了她的一条微信：

"陆老师，今天元宵节我们仨在婆婆家吃晚饭。"

如释重负，陆老师我。

蟑螂风波

很平常的一个下午，我坐在一家基层法院的研究室里，打开电脑。真不能想象没有电脑的日子是怎么过来的。刚才小张过来讨论反映法院文化建设的一个片子如何拍。我们商量了一会儿，似乎已有了点朦胧的思路。

法院要搞文化建设，政治部考虑如何提高法官的素质。张主任前几天告诉我一个发生在法院的真实事情，他上午接访时听到的。他觉得法官的素质太差，看似不经意间的小事，却最能反映的精神面貌。我听了，觉得很生动，连小说都想不出这样生动的细节——

一个小白领因邻里纠纷一案，被传来法院接待室。他坐在桌子一边，安静地等着法官出来接待。法官在他的心目中是神圣的，往往一两句话，便能把千头万绪的案子断了。

终于，法官出现了，是个年轻的女法官。

刚要落座时，法官她突然惊叫起来："啊！蟑螂！一只蟑螂！啊——"她一边出其不意地惊叫，一边挥起手中的一卷纸质文件，且全身动作幅度极大地追打不及。

小白领目击眼前发生的真实事件，但尽量坐着，没敢多动，因为他非常明白地知道，现在正置身法院。但是无论如何，接下去那场与法官的谈话，已不再严肃，一只他今天没有看见的蟑螂，一定会在法官谈吐的当口，在无形地飞来飞去。

回到公司后，小白领怎么也安不下神来。他想自己在公司工作时，上司要求他们举止文明，谈吐优雅；而且大家都这么做了，一个个绅士般，彬彬有礼，因为这就是公司的形象。

他将自己的想法与其他小白领说了，大家都觉得现在将开世博会了，文明要进一大步。都觉得有义务要与该法院领导反映一下。

很快，给法院的电话接通了。

不想后面的事情更令人不解：

"你们法院……"小白领如此这番将上午在法院发生的事情说了。

"嗬，一只蟑螂，有什么值得如此大惊小怪的呀……啊，再讲蟑螂与办案又没……"信访部门轻描淡写。

这样的回答让小白领吃惊。同时有些精神世界中那些框架性的建筑，在这个小白领的心目中正摇摇晃晃。

然而，小白领心有不甘，查准法院领导的接待日，直接徒步到法院，见到了法院接待日倾听群众呼声的政治部张主任……在一线倾听的张主任，意识到蟑螂风波深处的问题，在完满处理这一事件后，遂在"深处"动工了文化建设。

为小白领的精神感动。这种精神与坚守，也应该是一种精神刚性的社会框架，人人有责任维护。

2007-9-6　身闲为富，心闲为贵

在斯德哥尔摩颁诺贝尔奖的地方

　　瑞典的首都斯德哥尔摩，享有"水上美女"之称。它的市政厅位于梅拉伦湖畔，瑞典当地时间 2012 年 10 月 11 日，瑞典首都斯德哥尔摩，瑞典皇家科学院常务秘书彼得·英格伦宣布，中国作家莫言获得 2012 年诺贝尔文学奖。

　　当我得知这个消息，真为中国高兴，也为莫言喝彩。莫言将会在本年的下下个月的 12 月 10 日，出现在瑞典首都斯德哥尔摩，领受举世瞩目的诺奖。

　　有份自豪，悄悄涌上我的心头。因为我到过颁发诺贝尔奖的那个所在——瑞典的首都斯德哥尔摩市政厅。

　　2012 年 6 月，当我远飞北欧，踏进这个殿堂时，一种前所未有的神圣，袭上心头。超过我所有的想象。但我觉得诺奖本身有足够的资格来领受。也配。

　　进得门去，便见一个宽敞的大广场，也叫——蓝色大厅。宛如中世纪意大利广场的造型，高窗采光的效果，有种居高临下的气势，挟裹着人的魂魄。细看红色瓦的墙面上，分布着小小的"敲击石"（石面突起且有着小小的裂痕，可以制造出柔和的音响效果）。

据说，这里用来举办高规格的音乐会演奏会和各种盛大的典礼。当然最为著名的就是每年 12 月 10 日，都会在这里举行诺贝尔颁奖典礼的晚餐会。

置身此地的我，贪想拍个全景式的照片，但我知道是妄想。于是，无限感慨之际，我举起相机，抢夺着一些零星的场景碎片。

廊沿一盆淡紫色的大花球貌不惊人，普通之极，算是什么呢？但她站在诺奖之地，自有一番风情魔力，我把她不同寻常地收入镜头。

这个颁诺奖的市政厅，整个建筑为古罗马风格，具有北欧中世纪设计的套路，或者更像一座沉寂的宫殿或者古堡。106 米高的塔尖，整体覆盖着红色。

但是恰恰又叫"蓝色大厅"。这座大厦由建筑师拉格纳尔·厄斯特贝里设计。在 1911 年到 1923 年，历时 12 年竣工。为什么叫"蓝色大厅"呢？因为设计师拉格纳尔·厄斯特贝里当一切就绪，行将实施时，突然觉得用红色倒也不错，而且，这个念头突然强烈燃烧起来，以致他不能自已，并且占据了他所有的思考。

于是，就像所有的有灵性的创造者一样，没有最好，只有更好。在一秒钟内，不顾一切！毫不留情！推翻了自己。管它已经上了政府的文件、档案，那铁板钉钉的名字"蓝色大厅"已经在其诞生过程产生的无以计数的文本中，拥有了法律的保护。

问题是更好的"红"，早就客观存在着，但拉格纳尔·厄斯特贝里不选，选了"蓝"；然而，又非要自己和自己过不去，在最后一刻，冲动挣扎地否定自己。这令政客市侩们极其不懂。

然而，太平洋西岸的我懂。我也常常这个样子。"临门一脚"之际，往往会改弦更张。这是没有办法的事情。所谓"灵动"，就是不停会"灵性变动"。

于是，现在世人就看到了斯德哥尔摩市政厅大厦现在的这个样子。只是已经定局的名字——"蓝色大厅"，是她的法律名字了，无法更改。已经整整一百年了，叫到现在。有点像中国的成语"指鹿为马"哈。

廊柱的光洁美丽柔滑，让人心生拥抱的冲动。但是太多了，抱不过来。我只能庄严地用目光一一轻抚、情到极处也用目光转圈拥抱一下。

北欧高纬地理特有的斜斜的日照光线，将这个建筑物内部的每一根线条，都构成了艺术中的珍品。宏伟。经典。辉煌。有些东西是没有办法用语言表述的。

有种感觉，有种场面，不能思索就是思索。

整体覆盖红色砖瓦的质感，哥特式风格的窗子，基督教堂造型的金碧辉煌的装潢。各种式样建筑，完美地融合在一起。我无助地拿着相机，沮丧地东拍拍西拍拍，因为心中失却章法。知道我无法获取全部啊。只是知道，我要努力。

我发现报端发表莫言获诺奖消息的画面，就是在这个走廊上。

当时踏进这儿时，有种神圣的激动。我们的一位同行者，忽然失声呼叫起来，她叫她儿子快点过来，这可就是诺奖颁布的地方啊！

时值盛夏，当时我还不知道我们国家的莫言，将在秋天摘取今年这个神圣的文学桂冠。忽然，在一个冷清的角落里，我发现有一尊不起眼的雕像。细看才恍然知晓，嘀，他就是诺贝尔。

真正的主角。

2012-6-28　瑞典匆记　2022-7-5 修订

一生清福只在碗茗炉烟

就这样寻找妈妈

每个细小回忆，每个逝去瞬间，每个闪过念想。

小弟的描述，珊珊的回忆，大姐的感慨，陈琦的文字，还有远在数百里外倾听的耳朵。

妈妈活在我们亲人的记忆中。妈妈活在我们兄妹们的心中。

每个弟妹的身上、声音里，甚至举手投足间，都留着母亲的影子。

妈妈的大智大慧、大聪颖与大毅力、永不言败包括目光与远见卓识，小弟的身上占得最多。妈妈无师自通的缝纫机刺绣作品，在当年解放初期，就很是了得；而小弟现在的油画作品，是无声的诗，诗惊当下，当下谁能与之匹敌耶？是色彩的建筑，气场宕突，艺动心神。

妈妈的悟道、精细、温和聪明，包括内心深处的精致和骨子里的豁达，大弟得的不少。你看他二十岁学篆刻，很是个样子，连一代大编谢泉铭老师都悉心收藏着他初时的作品；而今大弟已是"花甲老毛豆"了，却又突然拿起画笔，将个中国历代名画，笔墨气势，高远古意，临得绘声绘色。连我的一些朋友都说，"你弟还会画国画，真是了得"，显然是将小弟大弟混了。小弟是著名的画家，大弟只是爱好而已。朋友的话虽是外行，但国画作品能混得过去，却是事实。若没有心力定力，哪成？

妈妈的沉着坚定、积极向上、执着和勇气，高瞻远瞩的目光，包括胸襟气度，内心深处的理想信念，您给三弟最多。一个物业公司的老总，既要前景光辉灿烂，又要一摊子吃喝拉撒，不是谁都可以担当的，非但担起来，而且还要挺举，上大层面。不易。

想当年，三弟在江南造船厂里当火工，大锤抡起火星四溅，一滴汗水摔八瓣！苦活干得非常优秀。深心里记得一次在三九天，奇寒。十来岁的他帮妈妈在天井洗被单，活活将两只手连同手臂一起浸在冰冷彻骨的水里。一动不动。我在一边看他冷得咬紧牙关，就讲："你做啥啦，要冷煞脱（死）了，手乃（拿）起来呀！"三弟还是不动，看着桶里冷水，说："越冷越要让伊（它）浸，看伊会拿能（看它会如何）？"

这种硬实、勇气和担当，成了他事业的核心支撑。一个在社会剧烈变革期"杀向社会"的企业，从物业管理的"零资质"，十多年来"噌噌噌"地向上蹿，硬是登上了物业管理的"一级资质"。连当年起步时业务挂靠的"师傅"锦江集团，据说现在还是"二级资质"呢！

从零的突破，到今天做大做强，个中风霜雷电、明浪暗涌是不会少的。但是三弟他总是微笑着，让我们知道的永远是"一切很好"。他从来没有让我们担心过。只是在大家有困难时，他会毫不犹豫地挺身而出。

曾经三弟还写过小说剧本，得过全市工人创作的大奖。上海多了个企业精英的领导，就必然会少了个作家人才。

妈妈艰苦生活中的一些小细节，留在四弟的血脉中。偶然，我发现四弟在厨房做好一个蔬菜后，拿筷子在碗中央掏了个洼地。我不胜惊喜地说，四弟，你也这样弄菜的。四弟说，妈妈以前做菜时都这样。至于为什么，他没有说。但可以肯定的是，他一定认为，妈妈做的都是对的。一点不错，因为我也喜这样做，蔬菜出锅后，将之掏个洼地，一来可让菜散热，不致黄了，二来看上去松松的，更有审美价值。我还听得四弟在妈妈灵台上香时喃喃：姆妈，我会记得，你讲的做人要"穷里不穷外"等，都让人永远铭记在心。

妈妈的克己奉公、谨小慎微、自尊敏感，更是一般人少有。孜孜追求与刻苦耐劳精神，在五弟生活中很是显现。他学的是哲学，见识就会很不一般。虽然命运没有给他更大的平台，但他自己并没有轻易埋没自己。往往口若悬河，滔滔不绝，时常让我感到大处有"公式般"的宏观高度，小处呢，则是哲理的概括和精准。

我觉得生活给不给你，和自己拥不拥有是两码子事。你不拥有，即使给了你，也不过是"占有"，占着而已，并非真正属于你；而你拥有了，即使不给你，你也不会缺，心里有着，举手投足都自带流量，定力满满。

而我们家的小弟，更是了得。他是老妈精神中的精华之精华。在家不过区区一个排行老六的弟弟；但在社会上，在画坛，却是身手不凡、有口皆碑的油画家陆廷。老妈骨子里的一大把华彩气神，几乎全部植在小弟的身心里了，半世纪来生根发芽茁壮成长，郁郁葱葱名动一方。妈妈曾为此自豪，感觉自己一生有了最好的寄托。

而妈妈的一切优秀品质，刻苦耐劳、勤俭节约、善良热情、忍耐、好客、苦修、宽容，以及妈妈内心深处的大追求大理想大眼光，甚至大容大忍，在我们家老七小妹的身上心上，可谓面面俱到，一件不拉。

就是妈妈爱花草这条，有点缺席。小妹几近是集老妈之大成。说小妹是妈妈的化身，这话很有分量的。难怪当妈妈突然离开我们之际，"一切听小妹的"，成了我们大家的行动准则。

在妈妈离开我们前的半年光景，小妹去云南旅游。她竟然花了一万六千六百元之巨，为妈妈购得一只玉壶。此举惊得同行们大跌眼镜。大家当时都拿出了身上的钱，凑足了数，同时对小妹再三落实：

"陆叶同志，想清楚了噢，一定要买下来？""要买的，谢谢你们都借了我钱。"我妹陆叶说。在妈妈头七时，小妹单位领导来吊唁，曾这样悄悄地把上面这件事情告诉了我们。

妈妈生前，用手拿着这只壶，"咪"过几口茶的。小妹很是欣慰地对我说过。

七八年前，在妈妈初发脑梗时，曾一月粒米不进，瘦得脱了形。当时好不容易才找到就业助理员工作的小妹，毅然决然辞去了工作，精心伺候老妈。终使老妈化险为夷，又能活到八十又六。小妹她严重地透支了自己，但可歌可泣的是，她觉得一切都是心甘情愿。

天地有大美而不言。我想写这一句话。

妈妈的精神现在分散在每个兄弟姐妹的身上。我在每个兄弟姐妹身上，都能找到妈妈的一点影子，兄弟姐妹相互间或看到或听到，无论是说话方式、思考路径、待人接物的腔调，还是举手投足间的点点神似，都能零零碎碎地找回妈妈身心中的影子和那份气息。

幸好，妈妈养育了我们这一大群。

我们是妈妈的分身。我们合起来，就是妈妈的继续。

想念时就会翻开东西寻找，就会与兄弟姐妹们打电话，或者相互问候看望，包括弟媳们，她们的身上也会有妈妈倒射过来的影子。

至今，我都无法站在母亲曾经坐着的北阳台。特别是那张放着的老藤椅，连坐我都惶惶，更别说去整理那角阳台上的东西了。那是母亲曾经爱待的地方，可以从早晨坐到晚上，直至睡觉。

　　尽管妈妈喜欢的那个地方，想必全是些妈妈用过的小发叉、小钱包，甚至角落里会有妈妈掉下的几根白发，还有经妈妈的手剪下的碎布片，妈妈着意收藏起来的小纸盒之类。但这些零杂在我心中，却绝对属重量级。我想我要找个好日子，再好好调适好心情，在这儿，把妈妈的气息隆重打开，这儿有妈妈生命中最后的几个月。12层楼朝北的大阳台，与餐厅无隔，东向是四扇玻璃花窗门厨房。我们装修时，在北阳台的封窗下，打造了大理石面的一排矮柜。妈妈平日里就喜坐在矮柜西北转角处的老藤椅上。在这儿，能让我零距离感受妈妈，相对而言，也只能"相对而言"这样说了。

　　妈妈她说坐在这儿既能看到外面世界，红花绿叶，远天飞鸟；又能看到厨房动静，更能听到门铃，方便起身，同时也可为上门送来的快递，提笔签字。

　　母亲真个是人物。一俟门铃响起，她便疾疾起身，打开房门接过快递员的笔，很老练地签上她的大名，高兴地谢过再收下东西。为此，我曾经很着急很顾虑，说如果送货人起了坏心，家里就你一个老太在家，那如何是好。我一再对老妈说，你就当你还住妹妹家，不住这儿一样，门外有人敲，你就让人家去敲好了。不要去开。来客见家里没人，会联系我们的；或者你可对快递员说，请送到小区大门口，我开不来门。我们让母亲，千万千万不要起身去开门。要走路，怕万一不小心摔跤了；再是开了门后，怕事情万一会由不得你时，又如何是好。

　　我总对母亲说，我们自己人都有钥匙的，会自己开门进来，大王

336

阿姨来做事也有钥匙，不用你操心的。而来敲门的人，不是快递，就是不认识的人。你就当我们都不在家，再讲你如真不住家时，有人来敲门的话，不都是回头了吗？快递晚点不要紧的。有人有事找上门，推迟几日也不打紧。千万千万是你老人家的安全最重要啊。

老母亲就对我们说，对的对的，下次我不开门了。

事实上多月来，我们家快递不断，甚至一天有几回；但没有一回在小区大门口的，她老人家照旧签字照旧收物。而且收得开开心心，收得平安无事。

姆啊妈！

2012-2-20　一世千秋　人攀明月不可得　月行却与人相随

一瞬与永恒

——追忆徐迟老

2022 北京冬季奥运会开幕式上，一滴冰蓝色的水墨，从天而降，滴进透明的水里。顿时那蓝，如精灵般在水中曼妙多姿，瞬息万变。当时我心里一动，仿佛是种神谕天示：突然领悟了徐迟老曾对我说过的那个字："熵"。"熵"是一个科学名字。通俗理解就是"混乱程度"，简单说是衡量世界中事物混乱程度的一个物理指标。

即眼前水色之变的每一瞬。当幻化为黄河之水一倾而下时，水色趋匀，已然就是遵循了"热力学第二定律——巨大物理系统总是会趋向平衡状态"。徐迟老最后一首诗《一瞬与熵》中的那句"当一瞬完成永恒如照片"，就是这个意思。

此诗最后定稿时，徐老曾附在给我的来信中。

——摘自 2022-2-4 手记

这一瞬竟如此美妙

半晌已过，我却陷在那堆信里"欲罢不能"。

我手里捏着的是一封 1995 年 1 月 5 日徐老给我的来信：

……我明晨飞武汉去打官司。不久即回沪转浔，在上海不能停留，南浔也有事要我回去商量。尊作仔细看过，喜欢它们，已告诉过你。你还没有熵的概念。我说起过，已写一诗，奉上一阅。哲理性太强，你不会喜欢的。不过在劫难逃，不妨存档，等待验证。

另有一信，谅达，不必提了。此次也不是单刀赴会，到后必前拥后簇……天下大事诚多，不能为微细之事，费却大好光阴也。

可见徐老心情转好。要知道大诗人毕竟是已过八十的老人，只有了却那个"麻烦心事"，才算是过了一个"大坎"。我在无数老年婚姻纠纷的采访中深深明白。

关于那徐老的"已写一诗"，《华夏诗报》主编野曼，也在前后给我的两封来信中告及此事。他收到后颇感惊讶，以至不惜将徐老引用我诗中的句子及"注"，以亲笔手抄，惊喜地向我转达。并告诉我此诗是徐老生前最后一诗，已发表在《华夏诗报》106 期第三版上。我感激曼老对我的热切关注。其实，我收到此诗之时，算来比曼老还要早四五个月。徐老随信附着的这首诗如下：

一瞬与熵（最后定稿）

徐　迟

三十年代的一个夏天里
我正准备迎接我新出版
的一本诗集《明熵之歌》

它已经编辑好并排好字
经过校对和看好了清样
上了印刷机马上要开印
就在八一三的那个早晨
炮声响起来战机飞过来
枪林弹雨装满了黄浦江
我那本书就没有能出版
望舒只能把清样给了我
说好好保存到战后出书
我带了它经过八年抗战
三年内战四年抗美援朝
几年越战和几月战印度
诗集清样始终在我身边
直到空前的"文化大革命"
我把那发黄的清样取出
一叶一叶地把它们烧掉
里面究竟有哪些诗创作
我都已经记不清他们了
就有一首诗还记得题目
叫《未完成的永恒证》
究竟什么是"未完成的
永恒证"我都记不清了
我是三十年代二十岁人
现九十年代八十岁人了
终于已完成当年提出的

我那个未完成的永恒证
当一瞬完成永恒如照片
一瞬只是未完成的永恒
那火旁的"熵"却成了
能象征永恒的最后完成
已完成了的永恒正是熵
不冷不热不轻不重的熵
无始无终无影无踪的熵
非生非灭非明非暗的熵
亦证实了呵熵亦一瞬呵
亦就是那最美妙的一瞬
永恒之熵亦仅是一瞬耳
此一瞬竟是如此之美妙
它是从大爆炸和之后膨
胀到最后全平衡的过程
即熵的时空连续区虽大
也仅是美妙的一瞬而已
有一位女诗人曾经说道〈注〉
生命在两极永恒的黑暗
里一次美丽庄严的燃烧
无所谓有理无情或无理
有情惟佛家之圆寂似之

注:《细雨打湿的花伞》,书名.陆萍著,上海出版社1990出版。此处引用了片言与

只语。

徐老这首诗《一瞬与熵》,我当年收到读了,似是一知半解。但徐老注明"最后定稿"这四字,还是让我感到了分量。多年来我没有懈怠,以至在26年后的今天,我似乎已触摸到其中的奥秘,感觉徐老游于物外的那种超逸,凛然于星河之外,俯视大千宇宙众生万物。

我好奇于诗的那种外在形式。十字一句,空前划一,像方方正正剪来的一块布;内容既浅白又深奥,既平实又灵空。叙述年代却穿越了整整一个甲子。诗的这种内在与外延,我在捉摸:人到底具备了怎么样的心性自觉,才能抵达这样的生命境界?

徐老在79岁出版的57万字《江南小镇》,我手头有一本。徐老以他的亲笔手迹"赠陆萍 徐迟 1995.1.19",成了我宝贵的藏书。此书只是他当时计划中的上部,从1914年写到1950年的元旦。下部刚开写了十年,不想在82岁时,徐老却在子夜时分,向六楼窗外"纵身一跃"!生命,蕴含着许许多多宝贵内涵的生命,便戛然而止!

个中多少日月星辰圆转流美、多少风霜雨雪天机入神的人生终端,留下的却是这样的一首诗,不知里面藏匿了徐老多少神思妙达,多少觉解悟道?

这是弥足珍贵的一段历史,也是徐老留下的一个旷世之谜。

徐老在这首诗中引用了我的诗《这一瞬竟如此美妙》中的第一句和最后二句。让我难以忘怀的是徐老不仅"引"句,而且还句后标"注",更是在全诗结束后,还特地说明:"注:《细雨打湿的花伞》,书名. 陆萍著,上海出版社(应为"知识出版社.上海")1990 出版。此处引用了片言与只语。"

徐老对我的诗作，以这种非同寻常的"注目"，让今天再次读到此诗的我，感怀不尽。在当年鲁迅纪念大会上，30岁的徐老曾上台一气背诵了鲁迅的《狂人日记》。49年后，徐老在他巨著《江南小镇》里说，没想到此大会竟让柳亚子留下了一首《古风》，其中还有3字说到他，这让徐老"不胜光荣之至"。

而今，在徐老的最后一诗中，引用了我的三句诗，这"一瞬竟是如此之美妙"及"生命在两极永恒的黑暗/里一次美丽庄严的燃烧"已达29字，指名道姓的注解有33字，涉我者，62字也。

我当时受宠若惊，大气都不敢出。只是小心翼翼地收起、展开，再收起。最终决定"雪藏"。甚至都不敢放入自己的博客。我觉得自己受不起这份荣耀。但这份荣耀，却硬是给了我更强的自信。

我铭记大文豪予我的这份文学深情，更是我诗的原意和徐老自我诗的引意之间，弥漫开来那份相契的灵息，那份互动妙思和往来的精神，我让雪藏的营养，悄悄地长久地滋养着我的文学心魂。

附我原诗：

这一瞬竟如此美妙

这一瞬竟如此美妙
是金字塔，是泰姬陵
是黄果树瀑布，是钱塘江大潮
是毁灭、是诞生、是哭也是笑
是炽烈阳光幻成的黑洞
是跌落深渊

是腾云九霄

是死去活来

是异想天开

是什么是什么我怎么知道

许是生命在两极永恒的黑暗里

一次美丽而庄严的燃烧

1988 年

徐老的视域无限。文学之外，有大到太阳系、银河系、系外系等，小到原子、电子、质子、夸克等等。他的话题常让我惊喜好奇。甚至有次，他还绘声绘色与我说到了量子概念，形象且难忘。

徐老在"上午 9:15"一信又如是说：

已读你的两本诗集，很欣赏你的"一瞬"。和我年轻时的《未完成的永恒证》（佚失）颇为相似。"一瞬"即永恒。但它们是未完成的。恍然发现"已完成的永恒"即是熵（entropy）。尚待思考及最后作证。供你参考。……你的诗，是从望舒那儿延续下来的，比哪个都好。熵，是另一种境界，希望不要进入。

大师当年要我"思考""参考"，现今，这思索似乎已入尾声。我就是觉得这"一瞬"，如电光石火，触燃迸击出的灿烂光芒，已经"最后作证"了生命的意义。徐老这最后一首诗，似乎是读了我的诗而油然触发。

联想及此，让我惊讶，也让我诧异。不禁暗自惶然。

能亲承言笑，亲炙风采，真是幸运之极

随自己笔下一行行潦草不已的文字，当年的情景还是一下子满血复活。

1996年12月13日上午9点15分。我冲好一杯咖啡在书房刚刚坐下，却突然接到来自广州的一个长途电话。还没容我惊喜地唤一声"野曼老师您好"，电话那头的曼老，就声音喑哑，沉痛不已地说："喏平（广州口音'陆萍'），徐迟在今天凌晨不幸去世……"

我不相信！徐迟老师我不相信！我马上一个电话打到徐老您在武汉的家里。接电话的是徐老您的三儿徐建画家。然而，我终于被残酷得知：是真的！真的就这样……就这样从六楼窗口纵身一跃……这些天来徐老您住在医院里，治疗老年心脏病、肺气肿，也不是什么大病。晚饭后还好好的。剃刀在充电，你亲手插的。儿子还去看过您。

我紧握话筒的手里尽是冷汗。我真后悔近几月来没给您老写信，也没给您打电话。

为什么徐老您会走得这样决断、这样酷烈呢？没有一点挽回的余地，一走永别！"一瞬就是永恒"啊！"一瞬"，就是这个样子的"永恒"了，徐老您?！

电话里，我与徐老儿子隔空对峙。沉默一时后，挂了电话。

正泣泣时，余秋雨正好打电话进来，他声音欢快，告诉我他刚从海参崴回来，说那是个非常值得去的地方。又说，明天他要飞台湾，去看博物馆……正事还没开说，我就哀哀地将这个不幸的消息告诉了他。

他震惊着。并一连串地问我：为什么？为什么？

我再也忍不住……泪水冲将出来，有了声响。

沉寂了几秒钟。余秋雨声音平静了，他非常沉痛地一字一顿："也许，这是他对自己命运的一种主动和把握，一种对生命的从容。"

听着，我心头一宽。"主动""把握""从容"，正是天才大诗人的真正做派……可是一转眼工夫，我却又跌入俗世：万千哀痛万箭齐发……灯下，我哀哀地坐了很久。书桌上放满了这些年来徐老寄给我的一些书信。我一遍遍地读着，揪心生痛，泪水涟涟。

就在年前的 1995 年 6 月 3 日那天一早，我接到了徐老打来的电话，告诉我他要去杭州和南浔，现正和大女儿徐律在上海。又说这些天西班牙画家米罗的展览在上海举办，邀我一起去看画展。我说太好了，徐老。我喜欢米罗大师跨界艺术给人的冲击，能激发灵性。徐老告诉我，昨晚去看了施蛰存，施老说，现在报上写米罗的文章，似乎是"弄错了"，不久施老的文章将会见报。我说我一定注意收看学习。我们三人在展馆门口汇聚。这是我第二回见徐老。他炯炯有神，温和的笑容里洋溢着亲切，穿件白衬衫，气色很好。进馆后我们将米罗作品一个个看下来，听徐老片言只语的指点、议论，让我一拓眼界大受教益。

出得展馆大门，看着天色还早，我心中冒出一个念头：上海地铁通车后，我一直坚持不乘。连作协和轨道交通部门合办活动，要写地铁的诗，我也克制住自己，不到现场。遭受过建造地铁一号线时交通堵塞的磨难，早上出门到报社都会过了午饭时间，整个上海就像巨大停车场。现在地下蛟龙腾飞，我不舍得在一个随意的日子，去轻易挥霍首乘地铁的美妙。今天徐老来了，当可同去隆重开乘，岂不太值？

徐老得知，立时两眼放光，说，太好了！去！握着我的手，还挥起来摇了摇。一路上徐老笑逐颜开，万千感慨。下得阶梯，大堂明亮宽敞。那个崭新的感觉里还有的感觉，就是不一样呵。

徐老问我，陆萍，到你家地铁要乘几站路？多长时间？我说，十几分钟吧，五六站就到。徐老高兴地看着我说：好，今天去看看你的写作环境，看看你十几年来的采访本。

说着，我们进了车厢。大家欣喜地东看西看。满目人性化设计，舒适温馨。快到第三个站时，徐老还站起来，一边握着拉手环，一边好奇地倾身看行将亮起来的站台，环顾周遭，一脸兴奋。我更是激动，一是徐老的到来，二是首坐地铁的新鲜。

途中徐老和我又说起报告文学，问我具体创作计划。徐老的思绪切换很快，甚至一时我还被问得发愣。

从陕西南路到漕宝路很快就到了。走出地铁上楼时，徐老忽而驻足，神情有点严肃地对我说，陆萍，我今年已 82.5 岁了，我们都要准备好两张通往 21 世纪的通行证。我问，哪两张啊？徐老脚步又慢了下来说："一张是英语，一张是电脑。英语我还要提高，电脑我刚学会光盘，但发展快要不断跟上去……"

徐老这一说，让我汗颜不已。深受震撼的我，霎时暗下决心。二月后，我成了全报社首个电脑写稿者。这当是后话。

出了地铁走到我家，大约要十七八分钟的时间。写到这里时，今天已经是 2022 年的 3 月 8 日。忽然觉得自己当年怎么会这样傻，为什么不拦辆出租车呢？徐老脚步虽健，但也毕竟已过八十了，出地铁要走楼梯，现在又要走这么长时间……再是，奇怪自己那天为什么没请他俩吃饭呢？要尽地主之谊啊。我只是全神贯注谈写作、谈诗、谈报告文学，直到暮色四合才起身分手。我还傻乎乎地送他俩出家门，看着徐律老师手中提着一大袋我的沉甸甸手稿。目送他们渐去渐远，我还恋恋不舍地挥手说"再见！再见！"傻到根了，却还没回神。

人的心思往一个方向走时，往往会忽略很多小辈不该忽略的事。现在想来真是一世愧疚！

当时我还没有用电脑。我《一个政法女记者手记》手稿有尺些高。徐老起身翻看我的复印件，一时注目凝神，问我："这人后来怎样了……"说着从内页又翻到目录，说这些"我倒都想看看"。听徐老这样说，我想我可以再去复一份的，就将此复印件让徐律老师带上了。徐老前时让我给他四篇代表文章，这次徐老又要看全部。我心里虽然高兴，但又怕徐老累着。毕竟有 35 万字呢。

徐老那天坐在我书房写字台左侧。低矮的小沙发，是我为自己小身材定身打造的，右侧扶手还借助小书柜一格平面。确切地说，高高个儿的徐老坐那儿，有点将身子"嵌入"的意思了。

但一辈子在风烈大业里走过来的徐老，却一点也不在意，谈笑风生，还幽默风趣。当话题转到采访本上时，我从书柜深处搬出了一大捆，擦着满头大汗将之排列在一起，长长一溜煞是壮观。自己以往从没这样弄过。一时大有"我的岁月今朝接受一代大家徐老检阅"之感。

本子虽然破旧，但却是一式尺码。我喜欢用最土最便宜的老式"工作手册"，书写时发出"沙沙"响的那种。有时笔尖还会碰到什么"登"地跳一下。那时社会万象更新，这种土本本只有到郊区才买得到。

徐老信手翻看，偶然注目时，我便跟着一眼疾扫，那凌乱的文字立即喷发出往日采访的现场气息。而这，又成了我们述说不尽的话题。

徐老将我又破又旧的采访本排排整齐，深邃的眼神中显露出肯定与赞许，朝我道："你每天这样采访写作……好！一直这样走下去！"接着又补了句："只求耕耘，不问收获，是极高的境界……"我遂想起上海的谢泉铭老师，朝他肯定地点了点头。徐老看着这一长排采访本，忽道："不要怕不出名，要怕出名后写不出好文章……"

在疫情的第三个春天。我写此文时，惊异在我老屋小书房里，我曾有如此机遇与大师在一起，能亲承言笑，亲炙风采，真是荣幸之极。

生命诗性的体验之美

一天，工作中我无意间谈到了徐迟。领导顿时十分神往，双眼灼灼。问可否请他来上海与大家见见面，给我局同志以精神财富和力量。我立时联络，徐老欣然同意。1995年7月2日一早，我们一行五人早早从上海出发，到南浔接到了徐老和他女儿徐律。车至半途甪直古镇休息时，我们陪徐老游了甪直的保圣寺，欣赏了国家一级文物珍藏——唐代著名雕塑家杨惠之的作品"八尊罗汉"。从久远年代散发出来的丰厚润泽的文化韵味，使我们的心情充实而愉悦。

出了八尊罗汉的殿堂，外面刚下过一场小雨。闷热湿润的庭院里，满眼青翠，鲜花怒放。空气清新得有点甘甜。徐老游目骋怀，伸展着手掌向我笑道，"细雨打湿花伞"了……说着他欣喜地甩出了大步，用一口标准的上海话说："阿拉的好江南啊！"他清癯瘦高，疏朗洒脱，那高扬的胳膊，仿佛正将好江南一拥在怀。

《细雨打湿的花伞》，是我的一本诗集名。我先生那天也在。他回头朝我看看，憋不住一脸的惊喜和意外。一路上，徐老随意逮着话题，亲切地与同行的朱局长等人交流，包括司机。

转了一圈，不想在一处花草茂盛处，我们同时看见左侧有个月洞门。上面写着"叶圣陶墓地"。徐老忽然眉宇肃然，目有精光，大步流星地走了过去。口里还念叨着：

"嘿，圣陶！我的老朋友，你在这里啊！今天真是意外的收获！"我们听着，也一起跟了过去。我知道一些关于徐老与叶老的深情交往，心中满怀敬意。大家前前后后看了一圈，在月洞门前合了影。其时我却从徐老的步态面容里，觉察到他心里或许正波涌浪卷。

正想着，徐老对我说："陆萍，我想一个人进去立一歇（沪语：站会儿）。"我们闻之即退。

徐老慢慢上得石阶，站定。再往前走近一步。只见徐老深情地拍了拍墓碑，又慢慢放下手来，交握在身前，背对我们凝视远方……

在我的感觉中，仿佛是偶然遇见了老熟人，一时感慨万千，却又不知从何说起。

到上海后，徐老父女俩住在华夏宾馆，并为宾馆留下了墨宝。徐迟到来的消息是保密的，怕徐老累着。最后一天公开后，大家振奋不已，纷纷与徐老合影，一时传为佳话。

宾馆总经理和我，又陪徐老到宾馆最高层观光。徐老放眼远处，心旷神怡。说改革开放的浪潮，总是率先在鳞次栉比的高楼大厦上滚动。

那个时候，徐老几乎没有在深圳第一次见面时的坏心情了。想必那"烦心的事"，就是"一签了之"的小事！这让我感到欣慰。

1995 年 7 月 10 日，徐老在来信中对我说：

回来好几天了，总想和你写信，总想和你写信，却没有写……那三天太美好了，象甪直的清流，华夏的高瞻，机场的告别，是永远也不会忘记的。我无法写出我的愉快的心情。……你那天没有把《小站》带来，我想这几天找出几本书来给你寄去。我现在走到邮局去也困难了，当然那里并不很远。我觉得自己不知怎的渐渐地衰老起来了，一天下了许多天雨今日开始阳光普照。……秋天我还可能回南浔一次，不然就看珠海的会今年能否开成……

徐老说的《小站》，就是我处女诗集《梦乡的小站》。说好离沪那天，我会带上。不想那天赶得急，又忘了放进包里。徐老光辉温暖又妙理达观。笑着对我说，这本诗集名，蛮有意思。那天一到家，我就赶紧给寄出了。

1995年8月19日，徐老在信中对我说：

《梦乡小站》放在枕边，随时可以在火车到来的时候，剪票进站登车。但不知道究竟要到哪里去？

读徐老的信，真是一份高级享受。诗一样的语言，信手拈来，让我零距离感受到了天才大诗人的浪漫和想象。其实"到哪里去？"并不重要；重要的是书写本身，已然是种美好的抵达了。这种诗性意境，给我以极大的启发触动，更成了我贵重的精神财富。

我现在是一个人住一层楼，三儿给我做两顿饭。我一个人吃一顿；晚上他陪我吃一顿饭。然后第二天清早，我还在睡，他就走了。我独自吃牛奶咖啡鸡蛋面包。然后打开计算机写作……

今天我重读徐老信中的这些文字，却实在感受到了徐老的孤独寂寞。徐老有二女二儿。老大老二都不在身边，小女也远在法国，唯画家儿子在武汉。但眼下的实情，却是儿子也忙，能做的只能是这些，也已属很多。那最懂他的夫人陈松的逝去，是他精神世界里最大的窟窿，任是谁都无法为徐老补上。我敢说即使儿女全在身边，这份孤寂还是难以排解。

然而当年收信的我，还觉得"独自吃牛奶咖啡鸡蛋面包"这有多好啊。更认为是徐老在"签字"分手后重获的平静与安宁。

因为在我印象中，徐老一直神清气朗，身手轻健。在国际华文诗人笔会那次联欢，徐老还三次邀我下舞池，硬是让不善跳舞的我，随他跟上了节奏。现在回想，这些也许都是表象。八十几载岁月沤绩过的血肉之躯，已日趋不支，徐老当时对孤寂的抗争，无意间已经渗进了给我的书信笔墨。只是年轻的我们，还没体会到而已。

现在我知道：人，总要老的。这需要生命的悟觉。而且要提前。事到临了，如没准备，"严酷"的老年生活就会像没有做功课的学生上考场一样；即使是伟大人物，同样也是凡胎肉身而无法幸免。可是世间，此一生命大题，总是到老了才接到"考卷"。于是，千人万解，世相百态。

所以我想说：人的每一天都是最好的，要把生活过成诗。我想告诉徐老，2017年，我出版的一本诗集，就命名《生活过成诗》。与此同时，还出版了一本，叫《玫瑰兀自绽放》。我的诗除了风花雪月、阳光鲜花之外，另一指向就是衰弱、病痛、不幸、灾祸，以至"大藏"。大藏者，不过是藏于天下。乃造物主之"无尽藏"也。人早晚要到"另一维度"去的，但总是"在"天下，在人间看不到的另一维之天下。也即死亡的必然降临。

诗不仅是"远方"，也是"眼下"；诗不仅是"活着"，还有"死灭"。"死灭"也就是徐老在《一瞬与熵》一诗中说的佛家之"圆寂"。佛家与否，人其实都一样。大藏也好，死灭也好，都是生命的标配。只有了知生命的彼岸，才能安排好到达彼岸前的人生。把生与死的回答确立了，剩下便全留给了自由。即以出世的心态，来入世过活。这就会享受到一种"生命诗性的体验之美"。行文至此，我要告诉您老，两年前作协、出版社、朗诵协会和上海政法学院为我这二本新诗集再版而举办的大型活动上，定的主题就是"生命诗性的体验之美"。

然而那时，我们年轻，还不懂这些。而今恍然悟到时，只能当作与天堂徐老的隔空交流了。1996 年 12 月 12 日子夜，徐老您突然性起，在"梦乡小站"毅然决然地跳下了车。您这一"跳"，有去无回，因为生命的设置，就是单程。但不要紧，徐老，我们"梦乡小站"的列车呢，现在还在运行，然而终究也会开到那个"点"上的。到时，我们继续畅聊。

忽想，上面之我说，一定是我一厢情愿了吧。徐老您一定比我更早把握了生命的大纲。

生命之奥，实在是天下最诱惑人的秘密。特别是像徐老您这样的天纵之才，否则不会在漆黑冰冷的子夜，"激情飞天"，直登堂奥。

1995 年 1 月 23 日，我接到了徐老的回信：

在浔收到你的信，但江南之冬实在太冷……又逃回深圳……我这次又带来你的两册诗集，我经常捉摸你的诗句，感到很有意思，非常欣赏……前天野曼打电话到南浔，通知我广东电台要播出……我在一九四〇年写过一本《朗诵手册》在香港出版，那时我经常朗诵，并在千人大会上朗诵过鲁迅的《铸剑》和《狂人日记》，现久已不朗诵了，不知怎的在宝安又朗诵了，而且其中有你的一首诗。不知你听到过这广播没有？……

　　我没有听到广播，也不详此事。两册诗集，是指我在1990年知识出版社·上海出的《细雨打湿的花伞》和1993年上海文艺出版社出的《有只鸟飞过天空》。书是经曼老之手送到徐老手里的。不想徐老是如此看重，我真不知如何感激才好。

　　徐老的朗诵可以想象。据当年报载，当年徐老在千人盛会上朗诵《狂人日记》时，忽然，"台上的徐老不见了。整场就是一个狂人歇斯底里在说他的疯话"。可见其情其景，是怎样的空前盛况啊！

　　自得知徐老朗诵我诗一事后，我总是在"猜想"，徐老到底是朗诵了我的哪首诗？其状其态，难道也如当年一样？但不知为什么，我一直没有直面问起。怕有不敬？怕有轻慢徐老？我想是的。因为我居然可以"不知道"！然而，直至今日我还是不知道。

　　写到这儿，忽然一个场景浮上心头，以至非写不成：那天徐老正与我说着什么时，世界华人诗会秘书处小王在房门口停了步说：

　　"徐老，主席台正等您去开幕呢。"

　　"哦，迟到了！"

　　徐老立马起身，拉过那件褐底碎花的织锦缎中式棉袄，往西装外一套，随即两手将棉袄朝胸口一拉，说，陆萍，把门带上，快去。

　　可是刚跨出房门，忽见徐老前倾着身子并抬起着头，夸张地左左右右晃了起来。

我一愣，回神却见徐老一脸正色，目视前方，装出一副大摇大摆的样子，道：

"来了！重量级的来了！"

说着就到了电梯口。我禁不住哈哈大笑起来。

想必徐老这一晃，就是将"一身名头"，晃得一干二净了。

徐老的风趣幽默，总是给人料想之外的惊喜。

徐老在1995年12月17日的信中告诉我说：

陈先生寄来照片收到，谢谢你们。回家挺舒适，终日静坐，看书，写书，往往一整天，这就是最快活的一天了……有朋友要我上庐山，不想去，因家中十分安静……偶译一首诗寄上看看白相相。……

徐老随信寄来一份复印件：

《印第安美人朝露歌》{美国印族}（本刊特约）余　犀　译

沿着泰密阿密的大车路

他们歌唱你

赛米诺尔迷科苏基

美丽的朝露

……

陈先生是我丈夫，将在宾馆拍的照片邮了徐老。译者余犀，是徐迟化名，从其名中各取一半罢。徐老居家生活的写作、翻译，平静安好，这让我也心情愉悦。

半年光阴一晃而过。

1996 年 5 月 12 日，徐老在信中又这样对我说：

去冬病得不轻，逃亡北京，前后住院六十七天，勉强地活下来了……刚才野曼来电话，再三嘱咐，要保养好，秋冬可以开那个会，希望如此。报上说你将和罗洛等人去日本，好极了。书未收到，但你的新诗集呢？有无消息？报告文学与诗是两条轨道，其实也可分可合，我就是如此的。不过诗丢了不少。似乎你也有这倾向。则不可！……

收到徐老的信时，心里愧意深深。67 天在病床上是什么概念？曾起念立马去看望徐老。但找不出理由请假。想与报社老总直说，我去探望全国有名的文坛宿将徐迟，但报社太忙，那时又不像现在，手机微信秒刹搞定。都靠手脚做的啊。我怕万一不成，又岂非太张扬了。终究没成。

感恩徐老如此关注着我。我是接到了第 16 届世界诗会国际组委会及世界文化艺术学会的邀请，将于 1996 年 8 月 22 日，出席在日本前桥为期五天的"第 16 届世界诗人大会"。不知徐老是从哪份报上得知这消息的。我日后抵会，没见罗洛老师。中国大陆来了牛汉、傅天琳、刘湛秋、野曼、刘文玉、吕进、熊召征、我及野曼夫人。

那时我的报告文学新著《一个政法女记者的手记》已出版。我收到样书，即给徐老寄去，恐未收到。徐老惦着这书不算，又在关心我新诗集《寂寞红豆》的出版了。惭愧不安中，徐老那句"似乎你也有这倾向。则不可！"如黄钟大吕，时时回响在我的心头。

怎么忽然间就如魔幻镜头般地与我连上了线

1995年8月20日，我收到了徐老厚厚的一叠子信。拆开一看，不是信。全文六页2520余字，至第六页纸尽收尾。原来是：

"《一个政法女记者的手记》序 徐迟"。

我双手捧读，意外而且震惊！

此文与前二月给我的"序"，大相径庭。几近是大动干戈。我不知道为什么徐老要二易其稿。只记得徐老在来电中关照我，"序，让我再看看给你"。

我无法形容当时的心情。徐老是写《哥德巴赫猜想》《地质之光》、译《荷马史诗》《托尔斯泰传》《瓦尔登湖》的人，是陪巴金访问法国三周、在《人民日报》上谈夸克，关注地球、自然、人类，关注国家命运，关注工业、农业，关注高科技和宇宙奥秘，写了报告文学、诗歌、政论、散文等等方面1000多万字，这是一个多么让人崇拜的伟人啊。在写如我辈之序评，竟会是如此苛求自己，二易其稿？

其时徐老正在写60万字自传体著作下部，时间紧又体弱，为我这大体量的书写序，付出了多多少少啊……

我的感动如铁，一下沉到心海之底！甚至，我的回信中都可能没怎么表达过（那时写了就寄，信都没留底）。

我所有的感动，是铁也轻！是金也廉！岂可载得动当代大文豪对文学同道后辈这样隆重的提携、这样强烈的鼓励以及这样深刻的情义？

纸面上，徐老落笔的字写得很小，一格两字，笔画灵动周致。大大的句号，突显在字里行间。有"走之"部首，那向下一撇再着意翘上，像锄头着地挖土一样，散发着原野芬芳的气息。

粗粗读了陆萍的新著《一个政法女记者的手记》……这位女记者的行当（诗与报告文学）和我这几十年的行当是一样的……我的总体感觉是，这位年轻的女记者对情与法之间的度的把握，是很有分寸……展现了一个鲜为人知的罪与罚的世界……读来令人心灵震颤。尽管发生在当代社会，但也突出深刻地揭示了中国传统文化的悲剧性的一面，极有深度……掩卷寻思，觉得它很像是契诃夫的一个短篇小说……她的手记本有几十本……囚犯内心深处之第一手的真实声音，这或许是陆萍的纪实作品的另一种价值的所在……我觉得这比我读陀思妥耶夫斯基的《罪与罚》还更加切实一点……除此之外，陆萍已有许多本美好的诗创作的集子问世，而且那些诗有从戴望舒那儿延续下来的韵味……这或许就是报告文学作家兼诗人的陆萍所企求的另一种永恒吧。在她的创作中，永恒只存在于一瞬间。她的诗，也和这些报告文学一样的值得注意。两者原是相通的。分开了各自独立，合起来就是叙事诗、史诗。

徐老的这些赞许词，是这样光芒闪射。耀得我一时竟有"无处可躲"之感。往日里徐老不是这样，他虽然会上热情洋溢，视野高阔，激情如火，但见面交谈时，徐老只是那么专注地倾听我说，那凝神敛目的神情，到现在我还历历在目。

记得在深圳开会报到那天的事。我和林紫群一起往徐老房间送文件。徐老请我们小坐。我看见桌上有份《华夏诗报》，头版头条是硕大的题目《爱，是给予》。

这正是我印度亚洲诗会归来写的 4500 字的散文，且配我二照，几占一整版。徐老瞥眼报纸，对我说，已经读过，很美。你的诗《冰》……徐老漾开一脸笑容说："少见……大有戴望舒遗风。"

戴望舒是我崇拜的大偶像，还有陀思妥耶夫斯基的《罪与罚》、契诃夫的短篇小说……那些在我心目中是高不可攀的山峰，怎么忽然间——就这样地魔幻镜头般地与我连上了线？

心中忐忑不安。我知道徐老与戴望舒一起编过《中国作家》，去红岩见到毛主席并得到了"诗言志"的题词，在读陀思妥耶夫斯基的《罪与罚》英文版时，我还没有出生。

"这集子里有陆萍开拓出来的新的视野。"徐老序评中的这句话，于我如醍醐灌顶，总结并提升了我的境界。我一直牢记1995年7月5日，徐老在上海机场与我告别时，郑重其事地对我讲："诗要写，报告文学也要写。你采访的领域，是人世间的大场面啊。"

徐老慈颜苍容，目光如炬，期望殷殷："你一定能写出更好作品的，我相信。"没有料到的是，徐老与我这次见面，竟是人世最后一次。

徐老的序评手稿，距离他"远走高飞"，仅仅相差了十个月。据说，这是徐老离世前写的最后一篇序文。而寄我的诗《一瞬与熵》也是徐老最后的诗。此诗此文，两者都是徐老最后的绝唱，却都与我的诗、我的文，有着灵性的交互共振，有着神思的渗透浸润。

徐老走后这漫长的岁月中，他那一句"人世间的大场面"，却夯进我的心底，给我一种写铁窗文学的格局和定力。

徐老的序评赞言，让我在不安中仿佛"重任"压肩。我反复掂量徐老留我的高言，觉得自己不负众望，才是对徐老最好的报答。

徐老走后二年的1998年，我写监狱的"生命极地写真"，22万字的报告文学《走近女死囚》一书，由上海文艺出版社出版。初版告罄，又再版二次，书中单篇，又另外单独出书，且也再版二次。毫不夸张地说，之所以我创作至今，铁窗文学与诗歌散文齐头并进，就是徐老的高评能量加持了我。

行文至此，还有一事想说。这与徐老当年与我谈及的量子概念有关。年前上海文艺出版社出了《陆萍诗歌赏析》一书。那是30多年前，一位广西壮族青年陈胜辉，偶然读到我的诗《冰》，从此追踪，不能忘怀。直到互联网诞生，才在网上联到我。此书作者正是他。当我收到作者全书定稿时，忽然想到徐老。以我对"量子纠缠"的理解，脑海顿时电闪雷击，挥笔如下：

仿佛是一种"量子纠缠"。这世界在冥冥之中，总有某种关联的设置；一种心性中的至纯至高，会在茫茫人海中释放感应；两个毫不相干的点，就会神奇聚合，完成高山流水般的意境。感恩。

我的感怀，出版社编辑以"补记"方式，印在作者后记之后。

以上，只是部分，也根本算不上什么。徐老，但我尽了最大心力。徐老您曾经的给力，让我不倦追求。在您远去的这些日子，今夜借机向您作个小小汇报。

徐老和蔼亲切平易近人。第一次见到徐老之后，我们便成了忘年交。读徐老的书，他是我心目中的巨人，但徐老用上海话不时叫着我的名字，让我到他身边去，我的拘谨才一点点消失。再后来就熟悉了，像个友情深厚的上海老朋友。

这些年来，无论什么地方，只要有徐老的信息，哪怕长篇大论或者只言片语，我都要读着收存着。知道南浔建了个徐迟纪念馆，知道里面有一尊徐老的雕塑，那眉眼间飞扬的神采，给了我很多宽慰与欣喜。

徐老终究还是那个"猜想"中的模样。尽管"哥德巴赫猜想"风靡全国的时代，我还与徐老无缘相识。而今这铜像又让徐老回到生命中最辉煌、最俊朗、最浪漫、最伟大的时刻中了，当然更重要的是，他仿佛定格了我的一个梦——我心目中徐老的模样。

生命原本是一个必须要被经历的奥秘，而非一个要去解开的谜

站在徐老铜像前，那首方方正正的诗《一瞬与熵》，如二维码，又次扫遍我的心魂。我再次回味徐老序评中"这或许就是报告文学作家兼诗人的陆萍所企求的另一种永恒吧。在她的创作中，永恒只存在于一瞬间"。

其实，不管"一瞬就是永恒"，或者"永恒就是一瞬"，实质相通。所以，徐老和我于冥冥之中的灵思撞击，凝结成的"熵"，也是个指代。中国物理界于99年前创造的这个字"熵"，真是充满了诗情画意，且妙不可言。熵，是对不确定世界的一种确定性表达。

我的这首《这一瞬竟如此美妙》的诗之主旨，是想表达：生命的之前、之后，对一个人来说，就是一片黑暗。而人生，不过就是两极黑暗之间的一场燃烧，也可谓之一瞬，而一瞬之中最辉煌的光，就是人生开花。开花的这几秒离神性最近，或者干脆说"生命之巅的那几秒"就是神性在开花。

徐老的诗，是从"永恒"倒叙"一瞬"。他《一瞬与熵》中那描述的"不冷不热""不轻不重""无始无终""无影无踪""非生非灭""非明

非暗"，甚至"有理无情""无理有情"等，是循"热力学的第二定律"变化中的最后趋于静止恒定。恒定的终点，就是寂灭，就是"圆寂"，就是"信息的隐藏"，也就是"大藏"。

美好的事物，总是稍纵即逝。熵的本身就是一瞬与永恒的结合体，象征爱与死亡、象征毁灭与诞生。所以这非同寻常的百年新创"熵"这个字，让我们一代大师徐老格外垂青。

1995 年 9 月 7 日，徐老在来信中说：

……昨天曾卓打电话报告我邹荻帆航天去了……同一天里，我的好友冯牧也去了。我一向豁达，生死没有界线，通行无阻。我是永生的……

是的，生死无界，通行无阻，所以世人破解徐老的"旷世之谜"，犹如生命的"哥德巴赫猜想"。一样的。就是猜想，猜想而已。

"生命之谜"，其实有解无解，生活死灭，都是一回事。我在上月由文汇出版社出版的一部散文集《床上有棵树》的后记中，有这样一句话："生命原本是一个必须要被经历的奥秘，而非一个要去解开的谜。"

徐老的铜像，其实就是徐老生命之"熵"！只不过徐老诗中的那"永恒之熵亦仅是一瞬耳"，那火旁的"熵""却成了 / 能象征永恒的最后完成"。而万千情思集一瞬的徐老铜像，是以艺术作了量化的"熵"，也是徐老您一世千秋生命辉煌的一种完成。

再说，徐老的"未完成的永恒证"，就是给"一瞬"以量化而成的"证件"。"证件"是二维平面；"雕像"是三维立体；更有社会上下全国民众，以朴实无华的语言，为您生命的"熵"作的文字的"量化"：

"与祖国共安危，与人民共甘苦，悠悠六十载跋涉遍神州，堪称时代歌手；为历史写丰碑，为新人树形象，煌煌千万言无愧中国作家。"

徐老，连日来，我白昼黑夜敲击着键盘，思索追寻，仿佛正在向您请教、探讨和对话。既然您老，将"最后定稿"率先于我，我总要弄出个究竟来，这辈子才心安，可是？

但我到底"究竟出了"什么？我却不得而知……

洋洋洒洒率性而书，偏颇疏漏一并在案。我不修不改，全文呈上，权当我给您老写的一封长信。鼠标一点，我将发往天边的"云库"。徐老您曾为中国报告文学学会会长，定有密匙。哈。

2022-3-11 凌晨 2:11 搁笔。如释重负　一身轻松

読后

生命花开

——品读陆萍散文集《吃时间大虫》

孙振远

年前刚读了由文汇出版社出版的陆萍散文集《床上有棵树》，不尽惊喜与敬佩尚未淡去，却又闻诗人陆萍两部新著即将上架：散文集《吃时间大虫》、散文诗集《偶一出神》。

不到一年，一推就是两本！这该是诗人作家的另一种惊艳吧。

今有机会在网上先读为快。就这本《吃时间大虫》，不揣陋见先写一二。

陆萍始终对世界充满着好奇向往，时时会发现生活中的美、人性中的至纯至善。个中思想深度的抵达与别开生面的情态，源源不断从她笔下汩汩而来。诸如书中《忽然就抱成了一团》《跳三跳》《就这样寻找妈妈》等文章中，就让人看到了诗人激情澎湃的才华与情感奔涌中的独特见解……她在孩童玩耍时"跳三跳"中，悟出了人生哲理："我觉得已经一身轻松。我的灵魂仿佛也在原地'跳了三跳'……抖落原本不属于我的尘灰污垢呵。"虽然这是作者几乎遗忘的早年作品，但贯穿其中的那根思想生命线，至今还在她的作品中弹跳如初。

在她《普拉多美术馆前的激情》一文中爆发出的"中国！中国！上海！上海！"的欢喊声中，我感受到了诗人浓浓的家国情怀！

诗人有内在强大的创造力和灿烂的才情。她能把生活中极其平凡的事物，以异于常人的敏锐与视角，升华，化腐朽为神奇，令人耳目一新！我很钦佩诗人能把创作书写，成为她的生命花开，诗文与她，已血肉相融。不信，请读诗人《把生活过成诗》那文所述："诗，让我寄托放飞、让我释怀透风、让我宣泄收藏，让我卸却也让我获有。一切喜怒哀乐、所有七情六欲，包括这之间的过渡、映照、渐变，五味杂陈的情怀，只要走过我的身心，都会有诗文留下痕迹……"

"人生的悲怆，在于生命一去不返的单程；能够在生命行走的过程中，随时有碎章断句留下来，无疑是一份补偿。在许多烙有我生命脉息的诗行间，今天，我可以驻足回望、可以凝眸重温，也可以审视我一路走来的行色步履和精气神息，更有长街短巷里埋伏的遭遇，不乏爱恨情怨，也有生离死别。"

诗人忠诚于生活。既有社会深处落笔，也有灵魂绽放的光焰，既讴歌美好也鞭挞罪恶，深邃高远的思想，赤诚火热的文字，落笔于纸，尽是人性的乐章。

感佩于诗人常常于细微之处，尽展思想境界之博大精深。让读者心灵震撼，情智启迪。诸如《草原精魂》《细细碎碎的日子》《罪魂与诗神》《母亲岁月》《大自然之神》等篇章，皆能以小见大、浅入深出。如写母亲去世之痛，油画家儿子用红木茶几与竹篮青菜混搭，取材的强烈反差，绘画语言的精妙与睿智，表现了画家内心澎湃的悲痛与哀思。见诗人笔下：

"世界上有种痛苦，浓重到可以让人的心，沉到一个叫做'底'的地方。什么叫'底'？我无法形容，但可以拿家弟陆廷的这幅画来解说。底，或许是个有底气的所在，是阴阳转化的临界点。那悲痛化成力量，在这儿就能自圆其说了。

"一个人的精神，经受住'烈火洪水'的考验，还能站住脚跟，这个底气也可以叫定力了。陆廷的原创油画所蕴含的那个叫艺术的力度，不是靠眼泪、靠叹息所能完成的。他要脚跟稳稳地站在画布前，随着思绪放飞、想象凝聚、色彩神秘变幻之中挥动着手中画笔……沉默而坚定、无声而有色……这与悲痛有时一点关系也没有，有时却全部靠它产生。"

而书中少见的两万字长文《坠在监狱的谜底》，似是诗人文章的异峰突起，我当时一读，便欲罢不能。文章悬念重重，环环紧扣，令人不得不一气读完，虽至半夜却感慨无穷。惊异诗人在曼妙的诗文之外，还会有这精彩叫座的一幅笔墨，堪比电影。读者尽可以自己去读。作者收在辑尾的四篇长文，千万不要错过。

诗人在《草原精魂》中，"只见奔腾的野马群，跃动着慢慢前进，一股股青草的气息，随烟尘扬起。一阵阵，一阵阵亦步亦趋向我们逼近。我们敛神屏息，几近是倒退着愣在那里。野马群呈一横列踏踏踏地扫来，在风风烈烈的烟尘躁动中，渐渐由小变大……"

在《朝拜冰臼》中："让人吃惊的是这座山与那座山的形态风格全然不同，山脉走向迥异，岩层肌理相悖。大青山线条圆润柔滑安稳，像个富足而丰盈的美人；而不远处那座山却峰谷起落，天廓线如股市剧烈震荡的走势图。"

诗人笔下的文字，寻常情怀，信手拈来。着笔处往往眼前情景，不足为奇，然而文句忽如锰钻，一个出其不意，意思就翻新出来。让人意外又惊喜。

借景抒情寓意，使读者从平淡无奇中的事物中获益省悟。我更喜欢作者那种自在轻松的描写、寓情于景的抒发、贴近日常的白描、由生活万千中抽象出来的哲理警示。书中的《在埃及红海》《我思想小虫恭敬肃立》《住苏州岱湖山庄》《释放内心隐秘的欲望》等篇章，都在不经意间，直登灵脉要害。

诗人在《秘事四十年》中写道："先生不经意间的两幅大作，经过漫长的岁月沉淀，世事纷飞，在五年前和 2021 年，真的成了我两本著作的封面，我有一种说不出来的震动与感怀。

"我内里暴风骤雨般的情感，仿佛找到了一片天空……先生走完人间最后一步。他的单人病房里就剩我一人。我被麻木主宰。忽闻人间声响，是护工催我整理床头柜。我应声弯腰，忽然在床头柜的最里面，发现了一厚摞书。心中好甚奇怪。他病得那么重，哪有精力看书呢？待我取出一看，发现全是我出版的书，点一下是 13 本……我一时愣住。悲情万里。泪血如雨。"

此情此景，让我想起诗人陆萍常说的那句话："这世间，好东西全是用命换来的。"

作家陆萍写与忘年交徐迟老的交往《一瞬与永恒》的长文中，开笔宏阔，举重若轻。字字珠玑，惜墨如金。在人间终极之问的生死大题上，作家与大文豪徐迟老，天地对谈、挥洒纵横。《上海文学》慷慨给作者 12000 字篇幅发表，想来不无道理。字里行间没有喧哗，唯有一片真情，在静静流淌。请看这一段，陆萍对自己那首诗《这一瞬竟如此美妙》的"夫子自道"：

她"是想表达：生命的之前、之后，对一个人来说，就是一片黑暗。而人生，不过就是两极黑暗之间的一场燃烧，也可谓之一瞬，而一瞬之中最辉煌的光，就是人生开花。开花的这几秒离神性最近，或者干脆说'生命之巅的那几秒'就是神性在开花……徐老的诗，是从'永恒'倒叙'一瞬'。他的《一瞬与熵》中那描述的'不冷不热''不轻不重''无始无终'……恒定的终点，就是寂灭、就是'圆寂'，就是'信息的隐藏'，也就是'大藏'。

"美好的事物，总是稍纵即逝。熵的本身就是一瞬与永恒的结合体，象征爱与死亡、象征毁灭与诞生。所以这非同寻常的百年新创'熵'这个字，让我们一代大师徐老格外垂青。"

无论是思考还是记事，无论是描摹还是感慨，抑或是情至深处的议论风发，都有陆萍她异于常人的见地，至理开惑。她对生命真相执着的探究、对生活发自内在的热爱，加之随年岁递进而越发纵深的生命觉悟，最终落在纸上，就成了感人肺腑、脍炙人口的好文好书了。

读书使人心静，读书使人博学，读书使人澄明。每读好书好文，就如品尝一杯甘洌绵长的好茶，让人回味不尽。对于著名诗人、作家陆萍，我们有理由怀着更高的期待。

2022-12-31

陆萍文学简历与出版书目

陆萍文学简历

国内外笔会简录

1983　应邀赴新疆石河子出席"绿风诗会"

1985　应中国作家协会上海分会、上海市文学评奖委员会邀请赴"千岛湖笔会"

1988　应印度政府出资邀请，赴博帕尔出席亚洲诗歌节并获誉"亚洲诗坛明星"。成为中国第一批出访印度的诗人

1993　应韩国东道国出资盛邀，赴汉城出席亚洲诗歌研讨会，主场朗诵诗作。会后应邀并经领馆改签，由诗会秘书处资深学者、翻译陪同又留韩交流活动 3 天

1996　应日本东道国出资盛邀赴前桥出席第 16 届世界诗人大会，主场上台朗诵。会后又应邀赴横滨及东京等地交流活动 5 天

1999　应中国作家协会组团赴台湾，出席两岸女性诗人学术研讨会

2007　应江西作家协会邀请赴九江参加中国千名诗人、作家、艺术家写庐山文化工程

2018　湛江 18 届国际华文诗人笔会上，在岭南师范学院"新诗百年"论坛发言《我为什么写诗》，作纪念野曼发言《第一次与最后一次》等

2023、2022、2021、2019、2018、2010、2003（10 月）、2003（8 月）、2002、1998、1996、1994 年等应邀赴南昌、唐山、湛江、安庆、深圳、金华、珠海、南京、海南三亚、广东中山等地或云中出席第 23 届、22 届、21 届、19 届、18 届、13 届、9 届、8 届、7 届、4 届、3 届、2 届等国际华文诗人笔会

中外译介略摘

1976　《中国文学》(英文版) 八期，诗《纺织厂里春雷滚》等入选

1985　日本《地球》季刊 11 期，诗《冰着的》等入选

1986　日本《地球》季刊诗志 86 期，诗《信封》等入选
　　　《中国文学》(英、法文版) 4 期，诗《冰着的》等入选并配发作者简介照片

1988　《亚洲诗坛》(印度版印度文) 诗《冰着的》《吻》等入选

世界诗歌墙（印度博帕尔）诗作《冰》手迹及书写现场照片等入选

《亚洲诗人作品选》（日本出版、四国文字）4集，有诗入选

1990　日本第八回社团法人俳人协会《友好访中国报告书》俳句《灵感》入选

1991　"熊猫丛书"《中国当代女诗人诗选》（法文版）诗《冰着的》等入选

日本《野路》39期，诗《残忍》等入选

1992　企鹅出版社《中国女性诗歌当代文选》（英文版）诗《冰着的》等入选并配发
作者简介照片

1993　《我爱你——中国当代女诗人诗选》（中英双语版）诗《冰着的》等入选并配
发作者简介照片

日本《地球》107期，诗入选

1995　《中国文学》（英文版）诗《倾心长谈》等入选

《95'亚洲诗人作品选》（中国台湾版）诗（英译/吴钧陶）入选

1996　《亚洲现代诗集》6集（韩国版/五国语言）诗《残忍》入选并配发作者简介
照片

《中国文学》（法文版）178期诗《倾心长谈》入选

日本《地球》117期诗《残忍》入选，并有另文介绍作者

日本《海潮》以"陆萍（中国）作品抄"发表《冰》等组诗

1997　《中国文学》（英文版）诗《崂山溪》入选

美国贝特林阁出版社《上海之声》，诗作《冰》等入选

2008　中华人民共和国文化部策划《来自大海的声音——上海当代诗人作品选》（英
文版）诗《冰》等入选（后略）

诗作入典小汇（报告文学、散文略）

70年代

处女诗作《韶山红日普天照》发解放日报副刊《看今朝》，并有诗入选《千歌万曲献
给党》等多种选本

叙事长诗《闪光的工号》（第一作者）上《朝霞》文学季刊头条

80年代

诗作《冰着的》等诗文，入选《中国新诗鉴赏大辞典》（顾问　臧克家/主编　吴奔
星），入选《中国新诗大辞典》（编著　黄邦君、邹建军），入选《当代短诗选》（主

编 张志民、雁翼、林呐），入选诗刊社《1985 年诗选》、入选《上海市文学奖获奖作品集》等选本。

90 年代

诗作《冰着的》等诗文，入选《20 世纪中国新诗辞典》（主编 辛笛）、入选《中国散文集萃》、入选《中国星星 40 年诗选》、入选《散文》200 期精品丛书《神的笑声》、入选《朝花作品精粹》（1956—1996）、入选《国际华文诗人百家手稿集》、入选《中国当代新诗大观》（主编 白岛）、入选《上海五十年文学创作丛书》诗歌卷、散文卷等众多选本。

2000 年以来

诗作《冰着的》等诗文，入选《九年义务教育初中语文补充教材·阅读》诗歌名园、入选《中国现当代爱情诗 300 首》、入选《萌芽 50 年精华本》散文诗歌卷、入选《世纪祝福》并手迹照片、入选中国台湾出版的《浩浩秋水·秋水 30 周年诗选》、入选《两岸女性诗歌三十家》"陆萍卷"、入选《中国诗歌选》并配发简介照片、入选上海《朦胧诗二十五年》恋情 / 追寻 / 沉思、入选《新世纪二十年中国散文诗精选》、入选中国诗学研究中心《当代诗人》、入选《诗家园》中国六零前诗人作品集·陆萍（上海）卷等数百选本。

诗文评论存目

陈胜辉 出版研究专论《陆萍诗歌赏析》（25 万字）上海文艺出版社 .2019

———————

徐 迟 陆萍报告文学集《一个政法女记者的手记》序评
屠 岸 生命的沉潜、升腾、濒灭与复活——陆萍诗集《玫瑰兀自绽放》序评
辛 笛 陆萍诗集《有只鸟飞过天空》序评
辛 笛 与光明长恋——陆萍诗集《梦乡的小站》
王辛笛 韵味隽永，别具一格——陆萍和她的诗
雁 翼 诗人的世界很大——读陆萍《淡绿色的天棚》
陈 诏 真诚出好诗——读陆萍新作
谢泉铭 陆萍《走近女死囚》
今辻和典（日）一瞬所拥有的永恒美学——读陆萍诗集《有只鸟飞过天空》
余秋雨、金仲伟 陆萍报告文学集《一个政法女记者的手记》序评

毛蓓蓉　青年女诗人陆萍专访

赵笑平　海上起大风——读陆萍散文集《床上有棵树》

周燮鹏　再读陆萍的诗——《冰》

周燮鹏　读陆萍散文诗——《文章是灵魂的容器》《就这样寻找妈妈》

陆沪生　我是海燕——读陆萍诗

奖事小记

1985　组诗《写在梦乡小站》获上海首届优秀文学作品奖，由上海作家协会颁

1988　"亚洲诗坛明星"荣誉于在印度博帕尔举办的亚洲诗歌节

　　　　获上海新闻业界《十佳记者》提名奖

1993　长篇报告文学《不愿出狱的女囚》获《南方周末》二等奖

1995　长篇报告文学《与死亡对遇》获上海市作家协会属下"海上文坛"优秀作品奖

1998　长篇报告文学《悬崖上的黑三角》获《人民警察》第六届优秀作品大奖赛一等奖

1999　长篇报告文学《人性苍茫》获《人民警察》第七届优秀作品大奖赛一等奖

1999　长篇报告文学《人性苍茫》获公安部金盾文学奖

2013　获"上海政法宣传工作特别奉献奖"，由中共上海市委的宣传部、政法委联合颁发

2017　诗歌《深层的碎裂尖利地呼啸着》获中国诗歌网第五届野草文学奖

2022　散文《悬空寺》获上海作协、文学报、上海文化等联办的禾泽都林杯一等奖

2023　获西南大学中国新诗研究所、中国诗学研究中心领衔评选的"十佳当代诗人"

　　　　获国际华文诗人笔会授予的"中国当代诗人杰出贡献金奖"

其他记要

1984　由上海第二棉纺织厂调任上海法制报任副刊部主任

1988　中国第一批诗人出访印度，任亚洲诗歌中心成员（印度博帕尔亚洲诗歌节）

　　　　《华夏诗报》31期头版头条发表出访印度手记《爱，是给予……》并配发照片

1992　上海作家协会在上政国际会议厅举办陆萍、孙悦诗歌研讨会。王辛笛、任钧、徐文绮、曹阳、宁宇、冰夫、赵长天、赵丽宏、毛时安、于之、葛乃福、郑成义、毛炳甫、王小龙、郭在精、姜龙飞、沈栖、孙泽敏、张烨、徐芳、孙悦、刘国萍、陈放、陈鸣华、孙奕、李连泰、朱淳良、李庸夫、朱济民、陆萍等出席。时任作协副秘书长毛时安主持

1996	上海有线台播出纪实文学《黑色蜜月》改编成的六幕话剧
2002	担纲"十月阳光"大型诗歌朗诵会总撰稿。中共上海市委政法委、宣传部主办、上海作家协会、上海文广新闻传媒集团承办，东方电视台直播
2005	北京大学《北大法律评论》六卷二辑《关于死刑的通信》一文，引用拙著《一个政法女记者的手记》中的段落，并给予好评
2007、	2008、2011年，应中共上海市委政法委、宣传部邀约，为一届、二届、三届计30位平安英雄颁奖盛典撰写颁奖词，东方电视台直播
2009	《上海纺织博物馆》"人物撷英"展台陈列纸质出版物诗集《梦乡的小站》、报告文学集《走近女死囚》《迟到的忏悔》及作者照片、介绍等
2012	上海律师公会成立100周年。应邀约，撰写中国12位大律师颁奖词
2013	被聘为上海视觉艺术学院兼职教授
2014	在尼亚加拉大瀑布之下，感受世界级震撼
2015	在考斯威堤岸倾听大西洋涛声
2016	诗集《玫瑰兀自绽放》《生活过成诗》经上海文化发展基金会审核通过，获资助出版。找得35年前为我肖像速写的画家名朱自谦
2017	《玫瑰兀自绽放》《生活过成诗》再版诵读会，以"生命诗性的体验之美"为题，在上政学生礼堂召开。上海作协诗歌专业委员会、文汇出版社、上海市朗诵协会和上海政法学院合办。叶辛、赵丽宏、曹阳、孙琴安及田永昌作视频发言。毛时安与陆澄主持。毛时安、宁宇、郭在精、王小龙、陈放、孙泽敏、余志成、张健桐、冬青、金瑜、朱耀华、梁志伟、梁栋、成莫愁、成雅明、郦帼瑛、季渺海、古心静典、陆澄、周伯军、姚鸿光、周稼骏、陈序、陆骏、陈德弘及陆萍等出席
2018	散文集《床上有棵树》(曾暂名《灵感没有地址》)经上海文化发展基金会审核通过，获资助出版 被聘为国际当代华文诗歌研究会顾问(香港注册)
2020	抗疫诗《格言与警句写上永恒》被上海学习平台"学习强国"转发
2021、	2022 抗疫宅家，回眸半世纪，翻动五十年
2023	澎湃新闻缘获颁"中国当代诗人杰出贡献金奖"发表通讯《诗人陆萍："世界上最没有办法的事，就是我愿意愿意"》

陆萍出版书目

诗集

《梦乡的小站》	福建人民出版社	1985 年	印数 7780 册
《细雨打湿的花伞》	知识出版社（沪版）（序：罗洛）	1990 年	印数 8000 册
《有只鸟飞过天空》	上海文艺出版社（序：王辛笛）	1993 年	印数 3000 册
《寂寞红豆》	上海人民美术出版社	1995 年	印数 5000 册
《陆萍短诗选》（双语）香港银河出版社（译审：屠岸）		2003 年	印数 1000 册

《玫瑰兀自绽放》文汇出版社（序：屠岸、毛时安） 2017 年 6 月一印 1300 册
2017 年 9 月二印 1301—2300 册

《生活过成诗》 文汇出版社（序：毛时安、王新民） 2017 年 6 月一印 1300 册
2017 年 9 月二印 1301—2300 册

散文诗集

《偶一出神》 文汇出版社（序：王新民） 2024 年 印数 1500 册

散文集

《床上有棵树》	文汇出版社（序：刘巽达）	2022 年	印数 1500 册
《吃时间大虫》	文汇出版社（序：王新民 自序）	2024 年	印数 1500 册

纪实文学集

《狱墙内外》（上）	香港繁荣出版社	1990 年	
《狱墙内外》（下）	香港繁荣出版社	1990 年	
《迟到的忏悔》	知识出版社（沪版）	1990 年	印数 9000 册
《狱墙内外》	时代文艺出版社	1992 年	
《黑色蜜月》	广州出版社	1994 年	印数 20000 册

《一个政法女记者手记》上海人民美术出版社（序：徐迟、余秋雨、金仲伟）
1995 年 印数 5000 册

《走近女死囚》 上海文艺出版社 1998 年 11 月一印 10001 册
1999 年 3 月二印 10000—15001 册
1999 年 7 月三印 15001—18500 册

《女死囚的故事》 上海文艺出版社　2002 年 5 月　　一印 6100 册

2002 年 10 月　二印 6101—10200 册

三印 10201—20300 册

《高贵的脊梁》(与陈序合作)　文汇出版社 2008 年　印数 5000 册

叙事长诗

《闪光的工号》(第一作者)　上海人民出版社　1975 年

连环画长诗脚本

《银海之歌》(第一作者)　上海人民美术出版社　1978 年　印数 300000 册

诗配画明信片

陆萍诗《美的组合》明信片一套　上海画报出版社　1989 年

陆萍诗《梦乡小站》明信片一套　上海画报出版社　1989 年

作词歌曲灌录唱片

1970 年《纺织工人学大庆》歌词，在国务院文化组革命歌曲征集小组发起的全国海选中，入选《战地新歌》，成为特殊年代革命歌曲的符号。上海合唱团演唱，上海交响乐团伴奏并灌录唱片发行全国。2018 年央视新制上线

图书在版编目（CIP）数据

吃时间大虫 / 陆萍著 . —上海：文汇出版社，
2024.1
ISBN 978-7-5496-3962-5

Ⅰ. ①吃…　Ⅱ. ①陆…　Ⅲ. ①散文集-中国-当代
Ⅳ. ① I267

中国国家版本馆 CIP 数据核字（2023）第 125469 号

吃时间大虫

著　　者 陆　萍
封面题字 江显辉
责任编辑 徐曙蕾
装帧设计 董红红

出版发行　 **文匯**出版社
　　　　　 上海市威海路755号
　　　　　 （邮政编码200041）

照排 南京理工出版信息技术有限公司
印刷装订 上海颛辉印刷厂有限公司
版次 2024年1月第1版
印次 2024年1月第1次印刷
开本 890×1240　1/32
字数 288千
印张 12.375
印数 1-1500

ISBN 978-7-5496-3962-5
定价 98.00元（全二册）

陆萍　2023 年　（陈德弘 摄）

偶 一 出神

吃 时 间 大 虫 · 偶 一 出 神

文匯出版社

陆萍 著

现实与灵魂擦出的光弧

——读陆萍散文诗集《偶一出神》

王新民

陆萍有着独特的精神诉求与艺术探索的韧劲。

陆萍近年来更是情思澎湃，创作力旺盛，频频推出新著。新诗集《玫瑰兀自绽放》《生活过成诗》，两本散文集《床上有棵树》《吃时间大虫》等，社会一时反响颇热，新诗集告罄再版、散文获一等大奖、傅雷图书馆举办陆萍诗歌赏析会等。今年陆萍又有散文诗集《偶一出神》出版。200来篇短章，精彩纷呈，是诗人行走人世的神思妙悟，创作生涯的高纯结晶。几十年来练就的功力，让陆萍行文风格独树一帜。

陆萍的文字，有一种直逼人心的魅力。或以犀利奇峭的语言，或以鲜活灵异的意象；或以丰沛横溢的情感，或以出其不意的构思，让你"恚然向然"，不意间置身她渲染的场景之中。

陆萍的书写，借由汉语词组表达作家的沉思与诘问，并所折射出来的心灵场域，这在某种程度上使得她的文思既沉郁厚重，又明澈轻扬；既有立足大地的现实质感，又有仰望星空的超越之思。

陆萍的书写，只听从内心的呼唤。一种信念，一种情绪，一种自我赋予的意义。纯粹的书写，是对自己心魂的一种定位、救赎与安抚。她并不听命于外在共同的主题。

陆萍以其大胆、诡异的想象力，在作品中构筑出波谲云诡、迷离惝恍的艺术境界，抒发内心的欲望、隐秘与疼痛。情深词苦而华丽隐忍，字面之下是绝望与凄楚，而骨子里透露的却是不可抑制的炽热。

陆萍有丰富的思想源泉，有情感的浓厚积淀。好文是精神的高度集中与纵深拓展，是现实与灵魂擦出的光弧。无论是以情感的表达还是对生活的哲思，总是内敛中透着直率，细腻中透着锐利，温润中透着思考。

陆萍在文学创作中，叙事成分常常被相对弱化，更多的是描述与阐释。她特别善于将失之空泛飘浮的主观意念与情感，转化为可见的坚实存在。她注重细致入微的观察体认，进而从整体上宏观寄寓，通过深层次、多向度的流泄路径，表达人生参悟、对存在价值与意义的追问与探究。

陆萍没有那种随物赋形的泛滥抒情，让人感受到的是诗人作家对岁月的凝神观照，对岁月内在蕴含的整体把握与深层次的透视。这一切，更多的是源自作家对生命的感悟和人生磨砺的体察，是生存经验的提炼与反思。这是一种深层次的心与心的对话，在对话中完成生存意义的探寻与认知。从这个层面理解，陆萍的书写，既是对事物的艺术观照，更是对自我心灵和存在的倾听。

阅读陆萍的文学作品，会进入我们日常生活中不常进入的感受与反思的空间，在不经意间受到的震动、顿悟，会释然于某些隐隐困扰我们的谜团。

陆萍的写作并不纠缠于私绘本式的生活琐事、停留在细碎的感触表层上；也不会把深刻沉重的主题，稀释在舞台剧式的华美画面中，而是在无限拓展的时空中展现智慧的凝聚。

陆萍作品给我们的启示是，诗人和作家必须常常拷问自己的灵魂，追问生命的意义。只有对自己不满，诗人才有可能真正地追问，悟到自我的渺小与卑微，才可能有通达神性的领会。

陆萍面向内心的精神审视，是文学艺术修为的结果。

诗人作家要表现的是在现代社会的荒漠中，人们感受到的痛苦、孤独与巨大的精神压力，这往往是一种感受、一种遐想、一种幻觉、一种疼痛的发泄，这一切构成了一个混乱而无序的世界，然而它却是当年亨利·米勒真实自我的再现。诗人没有那种口水化的铺陈，和不加节制的徒有其表的形式，而是充分发挥言语的创造力，找到内在的叙事逻辑，并在其推动下建构整体性，从而拥有了叙事的浑然与生动。

陆萍的作品处处闪烁着哲理的灵性之光，折射出一个智慧女性的内心世界。

她对生命的多层感悟和理性观照，由她作品的本身在说话，由她文句中的形象及语境在说话；在其不动声色的文字中，让人深思，并给人一种去燃烧生命的力量。如《完成自己却是生命的一种圆满》《享受疲惫》《文章是灵魂的容器》《美丽的东西都是奥秘》《岁月穿过身体》《张罗生命的节日》《静穆得辉煌》等篇章，让人感受到陆萍追求超越一切的纯粹的精神和心理体验，也能读到她心灵中一个明净豁达开阔的层次，更会读到陆萍用文字触及的人性密室及切入生命自身的深刻。

陆萍精短优美的篇章，天马行空，不拘章法，包容万象，繁简天下。人生中五花八门的际遇，无一不触动她敏感的神经。而陆萍浅入深出所抵达的哲思与审美，时时给人以火焰与光芒。

现实与灵魂擦出的光弧 / 王新民

上辑

中辑

下辑

上辑

黑在黑的更深处
抵达灵魂想去的地方
灾难也是美的极致
收神
给痛苦一个房间
美丽的东西都是奥秘

命运是什么

命运是什么？是偶然，是必然；是大趋势，是微细流；是大场面，是死角落；是神奇，是腐朽；是化神奇为腐朽，是化腐朽为神奇。

命运会给你灾难也会给你惊喜。但是命运却大道无语，大美不言，大平出奇，大明藏暗。命运之舟没有暗示就直接转弯，还180度。

我真不知道命运之舟，会将我的今天，搁置在这儿。即使我的想象再奇特、再随意，哪怕再碎片，也不会是今天的模样。

塞涅卡早就有言："愿意的，命运领着走；不愿意的，命运拖着走。"

多少年来，一直以为命运捏在自己手里；殊不知"命运捏在自己手里"时，也是命运的安排。

2008-12-15　至小无内　至大无外

我是一只空船

才明白"沉醉"不是一说，她需要你的全部心神。这几天倒真是心神恍惚，至少是心神该去的地方没有去，不该去的地方去了。分了神。

为何？不为何！

不再想去寻求答案，更没有自责。我由着自己内心的生发，随自己心性的选择，所谓顺其自然，就是如此吧。

水到渠成，其实就是神助。得神助，要懂得感恩。

其实到今天，任何成败，都已经不再在乎，在乎的就是心性深处的生发、生成。像微信上朋友们的点赞，自动生成的，作不得假。

我是一只空船，在大海漂泊。任风浪推送，任潮汐移动，撞上任何东西，都可以搞个满载而归，为什么？因为是空的；

也可以撞上任何物事，即使将对方撞沉击碎，也不会遭到任何谴责，甚至连一声骂，也不会发生。为什么？因为我是一只空船——即船上没有人包括我。

由此，"清空"是个多好的词，由此而来的那个"归零"也一样。

觉得现代科技，生就的某些程序，就是直指要害！我们搞半天弄不清的事物，比如潜移默化啊，比如日久生情啊，甚至润物无声啊，到电子科技那儿，轻轻一点：统而括之就——崩溃了。

没有过程，立马零距离。一声感谢都不需要，当然骂娘也是没有用的。

由此，两个世界的事，就是两个。两个个体，所载系统不一样，我们这号人，正处在两个系统这渐变地带，感受就如站在海滩边一样，要经受海水一波波的冲击，浪涛过后，睁开眼来，朝这边看看是辽阔的海洋，朝那边看看是广袤的大陆，然后再一次比一次清醒、明白。

明白什么呢？就是人在人间一切的活动，任由其来自生命的真实。

生命深处那个掌管你的意念。

所以，这几天我沉醉了，误事了，乱套了。当然这是俗话表达，因为毕竟肉身处在尘世，这样说听得懂。在生命真实的世界中，没有这些套话。

她只是由着其风动草摇，水流花开，宁静喜乐自在。

沉醉就是宁静。

误事就是喜乐。

乱套就是自在。

2012-3-9　悠然神远

5

瀑布魂魄

进入黄果树的水帘洞。身处大瀑布后面的山肚。

山肚有两处破裂的洞口，瀑布的背面一目了然。其实就是一派巨水持续不断倾倒而下。拍打、飞落、动荡。

原以为如此巨大瀑布背后的神秘是无穷的，却原来也不过如此。

但是人站在那里，整个被水雾把控着，感觉还是很不一样。风无定向，气吞万象。人在这天动地摇般的不确定中，恍惚着失去了定力。

为什么？因为这里的魂魄是属于自然界大瀑布的，它高强宏大的节奏，会挟裹你、吞没你，以至让你同化并融进其中。

2013-11-7　原始生命力

雨

雨，滴滴答答地落着，毫无章法地拍打着窗外的雨棚和墙上的丝瓜藤。

听雨那调儿有点漫不经心，又似乎是非落不可。想来，雨也有"无奈"的时候？它有一下，没一下，轻轻重重很是散漫很是自由，仿佛只要落着就成，没有指标，也没有竞争。

雨，天生就是自由的，不管是五千年前新石器时代，还是当今的信息天下，它总是爱怎么下就怎么下。

愿意"像千军万马擂战鼓"时，她用不着与谁先打个招呼，就"哗哗"着来了；愿意"到黄昏，点点滴滴"，同样不必向谁申请，就"梧桐更兼细雨"次第而来。

雨滴滴答答地落着，落着落着也落进了人悠闲的心池，酿成一种被唤作天籁的东西。把人从世俗的喧嚣中拉出来，融进它的韵致，同享天然。

1992-4-29　细入无间

7

野花满眼

野花满眼，在一派草野之上支棱着细细花茎，正竭力怒放。

她们不管自己多么渺小，多么微不足道，却都按照上祖的律条，该怎么样长就怎么样长，不马虎不懈怠，特别是细节，哪怕你用放大镜细究，一切都是拷贝不走样；不管你场面上人看到还是看不到，也不管自己长在山上山下或者什么向阳坡还是阴暗角，她们都会忠诚地书写自己一生。这叫——自然规律。

规律性的东西，是重要的不可颠覆的框架和底线。

框架与底线是不可突破的，犯禁者会遭到世人的口诛笔伐。这个道理，在人类社会中也是一样的，只是名称不同而已。

近年来，新冠病毒以异变之狰狞，作恶犯乱。一破自然界之框架底线，天下一时"呼不得"，兵荒马乱，鸡犬不宁。

人类以各种现代的研制，纷纷对其围剿。甚至以"停摆"

之势，断其根，杀其威，情甚烈矣！

没想到病毒如野花某枝，忽一日冲撞"上祖诚律"，敢成"罂粟"，这世界也许已不很"牢靠"了吧，正在变、变、变……

毋庸置疑：人类正面临严峻的应对。

2020-1-24 不要过分成功

黑在黑的更深处 （外一章）

拜读庄伟杰《黑系列》组诗。

黑在黑的更深处。

世界用黑洗刷人间，更迭生命账页。惊喜伟杰兄的捕捉，于无形中拿捏在手。亲昵，爱抚，折叠，有芬芳掠过。

心魂渐趋平静，张开眼睛中的眼睛，朝南望，看天机入神……

灾难也是美的极致

如果把我们国家的九寨沟，比喻成美丽新嫁娘的话，那么美国的黄石，就是怨妇痴女。

九寨沟是经过重大劫难，心态已经平和，神情也已恢复。千娇百媚，真所谓"巧笑倩兮，美目盼兮"，待上轿的新嫁娘一样。而美国的黄石却正处在劫难之中；也美，却美得令人不安，美得让人心生恐慌；有的地方简直就是活生生的灾难现场。这话一点也不夸张。其实灾难，也是美的极致。

自己把自己击垮

　　不是没有目标，也不是没有环境，更不是没有地方；而恰恰是什么条件都具备了，唯独自己的感觉缺席。以前随时随地唾手可得的事，现在却成了咫尺天涯的奢望！

　　譬如上世纪七八十年代，青年男女谈恋爱，将个破旧不堪的外滩，居然活活整出个情人墙来。墙边情人密密麻麻一溜，还出现提前来占位的"黄牛"生意。现在呢，外滩美不胜收不说，家居也能一人一间了。处处美景都可以风花雪月。但是很多青年人那个"冲动"没有了。老父老母们急得在一些公园里都给活活整出个相亲角来。

　　是不是现代社会把世界上最烦恼最尖锐的矛盾，全抛给了人类自己？把人曾经的所有对手，正毫无声息地全部移植到了人的自身之中？

　　这是现代的"毒辣"。也是现代的"严酷"。更是一直朝前疾驶的现代文明使然。

　　自己把自己击垮，是这个世界上最高级的文明。发展的终极就是这种端口。当这种端口开始运行时，这个世界就开始摇摇欲坠了。

是不是？

2014-7-29　众妙之门

声音钢针

　　现场根本无法照相。来自全世界的游人，都在美国尼亚加拉大瀑布，这大自然神奇造化面前亢奋不已。有的失态狂呼，有的铆劲猛摄，有的震惊愕然，也有的索性发呆麻木。

　　上船时在甲板上看到一个印度的小小婴儿被母亲抱在怀里。看上去充其量也不过是三四个月大。在人流中，正与我们一起涌动往前。

　　忽然就见大瀑布从天而降，仿佛天空裂了一道大口子。我们仰脸惊看，霎时在浓湿骤冷的气雾中，亲炙世界级的极地风采。

　　突然，有尖厉的声音传来。

　　静察，是那个小小婴儿发出的。她（他）正连续不断地在一个极高的音频上嚎叫不已。

　　也许是被这大瀑布巨大的声响，震得灵魂出窍。这声音如尖刺，居然刺穿了这世界级别的喧嚣大场面，并死死以一根钢针样的锐利，扎进人的耳膜，听着让人心惊。

身着艳色纱丽的婴儿母亲，使尽全力也无法让这个怀中婴儿安静下来。但见她将婴儿紧护在怀，在人群中猫腰艰难逆行往底舱去。

当我们在万马奔腾的惊天动地的大瀑布下面，乘船回来；当最初的激动平定，次生的感慨平息，疲倦的眼神平和之后，这小小婴儿的嚎叫声，却还在船舱下不断传上来。

要知道全船有多少人啊？在那种宏阔厚实涌动的喧嚣里，人声鼎沸又波卷浪吼，我连自己声音都听不清，却独独听见这小小婴儿的吼声，如刺倒扎，还在继续……我无法理解一个小小婴儿的声音，怎能与世界级的大自然轰鸣所抗衡？

难道是人的极限，与大自然的极限不期而遇时，发出的同频共振？

我想肯定是的吧——不管这个人儿有多小，而世界有多大。

2014-6-27　上古元魂

命运大叔

听来电，就仿佛见得她严肃神情。她刚去麻醉师那里签字，下周一开刀。

我心里一酸，她的生命无人"担保"。父母老了，她又单身。

忽然，我对着话筒说，阿茹，刚才命运大叔托我转告你，以前对你照顾不周，这次还要让你皮肉受苦，他说让你挺一挺，没事。他说他翻看了你的资料，发现命运对你的安排，尚有欠缺；比如姻缘殿，牵线搭桥时脱头落攀，一些项目经理，虽然都读出了博士，但毕竟年轻，还不了解姻缘工作的时效性、紧迫性。他会作适当的补助。

阿茹，命运大叔还让我转告你：命运对每个人利益分配的总额，是个恒量。以前少你的，今后会补……不想我这么严肃地向阿茹传达命运大叔精神时，她笑得喘不过气来。

我说也好，要笑你就笑个痛快吧，星期一开好刀，你笑肚子就要裂开，让我心痛。可她还是笑，说已笑得肚痛，眼泪也笑了出来。我暗自释怀。

阿茹四十有一，某大学工作，精法文、英文，学养深厚，中等个儿，五官标致。整天若有所思。找不到好男人，可以说是她心病，且也真的成了病。菜花黄时易发。她潜心文学、美学、精神学。这些学术海洋里的胜景，却往往让她的内在与外表，呈脱离状态。

何以见得？有时我俩常常不消几句，话题便一个猛子扎进某个海洋的深处，灵魂撞击，火苗一簇簇地往上蹿。这个时候的她，中外独步、识见卓绝、文思高旷，全然一个学人做派；然而话锋一转，回到现实处境，她又腔调落旧，且这"旧"一落千丈，宛如两人。

介绍结束，心头牵挂更甚。今新病不轻，于她还属"额外"，要知道沾她不走的是精神疾患这一老病，我常暗里言语间"施调手法"，常开怀于她郁闷之时。意外惊喜的是，去春至今居然安然无恙。祝愿她时时安好。

2013-8-3　肯德基

着力即差

只是想抓在手里，只想获取拥有。

于是为某个"想要的结果"，你拼命美化故事的情节。

当扣人心弦的故事终于结束，你所想要的一切，确是被你抓到了，也被你获有了。

然而，你"得到"之后，又如何呢？你摊开手来，看着捏在手心里的东西，却并不快乐。殊不料这种言不由衷的努力"美化"，其结果却往往事与愿违。

只因你违拗不了你自己内心深处的那尊大佛。

诚如千年东坡临终说的那四个字——着力即差。

2002-7-15　心中自起光明

人之初

　　我们的车子在内蒙古贡戈尔大草原里奔走了半天。放眼望去，时青时黄。薄薄的草皮上不时还露出土蒙蒙的地表，浩浩渺渺，连天接地，将人整个儿淹没在它平淡无奇的怀抱中。甚至会有眩晕的永恒感，不时袭上心头。

　　这些行将沙漠化的草原，没有想象中的丰沛和精气。一路上没见人影，无边无际的"草平线"，真有"海到无边天作岸，山登绝顶我为峰"的意境了。

　　这宁静无声的、饱满舒展的地平线，不出多时，便让人产生一种内省力。

　　逼迫人自己去想人的生命自身，逼迫人去面对自己内里的真实。

　　甚至在草原深处，天苍然地茫然，忽然会生出莫名其妙的裸露欲，想赤条条去置身自然。去融于虚无，与天地合一。

　　空旷与寂寥，仿佛会对人的心灵，产生一种反向的压榨和挤占。于冥冥中，它逼你脱下伪装，赤裸心魂，面对亘古如一的大自然，回溯人之初。

哪怕将之劈开仍是柴禾一堆

沉到岁月泥土头里，忽然就触及生命中更本质的东西，感慨就在手指下自动生成。真可谓"学诗浑似学参禅，竹榻蒲团不计年。直待自家都了得，等闲拈出便超然"（宋／吴可），而宋／韩驹在《赠赵伯鱼》中说："学诗当如初学禅，未悟且遍参诸方。一朝悟罢正法眼，信手拈出皆成章。"

自己是这样吗？不敢。但感觉却相似。漫漫岁月中，昏昏然一天天、一月月、一年年过去，许多事情却就在这昏昏然中自己省醒过来，而且心中条分缕析。也怪，世上有许多东西是不要教的；悟透，自然会自己生出来；不及悟，哪怕将之劈开，仍是柴禾一堆，只有烧火之用。

比如以前内在那个我，总是昏昏沉沉蜷缩着耷拉着；不想一日精神振作，忽然就一个鲤鱼打挺，活鲜起来。今天先一笔起头，等续下，我对自己说。

2018-11-6 立处即真

19

甘　愿

"辉煌"其实是个骗子。她在骗走你很多光阴很多情感很多精力之后，突然光芒四射地来到你的生活中。

不过，是晃上一圈后，立马撤离。

撤得干脆，也离得很远。

事实上，当你沉浸其中，根本还没反应过来时，却又已实实在在、完完全全地接受"辉煌"这家伙，在遥远的地方，操控你的"重新开始"了。

原来，你是甘愿受骗。

2009-12-18　没有意义其实就是意义

上网绝网之际

　　正处在一个渐变地段。有的上网，有的绝网。网上网下的世界，会让生活在同一时空的人，一扫三维世界的障碍，并以一种虚拟的方式，全方位互相交流、互通天地，且互相感染着也互相妥协着。这一切就令我们的生活叫做"元宇宙"时代了。

　　时代仿佛到了某个端面，某个边缘，某个临界。

　　虽然人们迟早会被这互联网所吞没。在没有完全被吞没之前，就会有一个相当有趣的渐变地带，这一地带犹如晨昏交替，生死交叠，也充满悬念，注定要发生点什么故事的地方。

　　一如大海与陆地相连之处的海滩，海滩就是一个平台，天然就该承载点什么情节。

　　一如天地苍茫的远处——高天和大地原本就天差地别，互不搭界。而现状却是天地之际出现了一条地平线，这一线缝合了天地，也可说抹去了天地的差别。

　　我们现在就处在这样一个奥妙的当口。我网上网下都参与，在某个海滩和地平线上，当个目击者。

灾情与胜景

朋友传来阿根廷与巴西之间那个世界五大名瀑之一的精美图片。那气势，那场面，那力度，看得我如身临其境，惊叹不已。

岂料背后我五岁的澄子却说，是灾区洪水吧！我说不是；他说那就是泥石流吧！我说也不是！他说那肯定就是海啸了……

我顿时哑然。

洪水、泥石流与瀑布有许多本质上相同的东西，以是否影响人类生活为界，划分着灾情现场及极地胜景的界线。

虽然悲欢的跨越，或许就一步之遥；但还是哀叹于当今世界，灾情似乎已成了孩子心灵里的思维底色。

2010-10-11　天光深处灵息起舞

因为神在

我这张速写是大画家朱自谦画于 33 年前。在它今天露面的第一时刻，旁人都说："不就是你吗！"

惟妙惟肖得益于神似，于是文汇出版社大编就将其上了我新诗集《生活过成诗》封面的前勒口。

我仔细、长久地看着这张肖像画。

发现那上面不过是几根数得清的线条。简单。就几根而已，数得清的，再没有别的什么了。

但是，为什么又会这么像呢？

原来数得清的是线条，数不清的却是线条与线条之间，种种错综复杂的微妙的关系。那上上下下、左左右右、前前后后的线条关系之间，那些或公开或隐秘的关系。

关系里有着庞大的阵营。

这关系庞大的阵营里就住着一个神。躯壳之内的那个属于我的神。

神是什么？看不见，摸不着。却分明切切实实存在着，感觉得到。

　　说她没有根吧，可以。但是却偏偏扎得很深，有生以来，从来就没有离开过我；说她有根吧，也可以，但你从这几根线条里，一根根可以摸将过去的，什么都没有，清爽，通透，没死角，没有什么可被藏着掖着的。

　　神，厉害；神似，更厉害。

　　画家的线条里不偏不倚地倾注了神性，所以神似的速写作品，哪怕我再年轻或者再衰老，终究还是我。因为神在。

2017-2-25　江山风月

完成自己却是生命的一种圆满

直到现在，才知道我的过去是多么执着。才明白这"执着"两字，意味着什么。

执着，更是一种盲目。是受惑于一种远远望去近乎彩虹一类的东西，以及欲采摘它的经久不息的冲动。

更是一团不会熄灭的火焰。

燃烧是她的本质，目的地即是她的出发点。

这一路上的困难险阻，她不会去估量更不会去计较，甚至连遇上了灾祸也不知其为灾祸，还以为原本就要走的程序。

百折不挠，矢志不渝，无悔无怨。直到心疲力竭，才将疑似彩虹一类东西，拥抱在怀。

抱得手中再摊开来看时，才发现这东西原本亦属子虚乌有，才发现曾经的执着，只是一场旷日持久的坚持。

坚持了什么？是坚持完成自己。

自己终究是微不足道的，但是完成本身，却是生命的一种圆满，也是入世为人的使命。

灵感的珍珠

灵感的珍珠，不知被谁扔到夜幕下黑漆漆的暗角里了。

寻觅她，就非得孤身一人踽踽独行，走过闹市拐过街角穿过窄弄，直走到三更半夜、天涯海角、地老天荒，走无可走时，才忽然柳暗花明，遥遥地触摸到她的一点气息。

朝前急急地追去，原来她竟遍体鳞伤，体无完肤。曾历经九死一生的磨难，才出落成这样一个精灵。

当我急不可耐地扑过去时，她忽然就变得晶莹剔透光芒四射了。

灵感的珍珠，其实是浓缩了人间多多少少的悲情苦难呀。

1994-7-29　得一小爱石

神奇的东西从来是自己发生

久违的邮箱里蹦出这张照片。仿佛立马到了雾灵山。2019 年 7 月中旬，在中国作协的休养地十天。

拍下的一瞬，是我俩正在山上走着。忽然看到前面天正蓝，花正好，风正香。不由自主地停下脚步。游目骋怀中，目光锁定眼前那树醉人的粉紫花。

我正情切切举相机踮足欲拍，他眯笑着拽花枝朝我倾斜……此时正好作家刘保平从山那边过来吧，忽然就听得他大声叫："停格！图景好得让人心醉。"我着玫色防晒衣，他穿蓝色竖纹衫。这美妙一瞬，就永恒下来，被我现在捏着。

美妙原是这样得来全不费工夫。我们在不知不觉中完成了最好的布局与视角。恰好地来自天然光线，恰好地来自拍摄角度；恰好地来自情趣横生，恰好地来自色彩对读。

恰好完成了人间神奇。

是的，神奇的东西从来是自己发生的。与"做"无关。

你就是一艘我生命中的船舸

总觉得很累很累。

一个深夜忽然发觉：是我灵魂正背着一包很大很重的东西，且随着岁月，渐行渐沉。

背不动也得背，实在因为没有一处是可以寄存的安全之地。脚下仿佛是一片沼泽，危机四伏，哪怕喘不过气来时，也不能脱手搁置。

如登高山。如履薄冰。

我不知道包里装的是什么，但可以肯定里面的东西于我十分重要，而且还是机密。

不是金银财宝，不是大宗票据。细软与家产可以通过保险公司存放，而这东西，只能由我自己随身携带保管。仿佛离了我，它就消融了。或者没了它，我都要"挂"了的那种。

实在精疲力竭之际，幸好我有诗有文。诗文是吸管，每每在夜深人静之时，或者心烦意乱的当口，这个宝贝可以随时吸走我包里的重量。

碰上你，觉得眼前出现了一片绿洲。

觉得终于可以卸却我的重荷，也可以栖息我的灵魂了。

在这座可靠坚实的岛屿上，你给我到处备着各类规格的集装箱、精致的真丝袋、上好的木箱柜甚至五彩的塑料桶；它们分专题拽走我的负重，安放我的思虑。让我身上的每个细胞都处在舒适温暖之中。

轻松自在。

我放开身心躺在白沙滩或者大草坪上晒太阳。我晃荡着双手在蓝天之下随心所欲。甚至有一时，觉得诗，也属多余的了。

我坚信，你就是一艘我生命中的船舸，将把我带向蔚蓝的远方。

2009-10-3　不可控，更接近上天的给予

不明飞翔物

总感到有一种"不明飞翔物"时不时在我面前飞过。

于是，遽然而至的"敲打"和"暗示"，如无影的碎片会一次又一次地落到我的心上。

我知道它降临的意思。

很执意很强烈的质问，会在我心上响起。我害怕。

"害怕"之箭镞所指，就是我生命的——虚度。

我是否又在虚度光阴？扪心自问之时，眼前仿佛一派锤起锤落，热火朝天争分夺秒的追赶情景，那嘭嘭啪啪的锻打声，不绝于耳……

这种似无定向的"不明飞翔物"，会否在我暮年某一天，来袭击我的宁静？一定会的。

我必须立时、马上、即刻为那时对这份宁静的稳定，先做点什么。

1986-8-9　街上有卖冷饮水

实在无法招架

没想到我的生活，真会进入了尔虞我诈、翻云覆雨、颠倒是非的章节了。我知道整整一夜，我将会痛苦不堪。

于是，我在案桌前走过来又走过去。慢条斯理地佯装理书、洗笔、擦桌子、揩键盘。

自己骗自己，有时办法也很多。

我不敢如往常一样，爽爽地泡上一杯红茶或者咖啡，心甘情愿地一屁股坐下，打开电脑做事。

许许多多的烦恼、愤慨、窝囊、后悔、不安，甚至你死我活的争斗，都如精力充沛的小妖，在夜深的书桌四周潜伏着，仿佛就等我坐下这一刻。

它们会纷至沓来，轮番盘问，向我发动进攻。

我的灵魂实在无法招架……

2022-5-3 疫情封控中　编辑此书读到本章哑然失笑。深感文字实在是安魂法宝。我知道，当本章一俟写完，痛苦就在痛苦的文字中各自找到房门钥匙，开门走了。

又清纯了一遍

葱兰——这是我人生记忆中的第一枝花。

还在学生时代。我从学校女生宿舍到食堂时，发现了小道两边这一溜儿花，一时令我心驰神往。散散漫漫的纤纤小白花，正自在摇曳着，在酷暑未退的清晨，特别清丽脱俗。

从此，它担当了我青春年岁的背景。

没有刻意，不算隆重。在我走过路过中，忽然出现在我的眼前。自然、随意，予我却铭刻心骨。

过了二三十年之后，我才知道它的花名叫葱兰。更在千禧年之际，我与它有了零距离的接触。那年我乔迁到冠生园路新居。屋子比较大，有我年少梦中向往的那种落地大窗。

我的梦想倏地开花，觉得居家小区总得配有这种小白花。在青春情景的再造中，享用生命流动中的那份奢望。那时拼多多什么的还没有诞生。百样购物不可能随心所欲。我在对门的康健公园里发现有一大片葱兰正在盛开。每天我都激情洋溢地观察着它们的生长，意绵绵地期待它结籽。情切切地采收种子。然后又置瓶水培，又挪盆土种，更是热情万分提供给小区绿化工，请他沿小道播种。其时我任业委会主任，美化小区也是我的责任。

眼下秋来，小区里此花正烂漫。每次看它一眼，就是一场深情交流。无声却热烈。

笔下透露出的此番情思，总像条形码一样，刷我身心，让生命内外，又清纯了一遍。

2001-10-22　康沁苑　流云晚霞

抵达灵魂想去的地方

一不小心，我就是将夜，坐穿了。

坐穿的夜，有了漏缝。从漏缝中透进来的曙光，打在我击键的案桌上。并将凌乱的书本、放大镜、咖啡杯及小绿植嫩叶，都笼罩在晨曦的清辉之中。

感受着时光在低低缓缓地流去，也在低低缓缓地到来。

而低低缓缓从笔下流出的文字，更让我感受着生命也在低低缓缓的流动中，抵达灵魂想去的地方。

2007-3-22　走路时忘记在走路

生命·人体

　　作为一个油画家，弟弟陆廷他对人体有兴趣，画了很多。他觉得造物主是神，人体是多么精妙多么神奇的创作，永远的研究却是永远的无解。人体是世界奥秘的终极，是色彩中的黑与白。是宇宙的抽象之最。

　　作为一个作家，我对生命感兴趣，写了很多。觉得要完成自己，就要由着心性，最大限度地对生命的本身要俯首帖耳，要听命。心中明白，社会性的东西只是一种附加，不能不从，但心中要有个度。

　　千万不能像现在这几天某国大选中的"懂王"，与对手那种死缠烂打，想成为某号大人物，上演让全世界人民又惊诧又笑话的狗血剧。

　　这是撕裂生命、没有生命觉悟的现代荒诞。前些天看到西方有个研究机构在论证人类幸福指数时，排在首位的就是"生命觉悟"。觉得真点到穴位了。

　　懂王一类的表现种种，只是人的社会性的强烈体现，而作为一个柔软的自然人来说，就是生命浪费了。人除了社会属性，更有自然属性；太"坚硬"地过一辈子，不说白白过了，至少也是浪费了生命的精华。

2016-12-24　凝视光芒碎片

收　神

　　整个松懈下来，从内在到外表。在新换的小沙发上，躺了一下午。并不是体验新置物好不好，而是躺着就是躺着了，蛮舒服的感觉，我放任。

　　真是发现我的内部还有一个我哎。她不言语，不声张，但是那份柔韧的执持，却总是勒着我灵魂野马的缰绳。我可以稍有偏离，但不会角度很大，大了就会被什么给轻轻拽回来。

　　俗话说逃不出如来佛的手掌，比喻用这儿，恰当。

　　我的生命此在。任何彼在的欲望，我从来当成是奢望，所以也只是一份诗意想象，天涯海角放纵一下就是，我没有用实际行动去追寻。我让我的一切全部落实在此时此刻，享用眼下时光。

　　让一切在过程中发生。也许是最好的安放心魂之妙方。

　　该来的终究会来，迟早。不该来的，总是缺席，永远。

　　觉得一下午放松状态中，我获取了很多能量。

自在的生活，自在的思想。生命生得非常强烈，觉知时时跟随着我。让我抵达我存在的中心。

其实，这个状态就是"收神"。

将神收住，自己离神就近了，至少。

如果"收"得猛些，一不小心自己就变成了神。会吗？呵呵。

2012-9-14　何止于米　相期于茶

奥妙没有规则

无言。默默地在心中加减乘除。

不用什么复杂的运算，犹如计算器一摁，答案立现。答案离我的直觉很近，但我还是吃了一惊。

曾经否定过直觉。一再否定。由于种种无奈，我曾屈服权贵、屈服世俗，甚至屈服荒谬。可是面对最终的失败时，我还是不甘。

知道正确的答案。但是"正确"又如何？生活不是试卷。

运算的路径里有无尽的奥妙，奥妙没有规则。

我将答案先搁一边，在路径里寻找路径。

一如印度先哲奥修说的那样，生命是无路之路。寻找着的路，就是路。我坚信真理，还是更逼近的直觉。

2007-11-6　汇集苍茫

黑礁石

海水正渐渐退去，渐渐露出了黑礁石的峥嵘。

涨潮时，水流涌过形态各异的礁石，赶到海面上时就会形成媚人的漩涡与优雅的波纹。

物理学中有说：力在力的方向作了移动，称之为功。

那功就做了这一些。换一句也可说，这些漩涡和波纹，是因这些嶙峋的礁石而起。

力是力学中的基本概念之一，是使物体改变运动状态或形变的根本原因。

由此，我想起人类在日常生活里浮现着的优雅、纠结、莽撞、温和，包括宁静和暴烈等的情绪，都是人的生活深处，所隐藏着的那些个"礁石"在派生。

这个礁石存在不指具物，而是精神世界里的大千，比如信仰、个性、喜恶，当然更是由此派生出的愤怒、死磕、怨恨、妒忌甚至说不清道不明的千思万绪等等。

自然界的这个原理厉害！人类生活中，它其实也在悄悄主宰。

"非典"病毒

"非典"病毒来了，已经24天过去，至今我的心没有安宁过。

人类的灾难来了。这是天灾，面对自然，我只是敬畏。我只有注视，只有"听天由命"。这种灾难来自大自然，我们人类无可奈何。可以用科学去攻克，去战胜，但自然界会不断给人类出难题，一个解决了，另一个又产生了。

大自然是个和谐的整体，每一样生物的存在，都是我们人类尚且未曾了知的神秘的"链"，任一"链"被人类阻断，大自然为了圆满，总会焕发激情，生成另一人类陌生的"替代"来到自然界。这"非典"也许正是这个大自然派出的"不速之客"。

我想，唯有人类对"自然"的开发降慢速度，对科学的发展延缓步伐。

人类在地球上，不要那么急功近利，不要那么贪婪攫取，也不要去强奸天物处女。满足于现在的日子，与大自然和平共处，这世界才会太平。

鸡，好吃吗？当然没有过去的好吃。记得当年那味儿才叫好呢！可不过二三十年，报上出了个名字，叫肉鸡。也就是要鸡的成长工业化，将它圈养，定时喂食，还在食品中给它加了长肉的激素，如此这般，鸡是疯长了，几十天就可以出肉。然而吃在嘴中，已几乎分不出是猪肉、鸡肉还是鱼肉了。

你强奸自然，自然就会让你只得到形式而得不到真实的内容；让你得到肉体的快感而得不到来自心灵的激情；让你嘴里得到"肉"而不知是什么肉；让你满足牙齿的咀嚼，却咀嚼不到神圣的来自大自然深处的鲜美。

大自然有大自然的法则，比起没有起始的天和地，人类恐怕就幼稚得多了。这就是我所以对大自然心存畏惧的原因。

我呼吁人类中的科学家见好就收。虽然人类在与自然界的斗争中，让社会"进步"，但也不要疏忽了正是这种进步，人类终将走向灭亡。

2003-5-15　婚姻是一只钉住的蝴蝶

孤　独 (外一章)

希望有人突然闯来，打破沉寂。而进来的人，却偏偏不是我所希望的。

于是乱哄哄的对话与热闹，填满了一间屋子。来者大谈古今中外的孤独，种种孤独的破解妙法，逻辑严密还层层推进。

却一定不曾想到，在其声浪背后，我的孤独，又深了一层。

惊吓一跳

灵感往往突然而至：那是一头烈性的野马，我抖不开缰绳，枉为它的主人；我无法驾驭，我是它的奴仆。

我甘愿。

一任笔尖调遣神思，满纸纵横。

待哪天随手翻来，除了已彻底忘却这些思想的痕迹之处，还常常会被自己的这些文字惊吓一跳。

在阳光下打理自己

不想抽身离去。我坐在阳光下。

看水池底下沉卧的卵石。看被鱼尾曳起的湿尘。整个自然界仿佛都浓缩在眼下这一泓浅水塘了。

不想离去。很固执，也不知为什么。人，有时就这样蛮不讲理。有什么好看的呢？可就是看呀看。没什么好看还是在看，看得津津有味，都要日落西山了，我还是在看。

暂且也就放任自己一回吧，我想。多少年来，永远在为"什么与什么"奔波，现在想想，都是些什么事情呢，至于用了我几十年的光阴吗?！可就是——半世纪"噌"地过去了。

有话说：过去不去，未来不来，现在就是全部。

心里忽然就踏实起来。现在。多好的现在。

"我坐在阳光下静静辉煌／每个细小的回忆都会幸福地燃烧"。想起自己的这二句诗了。

静静坐着。整个身子在金色阳光沐浴之下，没事在后等，也没事在前催。我慢慢打理自己。从内到外。

黑　巾

　　一个人乘车慢慢回家，有种非常奇怪的心情来造访，在我很是意外。

　　它完全是内在一种自发的倾向，我奈何不得。尽管极其陌生，但我还是尊重顺从了它的意向。

　　它一直是闷闷的样子，披着黑巾不语。

　　仿佛有很多很多东西，长年暗里挤压一起、纠缠一起，一时三刻也很难理清；又仿佛是一大批积压物，经过岁月的熏染，种种渍斑自内而外；说渗出时，就一下子忽然都渗着透着出来了。

　　当它不容置疑地显现，比如眼下的这一刻，还是让我有点措手不及……

　　　　　　　　　1999-11-22　清风不识字　何必乱翻书

无处不在的神明

有种彻悟，润着我感觉的底部，如水慢慢渗透着上来。

要紧时分，她总是濡着，小心地濡着，叫我微微感觉到潮湿，让我要从深心里明白。

我明白，太明白了。

但她还是不放心，远处瞥着，瞄着我，执着而且耐烦。

她告诉我，尚未收场的眼前一摊子事情最终结果将是如何，却又会让我平静，平静地守着自己，不颠倒不恐惧。慢慢地慢慢地，她加持我力挺我，看我去抵达一种脱俗的境界……给我坚定，给我力量。

我安详地走路吃饭，我宁静地看书写字。

这个无处不在的神明，是活在我精气脉息中的诗神，像我天上的娘亲一样。要不，刚想把这种感觉写下来，笔下汩汩流出的却又是诗行。

我存心干扰。有意不分行。任性混写一气。

然而一行后面的一行，又自己会跟着出来，而且一步不落，踩着我的思想、我的节奏；最神奇的是：她等着我一行结束，马上给我穿上恰好的鞋——韵脚。

2012-4-5　浑如超妙　乃造其极

微言贺您（外一章）

　　一万次以上的电话大数据里，隐藏着您老母亲一百岁生命中最深邃的奥秘。

　　您是天下最幸福的人。先不说成就，也不说功名；您笔下著作卷帙浩繁，让每个读到您文字的人，都沐浴在您大孝大德的辉光之中。

　　一万次被串起的日月，珠宝般耀闪人间。

静水深流

　　这碧清清的水，静静地流，默默地流。静水深流。

　　与世无争，顾自职守。

　　肯定是遇上过不平、不公。经过了一场又一场的跌宕起伏之后，回归成了这一泓深潭。

　　人站在这儿，我感受着一种神性的启示。

生活也需要无聊与琐碎（外五章）

喜欢那只烟灰缸。她的外形酷似一颗红豆。很饱满的一个球体。那圆豆的上半部分是沉沉的艳红，下半部分是亮亮的浓黑。摸上去光润溜滑。喜欢它可以毫无理由。她与我从武夷山带回的红豆真是太相像了，不仅颜色一致，而且还有那团浓得化不开的黑，真是情思根植，风情万种。

看世界上奇怪的事多了，那奇怪本身，便也会落我身上。这个不起眼的红豆塑料烟缸，我居然将其奉如至宝，还费神为它动笔撰文。虽然文字无味，以致可废可弃。

一日忽然明白，其实生活也需要无聊与琐碎。让蓬勃遒劲的大事、正事，能在其间得以歇脚，得以休养生息吧？

永不满足的创造欲

安逸与富足，在深夜会派生出许许多多情绪，簇拥出一个暴君。它歇斯底里，穷凶极恶，扰乱我的平静与安宁，在我情感国土上挑起一场场没有口号的战争，从而让我在我的呼叫与呻吟中，获得远离安逸与富足的平衡……

到头来才明白，这是源自生命的一种深层结构，就是永不满足的创造欲望，所带来的一种孤独。

我内部的灵魂冲将出来

遥闻大瀑布轰鸣着轰鸣着，仿佛主宰了天地。

我原地转了一圈之后，慢慢蹲下身子，目的是要凝聚全身心的精气神息，在俯仰之间将五脏六腑卷紧，然后面对高山深水，展胸扩臂地狂吼，歇斯底里狂吼！

我情不自禁。

眼前山水，忽然就激活了我。我内部的灵魂冲将出来，要和大自然的山水同步。对接契合。

我的背后悬着亚洲第一凶猛的瀑布。我也"凶猛"起来。

凶猛，是人到了极致之地的天涯海角时，所显示出的人的原形，并且回归人作为人之初的本性，其他已无暇顾及。

2014-7-2　破罐艺术

大草原辽阔得让人迷茫

身入苍茫大草原，世界上仿佛只剩下自己一个人。

在辽阔深处，想光着身子在海滩边走来走去，像顽童那样去捡小贝壳。像罗丹手下的《思想者》，在礁石边沉思。想兴致来了就去海波尽头，跋过水陆交界线，到海里一游。想上来时就一个转身跳上岸来，浑身湿漉漉地仰天躺在海滩上闭着眼睛晒太阳。

想与人倾诉心中太强烈的感受。想一个人去海角天涯感受生命的孤寂。想让思想到遥远的地方流浪。

大草原辽阔得让人迷茫。仿佛世界的起点在这里，世界的终点也该在这里。

妙不可言的距离

大海在八月的骄阳下闪动着金波。起伏不平的海面仿佛正在酝酿着什么。我的心海也跟着动荡起来。

大海在骚动不安中创造了生命，而我能创造什么呢？

渴求、期待、冲动鼓涨着我生命活力。我宣泄又汲取，倾吐又接受，付出又掠获，真想一下子扑进大海……

忽听笔会领导大声呼叫着我的名字，限定我必须在一排大礁石后的小片海水中活动。

我必须接受忠告。我无可选择。

现实与想象总有那么一段妙不可言的距离，既统一又矛盾，既对立又和谐。

外表是可以伪装的

什么是"作"？像一道气流，潜伏内里，渗进隙缝，布满空中。

不言不语。不声不响。像军帅的翎箭，像电脑设置的指令，还刁蛮强妄，只朝目标方向挺进。其时，肉身只好委就跟随。甚至有一瞬，肉身中驻扎的精神，也被其操控。

纠结了一天也紧张了一天。挣扎了一天也反抗了一天。当然这是不为人所知的我的内部情况——说出口便是那词："作"。

然而外表呢？却是另番情景：对比内里可谓"改头换面"。看：整天在拼多多平台上，迷恋着那美丽植物"矾根"，几乎翻看了所有店铺，并细细放大了每一张介绍照片。

真是凝视矾根久远，矾根也将回以你同样的凝视。

我被其苦苦左右。

这些五颜六色的劳什子，其实并非我之真心深爱。

一旦我的"作"被破被解，我的真爱露脸出现，对这"劳什子"的秒杀，就是鼠标一点的事！立时撤下！一抛了之！

只不过我的"作"，在"两军对垒"之际，矾根之类，暂时充当了某种维护精神秩序的志愿者。维护而已。

所以外表是看不出什么来的。外表就只是外表。

外表是可以伪装的啊。呵呵。

2021-4-22　抽象画是冷不防就揪住了天下的要害

给痛苦一个房间（外二章）

　　我是不是那个惯于给痛苦一个房间的人？让痛苦在里面日积月累，歇斯底里？或者说潜意识里视苦难为享受？

　　"一滴水落进油瓶里。"这句老话言简意赅，一下子点中了我的要穴。当时让我一懵，却又让我耳目一惊。仿佛找到了另一个鲜为我知的真身？是的，今天执意不去某地参加一会，事实上就是这颗种子倔强长出的小芽、就是执着于"享受痛苦"。

　　我真的是给痛苦一个房间了。仿佛被揭穿，私暗裸露，浑身不自不在。

　　是不是我生性中有很多很多间房子？这些用感情筑就的各式各样房子，特别适合让苦难居住？让形形色色苦难，分门别类居住。苦痛在房间里逃不出去，非要变身我自己笔下的诗文，才算是长出翅膀，从苦难中涅槃？

　　为什么要有那么多痛苦？为什么自己不肯放过自己？为什么对自己要这么苛刻？又为什么要折腾自己而不管自己已

是死去活来？

被揭穿了，里面败坏的脓血，有了泄口。

对症下药，在内部整理了自己。

往后房子都给喜乐住！即使有苦有难，那也就给个过道小厅，门窗洞开，这儿进，那儿出，不过夜的那种。

终于明白，痛苦于人生，只是一种"通过"式。

我再不对自己剜心挖肺自残式的暴虐，哪怕不再为诗为文，也不足惜。当然，没有流出来的诗文，应该是打开了我生命中另个洞天，或者在这洞天中慧悟灵思，而已"立地成佛"。

领受生命神圣的赐予

消融于天地之间，仿佛进入一种神奇化境。有一瞬疯狂中，我倾尽身心的吼叫，震颤到自己的魂灵。

我知道我正在抖落我精神世界里的全部，似乎是将生命之罐，倒翻过来，在高山大海间，悉数清空归零！

怀着庄严与虔诚，我知道自己正在领受生命神圣的赐予。

直觉是无所不晓的精灵

直觉是无所不晓的精灵。当我还不敢承认时，它已经果断地下了判定，且以肯定的结果告知了我的灵魂。

母亲雕塑

红绸揭幕：老妈一尊雕塑赫然在目！我心头热流滚动：妈妈来了！

才知道，这些天来，弟他搁下油画笔，拿捏着泥巴。

一个人在画室里，气场神圣肃穆。心中浮现着老妈形象。音容笑貌，在思绪里浮动，在想象下出没，在灵感中奔突……

弟他挥动着这些不久前网购到家的雕塑刀具，在捕捉形象，在描摹神态，正为天堂里的母亲，雕塑着一种永恒。

母亲微微仰着头。这微妙模样，正好是弟与母亲交谈时的角度。她个头比儿子小。儿子眼中的母亲就这个神态。

雕塑精、气、神皆备，老妈那亲切熟悉的气息，几乎劈面而来。令我们震惊感怀不已！

当无边怀念、不尽回忆，绵绵无绝期的追思抵达某个至高时，弟他直接就将之搅和成了一团泥。

这团非同寻常的泥呵，我的弟，他第一次做雕塑，就凭空拿捏出了我们灵魂中的至尊。

直感在下结论

"整个道的态度和看法，就是叫你要放松和享受。透过享受，事情就会自己安定下来。

"如果整个存在一直都以这么美的方式过日子，为什么只有人类会陷入困境呢？

"因为没有一只狗，试着想要去改变成其他任何东西；没有一朵玫瑰，想要变成一朵莲花；没有一朵莲花，想要变成荷花——每一种东西都按照它本然的样子存在，很满足，而且很喜悦。只有人是疯狂的，他一直想要变成什么，成为什么。

"你难道看不出周围一切都在静悄悄地庆祝吗？它们洋溢着满足和欢乐。只有你，即我们人，似乎不是它们的一部分，因为你会思想，而思想产生分裂。"

读着上面这样的文字，有种恍然大悟的感觉，会发现被我们永远忽略的另外一个世界，这世界才应该是我们生命的一部分真相。

这是我的直感，也是直感在下的结论。

松

感觉灵魂深处纠结着的一根线头松了。

凡事不急，不风风火火也不恐恐惧惧。即使大难当头时，也想着可以"跨跃"这个词。

跨跃就是忽略当下。不是狠狠心，不是狼心狗肺的那种。因为只有保存了自己，才有可能去帮助别人。

懂得这一点，我花过血本，甚至可说几近是一个人的生命代价。

经常会想到死。觉得也不是坏事。

人人都要经历的，那就来吧。我接受并且享用。

多少扔不下的必须扔下，其实怀抱一生的那些珍藏，在天空大地、地球宇宙中，能算什么呢！简直可笑。早早该作大自然之中的"无尽藏"了。这，才是出路啊。

恐惧心没有了，反而活得更好。而且应该是活得最好的一种样式。

2012-3-29　本性神觉

与自己纠缠

与自己纠缠，一天无所事事。好像是自己与自己斗得有点累了。

激战之后的暂时静寂。

战场还没有清扫，万事有待建设。无所事事的光阴，如水流逝，日复一日。

忐忑不安中，又觉得似乎应该有这样的"空白"和这样无用的日子。它就像植物种在花盆里的土壤一样，根的四周会有许多似乎是没用的土，待在那里。植物的根须既不去那里，又没有什么东西从中长出来。用疫情期流行的话说，它们是"密接的密接的密接的……"

某日，盆里翠叶丛生花箭怒射。根须蔓延之处的有用泥土，是因为有无用泥土的存在，它才变得有用的。那些"没用"的泥土，原来极其重要。

"清扫"精神战场时，由此及彼地觉得自己有些"纠缠"，并非真的纠缠，而是"成事多多"的出处。

哈哈。人，真是个奇妙的动物。

仪　式

生活有时是需要张罗仪式的。

人间日常洪流中，常常是繁简混杂。时间长了便混沌一气，以至泾渭不分。

仪式如一道"隔断"，可以拦一拦变得含糊不清的流潮；如一尊高台，以其严明的尺度、准则和说法，可以规范一些物事的界限，以达固本强基，匡正祛邪。

有面上指导的意义，也有潜在引领的推动。退而求其次，也是再次重申的"某种架设"。

让众人在仪式的进行中，将某些要领入脑走心。让后来的物事走向，至少都向章法去靠近。有益。

2010-4-28　水流花开

三重境界

听说有人喜作悲情式的沉浸，还享受其中。

我想哪有这种事情呢？还沉醉其中？不会吧！

但轮到结论按在我头上时，我仿佛醒悟了。

我要争取"不是"！对的，我不是。

那就好了。自己解锁，走出自我囚禁，看阳光大海。山，还是以前的那个山；水，还是以前的那个水。

所谓人的内心强大，从某种角度上讲，就是狠心点，就是"狼心狗肺"点，就是佛系一点，就是——超越。

以前自己说过，超越，朝前走着就是。每个当下都是最好的。"生命的每一分钟都是黄金。"这句话，曾给要求我"写句话"的不少读者，写过。眼下，轮到自己执行自己的格言了。

对！狠狠心。这个"狠"也是要打引号的。其实这是一种强大的东方智慧，是有力量的淡定，是将事做得更好的前提。

头不会晕，身子骨不会崩。悠然自得地在每一天里安放自己。方悟：人生的三重境界，原来也如此简单。

生命奥妙的设置

这是我自己种出来的花朵。从无到有，且日见起色。

有一个瞬间，我简直不相信，老实巴交最不起眼的泥土，竟有这等能耐。叫做种子的微小颗粒，就这样不动声色地被它拢进怀里。从此默默然，等同史前纪元。

不想"纪元"从史前一跃而为今朝。"默默"后的某日，土破了，但土还是托着青芽小苗，渐使展枝、渐让着叶、渐复蓄蕾……泥土只在下面默默供奉着。泥土只是无言。或者说芽苗花叶，皆是它的言语。我惊愕于这泥土，竟能激活生命，再世青春，重焕灵性，而且还自带色彩。

忽然想到，世界上什么东西老朽了，到泥土里一埋，就等于终始转换，或者说新生已指日可待。在泥土里对接死生，完成一个循环或曰轮回，而神奇变身。

也是泥土的神秘。

也是造物主一种奥妙的生命设置。

忽然领悟到我们东方老祖宗的智慧了：有一种人间大事的尾声，就是"入土为安"。

最难的课题

"达成"是一个美好的词。所有的挣扎、纠结、犹豫不决、患得患失等等，都退回原地不再动弹。

达成者也，从从容容走出门来，清爽干净。这时应晴空万里，有轻风拂面；即使外界没有，内里应该就这样子。

终于与自己达成。知道已经抵达了曾经遥不可及的天涯海角，舒畅淋漓的快感漫上心头。这时心情背景，隐约是种世界的"尽头感"。悲壮气场，源源不竭在释放伟大的能量。

与自己达成是最难的课题。我一旦定当，便立即进入状态。不再沉溺于痛苦，不给痛苦一个房间。而以一个世事旁观者心态，宁静平和。接受着"一切"在过程中的静静发生。

达成后全身通泰。方向有了。力量有了。信心也有了。

智慧结果。最优方案。

一切可以重新进入日常轨道。写及"日常"两字，心魂忽然就收神就回归了。仿佛满怀松软踏实，回头看了看目标，快乐地返身飞奔。

在老庄的智慧之楼上站定，鸟瞰。

壶

去天山茶城一走，得一把很别致的小壶。

只见壶身设计，那稳稳当当的流线，一泄为快，收至壶底压个结实。

让你把着握着时，总觉得心中稳靠。

壶身呈圆柱形，当手掌盖在壶顶时，只觉得落下的手指，顺畅无比，熨帖有加，凝神间似有胜券在握的感觉。

稀奇这世上总会有得心入意的玩艺儿，凭空就契进我的心。

里里外外的知己知彼。

外物与内在相互对读之间的"一级响应"，令人身心愉悦。

2005-8-18　自然生命的元感力

喜悦溢出我身体的边界

每当晨起，"哗"一声拉开落地阳台的大窗帘，金色的阳光就照耀着我的整个身心。

辉煌的光柱，从窗外直射进屋，洒在花瓣与绿叶上，其半透半明之状的鲜活，似乎在更新着我身上每个大大小小阵地上的装备。

身陷其中，我有种来自内心深处的喜悦。这种莫名的喜悦和满足迸发出来，溢出我身体的边界，与盛开的鲜花相拥，与透亮的阳光亲吻。

有那么一瞬，我与周遭及周遭之外的一切，融化成了一体。

无言的满足和喜悦，默默契进我的内在。忽然，我仿佛抓到了生命源头般的什么东西，享受到了一种根性的踏实与安稳。

2020-10-23　生命金轮

捐赠遗体（外一章）

　　"捐赠遗体"应该是一个人在物质层面上最置顶的字眼了吧。她是将承载思想的基础，奉献出去了。

　　这是一种将思想用身体打包，在造福人类之后回归自然的方式。

　　娘亲生前曾有过此愿。于是一种高尚的精神投射，映在心空，圣洁肃穆。我心壁上便镌刻了上面这几行字。

黑与白

　　黑与白是色彩初始与终极的抽象。雄踞色彩阴阳两极。其抽象力的呈现，具有其他所有色彩不可替代的神秘感和无法抵达的深度。黑与白是对立色。即是彼此的反动、对抗，然而却又让人感觉到它们本质的相通。初始感与终极感的两个位置，它们可以阴阳互换、随意坐享。

　　黑与白，具有不可超越的魔力。尘世间公认会抵达人间悲喜的终点。说到底，黑与白的本质，其实就是一个意思。

疫难中

惶惶然。睁眼就刷屏，有时不敢看，有时又看得心惊肉跳。不知怎样一来，就真切地陷入了此番苦难境地。恍惚着动荡着，心像一只小舟颠在狂风恶浪中。

一切猝不及防就黑云压城。那是 2020 春节。

太多的生死界上的挣扎。太扎心的阴阳两隔的绝望。静不下心来，心悬着，在半空。

有逆行的英雄，义无反顾地直奔生死前线，心中那个激荡昂扬，让我泪目肃然；有时发现了什么惊喜连连转发、有时又担忧着凄苦着无所适从。毋庸置疑，面对大自然突然降临的灾难，再次深刻明白了人类的渺小。

文字有时是导管，可以将内里积液引流出来，放在屏面上，再一字字读时，就觉得窒息自己的什么东西，被弄出了体外，人会松动安顺些，心也会慢慢平下来、静下来。

正是春天啊，满目破土绽放的嫩芽。

真是花草不知人间事，别样意味在心头。

宇宙的终极密码（外一章）

一字一行一页一章读下来，常常会引起心头共振共鸣。

宇宙的终极密码：释迦牟尼和爱因斯坦只是在不同时空，走不同路径，从不同方位角度，最后共同抵达了天地间之万物、之神灵们的同一个制高点。

枯荷

画家小琴的自在，绝不亚于这些鱼儿。这些活泼可爱的小精灵，是从画家的心海里，灵光一闪，游到画面上的。

《思》的画面上那五张枯荷，支棱着瘦骨嶙峋的思想；落笔风雨的笔势墨气，似乎正在思考，且凝眉敛目。画面上天色将暗未暗，隐隐透出的那份悟觉，却在沉静镇定之余，直抵郑重与决绝，且又那么恬淡从容。大有苏东坡"所至得其妙，心知口难传"的境地。

不止一个人这样感受。那种画家与观众心魂中引发的同频，是一种天籁。

独对天地

只要有了能独对世界的念想，一切就简单容易了。

独对是终端。

是一个人的来去。从容坦荡。无牵无挂。完成宇宙间的一个大循环。恐惧是人多出来的小情绪，毫无用处。

恐惧是人在世间，进入红尘的时间长了，穿了俗套，忘了初衷，迷了归路！低格局的贪恋，纵容人走进了一条阴暗的歧道叉巷。

明知没有永生，还在求长生不老。

这样要他不焦虑也难。无法得到的一份，得不到不说；就连已经得着的，也白白浪费掉了。

2011-11-3　细数风雅

伤悲的日子

伤悲的日子。

我的灵魂无法安宁。

它在家的每个角落扑棱着翅膀，落下又飞起，惊恐地飞起，飞往四处，漫无目的，扑着、棱着直至夜黑深处。

从夜黑深处叼走两颗叫安眠药的白丸子，然后一个猛子扎下去，不再上来。

任由文明而魔性的暴力，借助白丸子的强硬威风，武断地撤销我思念、关闭我愁绪、卡死我思考……

让我灵魂从思想的网络中剥离出来，再被使劲摁进一个黑洞安眠。苟且。

伤悲的日子。

2004-6-21　花正艳

永远的老家

永远的关怀。永远的挚爱。永远的温暖。永远的严厉和要求。这就是我们深不见底的老家以及老家中同样永远永远的老娘亲。

有多少慈爱，多少牵挂，就会有多少无以计数的欢乐和烦恼，日子几乎可以长达无限啊，统统都可以装进我们这个老家。

即使弟妹们成家各奔东西，老娘亲可以用一句话，便把我们天南地北的心，拢到她的怀中……不知为何，我写着这些字时，竟忍不住热泪涟涟。

我们精神的依靠，我们生命的起源，我们在世间活动的大提纲，都来自这个总部无形的安排。

她是我们生命发源和滚动轨迹，是我们灵魂游走的空间，是遥控器，是范畴，是框架，是这一切一切的大容。这深不见底的大容，有如一个永远的无底洞。

无底洞里住着全部的我们。这密封的无底洞永远不会漏，大家血脉相连气息相通，且越往深处，越至善至真。

案头碎思

如果你忧郁，说明你活在过去；如果你焦虑，说明你活在未来；如果你安静，说明你活在当下。

偶然看到这几句话，觉得我们这个地球上，是真理就殊途同归。不管是先圣还是今杰，不管是在地球那端还是这端。甚至是释迦牟尼、爱因斯坦等，历史上的先哲先贤们也都作如是说。

一直很奇怪，当赤橙黄绿青蓝紫七种光汇合一起时，就变成白光了；当红黄蓝三原色等量合一后，就变成了黑色。

忽然悟到就是九九归一。

森罗万象，至空而极，百川众流，至海而极。白与黑其实是一个意思，生与死亦两极相通。是空、是无！世界本是一个整体！

自称万物之灵的人，其实也只是大自然之一。

要融进这个世界，在大自然中作"无尽藏"，换句话说，如果我们突破了时空的限制，超越了主客体的分别，物我两忘地融合在道的境界，这便是"化"境。也即庄子所说"了物我，齐生死"。一如郭象注言中曰：

"圣人游于变化之途，放于日新之流。万物万化，亦与之万化。化者无极，亦与之无极，谁得遁之哉！"

将自己藏于天下，参与大化之流行，则我与天地为一，游心自然，无得无失，物与我都一样是造物者之"无尽藏"中一分子。

这与我近读印度先哲奥修的意思完全统一。将我"沦"于自然之中，并与之顺势而为，不求不抗，不追不意，而为自然大千之一，不啻也是与大自然一样永恒。

2012-6-21　天骏腾空　白云出岫

大自然的清芬

眼前一街紫藤怒放。

簇簇花蕾成串、成片、成群，如疯狂的暴雨瀑布一样向我袭来时，我无疑中弹一样，有种被俘的"虚弱"，而且"心慌慌"地。但心慌却"意"不乱。都是直奔那街紫藤而来。只是满目盛景比意外还要意外，一时兴奋激动过了头，要慢慢地慢慢地缓过神来消化。

看那一挂挂一挂挂的花蕾，朵朵激情喷射。粉红的、鹅黄的、乳白的以及无以计数的雅淡、香馨、饱满而盈盈生机啊。醉意如排浪袭来，我淹在花海之中无法自拔。

缓过神来，闭目深吸，全身心享受。再丝丝缕缕品味，让无以名之的感觉，漫过心尖、透过灵魂来吮吸，用全身每个细胞，来虔诚地领受大自然的恩赐。

2009-3-22　八面四方亭

美丽的东西都是奥秘

美国黄石公园，眼前那种怪诞、吊诡、死寂、虚妄等等，让人一时不知身处何方。

做梦一样的不真实。跺跺脚，咳嗽几下。回过神来告诉自己，正身处真实现场呢！

眼前大片盐碱地上的情景，颠覆了我一辈子的认知。另一样式的凄美悲壮，刷新了我的阅历。

如先哲所言：事实上，所有自然的、美丽的东西，都是奥秘。不仅是美丽的，也是恐怖的；不仅是生命，也是死亡。那内涵辽阔虚无，直叫人一时如石中火、梦中身。

地上流淌着浅水，黄褐色的，闪着凝滞的波光，冒着微许热气，呛人口鼻地四散开来。这水质以年岁久远的功力，将地面侵蚀得触目惊心。

像毁灭，更像是灾难。让人看得心惊肉跳。

一个念头死死地立在心里，巴不得导游讲，"时间到了，快走！"只因担着心啊，这儿处处像蛰伏着诡计多端的阴谋，有种不安情绪，窒息着人心。

校核本书此章清样时，看到网上一个消息说，"黄石"是个软肋，若遭引爆，这个国家就毁了一半。由此可见我的担忧还是不无道理。

站在那满地冒着热气的翠绿色窟窿之间，会疑惑自己究竟是到了天上还是地下？是进了天堂还是下了地狱？

但是，忽然又会神情开朗起来。自己不过是到了美国的一个公园，只不过是公园而已呵。我对自己说。

呻吟着的土地，却同时又充满了挣扎和希望。举目皆色彩鲜丽，非常意外的视觉感受。天蓝得透底，云白得刺眼。阳光依旧慈爱地照耀着，直视空茫深处的生机。

2014-8-2　灵肉结合让精神物化

心魂中的神

憋着出不来的感觉主宰了一天。有点莫名其妙吧。我是说心理上的。我等这号人，是专做莫名其妙这类事的。

似乎在敲打，在酝酿，在繁忙，在张罗，在赶路，在斟酌，在取舍……反正就是有点魂不守舍六神无主的阵势。折腾。

都说随大流过去得啦，去费"神马"神思！

不折腾是可以的啊，都到什么时候了，还"恪"什么"守"，太不值哦！

然而，我的内在有个核心部门，坚持着，不肯将就。它一定要当年的程式，缺一点点也不答应。它紧把门锁、关紧窗户，对所有闲言，都置若罔闻。它只知道恒一的持守。

我默然无语。

我只能跟着它的脚步。我是无法违拗这个内在的驻守在我心魂中的神！

2022-1-18　青田玉

中辑

岁月穿过身体

在自己博客目录上看到这题目时，暗自吃惊。打开一看，却原来如此，吓了自己一跳。

岁月穿过身体，就是这个人已经将这把岁月过了，度了，享了，也累积在自己的身体中了。否则，你岁数是如何来的呢？

10 岁，就是你生活了 3650 天了；20 岁，就是你二十度春秋计 7300 天次横扫你生活的每分每秒，也沉淀在你的生命中了。类推是同理。

将椰汁吸进嘴里，岁月变成了精华露，滋润了你的身体田野；将肉嚼烂咽进肚里，岁月就变成了一堆乱七八糟的营养杂碎，个中分泌出的滋补液，秘密地流经你身体的每个部落，并且暗中支撑着你身体强健发达的框架；将米饭青菜吞进胃中，岁月就变成了你循序渐进接纳诸如此类的皮囊，慢慢滋养着供奉着子澄你的身体、你的思想、你的学业、你的快乐和你成长的收获等等。

子澄的身子，终于在岁月的分分秒秒、年年月月中，从出生 48 厘米长的小毛豆，十五年来，渐渐强了骨骼，长了肌肉，有了理想，在长高长大中，一点点结实起来。

　　今天，忽然可以将我整个外婆腾空抱起来……欣喜不已中，拍照定格，我不及击键留文字，只是灵感一闪取了《岁月穿过身体》之名，作了照片博客的题目。

　　　　　　　　　　　　　　2020-2-25　灵魂的出路

当传说变成现实

　　这是闻名世界的金字塔。从我电脑桌面屏幕上，立体出来，站在我面前。萧索沧桑，也伤痕累累。在四周现代游人的衬托下，比我想象中的要卡通好多。

　　当传说变成了现实，现实反而成了传说。

　　我在传说中走啊走，一次又一次地告诉自己：我从中国来，现在已经到了埃及首都开罗的西部、尼罗河对岸、在北纬29度58分，东经31度08分的埃及的金字塔下。

　　仰望。这由230万块巨石垒叠而成的金字塔。

　　金字塔简单的线条，仿佛是抽象了人类历史在地球上的展开与完成。

　　颤抖着手指，去触摸塔身的砖石。

　　瞬间，我仿佛接到了从7000年前发来的"神递"。对，是神递！不是俗世凡尘里的快递。

　　我忙不迭地打开来看，里面却是一片空白。

　　恍然感觉到这世间神秘的律条，知道那是已被"简单"

收拾过的。

于是，复又抬眼，仰望。

夕照下，"简单"的金字塔依旧默然。通体的金黄，却让神秘更加神秘了。

走回俗世中。

我亲眼看见金字塔前驯顺的白骆驼。它们长着精巧灵活的细长腿。温和懂事的大眼睛，深情地看着我。

如果这眼睛长在一个人的身体上，一定是个多情而忠诚的人。可惜长在骆驼身上，只能是骆驼的眼睛了。

可见东西再好，如果安错了地方，全部归零。

三座真的金字塔，就这样默默站在我的身后。

以它的伟大，来衬托一个来自世界东方的渺小人物。客观地说，这也是一种不公。

不过，世界上当什么被推往前台时，再"不行也行"；渺小因颠倒而显得伟大，也是一种混淆，只是当下生活中的这类混淆，实在太多。

好在，我内心清醒。

2017-11-3 *精神世界里的神递*

关　掉

　　"关掉"这两个字是结束、断绝，是此后不再的意思。

　　第一次听此说，我愣了好长一时，缓不过神来，仿佛人被强行"点化"而成了一块铁。

　　现在，拒绝某人，或者觉得此话题并不怎样时，常常会说"关掉"。或者说"格过去"。意思是换"频道"转个话题。

　　这是新潮俚语，市面上流行的口头语。

　　这两个字最叫人直接想起的就是电视机，不想再看了，就是关掉。只要一关，屏幕墨黑，快得没有过程。刚才还振振有词的辩论，顷刻乌有；刚才还活龙活现的大白鲨，霎时无踪，让人怀疑刚才的场面是否有过。

　　事情的转换，快得让人没有接受的余地。

　　电视机是工业产品，"关掉"便是工业用语。大凡与机器搭界的东西都显得有点儿冷酷无情。随社会发展，当我们不得不接受它时，多少带点无奈和被迫。

　　没有情感的跌宕起伏、没有渐变的过程作铺垫；迫使有血有肉的人，变成无知无觉的机器；而只有成了机器，接受起来才会有像样的彻底与自觉。

都说当今社会的变化是"高速"。我觉得这"关掉"，便是"高速"在生活中的一份象征，是最具省略过程的表现。

人终究不是机器，那么人生活在机器的语言环境中，身心总不那么自在。

1998-8-28 肌理微妙

涂 鸦

M50，即上海莫干山路 50 号，心仪已久。

不想初与涂鸦照面，即见丹青笔墨浩如波翻，将整整一道破落长墙，化腐朽为神奇，出落得光鲜亮目，时尚神丽。

细看那涂上去的"鸦"，有夸张到了极致，却忽然又回原点来个注解；有红黄蓝白黑张扬到出离色彩，忽又回神凝眸，轻声曼语给你来个"禅说"。

一路过去，目不暇接，又让人思潮起伏；峰回路转，又忽然曲径通幽……

蒙蒙细雨若有若无，打磨着人的性情。这个当口看涂鸦，其实是最好时段。

曾经是那样熟悉的破旧和荒寂，而今却不断生发新意和生机。

并不时有尖锐的撞击，让人的思想在暗处闪光。

2008-12-30　云低

莎士比亚故居（外二章）

走过莎士比亚故居，若没人指点，谁都会一眼错过。没想到它是如此普通稀松，在伦敦以西180公里的斯特拉特福镇上那条亨利街的北侧，二层木结构框架，斜坡瓦顶。

走近这幢16世纪的房子。走近这幢此刻还有莎翁后人们居住着的房子。我羡慕这屋子里的后人，他们根植式地拥有血脉流传中的灵性。应该吧。

开放时间的阴错阳差，我们无法进入。

正想着，这灵性仿佛突然溅起无形的浪花，溅到了我的心上。

细雨中我欣喜不已地注视着那门前地砖缝隙间，翠色盈盈的一小片苔藓。

我又用敬重的目光，轻抚那木门外已被走得溜滑的狭长方砖地。

这儿一草一木，寻常至极，却因莎士比亚而显得不同凡响。

也许一个思考的灵魂喜欢这样。不张扬，不显赫，不排场。

一切平和宁静。但他天才的思想风暴，却在这份放松中悄然酝酿，渐渐逼近世界的中心。

亨利小街路口，耸立着莎翁喜剧《皆大欢喜》中那个著名小丑"试金石"的铜雕。他活泼夸张的动作，在这片天空中酿造着异乎寻常的强烈气场。

这种设计如一枚尖钉的锐利，一下就强力契进游人的思绪，而且坚牢持久。

"傻子自以为聪明，但聪明人知道他自己是个傻子。"究其意大抵是仁者见仁，智者见智吧。莎士比亚的这句名言镌刻在铜像底座。而青铜雕塑在岁月中已经长出了资深的铜绿。

站在那儿仰望，莎翁笔下那无以计数的世相百态，格言台词，活生生地在脑海轮番复活……

一种看不见的东西，让人的心魂丰沛而滋润。

魔方

生活是一个旋转的魔方。

只要心中有定力、有方向，大幅度的跳荡与幻变，终究会显现理想中最迷人的景区。

五粮液

五粮液，站在某个制高点，有种无声的号召。强烈浓密。言简意赅。像一场报告会的关键词，也像一首诗的题目。

巨石柱群

随着大巴从英国的斯温顿出发，一个小时不到，在一个叫做索尔兹的平原上，出现了一大片草原。草原上赫然出现了那个千古之谜——巨石柱群，我们目击那个太熟悉也太不可思议的"奇迹"真实版。

历代研究巨石柱群的专家们，至今也无法对其建造的目的，作出确切解释。专家们的结论，似乎与我们这群外行差不多。

世界奇迹，就这样活生生地耸立在我的面前。

一般而言，世界级奇迹，总是在遥不可及的远方，可以向往，可以憧憬，可以谈论，也可以描绘。但不大可以就这样，简单直接地裸立在我们面前。

久久不语之后，终于缓过了一口气。我对自己说，这个在我电脑屏长久盘踞的平面图像，现在正以立体实物，耸立在我的视线中。

如果不是指示牌上重言告诫，说不可触碰石柱，违者罚

5000 美元，我真有一步上前去拥抱它的冲动。

我站在"景区规定的最前沿"处，克制着自己也安慰着自己。我对自己说，你已经够幸运，正在世界奇迹的实体面前了。你还想怎样！

还想怎样？

呵呵，很简单，我还是想要越过警戒线，与奇迹零距离。

我要用手去轻抚这巨石！

一为验证其之真伪；

二为证实我亲密接触世界奇迹的事实；

三么，我想在与之亲吻的瞬间，异想天开去感应并能获取其千古之谜底……

2015-10-30　谜的深渊

神秘的颠覆

年前的感受至今还是如此强烈。

踏上北欧丹麦的哥本哈根时，最令人振奋的是那些被颠覆的墙面。这些令人神耸的设计思路，刷新着我们的观念。原来墙，也可以是这个样子的。

墙，不再被统一封实，永远实实一垛，密不透风。她可以被优雅地撕裂成条状，让柔媚的光线，优雅地照射入屋，一切因光线的改变而优雅地改变着我们的感受。

这是我们入住宾馆里的过堂。若干粉色圆垫轻卧在地，温情地等待我们到来。

墙，也可以吸附绿植，大堂背后就是这样的森然一派，芬芳花草，派放着自然界的亲和。

墙，也可以是这样，成片小木块的凹凸不平中，偶然露出镜面。人行其间，幻境迭生。连卧室也是这样。四周墙面是斜贯屋顶与地面的玻璃，以新奇异样的采光，张扬着异域情调。餐厅的墙面也不"安静"，夸张杂乱却隐有章法的小木条，敲打人的心神……

从来敦实不语的墙，而今歌吟出声。

墙，不再是传统中"老好人般"的沉默规范与平整。

时至当代，忽而有种奋发式的崛起，不过，只是在自己的地盘上，创新刷"存在"。哈哈。

目之所及，这幢名唤"跳舞女郎"大楼几乎所有的墙面，都在出其不意地变脸。

喜欢这种神秘的颠覆。我一时被它打开的思绪，也疯狂乱舞。

2013-6-29 门外三更雨

抽象的线（外一章）

这里奉行着一条它自己的法则：

在这块土地上，勤劳的人并不一定多得，懒惰的人却也非一定歉收；精明的人不一定稳操胜券，愚顽的人也有可能大胜而归。

它以往日的不公平为代价，创造着另外一种公平。

股市是一个平等、自由、文明的领地。进入这里的人，都可以平等对话、平等思考与平等操作。所有的波涌浪起，全由你操控，全部进出决断，也由你一人说了算。

最激烈最残酷的思想斗争，全由你一人，默默在自己脑袋中进行，谁也无法来干涉你、左右你。

胜也罢，败也罢，你是你自己的老板，你是你世界的王；当然你也可能是被你自己后悔至死的罪人，抑或是被你自己扫地出门的败类。

在这个现代人搏杀的战场上，不见刀光剑影，却时见血肉横飞。不然怎有"割肉"一说？

股市是千千万万人的思维判断、人生修炼、生活感悟、性格涵养以及其他等等作为的综合指标。它是无声的，但又是有生命的。

是每个人思想涌动之总和，情感正负之终端。

股市无时不刻地把所有人的思想精确浓缩，并抽象成一条弯弯曲曲的线。

现代生活的经典意趣

在股市里体验人生，颇得现代生活的经典意趣。

电子屏幕上那枯燥无味的数字，其实是一种提炼，一种浓缩，一种高度的抽象。

它省略了奔走、呼叫、劳顿与折腾，并把整个社会，也包括全部人生中那些上上下下、左左右右、前前后后的运动省略了，省略成一个个点，点而已。

点在原地闪烁着闪烁。以闪烁替代一切。

这是大智若愚的象征。

这是以不变应万变的高明。

更是以恒定对散乱的把握。

现代人的从容。

2011-9-17　阴阳合一　灵魂才活出完整

宽　带

你一向谨慎，谨小慎微的那种。与人交流时，你总是想了再想，挑准你认为最精确的通道发将过去，并且视对方接受的表情，立即判断交流的结果。

假如对方的眼神稍一迟疑，你会立即打道回府，并且对自己说，不行。

然而今天的事，完全不是你看到的那样。对方没有听清你在说什么，后来知道了，对你的想法赞赏有加。

然而现场这一页，已经翻过，你已经失去了机会。

你的"接口"总是很小。当然小而精，倒是好货；但你不是电脑，你是在与人交流。交流的承接面越大，你就越会成功。也就是说，要一句东一句西，一句上一句下，一句偏过去，再一句偏过来，让人听时有个回旋的余地。

"接口"大一点，就会增加成功的可能。用句上海最典型的话就是"捣浆糊"。

捣浆糊的本质之最是什么，就是一种宽松潇洒，一种模棱两可，一种从容，一种不确定。

或者说"捣浆糊"本身，更接近的是一种消受过程，是酝酿，是思索，是运作，是充满生机的涌动。

反正是不"马上结果"。它全身上下充满机会，给人遐想给人诱惑，而且它老是留着一条门缝，从来不会把话讲死。

这样，在实际生活中，就会圆熟老成，比文初提到的那个单薄的你，显得硬实有力。

今天与一个朋友聊天，有感而发。我不喜描述细节，留个感觉中的大写意。

2006-9-12　奋蹄激地

网面角色

生活就这样周而复始。文明进化改变不了人性的本质。

有无数张网面在交叉切割着立体的生活，或明或暗、或真或假、或隐或显。

每一张网屏都是人性的剖面，网面上的人和事，都是以类同网面上的角色与脸谱出现的，这样就避免了许多尴尬和不堪。

因为一个层面太过单薄，人性的苍茫多元无法展开。

也许正因为这样，多层的网罗就能让社会显得更结实一点。

人，修炼学习，终极目标似乎是走向更高的本真。

然而单一本真，却也无法网罗社会生活的全部，人生的复杂或许就在于此。

2002-11-24　何夜无月

边缘相撞

法院是什么地方？法院是生产"办法"的地方，也可说是"办法"最多的地方：比如判决呀，调解呀，诉调对接呀等等。

菜园里有的是青菜、是萝卜、是土豆、是竹笋等等的蔬菜，那么法院里有的就是"办法"，多的也就是办法！

法院之所以有的是办法、多的是办法，就因为"办法"后面有个强硬的支撑，那就是——"法办！"

上说，出自画家陆廷之口。他受请去为新建法院选定内装修颜色时感言。听着就觉得新鲜，且也不无道理。遂即一记。

业内人陷得深了，往往出不了此语。而外行人的感觉，却异常敏锐。

跨界的好处是边缘与边缘相撞。既是撞击，就会火星迸溅。

2006-9-2　心里钟响

97

沫

内在的思想，总是应该在深夜灯光下，眼盯稿笺，看一个个字从心头到笔尖，流出来，再流出来，或凝重或轻快，带着体温与心律，且字字传情达意。

然而，现在就不是这样了。

新鲜玩艺儿电脑来了！那屏上的小光标，闪烁不停，仿佛在焦虑地等待着你下手。这就让人有种紧迫感，一种内在的烦躁节奏，如身后"踏踏踏"的追兵，叫人坐立不安，无法平静，更别说思考。

于是，我在感觉的"踏踏"声中，十指只好在键盘上机械地弹动，犹如一锅鸡汤"踏踏"初沸之际，需要有汤匙，去将那上面的一层"沫"，撇去一样。

这时我的思想之勺，或许就只能充当这把汤匙，而指尖下流出的字，只是匆匆忙忙将"思想之沫"汇集起来而已。

自然，汇集起来的这些句子，就少了一点人的血气与灵息，仿佛弥漫着浓浓的机油味。

1997-9 刚学电脑写作

享受按摩

有个农业国，百分之九十五是农民。现当道世皇，已执政大半个世纪。曾经早在五世皇时废除了奴隶制。去时看见一幅油画悬挂宫殿，画面上是成百上千的农奴匍匐于皇座脚下，感恩戴德，山呼万岁。

而今某式按摩是全世界出了名的。尝试过后，确实是出神入化的享受。

当按摩者随其手势行进，其整个人会亦步亦趋地趴上你后背脊梁骨。点击你的穴道要关时，你竟然感觉不到按摩者的重量。

人的每一节骨架那微小的间隙，都被其按摩的魔力，温柔而粗重地抵达。

待全程按摩结束，有种通泰舒服、畅达，还会一波波向你袭来。让人心神荡漾，让人浑身陶醉。真是绝！

这份"忘了自己"的人对人的伺候，甚至会让人觉得伺候者的"奴颜媚骨"。是不是奴隶制度废了，但流淌在时人血性相袭中的那份"奴性",还顽固地悄悄地散发出来,散化到全世界来这里享受的被按摩者之骨眼缝隙里?

却是歪打正着,恰好挣财不少。

只是上说,仅是一个不恰当的比喻,其实更是肉身享受之后,内里由衷的激赏和赞美。

2013-3-16 酒至微醺醉有神

我是过往的我之家

　　这几天在整理五十年的老照片。归类、取舍、扫描。想把一些历史镜头的碎片，也编进诗页，日常情怀掺和空灵诗情，也许更气韵高远，意造天成。

　　现在已真正的苍颜白发了。那时是多么年轻，哪怕衣着再平常，照片拍得再不如人意，但举手投足间的那份年轻态，总会由里而外散将开来。奇怪自己年轻时，怎么一点儿感觉也没有呢？

　　也好，将一路风雨中留下的脚印，都一一复制，留存印痕，让逝去的东西，可以找到回家的路。

　　当然，路的终点——站着个"我"。

　　"我"是以往的——我之家。

　　我，回来看看，"我"会觉得是自己的孩子一样，亲切且感慨。

卓玛的哈达

西藏的大卓玛，在微笑里透出隆重。就这么双手一个托展，向我递来一条洁白的哈达，说，送给你尊敬的陆老师。

这是一幅机织的独幅白绸。上有藏文、佛经等六种专题织就的圣意。平时在电影中看见，在小说里读到，没想到眼下我就突然拥有了一条货真价实、洁白如云的哈达了。

大卓玛是我在报社带的西藏实习生。她那份爽劲与诚恳，让我想起雪山的巍峨，雪莲的纯洁。

道谢着接过哈达，我立时披挂上身，并且旋舞起来。那绸子张扬着，在厅堂里飘飘洒洒气象一新。

绸长三米有余、宽三四十厘米，据说是最长最高规格的哈达，还在一个神圣之地，接受过隆重的开光仪式。

我知道我今天享用了藏人待客最高的礼节。一回家，便虔诚地将之置于客厅最高洁之处。一俟挂定，我的屋里就仿佛飘曳起一团祥和的白云，洋溢着无言的祝福。

我收藏着这份珍贵的礼物和友情。

走过路过的采访

仗着我用友善与真诚点亮的小灯，他终于容我访问他的世界了。

我在他弯弯曲曲的僵冷的情感小巷里，从他的书信日记、票据收存、世纪照片以及家具的前世今生中，终于走进了他内心的密室。

我发觉他伤痕累累的天地中，他的生命，经这场旷日持久的尖风硬雨之后，连最小最嫩的伤口，也已长成了厚茧。

甚至血和泪，也变成了另种坚硬。

今夜，我在自己书房里，重读着这些曾经发生在他身上的文字留存，不禁潸然泪下。我感喟自己曾经立下的信条：

走过、路过，不写，就是我的罪过。

1992-8-25 世界上最黑的黑："梵塔里"

所思所悟所赐予

　　晚饭后出去散步。一个人走。揣着沉甸甸的心思。高跟鞋的击地声响把我悠闲的步履，一路上转化成自信的节奏。

　　独自享用心中的那一处芳草地。慢慢地回忆品味。四月江南的风，湿润清新。弯弯曲曲的苏州河支流上驶过小木船。路边人家违章搭建的小灶间里飘出大蒜炒豆干的香气，这与远处拔地而起的宾馆高楼，形成了某种有关联的韵脚。

　　在城市近郊改革开放建设的这种节奏里，别看我踽踽独步。我在检阅我生命的岁月，翻阅我的拥有，以及我满腹斑斓的诗情。

　　我发现这属于我的半小时，原来那么深邃坚实丰盈。所思所悟所赐予我的灵思慧悟，绝非白日里认真思考、反复权衡，所能给予。

1989-9　流金岁月

辞旧迎新

焰火鞭炮，声色动人地在窗前炸亮。千千万万的白玉兰、火赤练、紫蓓蕾等等等等，在夜空瞬息万变尽情舞蹈。

一时硝烟弥漫、惊心动魄、热烈雄壮。子夜的新旧交替。家家的万炮齐发。恍惚让人如置身炮火连天的战场。

人心中的一切祈盼，都在庄重地表述；所有的祝愿，都在喧腾中倾吐；全部因辞旧迎新而理该拥有的欢乐，都在半空"噼啪"歌唱，在欢呼声里"舞之蹈之"。

新的一年，是如此堂皇而嘹亮地降临；新的开始，是如此神圣而通俗地落地了。

1998-2-15　陆家门欢聚

微信暂停（外四章）

　　微信暂停。日子有点恍惚。仿佛有东西老是提在手里，觉得无处可搁的不安。真不知以前是如何过来的。

　　觉得有点疲惫，愉悦着的疲惫。就那么回事。日子流水样过去，生命流水样走远。宁静地坐着，就觉得很富有。想着可以看看书，看看花草，内心就十分富足。

　　然而这恍惚又有种"恍惚"突兀袭来，习惯性的奔波、劳碌、紧张，当蓦地安定下来，一如千年东坡在《俚语说》里那句"安劳苦易，安闲散难"的意思。

　　老庄哲学该是人类思想的定海神针。从中汲取一点，便内心强大。什么事情都是可以从容、可以淡定，还兼着"可以无关紧要"哈。

　　"让微信暂停"的子弹，再飞一会儿吧。

"卡嚓"上了一把锁

　　当我再度对你说"谢谢"之时，我们间的距离，便陡地拉开了。

刻骨铭心的情谊，有时连眼神也属多余。更无须用"谢谢"来转动、润滑。

"谢谢"更是礼节用语。"礼节"？你懂的。

然而，你却理所当然了。理所当然。

你欣然领受时的微笑，是那么真实。

我们生死与共的经历，生命深处的那份缔结，已经被关进了森黑的铁门，要命的是你现在又"卡嚓"一下，上了一把锁。

"谢谢。"哼！

我只感到一阵冰凉，从头到脚。

听油画家陆廷如是说

画与写都是内心的东西，是活着的一个人，对生命过程本身的应对、感悟与理解。

于作家，是用不一样的文字书写；于画家，则是用不一样的色彩描绘。

都是艺术家把心灵打开。不同的是，打开心灵后，又怎么样来处理、来理解艺术。就如哲学家研究生命的彼岸，把生与死的回答确立了，剩下便全留给了自由。

如何理解自由，则又要看每一个艺术家的思考与领悟，我正在这一过程中……

2009-11-25　最是橙黄橘绿时

在暗处善意地羡慕嫉妒恨

让红裙子飘起来！在摩托车旋起的雄风里。

在夜上海寂静的大街上。在人生美丽的季节里。让雄壮与激情挟裹着你，让所有的眼睛在暗处善意地羡慕嫉妒恨……

让红裙子飘起来！飘到淋漓尽致的深洞，飘到诗的诗里。飘到远方的远方。任凭命运带你到天的天涯，到海的海角……

飘起来。

让红裙子随风飘起来。

让你的红裙子随春风飘起来。

1983-6-25　自胜者雄

整整齐齐地从时间之外走进来

偶一抬眼，对街那棵玉兰树上，已一树蓓蕾！

一个个小尖尖生机勃勃，似是千军万马地奔着春天来了。

柳芽最是惹眼，嫩黄的小芽儿，接到命令一样，以一、二、三的规范动作，刷刷的步伐，整整齐齐地从时间之外走进来。

一个也不懈怠。

驻守春风，书写这一季里昂扬的斗志。

摄影作品

　　摄影作品，是以其一瞬间的摄取，"啪"地一下子就征服了读者。我是说如果"瞬间的呈现"是有声音的话。

　　只要读者抬眼与她对视，那活灵活现的画面上，弥漫着现场的气息，各种因缘的相互契合，各种对应天衣无缝，整个是生活的"活体剖面"，刹那间便开通了一条直达你的心灵之路。

　　她不需先行渲染，也不必事先铺垫，一步到位的全方位的表述，劈面而来，直抵人心。

1990-10-8　把自己守住

法国尼姆古罗马嘉德水道桥

　　法国尼姆古罗马嘉德水道桥。建于近 2000 年前的石头建筑，是世界难得一见的奇景之一。

　　在它面前顶礼膜拜。俯首帖耳。

　　抬头、仰视，都无法表达这一刻的自己。

　　站在它面前所有的人，都在默然中与远古对话。

　　一阵风刮来，吹透全身，兜满衣衫。

　　更有另一种风，正洞穿我们躯体，击中要害，但不流血。

　　我们成了空壳。

　　任凭无形的风暴拷打。我们不动摇，站在那儿坦然接受，坦然面对。

　　让历史穿越我们的脑海心空。我们还是不动不摇，在它面前谦恭地站着。以至良久不动。

　　是傻也非傻，是呆也非呆。

　　这，或许——就是敬畏？

2019-6-21　时光斑驳

玄空阁

您就是玄空阁啊。

漫不经心地随意自在地腾空而起，定格在半空，从此立足山壁。

不知自己在做什么，而什么却已在不经意间全部做好了。

这种奇迹建筑的真相，让世人耸神动容。

中国的劳动人民居然可以这样悬壁建寺，层层叠叠的殿阁，浮雕一样吸在峭壁上，还伸出脚，仿佛支着身子休息。

充满悬念的一章，就这样活生生地挂在绝壁。

神奇在于您的颤颤巍巍，您的又动又摇；您不坚如磐石，而是在动摇中借势坐稳，风神飘逸，平衡着自然界中的风云万变，意造天成般洒脱不倒。

毫不夸张地说，几十世纪已经噌噌远去，您却至今还在刷新着世界的视野。

2013-6-15　蓝天之蓝

问自己

应该说，写作的条件是非常之好。时间充裕，精力旺盛，环境优越，题材丰富。

可是，这一切加起来，却往往——不成功。

世界上有许多事情就是这样。

红、黄、蓝称三原色。似乎都是颜色的源头，可以演变为无数丰富多彩的颜色。

但是，如将一样多的红、一样多的黄、一样多的蓝，混于一体，却成一片"黑"！黑是无色系。也即等于颜色都没有了！

因为等量，有时亦极其可怕。等量意味着平衡，平衡就意味着对峙，对峙就意味着空白。

空白就是漆黑。所谓黑白分明，本来就是半斤八两的意思！

个中奥妙，明白了吗？

2015-7-12　透脱

在思想之林里筑巢

在枯草丛的土坡上，我轻轻坐下。看着日头还高，忽然就仰面躺了下去。毛茸茸的枯草立时高过我的身子，将我掩没。

枯草已被强烈的阳光，晒过、爱过，烘烘地热着。

凌厉的北风，只是在我身子上空一掠而过。

我闭上眼睛。

冬日下午的太阳，在我眼前变成一团热烘烘的橙色小球，威力无比地暖和着我的全身。

这个时候，有种种想法排成队伍，匆匆奔我而来又匆匆离我而去。仿佛是来报到注册，而非来一探究竟。

我由着自己心性，生发着身心内部的种种诉求。

记不得诉求是什么了，但明白自己正与大自然合抱为一。

有一种异常充实而又十分飘忽的情思，借暖融融的阳光，在我思想之林里筑巢。

感觉简直妙不可言。

一颗水晶

球状的满水玻璃小鱼缸。

三尾热带小鱼、四颗卵石、二枚贝壳、一掬清水。就活生生"一颗水晶"呈现眼前。

无端会看上半天，什么都不想。见鱼儿活泼泼游着，似乎上帝召见，日夜兼程，一刻也不懈怠。

那美得出格的颜值。淡淡蓝中有幽幽的绿，雅雅红里有盈盈的紫，那姿色动态，奥妙生动又精致无比，简直是神一样的存在。

看着看着就心生敬畏了。

即使那贝壳上的丝丝绿意，也是由内而外天意自成，尘俗不得。细究个中幽绝冷逸，宛如仙境。

那枚叫不出名的白贝壳，审美意境锐利张扬，能量十足。有鱼儿不时在它里里外外进进出出。偶然卡壳，甩着尾巴挣扎使劲，那既出不去又进不了，也像人间一样有尴尬场面。水里世界瞬息万变，不过一晃工夫，又悠然自在了。

天下再小，也是天然水晶宫。深究细品，俨然有泰姬陵一样的韵味。白。那种白啊，在阳光下。在月光下。抵达至纯、至真、至美的静、默、空。

我被深深震撼，无法忘怀的深刻，只是一眼，就再也无法挣脱。

当年印度的莫卧儿王朝皇帝沙杰汗为 39 岁的爱妃蒙泰吉·马哈尔建造泰姬陵时，一定是想到了大海里这种贝壳的白。严格来说，那不是"白"一字所能概括。深蕴其内的天下繁简，被它一笔抽象。

泰姬陵哪怕只是仿了它八成，就惊艳绝代，举世无双。可人家永生永世生活在大海深处的贝类精灵，却是千万年来就这个样子的啊。

2022-10-9　天地之间，物各有主

长脚毛绒兔

"在桂花节集市上，我被那只穿湖蓝色背带裤海魂衫的长脚毛绒兔，诱得流连忘返，急急买下抱着回家。心情温柔轻快，甚至觉得自己年轻高雅起来。"

四十年前写下这几行心情文字。今天整理旧文时，才从文字叙述中发现，这只现存我玻璃柜中的长脚毛绒兔，原来还是自己买回来的。

我问自己为什么。无法用语言回答，我只是用自己未来的四十年行动回答了。

几次乔迁，无数次大力度的清简积物，女儿的儿子也已经14岁了。

唯独这只穿海魂衫的长脚毛绒兔，穿越四十年风雨，经几十次的取舍，都被我无理由地强力留下。我还几次追问，究竟是谁，送了我女儿这件礼物？

世界上有些物事已经忘了前世今生，或许前世今生也不重要了，重要的是女儿根植于我。女儿是母亲身上掉下的肉。

感觉是探入场域的一束激光

天总会黑，而夜，也总会亮。就是一程结束，散伙回家。

但有的人有家，有的人却没有家。

当然，也会有人并没把家当回事。喜欢漂泊浪游，喜新厌旧，把过程当归宿，所以夜夜有酒有歌，更有美丽的雪花在窗玻璃上，可写童话。

内心的纠结与痛苦，我知道。我的感觉，是深深探入场域的一束激光，看清你小孔眼眼里的大千世界：哦，原来自己也不算什么，不。你内里有个声音，总在否定。"怎么可能?!"

你在不承认也得承认的事实面前，开始觉着气短。

不比。驴道与马道，不在一个道。自我安慰：

"因为我牛，所以我的朋友即你，就牛。"自我陶醉。

听人说，青出于蓝而胜于蓝。你马上不悦。曰："没有出于，没有。"

哦，原来缘于此！不服气啊。只是内心知道别人原来也有一手哦。生发的不安导向内心。不安的内心。

然而只是不安而已。没有寻思到根，或许这也是人的一种生存状态。

夏虫不可语冰。

文章是好，一腔才华，通古达今，储备丰厚且记忆超好，只是这些天下的大道、先哲的悟省，都没过心，仅仅在纸上颠来倒去，打滑了，成江湖腔。

没趣，两散。结束很好。

2020-2-12　相逢的会再相逢

对视之际的平静

情感的独行者很累，总也到不了预想的顶峰。

我们对视之际的平静，是两力相向时一瞬短暂僵持；是两力相背时一种断裂前的沉默，也是某种情感消亡时的死寂。

陀螺高速旋转时的平衡，疑似纹丝不动，其实一旦倒下，就是四散开来倒下了。"了"这个字很重要。"四散"更是，我是比喻。

这样想着，心也就平静下来，不该去盼望的，也就不再等待。

因为有了寄托，寂寞就是一份奢侈、一种豪华、一场挥霍及一笔财产。

珍惜生活的恩宠，写好与命运的对白。

2001-6-3　不有行者，无以图将来

青城山

青城山的"幽",岂是一个幽字所能了的。

记得那天浓雾,空气都捏得出一把水来。是 2005 年 12 月底吧,有点冷的。我和葛局长及左同志在山顶的茶室待了好长时间,仅仅是因为出乎意外的冷。

那种由看不见的雾状微水珠转化成的湿冷,可谓是"无微不至"地伺候着我们。跺脚是没有用的,它"入侵式"的抵达,甚至让身着棉衣的我们,都觉着皮肤上有湿意的冷感。

云雾弥漫中的青城山,幽绝冷逸,古朴沧桑,意趣深致。仿佛整个在启示:让人触及尘世生命的实相与妙谛……

青城山它心甘情愿地沉浸在自己独特的气场之中。它幽静地蹲在岁月的幽处,不参与时代变革,更不屑尘嚣功利,却以它独得之秘,牵动着世人的目光。

2006-2-20 湿,有侵略性

水上森林

贵州的水上森林，因"树在石中长，水在石中流"而得名。全长约 2000 米。所有树木扎根石缝中，虽被激流长期浸没，但仍郁郁葱葱。

如此奇妙的水上生态系统在全球喀斯特地貌中绝无仅有。扶枝踏浪其间，游目骋怀，妙趣无穷。丛林密匝如屏，浅浪冬暖夏凉。

森荫繁茂，天机入神。身骨里原始的欲动，总想在深山老林中寻机发泄。

忽然我弯腰曲腿，挤压着五脏六腑，一通狂啸。企图把身骨里的污浊，在这儿倾倒、放空。

出发前我正目眩耳鸣。不想一吼，仿佛七窍倏地打通，顿感神清气爽，耳鸣顿消！于是，我再次声嘶力竭，拼命弯曲着蹲下身子"哦——哦——哦"着，深深地呼出体内的浊气，包括弥漫在身骨缝眼眼里的丝丝毫毫。

也奇怪，平时我一多说话就会气短胸闷，以至不能再说，唯有闭目养神一条出路。

眼下我在这贵州大七孔桥的天生洞附近，一发而不能收。

已经吼得不能自已，回声一阵阵从远山隐隐约约返回。可见我费的气力远胜往日，但仍然不觉丁点疲累，甚至也感染了同游行人，一个个也跟着"哦——哦"地一吼为爽。

大自然氧气充沛，行走其间，等同是深入血脉的洗濯滋养。

发短信给女儿："我在峡谷中长啸，五脏六腑里的小毛老病都交于深山老林啦！"

女儿回我："长啸啊，猿猴有没有出来啊……"

2013-11-16 归零清空

感恩生活中的这些偶然

失去的不再回来，而得到的也不再失去。在生活的大海中，我并不是一个胜利者。

所幸是我看清了黑暗中的一些物事。那是因事件突发，而不意擦枪走火，以至电闪雷鸣。

电闪雷鸣时的刹那光芒，虽然刺眼，却也有功能可以照明。

我感恩生活中的这些偶然，让我看清了被偶然逼出的这种明亮照耀之下的角落，让隐身的崇高与卑下，一时显现了真身。

1993-4-13　黑洞中的洞

123

就一直在老妈的设定中行走

由着心性，到哪是哪。想做什么就依顺着内在的提示安排，倒也无忧无虑。困了立马进入状态，刚才我就从梦乡深处走出，有精神百倍的意思。

总想起老妈曾对我说过的一句话：阿萍，侬蛮好，老了在介好地方待着。太阳晒晒，花弄弄，再是书房里孵孵，翻翻写写心也静。

就一直在老妈的设定中行走，心静气和。

没有以前的心急火燎。万事急着要落定的匆忙。现在知道就是一个过程了。那就"过"着"程"是了。

知道了万事的起由生发，至盛，然后就太阳落山一样，抛物线般消停退场。人就在过场中出没消隐。所以顺着风雨，化成风雨中的一分子，方得大自大在。

人为什么要经过折腾才明白道理？

2014-12-21 访名山途中

124

与蒙娜丽莎对视

人类在这个地球上生活的艺术结晶，似乎都在卢浮宫了。

记得当年快到现场时，导游苦劝一车子旅友放弃参观，因为里面人挤、时间紧。

到了法国巴黎，竟有不去卢浮宫的理由？！我对导游说，无论如何，我也要进去感受一下气息，至少要让卢浮宫的风，吹过我的头发。

进得里面，挤挤挨挨地直奔蒙娜丽莎馆。馆的宏大辽阔因无法叙说就不说了罢。

这个"神秘的微笑"，我不知看过多少照片和画面，甚至连它的尺寸也了然于心。

当我真的进入现场，好不容易从高密度的动态人群缝隙中，蓦地与其一瞥，我还是不由自主地浑身一颤。

这，让我很感意外！

无数次的了解与备案，以为与这幅世界名画相见的感觉，早已消化殆尽。不想当那真正的对视降临，还是触电般惊悚……

一如被电网猛扫我灵魂条形码，有一种无以言传的神秘力量击穿了我。

紧接而来的第二波感觉，便是惊喜。而且这惊喜还倏地荡漾开来，很广阔。仿佛是来自时空以外的信息，让我实打实地接收到了。实打实是真，却又是那样无影无踪，也是真。

一个字跳到脑海：神！

回过神来，我发现今天不仅仅是卢浮宫的风，吹过了我的头发。

2019-6-28　生命的意义都在日常里

该清零的清零

有种肃穆神圣的异样氛围，灵空着自己。今夜我仰望星空，似乎穿透苍穹，觉知着自己的灵脉要害。

秋气爽冽。万籁俱寂。

目光投向寂寥的夜空深处，我问我，自己究竟处在宇宙的哪个天涯？哪处海角？

欲腾身而去的地方，似乎与以前不太一样。不一样在哪里呢？我感受着，却说不出。

还是静下心来读书。书是压舱石，定海神针。

沉沉地积聚定力。在深夜梳理自己。

该保存的保存，该清零的清零。

2017-11-20　独坐黄昏潜于冥思

有番对话

两人所处地点是一样的，都在杭州。眼前的景物也是一样的，都是杭城景色。

"哦，杭州不愧有所中国美术学院。她今天的打造非常艺术，据说是恢复了 300 年前的版图。拿雷峰塔来说，背处下步的台阶，除了框架建筑之外，在一些阶面上的中心铺设，就采用原处废弃物，比如破砖呀旧料呀碎石呀什么的等等镶嵌其间。这样一来，这些有年份的破碎，非但让人感受到雷峰塔的千秋风雨，而且让垃圾变成了艺术品。"

"哦……是的呀。听说那个往上海浙江路桥墩旁空隙里放垃圾的人，现在已经被警方捉起来了。"

如果文章可以放表情包的话，一定是个"囧"。

关键词是相同的，都是"垃圾"。然而，两个人的思绪，却南辕北辙。

2009-3-2　撞色

乡 愁

出走。远行。挣脱桎梏般的快感，让两肋生风。

忽然断线了，倒也是成全了轻狂年少时心魂内在的默默期待，情感深处的暗望。

春夏秋冬。日月星辰。日子奔跑时竟然"噌噌"生风。

偶然一个时刻，发现自己已经走得够远。

频频回顾时，你承认你的日常情怀里，原来也布满了老伤小痛。那个伤痛的名字叫"乡愁"，也叫"归属"。

断线的风筝。内心里的内心。

总也抗拒不了的巴巴苦望，苦望着的回归，回归祖地。从肉体到灵魂。

千辛万苦、千难万险之后，历经的过程，都埋在深里无法言说。终寻得初时的那处故土了。摸着湿润的泥地，吐一口长气，踏踏实实地搁下那颗原来一直悬着的心。

也算是一种叶落归根。

2022-3-15　风动疏竹

当想象中的神秘遽然撩开面纱

　　我们走在异域他国的一个叫埃维拉的城市里。只是拐过日常街头的一角，没有什么"前戏""路演"，忽然就"轰"地一下，眼前出现了一座宏大的圆形建筑遗迹，这两千年前的古罗马斗兽场，直愣愣地在眼前耸立！

　　当想象中的神秘，遽然撩开面纱，有种强烈，会噎得人说不出话，甚至连感慨都会退回原处。

　　我全身心地肃穆着。

　　唯有眼神闪烁，天上地下捕捉着它的神秘光芒。

　　它无言地袒露在天空之下。连同传说、奇迹、真身。

　　那些人兽搏斗的血、地下暗道的关、年代斑驳的砖；当然还包括无以计数的狂欢、鼎盛、落寞、颓败及长久的荒废和永恒的搁置。

　　岁月久远的侵蚀，风雨雷电的鞭打，已经让它沧桑不已，却还是无法磨损它的辉煌它的威武；这种气场这种力量，当我的目光与它对视，就直逼我的内心。

面对"威逼",我无法招架。

我无可奈何。

我无计可施。

离去时,心有不甘。但也只能是架起相机,拍了一张十分庸常的照。

我想用这现代式的"庸常",去挟裹 2000 年前的那颗"硬核",震撼到我的硬核。哦,我只是企图⋯⋯

2015-10-27　葡萄牙里斯本到埃维拉

这是我始料不及的一场祸乱

生活大海里，我的小舟还是被打翻了。落花流水，人仰马翻。遗憾的不是因为风浪，也不是因为暗礁。

这是我始料不及的一场祸乱。

是的，我没错，从任何方位任何层面查验，我做得熨帖周到；但是，没有错也是可以说你错了的，这就是生活现实中的真相。

从容接受。面露微笑。且微笑中还自带感激。

曾凝神三秒。

我任我内在的那部机器，像电脑那样高速运转。今人不要太迷信、太崇拜电脑了，电脑中所有的数据，都是人脑给的！

三秒钟后，出了十个方案，十个指向，十条路径。

但终端的接口，还是置在我现在的微笑中，置在我现在的从容里。

生活内涵是神秘而复杂的，也是凶险而美丽的。

以永久的删除埋葬一段往事

"以前的事情早就忘掉了。"

此话出其口时，他那种急于否认抹杀曾经发生过一些事件的情态，烙印我心。

他的五官，这时也像被扭曲过一样，变得怪异无比。

闻听此说之初，我还是被重重一击！真正感到世界上有些曾经美好的东西，已经永远失去了。

只是他的这种表述，实在浮浅。

有点失望但不沮丧，有点空落但不遗憾。

什么话也没有说，一样的握手道别，一样的互道珍重，只是我在我的心里抽走了他的位置。

以永久的删除，埋葬了一段往事。

1999-4-3 孤峰顶

石头玫瑰

芳邻赖蕾，特地请好友徐红送来沙漠玫瑰石五朵。

这些模样俊俏的"沙漠玫瑰"，是从北非的突尼斯撒哈拉大沙漠，万里迢迢来到太平洋东岸我的家。

喜不自禁。

捧在手里欣赏。想起朋友在远方旅游，即使天气铄石流金，还惦着我的心头之爱，寻得上品，揣怀送我。我再是如何赏玩都不为过。

沙漠玫瑰石诞生于古若水的河床之中，大多是火山岩浆冷却后，经过长期自然变迁和日晒风蚀形成。或者是石英砂有了千万年的经历后才渐渐凝结而成。

特殊的地质条件，形成了千姿百态、瑰丽神奇的石中之花。由于它的形状酷似玫瑰，而得名"沙漠玫瑰"。

我用灯光在低处映照。我借阳光在高空透视。我又搁置于盆景，展示在案头，甚至在放大镜下阅读、细品，观摩这穿越漫漫时空而降临在我案头的小"神灵"。

真个是石头玫瑰。那娇艳的花瓣含苞欲放，酷酷的造型，如何也得在当下"小肉肉"盛行的世风中，占显眼一席。

把玩不定时，就拍照。发朋友圈。一发再发。

眼下正现身在"小肉肉盆景"中的沙漠玫瑰，也真是耐得搁，也耐得看……

不需水伺候的"玫瑰花"，却在伺候着我的心。

静立一隅时，不觉雅雅地有种远古的气息，在玫瑰花石一瓣与一瓣之间散将开来，心醉神迷者如我。

有一种香，叫心香。

2016-3-25　笔意挺秀

期待是契进生活深层的一排桩脚

　　心情顿时温软起来。看天，云也柔顺。看地，路也平坦。连回家公交车里，也比平时干净。尽管车不到终点站，我着实步行了一站路。

　　电话里朋友相约，他们明天要来。

　　我开始用不同往日的目光，审视着家中的角角落落。看台布是否脏，玻璃是否蒙尘，甚至没有挪正的沙发及盆景中一枚小黄叶，我都一一收拾了。我还吸地毯灰，擦洗烟灰缸，清洗拖鞋底。凡是平日里不屑一干或不值一挪的琐事小活，在明天到来之前，我都收拾妥帖。

　　哼着小曲儿，我忙乎了整整一个晚上。所有的惰性懒散，在期待中都纷纷悔过，并付诸行动而且立竿见影。

　　生活中的期待，是富有积极意义的好东西。它能使人充实，让人美好，还有疗愈功效。

　　期待，是契进生活深层的一排桩脚。让日子丰盈而耐得住平庸，让生命紧实而迸发出光焰。

稀巴烂的一摊子思想

心头松了许多。

曾坚信全世界的人都与我一样。现在刚刚明白——不是的。

这世界确实有很多明白人，但自己不是。自己傻傻的，万千情思都只朝一个方向奔，那种要性要命的"捆绑"，事事达到要豁出命去的程度。

直到今天，方知可巧取与超越。"最佳"答案，才应该是智者所取。

明白这多年来，生命全被"一件事情"所掳，全身上下每根神经，时时都在状态，呈一级响应之势。

这样的生态中，我不是囚徒是什么？作茧自缚。无形的笼子终究还是笼子。

现在有办法了。

其实我不是无处可逃。是自己甘愿沉浸其中，更不知可以抽身，客观上形成了"无法自拔"。

甚至觉得抽身有悖道德，我不能弃之不顾。当然这是不错的。但是要知道这个"不错的"不是世间唯一正确答案。世间还有更好的路径，在别处。

别处的现实是：只有自己好着安定着，才有能力出援手。否则，否则的后果是恶性循环，对谁也不好。

撞到南墙，知道那是墙，得回来才是真理。

稀巴烂的一摊子思想，有托盘在下面兜着，心里就知道自己不会一败涂地。

心里明白很重要。无挂碍了。

就这么跨一步，叫超越。

密匙在手。胜败是自己可以拍板的事，为什么自己不去打开门，放出自己？！

2020-11-24　凛然脱逸

趣味花器

凡沐浴着阳光的一切，都带着一种神性的美。

那种美是生命的优雅流露，是自然的真实呈现，是看着的舒服，也是美的极致。

花器可以做成这个样子，简直让陶土顿时活了。你仔细看看那月洞门里，灿烂阳光下，神态惟妙惟肖的两位陶土诗仙，禅心道骨，正坐在石凳上纵论古今。

一个门洞，纵深了世界。鲜活了想象，也丰沛了审美的意趣。

徽派房舍最是黛瓦、粉壁、马头墙及飞檐翘角亮人耳目，且随地势高低错落，层叠有序，蔚为壮观。砖雕木雕石雕、高宅深井大厅为居家特点。

来自深山老林的创意花器，三下五去二地掳获了这些建筑精华，粗枝大叶的勾勒，让花器"噌"地升级，并且惊艳到我，已几昼夜不得好睡。

各种想象，都在天色阳光变换之时进进出出，我挪盆移花，随诗意奔流，去匹配这些趣味花盆。

我在各种生活情调中游走灵感。我在多维的审美空间施展我的才华。

当我摆弄好花草与陶盆的"村庄院落"坐下欣赏自己杰作时，发现自己仿佛是这处徽派房舍中的至亲乡人，熟知故里的百年变迁。

忽然觉得生命是多么金贵。

人世是那样美好。

即使只是在小小的阳台上打理，亦不容置疑。

2020-8-6　领其玄奥

"遗老遗少"

装修结束时，发现壁橱深处有很多背时过气的东西。

比如大大的锡壶，以前是用来存放巧果、米花糖之类的，目的是防潮，现在哪里还用？早有小包装啦。还有三五牌闹钟，这钟尽管年代久远，但她准时准点的敲击声，悠扬地在心壁回荡的那个熟稔，叫人不忍弃。

更有大算盘、铜手炉、糖缸、秤杆秤砣、米斗、拉丝花瓶等等，都曾忠诚地捍卫并记录过整整一个时代的烟火生活。

新居没有、也不可能给历史生活中的这群"遗老遗少"以登台的席位。在大多数人看来，它们能享受"隐身"已属善待了。很多时候，它们就被一弃了之。

我用打蜡布擦拭着它们时，一个灵感，风神乍现。觉得以它们资格，不该在暗处角落里享受"藏""匿"，而应该高调亮相。

我打车直奔绸缎店，扛回了一小匹紫红色丝绒。

觉得唯有此质感的料子方能与之般配。然而将丝绒弄作祥云状，在下面将它们一个个烘托着。

我在如此这番摆布梳理下，让她们一排溜高耸于红木大柜大橱之顶。此处站位高，既不占地方又很是显眼，而且又能自带旧时风情的流量。

让它们以集体展示方式，给新时代居室，以一种历史的张力。

也让历史生活中断片主角，点缀一道时光斑驳而又日新月异的风情。

2010-1-12　素笺淡墨　辉光内耀

张罗生命的节日

　　花儿向着太阳，就彻彻底底地打开了自己。似乎想也没有想，就直接、就全部，整个交出了自己！

　　新得的花器，同样是陶盆，却新式创意，别开生面。

　　除了作为花与泥的载体之外，还成了花园摆设和一道迷人风情。花器一侧，还延伸出矮墙，矮墙上还有个月洞门。一眼望去，但见洞里阳光明媚，我请进月洞门里的两位泥塑老仙，与周围情景相融，在阳光下仿佛正进入重要话题。

　　翘檐重重，竹林处处，白墙黛瓦。

　　这又是一种新组合。一派山居之中，高妙空灵，韵味十足。竹是翡翠竹，一掌高的矮丛也。来自我辛苦的寻觅与栽培。

　　这组花器既可以种花又可以组景，徽派建筑之中显现着东方美学的意蕴。我将其反复排列与组合，于是反复出现了情景交融的多重生活美感。

　　别看围墙上一个小小的月洞门，却长长地延伸了人的审美视域。大有"纳万古于一瞬间，集烟火于眼门前"之感。

我忍不住会取景、拍照、发朋友圈。时值清晨曙光，或是落日余晖。看着镜头里那光线那情调，会生发出多少游子的梦。

我任由自己心性所至，手到心到。神在全程张罗生命的节日。

是的。全然打开自己，神就是你自己了。

2018-9-27 纳万古于一瞬间，集烟火于眼门前

警戒线（外一章）

监狱森严的铁门内，有一条黄色警戒线，所有囚禁在此的罪人，都不可越雷池半步。

文明的暴力，在这特殊的时空，被抽象成了一条线。

书房

寻找资料。一房间被打乱了的岁月，满世界散开。一叠手稿、半页断章、一捆旧报，甚至一团小纸，都是我生命历程的路牌和渡口。每处都可悬念满满地引我进入腹地，且渐行渐深，不知疲倦；都可给我个生命行程以凌乱的提要，现今能让我就着关键词，循序渐进，找回青春当年。

好在我岁月的全部手稿，大都收存着，哪怕多得爆棚，我也要统统纳入我的书房，非常严厉。

曾有重要书信，防不胜防被好心人扔了，为此我痛心疾首！前述之"严厉"由此而来。所以，现在再混乱也是我最美世界，再不堪也是我至圣领地。

万年的高山冰川化成水

万年的高山冰川化成水，千山万壑，飞流直下，波横浪竖，涛激雪飞，水雾弥漫。

更是由于山势关系，两条道上横冲直撞的瀑布忽然就产生了交汇，于是惊天动地的激流，呐喊呼啸，喧哗咆哮，"直叫人生死相许"哦。

忽然有名句飘来，为我意译："生前富贵，死后文章，瞬间百年万世忙"……

将眼前的情景抽象出来，倒也是这些句子里的意境。

可见天下大通，全在于人心里的构筑。

只是那份惊心动魄，一直立在我的心尖，长时无法卸却。匆匆旅途中，我只能信马由缰地先写这几行，权当"卸载"。

2012-6-28　明还日轮暗还黑月

葡萄牙辛特拉小镇（外三章）

　　小镇是梦想中的那般模样。古老的石头上，古老着很多很久远的历史。天蓝得如童话王国。道路富有坡度的韵律，让人体会历史的曲折感沧桑感。

　　一律橘红色的房顶，雪白的墙面，时刻告诉我——我在葡萄牙辛特拉——我在葡萄牙辛特拉。

　　终于气喘吁吁跟上队伍，到了坡顶开阔的回廊处。那些神奇过我心的美丽，这一刻全在我背后，浓缩成我的满足。

　　十一月烈烈阳光，我这顶在美国好莱坞买的帽子还真派上了用场。回廊建在制高点，一圈都是低低矮矮的石面。罗马柱也以低矮的姿态，泄露着葡国古老的风情。

　　据说此地曾是军事要塞。但我左边是宽可走马的大道，而另一侧厚阔的城墙上，靠近内侧之处，竟然让城墙凹进一方，形成一个可容四人的露天包厢。游人可以随时一屁股放进去，在石头沙发上坐个惬意！

　　在海天城堡，坐在这儿鸟瞰一城全景，真是人间一大快事。

喜欢葡萄牙城市这种路面。小小方方的原石大小相近，都呈不规则四角，估计是就地取材因地制宜吧。在贝伦塔附近一条著名大街，也是这样的路面。只是岁月风霜春秋人流，这石头四角都被磨蹭得溜滑圆润，似有年头的包浆了。

在这世界级小镇，我觅得两件宝贝。马头造型的铜铃，摇起来清脆悦耳；再个是在小镇深处觅到葡风十足的烛提。

怀宝驻足回首。让我再静静地看一眼，再看。世界太大，而生命有限。我知足感恩。

天星桥

这是天星桥。

很奇怪那一地水哗哗流着。是活水，清澈不已，深三五十厘米。水面冒出一丛丛像用刀劈出裂缝的石头群，也即小山峰，据说共有365座，恰好是一年天数。经营者就借题发挥大做文章……我可不要听训练有素的导游介绍。

我在乎的是天星桥奇特的地理地貌。且见那裂缝眼中居然还长着树，但都不高，一律是灌木。

乍看像一个个活鲜灵灵的盆景群哦。人行其上，尽可一步一峰，逶迤进入"微景观"。

说它是"桥"，虽有"天星"美饰，也委实是压抑了它的神韵。

变突

一个变突之后，陌路人一样对视着。

尽管所有的热情、寒暄和礼节，还是很周致到位。

其实两人都已穿上了精致而尘俗的外套。仅是外套，外套而已啊。

已经不在一个道上了。

你是你。

我是我。

一步步朝深里走

夏威夷街道上行驶着的交通车，五彩花朵满身，红红绿绿满得不留余地，如上世纪90年代东北大汉喜欢穿的大花裤头一样。路当中的大榕树"华盖"，呈扁平状肆意伸展。以至让四岔路口的宽阔大马路，都在其浓荫覆盖之下。有种寂静似乎带着气场，将人摁入其中。

车子在马路上静静地往来。些微的声响仿佛融进了天籁。

安静的夏威夷街头。橱窗里，那模特冰美人一脸漠然。酷暑当头的晌午，我们在路上走着时，竟听得见自己脖颈转动时骨节的响声。不知为什么，周遭那种逼人的静气，让我们刻意粗重的脚步打不响地面。

有种进入大山中的感觉，低调地张扬着出尘超俗的宁静。

大凡静到一定的境界，自会有一种气息散将开来。挟着、逼着让你凝神聚思，让你的思想一步步朝深里走……

风正被我们握住

已经是第五次走进上海世博会。这次我们正从某个展览厅堂随意穿过。

忽然，我的目光被什么拉住？！拉着我视线的是天籁般的一抹绿意。一抹富有神性的绿意，正以狂风中树枝洒脱飞翔的姿态，纵情拥抱着厅堂里的"擎天"大石柱。

这是一张随意摄得的照片。定睛细看，眼前那擎天大石柱的周身就是一幅画，也可说画面围包着大柱。

感觉绿意中那棵树上的枝条叶片，正在被暴风猛烈地掀过来又翻过去；再颤动着细枝，顽强地从低处直起腰来……彩墨一体，气接天地呵！

我们再次站定。看着那抹神奇的绿意，仿佛听得见风雨声正拍打着树枝，呼呼地掠过我们头顶。

然而，厅堂里没有风。

或者说，风正被我们握住？

2011-3-17　笔墨之外

一代宗师的细节

画坛一代宗师吴冠中，离我们远去了。一直会想起文艺报上胡殷红写忘年交吴冠中的一段话：

"还是街边师傅的手艺？"吴先生显得挺高兴说，"街边理发师傅们搬进理发室，不用站街啦。"

很多年以来吴先生总是在街心公园小道边，花两元钱找个"蹲摊师傅"剃头。每次我遇见，就会开他的玩笑说：

"这么有价值的脑袋，怎么就这么廉价地'处理'一下？"

吴先生扭过头说："剃头师傅是'行为艺术'，我是纸上谈兵，我们工作不同，但价值一样。"

凡到这时，他脑袋会被剃头师傅"无情地归位"，他只得低头喃喃：

"我这时候的价值就相当于一个等待削皮的冬瓜……"

我觉得胡殷红写得真好！简略几笔，传神。

真正的大师就是这个样子。真实。亲切。幽默。

那情景一直在脑海里回旋。我传播得多了竟然倒背如流。今夜就索性借胡殷红的文字，用来一记。权当"亲炙大师风采"。

收笔时，感慨深深：只有全身心投入，那份通透与豁达，方能抵达艺术之巅峰。

2023-2-8　生命应是灵息灿烂的艺术之旅

安徒生雕像

丹麦首都。哥本哈根街头的安徒生铜像，每天不知有多少人前来观瞻。任何时候，任何人都可以伸手抚摸他的膝盖、皮鞋、手杖和他手里的那本书。铜像的高度塑得恰到好处，街头路人都能与他不期相遇。

那天，我们刚到丹麦。下得大巴放眼街头时，忽然就惊喜地看见了安徒生铜像。他凝神坐着，丰神俊朗，手里的一本书已被全世界来这儿打卡的人摸得锃亮。

当时我先是一愣，觉得童话巨匠怎么竟会坐在露天的街头；再一喜，感到如此世界级大师说见就见上面了；再是一种亲切呵，大师原来与我们零距离。

安徒生创造了一个令人神往的童话世界。他让天底下的万物都有了灵性。花瓣上的玫瑰花精、海底里的美人鱼、拇指大的小姑娘……各种鸟儿、动物、植物都会说话，都会表达情感。安徒生的童话让儿时的我，进入了一个浩瀚无边的快乐世界。

走出好远，我还是频频回首。铜像大小是真人的两三倍吧，在人来车往的街头，"他"在人群中时隐时现，俨然成了现代生活中的一员。

我曾长时在他面前驻足流连，并细看安徒生雕像身上那层岁月的包浆——铜绿。

岁月斑驳。沧桑万言。让这个距我国七千公里之遥的丹麦神秘无比，却又因为安徒生而亲切万分。

2012-7-7　博于古而宜于今

到过画家秘密的心灵

一只纸箱里，全是画家弟弟陆廷用来擦油画笔的废纸。乱七八糟、五颜六色一大堆，已经满天满地，还落到了地上。

这是一种神奇的混乱，每张纸团都像前线归来的士兵：虽然创伤累累，但都骄傲地到过画家秘密的心灵；亲炙过灵感的风采，洞悉了画家的情感风暴。它们守梦而眠。

桌上一大把尺寸不一的画笔，不分彼此，甘守此地，静静地等待着画家的大驾光临。若被宠幸，想必将是画笔们的心心所念。

杂乱中自有一种精神框架，静静酝酿着制造着世界的精彩。画家在这方才华与思想驰骋的空间，不意间总有神思妙悟，给人惊喜。

2012年春夏之交。偶去弟弟画室。推门便见这幅油画《红木茶几青菜萝卜》。与之对视刹那，万千思潮拍我而来。妈妈去世这几月，弟弟这幅创作，在隐忍的克制中，以硬实的金贵与易耗的寻常中，找到了某种替代与平衡。

静穆得辉煌

　　他是 1941 年参加革命的战士，在烽火中奔突。在炮声中疾步。

　　而今，他目光迟钝，用哆嗦的手，向我指点着他当年受伤的腿部、被子弹对穿的手腕。他用含混不清的口齿，告诉我说，他年轻时就是一个废人了。

　　他出门辨不清方向，生活也无法自理，需要家人日夜侍候。家里来了 73 岁的岳母，接替有事要出去的女儿。女儿是我正在采访的优秀人民调解员李琴。99 赤金打造的优秀。

　　我久久望着他。思绪狂轰滥炸。他当年的雄风哪里去了？当年那个无数次在战火硝烟中暴走的，屡立战功的通讯员呢？

　　历史风雨乒乒乓乓走过了。时代车轮呼呼隆隆过去了。

　　他妻子告诉我说，哪怕在电视中看到飘扬国旗、国庆队伍，凡有家国情怀场面，他情绪上就会表现出一种"急"，总想要下床、要奔跑……他模糊遥远的意识里，仿佛还是个通讯员，战地情报，等着他急送。

人，就是如此走过自己一生？有种凄惶，心里很酸。

告别时，我用力拍着他迟钝的肩膀。

他贤惠的妻子笑了。他年长的岳母笑了。于是，我也笑了一下。

生命里有一种坦然，像久洗褪色的清白。像大潮离去的海滩。静穆得辉煌。辉煌得平淡。平淡得真实。真实的他，斜躺在床上……

偶翻手记　1990-1-9 匆记　2022-8-13 修订

天地之大，秋毫之小

被激活的一瞬

　　无意间又觅得岁月迹痕。一张遗落在壁橱角落里的小纸片，写实了我生命中某个一瞬。记得是在船上，和《人民警察》杂志社朋友们外出采风。每次远足，我往往都通宵达旦，天亮前完成工作或稿约之类，便直奔出发地。

　　这次我因一夜未睡，上船就傻傻地坐着。杂志社美编丁德武同志凝神看着我，其时我不知他正手脑并用灵感迸发。忽然，他就递我一纸说，给你画的！

　　我一时愕然。接过一看，喜不自禁。只见那速写，就那简省几笔，却是在面貌特征作了强化，甚至对我的眼眸不着一笔，就用线条勾勒墨镜的阔边，当中只是两个大圆圈空白。

　　如此，空白处及线条间居然还洋溢着我的神情，很逼真。高手过招的领教，让我唯有佩服。

　　收下谢过。后来也就如所有往事一样，新日覆盖旧日。三十余载一晃而过。

　　只是，岁月以它自己的方式，悄悄收纳着。

时间老人收藏的原版，原汁原味不走样。重见天日的这张纸片，在壁角里已被挤压揉皱。如果不是细心察看，或许就混作杂废一类，茫然去了远方。

庆幸那一刻，忽然鬼差神使，我生了心。

已经变成一个紧缩小纸团了，但蜷缩在那里面的我之精气神息，一经松展，还是激活了当初瞬间的真实。

感谢画家丁德武。感谢盛情邀我出游采风的杂志社《人民警察》一行俊才。

2020-6-13　登梯整理岁月

灭顶感

不想三峡大瀑布，竟然是这样大开面。

尝试着进入瀑布下面，但是迎我而来的逆流人群，还是让我犹豫了。

其时我已将身上的挎包、手机、钱款、首饰等等全部退下，交给了先生阿东。我准备净身下沉，心想再猛也不过全是水么！虽近暮年，但我仍想亲身经受一次大自然的洗礼。

初时试腿伸手作尝试之举，已经感受到了大瀑布非凡的气势。我又得寸进尺试着再向前走几步，不料巨大的水风气波，硬生生劈面打来，我不及低头，几近被窒息。一种无可抵挡的威力，蛮横着不让我再前进一步。

只感觉到前方粗重的水柱，如一江大水直身，执意向下倾注，耳边狂啸怒吼之声轰动着天地，也不由分说地席卷了我的魂灵，有种将我一掳而去的灭顶感似乎行将发生。

我如一枚枯叶，被眼前的阵势，轰然蔑视！全盘否决！身上的塑料雨衣已不知何时被撕成了碎片在肩上抖舞。那种前所未有的宏大阵仗，劈头盖脸地断了我的去路！

　　大有"梦绕云山心似鹿，魂飞汤火命如鸡"之感。无以抗拒的威慑前，我只能"回头是岸"！踉跄着，赶紧抱紧着身子，几近是匍匐着向后撤退。好在及时撤退，"云山汤火"渐行渐远，我终究能主宰自己，"命胜鸡"了。

　　领受大自然的神力了。唯有臣服，五体投地。

　　　　　　　　　　　　　　　　　2013-11-5　　浮沉浅水之蛙

睡眠真是能包而罗之

睡眠真是能包而罗之，一切。

哪怕是在缝缝隙隙、角角落落里的残留或隐藏的疲惫、倦怠，统统在神秘的睡眠中，点点儿点点儿地被细细打扫出来了，也被统统收拾、消解了。用个物理学上的词，那就是一种"熵减"。熵减其实一定要付出劳力，才能回到初始，但可爱的睡眠，却让在人惬意的享受中，出新。

身心被强力刷新！整个人的精神抵达高光境界。

2012-9-21　匆草。风致婉然

一道风景线

　　似乎在世界的任何地方任何角落，哪怕精神信仰不一，哪怕社会制度有异，似乎都少不了这样"一道风景线"。

　　眼前正在美国曼哈顿下沉式广场外的洛克菲勒大厦门口。一名还年轻的男行乞者面容清秀，绿色衫衣，坐在堆金砌银的大厦墙根地脚，面前摆只罐子。

　　罐子当然是索讨钱财之容器。不用"碗"而用"罐"，也有讲究，个中转的这个弯儿，似乎也蕴含着乞者的体面和尊严。

　　我们上午在圣地亚哥老城中心的音乐广场上。走走看看颇是感慨。

　　那是个宁静得如世外桃源的所在，轻风娴和，鲜花照眼，却还是有个肥胖的妇人，着浅色粉衫，带着点儿悠然，也面前放着一只罐子，坐在草地上行乞。

　　即使这样，她的神态还是和四周搭调，不那么急功、近利，黯淡的眼神游移着迟疑着望着你，似乎并没有通常标配的绝望可怜。

也不知为什么，在英国、泰国、比利时，包括我国不少地方，都有这样一个小群落。

也许是老天安排。也许是命运捉弄。也许，也是一种职业吧，世道总要让一些人作这样的沦落。

似乎缺了这一块，这世界就会失衡一样。

2014-8-28　把生命财富藏进文章宝库

西班牙阿尔罕布拉宫

外表平平。似一个貌不惊人的地方。

其时我们到了西班牙阿尔罕布拉宫的门口。

进得门，眼前便出现一个大花园。特别那堵修剪别致的马蹄形绿篱，硬是让两个字母出离绿篱而孤悬其外，书写着浓郁的阿拉伯风情。

这个宫需要提前预约，听说上次一个团，因为错过提前预约时间，到了这儿，只能在门外活生生地渴望，最后也只能是活生生地梦想。

我们幸运，资深导游昨天更改了行程，今天我们才得以入场。在排队等待时拍了张照。

这是宫门外，那个生生筑进厚墙的大铜环上，铜锈斑斑生绿。强烈的阳光打在上面，仿佛正在作重大叙事。据说这是当年王国显要人物到场时，系马用的。

我仰着头想，肯定是高头大马，否则系不到那样的高度。

所有的建筑物，在传递一种强烈感觉：规则。繁复。奇丽。且"不厌其烦、不厌其烦",植根深深的民族风格,在释放着一种宗教力量。

"不厌其烦"其实是我临场感觉。眼前的精雕细刻建筑物,仅一扇门、一扇窗就够我陶醉够我欣赏了,然而,现场却一扇门接一扇门,一扇窗接一扇窗,以精美门窗无以计数的重复,拉开着巨大的阵势,威武到令人发晕。

哦,令人迷醉的异域时空,在我们眼界不曾涉及的维度上书写惊奇,尽管我现在还在排队等待入场。

2016-2-18　日月之痕

开讲网课

　　面对着手机说话。一分钟按一下。我在书房里的说话声，瞬间就传播开来。据说很多群同步，有几千个耳朵在听。真是新鲜。还能传图片，昨天理书柜，正好发现了32年前印度邀我出访时给我买的双程机票，橘黄底色，有缠巾印度人展臂作欢迎状图。于是将之也发网。见证远去岁月留下的蛛丝马迹。我们聚集在陌生新鲜的另一个维度上互动。好玩。

　　传说中神仙玩器，现在居然到了自己的手上？历代帝王没享受过的，就这样平淡无奇地成了现代人手上的把玩。感慨。

　　上次开讲题目《诗里诗外》，一时网上反响颇盛，还做了课件发布。大家要求再来一课。我就定题《诗里诗外之二》。

　　素昧平生的会长，就在群里郑重其事给我"抬举"：一会是教授、一会是高级编辑、一会又是著名作家诗人。甚至到了昨天开讲之际，出了一个名头叫"陆老"。真真是吓我一大跳！反正挑大的往你头上套，也不管我是否会反感。

开讲前，我谢众人给的所谓"名头"，谢社群予我美好的"附加"，知道是一番好意。

只是这一切于我都没关系。

因为写作本身既不崇高，也不卑下，只是为安顿自己心魂。

试想我们置身的空间无穷尽、时间无始终、世界太浩瀚，人生在世如果没个安顿点，会没着没落悬得慌。

其实，从太空看，我们地球也在"飘飞"，那我们人的"不着不落"就得"飘飞平方"了。如此想来，魏文帝曹丕说的"文章乃千古之盛事"是有道理的。

所以我觉得写作，只是让自己心安，有个落脚处而已。它没有目标就是我的目标，它没有意义就是我的意义，它没有追求就是我的追求。

不想此话一出，整个安静了。

呵呵，所有对我的称谓，就立马失去了意义。

2021-4 岁月留痕

邮绿色

一路上没见邮筒，却见一个行色匆匆的绿衣邮人朝我走来。我立即迎上去，把待发信件，交给了这位陌生的邮递员大叔。

"谢谢！辛苦您啦……""好嘞！"

他一点儿也不惊讶，仿佛这是他生活里的寻常细节。

随即他脚步匆匆，隐入茫茫人海。所谓"邮寄"，就从这一刻开始了。

我估算着遥遥来回的日程。

同时又想着信笺上自己写下的文字。内容属重大机密的、疯狂美丽的，更是绝对不能泄漏的，哪怕是一丝一毫……

我奇怪，这么重量级的文书，怎么就随手托付给了一个素不相识的陌人大叔？

忧虑还没有形成水泡，从心海中泛起，即被一种邮绿色的魔力掐灭了！

正因那大叔穿着制服呗！制服因邮绿色，对我便产生了一种敦厚稳实的信任感，一种正颜厉色的安全与可靠。其他什么颜色哪怕再漂亮华丽再怎么的，无法与邮绿色匹敌啊！在我心里那单调的邮绿色：至尊、至高、至上、至伟。

安心踏实的我，这一夜，做了个轻盈如诗的好梦。

如期收到了远方的回信。同时也享受着人生大海中最美妙与最疯狂的沉醉。

几十年来，我对大街边的邮筒、邮车、邮门……甚至是偶遇罩在车上的邮布，都怀着深深的敬意与好感。

当下玩微信的年轻朋友们，或许永远也无法理解我辈内植精神血脉中的那种对邮绿色的信任感。

1978-2-3 匆匆　2021-12-31 重读
值 2022-5-9 封控、管控、防范、核酸码更新

误　车

抬头一看，末班车已经开走。我拒绝摩托车夫，就意味着我要步行很长一段路。

插进口袋的双手，不由自主地用力裹紧了大衣。这是一件深咖色的厚呢大衣，夸张的领片，收腰的裙摆，当年出访时特地自己设计请人缝制的这件外套，这时又一次给了我自信。

我决定步行。在灯色昏蒙的郊野，一个人在回家的路上。

想着白天搁置起来的心事，偶然也有精彩的片断跳出来，风花雪月周旋一圈后又悄然隐去，心里自有一份快活充实。

觉得这是生命中很有意义的一些片刻。很多事，不要我马上回答，也无需我去刻意应酬。只是想着走着，走着想着，进入享受状态。

高跟鞋敲击着新铺的水泥路面，节奏感很强。心情如大衣下摆一般宽松自如。

恍然发现误车，竟也蕴藉着非同寻常的美好与乐趣。

1987-4-29　心绪丛生

钥匙灯

还在户外散步，夜已经很深。都市新房的绿地上，新栽的梧桐树叶片不多，但还是在夜风里飒飒作响。

几乎所有的窗口都暗了。我还没有心思休息，不知为了什么或者想做什么。这种煎熬于我已不是很陌生。常常在看着写着时，忽然会推门下楼散步。

小道远处，高跟鞋敲击地面的笃笃声，轻捷而富有节奏。一个低沉的男声在回答孩子问话："可以的！爸爸妈妈让你自己去开门。"

小孩子蹦蹦跳跳从我身边走过。他手中那串叮叮当当的钥匙上还发出一闪一闪的光亮。

"妈妈，钥匙灯真亮！我已找到锁洞眼了！"一闪微弱的光亮在暗夜的大门上击中了"目标"。这情景使我想起，常常夜半归来，拿着钥匙，又摸又戳却找不到锁眼时的烦恼。

是谁发明了这钥匙灯呢？这系在钥匙圈上的如豆的灯火。

一个快活的家庭走了进去。窗户立马通亮！

想起小时候妈妈教我"灯"的谜语:"一粒谷,溅得满家屋。"试想此情此景,多么形象生动。修订此文时忽然感悟:一辈子舞文弄墨,或许源于这个谜语神奇的魅力?

定稿此书,时代生活已经穿天越地。我家大门锁具,当下已使用"人脸识别"。但是岁月流过去,故事留下来。特地将此文留痕,也是历史一段记录。

1987-3-26 发表　2021-6-19 整理重修

一场暴雨一条河流

内心独白

一句话，沟通了两个世界。心灵中一扇小窗，于无声处被你打开。仿佛走进了一个梦想中的王国，预期会有更美的片断。

哦，你就是我的国王吗？

我烈火般的诗行，曾征服了多少颗高傲的心；但被征服的心，却不能再征服我；不能再征服我，并不等于我不需要被征服。

于是我是如此焦渴与期盼。

一个偶然的瞬间，你的目光撞击着我的心灵，火星飞溅。我感情的森林着火了，然而，我既没有报警，也没企图自灭，烧到现在……

没有明火燃烧。灭火机挂在梦里。而这一切，我尊贵的国王，你却浑然不知……

我的阿波罗，缪斯没有你，灵感就不愿闪烁；待有一天，我的情感被世俗烧成冷灰时，我还有信心活下去么？

我非常理智，已经知道是怎么一回事了。

让过去，过去！我知道已经无法将另有所求的那颗心挽回。

没有疯狂，没有乞求，我十分平静。

虽然有种伤痛，不时来突然捅刀。但最致命的一刀，已经忍受，再零星地出些血，我能平静地用颤抖的舌头，将它舔去。

我不恨谁，因为谁都对我很好，好到能把自己心中最隐秘、最痛苦的事情告诉我，我还能说什么呢？

应约为"电视剧《女强人》主人公内心独白"撰稿　选录　浮光掠影青春祭

文章是灵魂的容器

沉在内里的喜欢中。乐在文字的斟酌中。醉在意思的取舍中。

文章是灵魂的容器。一器在手，可以静静回忆自己半世纪走过的路，一桩桩一件件。因为有文字的指点，一切都可以点石为金，就地复活。

被文字激活的刹那，有种"情景再造"的陌生感熟悉感和亲切感。而今回味细品，却因时间的距离，加倍享受到生命的喜悦、快意，也包括享受曾经的挫败和沮丧。

把过往的日子，拿在手心里一页页打开来翻看、掂量甚至查阅，却也会有出其不意的惊喜，甚至还会有重重的悬念，让我欲罢不能。我一目十行地进入自己早已忘却的遥远岁月，像看别人家的小说一样竟然会满怀好奇。

那些捏得出油的青春如梦。

那些闻得出香的岁月如金。

我拥有过、荒唐过、穿越过、认真过；同时也挥霍过，也享用过。一种人老起来后的资本，以及这资本里辽阔的智慧，我们有了。

我们可以说说说。我们也可以写写写。当然可以不说也不写，甚至连不说、不写的理由，也是醇厚的馥郁的。

前所未有的美好，芬芳着我们。

今天，其实什么事也没做成，却在手机微信中与众多人事，互动往来。也可以说已经做了很多，换在以前，一二十天走下来也未必有此成效。

我们是在神的维度上生活啊。不是吗？神交、神游、神速、神思……

不再苛求自己。不过，在任何时期，我就从来不会放过我自己。我是自己教诲自己，自己领导自己，自己与自己交流对话，当然也有难忘的僵持和较量。

然而，终究是一路风雨雷电走到了今天。

骄阳当空有过，烈日严霜有过。

学得独对天地，懂得灵魂清澈。

翻看一页页历史，至少觉得自己是本性开花，悟及了生命要领，做了自己的自己。

文章是灵魂的容器。

2023-2-13 草　2023-3-2 做公众号

下辑

移出心中的财富让文章收藏

过的是平常日子，写的也是普通作业。

然而，当这些思想通过文字运输，从体内移动出来时，却觉得内心松动，精神愉悦，最是身心的创伤疼痛，也渐渐被疗被愈。

为此，我写作，且坚持。

没有宏伟的远景图，又不屑功利。浩瀚天地间，人的渺小无能，冷不丁想起时，常会有种恐惧袭来。写了，就觉得在字里行间，我获有了某种强大。于我，仿佛有了依托。

有种交待，是对这个世界的，也是对我自身的。把生命中的财富搬出来，让文字收藏。

写着，就是自己与自己的相商与协调，让自己放过自己，我就可以在茫茫的世界中安魂扎根。

从灵魂中移动出来的这些诗文，会像钉子一样，将我紧紧实实地固定在某一处。比如被固定为父母的女儿以及女儿的母亲，比如被固定为报社的记者以及记者所当负的社会责任等等。

让心魂不再空落无依，四处游荡。

记得博尔赫斯说过，在由逝性原则支配的世界上，诗人要面对的是时间这个大敌。

是的，我的写作，首先也是为了解决自己内在的问题。

解决的同时，似乎也能安心地让时间流逝。此话是不是有点蹊跷？你即使是不安心，时间不也照样流过？

所以回到原点。诗人写作的本身，就是来对付这个问题的，也即自己疗愈自己。

2022-12-11　圆封意愿

一滴蔚蓝（外一章）

洁白的浪花飞溅起来，幻成一小颗一小颗晶莹剔透的水珠子。腾空，飞洒，激情浪漫之后，又复归为大海中的那一片湛蓝。

如果没有风，如果没有飞驰而来的船；如果有风有船时，而你又恰好没在水面，那么你就永远也不能在半空潇洒起来成为这一小滴蔚蓝。

是么？

幸运又幸运的飞溅起来的水珠子，你就是我吗？

奇妙王国与神秘灵魂正好配对

年轻时我有首诗写："不能统统都暴露在亮光 / 生活有时也需要掩藏 / 纵然光亮中的万物都熠熠生辉 / 但在黑暗中保存的也许更为久长。"写此诗是因为发现了一个秘密。

那秘密，就是每个人的内心深处，都有一个"幽秘王国"。

"幽秘王国"里面场景，却是不堪入目的，垃圾处处，一地鸡毛。而且常常会悄无声息地突发厮打、挣扎和纠结，甚至是残酷的战争。

因为每个人都是自己不好对付的敌人。

自己与自己的纠缠打斗，只有结局，没有对、错、输、赢。这王国的大门，却是永远的禁闭。或者干脆就没有门窗。

自己的灵魂可以分分秒秒进出，奇妙的王国与神秘的灵魂正好配对。

这个属性比较接近当下的互联网。神灵们的往来了无迹痕。没有碎步轻移，更没有大步流星，有的只是显现、隐没。已经是元宇宙时代了，与往日俗世情境，不可同日而语！

神速——往往让当下"王国"外的人们发出惊叹。毕竟，电子通信革命的突飞猛进，也是近年的事。人们的接受度，是个渐变地带。

"神秘王国"关归关，禁归禁，闭归闭；而活生生的存在，却是不争的事实。

在公开场所，没有人会承认。即使有人揭示，还是会被否了。

"有与无""存在与不存在""承认与否定"等等，这种相持不下的对立，冥冥之中，仿佛是造物主高妙又巨大的一种平衡。

几十年前写此诗时，电子时代还在远方的远方，属于科幻层级的想象。但是诗歌创作的终极指向，一直领着我蠢蠢欲动。文首这诗行，算是拙笔留痕。

珍视平庸

　　平静诚恳地接受眼前的平庸现实，也不失为一种美好的选择。

　　丰富、动人、幸运，与单调、枯燥、失意，全因对比而产生的，也是浮躁功利的骚动之海泛起的泡沫。

　　当我沉下心来潜入其中时，发现痛苦会在痛苦中消融，而幸福也会在幸福中淡去。

　　森罗万象，至空而极；百川众流，至海而极。

　　消融淡去的终端，都是走向精神的终极——宁静淡泊，如无言的大海，如亘古的沙漠，会成为一种永恒。

　　那我们为什么不甘于现状，珍视平庸呢？

2020-7-21　真予不夺　强得易贫

不要问为什么

不要问"为什么"。

"为什么"不是万能的钥匙。

该在艰难曲折的世俗之路上，沉下心来坐定。平静着也沉思着。之后，当站起身来时，忽然就舍弃了曾经的目标、理想及追寻。只是并没有停下脚步，一直在走啊走，走啊走。

这个"走"，这个没有目标、理想及方向的"走"，就是基本将自身的营地筑牢夯实了。

殊不知这就是一种务实的清醒，一种提升的超脱，一种物我浑然的境界。从高里说也是对自己命运的把握。

对于练达老成的人来说，明白这是必得要过场的经历。

对于半青半黄的人来说，无力触及周遭的某种高深，但他明白，或者说，仅仅只是为了生存的需求，所以也只能是"走啊走"。将当下的紧迫，一一消解并且做实。

终极的东西，往往不是悬空的阁楼；她正是由无数个没有方向、没有目标时筑成的遍及四处的土包，在客观上成就了通往初心的台阶。

两手一松扑棱棱直飞蓝天

放弃，其实也是一种获取。

有天忽然飞进了一只小鸟。当我捧着它时，女儿说，它在簌簌发抖，眼神又那么紧张，我们就放了它吧。

女儿打开窗门，我两手一松，小鸟就一展羽翅直飞蓝天。

我俩仰着头，看着那小生灵远走高飞。无数美好的愿景在我们脑海展将开来，心头注满了对它的祝愿。

关窗后我俩相视一笑。那种爽达愉悦让人轻松不已。

这情景与抛股票的心态，天差地别。赚者想多了再多，亏者想少了再少，不管是多是少，欲望的箭头，都直指"无穷"。留在你心头的永远是遗憾。患得患失的情绪，永远不会从你的心中飞走。

如果将自己永远交付给一种比天高比海深的纠结，从而承受被制约被统治的不堪，这不就等同失了自由？

放弃就是获取，是在更高层次上的获取。

那种安实泰然，岂是物质金钱所能比拟？！

溶洞里的空（外一章）

溶洞里的空。在灵光乍现的瞬间，会与人猛地相撞。

我倒退了几步，觉得自己十分幸运，我仿佛摸到了什么东西，没有形状，只知道极其珍贵，像传说中的宝物一样。

承受过整个世界的热闹，又接纳了整个世界的寂灭；而今静静地，凝成了我镜头前的这一本书。

肯定是前世再前世，或者是前前世的一只悲剧故事。这是大自然在人类进入 21 世纪时，才悄悄给看的"故事封面"。

封面简得不能再简。单色，几颗砂砾，大大小小而已。内涵却深沉得让人提不起。想不通。摸不着。它与人对峙着，看着你的眼睛。

等着你的回答。或者它在回答。

经过多少岁月的劫难磨炼，才出落成今天的模样。

高山流水不说话。我知道这是另一种不为人知的境界；

其实，人的心里有很多很多东西，面对它时，此时此刻却也不必表达。

再来次梳理。换个角度。静默。高深莫测的暗示。

这应该是远古再远古时代发生过的一场战争的遗址。虽然岁月风化了些许棱角，但仍然有一种气场，张扬着它的主题。

终究还是神秘家的家。人在它的神秘中麻木了。

我调动了一切想象，以全方位、以灵感型、以"虫洞式"（我不久前看过《星际穿越》）的努力叠加，都无法敌过——在我进入溶洞中后，呈现在我眼前的真实情景。失语。

失语后心有不甘，好在我还有笨办法，我有手机，我让摄影来协助。我知道我哪怕摄得再精到，再精准，也不过是现场的目击记录，记录而已。记录谁不会？

那些远古的深邃，神秘的暗黑，深奥的呈现，天书一样在心头一掠而过，不停留，稍纵即逝。

让人感悟空洞。空洞啊空洞。

风格

风格是什么？越"风格"则越显示出某种狭窄、执着与脾性，而且还将其推向了极致。这种解释或许失之偏颇或许不尽人意，但终究也是事物真相的另一面。

岁月改变不了人的深层性格，而修养却把人群无情地剖出了层次。

上海广富林

上海广富林文化遗址公园刚建好。

这种将屋子沉没在水里的形式，首先让走到此处的人着急。视觉上心理上都很会进入紧急状态，几乎是所有的感觉都提在手里，怕被水淹了。

其实，建筑师就是有意这样设计的，让你在着急中，形成悬念。慢慢跟着他的作品看下去……

在桥上，在河边。

建筑物都在水之下。"沉浸"似乎就是这儿出人不意的主题。亮点。

以一种沉浸式的风景物事，来表达、来叙述、来张扬上海的老根老基，真是别出心裁。

沉在水里的样子，并不悠闲。一眼看去，似乎有种没颈式的绝望。同时也充满着叙事的张力，这是设计者欲达之目的。

最是一侧阳光的背影里，石凳泛着青色的幽光。光线几经来回折射，没了火气，静静地闲着。

这水里、岸上的情景一紧一松，就让置身情景中的人，有了趣味。

这样的桥，是不是太普遍了。在中国大地上，哪处没有这桥啊。这桥当然是普通建筑，只是太普遍而不安装时，却又会觉得少了很多。

原来生活中司空见惯的东西，还是要人云亦云地摆着。即使放着也白放，也还是要放。

司空见惯的东西，人们心头总会腾出地方，让它安放。所谓老根老基，就是在这些司空见惯的物体上扎牢的吧。

2013-9-19　穿越知性之天障而达神祉

让一幕幕从心头慢慢走过

有种快意，在默默驰骋。掠过很多至关重要的街巷、道口，甚至是我曾经没有资格进去的考场。

已经知道人生是怎么一回事了。

要沉得住气，一切皆可用默默来覆盖。覆盖之下，嫩牙窜出来了，生命在强健、在圆满。很知足的状态下，我小心翼翼清理自己，心平气和。

不足处是有，但我已经没有进步的动力；保持原生原态，或许要比再去翻新耕种，来得强一点。

新著诗集《玫瑰兀自绽放》《生活过成诗》出版又再版了。自己投入过很多心血、情思、情感的那些诗行，毫无悬念，是我心中的至高。有种在我们这代人身上叫做安宁幸福的东西，当然是顺着这些藤蔓慢慢攀着上来的。

世俗的喧嚣不足取。喧嚣注定庸常浅薄。

静静地坐着就已经足够。

让一幕幕从心头慢慢走过。

2017-6-15 新著到手。安坐一隅而神思万里

退潮与出落

潮水过后，海滩像个安睡的孩子。起潮时曾夹带着的碎贝壳、烂藻叶、羽毛梗和蠕动的海星星等等，此刻，都熨帖地契合在暗白色的海沙里。

退潮，让人有种返璞归真的回家感觉，自在，宽松，踏实。

可以穿着你舒适随意的衣服，在自家庭园里晃来晃去。它没有化装舞会上的虚妄夸张，也没有刻意修饰出来的潇洒沉静，更是不必去追求一种内涵丰满要求也很高的轻奢式"得体"。

如果"得体"是来自生活的本真，那就没有前人"文章做到极处，只是恰好"的格言了。要修炼达此境界，也非一蹴而就。

就是觉得退潮是那么好，样样好，让人挣脱镣链般的好。把个人的真性真情，原生原态，实情实意袒露。

哪怕是外表的丑陋、内心的肮脏，甚至是一败涂地不可收拾的东西，也都无碍。

人如果有一处所，可以卸却，可以裸露，可以了无遮掩地安放自己，我就觉得一个人的灵魂，有了着落。

退潮就是另外一种出落，有种超脱凡俗的坦荡与无畏。

2001-9-9　雨过天青云尽处

人就成了神灵的一部分

文章如没白纸黑字写下来，只停留在微信、博客、抖音或公众号等电子屏幕上，那你看到的仅仅是文章的影子。

这些神奇的影子，是思想的投射，是悬在空中的灵思，它不受时空的约束。

它没有任何阻碍，可以"秒杀"、可以在神秘的维度里肆意抵达任何地方。

"无纸化操作"的境界，确实是快捷、速成，将曾经的不可能，变成了可能。

但是，这些屏幕上看来都是"货真价实"言之凿凿的东西，却有隐身功能，说没就没，神奇消失且不留痕迹。

一旦隐身，就仿佛事件在世间压根就没有发生过一样。我当然是指我们肉身所处的维度中。

人工与电子智能还没有密实结合。一下子就要我们跳跃到肉身无法抵达的维度中去时，总会恍惚的。

电子技术。可视而不可拿捏在手的"影子",给人感觉似乎就是不可靠,不踏实。梦一样。

因为在那一维度的操作,属于神灵。

现代生活中,当下人们都已经普遍开始使用,并且还十分依赖着这些电子设备。那人,是不是就成了神灵的一部分?

2019-6-15　隐喻无限指向远方

一个望而生畏的洞

失落。是什么东西从你手中落下来，掉在地上。

然后，就没事了一般。心中空茫，但不感到苦痛，望着那不再属于你的东西渐行渐远，你的生活，不过就是被轻轻翻了一页。

但是我知道你感觉不是"现象"级这般简单。你失落的是现象背后的精神；在失落表层之下还埋着一种恐惧。

恐惧，是具有能量级的一种精神杀伤。

相当于失落的东西掉在地上，将你承托的底线击碎，并在你的地表，砸出一个洞来。

一个令人望而生畏的洞……

1992-5-29　窗外一树碎黄

"他的说"

昨天意外收到龙飞微信。说：

"七首都读了，我最喜欢的是《不知这口井有多深》。意象好，回味深，表达流畅圆润，给人以无限想象；与早期的《冰》有异曲同工之妙。感觉你现在的作品特别厚重，思想容量明显加大，读起来有沉甸甸之感……"

他真诚热情鼓励我，觉得心头一热。其实自己早已不要鼓励，书写只是我生命本身需要，无欲无念，写完，相当于将心头肩着的重荷，搁下而已。

他从前读我诗写了很多高评美论，《萌芽》《文学报》等报刊上发表后，是颇受人待见的那种。

其实，对自己作品，我没什么感觉。诗文仿佛早就在"什么地方"存在着，我深切知道她这样那样的全部风貌。我不过就是从众多免费使用的汉字中，挑一些我要的字，按我心中的框架给它们一一排队，组织出那个文之腔韵、诗之格局。如此而已。

龙飞是上海著名评家、杂文家、作家，当之无愧的那类。是原《上海档案》主编，也写诗，出版过多本杂文集。他文字向来犀利峻切、言近旨远，性明识达。对他的文章，我一直高看。

　　可以说，一个人学养作品的提高，于"提高着的人"，似乎是没感觉的。有言旁观者清。所以我把"他的说"，像自己耕耘收获的果实一样，欣喜地捧在手心。

2022-4-20　诗是透过宁静，

对生命存在本身的首度洞见

方块字

隆起的心事乱七八糟地堆在我的夜里。

有些我可以自己一人搬开理顺，有些则过于沉重与强大，我无法挪动。

于是想象与思考扩展了我手脚的功能。

我失衡的心理，在笔下一个又一个方块字的颠簸中，渐次趋向平静。

2002-4-16 *感触即心觉*

观念这东西

观念是什么？观念是人的一种认知层面。是人的一种生存级别。

是人生命状态的一种视角，更是人心灵世界的一种季节。面对一个老观念已经生根的人，你甭指望他有春夏秋冬的转换。

是冬天就永远冬天，如果春天来了，他认为是世界末日，其他的夏天秋天如果降临的话，他会不解，甚至愤怒。

因为观念这东西，就像钢板顽石一样坚固，无法在正常的层面上，接受感化与更改，除非动用暴力，炸毁其根基。

你不想动摇其根基，又想要其春夏秋冬地变换，身心就会很疲惫。

因为你在跟观念较量。你撼不动钢铁，推不了顽石。如果不是你身怀绝技，等于是以卵击石，必败。

2009-3-13　灵魂透视

201

安详是现代人离家最近的路

眼下打开报纸打开电脑，头版头条常常是天灾人祸，没等弄明，新的天灾人祸又唰唰更新了版面。

天灾是因为自然失去了安详，人祸是因为人心失去了安详。

现代人的匆忙，让天灾人祸也变得匆忙起来。

同事小张，我觉得她真是满怀幸福："当我松土浇水，看到自己种下的种子，一天天发芽开花，真感到自己太幸福了。"听她这样说，幸福也会感染。

这主要得力于她在"向内寻找"。她是一个有精神定力的人。她安详地沉醉在自己的天地中，真实地幸福着。

中华民族正是因为有"向内寻找"幸福的古老传统，所以造就了五千年的辉煌灿烂和五千年社会的基本稳定和谐。

安详是生命的目的和生命的方向。安详是现代人离家最近的路。

2012-2-15 平宁

凤凰古城（外二章）

这是凤凰古城。

夜间匆匆走过，眼花缭乱，目不暇接。小街两旁的歌厅酒吧，灯红酒绿，竭尽现代声色犬马。年轻人在震耳欲聋的音乐声中欢歌劲舞，更是桥洞下的那五六个小青年，微闭双眼，仿佛与世隔绝如痴如醉沉浸在曲子的意境中。年老的小贩在巷道深处，倦倦地守着小摊，见到有人拍照便立即给你个转身。夜深时分，他也不揽生意了。

想来，这个古城已在红尘中滚得有些资历。

最有特色的是沱江两岸的房顶，都建有苗族女子头饰元素的造型，一个挨一个，互不相让地缀着辉煌。五彩灯火颇为壮观地映在江水中，长长一大排，闪闪烁烁，活灵妖冶。

古城中铺面房屋的两侧檐角，灵灵秀秀参差蹿高，下面向上打白光，像煞了苗族姑娘身上的银饰。这是不同于其他古城的亮点。

我没有想到凤凰古城是这等模样。似乎应该更属于年轻人的一方乐土吧。老人只是观光客，大千人间红绿，他们只是一眼掠过，绝不回眸。

哪想夜半十二点整，突然就"唰"一下子，漆黑一片！令初来乍到的我们，猝不及防！似乎在这之前的一刻，就是"最后的疯狂"。

我们是摸着黑，东问西问之后，才颤颤地找到沱江人行桥的桥头。上桥后，但见两侧波光闪闪，我们定神，小心翼翼地向江对岸走去。终于颤颤地过了这座窄窄的木桥，寻到了出口。出租车根本没影儿。回宾馆的路不详。苦难中，幸好我有点经历，出手拦了一辆巡逻警车。

亲爱的年轻警察，容肃情热。了知详情后，便将我们送到温暖如家的宾馆。

2013-11-8　山川香草风流

她的声音不会生病

她的声音不会生病，更不会衰老。她声音表达的内容告诉我，她已经是八个月的孕妇了，腿肿得很粗很大，身体像熊猫那样笨重。

但我实在想象不出她现在的这个模样。她声音一如少女清纯悦耳，而且还轻盈灵活如燕子一样翩翩。

声音不会怀孕。

声音能把一切具象覆盖遮掩。声音是一堵穿不透的墙。

声音是生命的另一种风姿，也是具有灵性规模的独立存在。当然并不包括声带咽喉等的疾患在内。

一个可以修剪脚指甲的地方

生活中总该有属于自己一个舒适的小窝，不需要很大。角落里有个舒适椅子，面对着电脑。椅子一侧，还该有伸手可及的一排小抽屉，里有分门别类喜吃的零杂。坐下安着身心之时，手头边还得有个小电水壶，随时烫着热水，可冲茶可泡咖啡，不时也可冲个红花、参汤一喝。当然在恰当的空间，也该有一二盆植物垂藤挂叶，以那份充满生机的碧绿，摇曳着我的思想。

温暖。自在。我还可以任性。这是什么地方？这就是家。

家还是一个可以修剪脚指甲的地方。当我将自己这句"名言"出口时，先生阿东哈哈称是。道：说的倒是真话，只是你如何想出来的啊？

总觉得将自己打理好，才能打理其他。即使其他不打理，静静坐在这儿，也是满足。有时百无聊赖之际，忽然雄心勃勃点击界面文件夹。有时夜深关电脑前，又忽然心血来潮，点击某文，一口气干到了底。那件平日悬而未解的烦心事，于不意间就大功告成。

我常对人说，要先从一把惬意的椅子下单入手。人只有坐安实了，才能有定力给烦乱的生活以秩序。

其实，家就是要花费心思去打理的一个地方。

回头看那火

明白"超越"两字的真正内涵。

面前是火海，熊熊燃烧的大火，要吞噬你、烧毁你、断绝你、灭杀你！处在绝境之中的你，要弹跳起来一步腾跃！要无惧无畏、智慧能动地飞跨过去。

能过去，就等于战胜了灾难。飞跨就是"超越"。

待等再回头，那火海祸患就渐行渐远，直到全部消失。

年轻时总是在寻找答案。

年老才发现一切寻找都是尘埃！答案其实并不重要，重要的是眼下。是手中。是做好每餐饭，睡好每夜的觉。

如此，便是将好日子过到了实处。

2020-12-27　纵有千古　横有八方

心与脑闹矛盾我找谁评理

打开电脑进入博客。一气写下了大片文字。刚想发图，不知怎地一弄，竟然没了！

近些天就在莳弄"小肉肉"。这是些近来红遍全国的迷你小植物。我网购、我觅品种、我找盆盆罐罐、我研究泥巴等等等等无聊的琐碎啊。

我经历过程，我品尝滋味，我与网商交流，每当一款打理完美，那份"功成名就"的欣喜让我陶醉啊！更有击碎黄酒陶瓮、砸破小鱼缸，创意制作残缺盆景的激情啊……

享受"疯了"的感觉。就是不肯进入书房电脑中的页面做正事。我三本书的编定，正等着我开工呢！但是我，就这样顽劣得不可理喻。

不做，是内心的呼唤；焦急，却是脑袋的信号。

心与脑闹矛盾，我找谁评理？

好在，忽一下屏面复活，心与脑讲和，我马上发图。发了图再说。

是因为你没有对自己真诚过

　　有时间"无聊"的时候，人才会感到无聊时的无聊。

　　无聊——就是没有人跟你聊。那么，你找个人聊聊就可以了啊。

　　但是不。当人真正进入无聊状态时，就是不想找人聊，任凭自己一个人抠心挖脑地无聊。

　　想想啊，人原来可以有那么多的时间用来无聊——就是你不干活，不写字，不思想，不跑来跑去忙。

　　原来我每天忙。忙做的、忙想的、忙当前的、忙未来的、忙现实的和理论中的，把人整个精神容器及体力之内全部塞满，几达饱和。这种状态下，人就成了这些杂乱的附庸，只有被动跟跑的份。

　　就这样，一天天一月月，年年岁岁拖泥带水，直至一天"忽而两鬓染白霜"。

　　所以，无聊也是一剂良药，让人思前想后；脱去附庸烦琐外壳，露出血肉灵魂真家伙，听听她想说些什么……

反正她要的都是离现实最远的东西，越远越想要，或说最得不到的就是她最想要的。哈，无聊时人的天地真大。"诗与远方"也就这样骗人没商量。

　　人就是这样。是内心的叛逆？向往？憧憬？理想？没人聊，你也不愿找人聊，那么就自己与自己聊——让无聊升值。

　　去付诸实施吧，而不问结果。那你就不会无聊了。

　　你无聊，是因为你没有对自己真诚过。

2018-10-10　大道同源

生命是一条鱼

跳进浴缸洗澡，从来就为洗澡。急欲洗去一天的汗水、疲惫劳累，匆匆进匆匆出。用干毛巾擦着湿漉漉的头发，在湿渍渍身上急急套上衣服，似乎是在赶每天不得不进行的一项程式；而在跨出卫生间前，心里早就盘算好了该马上给谁打电话，该给谁写什么信等等。永远都有好多事情，正排着队等着你去做。

有天忽然开悟：为什么不将这一程式作为享受呢。

于是，这天启用新杯，泡新茶搁在浴缸边橱上。打开全部灯光，包括浴霸。哈，光有正能量，增我心气。浴缸里放七成水，伸展双腿在水里悠悠晃动，让温柔的水浸泡着身子。喝口香茗，看水波在皮肤上游动着它淡淡的影子。当背部感觉到浴缸瓷壁那溜滑的清凉时，身心俱醉啊。享受。

这新搬居室里的一切，是这几年中花费了多少心血汗水，才成了眼下这般模样的呢？躺在自己的功劳上，将所有细枝末节的成功，都细细挖打出来品味……洗澡就成了一份美好轻松享受。

忽略，实在是一种罪过，与其说是节约时间，还不如说在浪费生命！匆匆寻求"终端"，实质上是将"整个身体"扔了。只求一个头或者是一个尾巴。如果生命是一条鱼，想想，浪费多少了呢！

追求终端，实质上也是一种功利的变异。于生命，不也一样道理？

2012-7-17　花美不是花本身的功劳

或许是或许都不是

时辰已过，钱塘江大潮已看不到了。有人提议，那我们就到岸边观潮席上去感受一下吧，众人呼好。

大汗淋漓走了一段路后，某人忽然大惑不解，拉着我在身后问：难道我们这样子辛苦，就是为了要去看几只矮凳？

冷不丁。杀伤力巨大。

一句话，让我从"梦想走进现实"……

是的。时常大老远过去，腾云驾雾，跋山涉水之后，居然就为看一眼类似伫立在水里的一块大石头，或者看一眼几只木头椅子。

这是精细准备功课的游程终点吗？

这是累积休假远行的目的吗？

这是苦苦追寻的诗和远方吗？

或许是，或许什么都不是。

其实人生旅途，就是由这样一块接一块的非同寻常的大大小小的石头或者大有来历的形形色色的木凳，所连接起来的风情。

这种场景，会给人生以一种豪气逸韵的品级，也会给生命旅程以一种披沙拣金般的仪式。

2019-8-6 匆记　2013-5-25 修订
窗外建筑工地日新月异，
大吊塔长臂与远处高架成垂直交叉

是两力相向一瞬短暂的僵持（外一章）

情感的独行者很累，总也到不了预想的顶峰。

我的平静，是两力相向，一瞬短暂的僵持，也是两力相背，一种断裂前的沉默；是陀螺高速旋转之际的平衡，更是某种感情消亡时的死寂。

1991-11-9　孤峰通往最初

天籁

不意间的获得，充满神奇。一切是在过程中发生的。来得那样自然那样恰好。

一如某场合，哪怕再大再隆重。忽然一个小孩，意外出现在台上，他顾自蹒跚着的样子，这时却占据了主场注意力。当小孩偶然抬头，面对众人惊骇时，却仍无动于衷地沉浸在他自己世界中。

天籁境界。

七巧板

应该讲，命运还是公正的。

它像打乱了的七巧板，看似不平不整，可是经过了无数次的尝试、摸索、微调……最终，还是天下万物，各有其主，回了自己窝，而且恰恰好。

是你的，总是你的，不管事情发生了怎样的变化都不会缺你；不是你的，即使到手也是白搭，它也还会以其他的方式从你手中夺走。

愤怒，是多余的；感恩，也与之无关。它有自己神性的路径，不容更改。

一切都在默然无言中进行。

1986-7-19 *夜衣轻裙入梦*

自己和自己开个会

有种娇嫩，实在匪夷所思。稍有"碰撞"，就伤得体无完肤，几个月都养不好。还无药可医，无医可求。无医无药还不止，本质上是一种绝对的拒绝。

此话怎说？主角就是我。

我在这儿坐着，屋里温暖如春。还有贴心的电暖小设备分门别类侍候着我。电脑一侧有翠绿藤萝，垂下好几挂碧生生的枝叶。小博古架上的玩艺儿，只只都是精灵。

凡是我身体需要的，我都满足她了。其实这个壳体的我，也是好弄，就需要点儿温暖，视觉体感恰好的舒服。

不知道为什么有些人一定要和自己的身体"硬碰硬"，要热，偏不给热，而且还裸身去雪天里跑。我不会。一切尽量满足。"壳体"回我以舒服的状态。相安无事。

只是，硬件总是好弄，难弄的是这个软件。在外表顺心如意之下，内里就是有种反叛，杀气腾腾，蛮不讲理。坚守着那片空白，就是不愿让文字出来。

文字，其实也简单，几分钟就能搞定。人家等得心焦，都要冒烟了，这儿还逍遥法外，顾自休闲！

其实，休闲也是苦累，哪休闲成了？说句真话，就是自己与自己打斗得不成了哈，歇工而已。

两派对峙严峻，敌对深重。想想这种场面的血腥，活活就是我内心的战场。纠结啊纠结。

就是不肯坐下来，心平气和开写第一行。就是不肯一踩油门，发动思绪上路。

为什么啊？

这个"为什么？"已经听喊了几百遍了。内里就是不回答。越喊越不搭腔。问题就这样，空挂着僵持着。

几个月下来，双方都在寻找种种蛛丝马迹、芝麻绿豆般的理由搪塞。

纠结双方没有一点和解的意向。

今天，我将双方都请到电脑博客这儿来，开个会。自己和自己调解。

缘由：太闹了。人人都在争先恐后表达。伤了气氛败了气场。这是其一，隐藏的。也只是其一而已。

还是没有把要紧的给说出来。是的。不能说的，也是不好说的。

即使是不好说不能说的，现在也要说出来！否则开啥个会？时间是个厉害的家伙，劈头盖脸一句，降旨下来，于是短兵相接。没有余地。

就等水落石出——

"催稿！开口催！"犯了我之大忌！被不意间一击，浑身受伤……

娇嫩原来长这模样。可以好好看看，伤到如何程度了？也算慰问哦。

今天是自己对自己开催，绝无仅有的第一次。

然而此话一放，无异更是绝地反弹！立马淤积的脓头破了！大量的脓血流了一地。终于，两个气喘吁吁者如释重负，无力地瘫软在一起。

我抱着我握手言和。说：开始吧！

写！

不想，下笔就洋洋洒洒，一泻千里，万千字句争先恐后涌往笔端。

其实，何其难，与何其容易，就一回事啊。

2020-5-22　为《七个梦》写序

做个自己

　　忽然就头昏脑涨。所有的东西，都东倒西歪来了倾向。行动与思维不再锐利，以一种迟钝的抛锚式的方式，牵扯着你，说服着你。

　　脚步是慢了下来，来自深处的判断却相当坚决。

　　"一切就地趴下！"不是空袭预习，也不是当年民兵的军事演练，这是生命途中必须的休整。明白有情况发生，非来自外界，而是自身的某些部件，意外红灯闪闪了。

　　呵，终于也可以说不干就不干了！开怀。我安静地坐在盛夏的爽风中，理直气壮地享受。

　　一路走来 50 年，从来是自己给自己下达任务，那个手段叫之辣啊，可用残酷无情也。觉得对自己残酷无情很正常，残而酷之，我会心安理得。锐利地生过活过，全程通透，爽爽完成着自己也成全着自己，是我在人世走一遭的最终目标。至于其他，我不敢妄议，即使偶然也成全了什么，那也与我没关系，至少不是我的功劳。

我只管做个自己。

明白这点是不容易的。曾经委屈过、磨难过、忍辱过也折腾过。人生所有的承受，无一例外地教会了我这四个字：做个自己。

或许，它低至尘埃；或许，它也高过云天。

2022-5-8　灵感没有性别

"作"

得到了曾为之苦苦追寻的一切。

我的生命和时间，却被拥有的一切全部占去了。一日日，一月月。尽管不想承认，甚至还有辩词，但没用，事实胜过雄辩。

承认事实是痛苦的，寻求客观原因来否认事实，更加痛苦。

痛苦需要发泄时，生活中任一点位，都会变成风口。

我寻衅滋事、我理直气壮、我吼声如雷……但是，会有谁发现我的心在流泪呢？如果有人能点穿我这自编自演的把戏，这人注定能拯救我的灵魂。

然而，这是奢望。

而且一次又一次地破灭。

忽然明白过来，上海滩上有个词，谓"作"，或许，指的就是我犯的"这个"？

2001-1-12　迷宫

搁 浅

懒，是种什么感觉呢？此刻我正体会着。脑子里一片迷糊，界面上全是"马赛克"，什么事都不想提起来做。

小舟在海边搁浅的画面，有句诗是这样描述的，"如果不是风的催促，也许，它又会虚度一天"。现实的真情是，我情愿虚度一天，不管风如何来催促。横竖不动，写真了我的原生态。

它随风来水动微微晃悠着。没有意志，更谈不上主动。连随波逐流顺水推舟也不想。就具体生活场景，用我娘亲著名的"话搭头"来说，就是"狗头上抓抓，羊头上拉拉（抓瞎）"。自己这几天来就是这个模样。

没想到今天正是 16 日，还以为要到明天呢！有个活动我记错了。不过，不去也罢。现在社会多元，主流也没太多的人当其是主流，倒是支流如果起来，也浩荡汹涌。

觉得自己一辈子来，一直风风火火、奔波忙碌，到头来也不知其所以然。明白过来后，心就放松了，也软糯了。

顺其自然，原来是多么的好。

心里想要的样子

也日月精华滋润，也春夏秋冬的鞭打。

老盆景，尽管搁在高层阳台之外，却与自然界的春夏秋冬零距离。

一个全然的存在，与风雨同步，与日月同台。

老根沧桑，疼痛已成过去式。满眼新绿默默无语中显得生机勃勃，一派平心静气风度。

凝神。会领受某种昭示。

那苍苍然的苔藓没有挣扎没有欲望，也没有奋斗，到时就自然而然地绿了，绿成了一幅微景观。

老根下一派岁月，春秋沉淀，苔迹斑驳，俨然旷野之辽阔，深远宁静。

没有真假之分，只有大小之别；如万里之外古风，朴拙真情，没有骄横跋扈，只有亲切温暖。

这，就是我现在心里想要的样子。

2011-11-22　灵息弥漫

与自己谈妥

已经与自己谈妥了，沟通了，协调了，也该安静下来了。安静下来就应该"活在当下"。宁静致远也不该是句空话。

应该不再是意气用事的年龄哈，鸡飞狗跳，见风即雨。

经历了。岁月里的狰狞领教过，就知道怎么做才是最好的。其余的应该全部舍弃！像扫垃圾一样扫地出门！风一会儿又会将其吹进来，那么，就再扫出去，再吹来再扫！

干干净净多好。自己干净了，周围环境也跟着干净。干净是会感染的。

宁静也是。内在愉悦了，身外就尽是愉悦。与"花若盛开，蝴蝶自来"一个意思。

暴风雨的中心是平静的

暴风雨的中心是平静的。不知这话是如何死去活来血肉飞溅之后的悟道啊。

平静再平静。也许不是坏事。

涉世至此,深深明了洪应明在《菜根谭》中那句警世格言:静中静非真静,动处静得来,才是性天之真境;乐处乐非真乐,苦中乐得来,才是心体之真机。

了知真境,亦心得真机,整个人就由内而外,生出了彻悟。于是慢慢地起身。慢慢地走路。慢到什么都不想时,也许就从动处得静、苦中得乐而终于超脱当下困境了。

命运的安排。命运的发落。顺着就是。

不要反抗,反抗会让全身坚硬,事与愿违;也不必恐惧,生死本来就是生命的标配。该来的一件不落,不该来的也不会造访。

让心平静。平静面对世间所有的发生。

这时，安宁随之而来。再次想起徐迟在《哥德巴赫猜想》中的那句经典格言；"暴风雨的中心是平静的。"

四百多年前的洪应明和现代的徐迟，从两个侧面阐述同样一个道理。

2021-1-28　在现实与虚幻之间建立一种链接

寂寞是颗有生命的种子

寂寞是对外界暂时失去兴趣，一味吞食自己、断碎自己、追究自己的某种升华生命的消费。这种消费的创造，有时价值连城有时却也一文不名。寂寞也可说是灵魂深处的另一个我，随时随处可以被抓起来继续执行的一种刑罚。

寂寞是两个自己的一场旗鼓相当的无声斗殴。躯壳战胜灵魂，就行走在现实中；灵魂打败躯壳，就沉浸在幻想里。

光有现实，是平庸；光有幻想，是无知。要脱俗、智慧，必须由寂寞长伴。

不做事情是懒散。不想做事情是寂寞。可见懒散常常是寂寞实体的外包装；而寂寞也往往是懒散的核心世界。

寂寞是颗有生命的种子，懒散是种子发芽后被摈弃的烂壳子；寂寞会长成五彩缤纷的城市，而懒散只会变成荒野与沙漠。

寂寞是有所期待，且充满能量；而懒散则是一无所求，且泄气下坡。

我要一定是光，才可以对黑暗下手

　　觉得总要与自己谈一下。因为总是发现我不是我。我的里面还有一个沉默不语主张强硬的人。任我如何行事，看得习惯它就与我合而为一，看不惯它就与我别扭。在我手臂肱二头肌受伤近三五月时间内，它更是一直主宰着我。

　　刚才，"它"的意思来了，是让我看书。我乖乖回书房。在那角落里坐下，喝口水打开书，很快我就安静了。字里行间，觉得心里心外样样称心如意，情绪被疗愈熨帖了。

　　只有全然地放开自己，存在才会一级响应；一旦我的心全部打开，整个世界才会一级响应我的存在。

　　黑暗无法移动。黑暗是光的不存在；我要一定是光，才可以对黑暗下手。书页中那些不意间的句行，忽然就说到了我的痛点，原来生命的真相是这样。一层似是而非的薄膜被撕开，恍然悟到的意思，顿时就成为我内心的光。

　　心中一有定力，世上有什么事不能做好呢。

2020-7-29　*心性即万物*

收存幸福

　　柜子深处，无意间翻到了这双单布小袜鞋。轻轻抖开，两指宽大小，有种小小气息，温情地弥漫心头。

　　外孙子降生，在医院都是统一着装。回到家后，早先买的毛衫都显大，不能穿。小脚小腿小身体，真是迷你迷到你心醉！于是，我自己动手，凭想象设计缝制完毕，居然还混了两个月。

　　小脚脚上也没有这么小的鞋子可穿啊。光套袜子，三下两下便蹬脱了。光着脚怕他凉，着袜包紧又怕太热……

　　那日是2009年10月2日，外孙子出生18天。一双惹人喜爱的小肉脚脚，早将袜子蹬一边了。正是傍晚，忽窗帘飘，有风进来。想何不自己动手，先应付着呢？自信缝个东西，保护好这双像工艺品一样精致完美的小脚儿，不就小菜一碟？

　　于是全棉旧棉毛衫作料，量量小脚脚尺寸，在构想中我剪裁成形，即引线穿针，手工缝纫，一双定制的小单布鞋袜完了工。进房将那可爱的小脚脚伸进去，连脚踝在内正好一脚包住。再用小丝鞋带轻轻一系，就再也蹬不掉了，如小布靴一样合适服帖。

哈，那是我的首创，小袜小鞋二合一。

世界上没有什么比恰好更好的事。虽然样式笨拙、布料陈旧。

终究，神圣的小生命喜降我家，我以亲制手缝、天然棉软作最先的承托迎接。

内心洋溢着的，是无以言说的幸福与欢乐。

2005-11-3 即笔　2022-6-30 修订　大成境界

芹 菜

　　发现角落里还有一把芹菜时，已经衰败得不能吃了。于是将外叶撕去，剩下的菜心插进东阳台的泥盆中。想到时，弄口水给它，忘了也就忘了，天经地义。不想它悄悄得雨得风，到今天竟长成了如此模样。小骨朵小骨朵的细白花，摆成天女散花的阵势，成簇成簇地四周散将开来，连想拍它一张全家福都很困难。

　　它既好看，也毫不逊色水培瓶中常见的那种贵族类植物。它也好伺候，更是那份恣意汪洋的潇洒，很有亮点。

　　没想到，毫不出众的一支芹菜，给它个地盘，它也能成为领袖一族。

2010-12-31　上古直传的元魂

在天地间纵情喧哗

贵州小七孔著名的景点之一"68瀑"。

下得环保车，眼前景象让人震撼不已。这还是人间吗？仿佛是世界之外啊。从未有过的感受，刷新我所有关于水的记忆。

湍急的洪流，顺溪道汹涌澎湃一路冲来。溪中尽是横七竖八的大堆河石。石头溜滑，大小不一，高低错落，形状各异。当凶猛急流经过之时，忽然水流就晕头转向，"兵分68路"了。一时间峰回路转，各奔东西，形成了著名的68瀑。它们"姿态横生"，在天地间掷浪抛雪、呼东啸西、纵情喧哗，一往无前。

68条鲜活的生命，正以自己的观点和路径，找准了奋斗方向，义无反顾、奔腾不止、激情诠释。

似乎每条瀑布阐述的理由仿佛都"粪土钱财"，义薄云天！哪怕头破血流，粉身碎骨！以独步天下的执着，如各路英豪义不容辞地奔赴再奔赴，当终究汇合成一潭时，却又是这样宁静温和。翡翠般幽幽地绿着，仿佛出离了尘世。

那种雍容华贵、诗意丰盈的节奏，是留在心中的永恒。

生命像河流一样流淌

醒来便是满屋阳光。不仅满屋还满床。床边绿藤萝和赤边叶生机朗润，它们的影子线条，在天花板上写着诗行。

我可以做日光浴。阳光暖融融地给我大笔大笔的金币，也不时为我总结着人生经验。

太阳什么事也没有做，就光芒四射。花儿什么事也没有做，就自然绽放。我也什么事情都没有做，忽然就内心洋溢着欢乐。

即便是小屋漆黑，相信我也会安而详之。那种由内而外的快活满足，让我心怀感恩。

神闲气定。让一切在过程中静静发生。

让生命像河流一样向前流淌。

2020-9-9　即兴是天地时空的瞬间给予

233

你觉得快乐你就跺一跺脚

做随手想做的小事。无用的没目的小事，心里安泰。

这就是我的幸福生活，我享受。

我该跺一跺脚对自己说。有句小孩唱的歌词就是这样："如果你觉得快乐，你就跺一跺脚。"

生活中有很多片刻，在神思中一晃而过，无法固定下来享受；那么就架起"仪式"经幡，保存在人心文件中。

尽管在外人看来似乎有点混乱，但我平静安宁。顺着生命河道的流淌，接受路途上所有事件的发生，到哪都是我安魂之处。就如千年苏东坡赠王巩的柔奴那诗中两句名言："试问岭南应不好，却道此心安处是吾乡。"

近乎将自己藏于造物主的天下，参与大化之流行，则我与天地为一，游心自然，无得无失，物与我都一样是造物者之"无尽藏"中的一分子。每个片刻因为没有目标便成了开始也成了终极，无始无终就也成了永恒。

正流行的"活在当下"，是否就是这个意思呢？

神秘的里面再里面

阳台四季总是春意盎然。每支花草在这儿都过得十分惬意。我知道它们冷暖饥饱，甚至谁爱沐浴阳光、谁喜水润根茎、谁只受用漫光水气、谁又偏好燥土背阴。

为花们留影，成了我的日常作业和即兴抒情。照片发朋友圈，不想众人留言，说被惊艳到了！

我一时错愕，便顺着别人的惊艳，再次走进我的阳台花园。我在鲜花绿叶和轻枝翠蔓间细看，却实在没发现有甚惊艳之处。

忽然想起东坡的诗来："横看成岭侧成峰，远近高低各不同。不识庐山真面目，只缘身在此山中。"果真如此？

"如此"之后，却还是心有不甘……为什么"只缘身在此山中"呢？

原来现场，人整个融入其中。

对于眼前景物感受，所有功能感官会同时打开：视觉、听觉、嗅觉，也可味觉和触觉，甚至还可动手将"所摄之物"，侵略性地断碎。这些个时候，精神中的感觉都还轮不到上岗。

而一旦到了照片画面以后，就只有视觉可用。除了看还是看；手不能摸，鼻不能嗅，对画面的体验，只能在精神层面里展开；那光、那影、那色，加上翩翩联想……精神层面的无限丰沛，让画面内涵呈几何级的增彩添色，其时感觉之于现实，就产生了莫大距离。

所以现场摄取的照片，永远要比现场本身神秘吧。

惊艳，当更在这神秘的里面、再里面。

2014-4-22 天地万物的神性给予

享受疲惫

抱枕而眠，柔软而贴身的全棉针织内衣使我全身上下的每一个细胞，都舒适惬意。

疲惫，使身体中的所有部落，都怀着一份强烈的期待，在昏昏欲睡之际奔向安定快乐的目的地。这感觉不亚于精力充沛热情高涨时，穿着梦幻色彩的泳衣，奔向大海、投身温泉；或者穿着橘红色的块状救生衣、登上摩托快艇，去远海风驰电掣。

是的，别人可以送我鲜花，却无法予我以芬芳，芬芳要自己去嗅得，嗅觉无法奉送；别人可以赠我大床，却无法予我以睡意。

假如人没有疲惫，生活将会一败涂地；就如生命中没有饥饿，再丰盛的佳肴也统统归零。

让我们享受疲惫吧。

2019-7-26　手机即深处

岁月静好属于智者

岁月静好。

这"静好"也得靠自己得来，否则即使是静好已在身边，却也当是别人的事。即身在静好而不觉静好。

岁月静好，属于智者。静好，虽然是静静的，安和的，但得来前却要历经狂风暴雨山崩海啸。而后，再静下来静下来，这静静下来的宁静中，你静了好了。

静好要自己创造。人人光鲜的生活背后，不少都是一地鸡毛。俗话讲"家家都有一本难念的经"说的就这意思。当然地上鸡毛可以有多有少，乱的程度也会千姿百态，用物理术语就是千变万化的"熵"。"熵"，是衡量混乱程度的一个物理指标。不论这熵数是多少，对于一地鸡毛的感觉，想必人人都一样。那就要自己去打理、去超脱，也可说是"熵减"，从而硬生生去辟出一方静好的天地来。虽有难度，这就要靠人的修炼和智慧，像现在的智能手机一样。

智能。智能就是智慧的能力。

活到今天这份上，可说世上啥事没见过？没经历过？没对付过？见过经历过对付过，就要拿出样子来，哭天抢地是没有用的。

智慧地沉淀，用最优解作答。这个看上去似乎是没心没肺、是狠心，甚至是忘恩负义，但骨子里却不是。是否定再否定之后的大事定夺的最新版。就如到了"看山是山，看山不是山，看山还是山"的彻悟境界。

外界送到门前的"静好"不是真正的静好。静要乱中得静，好要坏中取好。这才是高明的定夺，最佳抉择。

生命给你的安排，每一天都是最好的。

如果你认为不好，命运不会重新再给。给了就是给了，没有讨价还价的余地。既然无法挑挑拣拣，那你得手的，就是最好的了。换句话说，你当成是最好的，这是一种透彻和明智。

就如生了一个儿子，无论是天才还是傻子，对父母来说，就是这一个。既然就这一个，不是最好的又能是什么？

人生智慧莫过如此。

2020-9-27 破笔散锋

他永远满怀新鲜

　　永远就这样子流过。流过就是过去了。所以河道永远清澈，新鲜。不积累旧物，不怀恋过去，或者说他也没有过去。因为过去，已经过去了。

　　他永远满怀新鲜。生活的每时每刻，都是热气腾腾刚上桌的热炒，满眼生猛红绿。他享受此地此时。

　　他全身心投入进去，投入的永远是此在、此刻。

　　彼时、彼地、彼刻，要么是过去的，要么是未来的。而过去与未来，他是不要的。也可以说，他是不想的。为什么？因为人的"此刻"不在过去，而未来也一样不在眼前。"不在眼前"就等于没有。

　　他的意识是一段清流。不拖泥带水，且没头没尾。"头""尾"相对来说，是比较复杂，总有头之初与杂类的牵连物、混淆物；他也不要尾，尾与头的生成状态差不多的。要中段。清爽无误。想起医院在显微镜之下，检验尿液时总要患者自取中段是一样的道理。

他的脑海中，永远是一个过场。

所有的物和事，都在他面前有声有色——过场。享受这个过程，在他是生命的自觉。是自然而然发生的必然。他没有斟酌，没有犹豫，没有选择，来到眼前的就是全部真实。过去的物事，在他脑海中没有积淀，甚至连空泛的记忆，也是由它自己渐行渐远。除非是记忆自己强留下来不走的，他本身并没有挽留的意思。

他的生活只是一个过场，也即无数个"中段"。其实拥有"中段"是多么好的状态！为什么好，前面已经写了。

有时就觉得他很幸福，生命得以最大限度享用了。没有小心眼，没有深城府，没有手段，没有算计。

让一切在过程中发生时，即是他与大自然的深情拥抱。或者说消融于彼，从大里讲，就是天人合一。

2013-5-6　生命与万物意志重合

黄果树大瀑布

黄果树大瀑布为亚洲第一大瀑布。1638 年，明代地理学家、旅行家徐霞客有句："捣珠崩玉，飞沫反涌。如烟雾腾空，势甚雄厉。"这瀑布徐霞客之后，算算也要三四百年了。它就这样一刻不停地"瀑"了几百年。再之前也这样。这就是神奇的大自然。

我站在近年来新修木栈桥上，在近半山之高处，看瀑布水流按部就班喧哗，我也按部就班观赏。

记得前 30 年我来此时，行人是可以直抵瀑布脚下向上仰望的，其时更可见雄势浩气，震心惊魂，愣得半天瞠目结舌。

气势有时就是一股神性之力，让你动弹不得。还记得当大部队离去时，我忽然回过神来，觉得机不可失，于是转身离队，一个人"噌噌"跑到瀑布脚下的那大卵石面上，想闭眼躺下感受瀑布雾珠是如何透湿全身的，苦于同伴拉着我不让，才没如愿。

这次又到现场，曾经的景象已经删去。没有也不再可能任你用脚板拍打巨大光滑的卵石，以及仰脸由下而上感受挂天瀑布。

现在只能从半山腰平视，有罕见大电梯供你直达。这个现代文明大家伙，一杠子强行横插在大自然的山水间，让大山大水，顿失颜面。也坏了山野中的气场。

不可知的激情与悬念，被现代文明锁住。每人只能"按部就班"。时下流行一个字："燃"。然而，又哪能燃得起来？

2016-11-25　人体没有一处是方方整整的

芬兰的西贝柳斯雕像

芬兰为纪念伟大的音乐家西贝柳斯造的雕塑建在山上。有两部分：一个是一组奇异的银白色的粗砂粒钢管，钢管有粗、细、大、小、长、短之分，还有着意弄破的及开裂的。它们基本围成了一个大圈，架在一人高的半空，很有视觉冲击力。我们在现场，将镜头从下朝上摄景时，那种立体的全方位的惊骇，撼动着我们的心魂。

另个是西贝柳斯的头部雕像，他的下巴居然就活生生搁在一块突出石头上，那正蹙眉寻思的神色，深刻地留在我心里。硕大的头像四周，有"灵感的云朵"，与头像相连、半连，或脱离。清一色的银白，在阳光下强烈闪烁。据说，凡来芬兰的世界游客，这地儿是打卡处，绝对不会错过。

居作品中部的那头部雕像，给人有"将头颅搁在地上"之感。乍一见，我们东方人大多有"不敬之感"生出，以至心有不忍。

难道伟大，还可以这样表达？

我心怀敬重，站到雕像下面抬头仰望、欣赏。心想如果下巴的下面，哪怕雕有一朵云烘托着，也比这直接"搁地"好上几倍呢。至少音乐家也不至太累啊！直直搁石头上，时间长了也会痛。

别出心裁的作品，往往具有一种攻击力。除了让人不会遗忘，更是击痛人心！这艺术的暴力啊！

2012-12-24　门外四时春　和风甘雨

案内三尺法　烈日严霜

那些四溅的灵性之火击打的情思

打开微信，不意瞥见新西兰画家芳竹的八幅抽象画。没有缘由地喜欢着，是因为她的色彩线条形态中有千万种语言，直达我内心。并就地扎营盘踞。

她的画，一如我在广西大溶洞里见闻。她的画与我对空洞的感悟，似乎有异曲同工之妙。

有道是"看似寻常最奇崛，成如容易却艰辛"。王安石的感慨，我能感知，但是——或许对于新西兰华裔才女芳竹来说，"艰辛"她并不在意，或许根本就没有觉得什么艰辛，凡将全副身心投入其中者，只是创作的乐趣。

那些四溅的灵性之火，击打着她的情思，心中墨彩，在她心中五色轮番滚动不已。在精神王国里，她朝阳夜雨，春花秋月；人生如寄，岁月似梦；道家玄观，佛门禅意。芳竹挥笔动意，独步天下。她追着缪斯的飘带，在纵深再纵深之地，寻觅生命宝藏，叩击天地奥秘。

她停不下手中的笔。万里江涛，千年感慨，泼墨淋漓尽致，悉数精细万物。天下原生原态的纯粹，跃然纸上。

没有理由地爱上芳竹的墨彩。

回神，看芳竹的笔下，似乎尽是些"没意义"的画面，一如婴儿的啼哭婴儿的微笑。却不知已上得精神高蹈，还是灵魂级的。为芳竹大赞。并开我急写读感之先河。

2022-4　线上匆匆。即兴赞芳竹的抽象画

所入颇深　所出颇纯

你现在应该离老妈最近

思念是什么。无处不在。无处不有。像空气一样弥漫在所有地方，而且就这样走进心里头。

老妈那亲切熟悉、那声音笑容，那皮肤松弛的手臂、那葱管般的手指头、那柔软的身子骨、那永远盘着发髻……这就是我们的老妈、我们的娘亲、我们的身体灵魂之母啊。

去北欧时，飞机冲过云层，到了万米高空。特别明亮清丽的阳光，照耀着苍穹。白云，朵朵复朵朵。洁清又纯净。让我想到了天宫天堂和那里的老母亲。

问老陈，不知我们的老妈在哪片云里？

我凝视着机舱外的白云深处，想老妈现在她每天该是如何的安排？完全不同地上的生活环境了，一下子能适应吗？老妈也许看得见我的。我尽量将鼻尖贴紧舷窗玻璃。

老陈讲，不管怎么样，你现在应该是离老妈最近。

是的，一点不错。中国现在除了三个正在与天宫一号对接的人之外，我算离天堂最近的了。

世界上有种寻找是寂静无声的。很深很沉很长很细很远又很近。远在天边又近在眼前。

　　就像眼前这张照片一样，伸手可及。老妈的背后是她的亲弟，前面一群小人中，都是他们的嫡传。最小的是老妈第四代传人易子澄，及我半腰了。今天刚刚给他量了身高。

　　　　　　　　　2012-7-31　凭栏投一问，四顾空古今

岁月弄情季节着色

爱尔兰的深秋。岁月弄情,季节着色。

红叶娇艳,胜花似火。走过望不着边际的大片草坪,忽然就山石落低,往下一瞧,居然大片鲜花,色艳如火!几乎是所有的人,都迫不及待地走下石阶,眼前的美色啊,恨不能上前去亲吻每片树叶!

且歌之。且舞之。真是"言之不足,歌之;歌之不足,舞之蹈之"啊。

方悟:原来歌舞真是情绪之最的祥云啊。

踏进宝尔势格庄园,眼前是一个面积很大的高台。这张照片就是进门后往右转,走到玫瑰园前拍的。宝尔势格庄园建于18世纪,由100个工人建了十年方建造完毕。占地面积达14000亩。开阔的境界,让人心旷神怡。再是那精心设计的雕塑、梯田和水池,都让其在世界上享有盛名。

水池周围,工艺精湛的铁质花器随处可见。意大利的雕塑和意大利式的坡道错落有致。特别是道边那一溜数量众多的大花盆盆提上，都有一男一女两个精致头像。我曾细细察看，整个花盆应该是铸铁件，但精致如雕刻，神妙到令人难忘。

都说细节其实就是全部，拿它言说宝尔势格庄园，最恰当不过。

2015-12-30　密谋一场盛典

狂喜等同某种回家的感觉

忽然就好事来了。没有路演没有前奏，它踏踏踏地开门前来，于是"我们今天过节"。

仿佛是天长地久的必然，非此不可。合适的场景、音量及铺垫。铺垫都是日常物事的积累，就如自然界中的卵石和风雨，虽然平凡普通，但却货真价实，来不得半点人造。

凡事物到了这个段位，我觉得就是神助了。神做的事情，都是自然发生的。人做不到，也做不了的。

节日是一种意识狂欢，量大，要开闸泄流，否则郁着，内部不爽。"节日"本身，就是我们老祖宗为社会生活的健康，创造的集体宣泄。

人是个体，个体也有自己的节日。昨天，我们说着说着，这个狂喜就秘密地悄悄来到，着实让我像过节一样。这种精神上的节日，怎么形容都不过分。

狂喜等同某种回家的感觉。回什么家？我说不清。只记得自己曾在诗中发的誓：

"缪斯，我永久的恋人 / 为了你灵感的一吻 / 我甘愿廉价拍卖我的每滴血汗！"

而今半世纪噌地过去了，回望自己，不夸张地说，仍然初心当年。忽然就进入当年初心中那亲切熟悉的家的感觉了。觉得是到了什么目的地一样。

既是目的地，不是回家是什么？一种精神上的家园啊。

2021-10-7　安顿心灵　深藏生命智慧

一根无形管子正时时向我输送能量

一根无形的管子，正时时向我输送能量。

很多事别看表面闹腾，沉淀下来切到底线时，一些繁荣虚名，都会疾疾散去，剩空茫一片，这是事情本质。世界真相就是这样。

一个人要独对天地。也很简单也很规正。其实这样子很好。

奇怪自己倒真是安定下来。那种由内而外的从容恬静。熟知中国老子庄子的印度人奥氏，这个与我父母辈的同代人，他的洞见，是我思想的压舱石，也是我生命的定海神针。

我接受他的学说，是因为他说出了世界真相和生命存在真相。

何以有此说？

事情已经有些年头了。我突如其来的感悟，有文字记录并公开发表在报纸杂志。这些白纸黑字落笔，应该是我觉知末端，也是我流淌的思想。不知怎样一来，我的情思忽然就自己跳跃腾空，一下子找准某些字眼，组成我的表达，即我的诗。

也可以说，我的思考只有秒杀结果，没有路径、过程。

而现在奥氏的书（其弟子记录），却将我这些诗曾经的路径和过程一一道来，说得明明白白，让人心悦诚服。对于这位印度的先知哲人，我简直是相信到了惊骇的程度！

独对天地，其实是种强大的场域。恰如一根无形的管子，正时时向我输送能量。

2019-4-6　涵海纳山

澄明的意思

澄明的意思非常了得。

我在识得其字、读得其音的漫长岁月里，对这个词的意思却是不甚了了。

它有时也会出现在我的文句里，其实只是装饰品，装饰而已；或者就是诗文的韵脚所需，一众文字组句出场时的漂亮鞋子，押韵而已。

直至真正懂得"澄明"的意思之后，我就会在很多场合很多时候，默然无语。虽然澄明一词，在词典上查得到，也读得懂后面的解释，但那是面上的理解。一如你站在海岸上，看着大海翻滚着波涛；真正悟得，还是要有经历，要有年岁，亦即下到大海，感受过那汹涌之后才是。

默默无声地听着看着。心里却风鞭雷击，呼啸不止。

人生在世，如风一晃而过。即使生命是个漫长过程，这过程对于浩瀚的宇宙而言，也只一晃。当然在"一晃"之中，也有好东西可以享用，但世人大都忽略了，在你争我斗的无限止中，迷失掉了整个人生。说到这里有点大，我的意思是收拢来，就在自己的心里，想想什么才是最重要的，去做重要的事情，才是人生正事。

做我的就是了。别管人家如何看如何想。

比如我在做"随喜功德"，有人就说庙和尚拿你功德钱在外吃肉买车，这，我觉得是庙和尚本人的事，与我无关，我捐款，那是我在与神灵对话；比如我为一个负重老汉助力推车到桥头，因为他上坡艰难。如此做，那是我在让自己的内在安宁。走过路过，若我错过，我将会感到不安。

我认定要做的，就去做，我对自己负责就是。来一世，至少是完成了自己。

澄明，让我铆着劲咬定"做自己的"这个点。也就是说，我是在完成着自己。完成得怎样，暂且不说，然而完成着，总是好。

2022-4-18　雨萍风絮

257

诗　虫

　　事情的本质和真相，其实并不全部是这样。我一半以上的生命，几乎全部沉浸在这些浮表偏颇单薄的情景中。超越又谈何容易？

　　内心觉醒的小虫子，其实早就爬出来过。只是爬出来后，爬来爬去没了方向，也找不到该去的地方。有时睡觉前胡思乱想时，觉得诗最好是荡在空中的一只篮子，与谁都没牵扯。我的诗虫可以听着我内在模糊而遥远的指令，在那篮里为所欲为。

　　这，也许是我后来永远在写诗的初因吧。

　　　　　远在澳大利亚的冰夫大兄上博客时看到了我上面一
　　　　文，给我留言，盛赞我就是这只美好"诗虫"。冰夫尊
　　　　兄已于 2022 年 6 月 17 日在澳大利亚不幸与世长辞。享
　　　　年 90 岁。得此噩耗不禁悲从中来。

　　　　　　　　　　　　　2022-7-9　熵增熵减

我是我自己不好对付的敌人

还是那句话：我是我自己不好对付的敌人。

书写，是自己与自己对话；当寒流祸难袭来时，让自己平静下来战而胜之的一种方式。

若一不小心成了文字，那是另一回事，其实更属于自己梳理、抵抗，自勉甚至协调和解的精神领域的安抚。

许多道理都懂都理解，但当"事情"降临时，自己却又义无反顾地站在"道理"的对立面。在斗争的中心水深火热。

大凡到了这份上，任何来自他人的说教，都不起决定性作用；外表看似风和日丽，内在却正狂风暴雨。一般般的人说，都打不到点上。

而这时的书写，是一种自我拯救。许多自己劝导别人的说辞，通过自己指尖显出的一个个字，才会将自己打开，才会将内中突突的涡旋，一次次放平；再涌起就再放平。双方在对决中，活过死过，至渐行渐远，至接受讲和，至安定至平静。

其实世界上"正确的东西"原本就在那搁着。接受它就是捷径。

然而在生活中，哪怕是高人，也却偏偏不是这样。就像学生做作业，再复杂的难题，正确的答案网上早就存在，但抄下来等同于零。学生一定要沉进题内，经翻天覆地、经九曲十八弯等等之后，才抵达的正确答案，才算人生某阶段的完成。

人，也就是这样子老熟起来——心平气和，荣辱不惊。

2020-10-1 时间暗流也闪闪发光

处处奥秘凭空万里

在看出版社发来的电子清样。

现在电子技术日新月异，繁复的出书过程，都可"一眼勾销"而非一笔勾销。所有的编辑、修改、校对、一审再审等等编务，都可以影子的方式，从作者与编辑的眼皮之下，游来游去。

文章是条活水大河，里面的文字也都如波浪一般活蹦鲜跳。任何字句、段落，都是可以随时将其拿下，也随时可以更新补上。不管变动是多还是少，修改是大还是小，凡被刷新的书稿文字，它照样可以跟着文章的"大部队"，从人的肉眼看不见的通道里，隐身飞到大编那儿报到。当然也可以从大编那儿，孙悟空般飞到作者眼下。任意往返，秒杀，搞定。如此说来，人就成了神仙，却是真的。

当下，我们的神仙生活，就这样在眼前次第展开。

有时看着凭空到手的图文，我还要追忆一下此图文一路过来的踪迹，倒过来去消化它一路上的颠簸。我循着过程的每一步细细察看探究。确也真是步步踏实着过来的，一切都有路径都有规矩，明明白白，没有死角没有含混。不是我以前想象中的混沌模样。

我们这帮人，有过"活字印刷"的漫长经历。有时排字工好不容易手工一一拣铅字，排好报纸一版 5000 字的铅盘，一不小心落地翻盘散架，那还得重回铅字房，重新去一一拣得 5000 个铅字，用铅条分栏重新再排版……

新书在文汇出版社出版。我足不出户，出版全在新的维度里神秘对接完成了。以前出书都是活字印刷。之后，每每制作中的琐碎具体，都以纸质实物，货真价实地捏在手里，翻过、摸过、改过、看过。

现在崭新的时代已在不知不觉中降临着陆，"元宇宙"时代已经开启；种种神奇，一触即发；处处奥秘，凭空万里。

现实世界与虚拟世界相辅相成。本来不可思议的神迹仙踪，就这样变成了手头的真，眼下的实。

2022-1-10　收到散文集《床上有棵树》

附录

关于《陆萍诗歌赏析》一书

1. 一本书的前世今生——诗人陆萍与诗评家老陈文坛佳话

记者：贺雅丽（山西）

　　最近上海文艺出版社隆重推出了一本诗歌评论专集，书的题目叫《陆萍诗歌赏析》。著名评论家、中国文艺评论家协会理事刘巽达作序。序言以《如何抵达诗文俱佳的盛景》为题，在光明网上发表。上海文艺出版社公众号《新文艺》也制作推送。一时好评如潮。

　　作为被赏析者诗人陆萍，她没想到会有这样一本专著问世。《陆萍诗歌赏析》在很多人的眼里，也是一个神秘的谜。诗人陆萍、诗评家老陈，一个生活在太平洋东岸魔都上海，一个却在北部湾附近壮族自治区一片甘蔗林。两人素不相识，至今都未谋面。他们是如何相识相遇的呢？

　　诗人陆萍早年蜚声文坛，出版了二十多部著作，她的诗句，当时常被报刊引用转载，笔下歌词也在全国海选中胜出，由上海交响乐团伴奏灌制成唱片，传遍大江南北而成为一个时代符号。中国文艺评论家协会副主席、著名评论家毛时安在陆萍去年出版两本新著序言中如是评说："这些年来，诗人陆萍的写作，已经走向自在的境界，从生命深层流出的诗行，从来就不是为了发表。它们洗净了功利的尘灰，没有博人眼球的喧哗，而只是她生着活着的心跳、气息、血流和脉动。从人性最幽闭处起飞，翱翔在诗国的天空。"

2016 年一个初夏傍晚，诗人陆萍在网上忽然发现陌生的"老陈评诗"，题目《冰层下面是火——我读陆萍诗》。尽管两人素昧平生，他笔下三四千字的文章，却通走诗人陆萍的昨天和今天。陆萍被他笔下那份"深刻抵达"，震撼到了。

自此之后，"老陈评诗"在网上十天半月更新，不断对诗人五十年来的作品"一诗一评"。诗人发现网上还有个神秘粉丝、陌路知音"小雨"。她在诗人博客里上天入地，为"老陈评诗"选送诗目资料。记者搜索发现，陆萍博客已经做了十多年，千余博文中，日常生活和创作琐事，无所不有。

"老陈评诗"仿佛有种穿透，不断破译诗人心灵的暗码。这让陆萍诗人朋友们，也非常感慨。记者在陆萍微信上，看到了一些跟帖，诗人雅明说："欣赏老陈鞭辟入里的精彩点评，陆萍的诗确实有那种气息味道"；诗人田永昌说："我的那本《老照片里的海上诗坛》，前天出版社告知，要出增订本。《诗人陆萍与知音诗评人老陈》，倒可写一精彩文章补进去……此乃上海诗坛一佳话"；《上海诗人》执行主编季振邦说："这个老陈真的不容易，很可敬。诗，有的时候，就是为这些人写的。""老陈比一些自我感觉非常好的诗评家高明太多了"；田永昌还说："陆萍，老陈身份神秘莫测，不一定是民间的，建议与他联系一下。"却又说："还是不要弄清楚好，有一个人对你的诗和人如此了解，又如此专业，千载难逢。留一个美好悬念，如诗……"

在"老陈评诗"不断发来过程中，上海文化发展基金会审核通过了陆萍《玫瑰兀自绽放》和《生活过成诗》新诗集，予以资助出版。诗人向老陈发信：想在诗集里收进他的评论，问该用怎样的文字介绍作者？

记者在诗人手机中，看到老陈当时的回复："我和小雨等人的初衷，就是和陆老师您交流学习诗歌，这样就够了，彼此意会，各有快意，夫复何求？"

记者一时愣住，这与当下社会上一些喧嚣景象相距太远。事实上，文章署名，本在情理之中，不至于连名字也不愿报吧？然而，眼前活生生的事实却就是这样。

诗人无限感慨对记者说："那一瞬，我再次被震惊到了。仿佛诗神在前……"

是啊，老陈那份对文学的挚爱与纯粹，甚至都无法用语言表达。正如诗人所说："诗的神圣，莫过于此；诗的最高形式，莫过于此；诗的殿堂模样，也莫过于此。"

陆萍新诗集《生活过成诗》由文汇出版社出版了。封底印有三位著名评论家精彩评语，其中一段就来自老陈。细心读者可以发现，那条评语落款，就是"老陈"两字。记者了解到，直至书稿下厂付印前，诗人和出版社都无法得知这个神秘老陈的真名。

文汇出版社朱大编和诗人陆萍，出于感动，也是对老陈赏析美文的欣赏，决定在诗集五首诗的后面，破例收录了五篇老陈的赏析文章。这在诗集的出版史上，似乎也绝无仅有。

后来，老陈最初这篇评论，在《上海诗人》上发表了。编辑部要寄稿费，必须要填真名，于是才辗转着从小雨处得到了老陈的真名。

早在上世纪改革开放之前的1976年，在北京，中国对外译介宣传的杂志《中国文学》，以英文、法文版，多年多次选译了陆萍诗作《冰》《纺织厂里春雷滚》等等。诗人陆萍的作品，从此飞出国界，而她自己却并不知道。当年通信技术落后，当印度驻中国大使馆一等秘书，好不容易找到陆萍本人时，两国间联系往返的信函已积整整一抽屉。

1988 年 3 月，亚洲诗坛向诗人陆萍发出盛情邀请，并承担她往返机票和食宿等费用，请陆萍出席在印度博帕尔举办的亚洲诗歌盛典。三十多年前一个诗人的出国，远不是今天的便捷模式，陆萍上级部门上海司法局和上海市外事办公室，以罕有的公派规格，破例送诗人陆萍出国参加一个世界诗会。

用时任上海市作协副秘书长毛时安的话来说，是这样的："开幕式上，诗人陆萍上台亲自朗诵了这首诗，不想掀起了一股'冰的旋风'，受到众多国外诗人的赞誉和好评，使她荣获'亚洲诗坛明星'称号，并一举奠定了她在亚洲诗坛的崇高地位。所以后来的几年中，在日本、韩国等举办的一些国际诗会上，陆萍的名字，总是出现在东道国出资盛邀的名单上。"

根据记者查寻的资料得知，也就是在这个时期，远在广西壮族甘蔗林，一个二十来岁年轻人，在炎热的木板房里，如饥似渴阅读着文学书籍，尤其是诗。记者从文字零星的碎片中隐约得知，或许是他自身不幸遭遇，也许是高考临场失手，也可能是失恋……但他阅读白纸黑字的文学经典，对他破败伤残的精神，无疑是一种慰藉和疗治，更是一种拯救和重建。

偶然中，这酷爱文学的小伙子，从一篇有关文学的报道中，读到了陆萍的诗《冰》。诗中，那惊艳比喻，跳出自我又冷眼审视自身疼痛、残酷到极端的表现手法，给类似命运体验的他，深深地震撼到了。也让他从此记住了诗人陆萍的名字。

记者觉得，这世界上两个毫不相干的人，会在不同的时空中，同样被对方震撼，一定是一个传奇故事的节奏。

当二十多个春夏秋冬过去之后，诗人陆萍又有一段长达十多年的沉寂期，但她对漫长岁月的凝神观照，对自我心灵和存在的倾听，从生命深处流出来的大量诗行，完成着她对生存意义的探寻与阐释。近年来陆萍之所以收获多多，就是诗人对艺术不懈追求的必然。

再说远在北部湾壮族自治区的这位年轻人呢，也经受了三十多年的人生风浪，岁月的磨砺和洗礼，命运的历练与拷打，他也不断升华着对生存经验的提炼与反思，并收获着文学给他精神心智的滋养和力量；他不再是当年的毛头小伙子，他从小陈变成了老陈，他履历丰厚，思考精深，笔耕不辍，文笔老辣。他就是眼下这本书《陆萍诗歌赏析》的作者老陈，男，壮族，1967 年生，他的真实名字叫——陈胜辉。

至去年秋天，陈胜辉对陆萍诗作的赏析，已经写下将近有一本书的规模了。

著名文艺评论家刘巽达认为：《陆萍诗歌赏析》呈现了诗文俱佳的盛景。这是一本在时代文学的田野里，靠文学自身的力量，顽强长出的一棵"野树"。野树的生命力总是异乎寻常：诗人与评家，事先既没有联手，更没有呼应；既没有课题立项，又没有经费来源；甚至既没有目标，也没有方向；只是凭着文学本身力量的驱动及灵魂内在那种对文学的痴迷，不经意间，却双双抵达了文学创作中某种至高。诗人与评家，既经得起商品大潮的喧嚣，也耐得住岁月深处的寂寞；既是诗人在市场经济中的胜出，又是文学在网络世界的盛事；既是文学创作中立得起来的一部作品，也是在文坛能传得下去的文本。

文学到底是什么？记者在这个故事的采访中，零距离感知到了。

在上海文艺出版社、上海作协原秘书长臧先生及社会人士的关爱与大力支持下，这本书进入了出版的倒计时。

出版社按惯例，认定署名应该是"陆萍、陈胜辉"两人。陈胜辉觉得这本来就是题中之义。诗人陆萍却认定自己从来就没有参与，不该署名，所有选诗，都来自老陈他们在网上或公开出版的诗集。但是出版社没有采纳诗人的主张。

在全书定稿期间，上海方面还是收到广西陈胜辉发来的一篇篇赏读评论，更是在书稿发排时，陈胜辉仍有新写的赏文发来，他甚至在文后附言："即使来不及进书，也无妨。"到了书稿三校时，赏析文章竟然达到了八十多篇。

陆萍再次表示：高山流水遇知音，得一知己足矣。书上署名应该是陈胜辉一人。出版社认为一诗一评，两者作品各占一半，共同署名更合乎情理。诗人陆萍却坚持："如果这样，那我弃权，这是我的民事权利，可以立据为凭！"

上海作协原秘书长臧建民目睹此情感叹：诗人和评家是以各自执着的方式，在向对方致敬！

陈胜辉得知后说："不！我们在向诗歌致敬！"诗人也在微信中重复了此句话。

采访到这些小细节，笔者如踏进了文学圣地，一种圣洁的感动油然而生。

无疑，这是一段美好的文坛佳话。无论于网络时代的这个传奇，还是于出书前后的名利谦让，其本身美好的品质，在时下物欲横流的生活中，显得特别可贵。我们应该向这种美好事物内在蕴含的精神——致敬！

这本《陆萍诗歌赏析》的诞生，是互联网创造的机遇；也是现代的电子科技，才有可能将茫茫人海中的两个毫不相干的点，神奇对接，霎时电光闪闪火花灼灼，凭空书写了这本书的前世今生。

《上海采风》2019-5-5发布

值得一记是：

当评家将全文定稿发诗人陆萍过目时，陆萍即刻感言：

仿佛是一种"量子纠缠"。这世界在冥冥之中，总有某种关联的设置；一种心性中的至纯至高，会在茫茫人海中释放感应；两个毫不相干的点，就会神奇聚合，完成高山流水般的意境。感恩。陆萍

此感言被本书作者收在《陆萍诗歌赏析》后记之后。

2. 走进傅雷图书馆，从《陆萍诗歌赏析》中体验文学创作中的某种至高　诗文盛景　文坛佳话——陆萍诗歌赏析会

时间 2019-8-23 |　现场活动简介　诗歌朗诵会 |　诗人陆萍只求耕耘不问收获。诗只是她的心跳、气息、血流和脉动。写作，只是让一颗心在纷繁的尘世，得以安顿。

由朗诵艺术家男女声专业美诵陆萍的诗歌与诗评家的赏文，优秀组合让你领略并进入艺术殿堂。

其中有一名粉丝来自广西壮族，三十多年前偶读陆萍诗，从此追踪，不能忘怀。他与陆萍素昧平生，互联网却让他梦想成真。他撰写的上百赏文，汇成《陆萍诗歌赏析》一书，最近已由上海文艺出版社出版，诗文盛景文坛佳话一时好评如潮。然而，陆萍与粉丝却至今从未谋面。

上海傅雷图书馆 2019-8-19 发布

3. 诗文盛景 文坛佳话——陆萍诗歌赏析会在沪隆重举行

记者：陈育超（上海）

2019 年 8 月 23 日下午，由上海炎黄文化研究会、炎黄宣讲团、傅雷图书馆、浦东新区周浦镇文化中心主办的"陆萍诗歌赏析会"在傅雷图书馆小剧场隆重举行。市炎黄文化研究会主任、市文联原副主席、党组书记杨益萍，上海市委宣传部老领导洪纽一等一行出席。会议由上海朗诵协会会长、全国广播"金话筒奖"得主陆澄主持，诗人陆萍，中国文艺评论家协会理事、著名评论家刘巽达，广西武宣县作家协会副主席兼秘书长、诗歌研究学者陈胜辉上台发表讲话。诗人和作家余志成、张健桐、汤朔梅、冬青、沈世坤、金瑜、曹小航、浅酌、黄志远、孙泽敏、修晓林、戴仁毅、张健文、陈镇江、成雅明、东方鹤、踏歌、郭海明、党蒙蒙等及诗歌爱好者葛黎明、蒋浩、李妍卿、陈晓彤、罗荟、徐红、腊梅等 250 余人参会。与会者共享了一次文学力量的冲浪，见证了一次现代版"高山流水遇知音"的文坛佳话。

赏析会在《纺织工人学大庆》中开场。这首著名红歌在 1971 年由诗人陆萍作词，风靡全国，传唱不息，承载着全民共同的记忆，最近央视又新制重播。之所以选择这首歌开场，是想告诉观众，几十年过去了，资深诗人陆萍依旧保持着源源不竭的创造力。

主持人请出了今天的主角诗人陆萍，她以"我为什么写诗"为题，对自己的诗歌生命历程和灵魂拷问追求作了剖白。同时，诗人围绕《陆萍诗歌赏析》一书的前世今生，讲述了诗人与"老陈"的一段隔空奇遇：一个生活在太平洋东岸上海的诗家，一个生活在北部湾附近壮族自治区的评家，两人素昧平生，三十多年来，却被文学本身神奇的力量牵引，凭空对接，既没有所谓的立项资金，也没有什么出版意向，但是他们惺惺相惜，在执着的对读中，"你诗我评"，空中神交，擦出光弧，最后汇聚成《陆萍诗歌赏析》这本佳作。

随后主持人将今天的赏析会引向高潮，请出了"神秘嘉宾"、本书作者"老陈"——陈胜辉。这是主办方的精心策划，不让双方事先谋面，而是让双方在现场相见。于是，当两个神交已久的大家在台上相遇，自然激情难抑，忘情拥抱……现场掌声雷动，气氛达到高潮。

接着，老陈以"文学的力量"为题发言，回忆了陆萍诗歌文本带给他个体生命的感动与洗礼。他回忆说，当自己还是"小陈"的年代，三十年前的某一个雨夜，自己百无聊赖加万念俱灰，不意在一间泥砖灰瓦的房子里偶然翻阅一张旧报纸，读到了陆萍的诗歌《冰》，自己的内心被刺痛了，他觉得潜藏很深又不易言说的那份疼痛，被诗人轻而易举地说了出来。文学的魅力和陆萍的名字，从此就在他的心中扎下了根。

三十年过去，小陈已成老陈，但这些年来他一直关注有关陆萍的信息。幸运的是，他赶上了互联网时代，诗群里的网上文友找到了陆萍的新浪博客，让老陈有机会读到陆萍的大量诗歌。他一次次被陆萍的诗句击中灵魂，开始忍不住写起了赏析文章。令他没想到的是，陆萍的粉丝如此之众，一切都没有事先规划，但奇迹开始创造：诗友们在网上每选出陆萍的一首诗，他就写一篇短评，然后在微刊上发布，结果反响很大，粉丝越来越多。后来老陈就做成了一个电子版书籍，再后来上海文艺出版社慧眼识珠，就出版了今天大家看到的这本《陆萍诗歌赏析》纸质书。

他的发言引来阵阵掌声。然后赏析会进入"有声语言的魅力"部分。主办方请来了朗诵艺术家朗诵陆萍的诗和老陈的赏析文章，16组专业的男女声诗文诵读，把观众和读者带入诗意的情境中，让广大诗迷沉浸在诗歌情感的自然流淌中。

赏析会的后续部分，诗人陆萍向傅雷图书馆捐赠了自己二十余种著作，还将收到的王辛笛、屠岸两位名家的亲笔书信捐给浦东新区周浦镇"最美家书活动"。随后陆萍和老陈还举行了《陆萍诗歌赏析》一书的签售活动。

为本书作序的著名文艺评论家、《上海采风》名誉主编刘巽达应主办方邀请，为这次"诗文盛景，文坛佳话"的活动做了现场评点，揭示了这场活动的意义。

他首先赞扬了非功利写作的魅力：无论是陆萍的激情书写，还是老陈的快意诗评，都是出于内心的召唤，由文学本身的力量发力，没有任何功利之心。诗于陆萍而言，已然是一种生命方式，它的种种苦痛难与人言，于是化为诗句，稀释痛苦，诗化人生，乃至凤凰涅槃。这一切，都与功利无关，而她的个人苦痛具有某种代表性，于是被读者传诵和分享。而品诗的老陈同样如此，他一次次被文学的魅力击中，尝试赏析陆萍的诗歌，不想一发而不可收。两个素未谋面的诗家和评家，一路写来，只问耕耘不问收获，蔚成气象，于是有了这本弥足珍贵的书并有了今天这场诗歌盛典。而今天冒着酷暑赶来的读者和观众，又何尝不是怀着一颗非功利之心？文学的魅力可见一斑。

然后他阐述了关于"文学市场"的思考。虽然写作是非功利的，但思想和感情的分享会形成读者市场。得互联网的天利，十多年来，陆萍的诗作不断在自己的博客上登场，由于她那"用痛感来触摸人生"的写作触发了"痛感的普适性"，于是被有效地传递和放大，知音渐多，有的甚至成了"铁粉"。她是在不自知的情境下，撬动了"读者市场"，她更是在"文学市场"严酷的考验中脱颖而出。

刘巽达认为，所谓"高山流水遇知音"，这本《陆萍诗歌赏析》，就是当下网络时代的一个绝妙新版本。

2019-8-26《上海采风》发布

4. 在傅雷图书馆见证一段文坛佳话

刘巽达

2018 年 8 月 25 日。恕我孤陋寡闻，竟然不知在浦东周浦镇矗立着一座美轮美奂的"傅雷图书馆"。入得门去，但见窗明几净简洁时尚，在一楼的左侧，是一个崭新而气派的会堂，我在这儿度过了一个温馨而有意义的下午。

此刻正在举办一场"陆萍诗歌赏析会"，其间有磁性声音的美妙朗诵。而高潮的部分，是让读者和观众见证一段"文坛佳话"。

什么佳话呢？说来有趣而动人：今天主办方别出心裁从广西某小城请来一位神秘嘉宾，他就是多年来一直孜孜不倦撰文赏析陆萍诗歌的诗评家"老陈"。当老陈还是小陈的年代，三十年前的某一个雨夜，小陈百无聊赖加万念俱灰，不意在一间泥砖瓦的房子里偶然翻阅一张旧报纸，读到了陆萍的诗歌《冰》。小陈就像被什么灵符镇住，内心被刺痛了，他觉得潜藏很深又不易言说的那份疼痛，被诗人轻而易举地说了出来。文学的魅力和陆萍的名字，从此就在他的心中扎下了根。

三十年过去，小陈已成老陈，但这些年来他一直关注有关陆萍的信息。幸运的是，他赶上了互联网时代，诗群里的网上文友找到了陆萍的新浪博客，让老陈有机会读到陆萍的很多诗歌。这一读就一发不可收了，他一次次被陆萍的诗句击中灵魂，开始忍不住写起了赏析文章。他调动诗词修养和文学积累，剖析陆诗，阐述诗意，抒发观感。令他没想到的是，陆萍的粉丝如此之众，一切都没有事先规划，但奇迹开始创造：诗友们在网上每选出陆萍的一首诗，他就写一篇短评，然后在微刊上发布，结果反响很大，粉丝越来越多，蔚成气象。后来老陈就做成了一个电子版书籍，再后来上海文艺出版社慧眼识珠，就出版了一本《陆萍诗歌赏析》纸质书。

一个上海的诗家和一个广西小城的评家，《陆萍诗歌赏析》一书出版了，彼此却始终未曾谋面。鉴于此，主办方炎黄文化研究会决定制造一场"异乎寻常的第一次握手"，让两位共同演绎一段文坛佳话。事先不能晤面，以防人为表演，主办方也是煞费苦心。陆萍此前心情忐忑，不知见面时是握手呢还是拥抱。不过这场"设计的相遇"没有我想象中那么激动人心，两位在台上略略显得手足无措，我期待中的拥抱也只是点到为止。但他们的腼腆拘谨非常真实地展露了各自的真诚和纯朴，具有一种别样的动人风采。国人惯有的含蓄让两位当事人努力将感情波澜深藏起来，但抑制不住的感动还是在一些细节里溢了出来，当他们坐到台下后，听着艺术家深情朗诵他们的诗文，会心处，不时相视一笑，一切尽在不言之中。

这个场合我本应只是一个纯粹观众，但主办方又赶鸭子上架，让我现场评点这场"诗文盛景"和"文坛佳话"。盛情难却，我发出两点感慨。

首先是感慨文学的非功利魅力。无论是陆萍的激情写诗，还是老陈的快意评诗，都是出于内心的召唤，没有任何功利之心。早就爆得诗名的资深诗人陆萍，即使在诗坛沉寂的年头，依旧没有停下自己的诗情，诗歌就是她的气息、声音、血流和脉动。听一听她的这首《痛苦是我的私人财产》，可谓解读陆萍诗歌的钥匙："痛苦是我的私人财产 / 只能由我一人 / 痛完苦完 / 无法赠予 / 也不能相送 / 哪怕有一天被复制被群发 / 这份痛苦 /

还是我的产权／她的私密无以复加／钥匙／藏在我血肉深处／密码／留在我灵魂秘殿／而且在许多鲜亮的时刻／我还动用笑容／为她保险。"诗于陆萍而言，已然是一种生命方式，它的种种苦痛难与人言，于是化为诗句，稀释痛苦，诗化人生，乃至凤凰涅槃。这一切，都与功利无关，而她的个人苦痛具有某种代表性，于是被读者传诵和分享。而品诗的老陈同样如此，他无意间被文学的力量打动，于是出于真爱，开始尝试赏析陆萍的诗，然后一发不可收。两个素未谋面的诗家和评家，一路写来，只问耕耘不问收获，竟然蔚成气象，于是有了这本弥足珍贵的书，于是有了今天这场聚会。而今天冒着酷暑赶来的读者和观众，又何尝不是怀着一颗非功利之心？文学的魅力可见一斑。

感慨之二是引发我关于文学市场的思考。虽然写作是非功利的，但思想和感情的分享会形成读者市场，得互联网的天利，十多年来，陆萍的诗作不断在自己博客登场，由于她那"用痛感来触摸人生"的写作触发了"痛感的普适性"，于是被有效地传递和放大，知音渐多，有的甚至成了"铁粉"。这让我联想到另一位老友金宇澄的《繁花》写作，似有异曲同工之妙。如同诗人陆萍沉寂多年一样，小说家金宇澄也是沉寂多年。忽一日，他在籍籍无名的"弄堂网"上肆意涂鸦。贴了数段文字之后，突然有读者催促："老爷叔，快点写，我等不及了。"被人期盼的动力，促使金宇澄每天下班急于赶回家操弄文字，日积月累，在与读者的互动中写就了日后"拿奖拿到手软"的《繁花》。无论是金宇澄还是陆萍，他们在不自知的情境下，撬动了那个"读者市场"。这样的读者，才是真正意义上的读者。无论是金宇澄小说的"文字之美"，还是陆萍文字的"诗性之美"，都是具备了某种灵魂的穿透力，在"文学市场"严酷的考验中脱颖而出，这才是真正意义上的好作品。

陆萍的写作动机非常纯粹："选择写诗，是尊重自己内在的一种植入式的神秘召唤，尖锐地体悟日常，潜走人性；感受生死之间甚至时空之外，成了我写作最大的价值与乐趣。"然而这价值和乐趣的放大，却又得益于拥趸们的欣赏和互动。何谓"高山流水遇知音"？这本《陆萍诗歌赏析》，就是当下网络时代的一个绝妙新版本。纵观这段文坛佳话，一个"文学市场"的大致轮廓渐渐清晰。首先要有"好文学"，要有撼人魂魄的佳作，才有撬动"好市场"的基础。但"好文学"不是必然引来"好市场"，它得有人去留意、关注、开发，而"铁粉"们就是最具执行力的人选。这本《陆萍诗歌赏析》的问世，能衍成一种"样板效应"吗？如果能让更多的诗家与文家受到启发和鼓舞，面对文学市场不再发怵和惶恐，而是与之共舞。若能如此，善莫大焉，功莫大焉。

在傅雷图书馆见证这段文坛佳话，我觉得不但别有情趣，而且别有意味。

2019-8-25《上观新闻》朝花时文

后记

本书编完，没有一种了却感。反而觉得有更多文稿在等着我去编辑去完成。

私下想说，让我日继日干活不怕、让我外出游山玩水也没事、让我翻土种花干家务更不要紧；要紧的是让我每晚能安定下来看书写字。这是一种平衡，压舱石一样，让我生命大船安实稳定。

随意写开时，十指下显现的一行行文字，流自我内在的自发。甚至有时会心智失控、情绪失我、时空失真，那样的书写，真是一大享受。

若对我出题索稿，我会一堆焦灼，恍如起烟。最忌催稿，一催就漏气。似乎一辈子来，总是风风火火奔来赶去，抓紧每分每秒，打理俗世琐务；总想摒弃杂念、清扫心情，弄清弄爽自己之后，再以我最好一段黄金生命去朝圣——到那再熟稔不过的书房一角坐下打开电脑……

繁杂日常中偶一出神，总让我落笔成章。人在感知刹那，就已经处理好无数信息。其精准透穿，世上无甚可替。其实，即兴书写，是天地时空于我的某瞬给予，且光芒闪闪。本书中篇章，几乎全是此光亮之下的景象。

很多年前，我就开始积累以《长街断思》《珠贝集》《一滴蔚蓝》等题发表在全国各地报刊上的小文字，以至今天整理时，雪片样在桌面飞舞。

社会日新月异。科技进步忽然冒出"移动""移动网络"。这个"一移一动"不得了，让平头百姓立时成了神仙。"雪片样小剪报"始以文字的影子现身，那种轻捷便利，已是天上人间。

有了电脑，等于是我有了"机器搬运"。只要闭眼"入定"，脑海里就浪飞波涌……我沉浸其中，不停将之变成文字"搬运"。思想闪哪，十指就下哪，将我出神那瞬的思绪烟云、情感微澜、深渊苦痛以及悲欣、感奋、幽怨以至愤慨，都用文字盛载，"移动"到体外。

我思想心魂里的所有，统统都是我的领地、我的深山老林、我的大地天空。那里森罗万象，辽阔幽丽，百川众流，曲折隐微，我的"文字运输"都忙不过来。不搬或许一格愣，说不定"出神"那瞬的"光亮"，就会熄灭归零。

苏东坡说过"清景一失后难摹"。真乃"凡灵感之作，留则永存，去则不返"。千年东坡是我心中的神。也喜欢东坡另一说："出一篇，则为数日喜，寝食有味。以此知文章如金玉珠贝，未易鄙弃也。"想来文人心路历程，千年如一。也让我从十七八岁开始的文学创作，持守至七八十，找到了历史出典。

将我内在那被映亮的东西，植进一个个老祖宗发明的方块汉字中，放进文章集装箱，一箱箱搬运出来。运到我生命长河的码头。移到我思想大江的堤岸。随手垒起的大物，也即是我一本本出版的书。权当是我对岁月优雅的抵抗，抑或是向生命虔诚的致敬。

木心的感慨也是我的感慨——"是的，俗话说岁月不饶人。那么我镌刻在岁月大柱上这些文章，也可说，我也没有饶过岁月"。年初，我出散文集《床上有棵树》时，文汇出版社大编将其印在封面上。真是心领神会呵。

我坦承，尽管自己发表出版过诗集、散文集、小说、特写、长篇纪实、剧本、歌词，甚至连环画长诗脚本（昨偶然发现，这本由上海人民美术出版社在1978年12月出版的《银海之歌》发行量30万册。震撼到我。遂将3后"0"数几遍，是5。事过45年，却在写此文时刚发现）等等，但我还是偏爱本书小文的体裁。

长年来，喜做这种文学随记。没烦琐过程，没流水脉络，凡我出神且动我心魂者，必会以这种方式，意象高蹈匆匆成章。比诗具体，比散文简略，通常三五百字，偶是几句或近千。率性而发，一挥而就。写前并无规划。以为自是行走人世的神思妙悟。内容庞杂，繁简天下。也该会文理自然，姿态横生吧。某些题目我已作辑语。此不重复。

感谢新浪博客。我在她线上安营扎寨十七年。在这神秘空间，我尽情尽性，肆无忌惮，亦文亦图已达2300多篇。是她忠诚呵护，全天候陪伴，让我的即兴抒写，度过了我生命中一段最不寻常岁月。尽管现时博客"垂垂老矣"一直在"设备维护中"，既打不开又进不去，逼迫我移师北上，开辟微信公众号"生活过成诗"。但博客予我深情，永驻心间。

本书历时四五十年，所写200章，意按"天、地、人"分三辑约八九万字。书写时我没择类而别，结集出版，就将其归之散文诗一类。若谁能偶然翻及，我当欣慰；能心有微澜，我当荣幸；能与我共情同频，那当是我的荣耀。当然，也会有不屑一顾者，那我敝帚自珍。

我要深深感恩我生命里的"贵人"。除了我父母兄妹之外，我心空还回荡长串难忘的名字。按时间顺序他们是：叶孝慎、陈新彪、谢泉铭、雁翼、章世添、张锦绣、李庸夫、阿肖克·瓦特佩伊（印度）、王辛笛、野曼、今辻和典（日本）、徐迟、屠岸、文晓村（中国台湾）、陈德弘等等。在我命运转折的重要时期，他们有意无意给了我巨大鼓励、力量和帮助。

我还要深深感谢我的读者。特别是陌路知音、诗歌研究者、广西壮族武宣县作协副主席陈胜辉。翻看四五十年来众多读者来信（惜不少已遗失），当时工作紧张，都没复，但这无疑都成了我厚实的精神背景墙，给我一路加持鼓舞。我想，得闲将读者来信一封封植录存档，并分别回信，附原信照片一并制作发我微信公众号。不管来信的读者能否看到，我要完成我内在的一种敬谢和表达，尽管已经太迟。

对于这个世界，我除了感恩还是感恩。

2022-9-18 凌晨 0:03 我要告诉你的，无法用语言表达

2022-10-7 凌晨 1:36 修订　羽绒服在身，五天经历夏秋冬

2023-4-22 曾"阳"后虚弱，康复后再度微调

陆萍文学简历与出版书目

陆萍文学简历

国内外笔会简录

1983 应邀赴新疆石河子出席"绿风诗会"

1985 应中国作家协会上海分会、上海市文学评奖委员会邀请赴"千岛湖笔会"

1988 应印度政府出资邀请,赴博帕尔出席亚洲诗歌节并获誉"亚洲诗坛明星"。成为中国第一批出访印度的诗人

1993 应韩国东道国出资盛邀,赴汉城出席亚洲诗歌研讨会,主场朗诵诗作。会后应邀并经领馆改签,由诗会秘书处资深学者、翻译陪同又留韩交流活动3天

1996 应日本东道国出资盛邀赴前桥出席第16届世界诗人大会,主场上台朗诵。会后又应邀赴横滨及东京等地交流活动5天

1999 应中国作家协会组团赴台湾,出席两岸女性诗人学术研讨会

2007 应江西作家协会邀请赴九江参加中国千名诗人、作家、艺术家写庐山文化工程

2018 湛江18届国际华文诗人笔会上,在岭南师范学院"新诗百年"论坛发言《我为什么写诗》、作纪念野曼发言《第一次与最后一次》等

2023、2022、2021、2019、2018、2010、2003(10月)、2003(8月)、2002、1998、1996、1994年等应邀赴南昌、唐山、湛江、安庆、深圳、金华、珠海、南京、海南三亚、广东中山等地或云中出席第23届、22届、21届、19届、18届、13届、9届、8届、7届、4届、3届、2届等国际华文诗人笔会

中外译介略摘

1976 《中国文学》(英文版)八期,诗《纺织厂里春雷滚》等入选

1985 日本《地球》季刊11期,诗《冰着的》等入选

1986 日本《地球》季刊诗志86期,诗《信封》等入选
《中国文学》(英、法文版)4期,诗《冰着的》等入选并配发作者简介照片

1988 《亚洲诗坛》(印度版印度文)诗《冰着的》《吻》等入选

世界诗歌墙（印度博帕尔）诗作《冰》手迹及书写现场照片等入选

《亚洲诗人作品选》(日本出版、四国文字) 4 集，有诗入选

1990 日本第八回社团法人俳人协会《友好访中国报告书》俳句《灵感》入选

1991 "熊猫丛书"《中国当代女诗人诗选》(法文版) 诗《冰着的》等入选

日本《野路》39 期，诗《残忍》等入选

1992 企鹅出版社《中国女性诗歌当代文选》(英文版) 诗《冰着的》等入选并配发作者简介照片

1993 《我爱你——中国当代女诗人诗选》(中英双语版) 诗《冰着的》等入选并配发作者简介照片

日本《地球》107 期，诗入选

1995 《中国文学》(英文版) 诗《倾心长谈》等入选

《95' 亚洲诗人作品选》(中国台湾版) 诗 (英译/吴钧陶) 入选

1996 《亚洲现代诗集》6 集 (韩国版/五国语言) 诗《残忍》入选并配发作者简介照片

《中国文学》(法文版) 178 期诗《倾心长谈》入选

日本《地球》117 期诗《残忍》入选，并有另文介绍作者

日本《海潮》以"陆萍（中国）作品抄"发表《冰》等组诗

1997 《中国文学》(英文版) 诗《崂山溪》入选

美国贝特林阁出版社《上海之声》，诗作《冰》等入选

2008 中华人民共和国文化部策划《来自大海的声音——上海当代诗人作品选》(英文版) 诗《冰》等入选（后略）

诗作入典小汇（报告文学、散文略）

70 年代

处女诗作《韶山红日普天照》发解放日报副刊《看今朝》，并有诗入选《千歌万曲献给党》等多种选本

叙事长诗《闪光的工号》(第一作者) 上《朝霞》文学季刊头条

80 年代

诗作《冰着的》等诗文，入选《中国新诗鉴赏大辞典》(顾问 臧克家/主编 吴奔星)、入选《中国新诗大辞典》(编著 黄邦君、邹建军)、入选《当代短诗选》(主

编 张志民、雁翼、林呐），入选诗刊社《1985 年诗选》、入选《上海市文学奖获奖作品集》等选本。

90 年代

诗作《冰着的》等诗文，入选《20 世纪中国新诗辞典》(主编 辛笛)、入选《中国散文集萃》、入选《中国星星 40 年诗选》、入选《散文》200 期精品丛书《神的笑声》、入选《朝花作品精粹》(1956—1996)、入选《国际华文诗人百家手稿集》、入选《中国当代新诗大观》(主编 白岛)、入选《上海五十年文学创作丛书》诗歌卷、散文卷等众多选本。

2000 年以来

诗作《冰着的》等诗文，入选《九年义务教育初中语文补充教材·阅读》诗歌名园、入选《中国现当代爱情诗 300 首》、入选《萌芽 50 年精华本》散文诗歌卷、入选《世纪祝福》并手迹照片、入选中国台湾出版的《浩浩秋水·秋水 30 周年诗选》、入选《两岸女性诗歌三十家》"陆萍卷"、入选《中国诗歌选》并配发简介照片、入选上海《朦胧诗二十五年》恋情 / 追寻 / 沉思、入选《新世纪二十年中国散文诗精选》、入选中国诗学研究中心《当代诗人》、入选《诗家园》中国六零前诗人作品集·陆萍（上海）卷等数百选本。

诗文评论存目

陈胜辉 出版研究专论《陆萍诗歌赏析》(25 万字)上海文艺出版社 .2019

————————

徐 迟 陆萍报告文学集《一个政法女记者的手记》序评

屠 岸 生命的沉潜、升腾、濒灭与复活——陆萍诗集《玫瑰兀自绽放》序评

辛 笛 陆萍诗集《有只鸟飞过天空》序评

辛 笛 与光明长恋——陆萍诗集《梦乡的小站》

王辛笛 韵味隽永，别具一格——陆萍和她的诗

雁 翼 诗人的世界很大——读陆萍《淡绿色的天棚》

陈 诏 真诚出好诗——读陆萍新作

谢泉铭 陆萍《走近女死囚》

今辻和典（日）一瞬所拥有的永恒美学——读陆萍诗集《有只鸟飞过天空》

余秋雨、金仲伟 陆萍报告文学集《一个政法女记者的手记》序评

毛蓓蓉　青年女诗人陆萍专访

赵笑平　海上起大风——读陆萍散文集《床上有棵树》

周燮鹏　再读陆萍的诗——《冰》

周燮鹏　读陆萍散文诗——《文章是灵魂的容器》《就这样寻找妈妈》

陆沪生　我是海燕——读陆萍诗

奖事小记

1985　组诗《写在梦乡小站》获上海首届优秀文学作品奖，由上海作家协会颁

1988　"亚洲诗坛明星"获誉于在印度博帕尔举办的亚洲诗歌节

　　　获上海新闻业界《十佳记者》提名奖

1993　长篇报告文学《不愿出狱的女囚》获《南方周末》二等奖

1995　长篇报告文学《与死亡对遇》获上海市作家协会属下"海上文坛"优秀作品奖

1998　长篇报告文学《悬崖上的黑三角》获《人民警察》第六届优秀作品大奖赛一等奖

1999　长篇报告文学《人性苍茫》获《人民警察》第七届优秀作品大奖赛一等奖

1999　长篇报告文学《人性苍茫》获公安部金盾文学奖

2013　获"上海政法宣传工作特别奉献奖"，由中共上海市委的宣传部、政法委联合颁发

2017　诗歌《深层的碎裂尖利地呼啸着》获中国诗歌网第五届野草文学奖

2022　散文《悬空寺》获上海作协、文学报、上海文化等联办的禾泽都林杯一等奖

2023　获西南大学中国新诗研究所、中国诗学研究中心领衔评选的"十佳当代诗人"

　　　获国际华文诗人笔会授予的"中国当代诗人杰出贡献金奖"

其他记要

1984　由上海第二棉纺织厂调任上海法制报任副刊部主任

1988　中国第一批诗人出访印度，任亚洲诗歌中心成员（印度博帕尔亚洲诗歌节）

　　　《华夏诗报》31 期头版头条发表出访印度手记《爱，是给予……》并配发照片

1992　上海作家协会在上政国际会议厅举办陆萍、孙悦诗歌研讨会。王辛笛、任钧、徐文绮、曹阳、宁宇、冰夫、赵长天、赵丽宏、毛时安、于之、葛乃福、郑成义、毛炳甫、王小龙、郭在精、姜龙飞、沈栖、孙泽敏、张烨、徐芳、孙悦、刘国萍、陈放、陈鸣华、孙奕、李连泰、朱淳良、李庸夫、朱济民、陆萍等出席。时任作协副秘书长毛时安主持

1996　上海有线台播出纪实文学《黑色蜜月》改编成的六幕话剧

2002　担纲"十月阳光"大型诗歌朗诵会总撰稿。中共上海市委政法委、宣传部主办、上海作家协会、上海文广新闻传媒集团承办，东方电视台直播

2005　北京大学《北大法律评论》六卷二辑《关于死刑的通信》一文，引用拙著《一个政法女记者的手记》中的段落，并给予好评

2007、2008、2011 年，应中共上海市委政法委、宣传部邀约，为一届、二届、三届计 30 位平安英雄颁奖盛典撰写颁奖词，东方电视台直播

2009　《上海纺织博物馆》"人物撷英"展台陈列纸质出版物诗集《梦乡的小站》、报告文学集《走近女死囚》《迟到的忏悔》及作者照片、介绍等

2012　上海律师公会成立 100 周年。应邀约，撰写中国 12 位大律师颁奖词

2013　被聘为上海视觉艺术学院兼职教授

2014　在尼亚加拉大瀑布之下，感受世界级震撼

2015　在考斯威堤岸倾听大西洋涛声

2016　诗集《玫瑰兀自绽放》《生活过成诗》经上海文化发展基金会审核通过，获资助出版。找得 35 年前为我肖像速写的画家名朱自谦

2017　《玫瑰兀自绽放》《生活过成诗》再版诵读会，以"生命诗性的体验之美"为题，在上政学生礼堂召开。上海作协诗歌专业委员会、文汇出版社、上海市朗诵协会和上海政法学院合办。叶辛、赵丽宏、曹阳、孙琴安及田永昌作视频发言。毛时安与陆澄主持。毛时安、宁宇、郭在精、王小龙、陈放、孙泽敏、余志成、张健桐、冬青、金瑜、朱耀华、梁志伟、梁栋、成莫愁、成雅明、鄘帼瑛、季渺海、古心静典、陆澄、周伯军、姚鸿光、周稼骏、陈序、陆骏、陈德弘及陆萍等出席

2018　散文集《床上有棵树》(曾暂名《灵感没有地址》)经上海文化发展基金会审核通过，获资助出版
　　　被聘为国际当代华文诗歌研究会顾问（香港注册）

2020　抗疫诗《格言与警句写上永恒》被上海学习平台"学习强国"转发

2021、2022　抗疫宅家，回眸半世纪，翻动五十年

2023　澎湃新闻缘获颁"中国当代诗人杰出贡献金奖"发表通讯《诗人陆萍："世界上最没有办法的事，就是我愿意愿意"》

陆萍出版书目

诗集

《梦乡的小站》 福建人民出版社 1985 年 印数 7780 册

《细雨打湿的花伞》 知识出版社（沪版）(序：罗洛) 1990 年 印数 8000 册

《有只鸟飞过天空》 上海文艺出版社（序：王辛笛) 1993 年 印数 3000 册

《寂寞红豆》 上海人民美术出版社 1995 年 印数 5000 册

《陆萍短诗选》(双语) 香港银河出版社（译审：屠岸) 2003 年 印数 1000 册

《玫瑰兀自绽放》文汇出版社（序：屠岸、毛时安) 2017 年 6 月一印 1300 册
2017 年 9 月二印 1301—2300 册

《生活过成诗》 文汇出版社（序：毛时安、王新民) 2017 年 6 月一印 1300 册
2017 年 9 月二印 1301—2300 册

散文诗集

《偶一出神》 文汇出版社（序：王新民) 2024 年 印数 1500 册

散文集

《床上有棵树》 文汇出版社（序：刘巽达) 2022 年 印数 1500 册

《吃时间大虫》 文汇出版社（序：王新民 自序) 2024 年 印数 1500 册

纪实文学集

《狱墙内外》(上) 香港繁荣出版社 1990 年

《狱墙内外》(下) 香港繁荣出版社 1990 年

《迟到的忏悔》 知识出版社（沪版) 1990 年 印数 9000 册

《狱墙内外》 时代文艺出版社 1992 年

《黑色蜜月》 广州出版社 1994 年 印数 20000 册

《一个政法女记者手记》 上海人民美术出版社（序：徐迟、余秋雨、金仲伟)
1995 年 印数 5000 册

《走近女死囚》 上海文艺出版社 1998 年 11 月一印 10001 册
1999 年 3 月二印 10000—15001 册
1999 年 7 月三印 15001—18500 册

《女死囚的故事》上海文艺出版社　2002 年 5 月　一印 6100 册

2002 年 10 月　二印 6101—10200 册

三印 10201—20300 册

《高贵的脊梁》(与陈序合作) 文汇出版社 2008 年　印数 5000 册

叙事长诗

《闪光的工号》(第一作者) 上海人民出版社　1975 年

连环画长诗脚本

《银海之歌》(第一作者) 上海人民美术出版社　1978 年　印数 300000 册

诗配画明信片

陆萍诗《美的组合》明信片一套　上海画报出版社　1989 年

陆萍诗《梦乡小站》明信片一套　上海画报出版社　1989 年

作词歌曲灌录唱片

1970 年《纺织工人学大庆》歌词，在国务院文化组革命歌曲征集小组发起的全国海选中，入选《战地新歌》，成为特殊年代革命歌曲的符号。上海合唱团演唱，上海交响乐团伴奏并灌录唱片发行全国。2018 年央视新制上线

图书在版编目（CIP）数据

偶一出神／陆萍著．—上海：文汇出版社，
2024.1
ISBN 978-7-5496-3962-5

Ⅰ.①偶…　Ⅱ.①陆…　Ⅲ.①散文诗–诗集–中国–
当代　Ⅳ.① I227.6

中国国家版本馆 CIP 数据核字（2023）第 125468 号

偶一出神

著　　者 陆　萍
封面题字 江显辉
责任编辑 徐曙蕾
装帧设计 董红红

出版发行　Ｍ 文匯 出版社
　　　　　上海市威海路755号
　　　　　（邮政编码200041）

照排 南京理工出版信息技术有限公司
印刷装订 上海颛辉印刷厂有限公司
版次 2024年1月第1版
印次 2024年1月第1次印刷
开本 890×1240　1/32
字数 224千
印张 9.625
印数 1–1500

ISBN 978-7-5496-3962-5
定价 98.00元（全二册）